P & J
EDITORES

Los JET de Plaza & Janés

BIBLIOTECA DE

V. C.
ANDREWS

Mi dulce Audrina
V.C. Andrews

Plaza & Janés Editores, S.A.

Título original:

MY SWEET AUDRINA

Traducción de

LORENZO CORTINA

Portada de

GS-GRAFICS, S. A.

Tercera edición en biblioteca de autor: Noviembre, 1993

© 1982, Vanda Productions, Ltd.
Publicada por acuerdo con Poseidon Press, Nueva York.
Reservados todos los derechos.
© 1993, PLAZA & JANES EDITORES, S. A.
Enric Granados, 86-88. 08008 Barcelona

Printed in Spain — Impreso en España

ISBN: 84-01-49182-7 (Col. Jet)
ISBN: 84-01-49757-4 (Vol. 182/10)
Depósito Legal: B. 33.490 - 1993

Impreso en Litografía Rosés, S. A. — Progrés, 54-60 — Gavà (Barcelona)

Para Ann Patty, mi editora,
Para Anita y Humphrey, mis agentes,
con gratitud.

Doy las gracias a Richard W. Maurer Jr., quien, intrépidamente, me facilitó listas de infracciones relativas a las actividades de la Bolsa, cometidas aquí por Damian Jonathan Adare.

PRIMERA PARTE

«WHITEFERN»

Existe algo extraño respecto de la casa donde me crié. Había sombras por los rincones y susurros en las escaleras, y el tiempo resultaba tan irrelevante como la honradez. Pero no podría decir de qué se trataba.

Había una guerra en marcha en nuestra casa, una guerra silenciosa en la que no sonaban cañones, y los cuerpos que caían eran sólo deseos que morían, y las balas eran únicamente palabras, y la sangre que se derramaba era siempre llamada orgullo.

Aunque nunca había acudido a la escuela —y ya tenía siete años y era tiempo de que fuese—, me parecía que lo conocía todo acerca de la Guerra Civil. A mi alrededor, la Guerra Civil aún se agitaba y, aunque el futuro pudiera extenderse por delante durante miles de millones de años, era aún la guerra lo que nunca olvidábamos, puesto que nuestro orgullo había sido lastimado, y nuestras pasiones aún subsistían. Habíamos perdido la batalla mejor ganada por el bando contrario. Y tal vez fuese esto lo que todavía nos seguía doliendo.

Mamá y mi tía Ellsbeth siempre decían que a los hombres les gustaban las discusiones violentas acerca de las guerras, en vez de sobre cualquier otro tópico, pero si existían algunas otras guerras de cualquier clase e importancia, no discutían jamás de ellas en nuestra casa. Papá leería cualquier libro, vería una película u otra, recortaría cualquier foto de revista que representara la guerra entre hermanos, aunque sus antepasados habían luchado contra los de mi lado materno. Había nacido yanqui, pero era sudista de corazón. Durante la cena contaba, una y otra vez, las intrigas de las largas novelas que había leído acerca del general Robert E. Lee, y nos proporcionaba horrorosos relatos de las sangrientas batallas. Y si bien la mayor parte de lo que leía me encantaba, no agradaba en absoluto a mi tía, que prefería la televisión, o a mi madre, a la que le gustaba más leer sus propios libros, alegando que Papá se saltaba las partes mejores, las que no cuadraban con unos jóvenes oídos...

Aquello significaba mis oídos y los oídos de mi prima Vera. Aunque casi todo el mundo creía que Vera era mi hermana, yo sabía que era la hija ilegítima de mi tía soltera, y que debíamos protegerla del desprecio de la sociedad, a través de hacer ver que se trataba de mi legítima hermana mayor. Yo había tenido una legítima hermana mayor, en efecto, pero había muerto antes de que yo naciese. Su nombre era el de Audrina y, aunque ya llevaba muerta mucho tiempo, todavía seguía presente. Mi papá nunca olvidó a la primera y mejor Audrina, y aún confiaba en que, algún día, yo sería tan especial como ella lo había sido.

A mi prima Vera le gustaba que la gente creyese que era mi hermana. No conocía su verdadera edad, pues siempre se había negado a contármelo. De lo único que se hablaba durante todo el tiempo era de mi edad. Vera se jactaba de que podía tener cualquier edad que desease: diez, doce, quince años, incluso veinte... Con unas pocas elegantes y sofisticadas posturas, resultaba muy cierto que cambiaba sus modales y expresión. Podía parecer muy madura —o muy infantil—, según cuál fuese su humor. Le gustaba ridiculizarme, porque yo me mostraba tan insegura acerca de la edad. A menudo,

Vera me decía que yo había salido ya perfectamente crecida de un huevo gigante de avestruz, a la edad de siete años. Siempre decía que había heredado aquel famoso hábito de dicha ave consistente en clavar su cabeza en la arena y pretender que nada en el mundo iba mal. No sabía nada acerca de mis sueños y de la tristeza que aquello me causaba.

Desde el principio, supe que Vera era mi enemiga aunque pretendiese ser amiga mía. Pese a que deseaba que fuese mi amiga de la peor forma posible, sabía que me odiaba. Estaba celosa porque yo era una Audrina y ella no lo era. Oh, cómo deseaba que a Vera le gustase y me admirase, como a veces realmente me gustaba y la admiraba. También la envidiaba, porque era normal y no debía intentar ser igual a nadie que ya estaba muerta. A nadie le parecía importar si Vera no era especial. A nadie, excepto a Vera. Ésta estaba orgullosa de decirme que yo tampoco era nada especial, sino que, meramente, resultaba extraña. A decir verdad, pensaba que había algo realmente extraño también en mí. Me parecía que era incapaz de recordar cualquier cosa sobre mi infancia. No podía recordar nada sobre el pasado, lo que había hecho la semana anterior, o incluso el día antes. No sabía cómo había aprendido las cosas que sabía, o por qué me parecía conocer algunas cosas que no debería saber.

La enorme cantidad de relojes que se hallaban esparcidos por toda nuestra gigantesca casa, aún me confundían más. Los relojes del abuelo en los vestíbulos tocaban a horas diferentes; los cucos en sus relojes suizos de madera entraban y salían de sus puertecitas adornadas, cada uno de ellos contradiciendo a los demás; el fantasioso reloj francés en el dormitorio de mis padres hacía ya mucho tiempo que se había parado, a medianoche o a mediodía, y un reloj chino atrasaba. Para mi gran consternación, aunque los busqué por todas partes, no había calendarios en nuestra casa, ni siquiera anticuados. Y los periódicos nunca llegaban el día en que debían hacerlo. Nuestras únicas revistas eran unas cuantas viejas, amontonadas por los armarios, escondidas en el desván. Nadie tiraba nada en nuestra casa. Se guardaba, se salvaba para nuestros descendientes, para que pudieran venderlo un día y hacer una fortuna.

La mayor parte de mi inseguridad tenía que ver con

13

la primera Audrina, que había fallecido, exactamente, nueve años antes de que yo naciera. Murió de modo misterioso en los bosques después de que unos chicos crueles y sin corazón la hubiesen mancillado de una indescriptible manera, y a causa de ello, se suponía que nunca debía entrar en los bosques, ni siquiera para ir a la escuela. Y los bosques nos rodeaban por todas partes, casi acariciándonos. Nos abarcaban por tres lados, y el río Lyle por el cuarto. Para ir a cualquier sitio, había que atravesar los bosques.

En nuestra casa aparecían fotografías de la Primera y Mejor Audrina por todas partes. En el escritorio de Papá había tres retratos enmarcados de ella, a las edades de uno, dos y tres años. No se veía ni una foto mía de bebé, ni una sola, y eso dolía. La Primera Audrina había sido una niñita muy guapa y, cuando miraba sus fotografías, me sentía extrañamente encantada, deseando ser ella tan crudamente, que me dolía por dentro. Deseaba tanto ser aquella Audrina como ser amada, en especial cuando contaban cómo había sido; y entonces, de nuevo, de una forma contraria, deseaba más que nada ser yo misma y, por mis propios medios, ganarme aquel amor que sentía me era negado.

Oh, los cuentos que Papá me contaba acerca de las maravillas de su primera hija... Todo cuanto decía me hacía saber que yo no era la Mejor Audrina, no aquella perfecta y especial, sino sólo la segunda y al mismo tiempo inferior.

Mis padres conservaban el dormitorio de la Primera Audrina como el relicario de una princesa muerta. Lo habían dejado exactamente igual que estaba el día que se enfrentó con su destino, aunque éste nunca me lo habían explicado con detalle. Aquella habitación estaba tan llena de juguetes, que parecía más bien un cuarto de juegos que un dormitorio. La misma Mamá limpiaba aquella estancia, aunque odiaba las tareas domésticas. Sólo ver *el* cuarto me hacía percatarme de que nada había sido demasiado bueno para *ella*, mientras mi habitación carecía de estantes para juguetes y de su vasta exposición de cosas para jugar. Me sentía engañada, como privada de una auténtica infancia. Audrina *la Primera y Mejor* me había robado mi juventud, y todos hablaban tanto acerca de ella que no podía recordar nada en absoluto sobre mí misma. Creía que era por culpa de ella por lo que mi memoria estaba tan repleta de agujeros.

Papá había tratado de rellenar aquellos agujeros haciéndome sentar en la mecedora de mi hermana, meciéndome y cantándome, hasta que me convertía en «el vacío cántaro que se llenaría con todo».

Deseaba que me llenase con los recuerdos de ella, y que atrapara sus especiales poderes, dado que estaba muerta y ya no los necesitaba para nada.

Y por si un solo fantasma no fuese suficiente, teníamos un segundo que llegaba todos los martes a las cuatro. «La hora del té» llamábamos a las apariciones de aquel día de tía Mercy Marie. Se sentaba al piano, ante su fotografía en blanco y negro con marco de plata, con su gordezuelo rostro sonriendo en una vacua sonrisa y sus pálidos ojos azules mirando hacia delante, como si pudiera vernos, cuando en realidad no podía. Estaba muerta y, sin embargo, no lo estaba igual que mi difunta hermana.

Mi tía y mi madre hablarían para tía Mercy Marie y, a través de ella, liberarían todo aquel veneno que retenían y ahorraban «para la hora del té». De forma verdaderamente extraña, mi prima Vera disfrutaba con aquella hora del té de los martes, hasta tal punto que buscaba cualquier excusa para hacer novillos en la escuela, y poder estar allí y escuchar las cosas espantosas que mi madre y su medio hermana se dirían la una a la otra. Eran hermanas Whitefern, y hacía ya un tiempo muy remoto, aquello había significado algo maravilloso. Ahora reflejaba algo triste, pero nunca me dirían exactamente de qué se trataba.

Hacía muchísimo tiempo, los Whitefern habían sido la familia más notable en esta parte de la costa de Virginia, la que proporcionaba al país senadores y vicepresidentes. Pero habían perdido el favor no sólo de los naturales, sino de cualquiera, y ya no éramos honrados o ni tan siquiera respetados.

Whitefern Village se encontraba a veinticinco kilómetros de camino por una solitaria carretera comarcal, pero raramente acudíamos allí. Era como si, mucho tiempo ha, se hubiese declarado alguna guerra, y, en nuestro castillo (como a Papá le gustaba llamar nuestra casa), éramos odiados por los «siervos» de las tierras bajas. Si a cualquier lugar en nuestra vecindad podía llamársele «tierras altas» era la pequeña colina en la que se asentaba «Whitefern».

Papá tenía que conducir cuarenta y cinco kilómetros de ida y otros tantos de vuelta desde su oficina de agente de Bolsa. Todos los amigos que teníamos vivían en la ciudad. Nuestros vecinos más cercanos se encontraban a casi veinte kilómetros de distancia en coche y a unos ocho a vuelo de pájaro. Papá se llevaba al trabajo nuestro único coche, dejándonos a todos sin medios de transporte. Con harta frecuencia, mi tía Ellsbeth se lamentaba del día en que había vendido su cochecito para comprarse el televisor.

Mi tía, que no se había casado, adoraba su televisor portátil con pantalla de doce pulgadas. Raramente me dejaba mirar la tele, aunque su hija, Vera, podía verla tanto como quisiera siempre que se encontraba en casa después de la escuela. Aquélla era otra cosa que no podía comprender: por qué a Vera se le permitía acudir a la escuela cuando yo no podía hacerlo. La escuela resultaba peligrosa para mí, pero no para Vera.

Naturalmente, daba por sentado que existía algo terriblemente malo a mi respecto. Mis padres me ocultaban de todos para mantenerme a salvo, y si no era de los extraños, sería entonces por mí misma. Y aquél era el pensamiento más aterrorizador de todos.

A la edad de siete años, mientras los demás niños subían a los autobuses amarillos y rodaban por allí riéndose y divirtiéndose, yo me quedaba sentada a la mesa de la cocina y me enseñaban a leer, a escribir, a sumar y restar, por parte de mi madre, que tocaba el piano maravillosamente bien, pero que no era lo suficientemente buena como para enseñar otra cosa que a tocar el piano. Por fortuna, o tal vez no, mi tía Ellsbeth estaba aquí para ayudar. En un tiempo había sido maestra de primaria, siempre dispuesta a castigar con un bofetón a cualquier niño que se atreviese a llamarla cosas feas. Pero habían sido demasiados tortazos, y los padres consiguieron que mi tía fuese despedida. Aunque trató durante muchos años de encontrar otro empleo como maestra, había corrido ya la voz. Mi tía poseía un genio feroz y una mano muy suelta.

Tía Ellsbeth, al igual que su hija Vera, también tenían siempre preparados comentarios para criticar nuestra forma de vivir. Según mi tía, todos éramos tan «antediluvianos» como la casa en la que vivíamos. «Desincronizados del resto del mundo», como ella decía.

En mis sueños del hogar, «Whitefern» se alzaba alta y blanca contra un cielo oscuro y tormentoso, y daba miedo contemplarla. Era amenazadora por la noche, pero, durante el día, me recibía con los brazos abiertos. tenía la costumbre de sentarme afuera, en el césped, para admirar la grandeza de «Whitefern». Era una casa victoriana tipo pan de jengibre con muchos adornos, con su pintura blanca que se saltaba, sus persianas oscuras sueltas y torcidas. Tenía tres pisos, con un ático y un sótano hacia la mitad trasera de la casa, donde el espacioso césped se inclinaba hacia el río Lyle. Cuando me quedaba mirando aquella casa, pensaba que tenía mucho en común con ella. Ambas éramos antediluvianas y «desincronizadas».

Nuestras ventanas constituían miríadas, muchas de ellas de precioso cristal emplomado. Las contraventanas, a punto de desprenderse, eran de un rojo tan oscuro que, a distancia, parecían negras, como sangre seca. Desde el exterior, lo más maravilloso eran las balaustradas en todos los numerosos porches, balconadas y verandas, diseñadas para que pareciesen estilizados helechos.

En el mismo centro del oscuro tejado se alzaba una cúpula redonda con un tejado de cobre, que ahora se había vuelto verdoso al quitársele el brillo. Formaba una aguja en cuyo extremo había una bola dorada, cuyas hojuelas de oro se iban desprendiendo, trozo a trozo, cada vez que llovía. La cúpula tenía casi cinco metros de diámetro, y cada una de sus numerosas ventanas estaba hecha de cristal emplomado, con escenas que representaban a los ángeles de la vida y de la muerte.

Dentro y fuera, los helechos caían en cascadas desde receptáculos de mimbre. Había también otras plantas, pero los helechos parecían robar la mayor parte de la humedad del aire y, muy pronto, toda la otra vegetación se moría.

Sobre cautelosos y tímidos pies, jugaba a mis pequeños juegos solitarios en el gran vestíbulo, donde el cristal emplomado de las dos grandes puertas delanteras arrojaba dibujos de colores sobre el suelo. A veces, colores punzantes que se me metían en el cerebro y abrían allí agujeros. También conocía unos versos, que

17

Vera me había enseñado, y que aseguraba que me protegerían de los colores:

> Pisa el negro, y vive para siempre en una choza
> Pisa el verde, y nunca estará limpio
> Pisa el azul, y nunca podrá actuar.
> Pisa el amarillo, y escucha el bramido del mundo.
> Pisa el rojo, y pronto estará muerto.

Así, cuando no quería pisar ningún color, me deslizaba junto a las paredes, manteniéndome en las sombras, escuchando a los relojes tintinear a destiempo y a los tontos cucús volviéndose locos en la noche. Cuando el viento soplaba con fuerza, las contraventanas golpeaban y los pisos crujían, el horno del sótano tosía, escupía, gemía y el viento hacía sonar una y otra vez la cúpula.

Sin embargo, durante el día, cuando las cosas eran tan maravillosamente imponentes en nuestra casa, me sentía igual que Alicia perdida en una casa de joyas. Lámparas tipo arte decorativo y *objets d'art* estaban esparcidos acá y acullá. Lámparas «Tiffany» se alzaban para arrojar aún más colores y proyectar dibujos sobre las paredes. Lágrimas de cristal colgaban de las pantallas de las lámparas, de los candelabros de las paredes, de las lámparas del gas, capturando los colores, refractando arcoiris que destellaban como relámpagos en cualquier lugar donde la luz del sol conseguía abrirse paso a través de las cortinas de encaje.

Había una chimenea en cada habitación. Ocho de ellas eran de mármol, numerosas de madera elegantemente tallada y ninguna construida de ladrillos. El ladrillo no era lo suficientemente elegante para nuestro tipo de casa, que parecía despreciar la simplicidad.

Nuestros techos eran altos y tallados con elaborados diseños, formando estructuras de escenas bíblicas o románticas. En los viejos tiempos, la gente tenía, o por lo menos así parecía a mis jóvenes ojos, o demasiada ropa encima, o demasiado poca que deseasen estuviera en su lugar. Me preguntaba por qué, por lo general, las escenas bíblicas mostraban más carne que aquellas otras en que la gente era ya, decididamente, perversa. Apenas podía creerse que aquellas personas casi desnudas trataban, sinceramente, de ir adonde Dios quería conducirlas.

Pechos desnudos de impresionantes proporciones sobresalían con descaro en todas las habitaciones de nuestra casa, menos en la mía. George Washington y Thomas Jefferson, y varios otros presidentes de ojos muertos, miraban día tras día a la dama desnuda que yacía tumbada en un canapé, al otro lado, mientras, para siempre, dejaba caer uvas en su abierta boca. Niñitos desnudos revoloteaban con desvergüenza por todas partes y lanzaban flechas al azar. Pero los hombres, ocultaban siempre modestamente sus partes viriles detrás de alguna hoja colocada estratégicamente, o de un gracioso pliegue de ropaje. Las mujeres no eran tan aptas para tapar lo que tenían, como había pensado mientras las observaba. Parecían tímidas, pero actuaban con intrepidez. Tía Ellsbeth había surgido una vez detrás de mí, y me explicó, amargamente, que, dado que casi todos los artistas eran hombres, resultaba muy natural para ellos deleitarse «explotando» la desnuda figura femenina.

—No juzgues a las mujeres por lo que veas en pinturas y estatuas. Júzgalas sólo por lo que sepas tú misma acerca de las mujeres en tu vida. El día en que cualquier hombre comprenda a cualquier mujer, será el día en que el mundo llegue a su fin. Los hombres son criaturas repugnantes y contradictorias, que dicen querer diosas para ponerlas en pedestales. Y una vez las tienen allí, les quitan su halo, les desgarran los vestidos, les arrebatan las alas para que no puedan volar y derriban el pedestal para que la mujer caiga a sus pies y él pueda gritarle y darles de patadas, llamándolas fulanas..., o algo peor...

Al oír a mi tía Ellsbeth contar estas cosas, uno creería que había estado casada una docena o más de veces, y que un millar de hombres la habían decepcionado. Y por cuanto yo sabía, sólo un hombre lo había hecho.

Nuestros muebles poseían numerosos estilos, todos ellos de fantasía. Parecía como si cada silla, cada mesa, cada sofá, lámpara, almohada, cojín, escritorio estuviesen todos en competición tratando de sobresalir unos de otros. Aunque tía Ellsbeth se quejaba acerca de los muebles, Mamá me cogía de la mano y me llevaba, reverentemente, de habitación en habitación, explicándome que esta mesa era una «imitación renacentista» de un centro de mesa hecha por «Berkey and Gay», Grand Rapids, Michigan.

—Todo antigüedades, Audrina. Todo vale su peso en oro. El lecho de mi cuarto tiene quinientos años de antigüedad. En un tiempo, reyes y reinas durmieron tras sus cortinas.

Detrás de nosotros, mi tía bufaba su desprecio y su incredulidad.

Otras personas tenían electricidad en sus casas; nosotros la habíamos puesto sólo en la cocina y en los cuartos de baño. En las otras habitaciones empleábamos lámparas de gas porque Mamá pensaba que iban mejor con su tez. Mi tía opinaba que era una auténtica mi... (Pero no se suponían que yo emplease alguna de las palabras que mi tía estaba siempre dispuesta a proferir.) Aún más que la luz de gas, Mamá amaba la llama de las velas, y de los leños en la chimenea, que crepitaban y crujían, y proyectaban sombras animadas sobre las paredes de paneles oscuros. Nuestra cocina desentonaba con todos sus chismes modernos, que hacían la vida soportable para Mamá, que odiaba cualquier tipo de trabajo duro, y que adoraba cocinar las comidas de *gourmet* que no debían faltarle a mi padre.

La habitación favorita de todos la formaba el «Salón estilo romano». En su sofá de terciopelo púrpura regio, con sus cordones de oro apagados y despreciados en los lugares donde no se sujetaban con borlas de fantasía, Mamá se tumbaba vestida con algún ligero salto de cama, o un suave vestido veraniego. No parecía percatarse de que el relleno se salía y de que los muelles asomaban a través de algunos lugares. Tendida elegantemente en aquel sofá, leía sus novelas y, ocasionalmente, alzaba los ojos y se quedaba mirando soñadoramente al vacío. Yo suponía que se imaginaba en los brazos de algún apuesto amante, tal y como aparecía en las cubiertas de su novela en rústica. Me decía a mí misma, bravamente, que algún día tendría el afán de leer novelas así, pecaminosas y hermosas al mismo tiempo, aunque no podía decir eso de que fuesen pecaminosas, puesto que no había leído ninguna. Pero la gente casi desnuda que aparecía en las cubiertas tenían un aspecto horrorosamente perverso.

El gran despacho redondo de Papá, debajo mismo

de la cúpula, albergaba millares de libros viejos, muy viejos, y muchas elegantes ediciones de clásicos que nadie leía, excepto yo y tía Ellsbeth. Papá decía que no tenía tiempo para leerlos, pero no los añadía a nuestra colección de libros encuadernados en piel, como si confiase en que todos sus amigos creyeran que los leía. Mamá tenía sus libros de rústica en los armarios de su dormitorio, y pretendía que también ella adoraba aquellos relatos de alto copete impresos en papel Biblia y encuadernados en bellísima piel.

Alguno de aquellos libros clásicos contenían material muy pecaminoso, según mi prima Vera, que siempre me informaba acerca de lo que era, o no era, pecaminoso.

Me gustaba observar a Mamá tumbada en su canapé. Detrás de ella se encontraba un piano de cola tipo concierto, que su padre le había regalado cuando ganara una medalla de oro en un concurso de música. En numerosas ocasiones me había contado que podía haberse dedicado a tocar en las mejores salas de concierto, pero que Papá no había deseado tener una música profesional como esposa.

—No esperes tener demasiado talento, Audrina. Los hombres no lo aprobarán, si resulta probable que puedes ganar más dinero que ellos.

Poco a poco iría decayendo su destreza manual. Sin siquiera mirar, encontraba con habilidad el trozo de chocolate que deseaba y se lo metía en la boca. A menudo, mi padre la prevenía respecto de comer demasiado chocolate y engordar, pero a mi madre nunca le ocurrió eso.

Mi madre era alta, con curvas donde debía tenerlas y delgada en todos los demás lugares donde una mujer podía serlo. Papá me decía, en muchas ocasiones, que Mamá era la mayor belleza de la Costa Este, y que había sido la sensación de la temporada en su baile de debutante. Más de un hombre muy favorecido y rico había pedido la mano de mi madre en matrimonio, pero fue Damian Jonathan Adare quien había enamorado locamente a mi madre con sus arrojadas miradas oscuras y su atractivo encanto.

—Ha estado por encima de cualquier otro hombre en mi vida, Audrina —me diría mi madre—. Cuando tu padre regresó del mar, todas las chicas se pusieron del todo gagá por tenerlo en su habitación. Pero me sentí muy afortunada cuando sus ojos se fijaron sólo en mí.

Luego frunció el ceño como si recordase a alguna otra muchacha respecto de la que Papá debía «haber puesto los ojos en ella».

A Vera le gustaba bromear acerca de que mi padre se casó con mi madre sólo porque admiraba muchísimo el color de su cabello.

—Pelo de bruja —llamaba Vera al cabello de Mamá y al mío.

—Pelo de camaleón —decía mi padre.

Era un cabello muy raro y, en ocasiones, creía que Vera tenía razón. Nuestro cabello no sabía qué color se suponía que tenía, y, en vez de ello, presentaba todos los colores. Rubio de lino, dorado, castaño, rojo brillante, castaño apagado cobrizo e incluso algo blanco. Papá amaba aquel extraño color de nuestro cabello parecido a un prisma de colores. Yo creía que había ordenado a Dios que me diera la clase de pelo que tenía; si Él no lo hubiera hecho, Papá me habría devuelto. La Primera Audrina poseía también un pelo camaleónico.

Mi Papá, con su metro noventa y un peso de más de noventa y cinco kilos, era el hombre más alto que hubiera visto nunca, aunque Vera siempre me estaba diciendo que había otros muchos hombres más altos, especialmente los jugadores de baloncesto. El pelo de Papá era de un negro azabache, que a veces parecía azulado a la luz del sol. Tenía unos bellos ojos almendrados, tan castaños que parecían negros, y sus pestañas eran tan largas y gruesas que se creían postizas, aunque, en realidad, no lo fuesen. Lo sabía; había tratado de arrancárselas, después de ver a Mamá ponerse unas pestañas postizas. Sus ojos eran tersos como el aceite, asustadizos y maravillosos, especialmente cuando relucían. Tenía una piel lisa y suave, que a menudo parecía rubicunda en invierno, y de un rico bronceado en los veranos. Cuando Mamá estaba enfadada con Papá y su forma egoísta de gastar más en sí mismo que en ella, le llamaba *dandy* y petimetre, aunque yo no sabía qué significaban aquellas palabras. Sospechaba que mi madre quería decir que mi grandote y poderoso Papá se preocupaba más acerca de sus prendas de lo que le importan los principios.

Mi padre temía envejecer y, especialmente, tenía miedo de perder su cabello. Comprobaba cada mañana su cepillo del pelo, casi contando cada pelo que encontraba allí. Visitaba al dentista cuatro veces al año. Se cuidaba tan a menudo de sus dientes, que Mamá se disgustaba cada vez más. Su médico le hacía aún mayores chequeos que su dentista. Se preocupaba por defectos menores, de los que no se percataba nadie más que él, como unas gruesas y coriáceas uñas de los pies, que tenía dificultades para cortar. Sin embargo, cuando sonreía, su encanto resultaba del todo irresistible.

Los principios eran otra cosa que no comprendía, excepto que Mamá a menudo decía que Papá carecía de ellos. Una vez más conjeturé vagamente que daba a entender que Papá deseaba lo que deseaba, y nadie podía interponerse en su camino y tratar de impedir que hiciese lo que se había propuesto hacer. Sin embargo, a veces, cuando Papá estaba conmigo y se mostraba tierno y amoroso, me dejaba hacer lo que quisiera. Pero sólo en ocasiones. Había otras veces, unas terribles otras veces.

Se había acordado que mi tía volviese a vivir aquí cuando Vera sólo tenía un año, para que hiciese toda clase de tareas domésticas a cambio de su alojamiento y manutención, mientras mi madre atendía la cocina. De una manera irrazonable, mi tía deseaba cocinar (algo que consideraba más sencillo), en vez de las tareas domésticas, pero nadie podía tomar un bocado de lo que mi tía preparaba. Mamá despreciaba las tareas del hogar, pero podía echar cualquier cosa en una olla o en un cuenco sin medirlo, y acababa teniendo un gusto divino. Papá decía que mi madre era una cocinera «creativa», porque poseía una mente de artista, mientras que Ellie (como sólo él la llamaba) había nacido para ser esclava de algún hombre. Y cómo se sulfuraba mi tía cuando Papá decía cosas así...

Mi tía era una mujer terrible. Alta, delgada y todo lo demás que concordaba con la descripción de mi padre.

—No es de extrañar que ningún hombre deseases casarse contigo —se guaseaba a menudo mi padre de mi tía—. Tienes la lengua de una arpía.

No sólo tenía una lengua afilada, como significaba para mí y para Vera, sino que también poseía su regla de oro respecto de no perdonar aquello de quien bien te quiere te hará llorar. Ni Vera ni yo nos lo ahorrábamos cuando mi tía estaba al mando de todo. Por fortuna, mis padres raramente nos dejaban a solas con ella. En cierto modo, parecía que a mi tía le disgustaba su hija aún más de lo que le desagradaba yo. Siempre había tenido la creencia de que las mujeres habían nacido para ser unas madres amorosas. Luego, cuando volví a pensar sobre aquello, no pude recordar cómo había llegado a semejante conclusión.

A Mamá le *agradaba* que mi tía castigase a su hija, para poderle abrir los brazos y darle en ellos la bienvenida, diciéndole a Vera de vez en cuando:

—Está bien, te querré aunque tu madre no llegue a hacerlo.

—Esto es una debilidad por tu parte, Lucietta —le decía mi tía con aspereza—. Tienes siempre que entregar tu amor a alguien.

Como si su propia hija, Vera, fuese menos que un ser humano.

Tampoco mi tía Ellsbeth mencionaba nunca al hombre que había sido el padre de Vera.

—Era un artero y un mentiroso. No *quiero* ni recordar su nombre —decía con desprecio.

Resultaba muy difícil comprender qué estaba ocurriendo en nuestra casa. Traidoras corrientes subterráneas, como los ríos que corrían hacia el mar, que no estaba demasiado alejado.

Resultaba cierto que mi tía era alta, que su rostro resultaba alargado y que era enjuta, aunque comía tres veces más que mi madre. A veces, cuando Papá decía cosas crueles a mi tía, sus ya de por sí delgados labios se unían hasta forma sólo una fina línea. Las ventanillas de su nariz aleteaban, sus manos se agarrotaban en forma de puño, como si deseara pegarle, de tener los arrestos suficientes.

Tal vez fuese tía Ellsbeth la que impidiese que nuestros amigos de la ciudad viniesen a vernos a menudo. Debía existir alguna razón para que sólo viniesen cuando se celebraba una fiesta. En realidad, decía Mamá, nuestros «amigos» salían de los muebles de madera como insectos para deleitarse con la merienda campestre. Papá adoraba todas las fiestas hasta que concluían. Después, por una razón u otra, saltaba sobre Mamá y la castigaba por cualquier cosa trivial que él llamaba «un error social», tal como mirar a algún hombre agraciado durante mucho rato, o bailar con él demasiadas veces. Oh, qué difícil resultaba ser una esposa, podía decir yo. Una nunca sabía qué debía hacer, o cuán amistosa manifestarse. Se esperaba de Mamá que tocase el piano para entretener a todo el mundo, mientras la gente bailaba o cantaba. Pero no se suponía que tocase tan bien que algunas personas manifestasen después que había sido una loca al casarse y abandonar de esta manera su carrera musical.

No había gente que viniese de forma casual a llamar a nuestra puerta. Tampoco se les permitía hacerlo a los vendedores. Por todas partes aparecían letreros: «No se permiten solicitudes», «Cuidado con el perro» y «Prohibida la entrada. Salgan de aquí, pues esto es una propiedad privada. Los que la allanen serán denunciados».

A menudo, me iba a la cama sintiéndome infeliz respecto de mi vida, como si notase que una corriente subterránea me estuviese empujando los pies por debajo de mí, y forcejeaba y forcejeaba, propensa a hundirme y a ahogarme. Me parecía escuchar una voz que me susurraba, que me decía que había ríos que cruzar y lugares a los que ir, pero nunca acudía a ninguna parte. Había gente a la que conocer y cosas divertidas que hacer, pero no quería experimentar ninguna de estas cosas. Me despertaba y escuchaba el tintineo de los relojes y el viento susurrante que me decía, una y otra vez, que yo pertenecía adonde me encontraba, y que debía quedarme aquí para siempre jamás, y nada de lo que yo hiciers, a la larga, tendría la menor importancia. Temblando, me apretaba con los brazos mi esmirriado pecho. En mis oídos escuchaba la voz de Papá, que me decía repetidamente:

—Éste es el lugar al que perteneces, para estar segura con Papá, a salvo en tu casa...

¿Por qué debía tener una hermana mayor muerta y en su tumba a la edad de nueve años? ¿Por qué me tenían que haber puesto el nombre de una niña muerta? Parecía peculiar, algo poco natural. Odiaba a la Primera Audrina, a la Mejor Audrina, a la Buena y Perfecta y Nunca Errónea Audrina. Sin embargo, tenía que remplazarla si debía ganarme un lugar permanente en el corazón de Papá. Odiaba el ritual de visitar su tumba cada domingo después de los oficios en la iglesia y poner allí unas flores que nos traía una florista, como si las flores de nuestro jardín no fuesen lo suficientemente buenas.

Por la mañana me dirigí a toda prisa en busca de Papá, el cual me cogió y me apretó entre sus brazos mientras los grandes relojes del abuelo en los vestíbulos seguían implacables con su tictac. En torno nuestro, por lo demás, como si aguardase a que llegase la muerte y se nos llevase a todos, como se había llevado ya a la Primera y Mejor Audrina. Oh, cómo odiaba y envidiaba a mi muerta hermana mayor. Cuán maldecida me sentía al tener que llevar su nombre.

—¿Dónde está cada cual? —susurré, mientras miraba asustada a mi alrededor.

—Afuera en el patio —replicó, al tiempo que me abrazaba con mayor fuerza—. Es sábado, cariñito. Sé que el tiempo no es importante para ti, pero sí lo es para mí. El tiempo nunca es importante para las personas especiales, con dones fuera de lo corriente. Sin embargo, para mí, las horas del fin de semana son las mejores. Sabía que te asustaría el encontrarte sola en una casa vacía, por lo que me quedaré dentro mientras los demás recogen las recompensas de la siembra que han plantado.

—Papá, ¿por qué no tengo recuerdos de cada día, lo mismo que las otras personas? No me acuerdo del año pasado, o del año anterior... ¿Por qué?

—Todos somos víctimas de una herencia dual —repuso con suavidad, acariciándome el pelo y balanceándome adelante y atrás en la mecedora que mi tatarabuela había empleado para dar de comer en ella a sus doce hijos—. Cada chiquillo hereda genes por parte de ambos padres, y eso determina en él o en ella el color de su pelo, el de sus ojos y los rasgos de su personalidad. Los bebés llegan al mundo para ser regulados por esos genes y por el particular medio ambiente que los rodea. Tú estás aún aguardando el llenar los dones de tu hermana muerta. Cuando lo hagas, todo cuanto es bueno y bello en este mundo te pertenecerá a ti, como le pertenecía a ella. Mientras tú y yo aguardamos ese día maravilloso en que tu vacío cántaro se llene, haré todo cuanto esté en mi mano para concederte lo mejor.

En aquel momento, mi tía y mi madre entraron en la cocina, seguidas a la zaga por Vera, que llevaba una cesta de recién cogidos guisantes tiernos.

Tía Ellsbeth debía haber entreoído la mayor parte de lo que Papá acababa de decir, porque observó sarcásticamente:

—Debías de haber sido un filósofo en vez de agente de Bolsa, Damian. Entonces tal vez alguien se preocuparía de escuchar tus muy sabias palabras...

Me la quedé mirando y capté entre mis traicioneros recuerdos algo que tal vez hubiera o no soñado. Incluso podía tratarse de un sueño que perteneciese a la Primera Audrina, que había sido tan lista, tan bella y tan perdurablemente perfecta. Pero antes de que pudiese atrapar algo en mi evasiva memoria, todo se había ya ido, ido...

Suspiré, infeliz conmigo misma, desgraciada con los adultos que me regían, con la prima que insistía en que era, realmente, mi única hermana y que deseaba quitarme el sitio, cuando ya mi lugar había sido robado por la Primera y Mejor Audrina, que era una Audrina muerta.

Y ahora se suponía que yo debía desenvolverme como ella, hablar igual que ella y ser todo cuanto ella había sido... ¿Y dónde se suponía que debía ir mi yo real?

Llegó el domingo, y tan pronto como hubieron terminado los oficios divinos en la iglesia, Papá nos llevó en coche, como siempre lo hacía, directamente hasta el cementerio familiar, cerca de nuestra casa, de ahí el nombre de «Whitefern» grabado sobre el arco de una puerta de entrada, través de la cual condujo con lentitud. Más allá de la arcada, se llegaba a pie la cementerio en sí. Íbamos vestidos con nuestras mejores ropas y llevábamos costosas flores. Papá tiró de mí para sacarme del coche. Yo me resistí, odiaba aquella tumba que debíamos visitar y a aquella niña muerta que había arrebatado el amor de todos hacia mí.

Me pareció que ésta era la primera vez en que podía recordar, con claridad, las palabras que Papá me había dicho ya muchas veces:

—Aquí es donde yace mi Primera Audrina.

Entristecido, se quedó mirando hacia abajo, a la lisa tumba con aquella esbelta lápida mortuoria de mármol blanco que llevaba mi propio nombre, pero las fechas de nacimiento y de muerte de ella. Me pregunté cuándo mis padres se recuperarían de la conmoción de aquella misteriosa muerte. Me pareció que si dieciséis años no lo habían logrado, tal vez ni siquiera noventa lo conseguirían. No podía soportar mirar aquella lápida, por lo que me dediqué a contemplar el agraciado rostro de Papá, que estaba tan en lo alto. Aquélla era la clase de perspectiva que ya no tendría una vez hubiese crecido, al ver su fuerte y cuadrado mentón desde abajo, cerca de su pesado y sobresaliente labio superior, luego sus aleteantes ventanillas de la nariz y la orla de sus largas pestañas inferiores, que se encontraron con las superiores cuando parpadeó al contener las lágrimas. Era algo parecido a mirar hacia arriba a Dios.

Me parecía tan poderoso, tan dueño de sí mismo. Me sonrió de nuevo.

—Mi Primera Audrina está en esta tumba, muerta a la edad de nueve años. Aquella maravillosa y especial Audrina..., lo mismo que tú eres maravillosa y especial. Nunca dudes, ni por un solo instante, que eres tan maravillosa y dotada como ella lo fue. Cree lo que Papá te dice y nunca llegarás a equivocarte.

Tragué saliva. El visitar esta tumba y oír cosas acerca de Audrina siempre me producía un nudo en la garganta. Naturalmente, yo no era nada maravillosa o especial; pero, ¿cómo podía decírselo cuando parecía tan convencido?

A mi manera infantil, me imaginaba que mi valor ante él dependía de cómo de especial y de maravillosa me fue volviendo.

—Oh, Papá —gritó Vera, llegándose hasta su lado y cogiéndole de la mano—. La quería tanto, tanto... Era tan dulce, maravillosa y especial... Y tan bella... No creo que en un millón de años haya alguien más como tu Primera Audrina.

Hizo destellar una pecaminosa sonrisa hacia mí, como para decirme que nunca sería tan guapa como la Primera y Mejor y Más Perfecta Audrina.

—Era tan brillante en la escuela también... Es terrible la forma en que murió, auténticamente espantosa. Estaría tan avergonzada si aquello me sucediera a mí, tan avergonzada, que preferiría más estar muerta...

—¡Cállate! —rugió Papá, con voz tan poderosa que los patos del río emprendieron el vuelo.

Se apresuró a depositar su jarrón de flores encima de aquella tumba, y luego se apoderó de mi mano y me empujó hacia su coche.

Mamá empezó a llorar.

Yo ya sabía que Vera tenía razón. Cualquier cosa especialmente maravillosa que la Primera Audrina hubiese poseído, estaba sepultado con ella en la tumba.

EN LA CÚPULA

No deseadas, de ningún valor, no bellas y no suficientemente especiales fueron las palabras que pensé mientras subía las escaleras y entraba en el desván. Deseé que la Primera Audrina jamás hubiese nacido. Tuve que vadear a través de polvorientos desechos, hasta llegar a la oxidada escalera de caracol que me daría acceso a una cuadrada abertura en el suelo que hacía tiempo que tenía un desvencijado raíl de protección que un día u otro Papá debería sustituir.

En aquella habitación octogonal había una alfombra turca rectangular, toda ella llena de carmesíes, oros y azules. Cada vez que la visitaba, peinaba su orla con los dedos, como Papá a menudo se los pasaba por su oscuro cabello cuando estaba encolerizado o frustrado. No había muebles en la cúpula, sólo una almohada donde poder sentarme. A través de las ventanas con vidrios emplomados, la luz del sol caía de lleno sobre la alfombra en remolinos parecidos a brillantes plumas de pavo real, y confundía los dibujos con pautas de luz coloreada. Mis piernas y brazos también presentaban dibujos, cual un tatuaje no permanente. Muy arriba, oscilando desde el ápice del tejado en punta, se encontraban unos rectángulos de cristal pintado, unos carillones chinos de viento que colgaban cual cuerdas de seda escarlatas. Se hallaban tan arriba, que el viento nunca los movía, aunque a menudo los oía tintinear, tintinear. Sólo en una ocasión oscilaron un poco hacia mí mientras los miraba, por lo que pude creer que no estaba loca.

Me dejé caer en el cojín de encima de la alfombra, y comencé a jugar con las viejas muñecas de papel que mantenía alineadas alrededor de las paredes. Cada una tenía su nombre según alguien conocido, pero, como no conocía a demasiadas personas, muchas de las muñecas de papel tenían los mismos nombres. Pero sólo una se llamaba Audrina. Me parecía poder recordar vagamente que, en un tiempo, hubo muñecas de uno y otro sexos, pero ahora sólo tenía niñas y damas.

Me encontraba tan absorta en mis pensamientos, que no oí el menor ruido hasta que una voz preguntó:

—¿Estabas pensando en mí, dulce Audrina?

Mi cabeza dio súbitamente la vuelta. Allí estaba Vera en las encantadas y coloreadas luces de la cúpula. Su pelo liso era de un color de melocotón pálido, muy diferente a cualquier otro que hubiese visto nunca, pero no resultaba desacostumbrado en nuestra familia. Sus ojos eran oscuros, como los de su madre, como los de mi padre.

Los colores refractados desde las numerosas ventanas arrojaban miríadas de luces coloreadas encima del suelo, dibujos de tatuaje sobre su cara, por lo què estoy seguro de que mis ojos aparecían iluminados como los de ella, cual unas joyas de muchas facetas. La cúpula resultaba un lugar mágico.

—¿Me estás escuchando, Audrina? —me preguntó, con voz susurrante y pavorosa—. ¿Por qué te limitas a estar ahí sentada y no respondes? ¿Has perdido tus cuerdas vocales igual que tu memoria?

Aborrecía que estuviese en la cúpula. Aquél era mi cuarto especial y privado, para tratar de imaginarme lo que no podía recordar, mientras movía las muñecas y soñaba que constituían mi familia. Verdaderamente, hacía avanzar a las muñecas a través de los años de mi vida, tratando de esta forma de reconstruir y extraer el secreto que me eludía. Algún día, algún maravilloso día, confiaba recuperar, a través de aquellas muñecas, todo cuanto no podía recordar para ser de nuevo un todo, y exactamente igual de maravillosa que lo había sido mi hermana muerta.

El brazo izquierdo de Vera acababa de ser despojado de su escayola. Lo movió con cautela mientras se adelantaba por mi pequeño santuario.

A pesar de mi temporal desagrado hacia Vera, sentí que podría romperse el brazo al golpearlo contra algo duro. Según ella, se había roto once veces los huesos, y a mí no se me había quebrado nunca ninguno. En cuanto se magullaba contra una mesa, se fracturaba la muñeca. Un leve bulto y amplios cardenales le echaban a perder la piel durante semanas. Si se caía de la cama encima de una suave y recia alfombra, pese a ello seguía rompiéndose una pierna, un tobillo, un antebrazo, algo...

—¿Aún te duele el brazo?

—¡No me mires con esa piedad! —me ordenó Vera cojeando por la cúpula; luego hizo crujir sus talones de una forma rara. Sus ojos oscuros taladraron agujeros en mí—. Tengo unos huesos muy frágiles, pequeños y delicados, y se me rompen con facilidad, pero es porque poseo más sangre azul que tú.

Pues podía tener toda la sangre azul que quisiera si, a cambio, se le rompían los huesos dos veces al año. Algunas veces, cuando se mostraba tan quisquillosa conmigo, pensaba que Dios la estaba castigando. Y, en otras ocasiones, me sentía culpable porque mis huesos eran tan recios y se negaban a quebrarse aunque, ocasionalmente, me cayese.

Oh, me pregunté de nuevo si la Primera, la Mejor y la Más perfecta Audrina habría sido tan aristocrática como Vera.

—¡Claro que mi brazo me duele! —chilló Vera, con sus ojos oscuros destellando de tonos rojos, verdes y azules—. ¡Me duele una barbaridad!

Su voz se hizo quejosa y prosiguió:

—Cuando el brazo se te rompe, te sientes tan indefensa... Realmente es peor que una pierna rota, porque existen muchas cosas que no puedes hacer por ti mismo. Dado que tú no comes mucho, no sé por qué tus huesos no se te rompen con más facilidad que los míos... Pero, claro, como debes de tener huesos de campesina...

No supe qué responder.

—Hay un chico en mi clase que me mira con gran simpatía, y me lleva los libros, y me habla, y me hace toda clase de preguntas. Es tan agraciado que no puedes acabar de creértelo. Se llama Arden Lowe. ¿No es un nombre desacostumbrado y romántico para un chico? Audrina, creo que se ha fijado en mí..., y ya me ha besado dos veces en el guardarropa.

—¿Qué es un guardarropa?

—¡Vaya, qué estúpida eres! Agujeros en el campanario con murciélagos volando alrededor, ésa es la dulce Audrina de Papá.

Rió sofocadamente mientras me arrojaba aquel desafío. No quise combatir, por lo que siguió contándome más cosas acerca de aquel amigo que se llamaba Arden Lowe.

—Sus ojos son de color de ámbar, los ojos más bonitos que hayas visto nunca. Cuando te acercas lo suficiente, puedes ver unas motitas verdes en sus ojos. Su pelo es de color castaño oscuro, con algunos toques rojizos cuando los alcanza el sol. Y también es muy listo. Tiene un año más que yo, pero eso no significa que sea estúpido, sino que ha viajado mucho por ahí y por eso se ha atrasado en sus estudios.

Suspiró y adoptó una expresión soñadora.

—¿Qué edad tiene Arden Lowe?

—Ayer yo tenía veinte, por lo que Arden, naturalmente, era más joven. No posee mi clase de talento para tener cualquier edad que desee, igual que hago yo. Supongo que tiene once años, y resulta una especie de bebé cuando yo represento veinte, pero es un bebé de muy buen ver.

Me sonrió, pero supe muy bien que Vera no podía tener más de ¿doce? Regresé junto a mis muñecas.

—No, yo no...

Pero no estaba realmente demasiado segura ni siquiera al decir esto.

—Entonces, dame los muñecos que sean *chicos* y *hombres*...

—Ya no me queda ninguno —respondí con una voz de burla y áspera, que le hizo a Vera abrir los ojos al máximo.

—¿Y dónde han ido a parar todos los muñecos masculinos? —me susurró con aquella clase rara de voz de enteradilla que me hacía temblar.

—No lo sé —respondí también en un susurro, en cierto modo preocupada.

Miré rápidamente a mi alrededor con ojos asustados. Los carillones tintinearon por arriba, aunque seguían perfectamente inmóviles. Me encogí en mi interior.

—Pensé que te los habías llevado tú...

—Eres una niña ma...la, Audrina, una muchacha verdaderamente pecaminosa. Algún día averiguarás, exactamente, lo mala que eres, y cuando lo hagas querrás morirte...

Rió de nuevo entre dientes y se alejó.

¿Qué había equivocado en mí para que Vera quisiera herirme de vez en cuando? ¿O lo erróneo estaba en ella? Al igual que mi madre y su hermana..., ¿se iba a repetir la historia una y otra vez?

El pálido y pastoso rostro de Vera me sonrió perversamente, y me pareció que representaba todo lo diabólico. Cuando volvió la cabeza, los colores siguieron jugueteando sobre su piel y su pelo de melocotón se volvió rojo, y luego azul con manchas violeta.

—Dame todas tus muñecas, aunque las mejores se hayan ido al diablo...

Y alargó la mano para apoderarse de media docena de las muñecas más cercanas.

Moviéndome con la velocidad del relámpago, le quité aquellas muñecas de las manos. Luego, poniéndome en pie de un salto, me apresuré a reunir todas las demás. Vera se arrastró para arañarme las piernas con sus largas uñas, que siempre presentaban puntas aguzadas. Sin embargo, logré de nuevo apartarla golpeándola con un pie en los hombros, mientras recogía muñecas y vestidos. Con ambas manos llenas ahora, la empujé de nuevo con el pie, haciéndola caer hacia atrás, al mismo tiempo que salía corriendo y comenzaba a bajar por la escalera de caracol a toda velocidad, segura de que no me pillaría. Sin embargo, la oí exactamente detrás de mí, gritando mi nombre, ordenando que me detuviese.

—Si me caigo será culpa tuya, culpa tuya...

Y añadió algunos nombres feos, que no significaban nada para mí.

—No me quieres, Audrina —escuché su lamento.

Sus zapatos de suela gruesa alzaron unos ruidos resonantes en los peldaños metálicos.

—Si realmente me quisieses como a una hermana, harías todo lo que yo desease y me darías cuanto me apeteciese para librarme de todo el dolor que debo sufrir.

La escuché detenerse y jadear para recuperar el aliento.

—¡Audrina, no te atrevas a esconder esas muñecas! ¡No te atrevas! ¡Me pertenecen a mí tanto como a ti!

No, no era así. Yo fui quien las encontrara en un viejo baúl. Había una regla para los que descubrían cosas, y yo creo en las reglas, en los viejos refranes, en las máximas. Han sido elegidas y comprobadas por el tiempo, que sabe mucho más acerca de todo que cuanto pudiese yo conocer.

Fue fácil desaparecer de la vista de Vera, mientras ésta de forma tediosa y torpe se arrastraba por los escalones de la pequeña escalera. Metí las muñecas debajo de una tabla del suelo suelta, junto con aquellos coloridos vestidos eduardinos que les conferían muchas e importantes funciones sociales. Fue entonces cuando oí el grito de Vera.

¡Oh, caramba! Se había caído de nuevo. Corrí hasta donde se encontraba hecha un confuso montón. Su pierna izquierda se había torcido debajo de ella de una forma grotesca. Era la pierna que ya se había roto dos veces. Me agaché para ver un trozo de hueso aguzado que sobresalía a través de la carne desgarrada, que manaba sangre.

—Ha sido culpa tuya —gimió, con extrema agonía mientras su bonito rostro se hallaba retorcido y feísimo—. Ha sido culpa tuya, por no darme lo que quería. Siempre es culpa tuya, todo lo malo ha de sucederme a mí, por tu culpa... De vez en cuando alguien debería darme lo que pido.

—Te entregaré ahora las muñecas —repuse con débil voz, dispuesta a darle todo lo que me pidiese, ahora que se hallaba lastimada—. Pero primero iré en busca de tu madre y de la mía...

—¡Ya no quiero tus malditas muñecas! —gritó—. ¡Sal de aquí y déjame sola! Pero por ti debería tenerlo todo. Algún día pagarás por todo lo que me has quitado, Audrina. ¡Se supone que yo soy la primera y mejor, y no tú!

Aquello me hizo sentirme mal, el tener que irme y

dejarla sola de la forma en que estaba, rota y dolorida, y con la pierna izquierda goteándole sangre. Luego me percaté de que su brazo izquierdo yacía también en una posición muy peculiar. Oh, Dios mío... Se lo había roto de nuevo. Ahora tendría un brazo roto y una pierna rota. Pero, aun así, Dios no le había enseñado a Vera nada acerca de la humildad, como me habían enseñado a mí, y enseñado bien.

¿Cómo lo sabía?

Al bajar a toda prisa las escaleras choqué contra Papá.

—¿No te he dicho que te mantengas alejada de la cúpula? —me ladró, agarrándome por el brazo e intentando impedir que llegase hasta mi madre—. No subas más allí hasta que no haya cambiado el raíl de protección. Podrías caerte y lastimarte.

Yo no quería ser la que le contase a Papá lo de los huesos rotos de Vera. Sin embargo, debía hacerlo, dado que se negaba a soltarme el brazo.

—Ella está allí sangrando. Papá. Grandes cuajarones de sangre, y si no me sueltas y me dejas llamar a una ambulancia, puede morirse.

—Lo dudo —respondió; sin embargo, vociferó a Mamá—: Llama a una ambulancia, Lucky. Vera se ha roto de nuevo los huesos. Me cancelarán la póliza de seguro médico si esto sigue así...

De todos modos, cuando llegó el momento, Papá fue el que calmó los temores de Vera y se sentó a su lado en la ambulancia, sosteniéndole la mano mientras le enjugaba las lágrimas. Y en una camilla, en aquella ambulancia que conocía tan bien. Vera se hallaba una vez más camino del hospital más cercano, para que le enyesasen de nuevo el brazo, y también la pierna.

Yo me quedé de pie cerca de la puerta principal, y observé cómo la ambulancia desaparecía por la curva de nuestro largo camino de coches. Tanto mi madre como mi tía se negaron a ir nuevamente al hospital, sufrir durante las largas horas de espera y observar cómo aquella marchita pierna era enyesada otra vez. La última ocasión en que Vera se había roto la pierna, el médico explicó que si se la fracturaba de nuevo, era posible que no siguiese creciendo igual que la otra.

—No te preocupes tanto, cariño —me consoló Mamá—. No ha sido culpa tuya. Ya le hemos avisado a

Vera, una y otra vez, que no subiese por esa escalera de caracol. Ésa es la razón de que hayamos dicho que no subas tú, al saber que Vera te seguiría, más pronto o más tarde, para comprobar qué haces por allí. Y los médicos siempre te hacen las peores predicciones, pensando lo agradecida que te sentirás si luego no llegan a cumplirse. La pierna de Vera crecerá y hará juego con la otra..., aunque Dios sabe cómo consigue romperse la misma, una y otra vez, de una forma que resulta tan constante.

Tía Ellsbeth no dijo absolutamente nada. Le parecía que los huesos rotos de su hija no le concernían tanto, como el tener que buscar por toda la casa una aspiradora, la cual, finalmente, encontró en el armario de las escaleras de atrás. Se dirigió entonces al comedor familiar, donde colgaban seis presidentes que contemplaban a la desnuda dama que comía uvas.

—¿Puedo hacer algo por ti, tía Ellsbeth? —le pregunté.

—¡No! —respondió desabrida mi tía—. No sabes cómo hacer nada bien y, además a una sola le cunde más al trabajo. ¿Por qué demonios no le diste a Vera los muñecos de papel cuando te los pidió?

—Porque hubiera acabado rompiéndomelos.

Mi tía pegó un bufido, se nos quedó mirando a mí y a mi madre, cuyos brazos me rodeaban, y a continuación siguió arrastrando la aspiradora por el vestíbulo y desapareció.

—Mamá —musité—, ¿por qué Vera miente siempre? Le contó a Papá que la había empujado por las escaleras, pero en ningún momento estuve cerca de ella. Me encontraba en el desván, escondiendo las muñecas, mientras Vera bajaba por la escalera. Se cayó en la escuela, e incluso entonces dijo que le había empujado. Mamá, ¿por qué diría eso, cuando yo nunca he ido a la escuela? ¿Por qué no puedo ir a la escuela? ¿No fue la Primera Audrina?

—Sí, claro que fue —replicó Mamá, como si tuviese un nudo en la garganta—. Vera es una niña muy desgraciada, y ésa es la razón de que mienta. Su madre le presta muy escasa atención, y Vera sabe que tú recibes demasiada. Pero resulta muy difícil amar a una niña así, tan odiosa, aunque todos intentemos hacer lo mejor por nuestra parte. Hay una vena de crueldad en Vera que me preocupa muchísimo. Temo que realice algo que te lastime, que nos dañe a todos...

Sus amorosos ojos de color violeta se quedaron fijos mirando al vacío.

—Es muy malo que tu tía no se vaya de aquí. No la necesitamos y Vera aún complica más nuestras vidas.

—¿Qué edad tiene Vera, Mamá?

—¿Qué edad te ha dicho que tiene?

—A veces, Vera confiesa que diez, en otras ocasiones que doce, y hasta otras veces dice que tiene dieciséis o veinte. Mamá, se ríe como si se burlara de mí..., porque realmente soy yo la que no sé mi edad...

—Claro que sabes que tienes siete años. ¿No te lo hemos dicho una y otra vez?

—Pero no puedo acordarme de mi séptimo cumpleaños. ¿Me disteis una fiesta? ¿Celebra Vera fiestas de cumpleaños? No puedo acordarme de ninguno.

—Vera es tres años mayor que tú —se apresuró a responder Mamá—. Y ya no podemos permitirnos dar fiestas de cumpleaños. No porque no podamos gastarnos el dinero, sino porque ya sabes que las fiestas de cumpleaños nos traen trágicos recuerdos. Ni tu padre ni yo soportamos ya ni siquiera el pensamiento de una fiesta de cumpleaños, por lo que dejamos de tenerlas y hemos preferido quedarnos en la edad que más nos guste. Yo permaneceré en los veintidós años.

Se rió por lo bajo y me besó de nuevo.

—Es una edad muy bonita en la que estar, ni demasiado joven ni demasiado vieja.

Pero yo me hallaba muy seria y harta de evasivas.

—Así que Vera no conoció a mi hermana muerta, ¿verdad? Dice que sí, ¿pero cómo pudo hacerlo puesto que es sólo tres años mayor que yo?

Una vez más, mi madre pareció turbarse.

—En cierto modo sí la conoció. Verás, hablamos tanto acerca de ella... Tal vez hablamos incluso demasiado...

Como siempre, allí no había otra cosa que evasivas, nada de revelaciones, por lo menos no de la clase que, realmente, esperaba, la clase en la que podría creer.

—¿Cuándo podré ir a la escuela? —pregunté.

—Algún día —murmuró Mamá—, pronto, un día de éstos...

—Pero, Mamá... —insistí, siguiéndola a la cocina y ayudándola a cortar verduras para la ensalada—. Yo no me caigo y me rompo los huesos igual que Vera. Por lo tanto, estaría en la escuela más segura que ella...

—No, no te caes —me respondió con voz aguda—. Supongo que deberías estar agradecida por ello... Pero existen otras formas de lastimarte a ti misma, ¿verdad?

¿Era así?

EL SUEÑO DE PAPÁ

Antes de que la oscuridad se llevase hasta el último resplandor del crepúsculo, Papá ya había regresado del hospital y llevado a Vera al Salón estilo romano. Como si Vera pesase lo mismo que una pluma, aunque la escayola de la pierna izquierda le llegase a la cadera, y tuviese enyesado también el brazo izquierdo, Papá depositó tiernamente a Vera en el canapé púrpura que mi madre reservaba para sí misma. Vera parecía muy feliz con la gran caja de bombones, que ya se había comido a medias en su viaje de vuelta del hospital en coche. No me ofreció la caja, aunque me quedé allí mucho tiempo para que me diese un bombón. Luego vi que Papá le había traído también un nuevo rompecabezas.

—Todo va bien, encanto —me dijo—. También he traído bombones y un rompecabezas para ti. Pero tienes que estar agradecida por no tener que caerte y romperte *tus* huesos para conseguir un poco de atención...

Inmediatamente, Vera dejó a un lado el rompecabezas y tiró los bombones al suelo.

—Vaya, vaya —la suavizó Papá, al mismo tiempo que recogía las cajas y se las devolvía—. Tu rompecabezas es muy grande y el de Audrina más pequeño. Tu caja de bombones es de un kilo y la de Audrina sólo pesa cuatrocientos gramos...

Feliz de nuevo, Vera hizo una mueca hacia mí.

—Gracias, Papá. Eres tan bueno conmigo...

Extendió los brazos, aguardando a que él la besase. Yo me dolí por dentro, odiándola por haberle llamado Papá, cuando no era su padre, sino el mío. Me resentí por aquel beso que le estampó en las mejillas, y también lo sentí por aquella gran caja de bombones, y por aquel rompecabezas tan grande que tenía unos colores mucho más bonitos que el que Papá me había dado.

Incapaz de seguir mirando más, me alejé de allí para sentarme en la veranda de atrás, y me quedé observando la luna que salía por encima de las oscuras aguas. Era una media luna, a la que Papá llamaba luna con cuernos, y pensé que podía ver el perfil del hombre de la luna, muy viejo y de un aspecto muy marchito. El viento, a través de las hojas del verano, tenía un sonido solitario, que me decía que las hojas pronto morirían, que llegaría el invierno y que no habría disfrutado en absoluto del verano. Tenía vagos recuerdos de unos veranos más cálidos y más felices y, sin embargo, no podía extraerlos hasta una visión más clara. Me llevé una chocolatina a la boca, aunque ya habíamos cenado. Aquel mes de agosto, en realidad, se parecía mucho más al mes de octubre...

Como si me hubiera oído llamar, Papá se presentó para sentarse junto a mí. Olió el viento como siempre hacía, una vieja costumbre, según me contase muchas veces, que le había quedado de sus días en la Armada.

—Papá, ¿por qué esos gansos vuelan hacia el Sur cuando aún estamos en verano? Pensé que sólo lo hacían a finales de otoño.

—Supongo que los gansos saben mucho más acerca del tiempo que nosotros, y que tratan de decirnos algo.

Su mano me rozó levemente el cabello.

Iba a llevarme otro bombón a la boca cuando mi Papá prosiguió:

—No comas más que uno de esos.

Su voz era más suave cuando me hablaba a mí, más amable, como si mi sensibilidad fuese tan frágil como las cáscaras de huevo de los huesos de Vera.

—Te vi celosa cuando besé a Vera. Te dolieron los

regalos que le hice. Alguien tiene que mimarla cuando sufre. Y ya sabes que sólo tú eres la luz de mi vida, el corazón de mi corazón...

—Amas más a la Primera Audrina —repuse, ahogándome—. Nunca conseguiré sus dones. Papá, sin importar para nada las veces que me siente y me meza en aquel balancín. ¿Por qué debo tener sus cualidades? ¿Por qué no me tomas tal y como soy?

Con su brazo en torno de mis hombros, me explicó de nuevo que lo único que deseaba era infundirme confianza en mí misma.

—Existe una magia en aquella mecedora. Audrina. Yo te amo por lo que eres, y sólo deseo darte un pequeño extra, algo que ella ya no necesita. Y si puedes usar lo que ella hacía, ¿por qué no? En ese caso, tu memoria de queso suizo se rellenaría hasta rebosar, y yo me alegraría contigo.

No creía que aquella mecedora pudiese facilitar ningún don. Todo era una mentira más de las suyas, que me producía tanto terror como parecía darle a él esperanzas. Su voz adoptó un tono implorante.

—Necesito que alguien crea en mí de todo corazón, Audrina. Necesito de ti la confianza que ella me profesaba. Es el único don que deseo recuperar. Su virtud de tener fe en mí, en uno mismo. Ya sé que tu madre me ama. Pero no cree en mí. Ahora que mi Primera Audrina se ha ido, dependo de ti para que me des aquello que, en un tiempo, me hacía sentir limpio y maravilloso. Que me necesites como ella me necesitaba. Que confíes en mí como ella lo hacía. Cuando se espera lo mejor, es eso lo que en realidad obtienes.

¡Aquello no era cierto! Me aparté de su abrazo.

—No, Papá. Si *ella* esperaba sólo lo mejor, y confiaba tanto en ti, ¿por qué se adentró en los bosques en contra de tus órdenes? ¿Esperaba que el día menos pensado la encontrasen muerta debajo del árbol dorado?

—¿Quién te ha contado eso? —me preguntó con aspereza.

—¡No lo sé! —grité, perturbada al escuchar mis propias palabras.

Ni siquiera sabía qué clase de árbol era aquél. Su rostro se hundió en mi cabello, mientras que su mano se aferraba con tanta fuerza en mis hombros que me hizo daño. Cuando encontró, al fin, algo que decir, pareció sonar a miles y miles de kilómetros de distancia, como aquel cálido lugar al que se dirigían los gansos.

—En cierto modo tienes razón. Tal vez tu madre y yo deberíamos haberle hecho unas advertencias más explícitas. En realidad nos sentíamos incómodos y no se lo explicamos lo suficiente a nuestra Primera Audrina. Pero nada de ello fue culpa suya.

—¿Nada de nada, Papá?

—La hora de la cena... —cantó Mamá, como si hubiese estado escuchando y supiese, exactamente, cuándo interrumpir nuestra conversación.

Mi tía se encontraba ya en la mesa redonda del comedor familiar, reluciente cuando vio a Papá traer a Vera a aquella habitación. Vera también le devolvió la sonrisa. Las únicas ocasiones en que a mi tía parecía gustarle su hija era cuando no se encontraba a la vista. Si Papá estaba al quite, podía ser tan cruel con Vera que me producía muecas de auténtico dolor. No era tan cruel conmigo. La mayoría de las veces me trataba con indiferencia, a menos que, de alguna forma consiguiese irritarla, lo cual sucedía a menudo.

Papá abrazó a Vera antes de dirigirse a su asiento en la cabecera de la mesa.

—¿Te sientes mejor, amorcito?

—Sí, Papá —respondió con una brillante sonrisa—. Ahora me encuentro muy bien...

En cuanto dijo esto, Papá sonrió ampliamente hacia mí. Me lanzó un guiño conspiratorio, que estoy segura de que vio Vera. Ésta hizo una caída de ojos y se quedó mirando al plato, negándose a coger su tenedor y a comer.

—No tengo hambre —dijo cuando mi madre trató de engatusarla.

—Ahora debes comer —le ordenó tía Ellsbeth—, o no comerás nada más hasta la hora del desayuno. Damian, deberías saber muy bien que no hay que dar bombones a los niños antes de la cena.

—Ellie, eres para mí como un grano en cierta parte de mi anatomía que no quiero mencionar delante de mi hija. Vera no se morirá de inanición. Mañana se atiborrará como solía hacerlo antes de que se cayese.

Alargó la mano para estrujarle a Vera sus pálidos y largos dedos.

—Vamos, cariño, come. Muestra a tu madre que puedes comer el doble que ella.

Vera comenzó a llorar.

¡Qué espantoso era, por parte de Papá, que pudiese mostrarse tan cruel! Después de cenar, e igual que Mamá, corrí al piso de arriba y me arrojé en mi cama y, auténticamente, me desgañité. Deseaba una vida sencilla con un suelo firme debajo de mis pies. Todo cuanto tenía era arena movediza. Deseaba unos padres que fuesen honestos, consistentes de un día al siguiente, no tan mudadizos que no pudiese estar segura de que su amor por mí no durase más que unos cuantos minutos.

Una hora después, el pasillo resonó con las fuertes pisadas de Papá. No se molestó en llamar, sino que abrió la puerta con tanta violencia que el picaporte golpeó contra la enlucida pared e hizo una muesca más. Había una llave en la cerradura que nunca me había atrevido a usar, temerosa de que Papá echase la puerta abajo en caso de que la empleara. Papá entró en mi cuarto llevando un nuevo traje, puesto que se había cambiado después de la cena. Me explicó que él y Mamá iban a salir. Se había duchado y afeitado de nuevo, y su pelo le caía en unas suaves ondas, perfectamente moldeadas contra su cráneo. Se sentó en mi cama, me cogió una mano con la suya, permitiéndome ver sus cuadradas y anchas uñas tan manicuradas que le brillaban.

Pasaron los minutos, y se limitó a seguir sentado allí, sosteniéndome la mano, que yo sentía perdida en lo enorme de la suya. Las aves nocturnas en los árboles de afuera aletearon adormiladas. El pequeño reloj en mi mesilla de noche me decía que eran las doce, pero no era la hora auténtica. Sabía que él y Mamá no saldrían a media noche. Escuché la sirena de un buque a la distancia, una embarcación que se dirigía rauda hacia el mar.

—Muy bien —exclamó al cabo de mucho tiempo—, ¿qué he hecho esta vez para herir tu frágil ego?

—No tienes que ser agradable con Vera en un instante y desagradable con ella acto seguido. Yo no empujé a Vera para que se cayese por los escalones.

Mi voz sonó titubeante, y ésta no era la clase de palabras de confianza que haría a nadie creer en mí.

—Sé que no la empujaste —me replicó con cierta impaciencia—. No tenías que decirme que no lo hiciste.

44

Audrina, nunca confieses un crimen hasta que seas acusada.

En aquella semioscuridad sus oscuros ojos de ébano relucieron. Me asustó.

—Tu madre y yo vamos a pasar la noche con unos amigos de la ciudad. No tendrás que mecerte esta noche en aquel balancín. Sólo has de ser buena chica y quedarte dormida y sin sueños...

¿Cómo creía que podía dominar mis sueños?

—¿Qué edad tengo, Papá? La mecedora nunca me ha dicho eso.

Se levantó de mi cama para acercarse a la puerta, y en el abierto umbral se detuvo y se volvió a mirarme. Las lámparas de gas del vestíbulo relucieron sobre su recio y oscuro cabello.

—Tienes siete años y pronto cumplirás los ocho.

—¿Cuánto me falta para tener ocho años?

—Muy poco...

Regresó y volvió a sentarse.

—¿Qué edad deseas tener? —me preguntó.

—Sólo la edad que se supone que debo tener.

—Serías una buena abogada, Audrina. Nunca me das una respuesta clara.

Ni tampoco él. Estaba adquiriendo sus costumbres.

—Papá, dime otra vez por qué no puedo recordar, exactamente, lo que hice el último año, o el año anterior...

Suspiró pesadamente, como siempre lo hacía cuando le preguntaba demasiadas cosas.

—Cariñito, ¿cuántas veces tengo que decírtelo? Eres una clase de niña especial, con unos talentos tan extraordinarios que no te das ni cuenta del paso del tiempo. Andas sola por tu propio terreno.

Ya sabía esto.

—No me gusta mi propio terreno, Papá. Es un lugar muy solitario. Quiero ir a la escuela lo mismo que Vera. Deseo subirme a aquel autobús amarillo. Quiero tener amigos con quienes jugar... y no puedo recordar haber tenido ninguna fiesta de cumpleaños.

—¿Puedes recordar las fiestas de cumpleaños de Vera?

—No.

—Pues es que en esta casa no celebramos fiestas de cumpleaños. Es mucho más saludable olvidarse del tiempo y vivir como si no hubiese relojes ni calendarios. De esa forma nunca envejecerás.

Su historia era muy parecida a la de Mamá... demasiado. El tiempo importaba, y los cumpleaños también, ambas cosas importaban más de lo que él decía.

Me dio las buenas noches y cerró la puerta, dejándome tumbada en mi cama, pensando en cosas...

Un grito en la noche me despertó. Mis propios gritos. Estaba incorporada, aferrada a la sábanas, cubriéndome con ella hasta el mentón. En el largo pasillo oí las pisadas de los pies desnudos de Papá que llegaban a la carrera. Se colocó en el lado de mi cama para sostenerme en sus brazos, acariciando mi desarreglado cabello, acallando mis taladrantes chillidos, diciéndome una y otra vez que todo estaba bien. Que nada podía lastimarme aquí. Que pronto me quedaría dormida, a salvo en sus brazos.

La luz de la mañana me despertó y Papá se encontraba en el umbral con una ancha sonrisa, casi como si nunca me hubiese dejado sola.

—Mañana de domingo, amorcito, tiempo de levantarse y de brillar. Ponte tus ropas domingueras y salgamos.

Me lo quedé mirando, con ojos soñolientos y desorientados. ¿Había pasado sólo una semana desde que Vera se rompió la pierna? ¿O había pasado más tiempo, mucho más? Se trataba de una pregunta que planteé a Papá.

—Querida, ¿cómo es eso? Ya estamos en diciembre. Dentro de cinco días será Navidad. No me digas que te has olvidado...

Pero así era. El tiempo tenía tal agilidad cuando llegaba hasta mí, que me sobrepasaba volando. Oh, Dios mío... Lo que Vera decía acerca de mí era verdad. Tenía la cabeza vacía, olvidadiza, tal vez sin cerebro...

—Papá —le llamé nerviosamente antes de que cerrase la puerta y se vistiese para acudir a la iglesia—. ¿Por qué tú y Mamá hacéis creer a todo le mundo en la iglesia que Vera es vuestra hija y no de la tía Ellsbeth?

—No tenemos tiempo ahora para esa clase de discusiones, Audrina. Además, ya te he dicho muchas veces que tu tía estuvo fuera casi dos años y regresó con una hijita de un año. Naturalmente, esperaba casarse con el padre de Vera. No podíamos permitir que todo el mundo supiese que en «Whitefern» había nacido un hijo fuera de matrimonio. ¿Constituye un crimen hacer pasar a Vera como hija nuestra en vez de fruto de la desgracia de tu tía? Esto no es la ciudad de Nueva York, Audrina. Vivimos en el Cinturón de la Biblia, donde se supone que los buenos cristianos se rigen por las leyes de Dios...

Vera pertenecía a algún hombre sin apellido y mi padre era generoso y estaba haciendo la cosa más decente, y yo era su única y viviente hija. A Vera le gustaba hacer ver que mi padre era también el suyo, pero no lo era...

—Me alegra ser tu única hija... viva...

Se me quedó mirando sin comprender durante un momento, con sus llenos labios apretados. Me habían dicho muchas veces que los ojos eran el reflejo del alma, por lo que ignoré sus labios y me dediqué a estudiar sus oscuros y entrecerrados ojos. Algo duro y suspicaz descansaba en ellos.

—Tu madre no te ha dicho nada diferente, ¿verdad?

—No, Papá, pero Vera sí...

De repente, se echó a reír y me abrazó con tanta fuerza contra su pecho que después me dolieron las costillas.

—¿Y qué diferencia hay en lo que diga Vera? Naturalmente me desea como padre. A fin de cuentas, soy el único padre que nunca haya conocido. Y si los demás creen que Vera es hija de tu madre, pues dejémosles pensar así. No hay una familia en ninguna parte que no tenga alguna cosa que esconder. Lo nuestro no es peor que lo de los demás. Además, ¿no sería el mundo un lugar muy aburrido si todo el mundo conociera cuanto hay que saber acerca de los demás? El misterio es la sal de la vida. Eso es lo que le permite a la gente seguir viviendo, confiando en descubrir todos cuantos secretos puedan...

Pensé que el mundo sería un lugar mejor sin tantas cosas ocultas y misterios. Mi mundo sería un lugar perfecto si todo el mundo en mi hogar supiera cómo ser honestos.

LA MECEDORA

Vera se presentó en mi cuarto aquella noche, poco después de que me metiese en la cama, determinada a tener sólo felices pensamientos antes de dormirse, confiando en que me llevarían a tener sueños felices. Andando con considerable habilidad con las muletas a las que cada vez se había acostumbrado más, conseguía llevar cosas en una bolsa de libros que se colgaba al hombro, sólo que aquella bolsa de libros era diferente de cualquier otra que hubiese visto antes.

—Mira —me dijo, arrojando la bolsa encima de la cama—. Edúcate tú misma. Aquellas dos mujeres de la cocina nunca te enseñarán lo que yo...

Me sentía un poco escéptica, aunque, sin embargo, feliz, ante el hecho de que Vera se interesase por mi educación. Sabía que había muchas cosas que estaba pasando por alto por no ir a la escuela. Tras sacudir el contenido de la bolsa en mi cama, cayeron en ella decenas de fotografías en un confuso montón. No podía creer lo que veían mis ojos cuando las cogí y comencé a separarlas, mirando durante todo el rato las fotos que mostraban hombres y mujeres desnudos en impúdicos y obscenos abrazos. Aquellas cosas odiosas se me quedaron pegadas a los dedos, con tanta fuerza que tuve que desprendérmelas de una mano sólo para comprobar que me quedaban pegadas a la otra. Luego, ante mi consternación, oí los fuertes pasos de Papá como si se dirigiera a mi cuarto.

¡Vera había conseguido su propósito! Sabía que mi Papá se acercaba a mi habitación cada noche, más o menos a esta misma hora.

—Me voy —exclamó Vera con una sonrisa de deleite.

Cojeó hacia la puerta del dormitorio, que estaba adjunto al mío, planeando escapar de Papá.

—No te atrevas a decirle que he estado aquí, si sabes lo que es bueno para ti.

Pero con sus muletas no pudo avanzar demasiado de prisa. Papá abrió la puerta y se nos quedó mirando a las dos.

—¿Qué ocurre aquí? —preguntó.

Con aquella prueba de culpabilidad adherida a mis dedos, titubeé y así di a Vera la oportunidad de arrojar todo aquel crimen encima de mi regazo.

—Encontré esta bolsa en un armario, y dado que llevaba las iniciales de Audrina, pensé que sería de ella...

Con un gesto fosco, Papá se acercó hasta mí y me quitó los recortes de los dedos. Les echó una ojeada y aulló de rabia, dando la vuelta en redondo, y extendiendo el brazo y mandando a Vera por los suelos, y ya tenía suficientes huesos rotos... Como alguien que hubiese perdido el juicio y se estuviese muriendo, Vera chilló su rabia:

—¡Es de ella! ¿Por qué me golpeas a mí?

Papá la alzó y la sostuvo como si se tratase de uno de aquellos cachorros de rígidas patas de la cuneta. La sostuvo por encima de mi cama.

—¡Y ahora, recógelos! —le ordenó con voz ronca—. Mi primera Audrina nunca hubiera mirado esas porquerías sin embrearte y ponerte plumas, lo mismo que haré yo si no dejas de atormentarme... Y ahora, cómetelos —añadió cuando Vera los hubo cogido con su nerviosa y pálida mano.

Pensé que bromeaba, lo mismo que Vera.

—¡Gritaré para que venga mi madre! —amenazó Vera—. ¡Estoy herida! ¡Tengo rotos los huesos! ¡Podría morirme! Suéltame, o mañana iré a la Policía y les contaré cómo abusas de mí...

—¡Cómetelos! —chilló mi padre—. Los has revestido de engrudo, por lo que no sabrán peor que lo que cocina tu madre.

—Pa...pá —gimoteó—, no me hagas comer papel y engrudo...

Bufando de disgusto, mi padre la sacó del cuarto. Unos segundos después, oí gritar a Vera, mientras mi padre le aplicaba el cinturón sobre su desnuda piel, pero diez a una que ella me contaría que lo había hecho así. Vera gritaría si una mosca se le posaba en el brazo, ¿así que, cómo podía saberlo a menos que me levantase y lo averiguase por mí misma? Pero no lo hice porque, por alguna razón, tuve miedo de que lo que Vera me dijese fuera cierto.

Pasaron los minutos mientras mi corazón latía a toda prisa. Llegado el momento, los gritos de Vera fueron menguando, pero Papá no acababa de regresar.

En algún lugar del piso de abajo un reloj sonó diez veces, pero aquello significaba poco. Me dolía hasta el último hueso de mi cuerpo, todos los músculos estaban tensos. Supe que aquella noche debería sentarme en la mecedora.

Finalmente, cuando sentía que no podía resistir más aquella tensión, sabiendo que no me quedaría dormida hasta que hiciese lo que me forzarse a realizar, escuché cerrarse una puerta y muy pronto unos recios pasos sonaron por el pasillo. Las pisadas eran más fuertes que nunca, haciendo crujir las pandeadas tablas del suelo.

Con suavidad, abrió la puerta de mi dormitorio y entró. Cerró silenciosamente la puerta tras él. Se alzó en la noche como un enorme monstruo, arrojando una larga sombra en la penumbra de mi habitación iluminada por la luna.

—Asííí... —arrastró la palabra con su más seductora voz del Sur, cultivada durante años después de su nacimiento yanqui— que ya has visto esas fotografías obscenas que ensuciarán tu mente. Eso me avergüenza, Audrina, me avergüenza de veras...

—Yo no, Papá —repuse—. Vera las trajo aquí, pero no le pegues otra vez, por favor... Podrías romperle de nuevo su otro brazo y pierna, y tal vez hasta el cuello. No deberías azotarla cuando está herida.

—No la he azotado —respondió con voz ronca—. Sólo

la he reprendido, y empezó a gritarme que no la quería. Dios mío, ¿cómo puede amar alguien a una persona que provoca tantos problemas? Aunque Vera te trajese esas malas fotos y te las diera, no las habrás llegado a mirar, ¿verdad?

¿No lo había hecho?

—Pensaba algo mejor de ti que todo eso. No permitas que Vera destruya lo mejor que hay en ti.

—¿Y por qué son los chicos peligrosos para mí y no para Vera, Papá?

—Algunas muchachas han nacido para ser lo que es Vera. Los chicos huelen desde miles de kilómetros de distancia. Ésa es la razón de que no me preocupe por ella. No serviría de nada. Es de ti por quien debo inquietarme, puesto que eres tú a quien quiero. Yo también he sido muchacho, y sé cómo piensan los chicos. Lamento tener que decir que la mayoría de los muchachos no son de fiar. Ésa es la razón de que debas mantenerte alejada de los hombres, y cerca de la casa, y también fuera de la escuela. Es muy peligroso ser una chica bonita y sensible como tú. Es la clase de mujer en que te convertirás lo que constituirá la salvación de la Humanidad. Y por eso me esfuerzo por salvarte y por protegerte de la contaminación.

—Pero, pero..., Papá...

—No protestes, sólo acepta el hecho de la preocupación de tus padres. Los adultos son mucho más sabios acerca del mundo, especialmente en lo que se refiere a su propia carne y sangre. Sabemos que eres ultrasensible. Queremos ahorrarte esos dolores innecesarios. Te amamos. Deseamos verte crecer de forma saludable y feliz. Eso es todo.

Se sentó en el borde de mi cama, mientras yo estaba tumbada de espaldas, helada y tratando de respirar. Apreté con fuerza los párpados. Luego los separé un poco para avizorar y ver si mi padre creía que me había quedado dormida, tan profundamente dormida que pudiese incluso estar muerta, y tal vez en la muerte ganase la nobleza de la Primera y Mejor Audrina, y nunca tuviese de nuevo que sentarme en su mecedora. Pero se me acercó más. Me apoderé de la sábana y me la subí hasta debajo del mentón. Las manos como de hierro de Papá se cerraron en torno de mis hombros. Sus fuertes dedos se hundieron en mi tierna piel, hasta hacerme abrir por completo los ojos y enfrentarme con los suyos. Nuestras miradas se trabaron y, en un duelo silencioso de voluntades, luchamos hasta que mi mente se tornó vaga, desenfocada y mi padre fue de nuevo el ganador.

—Vamos, vamos —me alentó, comenzando a acaciarme el cabello—, no es tan malo, ¿verdad? Ya lo has hecho antes y volverás a hacerlo de nuevo. Sé que, más pronto o más tarde, atraparás los dones, si eres paciente y sigues intentándolo. Puedes ayudarme muchísimo, Audrina.

—Pero..., pero... —tartamudeé, deseando que mi padre se detuviese.

Pero prosiguió más y más, inundándome con sus necesidades, con lo que también debían ser mis necesidades.

Tuve miedo. De todos modos, mi amor hacia él me hacía un sujeto fácil, deseoso de ser engatusado, halagado y vencido, respecto de mi sensación de que sólo deseaba mis «cualidades», cuando de verdad las tuviese.

—Y todo lo que has de hacer es soñar, Audrina, sólo soñar...

Soñar, soñar... Aquélla era la única cosa que no deseaba hacer. ¿Me iba a mantener así hasta que fuese una vieja dama, o sería capaz de apoderarme de los dones de la Primera Audrina y satisfacer a Papá? Dios quisiera que los dones de la Primera y Mejor Audrina me ayudasen a terminar de una forma diferente a ella. ¿Por qué mi padre no se preocupaba nunca acerca de esto?

—Sueña, Audrina, corazoncito, mi dulce Audrina. Shakespeare escribió al respecto: «Dormir, tal vez soñar.» Soñar y conocer la verdad. Vuelve y dame tus sueños, Audrina, y haz que se hagan ciertas todas las esperanzas de tu padre respecto del futuro.

Me lo quedé mirando, sentado allí en mi cama. Sus ojos oscuros ya no relucían y asustaban, sólo rogaban llenos de amor. ¿Cómo podía seguir resistiéndome? Era mi padre. Los padres se supone que conocen la diferencia entre lo bueno y lo malo. Y debía darle gusto.

—Sí, Papá —susurré—. Sólo una vez más. ¿No será suficiente una vez más?

—Tal vez lo sea —me respondió, con una sonrisa iluminándole la cara.

Con apariencia feliz, mi padre me llevó de la mano

por el vestíbulo, hasta la habitación del extremo. Una vez allí, me la soltó y sacó una gran llave para abrir la puerta de ella. Sentí una fría corriente que me hizo estremecer. Era la tumba de la Primera Audrina que alentaba sobre mí.

Miré a mi alrededor como siempre hacía, como si nunca me hubiese encontrado allí antes. No podía decir cuántas veces había estado. El cuarto parecía ser la única cosa que rellenaba todos los agujeros de mi memoria, surgiendo de una forma más amplia que cualquier otra experiencia. Sin embargo, cada vez constituía una conmoción escuchar al viento gemir en la cúpula hasta formar un suave tintineo, tintineo... Incluso en la oscuridad las lágrimas de cristal de colores destellaban detrás de mis ojos. Tal vez me había aferrado a un recuerdo, al recuerdo de aquella habitación demasiado familiar. Quizás había comenzado a beneficiarme ya de hallarme allí.

Si no hubiera sido en un tiempo la habitación de *ella*, hubiera deseado que fuese la mía. Era grande, con un amplio lecho de dosel bajo el baldaquín de fantasía. También había dos armarios gigantes llenos de todas las bonitas prendas que habían sido en un tiempo suyas, ropas que no deseaban que yo me pusiera. Unos zapatitos estaban alineados en nítidas hileras, desde el tamaño de los de un año, hasta los que se pondría una niña de nueve. Algunos estaban gastados y viejos, otros eran brillantes y nuevos. Los vestidos que colgaban encima, iban creciendo a lo largo de los sucesivos años.

Los estantes de juguetes se extendían por las paredes, todos repletos de cualquier cosa que una niñita pudiese desear. Había muñecas de todos los países extranjeros, vestidas con sus trajes nativos. También se veían juegos de té de juguete y juegos de mesa, libros de grabados y de cuentos, conchas marinas y canicas, combas con fantasiosas manillas, tabas, rompecabezas, cajas de pinturas... Oh, no había nada que no le hubiesen comprado a la Primera, la Mejor y la Más Perfecta Audrina..., mucho más de lo que me habían comprado a mí. Sobre aquellos amplios y melancólicos estantes, los juguetes reposaban eternamente tristes; aguardando ser amados de nuevo, había docenas de suaves animales de peluche, con sus oscuros ojos de botones, que relucían y brillaban, y parecían seguir mis movimientos.

Incluso había allí sonajeros de bebé con pequeñas marcas de dientecitos, y unos zapatos bronceados, de aspecto gastado, de bebé, en los que había dado sus primeros pasos. No habían guardado los míos después de gastarse, ni tampoco los que pertenecían a Vera.

Debajo de los amplios ventanales, cubiertos con cortinas blancas muy delicadas de «Priscilla», se encontraba una casa de muñecas. Una mesa de juegos infantiles, con cuatro sillas, se veía montada y dispuesta para una partida que nunca se empezó. Alfombrillas de fantasía estaban esparcidas por todas partes de la habitación como si se tratase de unas pasaderas, compartimentándola en cuartos dentro de una habitación, o laberintos dentro de un laberinto.

En silencio, como unos vándalos, atravesamos el umbral y nos introdujimos en aquel cuarto sin aliento que nos aguardaba. Mis zapatillas quedaron afuera en el umbral como para mostrar nuestro respeto a esta habitación, donde la hija perfecta había reinado en un tiempo. Incluso mi Papá me había enseñado a inclinar la cabeza, a bajar los ojos y a hablar en reverentes susurros, una vez me encontraba en este cuarto, para instilar de este modo temor en mí. De forma expectante, clavaba en mí los ojos, como si aguardase a que aquellas cosas especiales de ella saltasen a mi cerebro y llenasen mi memoria de queso suizo con los dones de la Primera Audrina.

Siguió observándome, esperando que sucediese algo, pero, cuando yo sólo me dediqué a girar en círculos mirando una cosa tras otra, fue poniéndose cada vez más impaciente e hizo un ademán hacia la única silla de tamaño de adulto de aquella habitación: la mecedora mágica con su respaldo de bordados de lilas de agua y su cojín de terciopelo rosa. Me acerqué un poco, con desgana, conteniendo la respiración al forzarme yo misma a sentarme. Una vez me acomodé rígidamente en el asiento, mi padre fue a arrodillarse a mi lado. Entonces comenzó su ritual de lluvia de besos en mi cabello, en mi cara, en ambos brazos y manos, todo lo cual quería representar lo mucho que me amaba a *mí*... Murmuró palabras cariñosas en mis oídos con respiración pesada y, antes de que pudiese protestar, se puso precipitadamente de pie y salió corriendo del cuarto, cerrando con fuerza la puerta y echando la llave detrás de él.

¡Hasta ahora nunca me había dejado sola aquí!

—¡No Papá! —grité, con pánico en mi voz, y el terror rodeándome—. ¡Vuelve! ¡No me hagas quedarme aquí por mí misma!

—No estás sola —me respondió desde el otro lado de la puerta—. Dios está contigo, y yo estoy contigo. Me quedaré exactamente aquí, mirando por el agujero de la cerradura, escuchando, rezando. Nada más que cosas buenas pueden proceder de que te mezas en ese balancín. Cree esto, Audrina: nada sino cosas buenas llenarán tu cerebro y sustituirán tus perdidos recuerdos.

Apreté con fuerza los ojos para cerrarlos y oí los carillones de viento que emitían ahora unos clamores cada vez más y más altos.

—Corazoncito, no llores. No hay nada que temer. Mantén firme tu fe en mí, y haz lo que digo, y tu futuro brillará, aún más luminoso que el sol que tenemos por encima.

Además de la mecedora, había una mesilla de noche que sostenía una lámpara y una Biblia, la Biblia de *ella*. Cogí aquel libro, con encuadernación de cuero negro, y lo apreté con fuerza contra mi corazón. Me dije a mí misma, como ya lo había hecho antes, que no había nada que temer. Que los muertos ya no pueden hacer daño. Pero si no podían, ¿por qué me encontraba tan aterrada?

Escuché la suave voz de Papá al otro lado de la puerta cerrada con llave.

—Has de tener sus virtudes, Audrina, debes hacerlo. Aunque tú no lo creas, yo sí lo creo. Y soy el único que lo sabe. Estoy seguro de que la razón de que hayan fracasado nuestros esfuerzos radica en que yo me quedaba en el cuarto contigo. Es mi presencia lo que estropea tus posibilidades de conseguir el éxito. Ahora sé que la soledad, el aislamiento es lo que logra que el proceso comience. Debes despejar tu mente, para que quede libre de ansiedades. No alimentarla con ningún temor, ni alegría, ni confusión. Si nada esperas, todo te será dado. No busques más que el contento por estar viva, por estar donde estás y por ser quien eres. No pidas nada y lo recibirás todo. Permanece ahí sentada y haz salir de ti todo cuanto te atemoriza o preocupa. Que tu contentamiento se libere por tus miembros y calme tu mente y, si llega el sueño, pues déjalo llegar. ¿Me oyes?

¿Me estás escuchando? Nada de confusión. Nada de miedo. Papá está aquí...

Todas sus palabras me resultaban familiares. Las mismas y viejas cosas acerca de no atemorizarme, cuando el miedo casi me ahogaba.

—Papá —gimoteé por última vez—, por favor, no me hagas...

—Oh —respondió pesadamente, suspirando—, ¿por qué he de forzarte? ¿Por qué no puedes limitarte a creer en todo esto? Inclínate hacia el respaldo de la mecedora, coloca tu cabeza en el reposacabezas, sujeta los brazos del balancín y comienza a mecerte. Canta, si ello te ayuda a despejar tu mente de temores, de preocupaciones, de deseos y emociones. Canta y canta, hasta que te conviertas en un cántaro vacío. Los cántaros vacíos tienen espacio para muchas, muchas cosas, pero los que están llenos ya no pueden admitir una más...

Oh, sí, ya había oído antes todo esto. Sabía lo que mi padre estaba haciendo. Trataba de convertirme en la Primera Audrina; o tal vez yo iba a ser el instrumento a través del cual mi padre sería capaz de comunicarse con ella. Yo no quería ser mi hermana. Y si alguna vez lo era, le odiaba, odiaba a mi padre. Sin embargo, siguió mimándome, engatusándome, y si no quería permanecer aquí durante toda la noche, tenía que hacer todo cuanto mi padre me decía.

En primer lugar, comencé a mirar de nuevo a mi alrededor, memorizando una vez más cada detalle. Unas leves y tintineantes sensaciones comenzaron a susurrar, a susurrar que yo podía ser ella, que era ella, aquella muerta Audrina, que era ya sólo huesos en su tumba. No, no, tenía que creer en los pensamientos apropiados y dar a Papá lo que debía tener. Me dije a mí misma que ésta era sólo una habitación llena de viejos juguetes. Vi una gran araña que estaba tejiendo una red de una muñeca a otra. A Mamá no le gustaban las tareas domésticas, ni siquiera limpiar esta habitación. Aunque parecía un relicario inmaculado e impecable, no era otra cosa que una superficie limpia. Por alguna razón que me hizo sentirme mejor, Mamá estaba haciendo lo que Papá denominaba «hablar de boquilla» de una reverente limpieza. Y tía Ellsbeth se negaba a limpiar este cuarto.

Inconscientemente, empecé a mecerme.

En mi cabeza se filtró una vieja y casi olvidada tonada. La música y la letra tocaban una y otra vez. Las palabras me sosegaban, mientras la melodía me hormigueaba en la columna vertebral y enlentecía mi pulso. La paz estaba comenzando de forma espontánea a hacer que me pesasen los párpados... y entonces, de una forma vaga, escuché mi frágil voz que cantaba:

Sólo un cuarto de juegos, a salvo en mi hogar,
sólo un cuarto de juegos, a salvo en mi hogar,
sin lágrimas, sin miedos,
sin ningún otro sitio por donde vagar,
porque mi papá desea que esté siempre en casa,
a salvo en el cuarto de juegos, a salvo en mi hogar.

El cuarto de juegos de la Primera y Mejor Audrina. La Perfecta Audrina, que nunca proporcionó a sus padres el dolor y los problemas que yo les suministraba cada día. No quería cantar su canción. Pero no podía detenerme. Una y otra vez, escuchaba el cántico, tratando de mantener abiertos los ojos para poder ver aquellos elefantes, osos y tigres de juguete de los estantes, todos con expresión dulce y amistosa, hasta que aparté la mirada. Cuando miré de nuevo, estaban gruñendo con ferocidad.

El papel de la pared era de un color violeta azulado apagado, con relucientes hilos plateados de las telas de araña. Había más arañas en los juguetes. Una gigantesca comenzó a tejer entre las muñecas, y otra descansó en la órbita del ojo de una muñeca cuyo cabello era parecido al mío propio. ¡Qué espantoso!

—¡Mécete, Audrina, mécete! —me ordenó Papá—. Haz crujir las tablas del suelo. Que aparezca la neblina gris. Observa disolverse las paredes, escucha el viento hacer sonar los carillones. Eso te hará volver, regresar adonde encuentres todos tus recuerdos, todos los dones que fueron de ella. Ya no los necesita donde se encuentra, pero tú sí. Canta...

canta,
canta...

Hipnotizador, él también con un cántico de sonsonete, pero no conocía las palabras que yo estaba diciendo.

Papá me quiere, sí que quiere. Papá me necesita, sí, me necesita.

> *Jesús me ama, eso ya lo sé,*
> *pues la Biblia así me lo dice...*

Los relucientes ojos negros en forma de botón de los animales de peluche, parecían brillar y relucir con mucho más conocimiento del que jamás he tenido. Lengüecitas rosadas o rojas parecían dispuestas a hablar y contarme los secretos que Papá nunca revelaría. Muy por arriba, los carillones de viento tintineaban, y el contento iba surgiendo a medida que me mecía y me mecía, y cada vez me encontraba más tranquila. No había nada equívoco en mí, puesto que, más pronto o más tarde, me iba a cambiar de alguna manera indefinible para mejorar.

Me fui quedando cada vez más dormida, más dormida, en una sensación irreal. La luz anaranjada de las lámparas de gas se estremeció, captó los tonos plateados y dorados de los hilos del papel de la pared. Todos los colores del cuarto comenzaron a moverse, a espejear como diamantes encendidos de improviso. La música de los carillones de viento de la cúpula danzaban ya en mi cerebro, bailaba, me contaba los felices entretenimientos que había aquí, susurrándome tímidamente, de vez en cuando, alguna cosa terrible. ¿Quién hacía destellar aquellas lágrimas de cristal encima de mis ojos? ¿Cómo podía el viento penetrar en la casa para hacerme mover el cabello, cuando todas las ventanas se hallaban cerradas? ¿Había corrientes de aire en la cúpula y fantasmas en el desván? ¿Qué hacía mover el aire en mi cabeza, qué?

Muy adentro del lado cuerdo que había en mí, deseaba creer que todo esto era algo desesperanzado, que nunca me convertiría en un «cántaro vacío» que se llenase con toda clase de cosas maravillosas. En realidad, no deseaba ser aquella Primera Audrina, ni siquiera aunque hubiese sido más bella y también más dotada. No obstante, seguí meciéndome y cantando. No podía parar. El contento estaba ya de camino, haciéndome más feliz. Mi aterrado corazón se fue enlenteciendo. Mi pulso dejó de latir alocado. La música que oía era hermosa, mientras escuchaba detrás de mí, o delante de mí, una voz masculina que cantaba.

Alguien que me necesitaba me llamaba; alguien que estaba en lo futuro aguardando, y soñadoramente, sin hacer preguntas, vi borrosamente las paredes abrirse a medida que las moléculas, lenta, muy lentamente, se separaban, se hundían, y formaban tales poros granulares que podía meterme a través de ellos sin la menor dificultad. Me encontraba afuera, en la noche que, suavemente, se iba tornando día.

¡Libre! Era libre del cuarto de juegos. Libre de mi papá. ¡Libre de «Whitefern»!

Iba andando a saltos y feliz desde la escuela a mi casa, en mi propio día especial. Y era yo. Danzaba felizmente a lo largo de la senda polvorienta de un bosque. Simplemente, había salido de la escuela, y no hice preguntas ni me maravillé a causa de esto, incluso sabiendo que nunca había acudido a la escuela. Algo prudente me estaba contando que me encontraba en el interior de la Primera y Más Maravillosa Audrina, y que iba a conocerla tan bien como me conocía a mí misma. Yo *era* ella, y ella era yo, y «nosotras» llevávamos un muy bonito vestido de crespón de China. Tenía por debajo mis mejores enaguas, aquéllas con encajes irlandeses y bordados tréboles cerca del dobladillo.

Era el día de mi cumpleaños, cumplía nueve años. Aquello significaba que pronto tendría diez y que ya no estaba demasiado lejos de los once y que, cuando tuviese doce, toda la magia de convertirme en una mujer se hallaría al alcance de la mano.

Giraba en círculos, para ver cómo mi falda con plisado en acordeón se alzaba hacia mi cintura. Incliné la cabeza y giré aún más para ver mis bonitas enaguas.

De repente, se oyó un ruido por delante de la senda. Alguien rió por lo bajo. Al igual que magia negra, el cielo, repentinamente, se oscureció. Destellaron relámpagos. Los truenos rodaron de forma profunda y ominosa.

No podía moverme. Al igual que una estatua de mármol, me quedé inmóvil. Mi corazón principió a latir desacompasadamente, como si fuese un tambor de la selva. Un sexto sentido se despertó y gritaba que algo espantoso estaba a punto de suceder.

Dolor, mi sexto sentido martillaba, vergüenza, terror y humillación. ¡Mamá, Papá, ayudadme! ¡No dejéis que me lastimen! ¡No les dejéis hacer eso! Iba a la escuela dominical todas las semanas, no me la pasaba por alto ni siquiera cuando estaba constipada. Me había ganado mi negra Biblia, con mi nombre en las cubiertas con blasones dorados, y también tenía una medalla de oro... ¿Por qué no me había prevenido la mecedora y explicado cómo podría escapar? Dios mío, ¿estás ahí? ¿Me estás viendo, Dios mío? ¡Haz algo! ¡Haz algo! ¡Ayúdame!

Saltaron desde los arbustos. Eran tres. Corrieron de prisa, de prisa. Nunca me atraparían si corría lo suficientemente aprisa. Mis piernas se destrabaron, corrieron..., pero no lo bastante rápido.

¡Gritos, gritos cada vez más altos!

Luché con patadas y arañazos. Lancé mi cabeza hacia atrás, contra los dientes del muchacho que me había sujetado los brazos por detrás.

Dios no escuchó mis gritos de socorro. Nadie los oyó. Gritos, gritos, y más gritos..., hasta que todos los gritos se apagaron. Sólo sentí vergüenza, la humillación, aquellas rudas manos que me desgarraban, me violaban.

Vi al otro chico que se alzó de detrás de los arbustos y que permaneció allí de pie paralizado, mirándome con su cabello pegado a su frente, a causa de la lluvia que había ahora arreciado. ¡Le vi salir corriendo!

Mis gritos obligaron a mi Papá a apresurarse a entrar en el cuarto.

—Cariño, cariño —gritó, cayendo de rodillas para poder abarcarme con los brazos.

Me acunó contra su pecho y acarició mi cabello.

—Todo está bien, estoy aquí. Siempre estaré aquí.

—No tenías que haberlo hecho, no debiste hacerlo —grité sofocada, aún temblando a causa de la conmoción.

—¿Y qué has soñado esta vez, amorcito mío?

—Cosas feas. Una cosa aterradora y vergonzosa.

—Cuéntaselo todo a Papá. Permite que Papá te quite el dolor y la vergüenza. ¿Sabes ahora por qué te previne que te mantuvieses alejada de los bosques? Era tu hermana, Audrina, tu hermana muerta. No debe sucederte a ti. Si te ha metido esa escena en la cabeza, cuando todo lo que deseaba era que viajases más allá de los bosques y tomases para ti todo lo especial que ella solía tener. ¿No has visto lo feliz que podía ella ser? ¡Qué dichosa y vibrante era! ¿No has sentido lo maravilloso que era para ella cuando se mantenía alejada de los bosques? Eso es lo que quiero para ti. Oh, mi dulce Audrina... —me susurró con su rostro hundido profundamente en mi cabello—, no será nunca de esa manera. Algún día, cuando te sientes para mecerte y cantes, rodearás los bosques, te olvidarás de los muchachos y encontrarás la belleza de sentirte viva. Una vez lo hagas, todos los recuerdos que has olvidado, las cosas buenas, todo fluirá de nuevo y hará que te encuentres de nuevo entera.

Me estaba diciendo, con la mejor de las intenciones, que ahora no me hallaba completa... ¿Y si era así, qué era yo? ¿Una loca?

—Mañana por la noche lo haremos de nuevo. No creo que esta vez haya sido peor que otras. En esta ocasión has salido de ello y regresado a mí.

Sabía que debía salvarme de esta habitación y de esta mecedora. De alguna forma, debía convencerle que había ido más allá de los bosques y que ya había encontrado los dones que la Primera Audrina ya no necesitaba.

De una forma tierna, me llevó a la cama, y de rodillas rezó una oración para que encontrase unos dulces sueños, pidiendo a los ángeles de las alturas que me protegiesen durante toda la noche. Me besó en la mejilla y me dijo que me quería, y aunque cerró la puerta detrás de él, me pregunté cómo podría convencerle para que no me hiciese ir a aquella habitación a sentarme de nuevo en aquella mecedora. ¿Cómo podía odiar lo que me hacía, y cómo amar la idea de ser lo que él deseaba? ¿Cómo podía preservarme..., cuando lo que mi padre quería era que me convirtiese en ella?

Durante horas, yací de espaldas, mirando hacia el techo, tratando de encontrar mi pasado en todos los fantasiosos remolinos de aquel estuco que había por encima de mi cabeza. Papá me había proporcionado muchas pistas respecto de lo que le haría más feliz. Papá deseaba montones y montones de dinero para él mismo, para Mamá y para mí también. Quería arreglar esta casa y darle un nuevo aspecto. Tenía que cumplir todas las promesas que le había hecho a Lucietta Lana Whitefern, la heredera que cualquier hombre valioso de la baja Costa Este había deseado, hasta que ella se casó con él. Qué buena pesca había sido mi madre. Si no hubiese alumbrado a aquellas dos Audrinas...

LA HORA DEL TÉ DEL MARTES

Las Navidades llegaron y se fueron, pero apenas pude recordar nada, excepto la muñeca vestida de princesa que me enseñaron debajo del árbol, haciendo que Vera se pusiese celosa, aunque a menudo insistía en que era ya demasiado mayor para jugar con muñecas.

Me asustaba la forma en que el tiempo transcurría, con tanta suavidad, puesto que antes de que supiese lo que estaba sucediendo, ya estaba de camino la primavera. Los días iban cayendo en los agujeros de mi memoria. A Vera le gustaba atormentarme diciéndome que cualquier persona que no tuviese noción del tiempo estaba loca.

Hoy era martes, y tía Mercy Marie nos visitaría de nuevo, aunque me parecía que era sólo ayer cuando Mercy Marie había llegado para la hora del té.

Papá se estaba tomando su tiempo antes de irse esta mañana del martes. Se sentaba a la mesa de la cocina y explicaba las cosas de la vida y todas sus complejidades, mientras Vera y mi tía devoraban pastelillos como si ya nunca más los pudiesen volver a comer. Con gran seriedad, mi madre preparaba los canapés y otras delicias para la hora del té.

—Era lo mejor de los tiempos; eran lo peor de los tiempos —comenzó mi Papá, al que le gustaba decir esa frase una y otra vez.

Parecía irritar los nervios de mi madre tanto como los míos. Hacía de esto incluso una cosa terrible, eso de pensar más allá de mañana.

Siguió una y otra vez, haciendo de su tiempo de joven algo mucho mejor que cualquier época que yo pudiese conocer. La vida había sido perfecta cuando Papá era muchacho, la gente de entonces era más agradable; las casas se construían para durar para siempre y no para caerse a pedazos como les pasaba a las actuales. Incluso los perros eran mejores cuando él fue un chico, más de fiar, más seguros de traer cualquier palito que se les arrojase. Hasta el clima era mejor, no tan cálido en los veranos, no tan gélido en los inviernos, a menos de que hubiese una ventisca. Ninguna ventisca actual tenía la menor posibilidad de igualarse a la frenética ferocidad de las ventiscas a las que Papá había tenido que enfrentarse para ir y regresar de la escuela.

—Treinta kilómetros —se jactaba— a través del viento y de la nieve, a través de la cellisca y de la lluvia, a través del granizo y del hielo, nada me hacía quedar en casa, ni siquiera cuando tuve una neumonía. Al acudir a la escuela superior, en el equipo de rugby me rompí una pierna, pero eso no me impidió ir a la escuela cada día. Era una persona dura, determinada a ser bien educada, a conseguir lo mejor que allí había.

Mamá depositó un plato con tanta fuerza que se rajó.

—Damian, deja de exagerar.

Su voz fue ronca, impaciente.

—¿No te percatas de las falsas nociones que implantas en la mente de tu hija?

—¿Y qué otra clase de nociones te has dedicado tú a implantar? —preguntó agriamente tía Ellsbeth—. Si Audrina crece hasta ser una persona normal, constituirá un anténtico milagro.

—Amén a todo ello —contribuyó Vera.

Me sonrió y luego me sacó la lengua. Papá no se percató, puesto que estaba demasiado atareado tirando dardos contra mi· tía.

—¿Normal? ¿Qué es normal? En mi opinión, lo normal es sólo lo ordinario, lo mediocre. La vida pertenece a aquellos individuos raros y excepcionales que se atreven a ser diferentes.

—Damian, debes dejar, por favor, de exponer tus ideas a una chiquilla demasiado joven para entenderlas, dado que no eres ninguna autoridad sobre nada, excepto en lo de darle a la lengua durante todo el día.

—¡Silencio! —aulló Papá—. No permito que mi esposa me ridiculice delante de mi única hija. ¡Lucky, discúlpate inmediatamente!

¿Por qué reía burlonamente tía Ellsbeth? Era mi secreta creencia, que a mi tía le encantaba escuchar cómo se peleaban mis padres. Vera hizo algunos ruidos apagados y luego, con grandes dificultades, se puso en pie y se fue cojeando al vestíbulo delantero. Muy pronto estaba ya subiendo al autobús escolar, por el que yo vendería el alma con tal de hacerlo también, como cualquier otra chiquilla que no fuese tan especial como yo lo era. En vez de eso, tenía que quedarme en casa, sin compañeros, sólo con una clase de adultos que llenaban mi cabeza con nociones en batiburrillo y luego las revolvían con una escoba de bruja de contradicciones. No era de extrañar que no supiese quién era, o en qué día de la semana, del mes o del año me encontraba. No tenía momentos buenos ni malos. Vivía, según me parecía, en un teatro, con la cosa excepcional de que los actores que se hallaban en el escenario eran los miembros de mi familia, y también yo tenía un papel que representar, excepto que no sabía cuál era...

De repente, sin ninguna razón especial, me encontré dando vueltas por la cocina y recordando a un gatazo anaranjado que solía dormir cerca de la vieja estufa de hierro colado.

—Deseo que *Tweedle Dee* regrese a casa —dije melancólicamente—. Estoy aún más sola desde que mi gato se marchó.

Papá pegó un bote. Mamá se me quedó mirando.

—Verás, *Tweedle Dee* se ha ido para una larga, larga temporada, Audrina.

Su voz sonó forzada, preocupada.

—Oh, sí —me apresuré a responder—. Ya lo sé, pero deseo que regrese a casa. Papá, no lo habrás llevado a la perrera municipal, ¿verdad? No habrás hecho que mi gato se durmiese, ¿verdad?, sólo porque te obligase a estornudar...

Me lanzó una mirada preocupada y luego forzó una sonrisa:

—No, Audrina, he realizado cuanto más he podido para satisfacer tus necesidades, y si ese gato hubiese querido quedarse, y me hubiese hecho estornudar hasta la muerte, lo hubiera sufrido en silencio por tu bien...

—Sufrido sí, pero no en silencio —musitó mi tía.

Observé cómo mis padres se abrazaban y se besaban, antes de que Papá se encaminase al garaje.

—Que lo pases bien en tu té —le gritó a Mamá—, aunque rogaría a los cielos que dejases que Mercy Marie siguiese muerta. Lo que necesitamos es alguien que viva en aquella casita que poseemos, y así tendrías a una vecina a la que invitar a todos tus tés.

—Damian —le replicó dulcemente Mamá—, tú sales y lo pasas bien, ¿no es cierto? Dado que permanecemos aquí cautivas, por lo menos deja que Ellie y yo tengamos nuestras diversiones.

Papá gruñó y no dijo nada más, y muy pronto me encontré en los ventanales delanteros viendo cómo se alejaba en el coche. Su mano se alzó en ademán de saludo, antes de que desapareciese de la vista. No quería que se fuese. Odiaba la hora del té de los martes.

Se suponía que debía comenzar a las cuatro, pero, dado que Vera había comenzado a hacer novillos, para escaparse de su última clase y poder llegar a casa a las cuatro, la hora del té se había adelantado a las tres en punto.

Con mis mejores ropas, me senté preparada para aguardar a que comenzase el ritual. Se me requería a que asistiera como una parte de mi educación social, y si Vera se encontraba lo suficientemente incapacitada para quedarse en casa de una forma legítima, entonces era invitada también a esta fiesta. Yo pensaba a menudo, que Vera se rompía los huesos sólo para quedarse en casa y escuchar lo que ocurría en nuestro mejor salón delantero.

Mi tensión fue creciendo mientras aguardaba a que apareciesen Mamá y mi tía. Primero llegó Mamá, vestida con su mejor traje de tarde, un suave y flotante crepé de lana, de un precioso tono coralino, con unos puntitos violeta para entonar con el color de sus ojos. Llevaba un collar de perlas y pendientes con diamantes auténticos y perlas, a juego con la gargantilla. Eran las joyas de la familia Whitefern, según me había contado muchas veces, y serían mías cuando llegase el momento. Su magnífico cabello estaba tirado hacia arriba, pero le colgaban unos cuantos mechones sueltos y esto borraba la severidad general y lograba que su aspecto fuese muy elegante.

A continuación, llegó mi tía con su mejor atuendo, un traje de color azul marino oscuro con una blusa blanca camisera. Como siempre llevaba su pelo de un tono oscuro en un moño bajo, en forma de ocho, en el cuello. Lucía en las orejas unos diamantitos y en el dedo índice llevaba un anillo de rubí conmemorativo de su promoción. Tenía un aspecto muy de maestra.

—Ellie, ¿quieres hacer entrar a Mercy Marie? —dijo Mamá con dulzura.

El martes era el único día en que mi madre se permitía llamar a su hermana por su diminutivo. Sólo Papá llamaba Ellie a mi tía, en cualquier momento que le pareciese bien.

—Oh, querida, llegas tarde —exclamó tía Ellsbeth, levantándose para alzar la tapa del piano y sacar de allí el pesado marco de plata que contenía la fotografía de una mujer gorda con rostro muy dulce—. Realmente, Mercy Marie, esperábamos que llegases a tiempo. Tienes siempre la enojosa costumbre de llegar tarde. Supongo que para impresionar... Pero, querida, impresionarías también aunque llegases pronto.

Mamá se rió sofocadamente mientras mi tía se sentaba y cruzaba primorosamente las manos encima del regazo.

—El piano no está demasiado duro para ti, querida, ¿verdad? Aunque confío que esté lo suficientemente vigoroso...

Una vez más Mamá se rió por lo bajo, haciéndome retorcer incómoda, puesto que sabía que lo peor estaba aún por llegar.

—Sí, Mercy Marie, comprendemos por qué eres siempre tan lenta. El tener que escapar de esos apasionados salvajes debe de resultar agotador. Pero, realmente, deberías saber que se rumorea que fuiste cocinada en una olla por un jefe caníbal y que te devoró para comer. Lucietta y yo estamos encantadas de comprobar que se trataba de un malicioso error.

Con mucho cuidado, cruzó las piernas y se quedó mirando el retrato de encima del piano, colocado donde, por lo general, se situaban las partituras musicales. Constituía parte del papel de Mamá el levantarse y encender las velas en el candelabro de cristal, mientras la chimenea chisporroteaba y crujía, y las lámparas de gas oscilaban y lograban que las lágrimas de cristal del candelabro captaran colores y los arrojasen alocadamente por la habitación.

—Ellsbeth, querida, queridísima mía —exclamó mi madre en vez de la mujer muerta que tenía también que participar, aunque su fantasma fuese en ocasiones rebelde—, ¿es ése el único vestido que tienes? Lo llevabas la semana pasada, y la semana anterior, y tu cabello, Dios mío, ¿por qué no cambias el estilo de tu peinado? Te hace parecer de más de sesenta años...

La voz de Mamá era siempre sensiblemente dulce cuando hablaba en vez de tía Mercy Marie.

—Me gusta mi estilo de peinado —respondió mi tía remilgadamente, observando a mi madre arrastrar el carrito del té con todas las delicadezas que Mamá había preparado con antelación—. Por lo menos, no trato de parecerme a una mimada querindonga que se pasa todo su tiempo tratando de complacer a un egoísta maníaco del sexo. Naturalmente, me percato que es la única clase de hombre que existe. Ésa es exactamente la razón de que haya elegido quedarme soltera.

—Estoy segura de que es la única razón —añadió mi madre con su propia voz.

Luego habló a la fotografía que se encontraba encima del piano.

—Pero, Ellie, recuerdo un tiempo en que estabas locamente enamorada de un maníaco egoísta. Enamorada lo suficiente como para acostarte con él y tener un hijo suyo. Fue muy malo que únicamente te usase para satisfacer su lujuria; fue horrendo el que nunca se enamorase de ti.

—Oh, él... —replicó mi tía, bufando de disgusto—. Fue sólo una fantasía pasajera. Su magnetismo animal me atrajo hacia él momentáneamente, pero tuve el suficiente sentido como para olvidarle y seguir con cosas mejores. Sé que, inmediatamente, encontraría a otra. Los hombres son todos iguales: egoístas, crueles, exigentes.

Ahora sé que hubiera hecho el peor marido posible.

—Es una lástima que no hayas podido encontrar un hombre maravilloso como el guapo Damian —replicó aquella dulce voz desde el piano, mientras mi madre se sentaba para mordisquear un exquisito emparedado.

Me quedé mirando la foto de una mujer a la que no recordaba haber conocido, aunque Mamá decía que la vi cuando yo contaba cuatro años. Tenía aspecto de ser muy rica. Le colgaban diamantes de las orejas, del cuello, le atiborraban los dedos. El adorno de piel del cuello de su vestido hacía que su rostro pareciese descansar encima de sus hombros. A menudo, me imaginaba que si se alzase tendría también pieles en las largas y abombadas mangas y en el borde de su falda, al igual que una reina medieval.

Mercy Marie había cruzado toda África con la esperanza de salvar unas cuantas almas de paganos y convertirlas al cristianismo. Ahora formaba parte también de esos paganos, al haber sido comida, tras ser asesinada y cocinada.

Según todo cuanto me había enterado tras asistir a aquellos tes, tía Mercy Marie había experimentado, en un tiempo, una gran predilección por los emparedados de pepinos y lechuga, hechos con la menor cantidad posible de pan con queso. A este respecto, mi madre debía hornear el pan, recortar la costra y aplanar la miga con su rodillo. El pan se cortaba entonces como los bizcochitos, en unas formas caprichosas.

—Es verdad, Mercy Marie —prosiguió mi tía con sus rudos modales—, el jamón, el queso, el pollo o el atún no son algo tan exquisito como tú crees. Comemos cosas de ese tipo continuamente... ¿no es así, Lucietta?

Mamá frunció el ceño. Aborrecía tener que oír lo que diría a continuación, algo cruel y acerbo:

—Si Mercy Marie adora los delicados emparedados de pepino y lechuga, Ellie, ¿por qué no la dejas comer un poco, en vez de devorarlos tú sola? No te portes como una cerda. Aprende a compartir.

—Lucietta, querida —habló la taladrante voz del piano, esta vez proporcionada por mi tía—, por favor, muestra hacia tu hermana mayor el respeto que se le debe. Le das unas porciones tan pequeñas a la hora de las comidas, que tiene que superar tu tacañería y comerse los emperadedos que tanto adoro.

—Oh, Mercy, eres tan cariñosa, tan graciosa. Naturalmente debería saber que el apetito de mi hermana no llega a verse saciado nunca. El estómago de Ellie no es otra cosa que un pozo sin fondo. Tal vez trate de llenar con comida el gran vacío de su vida. Quizá para ella sustituya al amor.

Y así proseguía el té de los recuerdos, mientras las perfumadas velas ardían, la chimenea escupía chispas rojas y tía Ellie consumía todos los emparedados, incluso aquellos de paté de hígado de gallina que me gustaban tanto a mí, y también a Vera. Picoteé un emparedado que aborrecía. El de esta clase tenía un sabor parecido al que debió tener tía Mercy Marie: empapado, grasoso, esponjoso.

—Realmente, Lucietta —seguía tía Ellsbeth, empleando la voz de la querida fallecida, lanzándome una agraviada mirada pues obviamente le desagradaba aquello que debía haber amado más tía Mercy Marie—, deberías hacer algo con el apetito de la chiquilla. No es más que piel y huesos y unos grandes y hundidos ojos. Y esa ridícula mata de pelo. ¿Por qué le confiere un aspecto tan horripilante? Por el aspecto que tiene, el menor viento se la puede llevar en un soplo..., si es que no pierde antes la cordura. Lucietta, ¿qué le estás haciendo a esa chiquilla?

En ese momento, escuché el rechinar de una puerta lateral que se abría y, en unos segundos, Vera se metió de rondón en el cuarto. Se escondió detrás de una maceta de helechos para que mi madre no pudiese verla, y se llevó un dedo a los labios cuando miré hacia ella. Llevaba una enorme enciclopedia médica, en cuyo cartoné delantero aparecían piezas formadas con cuerpos masculinos y femeninos, sin ninguna clase de prendas encima.

Me encogí. Detrás de mí, Vera rió por lo bajo. Me arrastré hasta aquel pequeño escondrijo situado en mi cerebro, donde me podía sentir a salvo y sin temores, pero aquel lugar daba la impresión de ser una jaula. Siempre me sentía enjaulada cuando el malévolo fantasma de Mercy Marie se presentaba en nuestro salón delantero. Estaba muerta y era algo irreal, pero, de una forma u otra, siempre me hacía sentir igual que una sombra sin sustancia. No real, de la misma forma en que estaban muertas otras chicas. Mis manos se agitaron nerviosas para sentir mis «hundidos» ojos, para tocarme mis «chupadas» mejillas, puesto que, más pronto o más tarde, llegarían a mencionar también esas cosas.

—Mercy —habló mi madre castamente—, ¿cómo te puedes mostrar tan insensible delante de mi hija?

Se levantó, con un aspecto muy alto y esbelto con su delicado y flotante vestido.

Me quedé confundida mirando aquel vestido. Era seguro que había penetrado en este salón con un vestido de tono coralino. ¿Cómo había cambiado el color? ¿Era la luz procedente de las ventanas la que lo hacía parecer violeta, verde y azul? La cabeza comenzó a dolerme. ¿En qué estábamos, en verano, primavera, invierno u otoño? Deseaba correr hacia las ventanas para comprobar los árboles, sólo ellos no mentían.

Se dijeron otras cosas que no intenté escuchar, y luego Mamá se acercó al piano y se sentó a tocar todos los himnos que a tía Mercy Marie le gustaba cantar. En cuanto se sentaba en el banquillo de su piano, a veces sucedían cosas milagrosas: asumía una especie de presencia en el escenario, como si hubiese una audiencia de miles de personas que fuesen a aplaudirla. Sus largos y elegantes dedos se alzaban dramáticamente encima del teclado, luego descendían y tocaban un acorde de mando como para exigir tu atención. Tocó *Rock of Ages* y, a continuación, comenzó a cantar tan bellamente y con tanta tristeza, que deseé ponerme a llorar. Mi tía empezó también a cantar, pero yo no podía unirme a ellas. Algo en mi interior gritaba, gritaba. Todo aquello era falso. Dios no estaba aquí. No acudía cuando Le necesitábamos... nunca lo hacía y nunca lo haría.

Mamá vio mis lágrimas y, de repente, cambió el ritmo. Esta vez su himno fue tocado a un estilo *rock* que pareció rebotar a través de la habitación.

—No vayas a la iglesia en el bosque salvaje, no acudas a la iglesia en el valle —cantaba, mientras se balanceaba de un lado a otro, haciendo oscilar sus pechos.

Mi tía empezó de nuevo a comer pastellillos. Desalentada, mi madre dejó el piano y se sentó en el sofá.

—Mamá —pregunté con mi vocecilla—, ¿qué es un valle?

—Lucietta, ¿por qué no enseñas a tu hija algo de valor? —preguntó aquella implacable voz de encima del piano.

Cuando mi cabeza giró, tratando de captar lo que tía Ellsbeth decía, ésta estaba bebiendo té caliente, que yo sabía que había mezclado con bourbon, al igual que el té de Mamá. Tal vez era el licor lo que las hacía tan crueles. No sabía si les había gustado tía Mercy Marie cuando estaba viva, o si la habían despreciado. Sabía que solían burlarse de la forma en que pensaban que había sido matada, como si no acabasen de creerse a Papá, que les había explicado más de una vez que tía Mercy Marie podía seguir aún viva y ser la esposa de algún cacique africano...

—Las mujeres gordas son muy apreciadas en muchas sociedades primitivas —me explicó mi padre—. Desapareció exactamente dos semanas después de haber llegado allí para realizar su tarea de misionera. No te creas todo lo que oigas, Audrina.

Aquél era mi peor problema: ¿qué había que creer y qué no había que creer?

Sonriendo, Mamá vertió un poco más de té en la taza de mi tía y otro poco en la suya propia, y luego cogió una botella de cristal con el marbete de «Bourbon» y llenó las dos tazas. En ese momento, Mamá localizó a Vera:

—Vera —exclamó—, ¿quieres una taza de té?

Naturalmente, Vera aceptó, pero frunció el ceño cuando no le añadieron bourbon.

—Los maestros tenían una reunión y han permitido a todos los estudiantes salir antes que de costumbre —se apresuró a explicar Vera.

—Vera, sé sincera en presencia de los muertos vivos —rió sofocadamente mi madre, que casi se encontraba ya borracha.

Vera y yo intercambiamos unas miradas. Ésta era una de las pocas ocasiones en que podíamos, realmente, comunicarnos, cuando ambas nos sentíamos extrañas y desconcertadas.

—¿Qué haces para divertirte, Ellie? —preguntó mi madre con aquella voz aguda y azucarada que empleaba para hablar por boca de tía Mercy Marie—. Naturalmente debes aburrirte, de vez en cuando, al vivir de esa forma, sin amigos... No tienes un estupendo marido que te haga sentirte cálida y feliz en tu frío y solitario lecho.

—Realmente, Mercy —respondió mi tía, mirando fijamente a los ojos de aquella fotografía—, cómo voy a

71

aburrirme cuando vivo con unas personas tan fascinantes, como mi hermana y su marido agente de Bolsa, y cuando ambos adoran tanto pelearse en su dormitorio que uno de ellos suele gritar. Verdaderamente, me siento más a salvo en mi solitario lecho, sin un magnífico bruto de hombre, al que le gusta emplear su cinturón para dar zurras.

—Ellsbeth, ¿cómo te atreves a decir de mi mejor amigo semejantes desatinos? Damian y yo jugamos a ciertos juegos, eso es todo. Añade algo a su excitación y a la mía.

Mamá sonrió en son de disculpa respecto de la fotografía.

—Por desgracia, Ellsbeth no sabe nada acerca de las diferentes maneras de complacer a un hombre, o darle lo que le gusta.

Mi tía bufó y mostró su desprecio.

—Mercy, estoy segura de que nunca permitiste a Horace que jugase a esa clase de despreciables juegos sexuales contigo...

—Si lo hubiera permitido, no se encontraría donde está ahora —rió por lo bajo Mamá.

Los ojos de Vera se hallaban tan abiertos como los míos. Ambas estábamos sentadas en silencio, sin movernos. Estoy segura de que tanto mi madre como mi tía se habían olvidado que Vera y yo estábamos presentes.

—Realmente, Mercy Marie, debemos perdonar a mi hermana, que está un poco borracha. Como decía hace un momento, vivo con una gente tan fascinante que no existe el menor momento monótono. Una hija se muere en los bosques, otra llega para ocupar su lugar, y los insensatos van y le ponen el mismo nombre...

—Ellsbeth —estalló mi madre, irguiéndose de su posición tumbada—, si odias a tu hermana y a su marido tanto, ¿por qué no te vas y te llevas a tu hija contigo? Seguramente habrá una escuela en alguna parte que necesite una maestra. Tienes la clase especial de lengua afilada que sirve para que los niños no saquen los pies del plato.

—No —replicó mi tía calmosamente, mientras seguía sorbiendo su té—. Nunca abandonaré este desordenado museo de trastos viejos. Es tan mío como de ella.

Mantenía el dedo meñique curvado de una forma que yo admiraba mucho. Nunca había conseguido que el mío permaneciese en aquella postura durante demasiado tiempo.

Resultaba raro que mi tía tuviese aquellos remilgados modales y que llevase unas prendas tan poco elegantes. Mi madre poseía ropas elegantes, pero unos modales muy poco remilgados. Mientras mi tía mantenía siempre las rodillas muy juntas, mi madre las separaba. Mientras mi tía se sentaba tan derecha como si tuviese un huso en su columna vertebral, mi madre se situaba de cualquier manera y adoptaba posturas muy sensuales. Hacían cualquier cosa para exhibir su enemistad, y lo conseguían...

Durante la hora del té, yo no contribuía en nada a menos que se me pidiera, y Vera, por lo general, se quedaba igual de silenciosa e inmóvil, confiando escuchar más secretos. Vera se había acercado subrepticiamente, rodeando el respaldo del sofá, y ahora estaba sentada con su lisiada pierna estirada y la otra alzada hacia su mentón, mientras hojeaba lentamente aquel libro médico ilustrado que mostraba la anatomía humana. Exactamente debajo de las cubiertas se encontraba su hombre de cartulina, con numerosas capas de papel recio. En la primera estaba, simplemente, desnudo. Cuando se separaba aquel hombre, se mostraba con todas sus arterias pintadas de rojo, así como sus azuladas venas. Debajo de la lámina en color había otro hombre que mostraba todos sus órganos vitales. La última lámina exhibía el esqueleto, que no interesaba en absoluto a Vera. También había una mujer desnuda que podía ser vista asimismo por dentro, pero que tampoco llamaba demasiado la atención de Vera. Hacía ya mucho tiempo que había sacado el «feto» del útero, y empleaba en sus libros de texto aquella etiqueta del niño como punto de referencia. Poco a poco, Vera comenzó a separar al hombre desnudo, desplegando sus partes numeradas de papel, estudiándolas con atención. Cada órgano podía volverse a colocar en la posición apropiada cuando las lengüetas se situaban en sus partes numeradas. Su mano izquierda aferraba sus partes viriles, aunque examinase también su corazón y su hígado, dándoles vueltas y más vueltas, antes de levantar aquella cosa de cartulina con su mano izquierda y ponerse a examinarla con gran detalle.

«De qué forma tan extraña están hechos los hombres», pensó mientras volvía a reunir al hombre y lo completaba. Luego, una vez más, comenzó a descomponerlo. Aparté la mirada.

Pero esta vez mi madre y tía Ellsbeth estaban más que un poco bebidas.

—¿Es todo tan maravilloso como pensaste que sería?

Melancólicamente, mi madre sostuvo la suavizada mirada de mi tía.

—Aún amo a Damian, aunque no haya mantenido sus promesas. Tal vez sólo tonteaba conmigo misma, creyendo que era lo suficientemente buena como para ser una pianista de conciertos. Tal vez me casé para evitar averiguar lo mediocre que, realmente, soy...

—Lucietta, no creo eso —respondió mi tía, con sorprendente compasión—. Eres una pianista muy dotada, y tú lo sabes tan bien como yo. Sólo que has permitido que ese hombre tuyo haya puesto dudas en tu cabeza. ¿Cuántas veces te ha calmado Damian al decirte que no habrías tenido éxito de haber seguido adelante?

—Montañas, montañas, y montañas de veces... —cantó mi madre de una forma tonta y de bebida, que me hizo querer llorar—. No me hables más acerca de eso, Ellie. Me hace sentir demasiado triste acerca de mí misma. Mr. Johanson hubiera quedado decepcionado de mí. Confío en que ya esté muerto y no averigüe nunca que no he llegado a nada...

—¿Le amabas, Lucietta? —preguntó mi tía con una voz muy amable.

Me reanimé. Vera también alzó la vista de su juego con aquel hombre grueso y desnudo, cuyo corazón estaba apretando con fuerza en la mano.

Mr. Ingmar Johanson había sido el maestro de música de mi madre cuando era una muchacha.

—Cuando tenía quince años, y estaba llena de nociones románticas, pensé que le amaba.

Mamá suspiró con fuerza y se frotó una lágrima que rodaba por su mejilla. Volvió la cabeza, por lo que pude ver su bello perfil, y se quedó mirando hacia las ventanas donde el sol invernal apenas podía filtrarse para suscitar dibujos en nuestra alfombra oriental con unos parches de luz.

—Fue el primer hombre que me dio un beso auténtico... Los chicos en la escuela ya lo habían hecho, pero el suyo fue el primer beso de verdad.

¿No eran todos los besos iguales?

—¿Te gustaban sus besos?

—Sí, Ellie, me gustaban muchísimo. Me llenaban de anhelos. Ingmar me despertó sexualmente y luego me dejó sin colmar. Más de una noche permanecí tumbada y despierta, e incluso ahora me desvelo y desearía permitirle seguir adelante y que no terminase aquello que había comenzado, en vez de decirle que no y reservarme para Damian.

—No, Lucietta, hiciste las cosas bien. Damian nunca se hubiera casado contigo de haber siquiera sospechado que no eras virgen. Alega ser un hombre moderno con ideas liberales, pero en su corazón es un auténtico victoriano. Sabes condenadamente bien que no pudo hacer frente a lo que le sucedió a Audrina, aunque ella hubiera podido...

¿Qué quería dar a entender? ¿Cómo hubiera podido la Primera Audrina haber hecho frente a algo cuando la encontraron muerta en los bosques? De repente, Mamá se volvió y me vio semiescondida detrás del helecho. Se quedó mirando, como si tuviese que reajustar algunos pensamientos en su cabeza antes de poder hablar:

—Audrina, ¿por qué tratas de ocultarte? Ven y siéntate en una silla como una dama. ¿Por qué te encuentras tan silenciosa? Debes intervenir en algo de vez en cuando. Nadie valora a una persona que no sabe cómo mantener cierto tipo de conversación trivial.

—¿Qué es lo que la Primera Audrina no supo hacer mejor que Papá? —pregunté, poniéndome en pie y dejándome caer muy poco como una dama en un sillón.

—Audrina, ten cuidado con esa taza de té...

—Mamá, ¿qué le sucedió, exactamente, a mi hermana muerta? ¿Qué la mató..., una serpiente?

—Eso no son pequeñas conversaciones —ladró mi Mamá, irritada—. Realmente, Audrina, te hemos dicho todo lo que necesitas saber acerca del accidente de tu hermana en los bosques. Y recuerda, aún estaría viva si hubiese aprendido a obedecer las órdenes que le dimos. Confío en que siempre lo tengas en cuenta cuando te sientas cerca de la testarudez o de la rebeldía, y creas que el mostrarte desobediente es una buena cosa como respuesta a tus padres, que tratan de hacerlo todo lo mejor que pueden.

—¿Y qué era a lo que debía enfrentarse la Primera Audrina? —pregunté con alguna esperanza de escuchar que era algo menos que perfecta.

—Ya es suficiente —respondió Mamá de forma más cariñosa—. Sólo recuerda que los bosques se encuentran en un lugar prohibido.

—Pero Vera cruza los bosques...

Vera se había levantado y se encontraba ahora detrás del sofá, sonriendo a mi madre de una forma conocida, que me decía que ella sabía la causa de la muerte de mi hermana mayor. Oh, oh, ahora, de repente, deseé que no hubiese entreoído la advertencia de Mamá, pues esto concedía a Vera otra arma que emplear contra mí.

Por la forma en que la fiesta terminó después de esto, pareció que nunca conseguiría tener ningún éxito social. Tía Ellsbeth retiró la fotografía. Vera se fue a su cuarto, llevándose consigo una parte de aquel hombre desnudo, y yo me quedé sentada sola en la habitación de estilo romano, percatándome de que no podía hacer preguntas directas y esperar una respuesta. Debía aprender a mostrarme más sinuosa, como cualquier otra persona, o nunca llegaría a conocer nada, ni siquiera la hora del día.

El Día de San Valentín se celebraba aquella misma semana, y Vera llegó cojeando a casa desde la escuela con una bolsa de papel llena de regalos de todos sus amigos. Entró en mi dormitorio con un gran corazón rojo de raso, que abrió para revelar una deliciosa colección de chocolatinas.

—Son del chico que me ama más —me contó de una forma arrogante, apartando la caja sin ofrecerme ni siquiera un bombón—. Me sacará de aquí algún día, y se casará también conmigo. Lo lleva en sus ojos, en sus maravillosos ojos ambarinos. Se irá pronto... Bueno, no hay que preocuparse de adónde se vaya, puesto que me ama. Sé que me ama...

—¿Y qué edad dices que tiene?

—¿Y eso qué puede importar?

Se sentó en mi cama y hurgó de nuevo en la bolsa de bombones, mientras me miraba de una forma divertida.

—Puedo tener diez, doce, catorce, dieciséis años, cualquier edad. He atrapado la magia de la Primera Audrina, de la Mejor y Más Perfecta y Más Bella Audrina. Espejo, espejito de la pared, quién es la mejor Audrina de todas? Y el espejo responde: «Eres *tú*, Vera, eres tú...»

—Dices tonterías —respondí, apartándome de ella—. Y no puedes quedarte con unos dones que sólo están previstos para chicas con mi nombre. Papá me lo contó así.

—Oh, Papá te diría cualquier cosa, y tú serías lo suficientemente estúpida para creértelo. Nunca caeré en esa trampa. Mi madre fue lo bastante estúpida para permitir que cualquier tipo con labia se la llevase a la cama, pero eso no me sucederá a mí. Cuando se produzca la seducción, seré yo quien la haga. Y sé cómo. Ese libro de medicina me está enseñando todo cuanto necesito conocer. Esos estúpidos cursos de sexo que dan en la escuela no te brindan suficientes datos.

Muy pronto se acabaron los bombones, y cuando esto ocurrió, Vera me entregó el vacío corazón rojo de raso. Por alguna razón, aquel corazón rojo me conmovió. Qué amable era aquel muchacho para regalarle dulces a Vera... No sabía que Vera pudiese inspirar amor a nadie, dado que no se lo inspiraba ni siquiera a su propia madre.

LEONES Y CORDEROS

Un día oí al hombre de repartos especiales decirle a Mamá:

—Es un estupendo día de primavera, ¿no le parece?

En caso contrario, no hubiese sabido que nos encontrábamos en primavera.

Los árboles aún no habían echado yemas y los pájaros no cantaban. Me alegré de saber la estación, aunque no el mes, pero me avergonzaba mucho tratar de preguntar en qué mes nos encontrábamos y que la gente me mirase con piedad. No constituía una cosa especial el no conocer nada acerca del paso del tiempo: constituía una auténtica locura. Tal vez por ello estuviesen tan avergonzados para contarme por qué había muerto la Primera Audrina. A lo mejor, ella también estuviese loca.

Atreviéndome a recibir su burla, corrí detrás del repartidor y le hice aquella pregunta tan tonta.

—Pues estamos en el mes de marzo, niña, que ha llegado como un león. Pero pronto se convertirá en cordero.

Hacía frío, el viento era fuerte, y todo esto podía asociarlo con facilidad con un león. Al día siguiente, me desperté y el sol ya había salido, las ardillas y los conejos jugueteaban por nuestro césped y todo marchaba bien en el mundo, según Papá y según Mamá.

La cena terminó al día siguiente, mientras Papá le vociferaba a Vera:

—¡Sal de la cocina! He estado oyendo cosas respecto de que te han atrapado llevándote fotos puercas de la tienda. Y cualquier chica que roba cosas así, demuestra que cuando el río suena agua lleva...

—¡No he hecho nada, Papá! —respondió Vera entre sollozos.

Más tarde, en mi cuarto, me soltó:

—Dios me ha castigado con unos huesos frágiles y a ti con un frágil cerebro, pero, entre las dos, yo·soy la que lleva la mejor parte.

Pero luego comenzó a llorar.

—Papá no me quiere como te ama a ti... Te odio, Audrina, realmente te odio...

Quedé desconcertada. Yo era, naturalmente, la hija de Papá, y por ello me amaba a mí más. Traté de decírselo.

—Oh, tú —gritó—. ¿Quién sabe nada al respecto? Las niñas mimadas, estropeadas y consentidas como tú son demasiado buenas para el mundo... Pero, al final, seré yo quien llegará arriba de todo. ¡No tienes más que esperar y ver!

Decidida a pasar a la acción, fui en busca de Papá, que parecía terriblemente excitado por algo. No hacía más que pasear de un lado a otro del salón estilo romano, mirando de vez en cuando su reloj de pulsera. Pero no quiso ni mirarme cuando yo intenté hacerlo.

—¿Qué quieres, Audrina? —me preguntó, impaciente.

—Quiero hablar acerca de Vera, Papá.

—Pues yo no quiero hablar acerca de Vera, Audrina.

Retrocedí.

—Aunque no sea tu hija, no deberías ser así con ella...

—¿Qué te ha estado diciendo? —me preguntó con suspicacia—. ¿Ha tratado de explicarte por qué tuviste aquel sueño?

Mis ojos se abrieron de par en par. No le había contado nunca a Vera mi peor pesadilla. Papá era el único que conocía mis turbadores sueños. Estaba seguro de que tampoco deseaba que Mamá se preocupase acerca de ellos. Y aquel sueño era mi maldición y mi vergüenza; nunca se lo contaría a Vera. Mi cabeza osciló de un lado a otro mientras seguía retrocediendo.

—¿Por qué actúas con miedo de tu propio padre? ¿Ha sido esa chica la que te ha estado llenando la cabeza con esos locos cuentos?

—No, Papá.

—No me mientas, muchacha. Te puedo decir cuándo mientes, pues tus ojos te delatan.

Aquel mal humor que manifestaba me hizo dar la vuelta y echar a correr. Tropecé con cosas tales como unas perchas con abrigos y unos paragüeros y, finalmente, me dejé caer en un rincón donde permanecí el tiempo necesario para recuperar el aliento. Fue entonces cuando oí a mi tía que avanzaba por el vestíbulo con mi padre a su lado.

—No me importa lo que digas, Ellie, puesto que hago lo mejor que puedo para curarla. También hago todo lo que me es posible por Vera, pero no es tan fácil. Dios mío, ¿por qué no has tenido una hija como Audrina?

—Esto es exactamente lo que esta casa necesita —respondió mi tía con frialdad—. Otra Audrina.

—Escúchame, Ellie, y escúchame bien. ¡Has de mantener a Vera lejos de mi hija! Debes recordarle cada día de tu vida a Vera que mantenga la boca cerrada, o le arrancaré a tiras la piel de la espalda y el pelo del cráneo. Si alguna vez averiguo que Vera estaba en cualquier forma conectada...

—¡No lo estuvo! ¡Naturalmente que digo que no lo estuvo!

Sus voces se fueron extinguiendo. Me quedé entre las sombras, sintiéndome enferma y tratando de imaginarme qué significaba todo aquello. Vera tenía el secreto de por qué no podía recordar nada. Debía conseguir que Vera me lo contase. Pero Vera me odiaba. Nunca me diría nada. De alguna forma, debía conseguir que Vera dejase de odiarme. De algún modo tenía que conseguir que yo le agradase. Luego, tal vez me contase el secreto de mí misma.

A la mañana siguiente, en el desayuno, Mamá estaba sonriente y alegre.

—Adivina una cosa... —me dijo mientras me sentaba a desayunar—. Vamos a tener vecinos. Tu padre ha alquilado aquella casita donde Mr. Willis solía vivir antes de su muerte.

Aquel nombre hizo sonar en mí un capanilleo familiar. ¿Había conocido yo a Mr. Willis?

—Se trasladan hoy —prosiguió Mamá—. Si no esperásemos a tu tía Mercy Marie, podríamos andar por los bosques y darles la bienvenida. Junio es un mes encantador...

Me la quedé mirando con la boca abierta.

—Mamá, el repartidor me dijo que estábamos en marzo.

—No, querida, estamos en junio. El último repartidor que llegó por aquí fue hace meses.

Suspiró.

—Me gustaría que los grandes almacenes hiciesen el reparto cada día; tengo que prever algo para cuando Damian regrese a casa.

Toda la alegría que había sentido ante la perspectiva de tener vecinos quedó estropeada por mi descoyuntada memoria. Vera entró cojeando en la cocina, lanzándome una mirada de inteligencia antes de dejarse caer en una silla y pedir beicon, huevos, tortitas y buñuelos.

—¿Te he oído decir que vamos a tener vecinos, Mamá?

¿Mamá? ¿Por qué llamaba a mi madre de aquella manera? Le lancé también otra mirada significativa. Traté de que Mamá no la viese. Tenía un aspecto cansado, más bien turbada, cuando comenzó a preparar el paté de hígado de ganso para la fiesta. ¿Por qué se tomaba tantas molestias cuando aquella mujer estaba muerta, y sólo tía Ellsbeth estaría allí para comerse lo mejor de cuanto preparase?

—Ya sé quiénes son los nuevos vecinos —se burló Vera—. El muchacho que me regaló la caja de chocolatinas para el Día de San Valentín, me insinuó que se mudaría cerca de nosotros. Tiene once años, pero es tan grandote que parece de trece o catorce.

Mi tía se precipitó en la cocina con su rostro largo, lúgubre y formidable.

—Pues así también es demasiado joven para ti —bufó, haciéndome preguntar si Vera era, realmente, mucho más mayor de lo que yo pensaba.

Dios santo, ¿por qué no conocía la edad de nadie? Ellos sabían la mía.

—No empieces a tontear acerca de él, Vera, o Damian nos echará a las dos a patadas.

—No tengo miedo de Papá —respondió Vera, con aire de suficiencia—. Sé cómo tratar a los hombres. Un beso, un abrazo, una gran sonrisa y se derriten...

—Eres una manipuladora, eso ya lo sé... Pero deja a ese chico tranquilo. ¿Me estás escuchando, Vera?

—Sí, Madre —respondió Vera con su voz más desdeñosa—. ¡Naturalmente que te estoy escuchando! ¡Hasta los muertos te oirían! Y, realmente, no quiero a un chico que sólo tenga once años. Aborrezco de la forma que tenemos que vivir aquí, tan alejadas, donde no hay chicos, excepto esos tan estúpidos del pueblo...

Papá fue el que entró a continuación, llevando un nuevo traje muy bien cortado. Se sentó, se colocó una servilleta debajo de la barbilla, para que no pudiese mancharse de ninguna forma su corbata de pura seda. Si la limpieza se encontraba cerca de la divinidad, Papá era un Dios que anduviese por la tierra.

—¿Estamos de veras en junio, Papá? —pregunté.

—¿Por qué preguntas eso?

—Al parecer, ayer aún estábamos en marzo... Aquel hombre que trajo el nuevo vestido de Mamá dijo que era el mes de marzo...

—Eso fue hace meses, cariño, muchos meses... Claro que estamos en junio. Mira las flores en todo su esplendor, el verdor de la hierba. Nota el calor que hace. No hay días así en marzo...

Vera se comió la mitad de sus tortitas, luego se levantó y se dirigió al vestíbulo a recoger sus libros de la escuela. No había podido graduarse y debería pasarse ocho semanas de sus vacaciones asistiendo a la escuela de verano.

—¿Por qué me sigues? —me preguntó con voz mordaz.

Seguía firmemente determinada a conseguir que yo le gustase a Vera.

—¿Por qué me odias, Vera?

—No tengo tiempo para hacer una lista de las razones.

Su voz resultó arrogante.

—Todo el mundo en la escuela cree que eres una persona extraña. Saben que estás loca...

Aquello me sorprendió.

—¿Cómo pueden saberlo si no me conocen?

Se dio la vuelta y me sonrió.

—Se lo he contado todo acerca de ti, y tu forma rara de comportarte; eso de quedarte en las sombras, cerca de las paredes, y cómo gritas todas las noches. Saben que eres tan «especial» que ni siquiera sabes el año, el mes o el día de la semana en que vives...

Qué desleal era aquello de propalar los secretos de la familia. De nuevo herida, mi deseo de gustarle se debilitó. No creía, realmente, que llegase ella a hacerlo nunca.

—Me gustaría que no hablases acerca de mí a la gente que puede no comprenderlo.

—¿Comprender que..., que eres una completa loca, sin ninguna clase de recuerdos? Claro que te comprenden a la perfección, y nadie, absolutamente nadie, desearía ser amigo tuyo.

Algo duro y pesado creció en mi pecho, hasta hacerme daño. Suspiré y me di la vuelta.

—Sólo deseo conocer lo que todo el mundo sabe...

—Eso, mi querida hermanita, es totalmente imposible para alguien que no tiene en absoluto cerebro.

Me di de repente la vuelta y grité:

—¡Yo no soy tu hermana! ¡Preferiría estar muerta que ser hermana tuya!

Mucho después de que Vera hubiese desaparecido por la polvorienta carretera, seguí de pie en el porche, pensando en que tal vez yo estuviese loca.

Una vez más, a las tres, tía Mercy Marie llegó a sentarse en nuestro piano. Como siempre, mi tía y mi madre se turnaron para hablar por ella. El bourbon fue vertido en el humeante té caliente, y a mí me dieron mi taza de cola con dos cubitos de hielo. Mamá me explicó que fingiese que era té caliente. Me senté incómoda con mi mejor vestido blanco. Dado que Papá no estaba, fui pronto olvidada mientras aquellas dos mujeres se achispaban y soltaban todas las frustraciones que habían retenido durante la semana.

—Ellsbeth —profirió Mamá con voz chillona, después de algunos insultos acerca de la casa que amaba—, el problema es que estás malditamente celosa porque nuestro padre me quisiese a mí más. Te sientas allí y profieres cosas tan horribles acerca de esta casa, pues desearías con toda el alma que te perteneciese a ti. Lo mismo que lloras por dentro cada noche, al dormir sola en tu cama, o mientras yaces en ella intranquila y despierta, una vez más celosa porque yo siempre he conseguido lo que tú deseabas, cuando hubieras podido tener todo lo que poseo con tal de haber mantenido cerrada tu bocaza...

—¡Tú sí que sabes muy bien cómo abrir tu bocaza, Lucietta! —ladró mi tía—. Toda tu vida vagando por este mausoleo y charloteando acerca de su belleza. Naturalmente, nuestro padre te dejó esta casa a ti y no a mí... Me hacías vomitar al verte tan empalagosa... Te las has ingeniado para robarme todo cuanto deseaba. Incluso cuando venían los chicos a buscarme, tenías que estar tú allí sonriendo y flirteando. Incluso coqueteabas con nuestro padre, halagándole tanto que a tu lado me hacías pasar por fría e indiferente. Pero yo hice todo el trabajo que hay por aquí, y aún sigo haciéndolo... Tú preparas las comidas y crees que eso es suficiente. ¡Pues bien, no es suficiente! Yo hago todo lo demás. ¡Estoy ya asqueada y cansada de ser la esclava de todo el mundo! Y por si eso no fuese suficiente, estás enseñando a tu hija tus trucos...

Indignada en extremo, el bello rostro de mi madre se incendió de ira.

—¡Sigue así, Ellsbeth, y no tendrás ni un techo encima de tu cabeza...! Ya sé lo que te mortifica, no creas que no lo sé. Desearías con toda el alma tener cuanto yo poseo...

—Eres una loca. Y te casaste con un loco. Damian Adare sólo deseaba la fortuna que creía que heredarías. Pero no se lo dijiste hasta que fue demasiado tarde para que se echase atrás, el hecho de que nuestro padre no había pagado sus impuestos o no había hecho la menor obra de reparación en esta casa. Alegaste que te gustaba la luz de gas, pero la verdad es que sabías que la luz eléctrica le mostraría a Damian el mal estado en que se hallaba esta casa. La cocina y esta habitación dominan nuestras vidas. La cocina es tan brillante que cuando entra aquí apenas puede verlo, ni ninguno de nosotros puede tampoco. En tu lugar, yo me habría mostrado honrada, y si llamas a la honestidad un defecto, en ese caso, por Dios, que eres impecable.

—Ellsbeth —gritó una voz aguda desde el piano—, deja de ser tan desagradable con tu amada hermana.

—¡Vete y cocínate a ti misma! —aulló tía Ellsbeth.

—Mercy Marie —dijo mi madre con su voz más arrogante y majestuosa—, creo que será mejor que te vayas ya. Dado que mi hermana no puede mostrarse amable con una invitada, o amable con mi hermana, o con esta casa, o con cualquiera, ni siquiera con su propia carne y sangre, creo que no existe razón para continuar con estos tes. Te digo adiós con reluctancia, puesto que te he amado y aborrezco pensar en ti como una muerta. No soporto ver cómo se mueren las personas a las que quiero. Éste ha sido mi esfuerzo más penoso por mantenerte viva.

No miró a mi tía mientras añadía:

—Ellsbeth, ten la amabilidad de abandonar este cuarto antes de que digas algo que me obligue a odiarte aún más.

Mamá parecía encontrarse al borde de las lágrimas y su voz se quebró. ¿Se había ya olvidado de que esto sólo era un juego? ¿Sería ya sólo un juego para ella también, para mantener aún viva a la amada primera Audrina?

Llegó el miércoles por la mañana, y estuve muy contenta de escribirme a mí misma una nota para recordarme que ayer había sido martes. Me la había escrito por la noche. Por lo menos, me imaginé que había descubierto un sistema de seguir el curso de los días.

Mientras pasaba por delante del cuarto de mis padres camino de la cocina, mi madre me llamó desde dentro. Se estaba cepillando su largo cabello con un antiguo cepillo de plata. Papá estaba inclinado cerca de la coqueta, haciéndose el nudo de la corbata. Hacía con mucho cuidado todas las vueltas y giros.

—Debes decírselo, Lucky —dijo Papá con voz suave.

Tenía un aspecto tan feliz que parecía estar a punto de reventar. Mamá también se volvió sonriente hacia mí.

Con ansia, corrí a abrazarme y a apoyarme contra la suavidad de sus pechos.

—Corazoncito, siempre te estás quejando de que no tienes a nadie con quien jugar, excepto a Vera. Pero alguien está de camino para librarte de tu soledad. En noviembre próximo, o a principios de diciembre, vas a tener aquello que has estado deseando desde hace tanto tiempo...

¡La escuela! ¡Me iban a mandar a la escuela! ¡Al fin! ¡Por fin!

—Cariño, ¿no nos habías dicho muchas veces que te gustaría mucho tener un hermano o una hermana? Pues bien, vas a tener una cosa o la otra.

No supe qué decir. Se habían desvanecido las visiones de unos días felices en la escuela. Mis sueños eran unos fuegos fatuos que nunca se convertían en realidad. Luego, mientras permanecí allí de pie y temblando en el círculo de los brazos de mi madre, y Papá se acercó para acariciarme con suavidad mi cabello, sentí una oleada de inesperada felicidad. Un bebé. Un hermanito o un hermanita que, seguramente, me liberaría de toda su atención tan exigente. Luego tal vez quisieran que estuviése fuera de aquella casa y en la escuela, aprendiendo tantas cosas que aún no conocía. Existía una esperanza. Debía haber una posibilidad.

Mamá lanzó a Papá una larga y perturbada mirada, grávida de un significado sin palabras.

—Damian, seguramente esta vez tendremos un chico, ¿verdad?

¿Por qué lo planteaba así? ¿No le gustaban las niñas?

—Cálmate, Lucky. Las probabilidades están a nuestro favor. Esta vez tendremos un niño.

Papá me sonrió amorosamente, como si leyese mis pensamientos en mis abiertos ojos.

—Ya hemos tenido una hija muy hermosa y muy especial, y Dios nos debe un hijo...

Sí, Dios le debía un hijo, después de habérsele llevado a la Primera y Mejor Audrina, a la que había remplazado con sólo yo...

Aquella noche, de rodillas al lado de mi cama, uní las palmas debajo de mi mentón, cerré los ojos y recé:

—Señor de los cielos, aunque mis padres desean un niño, no me importaría nada que les enviases una niña. Pero no permitas que tenga unos ojos violeta y un cabello de camaleón como el mío. No hagas que sea nada especial. Resulta tan espantosamente solitario ser especial... Deseo que me hagas corriente y me concedas una memoria mejor. Si la Primera y Mejor Audrina está ahí arriba contigo, no la uses de modelo, ni a Vera tampoco. Haz un bebé maravilloso, pero no especial y que no pueda asistir a la escuela.

Creí concluir y comenzaba a decir «Amén», cuando añadí una posdata:

—Y, Dios mío, apresúrate y permite que vengan esos vecinos. Necesito un amigo, aunque sea ese chico que no le gusta a Vera...

Ahora llevaba un Diario como ayuda de mi falta de memoria. Aquel jueves, mi tía y mi prima recibieron aquellas noticias que yo ya conocía desde hacía todo un día. Me hizo sentir especial el hecho de que mis padres me confiasen algo tan importante a mí primero.

—Sí, Ellie, Lucky está embarazada de nuevo ¿No es una noticia maravillosa? Naturalmente, dado que ya tenemos la hija que pedimos, ahora nos gustaría un hijo.

Mi tía lanzó a mi madre una expresión de desconcierto.

—Oh, Dios mío —respondió apagadamente—. Algunas personas jamás aprenden.

La palidez del rostro pastoso de Vera aún se acentuó más. El pánico pareció también disolver sus oscuros ojos. Entonces me cazó mirándola, y en seguida se enderezó antes de ponerse en pie.

—Me voy a visitar a una amiga. No volveré a casa hasta que oscurezca.

Se quedó allí de pie, esperando que alguien pusiese objeciones, como todo el mundo lo hubiese hecho de haber yo pronunciado aquellas mismas palabras, pero nadie dijo nada, casi como si no les preocupase lo más mínimo que Vera regresase o no. Con aspecto hosco, Vera salió cojeando de la cocina. Me puse en pie de un salto para seguirla hacia el porche delantero.

—¿A quién vas a visitar?

—¡Eso no es de tu incumbencia!

—No tenemos ningún vecino cercano, y constituye un largo paseo ir a visitar a los McKenna.

—No te preocupes —respondió, con voz ahogada y lágrimas en los ojos—. Vuelve a dentro y entérate de eso del nuevo bebé, yo me iré a visitar a mis amistades que no te soportarían.

Observé cómo cojeaba por la polvorienta carretera, preguntándome adónde iría. Tal vez no fuese a ninguna parte, sino que sólo buscase un sitio donde llorar a solas.

De regreso en la cocina, Papá seguía aún hablando:

—La semana pasada trasladaron algunas de sus cosas a la casita, aunque sólo empezaron a vivir allí desde ayer. Aún no les conozco personalmente, pero el corredor de fincas me ha contado que hacía varios años que vivían en el pueblo y que siempre han pagado puntualmente el alquiler. Y puedes pensar en ello, Lucky, ahora tendrás una mujer viva a la que invitar a tus tes, y podremos despedir a tía Mercy Marie. Aunque no hay duda de que disfrutáis mucho imitando su cruel ingenio, deseo que abandonéis ese juego. No resulta saludable para Audrina el ser testigo de algo tan pintoresco. Además, por cuanto sabéis, Mercy Marie puede ser la gorda esposa de algún jefe africano y no estar muerta en absoluto.

Tanto mi madre como mi tía se mofaron: no deseaban creer que ningún hombre pudiese desear a Mercy Marie.

—Hemos acabado con la hora del té —explicó Mamá sombríamente, como si hubiese concluido con toda vida social ahora que esperaba un bebé.

—Papá —comencé en plan de probatura mientras me sentaba de nuevo a la mesa—, ¿cuándo vi por última vez a tía Mercy Marie aún viva?

Inclinándose sobre la mesa, mi Papá me besó en las mejillas. Luego puso su silla más cerca de la mía, para que su brazo pudiese abarcarme los hombros. Mi tía se levantó para sentarse en la mecedora de la cocina, donde se dedicaba a hacer punto sin parar. Pero, al cabo de un segundo, se mostró tan encolerizada con su labor, que la tiró, cogió un plumero y se puso a quitar el polvo de encima de las mesas de la habitación adyacente, manteniéndose siempre lo suficiente cerca de la puerta como para poder escuchar.

—Hace ya muchos años que conociste a tía Mercy Marie; es natural que no te acuerdes de ella. Corazoncito, deja de turbar tu cerebro con esfuerzos por recordar el pasado. El hoy es lo que cuenta, no el ayer. Los recuerdos son sólo importantes para los viejos, los cuales ya han vivido la mejor parte de sus vidas, y no tienen nada que mirar hacia delante. Tú eres sólo una chiquilla y tu futuro se alza amplio e invitador ante ti. Todas las cosas buenas se hallan por delante, y no atrás. No puedes recordar cada detalle de tu primera infancia, pero tampoco puedo hacerlo yo. «Lo mejor está aún por llegar», escribió algún poeta, y yo creo en ello. Papá se asegurará de que tengas sólo un futuro de la mejor clase. Tus aptitudes cada vez van creciendo más y más. Y sabes por qué, ¿verdad?

La mecedora... Aquel mueble me estaba proporcionando el cerebro de la Primera y Mejor Audrina y me borraba todos los recuerdos. Oh, cómo la odiaba. ¿Por qué no podía seguir muerta en su tumba? No quería su vida, sólo la mía propia. Me separé del brazo de Papá.

—No vayas a los bosques —me previno.

Tía Ellsbeth parecía atraída hacia la cocina. Manejaba aquel plumero de una forma tan amenazadora que parecía que iba a zurrar a Papá con él.

Mamá volvió sus ojos violeta hacia su hermana y dijo apaciblemente:

—Realmente, Ellsbeth estás levantando más polvo del que recoges.

Una vez me encontré afuera, las palabras de Papá continuaron resonando en mi cabeza. En realidad, no me quería. La amaba a ella, a la Primera y Mejor. A la Más Perfecta Audrina. Durante el resto de mi vida tendría que aspirar a los niveles que ella había establecido. ¿Cómo podía ser todo cuanto ella había sido, puesto que yo era yo?

Había estado planeando deslizarme por los bosques y visitar a nuestros nuevos vecinos, pero mi tía me hizo entrar y me mantuvo muy atareada durante toda la mañana ayudándola a limpiar la casa. Mamá no se sentía bien. Algo llamado «mareos matinales», la hacían ir con frecuencia a los aseos, y mi tía parecía complacerse con ello cuando lo efectuaba, y musitaba para sí, durante todo el tiempo, acerca de los insensatos que se arriesgaban a las iras de Dios.

Vera se presentó cojeando en la casa a eso de las tres, con aspecto acalorado y agotada. Me lanzó una mirada mordaz y subió con gran ruido las escaleras. Decidí ir a comprobar qué estaba haciendo antes de deslizarme por los bosques para conocer a nuestros vecinos. No quería que Vera me siguiese. Seguro que se lo diría a Papá y éste me castigaría.

Vera no se encontraba en su cuarto. Ni tampoco se hallaba en el mío, registrando mis cajones con la esperanza de encontrar algo que robar. Seguí buscando, confiando en sorprenderla. En vez de ello, fue Vera la que me sorprendió a mí.

En el interior de la habitación de la Primera Audrina, que, por lo general, Papá mantenía cerrada con llave, excepto los días en que Mamá limpiaba allí, Vera se encontraba sentada en la mecedora con aquel respaldo de lilas de agua. La mecedora mágica. Se balanceaba adelante y atrás, mientras canturreaba, tal y como me obligaba Papá a hacer tan a menudo. Por alguna razón, me puso furiosa verla allí. ¡Aunque no estuviese «atrapando» las cualidades..., era Vera la que trataba de robarlas!

—¡Sal de esa mecedora! —le grité.

Con desgana, se recuperó y abrió sus grandes y oscuros ojos que relucían como los de Papá. Sus labios se curvaron en un mohín de desprecio.

—¿Me vas a hacer algo, niñita?

—Sí...

Me sulfuré al máximo y entré en aquella espantosa habitación, dispuesta a defender mi derecho a sentarme en aquella mecedora. Aunque no quisiese tener los dones de la Primera y Mejor Audrina, tampoco quería que los tuviese Vera.

Antes de que pudiera hacer nada, Vera había saltado ya de la mecedora.

—Y ahora escucha esto, Audrina Número Dos... A la larga, seré yo quien ocupe el lugar de la Primera Audrina. Tú no tienes lo que ella tenía, y nunca lo tendrás. Papá trata, infatigablemente, de hacer de ti lo que ella era, pero está fracasando, y se empieza a percatar de ello. Ésa es la razón de que me haya pedido que comience a emplear la mecedora. Porque ahora desea que sea yo la que tenga las cualidades de la Primera Audrina.

No la creí, aunque alguna cosa frágil en mi interior se rompió y me dolió. Me vio débil, temblorosa.

—Tu madre tampoco te quiere, ni de lejos, como amaba a la Primera Audrina. Finge amor hacia ti, Audrina, lo simula...

Luego, en un ciego impulso, traté de golpearla. En aquel momento, prefirió mantenerse firme, y si no lo hubiese previsto tan bien mi puño no la hubiese tocado. Pero, en realidad, la alcancé en la mandíbula. Cayó hacia atrás, sobre la mecedora, que se precipitó sobre ella. Seguramente su caída no le había hecho tanto daño como indicaban sus profundos aullidos de dolor...

Tía Ellsbeth se presentó a la carrera.

—¿Qué le has hecho a mi hija? —gritó, apresurándose a ayudar a Vera a ponerse en pie.

Una vez lo hubo conseguido, se dio la vuelta hacia mí y me abofeteó. Rápidamente, me zafé de su segundo golpe.

Oí a Vera chillar:

—¡Madre, ayúdame! ¡No puedo respirar!

—Claro que puedes respirar —le contestó mi tía con impaciencia.

Pero un viaje a la sala de urgencias demostró que Vera tenía cuatro costillas rotas. Los hombres de la ambulancia asestaron a Mamá y a mi tía miradas de irrisión, como si sospechasen que era imposible que Vera se estuviese siempre lastimando a sí misma. Luego me miraron a mí y sonrieron débilmente.

Aquella noche fui enviada a la cama sin cenar. (Papá no se presentó en casa hasta tarde porque tenía una reunión de negocios, y Mamá se retiró temprano, dejando encargada de todo a mi tía.) Durante toda la noche escuché a Vera quejarse, jadear y boquear mientras trataba de dormir. Doblada sobre sí misma como una viejecita, se presentó en mi cuarto en medio de la noche y sacudió su puño en mi rostro.

—Algún día derribaré esta casa y a todo el mundo que se encuentra en ella —silbó con voz asesina—, y tú serás la primera en caer. Recuerda esto, aunque no recuerdes nada más, la Segunda y Peor Audrina...

ARDEN LOWE

Por la mañana estaba desesperada por escapar de la casa. Dado que Ellsbeth se hallaba atendiendo a la herida Vera, y Mamá en la cama con sus mareos matinales, tuve la primera oportunidad en toda mi vida de alejarme sin ser observada.

Los bosques estaban llenos de sombras. Al igual que la Primera Audrina me hallaba desobedeciendo, pero por encima de mí el firmamento me decía que no existía la menor posibilidad de que lloviese, y sin la lluvia aquello no podía suceder de nuevo. Brillantes rayos de sol caían a través del dosel de encaje verde de las hojas, y dibujaban el sendero con manchas doradas de luz. Los pájaros cantaban, las ardillas se perseguían unas a otras, los conejos corrían, y ahora que me encontraba libre de «Whitefern» me sentí muy bien, aunque un poco incómoda. De todos modos, si alguna vez iba a hacer amistades por mí misma, debía realizar el primer movimiento y demostrar algo, por lo menos a mí, aunque no fuese a nadie más.

Iba a ver a la nueva familia en la casita del jardinero, que no había sido ocupada durante muchos años. Nunca había visto esta parte de los bosques, pero aún me seguía pareciendo familiar. Me detuve a mirar hacia la pista, que se ramificaba a la derecha y luego zigzagueaba también más adelante. Muy dentro de mí, cierto conocimiento orientativo me dijo que girase a la derecha. Cada pequeño ruido que oía me obligaba a detenerme, a esforzarme por escuchar las risitas que percibía cuando me encontraba en la mecedora, reviviendo los acontecimientos que le habían sucedido a la Primera y Mejor, y cuya pista se encontraba en aquel balancín. Las hojas veraniegas emitían pequeños susurros. Unas pequeñas mariposas de pánico comenzaron a revolotear por mi cabeza. Seguía escuchando aquellas advertencias: «Hay peligro en el bosque. No se está seguro en los bosques. Muerte en el bosque.» Nerviosa, aceleré mis pasos. Cantaría al igual que los siete enanitos solían silbar para alejar de ellos el miedo... ¿Por qué pensaba ahora esto? Era la clase de pensamientos de *ella*...

Me dije a mí misma, mientras me apresuraba hacia delante, que ya había llegado el momento de que me enfrentase con el mundo yo sola. Me dije, que cada paso que me alejase de aquella casa de oscuros rincones y melancólicos susurros, me haría sentirme mejor, más feliz. No era débil, inválida o incapaz ante el mundo. ¿Era tan valiente como cualquier chica de siete años?

Algo acerca de los bosques, algo acerca de la forma en que el sol brillaba a través de las hojas. Los colores trataban de hablarme, de decirme lo que no recordaba. Si no dejaba de pensar de la forma en que lo hacía, muy pronto me encontraría corriendo y chillando, esperando que me sucediera a mí la misma cosa que le había ocurrido a ella. Yo era la única Audrina que quedaba viva en el mundo. En verdad, no debía tener el menor temor. Los rayos no caen nunca dos veces en el mismo lugar...

Ya en el mismo borde de un claro, llegué a la casita en los bosques. Era un pequeño *cottage* blanco con tejado rojo. Me agaché para esconderme detrás de un árbol de nuez dura cuando vi a un chico que salía por la puerta de la casita y que llevaba un rastrillo y un balde.

Era alto y delgado, y ya sabía de quién se trataba.

93

Era el que había regalado a Vera la caja de dulces el Día de San Valentín.

Vera me había contado que tenía once años, y que, en julio, cumpliría los doce. Era también el chico más popular en su clase, estudioso, inteligente, perspicaz y gracioso, y había perdido la chaveta por Vera. Pero aquello demostraba que no era *demasiado* brillante. Pero por lo que mi tía estaba siempre diciendo, los hombres sólo son niños crecidos, y el sexo masculino sólo sabía lo que le decían sus ojos y sus glándulas, nada más.

Al observarle, pude llegar a la conclusión de que era un gran trabajador, por la diligencia que demostró al despejar el patio, que era un auténtico páramo de malas hierbas, rosas silvestres, cleones.

Llevaba unos vaqueros desteñidos que se le ajustaban muy bien a la piel, como si hubiese crecido con ellos o se le hubiesen encogido. Su delgada y vieja camisa debía haber sido en un tiempo de un azul brillante, pero ahora se veía de un apagado color grisblanco. De vez en cuando, se detenía para descansar, miraba a su alrededor y silbaba como si imitase a algún pájaro. Luego, al cabo de unos segundos, volvía al trabajo, sacando malas hierbas y tirándolas en su balde, que volcaba a menudo en un gran cubo de basura. Aquel muchacho no me asustaba, aunque Papá y aquella mecedora me habían enseñado a aterrarme ante lo que los chicos podían hacer.

De repente, se quitó los desgastados guantes de lienzo que usaba, los tiró, se dio la vuelta en redondo, y se quedó directamente enfrente del árbol tras el que yo me hallaba escondida.

—¿No ha llegado ya el momento de que dejes de esconderte y de mirar? —me preguntó, volviéndose para recoger su balde con malas hierbas para arrojarlas en el enorme cubo de basura—. Vamos, sal de ahí y seamos amigos. No muerdo.

Mi lengua parecía pegada a mi paladar, aunque la voz del chico había sido muy amable.

—No te lastimaré, si es eso lo que temes. Incluso sé que tu nombre es Audrina Adelle Adare, la muchachita con ese maravilloso pelo largo que cambia de colores. Todos los chicos de Whitefern Village no hablan más que de las chicas Whitefern, y dicen que tú eres la más hermosa. ¿Por qué no vas a la escuela como las demás chicas? ¿Y por qué no me escribiste una nota para darme las gracias por aquella caja de dulces del Día de San Valentín que te envié hace ya meses y meses? Aquello fue muy rudo por tu parte, mucho, y eso de ni siquiera llamarme por teléfono...

Me quedé sin respiración. ¿Me había regalado a mí aquellos dulces en vez de a Vera?

—No sabía que me conocías, y nadie me dio los dulces —respondí, con una vocecilla ronca.

Ni siquiera ahora estaba segura de que hubiese mandado a una chica, por completo desconocida, una caja con unos dulces tan caros, cuando Vera era lo suficientemente bonita y ya comenzaba a tener formas de mujer.

—Claro que te conozco... Y ésa fue la razón de que te escribiese aquella nota con los dulces, porque te veía siempre con tus padres.

Continuó:

—El problema es que nunca vuelves la cabeza para mirar a nadie. Estoy en la clase de tu hermana en la escuela. Le he preguntado por qué no asistes a la escuela, y me ha explicado que estabas loca, pero no he creído eso. Cuando la gente está loca, lo muestra en sus ojos. Fui a la tienda y compré el más bonito corazón rojo de raso de todos. Confío en que Vera te diese, por lo menos, un dulce, puesto que todos eran tuyos...

¿Conocía lo suficientemente bien a Vera para sospechar que mentía y que se lo comería todo?

—Vera afirmó que le habías regalado a ella la caja de los dulces...

—¡Ajá...! —exclamó—. Eso es exactamente lo que mi mamá dijo cuando le conté que debías de ser una chica de lo más desagradecida. Y aunque no te comieses ni un solo dulce, confío que te percates que traté de hacerte saber que había un chico que piensa que eres la chica más bonita que nunca he visto.

—Gracias por los dulces —susurré.

—Me dedico a hacer el reparto de los periódicos de la mañana y de la tarde. Es la primera vez que me he gastado con una chica mi dinero tan duramente ganado.

—¿Y por qué lo hiciste?

Volvió con rapidez la cabeza, tratando de captar una entrevisión.

Oh, los ojos del chico eran de un tono ámbar. El sol daba en ellos, casi cegándole, pero me mostró con detalle el bonito color que tenían, mucho más claros que su cabello.

—A veces, Audrina, me imagino que puedes mirar a una chica y saber al instante que te gusta un rato. Y cuando ella no se fija nunca en ti, debes de hacer algo drástico. Pero no funcionó.

Al no saber qué decir, no hablé más. Pero me moví un poco para que pudiese verme la cara, aunque mi cuerpo permaneció a salvo oculto por los arbustos.

—De todos modos, no puedo comprender por qué no vas a la escuela.

¿Cómo podía explicárselo cuando tampoco yo lo entendía? A menos que fuese como tía Ellsbeth había dicho, que Papá deseaba conservarme para él y «entrenarme».

—Dado que no lo has preguntado, me presentaré. Soy Arden Nelson Lowe.

Con cautela, dio un paso en dirección de mi escondrijo, alzando el cuello para poder verme mejor.

—Yo también tengo un nombre que empieza por *A*, si eso significa algo, y me parece que sí.

—¿Y qué crees que significa? —inquirí, sintiéndome perpleja—. Y no te acerques más. Si lo haces, echaré a correr.

—Si echas a correr, te daré caza y te atraparé —repuso.

—Puedo correr muy de prisa —le previne.

—Y yo también...

—Y si me atrapas, ¿qué harías?

Se echó a reír y giró en círculo.

—De veras no lo sé, excepto que si ello me da la oportunidad de verte realmente de cerca, en ese caso averiguaría si esos ojos son de veras de color violeta, o sólo de un azul oscuro.

—¿Y eso qué importa?

Me sentí preocupada. El color de mis ojos era como el de mi cabello, algo ambiguo. Unos ojos extraños, que podían cambiar de color según mi estado de ánimo, desde el violeta a un tono oscuro o púrpura apagado. Unos ojos obsesionados, afirmaba tía Ellsbeth, que estaba siempre diciéndome, de una forma indirecta, que era una persona rara.

—No, no importaría —replicó.

—Arden —llamó una voz de mujer—, ¿con quién estás hablando?

—Con Audrina —respondió—. Ya sabes, mamá, es la más joven de aquellas dos chicas que viven en aquella grande y fantasiosa casa de más allá del bosque. Es terriblemente bonita, mamá, pero muy tímida. Nunca había conocido a una chica así. Se queda detrás de los arbustos, dispuesta a echar a correr si me acerco más. Seguro que no es como su hermana, eso sí puedo decírtelo. ¿Crees que es ésta la forma más apropiada de conocer a un chico?

Desde dentro de la casita, su madre se echó a reír de buen grado.

—Es la forma más apropiada de interesar a un muchacho como mi hijo, al que le gusta resolver los misterios.

Forcé el cuello para ver a una hermosa mujer de cabello oscuro, sentada en la abierta ventana de la casa, mostrándose de cintura para arriba. Me pareció tan bonita como una estrella de cine, con todo aquel cabello rizado, largo, de un tono azulnegro, que le caía por encima de los hombros. Tenía los ojos oscuros y la tez tan bella e impecable como una porcelana.

—Audrina, serás muy bien recibida aquí en cualquier momento que desees visitarnos —me dijo de una forma cálida y amistosa—. Mi hijo es un muchacho fino y honorable, que nunca haría nada que te lastimase.

Me quedé sin respiración a causa de la felicidad. Nunca hasta ahora había tenido un amigo. Había desobedecido, al igual que la Primera Audrina, y me había atrevido a entrar en los bosques... sólo para encontrar amigos. Tal vez no estuviese tan maldita como le había ocurrido a ella. El bosque no iba a destruirme, como había hecho con ella.

Comencé a hablar y a dar un paso hacia delante, para revelarme y saludar a aquellos extraños en su propio terreno. Pero cuando estaba a punto de hacer esta revelación, de las profundidades de los bosques que había detrás de mí llegó el sonido de mi nombre, repetido continuamente, de forma perentoria. La voz era distante y débil, pero cada vez sonaba más y más cercana.

¡Era Papá! ¿Cómo sabía dónde encontrarme? ¿Qué

estaba haciendo al salir tan temprano de su oficina? ¿Le había telefoneado Vera para contarle que no me encontraba en la casa o en el patio? Me castigaría, sabía que lo haría. Aunque ésta no fuese la parte prohibida y peor de los bosques, no querían que me perdiesen de vista aquellas personas que me vigilaban de la mañana a la noche.

—Adiós, Arden —grité con apresuramiento, mirando desde el borde del árbol y saludando. También hice un ademán hacia su madre que se encontraba en la ventana—. Adiós, Mrs. Lowe. Estoy muy contenta de haberles conocido a los dos, y muchas gracias por querer tenerme como amiga. Necesito amigos, por lo que regresaré pronto... Lo prometo.

—Hasta pronto, supongo...

Eché a correr hacia la voz de Papá, confiando que no conjeturase dónde había estado. Casi choqué con él mientras recorría la desvaída senda.

—¿Dónde has estado? —me preguntó, apoderándose de mi brazo y atrayéndome hacia él—. ¿De dónde sales corriendo?

Me le quedé mirando al rostro. Como siempre, tenía un aspecto magnífico, limpio, con un traje y chaleco propio de un agente de Bolsa, muy bien cortado. Cuando me soltó el brazo, se sacudió unas hojas secas de la manga. También comprobó sus pantalones para ver si los espinos se habían clavado en ellos, y si era así, podría tratarme aún peor... Su rápida inspección, en realidad, comprobó que su traje no había sufrido daños, por lo que pudo sonreírme lo suficiente como para quitarme un poco de miedo del corazón.

—Hace diez minutos que te estoy llamando. Audrina, ¿no te he dicho repetidamente que permanezcas alejada de los bosques?

—Pero, Papá, hacía un día tan hermoso que deseaba ver cómo corrían a esconderse los conejos. Deseaba coger fresas silvestres y arándanos y encontrar nomeolvides. Deseaba lirios de los valles para que mi dormitorio presentase un aspecto más agradable.

—No has seguido esta senda hasta el final, ¿verdad?

Había algo peculiar en sus tan oscuros ojos, algo que me previno de no contarle mi encuentro con Arden Lowe y con su madre.

—No, Papá. Me acordé de lo que había prometido,

y dejé de perseguir al conejo. Papá, las liebres corren muy de prisa.

—Estupendo —replicó, apoderándose de nuevo de mi mano y volteándome, por lo que no pude hacer otra cosa que seguirle y tratar de mantenerme al paso de las zancadas de sus excepcionalmente largas piernas.

—Confío en que nunca me mientas, Audrina. Los mentirosos acaban siempre muy mal...

Nerviosa, balbucí:

—¿Cómo es que has vuelto tan temprano a casa, Papá?

Pareció propenso a fruncir el ceño.

—Tuve esta mañana un presentimiento acerca de ti, a la hora del desayuno. Actuabas con tanto secreto... Estaba sentado en mi despacho y me pregunté si no se te habría ocurrido la idea de visitar a esas nuevas personas que se han mudado a la casita. Y ahora escucha esto, muchacha. No debes ir nunca allí... ¿Lo entiendes? Necesitamos el dinero del alquiler, pero no son iguales socialmente a nosotros, por lo que es mejor dejarles solos...

Era terrible tener un padre que pudiese leer en tu mente. Tenía que intentar de nuevo el hacerle ver lo mucho que necesitaba tener amigos.

—Pero, Papá, creí que habías dicho que Mamá podría invitar a la vecina al té de los martes.

—No, después de lo que he averiguado acerca de ellos. En este mundo, existen un montón de antiguos refranes y la mayoría de ellos deberían seguirse. Dios los cría y ellos se juntan... Y no deseo que mi hija se junte con esas personas. La gente corriente te robaría lo especial que hay en ti, te convertiría en un miembro más de su propio rebaño. Quiero que tú seas una dirigente, alguien que se mantenga al frente de la multitud. Las gentes suelen ser como ovejas, Audrina, unas estúpidas ovejas, dispuestas a seguir al primero que tenga la fortaleza de ser diferente. Y no debes preocuparte acerca de tener amigos, ahora que muy pronto aumentará nuestra familia. Piensa en lo divertido que será tener un hermanito o una hermanita. Haz de ese bebé tu mejor amigo.

—¿Igual que Mamá y su hermana son amigas?

Me lanzó una dura mirada.

—Audrina, tu madre y su hermana son dignas de

compasión. Viven en la misma casa, comparten la misma comida, pero rehúsan aceptar lo mejor que cada una puede dar a la otra. Si pudiesen atravesar ese muro de resentimientos... Pero nunca lo harán. Cada una tiene su orgullo. El orgullo es una cosa maravillosa, pero puede hacerse desmedido. Entonces cada día el amor se va recluyendo y convirtiéndose en rivalidad.

No le comprendí. Los adultos eran como las luces de un prisma, que cambian constantemente de color, confundiendo mis pensamientos.

—Corazoncito, prométeme que no saldrás de nuevo a los bosques.

Se lo prometí. Me apretó fuertemente en los dedos para que no hiciera falsas promesas. Pareció satisfecho y disminuyó su presión.

—Y ahora he aquí lo que quiero que hagas. Tu madre te necesita ahora, puesto que no se encuentra bien con eso del embarazo. Algunas veces sucede de esa manera. Trata de ayudarla todo cuanto puedas. Y prométeme que nunca desaparecerás, sin hacerme saber dónde te encuentras...

No me iría a ningún sitio, ni ahora ni nunca. ¿Creía que me iba a escapar?

—Oh, Papá —grité, al tiempo que le echaba de nuevo encima los brazos—. ¡Nunca te abandonaré! Me quedaré y me haré cargo de ti cuando envejezcas... Siempre estaré a tu lado, pase lo que pase.

Mi padre meneó la cabeza, con aspecto triste.

—Dices eso ahora, pero ya no lo recordarás cuando conozcas a algún joven y creas amarlo. Me olvidarás y pensarás sólo en él. Así es la vida y los viejos han de dejar sitio a los jóvenes.

—No, Papá, podrías quedarte conmigo aunque me casase... Y no pienso hacerlo...

—Confío en que no. Los maridos no suelen querer tener a los padres cerca. Nadie desea tener cerca a los viejos para que les atosiguen sus vidas y originen aún más gastos. Ésa es la razón de que siempre haya procurado ganar más y más dinero, para ahorrar para mi vejez y la de tu madre.

Al alzar la mirada hacia él, sentí que la ancianidad no le alcanzaría. Era demasiado fuerte, demasiado vigoroso para que la edad encaneciese su cabello, pusiese arrugas en su rostro y chupase sus mejillas.

—¿Y las señoras viejas son también no deseadas? —pregunté.

—No para las de la raza de tu madre —me explicó con una ancha sonrisa—. Alguien querrá siempre a tu madre. Y si ningún hombre la quiere, se volverá hacia ti..., por lo que debes estar allí cuando te necesite o por si así lo desea. Y quédate también para cuando te necesite yo...

Me estremecí, sin disfrutar de esa clase de conversación seria, de' personas mayores, en el mismo momento en que había conocido al primer muchacho que me gustaba. Nos aproximábamos ahora a la linde del bosque, donde los árboles comenzaban a dispersarse y empezaba la pradera.

Papá seguía hablando:

—Dulzura mía, hay una anciana dama en casa a la que aún no conoces. Tu madre y yo deseamos tanto tener un chico, que no podemos aguardar hasta el nacimiento para averiguar el sexo que va a tener. Y me han dicho que esa dama, Mrs. Allismore, tiene talento para predecir el sexo de un niño aún no nacido.

Cuando nos encontrábamos cerca de la casa, me detuve para contemplar la construcción, que me parecía una tarta nupcial ajada por el tiempo; la cúpula se hallaba donde deberían aparecer el novio y la novia, pero no era así. Veía aquellas altas y estrechas ventanas como unos ojos siniestros y con ranuras que nos mirasen. Cuando me encontraba dentro, veía las ventanas como proyectándose hacia el interior, sin perder de vista a nadie, especialmente a mí.

Papá tiró de mí. Un cochecito extraño de color negro se hallaba aparcado en el largo y curvado paseo de coches, que necesitaba ser pavimentado de nuevo. Las malas hierbas crecían en todas las grietas, y yo me mostré cuidadosa de pasar por encima de ellas, no deseosa de quebrar la espalda de mi madre. Traté de liberarme de la mano de Papá, para no tener que estar allí y mirar algo que pudiese darme miedo, pero mi padre siguió arrastrándome a través de la puerta principal, sin darme oportunidad de echar a correr hacia mi escondrijo en la cúpula. Sólo me soltó una vez las puertas se cerraron detrás de nosotros. Con habilidad, evité poner los pies en cualquier dibujo de arcoiris que el sol hacía por las ventanas de cristales emplomados de las puertas.

En el mejor de los salones delanteros, se hallaban reunidas mi madre, tía Ellsbeth, Vera y una mujer vieja, muy vieja. Mamá aparecía tendida en el sofá de terciopelo púrpura. La mujer anciana se inclinaba encima de ella. En cuanto nos vio entrar, sacó el anillo de bodas del dedo de mi madre y lo ató con una cuerdecita. Vera se acercó aún más, con aspecto muy interesado. Lenta, muy lentamente, aquella anciana comenzó a hacer oscilar el anillo atado a la cuerda sobre la parte media de mi madre.

—Si el anillo oscila de forma vertical, será un niño —musitó la vieja—. Si oscila en círculos, será una niña...

Al principio, el anillo se movió de una forma errática, terriblemente indeciso; luego hizo una pausa y cambió de dirección, y Papá comenzó a sonreír. Muy pronto, su sonrisa se desvaneció cuando el anillo tuvo tendencia a oscilar en forma de círculo. Papá se inclinó hacia delante y comenzó a respirar pesadamente. Tía Ellsbeth se sentaba muy alta y erguida; sus oscuros ojos mantenían la misma intensa expectación que los ojos de Papá. Vera aún se aproximó más, con sus ojos de ébano abiertos al máximo. Mamá alzó la cabeza y levantó el cuello para ver qué estaba pasando, y por qué no acababa de decidirse nada. Yo intenté tragar el nudo que tenía en la garganta.

—¿Qué va mal? —preguntó Mamá con voz preocupada.

—Tiene que estar tranquila —graznó Mrs. Allismore.

Su rostro de bruja se retorció como una ciruela arrugada. Su minúscula boca se dobló en una especie de raja. Parecieron pasar horas en vez de segundos mientras el anillo en la cuerda seguía cambiando de dirección, sin señalar nada.

—¿Le ha mencionado el doctor si eran gemelos? —preguntó la vieja comadre con una mueca de perplejidad.

—No —susurró Mamá, pareciendo cada vez más alarmada—. La última vez que fuimos a su consulta me dijo que sólo oía un latido cardíaco.

Papá alargó la mano para coger la de mi madre, luego la alzó hasta su mejilla, frotándola contra su incipiente barba. Pude escuchar el pequeño ruido rasposo. Luego, se inclinó para besar a Mamá en la mejilla.

—Lucky, no pongas esa cara de preocupación. En realidad, todo esto son tonterías. Dios nos enviará el hijo apropiado. No tenemos que preocuparnos...

Sin embargo, Mamá insistió en que aquella Mrs. Allismore lo intentara un poco más. Pasaron cinco atormentadores minutos antes de que la vieja desatara con gesto torvo la cuerda del anillo y tendiese a Mamá su alianza de matrimonio.

—Señora aborrezco decir esto, pero lo que usted lleva no es del sexo masculino ni del femenino.

Mamá emitió un grito aterrado.

Nunca había visto antes a Papá encolerizarse tanto.

—¡Salga de aquí! —aulló—. ¡Mire usted a mi esposa! La ha asustado mortalmente...

Empujó a la vieja hacia la puerta y, ante mi profundo asombro, le metió en la mano un billete de veinte dólares. ¿Por qué le pagaba tanto dinero?

—Son cincuenta dólares, señor.

—Son veinte o nada, por un informe así —ladró Papá, empujándola afuera y cerrando la puerta detrás de ella.

Cuando entré en el salón de nuevo, Vera se movía entre las sombras para mirar a Papá con duros ojos. Llevaba en las manos un gran trozo de pastel de chocolate, que me habían dejado para el postre de la cena... y, como la noche anterior, Vera se comió ración doble.

Al captar mi mirada, me sonrió y se lamió el chocolate de los dedos.

—Ya se acabó todo, dulce Audrina. No hay nada para ti, puesto que te escapaste. ¿Dónde fuiste, dulce Audrina?

—¡Cállate! —le ordenó Papá, cayendo de rodillas al lado del sofá donde Mamá estaba echada llorando.

Trató de consolarla, diciéndole que, en primer lugar, se trataba de una idea idiota. Mamá le echó los brazos al cuello y berreó:

—Damian, ¿qué ha querido decir con eso? Todo el mundo afirma que llegado el momento sus predicciones se cumplen.

—Pues esta vez no...

Vera hizo una bola con el papel encerado que había protegido el pastel y se lo metió en el bolsillo.

—Creo que Mrs. Allismore tiene razón al cien por cien... Otro monstruo está a punto de llegar a la casa

«Whitefern». Lo huelo en el aire.

Tras esto, se encaminó hacia el vestíbulo, pero no lo suficientemente de prisa. En un abrir y cerrar de ojos, mi padre se puso en pie y Vera se encontró en sus rodillas. Le alzó la falda y comenzó a azotarla con tanta fuerza que pude ver, a través de sus transparentes bragas de nailon, cómo sus posaderas comenzaban a enrojecer. Se puso a llorar y forcejeó con él, tratando de liberarse, pero no podía enfrentarse a la fuerza de mi padre.

—¡Déjala, Damian! —le gritó mi madre junto con mi tía—. ¡Ya es suficiente, Damian! —concluyó Mamá, al mismo tiempo que se incorporaba sobre un codo, con un aspecto muy débil.

Con rudeza, Papá alejó a Vera de su regazo, de tal modo que se cayó al suelo. Comenzó a alejarse a gatas, tratando de bajarse la falda y cubrirse las bragas.

—¿Cómo te has atrevido, Damian? —le preguntó mi tía—. Vera es ya una joven, demasiado mayor para que le den azotes. No le echaré la culpa si no te lo perdona nunca...

Después de esto, comenzamos a cenar. Todo el mundo estaba tan enfadado que sólo Vera y yo pudimos conseguir dejar limpios nuestros platos. Avanzada la noche, escuché cómo Mamá sollozaba en brazos de Papá, aún preocupada por su nonato bebé.

—Damian, algo va mal con este bebé. A veces se mueve constantemente, manteniéndome despierta; pero, en otras ocasiones, no se mueve en absoluto.

—Chis... —la consoló con suavidad—. Todos los bebés son diferentes. Somos dos personas sanas. Y tendremos otro bebé saludable. Esa mujer no tiene más poderes adivinatorios que yo mismo...

Lo que pudo haber sido un verano maravilloso se estropeó a causa de que Vera insistió en seguirme a todas partes. Una y otra vez, traté de deslizarme a través de los bosques sin que Vera lo supiese, pero parecía oler mis pensamientos e, igual que una india, siempre seguía mi rastro. Aunque la madre de Arden insistió en que la llamase Billie, esto me parecía extraño. Pero como siguió porfiando, al final así lo hice. Era la única persona adulta que había conocido que se mostró dispuesta a compartir conmigo sus conocimientos de adulta, de una forma que yo pudiera entenderlos. Aún me gustó más, cuando pude irme subrepticiamente sin Vera, que tenía la mala costumbre de dominar en todas las conversaciones. Cada vez que hacíamos la visita, ambas nos marchábamos preguntándonos por qué Billie no nos invitaba a entrar en su casita. Yo era demasiado educada para decir nada. Vera pretendía ser también cortés, por lo que tampoco lo mencionó.

Un día, escuché que Arden le decía a Billie que Vera tenía doce años. Me lo quedé mirando, sintiéndome extrañada. Sabía más acerca de Vera que yo misma.

—¿Te ha dicho ella eso? —pregunté.

—¡Cielos, no! —se echó a reír—. Vera tiene ideas muy raras acerca de confesar su edad. Pero consta en el registro de la escuela, y por eso me enteré de que tenía doce años.

Me lanzó una tímida sonrisa.

—¿Tratas de decirme que no sabes la edad exacta de tu hermana?

Con rapidez, cubrí aquel asunto.

—Naturalmente que sí. Dice que la gente recuerda muchas cosas, por lo que dice muchas mentiras para que nadie conozca los años que ha cumplido este verano.

A pesar de Vera, lo pasé muy bien aquel verano. Me dio la sensación de que Billie se mostraba conmigo el triple de afectuosa que con Vera y, por muy vergonzoso que pareciese, me pareció más preocupada por mi bienestar que mi propia madre. Pero Mamá no se encontraba bien, y eso hacía que la perdonase. Le aparecieron cercos negros debajo de los ojos. Andaba con la mano sujetándose la espalda. Dejó de tocar el piano, e incluso de leer sus novelas en rústica. Todos los días se quedaba dormida en su sofá púrpura con el libro encima de sus hinchados pechos. La quería tanto que no soportaba observarla dormir, temiendo por ella y por el pequeño bebé que no era ni chico ni chica. Vera me estaba diciendo a todas horas que iba a ser un bebé «neutro», sin sexo, como una muñeca.

—Sin nada entre las piernas —se echó a reír—. Eso sucede en ocasiones. Es un hecho. Una de esas cosas pintorescas que la Naturaleza puede hacer. Está escrito en los libros de Medicina.

Los calambres mensuales que obligaban a Vera a

guardar cama, me proporcionaban las mejores ocasiones para escaparme a ver a Arden y Billie. Arden y yo organizábamos meriendas campestres bajo los árboles, extendiendo unos manteles ajedrezados en rojo y blanco. Nunca sentí temor de él. Cuando, finalmente, me tocó, fue para acariciarme el pelo. Y no me importó lo más mínimo.

—¿Cuándo cae tu cumpleaños? —me preguntó un día en que me hallaba tumbada de espaldas, mirando hacia la copa del árbol, tratando de ver las nubes y convertirlas en navíos con las velas desplegadas.

—El nueve de setiembre —respondí infelizmente—. Tengo una hermana mayor que murió, exactamente, nueve años antes de que yo naciese. Y también llevaba mi mismo nombre de pila.

Hasta que dije esto, Arden había estado muy atareado martillando la abolladura de una ruedecita que pensaba emplear para algo. Cesó el martilleo y se me quedó mirando de una forma muy extraña.

—¿Una hermana mayor? ¿Y con tu mismo nombre?

—Sí. La encontraron muerta en los bosques, bajo un árbol dorado, y a causa de eso se supone que no debo venir aquí.

—Pero *estás* aquí —repuso con una voz extraña—. ¿Cómo te has atrevido a venir?

Sonreí.

—No arriesgo nada al visitar a Billie.

—¿A visitar a Mamá? Vaya, es muy dulce, ¿pero qué me dices de mí?

Entonces fue cuando me volví de lado para que no pudiese verme el rostro.

—Oh, supongo que puedo atreverme contigo.

Me di la vuelta para avizorarlo mejor, y él estaba sentado allí, con las piernas cruzadas, con sus pantalones cortos blancos, el pecho desnudo y brillando cuando lo alcanzaba la luz solar.

—Está bien —respondió, cogiendo de nuevo el martillo y golpeando otra vez la ruedecilla—, supongo que eso me dice que aún tienes mucho que crecer, o bien que eres, a fin de cuentas, un rato igual que tu hermana.

—No es mi hermana, Arden, sino mi prima. Mis padres sólo hacen ver que es hija suya para salvar a mi tía de la deshonra. Mi tía se marchó y regresó dos años después. Vera tenía sólo un año. Mi tía estaba segura de que el padre de Vera se cuidaría del bebé y se enamoraría de ella. Pero no sucedió así. Mientras mi tía estuvo fuera, se casó con otra.

Arden no dijo una sola palabra. Sólo me sonrió para hacerme saber que no le preocupaba de quién fuese hija Vera.

Arden amaba más a su madre de lo que yo pensaba que los chicos podían hacerlo. Cuando le llamó, se puso en pie de un salto y entró volando en la casa. Le cogió a su madre la colada y se la llevó. Sacó los cubos de la basura, algo que mi padre nunca haría. Arden tenía unos rígidos principios acerca de la honestidad, la lealtad, en los de ayudar a quienes lo necesitasen, de la devoción y dedicación al deber, y tenía algo más de lo que no hablaba, pero, de todos modos, me percaté de ello. Tenía un ojo de esteta que parecía apreciar la belleza más de lo que lo hacía la mayoría de la gente. Se detuvo en los bosques y trabajó durante horas en excavar y extraer un trozo de cuarzo que parecía un gran diamante rosado.

—Voy a convertir esto en un medallón para la chica con la que me case algún día. No sé qué forma debo darle. ¿Qué opinas, Audrina?

Sentí envidia de la chica con la que se casaría algún día, cuando tomé el cuarzo y comencé a darle vueltas. Tenía muchas y extrañas circunvoluciones, pero en el centro presentaba unos colores tan brillantes y claros que se parecían a una rosa.

—¿Y por qué no una rosa? Con la flor abierta, no un capullo...

—Bien, será una rosa abierta —repuso, metiéndose el cuarzo en el bolsillo—. Algún día, cuando sea rico, proporcionaré a la chica que ame todo lo que haya soñado tener, y lo mismo haré con mi Mamá.

Una sombra pasó por su rostro.

—Pero lo único que ocurre es que el dinero no puede comprar lo que mi madre más quiere.

—¿Y qué es? Si no es algo demasiado personal para preguntarlo.

—Es personal, muy personal.

Guardó silencio, pero aquello no significaba nada. Podíamos pasarnos horas enteras sin hablar y, no obstante, continuábamos sintiéndonos cómodos el uno con el otro. Seguí tumbada en la hierba observando cómo reparaba su bicicleta, lanzando alguna mirada que otra a su madre que se encontraba en la ventana, haciendo algunas mezclas tal vez para un pastel, y pensé que ésta era la forma real como se suponía que vivían las familias, sin estarse gritando y peleando durante todo el tiempo. Las sombras en el hogar alzan también sombras en la mente. Aquí afuera, bajo el cielo y los árboles, las sombras eran sólo temporales. «Whitefern» se hallaba permanentemente sombreado de una forma densa.

—Audrina —me dijo de repente Arden, aún hurgando con los radios de su bici—, ¿qué piensas realmente de mí?

El chico me gustaba más de lo que deseaba admitir, pero de ningún modo quería decírselo. ¿Por qué un chico de doce años iba a malgastar su tiempo con una chica de siete? Seguramente Vera le atraería más. Pero tampoco quería preguntarle eso.

—Eres mi primer amigo, Arden, y supongo que debería estarte agradecida por dedicarme tu tiempo.

Sus ojos se encontraron con los míos brevemente, y vi brillar algo en ellos parecido a lágrimas... ¿Y por qué debería llorar por lo que había yo dicho?

—Un día tendré que decirte algo, y entonces ya no creo que te guste...

—No me lo digas nunca si ha de tener esas consecuencias. No quiero que nunca dejes de gustarme.

Entonces se dio la vuelta. ¿Qué tendría que decirme que haría que dejase de gustarme? ¿Tendría Arden también un secreto, como cualquier otra persona?

A primeras horas de la mañana corrí a encontrarme con Arden, para que pudiese enseñarme a pescar y a poner los gusanos vivos en el anzuelo. Vera me siguió, aunque traté de marcharme de casa sin que lo notasen. No me gustó clavar los gusanos en el anzuelo, por lo que pronto Arden sacó sus moscas artificiales, e intentó enseñarme cómo debían efectuarse los lanzamientos desde la orilla. Se puso de pie en la margen del río más elevada para demostrarme la técnica correcta. Sentada a mi lado, Vera se inclinó para susurrar algo acerca de Arden y su bañador rojo, riendo por lo bajo y señalando el lugar de donde proceden todos los pequeños bebés.

—No creo ni una palabra de lo que dices —le respondí, poniéndome encarnada y sabiendo muy bien que lo que decía era la verdad.

¿Por qué hacía que todo lo referente a los chicos se convirtiese en una cosa vulgar y grosera? Aunque me disgustara mucho Vera, tenía la virtud de sacar a la luz todas las cosas de las que nadie deseaba hablar. Me imaginé que su interés por los libros de Medicina era para que le enseñasen más acerca de la vida de lo que yo averiguaría nunca por mí misma.

—Apostaría lo que fuese que Arden y tú ya habéis jugado a los médicos...

Riéndose aún más, me explicó lo que aquello quería decir. Le di un bofetón por haber llegado a pensar en que hiciésemos aquello.

—¡A veces hasta te odio, Vera!

—¡Eh, vosotras dos! —nos llamó Arden volviéndose para alzar su captura—. Éste sí que es gordo de veras. Un róbalo, y lo suficientemente grande para todos. Se lo llevaremos a Mamá y nos lo cocinará para el almuerzo.

—¡Oh, Arden...! —exclamó Vera, uniendo las manos y abriendo sus oscuros ojos con expresión de reverencia—. Creo que éste es el pez abuelo que todos los expertos pescadores de por aquí han estado intentando capturar durante años y años. Y pensar que lo has ido a pescar tú... Qué pescador más maravilloso eres...

Por lo general, Vera parecía más bien aburrir a Arden, pero esta vez el chico sonrió de oreja a oreja, halagado por aquel elogio.

—¡Caramba, Vera, sólo tropezó con mi sedal...!

Le odié por caer en el estúpido halago de Vera, por no percatarse de que Vera diría cualquier cosa con tal de que él la mirase más de lo que me miraba a mí. Me puse en pie de un salto y corrí hasta donde había dejado mi traje de verano. Detrás de unos protectores arbustos confiaba en poder cambiarme el traje de baño y ponerme de nuevo mis ropas.

Pero mi vestido había desaparecido, incluso las sandalias... Ya tenía el traje de baño blanco en el suelo, húmedo y con barro, y estaba buscando por todas partes, en la creencia de que un soplo de viento se habría llevado mis prendas.

—Vera, ¿has escondido mi vestido?

En aquel instante, mientras miraba en otra dirección, entreví una rápida mano que se apoderaba de mi abandonado traje de baño. Reconocí el anillo que lucía en un dedo. Era la mano de Vera. Le grité y comencé a perseguirla, pero Arden estaba por allí y yo no tenía ninguna ropa puesta.

—¡Arden —le grité—, detén a Vera! Me ha robado todas mis ropas e incluso el traje de baño.

Casi llorando, miré a mi alrededor en busca de algo que pudiese emplear para ocultar mi desnudez.

Escuché a Arden que golpeaba los arbustos de alrededor, llamando a Vera, y luego que se acercaba a mí haciendo mucho ruido.

—Audrina, no puedo encontrar a Vera. No puede correr muy de prisa, por lo que debe estar escondida. Ponte mi camisa. Es lo bastante larga como para cubrirte hasta que llegues a casa.

Atreviéndome a avizorar un poco, le vi darse la vuelta y encaminarse adonde había dejado sus ropas.

—¡Eh —gritó—, mis cosas han desaparecido también! Pero no ocurre nada, Audriana. Quédate donde estás y me acercaré a la carrera a casa y le pediré a Mamá que te preste algo de lo suyo para que puedas volver a tu casa.

En aquel momento, llegó mi padre corriendo a través de los arbustos, apartándolos a un lado mientras le gritaba a Arden:

—¿Dónde está mi hija?

Miró encolerizado a su alrededor y luego dirigió de nuevo sus amenazadores ojos hacia Arden.

—Muy bien, jovencito... ¿Dónde está Audrina? ¿Qué demonios le has hecho?

Conmocionado y momentáneamente sin habla, Arden meneó la cabeza, incapaz de emitir una sola palabra. Luego, mientras mi padre, avanzaba, con sus grandes manos convertidas en puños, encontró al fin la voz:

—Señor, estaba aquí hace un momento. Ha debido emprender el regreso hacia su casa.

—No —gruñó Papá, frunciendo sus espesas cejas y poniendo mala cara—. Me habría cruzado con ella por el camino, si eso fuese cierto. No está en casa, ni tampoco está aquí. ¿Dónde más puede encontrarse? Sé que te visita a ti y a tu madre a menudo. Vera me lo ha contado. ¿Dónde diablos está Audrina?

Se percibió un ribete de pánico en la voz de Arden.

—Realmente no lo sé, señor.

Se inclinó para recoger el pez capturado.

—Le estaba enseñando a Audrina a pescar. No le gusta lastimar a los gusanos, por lo que le mostraba cómo lanzar el sedal con moscas artificiales por cebo. Audrina pescó esos pescados grandes y Vera este otro. Y aquí está el que he pescado yo.

Papá me daba la espalda. De atreverme, podría escabullirme y nunca llegaría a verme. Comencé a alejarme con sigilo. De repente, fui empujada por detrás y tuve que gritar mientras caía de bruces, directamente sobre unas zarzas.

Papá bramó mi nombre. Llegó a la carga hacia mí, apartando el espeso monte bajo, gritando al encontrarme desnuda, chillando aún más mientras se quitaba su costosa chaqueta deportiva de verano y me la echaba encima de los hombros. Girando en redondo, se precipitó hacia donde se encontraba Arden y le cogió por los hombros. Luego, de una forma brutal, comenzó a sacudirle.

—¡Detente, Papá! —grité—. ¡Arden no ha hecho nada malo! Sólo estábamos pescando, y llevábamos trajes de baño, para no estropearnos la ropa. Fue Vera la que me robó mi vestido, y cuando me quité el traje de baño, se apoderó de él y echó a correr.

—¿Te quitaste el traje de baño? —rugió Papá, con su cara tan colorada que parecía que fuese a estallar de un momento a otro.

—¡Papá!

Grité mientras mi padre hacía otro movimiento amenazador.

—Arden no ha hecho nada malo. Es el único amigo que he tenido nunca, y ahora le estás castigando porque me agrada...

Corrí hacia donde pudiese ponerme entre Arden y mi padre.

Papá se me quedó mirando y trató de echarme a un lado, pero yo me aferré a sus brazos, apoyándome con todas mis fuerzas.

—Me estaba cambiando de ropa detrás de los arbustos y Arden seguía pescando. Cuando Vera me robó las ropas, e incluso mi traje de baño, me ofreció que me pusiese su camisa, pero Vera también le había quitado todo lo suyo. Poco antes de que llegases tú iba a ir de prisa y corriendo a su casa, para traerme algo que su madre me prestase para poder llegar a casa... Y ahora quieres castigarle a él por lo que ha hecho Vera.

Detrás de mí, Arden se puso en pie.

—Si siente necesidad de castigar a alguien, castigue a Vera. Audrina no ha hecho nunca nada para que usted se avergüence de ella. Es Vera la que se dedica a los trucos sucios. Y por todo cuanto sé, debe haber sido la que le ha contado lo que planeábamos hacer hoy, en la confianza de que usted se imaginase lo peor.

—¿Y qué es lo peor? —preguntó Papá más sarcásticamente que nunca, mientras me mantenía a su lado.

Su chaqueta casi se me deslizó de los hombros hasta el suelo. Hice un ademán desesperado para mantenerla en su sitio. Estaba tratando de ocultar un pecho que aún no existía.

La ira de Papá comenzó a aminorarse, pero sólo un poco. Sus dedos se abrieron, aunque mantuvo la presión sobre mis hombros.

—Jovencito, te admiro por tratar de proteger a mi hija, pero ella ya se ha portado mal sólo con encontrarse aquí. Vera no me ha dicho nada. No he visto a esa bruja desde la cena de ayer. Todo lo que tuve que hacer fue mirar a mi Audrina esta mañana con mis propios ojos. Brillaban tanto mientras se desayunaba, que inmediatamente entré en sospechas...

Su sonrisa era encantadora, aunque también diabólica al mismo tiempo, mientras se volvía hacia mí.

—Ya ves, amorcito, no existen secretos que puedas mantenerme ocultos. Puedo imaginarme lo que vas a hacer, incluso sin una chismosa como Vera. Y si existe alguien que debiera comprender mejor lo que es tener una reunión secreta con un chico en el bosque, ésa deberías ser tú.

Papá sonrió y colocó su mano plana en el pecho de Arden y lo apartó.

—En cuanto a ti, jovencito, si quieres mantener intacta esa nariz, será mejor que dejes tranquila a mi hija...

Arden se tambaleó hacia atrás debido al fuerte empujón, pero no llegó a caerse.

—Adiós, Arden —le dije, tirando de Papá e intentando hacerle avanzar antes de que empujase de nuevo a Arden.

Papá eligió la peor senda para el camino de regreso a casa, donde las zarzas y arbustos se me clavasen en las piernas y en los pies. Al cabo de un rato, me soltó la mano para protegerse su propio rostro de verse asaeteado por las ramas bajas.

Yo tenía grandes problemas para mantener su chaqueta en su sitio. El cuello era tan grande que continuamente se me deslizaba de los hombros. Cuando conseguía subírmelo por un hombro se me bajaba por el otro. Las mangas me arrastraban por el suelo, y varias veces tropecé y me caí. Impaciente, aguardó a que me pusiese en pie después de mi tercera caída, y luego cogió las mangas y me las ató al cuello como si se tratase de una pesada bufanda.

Impotente, me lo quedé mirando, preguntándome cómo podría ser conmigo de aquella manera.

—¿Lo sientes por ti misma, cariño? ¿Lamentas tus feas acciones, el riesgo de caer en desgracia ante Papá al ver a un chico que, al final, sólo acabará arruinándote? Únicamente es basura, no está a tu nivel.

—No es basura, Papá —gemí, empezando a tener comezones y sentirme acalorada. Mis pies me hormigueaban, las piernas me picaban—. No conoces a Arden.

—¡Tampoco tú lo conoces! —bramó—. Y, ahora, te enseñaré algo.

De nuevo me tomó de la mano y tiró de mí en otra dirección. Siguió arrastrándose hasta que dejé de resistirme. Finalmente, se detuvo en seco.

—¿Ves ese árbol? —me dijo, mientras me señalaba uno espléndido, exuberante de hojas doradas que temblaban ante la leve brisa veraniega—. Es un árbol dorado.

Se veía un pequeño montículo debajo del árbol, cubierto de tréboles sobre los que zumbaban abejas melíferas de néctar.

—Fue ahí donde encontramos a tu hermana mayor, tendida e inerte como una piedra. Sólo que era un lluvioso día de setiembre. Llovía con fuerza. El cielo estaba oscurecido con nubes de tormenta, y destellaban los relámpagos, por lo que, al principio, pensamos que habría sido alcanzada por un rayo. Pero existían pruebas suficientes para demostrar, hasta la saciedad, que no se trataba de un acto de Dios.

Mi corazón era una especie de frenético animal en mi pecho, que golpeaba con fuerza contra mis costillas y parecía querer salírseme.

113

—Y ahora escúchame, y escúchame con atención. Aprende de los errores de los demás, Audrina. Aprende, antes de que sea demasiado tarde, a salvarte a ti misma. No quiero encontrarte muerta a ti también.

El bosque parecía cerrarse sobre mí aplastándome. Los árboles me querían, deseaban mi muerte porque yo era otra Audrina, que ansiaban reclamar para sí.

Sin haber completado aún su lección, mi padre siguió implacablemente tirando de mí hacia delante. Ahora estaba ya llorando, por completo derrotada, sabiendo que mi padre tenía razón. No debería desobedecerle nunca, jamás. No debí haberme olvidado nunca de la otra Audrina.

Me estaba conduciendo a nuestro cementerio familiar. Odiaba aquel lugar. Traté de sentarme y resistirme, pero Papá me agarró por la cintura. Sosteniéndome rígidamente delante de él como una muñeca de madera, se detuvo delante de una lápida sepulcral alta y esbelta que parecía simbolizar a una jovencita. Lo dijo de nuevo, como ya lo había dicho centenares de veces en el pasado, y lo mismo que antes, sus palabras helaron mi sangre y convirtieron mi espinal dorsal en una especie de pulpa.

—Aquí es donde yaces, mi Primera Audrina. Aquella maravillosa y especial Audrina, que solía mirarme como si yo fuese Dios. Confiaba en mí, creía en mí, tenía toda su fe puesta en mí. En toda mi vida nunca tendré a otra que me profese ese amor sin ninguna clase de preguntas. Pero Dios eligió llevársela y sustituirla por ti. Debe haber algún significado en todo esto. Eres tú quien debe encontrar un significado a su muerte. Yo no puedo soportar el vivir con el conocimiento de que haya muerto en vano. Debes adoptar todos los dones de tu hermana muerta, o estoy seguro de que Dios se encolerizará, lo mismo que yo. No me quieres lo suficiente como para creer que estoy haciendo todo lo mejor que puedo para protegerte de la misma cosa que le sucedió a ella. Y, ciertamente, debes haber aprendido de aquella mecedora todo lo que hicieron los chicos del bosque el día en que tu hermana murió.

Alzando la mirada hacia aquel rostro tan agraciado, que pronto aparecería surcado por las lágrimas, me retorcí en sus brazos, mis propios brazos rodearon su cuello y mi rostro se aplastó contra sus hombros.

114

—Haré todo lo que desees, Papá, mientras me permitas ver, de vez en cuando, a Arden y a Billie. Me sentaré en aquella mecedora, y trataré de veras de llenarme con sus cualidades, juro que cooperaré como no lo he hecho nunca.

Sus fuertes brazos me rodearon. Sentí sus labios en mi cabello, y más tarde empleó su pañuelo para limpiarme mi sucia cara antes de besarme.

—Es un trato. Podrás visitar a aquel muchacho y a su madre una vez a la semana, siempre y cuando lleves contigo a Vera, y hagas que aquel muchacho te escolte a través de los bosques, y nunca vayas allí después de que oscurezca o cuando sea un día lluvioso.

No me atreví a pedir más.

COMPETICIÓN

El cementerio y la mecedora me habían enseñado sus lecciones. A partir de ahora, sería la clase de chica que Papá debía tener para sentirme saludable y vivir felizmente. Sabía que Papá creía que esta forma era la mejor, y no podía juzgar por mí misma lo recto y lo equivocado de la mayor parte de las situaciones. Y deseaba que Papá me amase más a mí que a aquella odiosa Primera Audrina, que deseaba que nunca hubiese nacido, lo mismo que estaba segura de que Vera deseaba que nunca hubiese nacido yo.

—Nunca serás tan maravillosa como tu hermana muerta —declaró Vera con tanta firmeza, que incluso parecía que hubiese llegado a conocerla.

Trataba de planchar la camisa de Papá para mostrarle que podía hacerlo, pero sólo estaba consiguiendo estropearla. La plancha dejó marcas de hierro y lugares quemados con su forma. Incluso se veían los agujeros del vapor.

—La Primera Audrina planchaba las camisas como una auténtica experta —dijo, mientras apretaba con fuerza la plancha—. Y era tan cuidadosa con su cabello... Tu pelo es siempre un despeinado amasijo.

Sin embargo, el pelo de Vera tampoco tenía una apariencia magnífica, de la forma en que caía por su cara en delgados mechones. El sol que entraba por la ventana brillaba a través de su pelo de color albaricoque y lo doraba en las puntas, enrojeciéndolo cerca del cuero cabelludo. Pelo soleado. Cabello de fuego.

—No puedo comprender por qué han puesto a una persona tan estúpida como tú el nombre de una muchacha tan brillante. No puedes hacer nada a derechas —prosiguió—. Qué padres tan locos deben de ser. Sólo porque da la casualidad de que tienes su colorido, creen que deberías poseer también su cerebro y personalidad. Y tampoco eres ni de lejos tan bonita. Y es muy aburrido estar cerca de ti.

Bajó el calor de la plancha, pero era ya demasiado tarde. La preocupación le hizo fruncir las cejas mientras estudiaba las manchas de quemazones y trataba de imaginarse qué partido tomar.

—Mamá —llamó—, si quemo la camisa de Papá, ¿qué debería hacer?

—Escaparte al bosque —le respondió mi tía, que estaba pegada a su televisor, en el que daban una película antigua.

—Estúpida —me dijo Vera—, ve a preguntarle a tu madre qué se puede hacer para quitar las partes quemadas de la camisa de Papá.

—Soy demasiado estúpida para saber qué quieres decir —repliqué mientras aún revolvía mis cereales, segura de que Papá me pondría en la mecedora de nuevo esta noche, como había estado haciendo dos o tres veces a la semana, confiando en que las cualidades buscadas se abriesen camino hacia mí.

—Pobre segunda y peor Audrina —continuó Vera—. Demasiado tonta incluso para acudir a la escuela. Nadie de aquí desea que el mundo conozca cuán idiota eres con una memoria tan senil...

Sacó de la alacena una gran botella de lejía, vertió un poco en una esponja y frotó la nueva camisa rosa de Papá. La forma de la plancha había dejado una señal de quemadura que resultaría invisible tapada por la chaqueta.

Me incliné para ver qué estaba haciendo. Lo de la lejía parecía funcionar.

Papá entró en la cocina con el pecho desnudo, recién

afeitado, con el cabello bien peinado y dispuesto para irse. Se detuvo cerca de la tabla de planchar para mirar a Vera, que tenía un aspecto en extremo bonito ahora que estaba tomando formas y adelgazando la cintura. Luego miró de mí hacia ella, y luego de Vera hacia mí. ¿Me estaba comparando con Vera? ¿Qué le ocurría que parecía tan indeciso?

—¿Qué demonios estás haciendo con mi camisa, Audrina? —preguntó, tras mirar por primera vez la tabla de planchar.

—Está planchando para ti, Papá —intervino Vera, acercándose más, hasta llegar al lado de Papá—. Y esta niña tonta estaba tan atareada metiéndose conmigo, que dejó la plancha encima de tu camisa nueva...

—Oh, Dios mío —gritó, cogiéndome la camisa e inspeccionándola de cerca.

Gimió cuando vio algo de lo que no se había percatado hasta que la luz incidió allí. Unos agujeros estaban apareciendo en la zona apagada y abrasada.

—¡Mira lo que has hecho! —me rugió—. Esta camisa es de pura seda virgen. Me ha costado cien dólares.

Vio la gran botella de lejía y gimió de nuevo.

—¿Me has quemado la camisa y encima echas lejía? ¿Dónde está tu sentido común, niña?

—No te excites —intervino de nuevo Vera, lanzándose hacia delante y quitándole la camisa de las manos—. Repararé esta camisa para ti y no la podrás distinguir de otra nueva. A fin de cuentas, Audrina no sabe hacer nada.

Papá se me quedó mirando y luego se volvió dubitativamente hacia Vera.

—¿Y cómo puedes arreglar una camisa que ha sido comida por la lejía? Se ha estropeado y eso que planeaba ponérmela para asistir a una reunión importante.

Se arrojó sobre su corbata color vino, se miró sus pantalones de un gris claro y luego comenzó a salir de la cocina.

—Papá —le dije—, yo no te he quemado la camisa.

—No me mientas —respondió disgustado—. Te he visto en la tabla de planchar y la botella de lejía estaba a un palmo de distancia. Además, no creo que a Vera le importase mucho que mi camisa estuviese arrugada. Naturalmente, di por supuesto que eras tú la que sabía que me gustan todas las cosas perfectas.

—No sé planchar camisas, Papá. Como Vera siempre dice, soy demasiado estúpida para hacer algo bien.

—Papá, está mintiendo, y lo que es más, le dije que diese el vapor y que emplease un paño para el planchado, pero no quiso escucharme. Pero ya sabes cómo es Audrina.

Pareció dispuesto a volver a encolerizarse, cuando se percató de mi expresión de desespero:

—Muy bien, Vera. Ya es suficiente. Si puedes salvar esta camisa te daré diez dólares.

Le sonrió tortuosamente.

Haciendo honor a su palabra, aquella noche, cuando Papá regresó a casa, Vera le mostró su camisa rosa. Parecía nueva. Papá se la quitó de las manos, le dio la vuelta una y otra vez para ver las marcas de los puntos y no pudo encontrar ninguno.

—No acabo de creer a mis ojos —comentó, y luego se echó a reír, mientras se sacaba la cartera.

Tendió a Vera diez dólares.

—Muñeca, tal vez, a fin de cuentas, te he estado juzgando mal.

—Se la he llevado a una zurcidora de seda, Papá —explicó comedidamente, inclinando la cabeza—. Me ha costado quince dólares, por lo que he perdido cinco dólares de mis ahorros.

Papá escuchó con atención. Si había una persona a la que mi padre admirase era a quien supiese ahorrar.

—¿Y dónde has ganado todo el dinero que has conseguido ahorrar, Vera?

—Hago recados para las personas ancianas. Como, por ejemplo, comprarles la comida en la tienda —explicó con una vocecilla tímida—. Los sábados, me dirijo al pueblo y hago lo que he explicado. A veces también me dedico a cuidar niños.

Abrí la boca asombrada. Era cierto que, de vez en cuando, Vera desaparecía los sábados, pero resultaba difícil imaginarla andando veinticinco kilómetros de ida y otros tantos de vuelta. Papá quedó del todo impresionado, sacó diez dólares y se los dio.

—Ahora esta camisa me costará ciento veinte dólares, pero es mucho mejor que tener que tirarla.

Ni siquiera miró hacia mí mientras, de forma impulsiva, plantaba un resonante beso en la mejilla de Vera.

—Me has sorprendido, chiquilla. No siempre he sido

amable contigo. Pensé que no te ocuparías de mi arrugada camisa. Incluso llegué a pensar que no me querías.

—Oh, Papá —replicó Vera, mientras le relucían los ojos—. Te quiero desde los cabellos hasta la punta de los pies.

La odiaba, verdaderamente la odiaba por llamarle Papá, cuando, en realidad, era mi padre y no el de ella.

Por alguna extraña razón, mi padre se apartó de Vera, mirando hacia sus zapatos, como si contemplase aquellas córneas uñas de los pies que tanto le incomodaban. Se aclaró la garganta y pareció desconcertado.

—Bueno, es un cumplido excesivo, pero resulta genuino. Me encuentro complacido y conmovido.

Asombrada, observé cómo abandonaba el cuarto sin mirar ni una sola vez hacia mí. Aquella noche no vino a meterme en la cama o a besarme en la mejilla, o a escuchar mis rezos y, si soñaba con chicos en los bosques, estuve plenamente segura de que aquella noche no vendría a salvarme.

Por la mañana, fue Vera la que le sirvió el café a Papá, remplazando a Mamá, que parecía marchita y con un aspecto muy pálido. Vera se levantó de un salto y puso tres rebanadas a tostar, quedándose cerca del aparato para comprobar que no se quemasen. A Papá le gustaban las tostadas doradas por fuera y tiernas por dentro. Vera frió su beicon a la perfección y no escuchó la menor queja por parte de Papá. Cuando acabó de comer, le dio las gracias por haberle atendido y luego se levantó para irse al trabajo. Cojeando detrás de él, Vera le cogió de la mano.

—Papá, aunque sé que no eres mi auténtico padre, podemos hacer ver que lo eres..., ¿no te parece?

Papá pareció incómodo, como si no supiera qué decir, pero al mismo tiempo conmovido. Papá me pertenecía a mí y a Mamá, y no a Vera. Miré hacia mi tía, que estaba sentada con los labios rígidos y muy solemne, y deseé que ambas, ella y Vera, se fuesen a cualquier sitio, muy lejos de aquí.

Papá se marchó muy pronto. Observé cómo su coche giraba por la polvorienta carretera y luego tomar la autovía que le llevaría a la ciudad, donde debía almorzar con hombres de negocios, cosa a la que llamaba trabajar. Ante mi sorpresa, se detuvo un momento en el buzón de correos de la esquina, donde nuestra carre-

tera particular se bifurcaba hacia la ruta principal. Me
pregunté por qué no había recogido anoche el correo.
Había estado tan ansioso de llegar junto a Mamá para
ver cómo seguía, que se había olvidado una vez más de
comprobar el buzón de las cartas.

Cuando llegué a nuestro buzón, comprobé que el correo seguía allí. En realidad, los periódicos y revistas
formaban un bulto en la puerta, que no podía cerrarse.

Me costó bastante trabajo ocupar los brazos con toda
la correspondencia dirigida a Papá. Esto era, precisamente, lo que necesitaba. Conseguiría que Papá regresase a mí. Sabía lo que deseaba de mí. Sabía lo que
importaba más a Papá: el dinero. Tenía que usar mi
«don» para que Papá hiciese dinero. Luego, me querría
para siempre. Estaba ya tratando de leer la primera página del *The Wall Street Journal* antes incluso de llegar
a la cocina y dejar el correo encima de la mesa. Me
apresuré a buscar las cosas que necesitaba: un lápiz y
un bloc de notas, y también un trozo de cuerda y un
alfiler.

En el armario de debajo de las escaleras de atrás se
encontraban todas las cosas que guardaban para tirar-
las más tarde. Fue allí donde encontré antiguos ejem-
plares del *The Journal*. Saqué las hojas de cotizaciones
y comencé a hacer una lista de las acciones que se mostraban más activas, pensando que dos semanas me darían tiempo suficiente para ver qué había ocurrido.
Mientras trabajaba con todo esto, pude oír a Vera en el
piso de arriba que discutía con mi tía, la cual deseaba
que Vera la ayudase con la colada. Pero mi prima quería ir al cine. Tenía una cita con un amigo.

—¡No! —gritó mi tía—. Eres demasiado joven para
empezar a tener citas.

Vera respondió algo que no pude captar.

—¡No, no, no!

Aquello sí pude oírlo muy bien.

—Deja de pedírmelo. Una vez he dicho que no, es
que no... Yo no soy como otros de por aquí que dicen
que no y luego cambian de idea.

—Si no me dejas hacer lo que quiera, esparciré por
ahí todos los secretos de la familia, por la misma Main
Street —graznó Vera—. Me quedaré en la calle hasta
que todo el mundo sepa quién es mi padre, y lo que tú
hiciste... Y el nombre de los Whitefern llegará aún más

abajo en la lista de los sinvergüenzas...

—Abre tu boca respecto de los secretos de la familia y no tendrás un céntimo de mí o de nadie más. Si te portas bien, existe una posibilidad para nosotros de que nos aprovechemos más pronto o más tarde. Estás enfrente de Damian y Lucietta. Eres como una espina clavada para los dos, puede resultar un beneficio para ambas si te portas de forma adecuada. He lamentado siempre el día en que te concebí. Durante mucho tiempo deseé haber tenido un aborto, pero cuando arreglaste la camisa de Damian y vi lo impresionado que quedó, volví a albergar algunas esperanzas.

En su voz se reflejó una auténtica súplica.

—Audrina no debe ser la persona más querida en esta familia, Vera. Recuerda que todo lo que le ha sucedido a ella te ha permitido cierta ventaja. Aprovéchate de ello. Ya sabes cómo es y lo que necesita. Admírale. Respétale. Halágale y te convertirás en su favorita.

Se produjo un largo silencio y luego algunos susurros que no pude captar. Aquel peso demasiado familiar volvió a descansar de nuevo encima de mi pecho. Estaban tramando cosas contra mí, y sabían todo lo que me había sucedido, aunque yo me encontrase a un lado de todo ello.

Casi había llegado a creer que gustaba a mi tía. Ahora escuchaba que también ella era mi enemiga. Regresé a la mesa para trabajar, con una determinación aún mayor, para encontrar la acción apropiada que subiese de valor, subiese, subiese, e hiciese así a Papá rico, muy rico, riquísimo.

Até una cuerda a mi anillo con la piedra preciosa de mi signo del Zodíaco, imaginándome que podría hacer lo mismo que aquella Mrs. Allismore, y de esta forma predecir qué acciones serían unas auténticas vencedoras. Papá estaba siempre diciendo que la Bolsa no era una ciencia, sino un arte, y lo que yo llevaba a cabo parecía algo muy creativo. Prendería un alfiler en el anillo y su trozo de cordel y lo emplearía como puntero. Dos veces tocó al mismo tipo de acciones. Traté de forzarlo para que las rozase por tercera vez. Tres veces cualquier cosa parecía un número mágico. Pero se negó a elegir las mismas acciones tres veces, incluso cuando abrí los ojos y traté de dominar el anillo.

Éste daba la impresión de poseer un poder por sí

mismo; vacilaba, indeciso, lo mismo que el anillo de bodas de Mamá, que se había mostrado confundido encima de su abdomen.

Precisamente en aquel momento escuché un fuerte grito:

—¿Dónde están mis pendientes de diamantes? —aulló tía Ellsbeth—. Es la única cosa de valor que me dejó mi padre, junto con el anillo de compromiso de mi madre. ¡Y han desaparecido! ¿Vera, me has robados mis joyas?

—No —bramó Vera—. Tal vez lo has cambiado de sitio, como todo lo demás.

—Hace años que no me pongo ese anillo. Ya sabes que guardo mis mejores joyas bajo llave en una caja. Vera, no mientas. Eres la única que entra en mi dormitorio. Y ahora dime: ¿dónde están esas cosas?

—¿Por qué no se lo preguntas a Audrina?

—¿A ella? No seas ridícula. Esa chica nunca robaría nada; tiene una conciencia muy severa. Eres tú la que no posee conciencia de ninguna clase.

Hizo una pausa mientras yo comenzaba a doblar los periódicos, una vez conseguida mi lista de acciones.

—Ahora ya sé cómo has arreglado la camisa de seda rosa de Damian que valía cien dólares —exclamó mi tía con desdén—. Me has robado mis pendientes y anillo, los has empeñado y le compraste una camisa nueva. ¡Maldita seas, Vera, por haber hecho una cosa así! No, claro que no vas a ir al cine. ¡Ni hoy, ni ningún otro sábado! ¡Hasta el día en que ganes suficiente dinero para desempeñar mis joyas te quedarás en casa!

Me acerqué al pie de la escalera para escuchar mejor; luego oí un ruido, como si alguien se cayese. A continuación, Vera bajó a toda velocidad las escaleras, con mi tía cojeando detrás de ella.

—¡Cuando te coja, te encerraré en tu cuarto durante todo lo que queda de verano!

Vera se presentó a la carrera con su mejor vestido y sus nuevos zapatos blancos. Me interpuse en su camino. De una forma brutal, me empujó a un lado y alcanzó la puerta principal antes de que mi tía acabase de bajar las escaleras.

—Audrina, puedes decir a esa bestia de mujer que la odio tanto como te odio a ti, a tu madre, a tu padre y a esta casa... Me voy al pueblo, y cuando llegue allí venderé mi cuerpo por las calles. Luego me pondré delante de la peluquería de Papá y gritaré: «¡Aquí tienes a tu hija Whitefern!» Lo grité con tanta fuerza que todos los hombres de la ciudad lo oirán, y todos llegarán a la carrera. ¡Y seré la más rica de todas!

—¡Eres una fulana! —berreó mi tía, corriendo a través de la cocina y encaminándose hacia donde estaba Vera—. ¡Vuelve aquí! ¡No te atrevas a abrir esa puerta y salir por ella!

Pero la puerta fue abierta y cerrada con fuerza antes de que mi tía saliese al porche. Yo me quedé mirando por una ventana, observando cómo Vera desaparecía por el recodo. El pueblo se encontraba a veinticinco kilómetros de distancia. La ciudad a casi cincuenta. ¿Se decidiría a hacer autoestop?

Mi tía se presentó en aquel momento y se colocó a mi lado.

—Por favor, no digas a tu padre todo lo que has entreoído aquí. Hay cosas que es mejor no hablarlas...

Asentí, sintiéndome pesarosa por ella.

—¿Puedo ayudarte en algo?

Rígidamente, meneó la cabeza.

—No despiertes a tu madre. Necesita descansar. Me voy al piso de arriba. Tendrás que arreglártelas con tu propio desayuno.

Los sábados, a Mamá le gustaba dormir hasta tarde, y eso daba a mi tía una oportunidad de quedarse en la pequeña habitación de enfrente del comedor donde guardaba su televisor. Le gustaba muchísimo ver películas antiguas y malos seriales de Televisión. Constituían el único entretenimiento que tenía.

Mi apetito se había ido junto con Vera. No dudaba lo más mínimo de que acabaría cumpliendo sus amenazas. Nos destruiría a todos. Me senté y traté de no pensar en lo que Arden y su madre pensarían.

Mi mente era un remolino de miserables pensamientos, preguntándome qué ocasionaba que mi padre fuese de aquella manera, encantador y detestable a la vez, egoísta y desprendido. Necesitaba siempre tener a alguien cerca, sobre todo para observar cómo se afeitaba y, dado que Mamá debía preparar el desayuno, era yo quien me colocaba apoyada en el borde de la bañera y escuchaba todas aquellas cosas interesantes que ocurrían en su oficina de agente de Bolsa.

Le hacía muchas preguntas acerca de la Bolsa, y de lo que originaba que las acciones subiesen y bajasen.

—La demanda —era su respuesta respecto de las que subían—. El desencanto —tal era su explicación para aquellas que bajaban—. Los rumores de fusiones y de adquisiciones resultan lo suficientemente importantes para que las acciones se eleven, pero, en el momento en que el público en general se entera de todas esas cosas, resulta ya demasiado tarde para tomar parte en las mismas. Todos los Bancos y los grandes inversores ya las han comprado y se encuentran dispuestos a venderlas al pobre inversionista que no sabe nada, y que sólo compra cuando las acciones son más caras. Cuando se poseen los contactos apropiados, sabes de qué va la cosa: si no tienen esas conexiones, lo mejor es guardar tu dinero en el Banco...

Poco a poco, fui adquiriendo una gran serie de conocimientos acerca del mercado. Era también la forma que tenía Papá de enseñarme la aritmética. No pensaba en el dinero en forma de centavos, sino en octavos de punto. Sabía mucho acerca de las tres más altas que resultaba seguro que fuesen a bajar, y de las dos más bajas que empezarían a subir. Me mostraba gráficos y la forma de leerlos, a pesar de que Mamá le ridiculizaba porque decía que yo era demasiado joven para entender todas aquellas cosas.

—Es un desatino. Un cerebro joven es un cerebro muy rápido: entiende mucho más que tú misma...

Oh, sí, en cierta forma quería mucho a mi padre, pues aunque no pudiese restaurar mi memoria, me concedía muchas esperanzas respecto del futuro. Algún día poseería su propia firma de agentes de Bolsa, y yo sería su directora.

—Con tus cualidades, no podemos fracasar —era la forma en que mi padre establecía las cosas—. No puedes verlo ahora, Audrina: «D. J. Adare and Company.»

Una vez más, volví a las listas más activas, y realicé de nuevo el truco del anillo, y el puntero tocó dos veces idénticas acciones. La felicidad inundó mi corazón. No lo había dejado todo a la Providencia. Papá ganaría dinero cuando le facilitase *este* sueño.

Y si las acciones que eligiese subían, como ahora tenía todas las esperanzas de que así ocurriese, entonces ya no tendría que sentarme nunca más en la mecedora de la Primera y Mejor Audrina. Poseería sus dones, o algo incluso mejor. Conocía a Papá. Lo que Papá deseaba era dinero, y también lo que precisaba; el dinero era la única cosa de la que, verdaderamente, nunca tenía bastante.

Subí corriendo al piso de arriba a vestirme, segura de que pronto también me volverían mis recuerdos. Tal vez el truco del anillo y de la cuerda funcionase si lo hacía oscilar encima de la Biblia. Me eché a reír mientras me dirigía a toda velocidad al dormitorio de la Primera Audrina, y luego bajaba corriendo a la cocina, aún atándome mi banda.

Mamá se había levantado y se hallaba en la cocina con unos rulos azules en el cabello tan grandes como latas.

—Audrina —comenzó a decirme con débil voz—, ¿te importaría vigilar el beicon mientras bato los huevos?

Tenía unos cercos azules debajo de los ojos.

—He estado dando vueltas durante toda la noche. Este bebé es desacostumbradamente inquieto. Sólo me quedé dormida hacia el amanecer, sonó el despertador de tu padre y comenzó a hablarme a mil por hora, intentando decirme que no me preocupase por lo que había dicho aquella vieja. Piensa que estoy deprimida en vez de cansada y ha decidido invitar a veinte personas durante toda la noche para dar una fiesta... ¿Te imaginas algo más ridículo? Aquí estoy yo, en mi sexto mes, tan cansada que apenas consigo levantarme de la cama, y cree que lo que necesito es alegrarme con la preparación de unas exquisiteces para sus amigos. Me ha dicho que estoy aburrida, cuando el único que está aburrido es él. Pido a Dios que se dedique al golf o al tenis, o a cualquier otra cosa para que gaste sus energías y se mantenga alejado de la casa durante los fines de semana.

¡Oh, oh, ahora lo comprendía todo a la perfección! Algo parecido a aquel sexto sentido que Papá poseía, me dijo que sería hoy cuando recibiese las cualidades, que aquélla era la auténtica razón de que desease celebrarlo. Un centenar o más de veces me había contado que celebraría con una fiesta el día en que mis dones viesen la luz. Así que era verdad. Iba a tener ahora aquellas virtudes. De otro modo, el anillo no se habría detenido dos veces en las mismas acciones, cuando había otras nueve en aquella lista. Me sentí tan animada que deseé gritar.

—¿Dónde están Ellsbeth y Vera? —preguntó Mamá.

No podía contarle lo de la discusión que habían tenido, y la amenaza que Vera había jurado cumplir. El nombre de soltera de Mamá era su más querida posesión. Y si alguien había recogido a Vera, en la carretera, podría hallarse en este mismo momento en el pueblo voceando todos nuestros secretos.

El pensar en Vera equivalía a pensar en la realidad, y muy pronto mi confianza en aquellas virtudes comenzó a desvanecerse. Durante toda mi vida, o por lo menos así me había parecido, Papá había vertido toda clase de cosas encima de mi cabeza en relación con lo sobrenatural, en lo que creía él y Mamá. Estaba convencida de que lo que me decía era cierto cuando me encontraba con él, y convencida también de que dejaba de ser cierto en cuanto salía de casa.

—¿Dónde está Ellsbeth? —preguntó Mamá.

—Tropezó y se cayó, Mamá.

—Maldita sea —murmuró mi madre, acercándose a mí y dándome un codazo mientras seguía dando vueltas al beicon—. Una casa de idiotas determinada a convertirte a ti y a mí en unas idiotas también. Audrina, no quiero que sigas sentándote más en aquella mecedora. La única virtud de tu difunta hermana era una extraordinaria cantidad de amor y respeto hacia su padre, y eso es lo que él echa de menos. Creía en cada palabra que su padre decía. Incluso se tomaba en serio todas sus tonterías. Piensa por ti misma, no te dejes regir por él. Simplemente, mantente apartada de los bosques, tómate ese consejo muy en serio.

—Pero, Mamá —comencé a sentirme incómoda—, Arden Lowe vive en la casita del jardinero en los bosques. Es mi único amigo. Me moriría si no le viese a menudo.

—Ya sé lo solitaria que se está a tu edad sin amigos. Pero cuando llegue el bebé, tendrás un amigo. Y podrás invitar a Arden para que venga por aquí. E invitaremos a su madre a tomar el té, y no permitiremos que tía Mercy Marie se siente encima del piano.

Corrí a abrazarla, sintiéndome tan feliz que hubiese estallado.

—Te gusta muchísimo, ¿verdad?

—Sí, Mamá. Nunca me miente. Nunca quebranta una promesa. Es tan exigente que siempre teme tener las manos sucias, igual que Papá. Me habla acerca de cosas reales, no de esas otras cosas de las que Papá me habla tan a menudo. Me dijo que una vez había leído en alguna parte que un cobarde muere siempre muchas veces. Me contó que, en una ocasión, se hallaba tan petrificado que actuó como un cobarde, y no puede acabar de perdonárselo. Mamá, parece tan turbado cuando explica eso...

La piedad llenó los bellos ojos de Mamá.

—Dile a Arden que, en ocasiones, es mejor echar a correr y vivir para luchar otro día, puesto que entonces tal vez las probabilidades sean mayores.

Deseé preguntarle qué quería decir, pero ahora ya lo tenía todo dispuesto para poner la mesa, y Papá no estaba en casa y mi tía se encontraba en el piso de arriba, y Vera... Sólo Dios sabía lo que estaba haciendo Vera en este momento...

—Pon la mesa, querida, y deja de parecer tan preocupada. Creo que Arden es un nombre de muy nobles resonancias, y lo personifica lo mejor que puede. Trata de amar a tu padre tanto como lo hizo su primera hija, y dejará de forzarte a que te sientes en aquella mecedora.

—Mamá, cuando Papá llegue a casa voy a pedirle que cancele lo de la fiesta.

—No puedes hacer eso —me respondió melancólicamente—. Ha ido en coche a la ciudad para comprar la comida de la fiesta y flores frescas. Tan pronto como acabe su reunión de negocios, volverá aquí a toda prisa. Ya sabes, tu padre nunca tuvo fiestas de muchacho, y ahora emplea la menor excusa para suplir esa carencia. Los hombres siguen siendo siempre chiquillos en lo más hondo de su corazón, Audrina, recuerda siempre esto. Por muy viejos que se hagan, siempre consiguen conservar algo infantil dentro de ellos, siempre desean lo que deseaban entonces, sin percatarse de que, cuando eran chicos, querían ser hombres hechos y derechos en vez de sólo unos niños. Es extraño, ¿verdad? Cuando yo era muchacha, deseaba que nunca tuviésemos fiestas, puesto que cuando las dábamos no me invitaban a mí, y tenía que quedarme en el piso de arriba, muriéndome de ganas de bajar. Me escondía, lo miraba todo y me sentía indeseada. Hasta que tuve dieciséis años no pude bailar en mi propia casa.

—¿Dónde fue el baile?

—Enrollamos las alfombras y lo hicimos en el salón de estilo romano, o también usábamos el salón trasero. Otras veces, saltaba por la ventana para reunirme con un amigo que me llevaba a un baile. Mi madre dejaba entonces sin cerrar la puerta de atrás, y de esa forma podía introducirme subrepticiamente sin que mi padre se llegase a enterar nunca. Se presentaba en mi habitación cuando me oía regresar, y entonces se lo contaba todo. De esa manera debe de ser también entre nosotras. Cuando tengas la edad suficiente para asistir a bailes, cuidaré yo misma de que lo hagas.

Si aquel don no me hacía libre, tal vez lo lograría mi madre.

—¿Tenías muchos amigos, Mamá?

—Sí, supongo que sí.

Pensativamente, se quedó mirándome por encima de mi cabeza.

—Solía prometerme a mí misma que no me casaría hasta que tuviese treinta años. Quería más a mi carrera musical de lo que deseaba un marido y unos hijos... Y mira qué he conseguido.

—Lo siento, Mamá.

Luego me acarició levemente el cabello.

—Querida, yo sí lo siento. Estoy hablando demasiado y haciéndote sentir culpable, cuando fui yo quien realizó la elección. Me enamoré de tu padre, y el amor es una forma de dejar de lado todas las demás consideraciones. Me enamoró locamente, pero si no lo hubiese hecho, hubiera muerto, de todos modos, con el corazón roto. Pero debes ser cuidadosa respecto de que el amor no te robe las aspiraciones que te hayas hecho de ti misma. Aunque tu padre te haya llenado la cabeza de ideas tontas, en una de ellas lleva toda la razón. Eres especial. Tú también estás dotada, aunque no sepas cuáles son tus dones. Tu padre es un buen hombre que no siempre hace la cosa correcta.

Me la quedé mirando a la cara, sintiéndome cada vez más confundida. En primer lugar, me había dicho que mi padre me imbuía ideas idiotas, pero luego añadía que la más desatinada de ellas respecto de que fuese especial, resultaba cierta.

Momentos después, Papá estaba ya en casa con sus bolsas de la tienda, así como con las flores de la floristería. Vera llegó detrás de él. Tenía un aspecto muy sucio, su pelo era un revoltijo y había estado llorando.

—Mamá —sollozó, corriendo hacia mi madre y haciéndome sentir que no sólo buscaba a mi padre, sino también a mi madre—. Papá me metió en el coche agarrándome del pelo... Mira qué ha hecho con mi cabello. Y me lo había arreglado anoche.

—No la consueles, Lucky —le gritó Papá cuando vio que los brazos de mi madre se acercaban protectores a Vera.

Agarró a Vera y la empujó a la mecedora de la cocina con tanta fuerza, que la chica comenzó a lamentarse.

—Esa lengua viperina caminaba por la autopista cuando la vi. Al detenerme y ordenarle que subiese al coche, me contestó que quería convertirse en una puta y ser la vergüenza de todos nosotros. Ellsbeth, si no sabes cómo domar a tu hija, en ese caso deberé emplear mis propios métodos.

No me había percatado de que mi tía se había deslizado en la cocina, llevando una de sus sencillas batas de algodón, que parecían tan baratas y ordinarias en comparación con las bonitas ropas que llevaba mi madre.

—Vera, vete arriba y permanece allí hasta que te pida que bajes de nuevo —ladró Papá—. Y te quedarás sin comer hasta que te disculpes con todos nosotros. Deberías estar agradecida al tener un lugar en este hogar...

—Iré, pero nunca estaré agradecida...

Vera se levantó y salió de la cocina.

—Y bajaré cuando me parezca conveniente...

Papá se lanzó hacia delante.

—¡Mamá, no permitas que la azote! —grité—. Hará cualquier cosa para lastimarse a sí misma si Papá lo cumple...

Vera siempre se causaba sus propios accidentes, tan pronto como había hecho rabiar a Papá tanto que éste debía castigarla.

Mi madre suspiró y pareció aún más fatigada.

—Sí, supongo que tienes razón, Damian, deja que se vaya. Ya ha sido reprendida lo suficiente.

¿Por qué mi tía no abrió la boca para denfender a su propia hija? Algunas veces parecía que Vera le disgustaba tanto a ella como al mismo Papá. Luego me sentí llena de remordimientos. A veces yo también, de una forma absoluta, odiaba a Vera. La única ocasión en que me gustaba era cuando sentía piedad hacia ella.

En el piso de arriba, Vera estaba chillando a voz en cuello.

—¡Nadie me ama! ¡Nadie se ocupa de mí! ¡No te atrevas a golpearme de nuevo, Damian Adare! Si lo haces, lo diré. ¡Ya sabes a quién lo diré, y entonces te arrepentirás!

En un abrir y cerrar de ojos, Papá se había levantado y subía a toda velocidad por la escalera. Aquella estúpida Vera siguió gritando hasta que Papá abrió su puerta, y luego se escuchó un golpe sordo. A continuación se produjo el aullido más sordo y más prolongado que Vera hubiese emitido nunca, aunque en toda su vida había una larga serie de antecedentes de gritos y berridos. Se me heló la sangre. Otro ruido pesado... y después un silencio total. Los tres que habíamos quedado en la cocina, alzamos la vista hacia el techo, encima del cual se encontraba la habitación de Vera. ¿Qué le habría hecho Papá a Vera?

Unos minutos después, Papá regresó a la cocina.

—¿Qué le has hecho a Vera? —preguntó Mamá con brusquedad, mientras sus ojos le miraban con dureza—. Es sólo una chiquilla, Damian. No tienes que ser tan rudo con una niña.

—¡No le he hecho absolutamente nada! —rugió—. Abrí la puerta de su cuarto. Retrocedió y tropezó con una silla. Se cayó y comenzó a desgañitarse. Luego se puso en pie y corrió a esconderse en el lavabo, donde ha hecho poner aquel cerrojo por dentro. Maldita sea, si no tropezó y se cayó de nuevo. La dejé en el suelo chillando. Será mejor que subas, Ellie. Debe de haberse roto otro hueso.

Con incredulidad, me quedé mirando a Papá. Si yo me hubiese caído, se habría apresurado a ayudarme. Me hubiera besado, sostenido, dicho un centenar de cosas cariñosas: sin embargo, no había realizado algo más por Vera que marcharse de allí. Y precisamente ayer se había mostrado tan agradable con ella... Me quedé mirando a mi tía, casi conteniendo la respiración, preguntándome qué le haría a Papá para haberse portado con tanta rudeza.

—Subiré después del desayuno —respondió mi tía, al tiempo que se sentaba de nuevo—. Otro hueso roto me estropearía el apetito.

Mamá se levantó para ir al piso de arriba a ver a Vera.

—¡No te atrevas a hacerlo! —le ordenó Papá—. Pareces tan cansada como si fueses a desmayarte, y quiero que descanses y estés guapa para la fiesta de esta noche.

Conmocionada de nuevo, me puse en pie y me dirigí hacia las escaleras. Papá me ordenó que retrocediese, pero yo continué andando, subiendo los escalones de tres en tres.

—Ahora voy, Vera —la llamé.

Vera no se encontraba en su habitación, tirada por los suelos con los huesos rotos, como habría pensado que ocurriría. Di una vuelta por allí, preguntándome dónde podría encontrarse. Luego, ante mi profundo asombro, la escuché cantar en el dormitorio de la Primera Audrina.

Sólo un cuarto de juegos, a salvo en mi hogar,
sólo un cuarto de juegos, a salvo en mi hogar,
sin lágrimas, sin miedos,
sin ningún otro sitio por donde vagar,
porque mi papá desea que esté siempre en casa,
a salvo en el cuarto de juegos, a salvo en mi hogar

Pensé que nunca había escuchado una tonada tan penosa, de la forma en que ella la cantaba, como si vendiese su alma al diablo para ser yo, y para que la forzasen a sentarse en la mecedora y verse despreciada.

Con desgana, regresé nuevamente a la cocina, donde un inexplicable y jovial Papá le estaba diciendo a una malhumorada Mamá que lo que más necesitaba para elevarse el espíritu era precisamente una fiesta.

—¿Cómo está Vera? —me preguntó Mamá.

Les respondí que Vera estaba bien y que no tenía nada roto, aunque no mencioné que estuviese usando la mecedora, puesto que habría robado la llave del llavero de Papá.

—¿No te lo había dicho? —comentó Papá—. Lucky, en cuanto Audrina acabe de comer, nos daremos los dos un paseo hasta el río.

Se puso de pie y, al parecer, arrojó de una forma tan deliberada su servilleta de lino que ésta cayó en su taza de café aún llena a medias.

Mamá quitó la servilleta de la taza y le lanzó a Papá una mirada del tipo «has probado una vez más a ser un tipo detestable»... Pero no se atrevió a reprenderle. Aquello no hubiera sido en absoluto recomendable. Papá hacía siempre lo que quería y le parecía más conveniente.

Me llevó de la mano hasta nuestro césped trasero, el cual, gradualmente, descendía hasta el río. Sus relucientes ondas hacían que el día semejase maravillosamente bueno.

Me sonrió y me dijo:

—Mañana cumplirás nueve años, cariño.

—Papá —le grité mirándole con fijeza—, ¿cómo puede ser mañana mi noveno cumpleaños si hoy sólo tengo siete años?

Momentáneamente pareció perder el habla. Como siempre que carecía de una explicación a mano, se acarició el pelo, y luego pasó sus curvados dedos por mis mejillas.

—Cariño mío, ¿no te he dicho muchas veces por qué no te enviamos a la escuela? Eres uno de esos raros sujetos que no tiene en absoluto noción del tiempo.

Habló de una forma precisa, mirándome directamente a los ojos, como para grabar en ellos su información.

—No celebramos cumpleaños en nuestra casa porque eso, de alguna forma, confunde nuestro calendario especial. Hace dos años, o sólo un día, tenías siete años.

¡Lo que decía resultaba imposible! ¿Por qué no me había dicho que tenía ocho años en vez de siete? ¿Estaba, deliberadamente, intentando volverme loca? Me llevé las manos a los oídos para impedir oír cualquier otra cosa que tuviese que decirme. Mis párpados se apretaron con fuerza mientras zarandeaba mi cerebro para recordar algo que me dijese que tenía ocho años. No pude recordar nada que mencionase mi edad de modo diferente a que tenía siete años.

—Audrina, encanto, no pongas esa expresión de pánico. No trates de recordar. Confía sólo en lo que Papá te dice. Mañana cumplirás nueve años. Papá te quiere. Mamá te quiere también, e incluso esa Ellie de afilada lengua te quiere asimismo, aunque no se atreva a admitirlo. No puede hacerlo porque Vera está aquí, y Vera te envidia. Vera también podría amarte si yo mostrase más afecto hacia ella. Voy a tratar de intentarlo, intentarlo de veras con esa chiquilla, para que no tengas un enemigo que viva en tu propia casa.

Tragué saliva, sintiendo que de nuevo se me hacía un nudo en la garganta y que las lágrimas llenaban mis ojos. Había algo raro en mi vida. No importaba las muchas veces que Papá me hablase acerca de mi condición de ser especial; no resultaba natural el olvidarse de todo un año, no podía ser una cosa natural... Se lo preguntaría a Arden. Pero entonces aquel chico sabría que algo espantosamente malo me sucedía, y tampoco le agradaría yo...

Así, pues, debería creer a Papá. Me dije a mí misma que sólo era una chiquilla, y que no significaba ninguna diferencia el que hubiese perdido un año en mi proceso de crecimiento. Y si el tiempo transcurría de una forma tan rápida que no podía rastrearlo, ¿qué diferencia podría significar todo aquello?

A veces trataban de deslizárseme unos miedos inconscientes, que susurraban furtivamente, perturbándome, amanazando mis intentos de aceptación. En el interior de mi cerebro, destellaban unos colores y sentía el movimiento de mecerse mi cuerpo, adelante y atrás, adelante y atrás, unas voces cantarinas murmuraban acerca de unas fiestas de cumpleaños cuando había cumplido los ocho años, y de que había llevado un vestido blanco con volantes y a la cintura una banda violeta.

Pero, ¿qué podían significar aquellos sueños de la mecedora, excepto que la Primera y Mejor Audrina era la que había llevado ese vestido blanco con volantes en su fiesta? Todas aquellas visiones de fiesta de cumpleaños eran algo que se refería a las de ella. ¿Dónde podría averiguar la verdad? ¿Quién había allí que fuese del todo honesto conmigo? No había nadie que pudiese contarme la verdad porque me lastimarían si lo hiciesen.

Papá siguió haciéndome acompañarle por la herbosa

pendiente. El sol estaba muy alto por encima de nuestras cabezas y quemaba con fuerza a través de mi cabello, mientras me sentaba allí un buen rato con Papá. Cada palabra que mi padre decía aclaraba las imágenes de mi cerebro y las sustituía con unos borrones. Observé los gansos y los patos que estaban empleando sus invisibles pies para nadar como locos, por el sitio donde a Mamá le gustaba alimentarlos. Parecían orgullosos de comer en primavera sus tulipanes y narcisos.

—Hablemos acerca de lo que soñaste anoche —me dijo Papá después de haber permanecido silencioso durante largo tiempo—. Anoche te escuché gemir y quejarte, y cuando me dirigí a ver cómo estabas te revolvías en la cama, musitando cosas, incoherentemente, en sueños.

Sintiendo pánico, miré a mi alrededor y vi a un picamaderos de cabeza roja en pleno trabajo en uno de nuestros mejores y más viejos nogales americanos.

—¡Fuera! —grité—. Come los gusanos de los arbustos de camelias...

—Audrina —prosiguió Papá impaciente—, olvídate de los árboles. Los árboles seguirán aquí después de que tú y yo hayamos desaparecido. Dime lo que viste en la mecedora.

Si Papá creía en Mrs. Allismore y su truco del cordel y del anillo, me parecía muy bien que pudiese yo emplear el mismo método para complacerle. Estaba a punto de hablar y contárselo, cuando sentí que los pelillos del cuello se me erizaban. Girando con rapidez la cabeza, entreví a Vera en el cuarto donde se encontraba la mecedora. Aún seguía allí, meciéndose. Que se balancease para siempre; no había ninguna cualidad sino la imaginación urdida para complacer a alguien que deseaba tener magia en su vida. Y tal vez, a la larga, la imaginación fuese un don especial.

—Muy bien, querida, no voy a implorar más. Sólo dime qué soñaste anoche.

Le hablé del nombre de las acciones que mi alfiler había rozado dos veces, y luego dos veces más. Papá reflejó incredulidad. Inmediatamente, y dada su reacción, conjuré que había realizado algo mal.

—Audrina, ¿te he pedido una información acerca de acciones? —me preguntó enojado—. No, claro que no.

ólo te he pedido que me cuentes tus sueños. Estoy tratando de que recuperes la memoria. ¿No te percatas aún de por qué te hago sentarte en esa mecedora? He tratado de hacer ver que tu pérdida de memoria es natural, pero no lo es. Todo cuanto deseaba era que recuperarses aquello que habías olvidado.

No le creí. Sabía lo que deseaba. Deseaba que me convirtiese en la Primera Audrina. Ésa era la razón de que tuviese todos aquellos libros sobre magia negra y poderes psíquicos escondidos en su estudio.

Apartándome, miré de nuevo hacia la casa, terriblemente trastornada ahora. Vera seguía aún meciéndose adelante y atrás. Oh, Dios mío, ¿y si tuviese el único sueño que la mecedora me había proporcionado? ¿Se echaría a gritar? ¿Regresaría Papá a la carrera para salvarla?

Ahora bien, tal vez todo lo que Papá me había dicho fuese cierto y existiese un don que había que conseguir. En ese caso, en cualquier momento Vera ocuparía mi puesto en el corazón de Papá. Sin aliento, hablé a chorros, decidiendo no aguardar más.

—Yo estaba allí, Papá, una mujer de edad, que trabajaba en un sitio muy grande con máquinas de oficina a todo su alrededor. Relucían, cambiaban de colores, hablaban con voces extrañas y enviaban mensajes a través del aire. Yo estaba allí dando instrucciones a una gran clase respecto de cómo emplearlas. Ésa fue la razón de que pensase... Aunque, naturalmente, debí dejar que fueses tú quién decidiese lo que aquello significaba. Las letras que te conté estaban allí en todas las máquinas, hasta la última de ellas, Papá. «IBM.»

Como recompensa, su sonrisa se hizo más delgada, aunque me abrazase.

—Muy bien, has tratado de ayudarme financieramente, pero eso no es lo que deseaba. Recuerdos, Audrina, para que rellenes los huecos de tu cerebro con los recuerdos *apropiados*. Lo intentaremos luego otra vez con la mecedora, y veremos si, en la próxima ocasión, no te escapas a los bosques y te colocas en el sitio apropiado.

Estaba a punto de llorar, puesto que había tenido un sueño divertido sobre máquinas, y el alfiler había decidido pararse cuatro veces encima de aquellas iniciales.

—No llores, amorcito mío —me dijo, besándome de nuevo—. Lo comprendo, e incluso puedo invertir algún dinero en esas acciones, aunque han subido un treinta por ciento y lo más apropiado sería venderlas. De todos modos —prosiguió pensativo—, no haría ningún daño aguardar a que terminase la realización de beneficios, y luego comprar una buena cantidad antes de que asciendan de nuevo. Ella es intuitiva y su corazón es puro, incluso...

Poniéndome en pie de un salto, corrí para escaparme de sus embarazosas reflexiones. Ahora iba a invertir dinero en aquellas acciones. ¿Y qué pasaría si seguían bajando tras la realización de beneficios? La pobre Mamá trabajaba como una esclava en la cocina, preparando las cosas para aquella fiesta estúpida que no necesitaba para nada, puesto que se encontraba tan mal. Me acerqué a una ventana desde donde pudiese observar a Papá que aún seguía al lado del río de pie ahora y lanzando guijarros por encima del agua, como si no tuviese nada que hacer en este mundo.

Mamá no dijo una palabra acerca de que mañana fuese mi noveno cumpleaños. ¿Sería porque mañana no era de verdad mi cumpleaños? Me dirigí al armario de debajo de las escaleras traseras y comprobé los periódicos. Mañana era nueve de setiembre, y de una forma muy propia en mí había olvidado que hoy era ocho. ¿El que alcanzase la edad de nueve años era, realmente, tan significativo? Sí, decidí mientras el día seguía avanzando, y nadie excepto Papá mencionaba mi cumpleaños, el llegar a nueve años era peligroso.

La fiesta empezó a las nueve y media, no mucho después de que me enviasen a la cama. El ruido que hacía aquella multitud formada por los veinte mejores amigos de Papá ascendió hacia mí, aunque mi habitación se encontraba muy alejada del salón de la fiesta. Sabía que allí habían banqueros y abogados, doctores y otras gentes opulentas, con aspiraciones de hacerse aún más ricas. Les gustaban nuestras fiestas; la comida era fantasiosa, el licor abundante y la mejor cosa de todas, en cuanto Mamá se sentó a tocar el piano la fiesta comenzó a animarse. Dado que era música, atrajo a otros músicos para que tocasen con ella, por lo que los médicos y abogados pudieran venir acompañados de hijos o hijas adolescentes que sabían tocar algunos instrumentos musicales con considerable habilidad. Y junto con la inspiración de Mamá, realizaron una *jam session* (1).

En camisón, con los pies descalzos, corrí a avizorarla en el banquillo del piano. Llevaba un vestido de seda muy largo y de color rojo que tenía un escote tan bajo que mostraba más de lo que Papá aprobaría. Todos los hombres rodeaban el piano, inclinados sobre los hombros de Mamá y mirando hacia su cuerpo mientras la alentaban a que tocase más y más de prisa, que siguiese con más jazz, el cual me parecía muy entonado. Sus dedos volaban e iban moviéndose mientras el *tempo* se aceleraba. Sonriendo y riendo como respuesta a los susurros junto a sus oídos, Mamá tocaba con una mano y bebía el champaña que sostenía con la otra mano. Dejó la copa vacía, señaló hacia un chico de unos veinte años que tocaba el acordeón, y ambos comenzaron una loca versión de polca que nadie resistió ponerse a bailarla. Según Papá, Mamá hacía siempre lo que querían todos y cada uno de los presentes. Si su auditorio deseaba música clásica, les daba eso; si querían baladas populares, se las tocaba también. Si le preguntabas qué tipo de música le gustaba más, entonces respondía:

—Me gusta toda clase de música.

Pensé que resultaba maravilloso ser tan liberal y tan versátil. A tía Ellsbeth no le gustaba ninguna clase de música que no fuese la de Grieg.

Según toda la juerga que Mamá parecía estar disfrutando, ¿quién hubiera podido pensar que se había pasado todo el día quejándose por tener que hacer de esclava de unas personas que, en realidad, no le agradaban?

—Realmente, Damian, esperas demasiado de mí. Estoy ya en mi sexto mes de embarazo, se me nota mucho, ¿y esperas que me vean así?

—Estás magnífica y tú lo sabes, embarazada o no. Siempre tienes un aspecto fenomenal cuando te maquillas, llevas colores brillantes y sonríes.

—Pues esta mañana me dijiste que estaba espantosa. La fatiga la hacía hablar con voz ronca.

—Y funcionó, ¿verdad? Saltaste de la cama, te lavaste el pelo con champú, te arreglaste las uñas y nunca te había visto tan encantadora.

(1) Sesión improvisada de jazz. *(N. del T.)*

—Damian, Damian —le había musitado Mamá entonces, con voz ahogada por la emoción, y luego la puerta se había cerrado con fuerza.

Me quedé sola en el pasillo de afuera de su dormitorio, preguntándome qué habían hecho después de que Papá hubiera cerrado la puerta de una patada.

Todas las palabras que habían intercambiado alzaban ecos en mi cabeza, mientras observaba a Mamá al piano. Estaba tan bella... Mi tía parecía desaliñada en comparación, con su vestido estampado, que parecía muy apropiado en la cocina, pero para nada más.

Grité ante el dolor de un pellizco en el brazo. Allí estaba Vera en camisón y se suponía que no debería quedarse abajo hasta que Papá se lo dijera..., y hasta entonces no lo había hecho. Vera nunca se había acercado a mí sin que no me hubiese lastimado de alguna pequeña manera.

—Tu madre no es otra cosa que una enorme presumida —susurró—. Una mujer con semejante embarazo no debería exhibirse lo más mínimo.

Sin embargo, cuando miré a Vera vi admiración en sus ojos, y ella también aparecía arrobada por la música de Mamá.

—La Primera Audrina tocaría al piano exactamente así —siguió Vera en mi oído—. También leería música y las acuarelas que pintaba... No puedes hacer nada en comparación...

—¡Ni tampoco tú! —respondí con furia, pero me sentí herida de nuevo—. Buenas noches, Vera. Sería mejor que desaparecieses cuando yo lo haga, pues Papá puede verte y castigarte de nuevo.

Me encaminé hacia mi cuarto. A mitad de las escaleras, miré hacia atrás para ver si Vera aún seguía escondida detrás de las antepuertas con molduras, agarrándose allí para guardar el equilibrio, mientras sus pies se movían al ritmo de la música. Debió permanecer allí hasta que acabó todo.

No fue hasta que toda la bulla cesó cuando pude caer en un sueño profundo y sin ensoñaciones. Era mi forma de permanecer inquieta, y la manera de Vera de dormir profundamente. Deseaba tener aquella cualidad cuando me adormecí, sólo para verme despertada, al parecer, unos segundos después. Mis padres estaban discutiendo violentamente.

No era de extrañar que a Mamá no le gustasen las fiestas con Papá. Cada vez que dábamos una fiesta la cosa acababa de aquella manera. Dios mío, recé mientras saltaba de la cama, hoy es mi noveno cumpleaños y ésta no es una buena forma de empezar. Por favor, que sea igual que en marzo y que salga como un cordero.

Vera estaba ya arrodillada en la alfombra del pasillo, avizorando a través del agujero de la cerradura. Se llevó un dedo a los labios pidiendo cautela y, en silencio, hizo ademanes para que me fuese. No me gustaba que espiase a mis padres, y me negué a marcharme. Me arrodillé a su lado y traté de empujarla para hacerle salir de allí. La fuerte voz de Papá llegó perfectamente a través de la gruesa puerta de roble:

—Y asimismo, en tus condiciones, bailaste como una fulana del tres al cuarto. Te pusiste en ridículo...

—¡Déjame sola, Damian! —gritó Mamá, un grito que ya había escuchado antes un centenar de veces, o más—. Invitas a unas personas sin avisármelo con antelación. Sales y compras unos licores que no podemos permitirnos, y flores, y champaña para que se emborrachen, incluso me tiendes una copa, y cuando acabo bebida te pones furioso. ¿Qué se supone que he de hacer en una fiesta? ¿Sentarme y observar tu interpretación?

—Nunca sabes hacer nada de forma apropiada —le gritó Papá.

Tenía aquella clase de voz que puede lastimarte los tímpanos cuando estaba enfurecido. Pero también una voz suave que empleaba si deseaba algo de ti. ¿Por qué no era considerado con Mamá cuando ésta necesitaba tan obviamente de su comprensión? ¿No pensaba en aquel pequeño bebé que estaría escuchando su acceso de cólera?

Por dentro, estaba temblando; temía por la salud de Mamá. ¿Era aquélla la forma en que discurría el amor, concretándose y desconectándose como si se tratase de un enchufe eléctrico? Regresé a mi dormitorio y me coloqué una almohada encima de los oídos, pero aun así seguí escuchándoles pelearse. Mareada, no sabía qué hacer, excepto subir de nuevo y regresar adonde Vera seguía aún apoyada contra la puerta. Vera también temblaba, pero aguantándose la risa. Furiosa, deseé abofetearla.

—Flirteaste, Lucietta. Flirteaste incluso en tu estado. Te juntaste tanto a aquel zangolotino pianista en el banquillo, que parecíais fundidos en una sola persona. ¡Te reías por lo bajo! Se te veían hasta los pezones.

—¡Cállate! —gritó.

Mis manos se alzaron para taparme la boca. Deseaba chillar y acallarles.

—¡Damian, eres un bruto! Un patán desconsiderado, egoísta y contradictorio. Deseas que toque, pero luego te enfureces por dejar de ser la estrella principal. Ya te lo he dicho antes, y te lo diré una y otra vez: No posees talento, sino habilidad para darle a la lengua... ¡Y estás celoso de mí!

¡Ahora mamá lo había hecho! Papá no tendría ya misericordia de ella. Lenta, muy lentamente, como en el trance de una pesadilla, me hundí de rodillas al lado de Vera. Me permitió avizorar por el agujero de la cerradura, justo a tiempo de ver la fuerte bofetada que le propinó a Mamá en la cara. Grité al mismo tiempo que lo hizo mí madre. Sentí su dolor y humillación como propios.

Vera comenzó a reírse al tiempo que me empujaba y se ponía a mirar ella por el ojo de la cerradura.

—Audrina —susurró—, se está quitando el cinturón. Ahora tu madre conseguirá lo que se merece. ¡Y estoy contenta, realmente contenta! Ya había llegado el momento de castigarla, como debe castigarte a ti...

Furiosa, la abofeteé, con un furor tan grande como el de Papá, mientras la hacía a un lado y empujaba la puerta hasta abrirla. Caí dentro del dormitorio de mis padres, pasando sobre la tendida forma de Vera. Papá dio la vuelta en redondo, sin camisa, con los pantalones a medio cerrar. Su rostro no era más que una máscara de ira. Mamá estaba curvada sobre la cama, con los brazos alzados protectoramente sobre su protuberante parte media.

—¿Qué diablos estáis haciendo aquí? —rugió Papá, al mismo tiempo que arrojaba el cinturón al suelo y señalaba hacia la puerta—. ¡Fuera! ¡Y no nos espiéis nunca más!

Poniéndome en pie de un salto, y tratando de que mi voz fuese tan fuerte como la suya, chillé:

—¡No te atrevas a golpear de nuevo a mi madre, o emplees ese cinturón para azotarla! ¡No te atrevas!

Me miró con fijeza. Sus oscuros ojos tenían un aspecto terrible y aparecían abiertos de par en par. Apestaba a licor. Mientras devolvía la mirada, con ojos espantosos y abiertos también, comenzó a acercarse al estallido. Se pasó su gran mano por el rostro, observó su reflejo en un espejo y pareció conmocionado.

—Nunca pegaría a tu madre y tú lo sabes —exclamó débilmente, temeroso y avergonzado de lo que hubiera visto, realmente no lo sé.

En el pasillo, Vera rió con disimulo. Se dio la vuelta y gritó:

—¿Cuántas veces te he dicho que esta parte de la casa me pertenece a mí? ¡Diablos, sal de aquí, Vera!

—Oh, Papá, por favor, no me grites. No ha sido culpa mía. Fue Audrina la que se presentó en mi cuarto, me despertó de un profundo sueño y me hizo venir aquí con ella. Siempre está espiando por el agujero de tu cerradura, Papá, cuando no puede dormir.

Papá movió convulsivamente la cabeza. Hubiera creído que me consideraba demasiado honorable para espiar.

—Vete a tu cuarto, Audrina —me ordenó con frialdad—. Y no me espíes más. Había pensado de ti algo mejor que eso... Te he podido parecer un bruto, pero ha sido porque soy el único hombre en una casa llena de mujeres y propensas a destruirme. Incluso tú lo intentas a tu manera. ¡Y ahora, fuera! ¡Las dos, fuera de aquí!

—¿No lastimarás a Mamá?

Conservé mi terreno y aguardé una respuesta, aunque Papá dio un paso hacia delante.

—Naturalmente que no haré daño a Mamá...

En su voz apareció el sarcasmo.

—Si la golpeo, y la lastimo, tendría que pagar los honorarios del médico, ¿verdad? Mi hijo está dentro de ella, y debo pensar en él...

Débilmente, mi madre se incorporó y me llamó a su lado. Abrió los brazos cuando me aproximé. Sus besos cayeron encima de mi cara.

—Haz lo que tu padre te dice, querida. No me lastimará. Realmente, nunca me hace daño..., por lo menos de una forma física...

Indecisa, miré a mi madre y luego a Papá, mientras él sacaba a Vera del cuarto y le propinaba una palmada en el trasero. Luego se volvió hacia mí. Yo también temí un sopapo, pero me tomó entre sus brazos.

—Siento haberte despertado. Cuando bebo demasiado, me miro en el espejo y veo a un loco que no sabe dejarlo a tiempo, y entonces deseo castigar a alguien porque he fracasado ante mí mismo.

—Todo irá bien. La fiesta ha terminado.

Se produjo una especie de sollozo en su voz, y en sus ojos apareció dolor y también vergüenza.

—Vuelve a la cama y olvida todo cuanto hayas visto u oído aquí. Te quiero y amo a tu madre, y esta noche has visto la peor de mis fiestas. Pero nunca más...

Yacía en la cama atormentada por dudas respecto de los hombres y acerca del matrimonio. Aquella noche decidí que nunca me casaría, ni en un millón de años, no cuando todos los hombres fuesen como Papá, maravillosos y terribles a un tiempo. Decepcionantes y encantadores, y crueles cuando amaban, alzando el cinturón en privado, gritando, criticando, robando la confianza en una misma e instilando autoaborrecimiento y una profunda sensación de vergüenza simplemente por ser mujer.

Tal vez tía Ellsbeth tuviese razón. Los hombres eran los reyes de las montañas, los reyes de los bosques, los reyes del hogar y de la oficina, de todas partes... Sólo porque eran hombres...

PESADILLA A LA LUZ DEL DÍA

Aquella noche, cuando al final caí dormida, no hice más que moverme y retorcerme, soñando cosas horribles, pero sin atreverme a lloriquear o a gritar por miedo a que Papá se presentase en un santiamén en mi cuarto y empezase a hacerme preguntas.

A partir de ahora, sin importar lo que fuese mal en mi vida, me enfrentaría a todo por mí misma. ¿Cómo podía perdonarle aunque fuese sólo un bofetón propinado a mi madre?

La confusión constituía en mí un estado diario de la mente; por tanto, ¿por qué debía sentirme tan deprimida y decepcionada por alguien al que amaba cuando también sabía lo que podía llegar a odiarle? Desconcertada ante mis propias contradicciones, de alguna forma conseguí deslizarme hacia un sueño ligero, torturado por horribles visiones de personas huesudas que deambulaban por encima de un frágil puente en dirección a la nada.

Me forcé a despertarme y comprobé que las lágrimas habían humedecido la almohada. Sospeché que el día me proporcionaría poco placer, y eso de llorar sin saber que lo hacía debía de ser por una buena razón.

La depresión se apoderó de mí al amanecer, mientras me bañaba, me vestía y bajaba con el menor ruido posible las escaleras. La casa estaba llena de lobreguez: no entraba la luz del sol por las ventanas con cristales emplomados. No tuve que saltar por encima de los colores, pero deseé que regresasen para hacer parecer a este día más brillante y más corriente. Una mirada por la ventana de la cocina me mostró un cielo oscuro y plomizo, que amenazaba lluvia. Las nieblas matinales colgaban por encima del río Lyle. Sonaban tristes y melancólicas unas distantes sirenas, y los barcos muy lejanos que se adentraban en el mar lanzaban sus melancólicos adioses. Las gaviotas, que siempre revoloteaban por encima del lugar en el que Mamá daba de comer a los patos y a los gansos, podían oírse pero no se veían. Fantasmales en sus apagados piídos, sus gritos de queja llegaban hasta mí y me ponían auténtica piel de gallina. En un día así podía suceder cualquier cosa horrible.

«Dios mío, que salga el sol, mándanos luz. Es mi noveno cumpleaños. Dios mío, en un día así la Primera y Mejor Audrina murió en los bosques.»

Deseé que la niebla se alzase, que me dijese que este cumpleaños mío no era anunciador de cosas terribles que deberían presentarse, sólo porque el aspecto era tan triste. Me quedé cerca de las escaleras traseras, aguardando escuchar las pisadas de mi madre, o la dulce forma en que tarareaba para sí mientras se vestía y movía por el piso de arriba, con sus bonitas babuchas de raso que resonaban en los lugares en que el suelo no estaba cubierto de alfombras. «Apresúrate y baja, Mamá, necesito verte.» Mi madre alejaría mis lágrimas...

Abandoné la cocina, que parecía muy inhospitalaria sin Mamá trajinando por allí, y me dirigí al formal comedor. Sus veinte sillas estaban alineadas en la amplia mesa rectangular. Aquella mesa dejaba una maravillosa pista de baile cuando no había nadie a su alrededor, y a menudo me quitaba los zapatos para deslizarme por allí. Pero hoy la estancia estaba también desapacible y difícilmente podía considerarse un lugar para bailar en él. Nadie había corrido los tupidos cortinajes verdes para que entrase un poco de luz. Era una cosa que

Mamá hacía siempre en cuanto llegaba al primer piso. Cuando corrí los cortinajes y miré, la estancia más alegre de la casa siguió pareciendo tan lúgubre como las otras.

En algún lado debía de haber un calendario donde marcar con un círculo rojo este noveno cumpleaños mío. Pero no deseaba un círculo rojo, puesto que lo habían hecho también en los cumpleaños de *ella*. Hoy habría cumplido dieciocho. Qué joven debía de ser mamá cuando se casó con Papá. Mirando por la ventana, vi que comenzaban a caer las primeras gotas de agua. «Oh, Dios mío, ¿tendría que llover siempre el nueve de setiembre?»

Había que trabajar. Tía Ellsbeth decía siempre que cuando trabajaba no tenía tiempo para preocuparse de nada. Lo mismo haría yo. Freiría el beicon, batiría los huevos, haría las tortillas, lavaría los platos después del desayuno y Mamá podría sentarse y sentirse complacida al ver lo bien que me había enseñado. Si por lo menos tía Ellsbeth y Vera mantuviesen las bocas cerradas...

En cuanto hube puesto la sartén encima del fogón de gas y trataba de que el tocino no se me rizase, fui rudamente empujada a un lado.

—¿Qué demonios te crees que estás haciendo? —ladró mi tía.

—Ayudar a Mamá.

La pobre tía Ellsbeth era incapaz de cocinar nada. Nadie deseaba que se metiese en la cocina, a menos que fuese para fregar el suelo o limpiar los cristales de las ventanas.

—¿Qué pensamientos más feos tienes en la cabeza? —chilló de nuevo mi tía haciéndose cargo del tocino.

En seguida puso el gas demasiado fuerte. No me escucharía si le decía que mantuviese la llama lo más baja posible...

Tomé cuanto hacía falta para poner la mesa para cinco personas, observando a mi tía mientras lo hacía. Una taza se me cayó de las manos y se hizo trizas en el suelo. Me quedé helada. Era la taza de café favorita de Papá. La única en la que deseaba beber. Ahora tendría otro motivo para mostrarse encolerizado conmigo.

Mi tía me lanzó una mirada desdeñosa.

—Mira lo que has hecho... Serías de enorme ayuda si te mantuvieses alejada de la cocina. Esa taza de café era

146

la última de un juego que regalaron a tus padres cuando su boda. Tu padre se pondrá furioso al saber lo que has hecho...

—¿Qué ha hecho esta vez la idiota de Audrina? —preguntó Vera, entrando cojeando en la cocina, dejándose caer en una silla y colocando los brazos encima de la mesa para poder descansar en ellos la cabeza—. Aún estoy dormida. Ésta es la casa más ruidosa de todas y ni siquiera se puede dormir.

El poner la mesa era la única cosa que creía poder realizar de una forma correcta, y ahora mi tía me estaba gritando algo acerca de que ponía demasiados platos.

—Una mesa con tres servicios; eso será suficiente.

Me di la vuelta y me la quedé mirando.

—¿Y por qué sólo tres?

Siguió dándole vueltas al tocino.

—Las contracciones de tu madre han comenzado exactamente poco después de amanecer. Al parecer, todos sus hijos tienen la costumbre de presentarse cuando he podido quedarme dormida.

—¿Eso de las contracciones significa que el bebé de Mamá está ya de camino?

—Claro...

—¿Pero no llega el bebé demasiado pronto?

—A veces sucede de esa manera. No hay forma de predecir, exactamente, cuándo se presentará un bebé. Ya ha cumplido los seis meses y está camino de los siete, por lo que si el médico no puede impedir el aborto, existe una posibilidad de que aún pueda vivir.

Oh, cáspita, confiaba en que el bebé tuviese todo el tiempo del mundo para formarse, con pelo y las uñitas de manos y pies.

—¿Cuánto tiempo tarda un bebé en nacer? —pregunté con timidez.

—Con alguien como Lucietta, no hay duda que hará falta todo el día de hoy y la mayor parte del de mañana, sabiendo hasta qué punto le gusta hacer dificultosa y pesada hasta la cosa más simple y natural.

Tía Ellsbeth forzó sus delgados labios hasta formar una sonrisa de solterona.

—Estropeada, toda su vida estropeada, sólo porque dio la casualidad de que nació más bonita que la mayoría de las otras chicas.

—¿Ha dicho Papá que Mamá tiene muchos dolores?

¿Ha explicado si perderá el bebé?

Deseé gritarle a mi tía por explicar tan pocas cosas cuando era mi madre y mi hermano o hermana los que se hallaban involucrados. El pesado nudo en mi pecho comenzó a hacerse cada vez más grande. La lluvia *anunciaba* problemas. Aquella pesadilla no hacía más que volver a mi pensamiento. Todas aquellas personas con tantos huesos...

—Audrina está también echada a perder —terció Vera—, y ni siquiera es la hija más bonita...

Traté de tragarme una cosa espantosa que mi tía había vertido en un catador: una mezcla que decía que pondría carne en mis flacos huesos y que rellenaría los huecos que se veían en mis mejillas. Vera se echaba siempre a reír cuando mi tía explicaba eso.

El tocino fue tirado a la basura, puesto que se hallaba tan quemado que ni siquiera mi tía se lo comió. Malhumorada e irritable, Vera se quejó de las tortillas que mi tía había intentado hacer sabrosas.

—Vaya, va ser difícil disfrutar de la comida ahora que Mamá no se encuentra aquí para cocinar...

Vera cargó bien el acento en aquello de «Mamá», sólo para observar cómo su propia madre hacía una mueca. Tía Ellsbeth fingió no haber oído aquella pulla.

Fui yo la que tuve que limpiar la cocina cuando mi tía se fue a mirar la tele, por lo que tuve que barrer el suelo mientras Vera se apresuraba a terminar de vestirse para marcharse a la escuela. Mientras sacaba brillo al fogón, me pregunté si sería más bonita que Vera e incluso si era la mitad de bonita que la Primera y Mejor Audrina. De forma pesimista, conjeturé que no podría ser objeto de todos los elogios que mi padre vertía acerca de ella, llamándola «belleza radiante, trascendente y etérea».

—Y ahora te quedarás en casa y alejada del bosque —me previno mi tía desde el otro cuarto, cuando escuchó que se abría la puerta de atrás—. Está lloviendo. Y lo último que me dijo tu padre fue que no te perdiera de vista y no te permitiese salir por ahí. Si deja de llover, podrás jugar en el patio..., sin alejarte más allá.

—¿Qué dijo acerca de mí? —preguntó Vera, dispuesta a irse ya a toda prisa al lugar en donde la recogería el autobús escolar. Llevaba un impermeable amarillo con una capucha por encima del pelo.

—Damian no te mencionó...

Qué frialdad podía imbuir mi tía a su voz cuando lo deseaba... Tampoco se preocupaba mucho por su propia hija bastarda. Sonreí para mí, puesto que esto parecía muy tonto. En más de una ocasión, me iba a hurtadillas a mirar el televisor que mi tía, de forma tan egoísta, guardaba para su propio y único placer visual, y sabía que toda aquella gente de los malos seriales siempre estaban teniendo bebés «detrás de la iglesia».

—No puedes confiar en Audrina en absoluto cuando se trata de ir a ver a Arden Lowe —intervino Vera de una forma odiosa—. Será mejor que cierres las puertas, los postigos de las ventanas o cualquier otro sitio por el que se pueda deslizar para ir a visitarle. No hará falta más que ponerse a esperar y, tarde o temprano, le permitirá...

—¿Qué le permitiré? —pregunté, frunciendo el ceño.

—Vera —le dijo mi tía—, no digas ni una sola palabra más... Sal de aquí antes de que pierdas el autobús...

Con envidia, observé cómo Vera salía de estampida hacia la carretera, salpicando el agua de todos los charcos. Poco antes de que llegase al recodo, miró hacia mí y me hizo un gesto llevándose el pulgar a las narices. Vera desapareció, y yo seguí de pie, pensando en Mamá, confiando en que no le doliese mucho, y en que no tuviese grandes pérdidas de sangre. Todo el dolor se me asociaba con mucha sangre, y montañas de angustia mental. Yo sabía acerca de todas estas cosas. Tal vez se tratase de la peor clase de dolor, puesto que nadie lo conoce aparte de ti misma.

¿Por qué Papá no llamaba a casa y hablaba conmigo? Deseaba saber qué estaba ocurriendo. Me quedé tanto tiempo cerca del teléfono que cesó la lluvia y aquella lúgubre y silenciosa casa comenzó a ponerme nerviosa.

Una vez hubo cesado de llover, paseé hasta el río, donde acababa nuestro patio trasero. En aquella débil luz solar, bajo un cielo tan pálido y desvaído, comencé a arrojar guijarros al río, como había visto hacerlo a mi padre. Una semana sin que Mamá cocinase me haría perder peso y ya estaba suficientemente delgada.

Papá no llamó durante todo el día. Me preocupé, me irrité, paseé de un sitio a otro, me acerqué a menudo a las ventanas. Vera se presentó por casa, quejándose de que no le gustaba el guiso de verdura que había preparado tía Ellsbeth para comer. Luego vi a Arden que corría por el camino de coches, con una gran caja atada a su bicicleta. Corrí afuera para recibirle, temerosa de que mi tía informase de aquella visita a mi padre.

—¡Feliz cumpleaños! —me gritó, sonriendo mientras dejaba su bicicleta y echaba a correr hacia mí—. No puedo quedarme más que un segundo... Te he traído algo que mi madre ha hecho para ti. Y también una cosita mía...

¿Le había dicho que era mi cumpleaños? No creía haberlo hecho. Ni siquiera lo había sabido yo hasta ayer. Sus ojos eran cálidos y brillantes mientras abría la caja mayor. En su interior había un precioso vestido de color violeta con cuello y puños blancos. En el escote aparecía un ramito de violetas de seda.

—Mamá lo hizo para ti. Dice que puede tomar las medidas de cualquiera sólo con los ojos. ¿Te gusta? ¿Crees que te sentará bien?

De forma impulsiva, le eché los brazos al cuello, tan feliz que deseé echarme a llorar. Nadie había recordado el asunto de mi cumpleaños. Pareció un tanto incómodo, y encantado a la vez, con mi reacción, y se apresuró a entregarme una caja más pequeña.

—Realmente, no es gran cosa, pero como me dijiste que tenías dificultades para recordar y mantener un Diario al día... He buscado algo que hiciese juego con el color del vestido, pero no hay Diarios de color violeta, por lo que te he comprado uno blanco con adornos violeta. Y si puedes acercarte por nuestra casa a eso de las cinco, Mamá te regalará un pastel de cumpleaños, muy bien decorado y sólo para ti... Si no puedes acudir, ya te lo traeré yo...

Me enjugué los ojos y procuré sofocar mis lágrimas de gratitud.

—Arden, el bebé llegará hoy. Mi madre ya lleva fuera desde antes del amanecer, y aún no hemos tenido la menor noticia. Podré ir si vuelve Papá y nos dice que Mamá y el bebé están bien. En caso contrario, no podré salir...

Cautelosamente, como si temiese que gritase o me resistiera, me abrazó brevemente, y luego me soltó.

—No te preocupes tanto... Los bebés nacen a cada segundo del día, millones de ellos. Es una cosa natural. Apuesto lo que sea a que tu tía se olvidó de todo lo referente a tu cumpleaños, ¿no es así?

Asentí e incliné la cabeza para que no pudiese ver el dolor que sentía. El pequeño y bonito Diario que me había regalado tenía una llave dorada para cerrarlo y mantener a salvo mis secretos. Oh, tenía muchísimos secretos, alguno de ellos desconocido hasta para mí.

—Aguardaré en la linde del bosque una vez entregue los periódicos. Esperaré hasta que se ponga el sol, y si no apareces te traeré aquí tu pastel de cumpleaños.

No podía permitirle hacer eso. Papá se enteraría.

—Iré mañana para mayor seguridad, y podremos celebrarlo entonces. Das las gracias a Billie por su maravilloso vestido. Me gusta muchísimo. Y gracias por este precioso Diario: es exactamente lo que quería. No aguardes en la linde del bosque. En los bosques suceden cosas terribles, sobre todo en un día como hoy. No quiero que estés allí después de que oscurezca.

La mirada que me asestó me pareció obsesionada, extraña y llena de algo que no acabé de comprender.

—Hasta luego, Audrina. Me alegro de que tengas ya nueve años.

Después de que se hubo ido me sentí muy sola y desgraciada.

La cena de mi tía fue tan poco sabrosa, que hasta ella comió sin mucho entusiasmo. Papá seguía sin llamar.

—Qué clase de hombre tan espantoso es —comentó Vera—, tan egoísta y sin ninguna clase de consideración para los sentimientos de nadie, excepto los suyos. Apuesto a que ahora mismo se encuentra en algún bar, fumándose un puro. Y te puedes apostar el último dólar, dulce Audrina, a que ya no serás su favorita una vez traiga a casa a ese bebé..., ya sea un niño o una niña...

Aquella noche no tuve más que una serie de pesadillas. Vi bebés que aguardaban el nacimiento flotando entre nubes, todos ellos llorando para hacer ver que eran el hijo de mi Mamá. Divisé a Papá que, con un gran bate de béisbol, se dedicaba a golpear a todos los bebés niños que salían al Universo. Luego agarraba a un gran bebé niño y le llamó «hijo». El hermano que creía que deseaba creció de la noche a la mañana hasta ser un gigante que me sobrepasó, y Papá no se preocupó lo más mínimo.

151

Desperté y pude ver que mi cuarto estaba pálido y neblinoso. El sol era sólo un rosado vislumbre en el horizonte. Aún cansada, caí de nuevo entre sueños, y esta vez se presentó Mamá, que me abrazó y me dijo que era la mejor y la más maravillosa hija, y que me vería algún día, muy pronto.

—Sé buena chica, obedece a Papá —me susurró mientras me besaba.

No oí las palabras, sino sólo sentí lo que mi madre había dicho. Observé cómo se desvanecía, hasta que formó parte de una nube coloreada de rosa, que brilló con un tono parecido a los vestidos de noche de fantasía.

Resultaba extraño despertarse y saber que mis padres no estaban en casa. Incluso era extraño haber soñado con ellos. Nunca soñaba en nadie hasta que hacían algo que me lastimaba o decepcionaba. Con quien sí soñaba mucho era con Vera.

La mayor parte del día transcurrió de igual forma. Mi agitación fue creciendo cuando llamé a Billie y le dije que pospusiese lo de la fiesta de cumpleaños, puesto que Papá aún no había telefoneado, y debía encontrarme aquí cuando lo hiciese.

—Lo comprendo, cariño. Tu pastel puede esperar. Y si es necesario, ya haré otro nuevo.

A eso de las cuatro, mi tía me llamó a la cocina.

—Audrina —comenzó a decir al mismo tiempo que preparaba el jarabe—, tu padre ha telefoneado mientras estabas arriba. El bebé ya ha nacido. Pondrán a la niña el nombre de Sylvia.

No me miró mientras hablaba, ni una sola vez. Aborrezco a las personas que me hablan sin mirarme. Vera, para variar, estaba atareada y pelaba patatas.

—Ahora ya estás metida en eso —me dijo Vera con una sonrisa significativa—. Papá la querrá más que a ti, cabeza hueca.

—Deja eso, Vera... Ni tampoco deseo oírte llamar a Audrina «cabeza hueca».

Era la primera vez que mi tía me defendía, y la miré con agradecimiento.

—Vera, sube a tu cuarto y ponte a hacer los deberes escolares. Audrina acabará de pelar las patatas.

Mi gratitud se desvaneció. Siempre estaba haciendo las obligaciones de Vera. Era algo parecido a tener una hermanastra mala, y como si yo fuese la Cenicienta. Fruncí el ceño mientras Vera sonreía sarcástica.

—Siento hacerte esto —me dijo mi tía, en un tono que para ella resultaba agradable—, pero quería hablarte a solas.

—¿Está Mamá bien? —pregunté con cautela.

—Audrina, tengo más cosas que decirte —prosiguió mi tía perdiendo el ánimo.

Más allá de la cocina, vi un mechón de pelo color albaricoque, mientras Vera se escondía donde pudiese oírnos.

—Todo va bien, Ellie —intervino Papá, que acababa de entrar en la cocina por la otra puerta.

Se sentó cansinamente en una silla.

—Se lo diré yo a mi manera...

Había llegado tan rápida y silenciosamente desde no se sabía dónde, que me lo quedé mirando como si fuese un desconocido. No le había visto nunca con una barba tan crecida, ni tampoco con unas prendas tan arrugadas. Tenía los ojos hinchados y enrojecidos, y unos círculos negros debajo. Buscó durante un momento mi mirada, luego colocó los codos encima de la mesa e inclinó la cabeza apoyándola en sus manos, cubriéndose el rostro al mismo tiempo que le temblaban los hombros. Cada vez más alarmada, corrí hacia él y traté de abrazarle como a menudo me había abrazado él a mí.

—Papá, tienes un aspecto tan cansado...

El alma parecía habérsele caído a los pies. ¿Por qué temblaba mi padre? ¿Por qué ocultaba el rostro? ¿Se encontraba tan decepcionado porque el bebé fuese una niña y no podía hacerse a la idea de tener otra igual que yo?

Se estremeció antes de alzar la cabeza, bajar las manos y cerrarlas en forma de puños. Golpeó varias veces con fuerza la mesa haciendo volcar el florero. Mi tía corrió a ponerlo de nuevo en pie. Fue a por una esponja para enjugar el agua, mientras yo llenaba de nuevo el jarrón.

—¡Papá, apresúrate! Cuéntame todo acerca de Mamá. Parece como si llevase ya un mes ausente.

Sus ojos oscuros estaban acuosos por las lágrimas no vertidas. Meneó la cabeza de un lado a otro, con el mismo movimiento que los perros emplean para sacudirse el agua de encima. Se veía una especie de pánico que luchaba por salir de sus ojos, y cuando habló me percaté del miedo que se traslucía en sus arrastradas palabras.

—Audrina, ya te estás haciendo una chica mayor.

Le miré fijamente, aborreciendo la forma con que comenzase.

—¿Recuerdas lo que solías contarme acerca de aquellas horas del té, y de cómo tía Mercy Marie conseguía el que la muerte y la vida pareciesen una constante batalla? Pues bien, es de este modo. La vida y la muerte forman una parte tan importante de la experiencia humana, como el día y la noche, el sueño y la vigilia. Uno nace y otro muere. Perdemos, ganamos... Es la única forma en que se puede considerar la vida para mantenerse cuerdos...

—Papá —sollocé—, no serán...

—¡Oh, basta ya! —gritó mi tía—. Damian, ¿por qué no vas directamente al grano y se lo cuentas? No podrás proteger siempre a Audrina de las durezas de la vida. Cuanto más lo pospongas, más duro resultará cuando, finalmente, Audrina tenga que enfrentarse a la verdad. Deja de mantener a esa hija tuya en un mundo de fantasía.

Escuchó las duras palabras de mi tía y su brusca y abrasiva voz, y se me quedó mirando pesaroso.

—Supongo que tienes razón —repuso con un suspiro.

Una de aquellas lágrimas que brillaban en sus ojos se deslizó por el rabillo del ojo y surcó su rostro. Alargó las manos para abrazarme, luego me colocó en su regazo y me acunó contra su pecho. A continuación, tuvo que aclararse la garganta.

—Cariñito mío, esto no me es fácil de decir. No he tenido nunca que dar unas noticias así a nadie, y mucho menos a la hija de mi corazón. Supongo que habrás oído en el pasado lo mal que lo pasó tu madre cuando te dio a luz.

Sí, sí, ya había oído antes hablar de eso, pero también había tenido problemas con la Primera Audrina.

—Pues esta vez aún lo ha pasado peor con Sylvia.

Me abrazó con fuerza, casi haciéndome crujir los huesos.

—Me parece que ya te he explicado hace tiempo cómo un bebé atraviesa el canal del nacimiento de la madre y sale al mundo.

Titubeó y aún me llenó de mayores ansiedades.

—La pobre Sylvia quedó atrapada en ese canal... Quizá durante demasiado tiempo.

Hizo de nuevo una pausa. Mi corazón me latía con tanta fuerza que podía oír muy bien sus secos ruidos. Vera había entrado en la cocina y estaba también escuchando. Sus ojos tan oscuros parecían ya saber de qué iba el asunto.

—Querida, sujétame fuerte. Debo decirlo y tú tienes que oírlo. Tu madre se ha ido, cariño. Se ha ido al cielo... Murió poco después de que nacieses Sylvia.

Escuché cómo lo decía, pero no podía creerle. No, no, no podía haber sido de aquella manera. Necesitaba a mi madre. Debía tenerla, y Dios ya le había robado a Papá a su mejor Audrina. ¿Cómo podía tener Dios tan poco corazón para lastimar a Papá de nuevo?

—No, Papá. Mi madre es demasiado joven y bonita para morirse —sollocé.

Aún era una niñita. ¿Quién me iba a ayudar en mi crecimiento? Me le quedé mirando para ver si sonreía y me guiñaba un ojo, y todo aquello no significaba más que un pésimo truco tramado por Vera. Miré hacia mi tía, que seguía de pie con la cabeza inclinada y manoseando su delantal, impolutamente limpio. Vera tenía una expresión peculiar, como si se hallase tan conmocionada como yo. Luego, la cabeza de Papá se inclinó y descansó sobre mi hombro. Estaba llorando... ¡Oh, no lloraría si aquello no fuese cierto!

Me quedé entumecida por dentro y las lágrimas que había en mi cerebro fluyeron y lavaron los gritos que salían de mi rostro.

—La amaba, Audrina —sollozó mi padre—. A veces, no me porté de la forma en que debí portarme, pero la amaba igual. Me lo dio todo al casarse conmigo. Sé que le impedí seguir la carrera que deseaba, y me he dicho, diariamente, que no hubiese llegado a nada, pero sí lo habría hecho de no aparecer yo en su vida. Había estado rechazando un hombre tras otro, determinada a ser una pianista de conciertos, pero no quise dejar que rechazase mi proposición. La deseaba, y la conseguí, y luego le dije que era sólo una música mediocre, más para consolarme a mí mismo que para consolarla a ella. Deseaba ser el centro de su mundo, y me convirtió en ello. Me dio tanto de sí misma, tratando de ser todo cuanto yo deseaba, incluso cuando lo que yo deseaba no era lo que quería ella. Se enseñó a sí misma a complacerme, y por eso sólo ya debería estarle agradecido. Pero nunca le dije lo agradecido que le estaba...

Su voz se le quebró y tuvo que enjugarse los ojos y aclararse la garganta antes de continuar:

—Me dio a ti, Audrina. Y también me otorgó otras cosas y, ahora que ya es demasiado tarde, me percato de que no la he apreciado lo suficiente.

En algún sitio de mi helado pánico, encontré visiones de mi padre de pie y alzando su cinturón. Y escuché de nuevo la voz de mi madre, mientras me hablaba durante la última noche en que la viera aún con vida.

—Nunca me lastima... físicamente...

Debía haberla herido emocionalmente. Sentí ríos de cálidas lágrimas que fluían de mis ojos, fundiéndose con mi rostro. ¿Y por qué Papá no mencionaba que le había dado la mejor de todas las hijas, aquella hija muerta que yacía en el cementerio?

—No —repitió Papá, estremeciéndose todo él y tratando de ahogarme con su dolor—. No la apreció lo suficiente...

Estaba furiosa con Papá por haber empezado lo de aquel bebé. Furiosa con Dios por habérsela llevado. Encolerizada con Vera y con todo el mundo que tenía una madre cuando yo no la tenía. Ahora sólo me quedaba mi tía, la cual me odiaba, y Vera que no era ni pizca mejor, y Papá... ¿Qué clase de cariño era el suyo? No de la clase del que yo, realmente, necesitaba, de aquella clase fiable y segura que nunca miente. ¿A quién podría confiarme ahora? A mi tía, no... Nunca querría oír lo que yo necesitaba decir, ni tampoco me lo diría todo. Y necesitaba saber cosas acerca de mi crecimiento. ¿Quién habría ahora que me enseñase cómo conseguir que un hombre me amase? La clase de amor de Papá era tan egoísta y tan cruel...

De alguna forma, había sabido, desde el primer momento en que me desperté por la mañana, que sucedería algo espantoso. Algo que había de sabiduría en mí, un conocimiento total, especialmente acerca de la tragedia, me había preparado de antemano... Y aquello era lo que soñara esta mañana. Tal vez mi madre se había aproximado a mí y me había dicho adiós, antes de desvanecerse en una nube de color rosado. ¿Por qué siempre tenía que morir alguien el día de mi cumpleaños?

¿Qué pasaría si Dios se llevase también a Papá y me dejase sólo a mi tía, que destruiría lo mejor de mí?

—¿Dónde está el bebé? —pregunté con una voz delgada y quebradiza.

—Cariño, cariño —comenzó Papá—, todo saldrá bien, completamente bien.

Echándome hacia atrás y contemplándole, supe que estaba mintiendo. Sus anchos hombros se encogieron.

—Verás, permíteme que te ayude a comprenderlo. Los bebés recién nacidos son siempre algo frágil. Especialmente los prematuros. Sylvia es muy pequeña, sólo pesa kilo y medio. No es un bebé hecho del todo como lo eras tú. No tiene pelo, ni uñas en los dedos de manos y pies, por lo que precisa de un gran cuidado a través de una atención profesional. No es posible traerla aquí. Está en una incubadora, Audrina, en una caja de cristal caldeada, donde los médicos y las enfermeras puedan ejercer sobre ella una estrecha vigilancia. Ésa es la razón de que Sylvia deba permanecer en el hospital durante una temporada.

—Quiero verla. Llévame al hospital para que pueda verla. Por todo lo que sé, Mamá no debió de tener nunca un bebé y ha muerto por...

Por mucho que lo desease, no pude decirle que en realidad la había matado él.

—Corazoncito —prosiguió Papá con su pesada voz sin inflexiones y con aquellos ojos oscuros tan cansados—. Sylvia es un bebé pequeño, muy pequeño. Las enfermeras deben estar pendientes de ella las veinticuatro horas del día. Se colocan mascarillas en la cara para mantener estéril la atmósfera que respira Sylvia. Las niñas de tu edad pueden llevar encima muchos gérmenes, por lo que no permiten acercarse a nadie. Tal vez incluso ni siquiera viva, por lo que también debes prepararte ante la idea de su muerte...

¡Oh, Dios mío! Si eso sucedía, la muerte de Mamá carecería de sentido, siempre y cuando la muerte pueda tener un sentido de alguna clase. Me dije a mí misma que Sylvia viviría, por lo que rezaría mañana, tarde y noche hasta el día en que llegase a casa y yo pudiese ser su madre.

—Tan pequeñita y haber causado tanto trastorno y dolor... —murmuró Papá débilmente, metiendo una vez más su cabeza en los doblados brazos que tenía encima de la mesa. Cerró los ojos y pareció como si durmiese. Tía Ellsbeth se acercó a él, como si quisiese consolarle y no supiese cómo hacerlo. En un momento dado, comenzó a tocarle el rostro, pero, rápidamente, apartó la mano, y sólo sus ojos se atrevieron a acariciarle.

Le estaba echando la culpa a mi padre exactamente como yo, pensé, sin imaginarme ni por un momento que Mamá no estaba lo suficientemente bien constituida para poder soportar con facilidad los embarazos.

Luego, como si Papá sintiese a mi tía muy cerca de él, alzó la cabeza y la miró con fijeza en una especie de desafío sin palabras, con aquella firme aunque cansada mirada.

—Confío en que puedas permitirte contratar a una enfermera cuando Sylvia esté ya en casa —comentó tía Ellsbeth, en un tono liso y sin cautela.

Sus oscuros ojos se enfrentaron con los de él, desafiándole también.

—Si crees que me voy a pasar el resto de mi vida aquí, haciéndome cargo de dos niñas que no son mías... Será mejor que te lo pienses dos veces, Damian Adare.

Durante un largo momento, sus oscuros ojos llevaron a cabo una batalla silenciosa de voluntades, y sólo cuando los ojos de mi tía se bajaron los primeros, fue Papá el que contestó:

—Te quedarás —le dijo con una voz monótona.

Mi tía alzó entonces la vista, haciendo frente a la mirada fija, directa y desafiante de Papá.

—Sí, Ellie, no querrás irte porque serás la dueña de «Whitefern» y de todo cuanto contiene...

¿Puso un énfasis especial en aquel *todo*? Tal vez se tratase sólo de mi imaginación. Y tenía una muy activa, incluso cuando me hallaba conmocionada.

Aquella noche, Vera se deslizó en mi dormitorio mientras yo chillaba para susurrarme al oído que Papá podría haberle salvado a mi madre la vida si no hubiese deseado al bebé.

—Pero no amaba a tu madre lo suficiente —prosiguió con crueldad—. Deseaba aquel bebé que sabía, positivamente, que sería un chico. Puedes apostarte tu último dólar, a que si hubiese sabido que sería otra niña igual que tú, hubiera dicho a los médicos que dejasen al bebé morirse y que se ocupasen sólo de la madre.

—No te creo —sollocé—. Papá no me dijo que hubiese ninguna elección que llevar a cabo.

—Porque no quería que lo supieses. Verás, ni siquiera te dijo que tu madre tenía mal el corazón, y que ésa era la razón de que permaneciese tantos ratos echada en aquel sofá púrpura y en su cama. Y también eso explica que estuviese siempre cansada. Después de que nacieses tú, el médico les dijo que tu madre no debería tener otro bebé. Por eso, cuando Sylvia quedó atrapada en eso que tu padre llama el canal de nacimiento, podría haberles dicho a los doctores que siguieran adelante y salvasen la vida de tu madre y se olvidasen del bebé. Pero tu padre deseaba aquel bebé. Deseaba un chico. Todos los padres desean un chico. Por eso tu madre se encuentra ahora yaciendo en una dura y fría losa, en un gran frigorífico en el depósito de cadáveres del hospital. Y mañana, a primera hora, abrirán el cajón y la sacarán, y trasladarán sus restos a una funeraria, donde vendrán unos hombres a sacarle toda la sangre. Luego la coserán los labios y párpados para que no se abran mientras miran a la difunta, incluso meterán algodón en...

—¡Vera! —rugió mi padre, entrando como una furia en el cuarto y cogiéndola por el cabello—. ¿Cómo te atreves a entrar en la habitación de mi hija y llenarle la cabeza con unos relatos tan espantosos? ¿Qué clase de mente enfermiza es la que tienes? ¿De qué clase es?

Llovió el día del funeral de mi madre. Llevaba lloviendo, intermitentente, desde hacía tres días. Nuestra pequeña familia se agrupó bajo un toldo gris. La llovizna cayó sobre el ataúd de mi madre, que estaba cubierto con una gran cantidad de rosas rojas. En la cabecera del féretro había una cruz de rosas blancas y una orla violeta que llevaba mi nombre en letras doradas: «A Mamá, de su amante hija, Audrina», podía leerse.

—Papá —susurré, tirándole de la manga—. ¿Quién ha mandado esa cruz en mi nombre?

—Yo —me respondió también en un susurro—. Las rosas rojas que ella amaba tanto son mías, pero las rosas blancas representan el amor de una hija hacia su madre. Nuestros amigos de la ciudad enviaron las otras flores.

Nunca había visto unas flores tan bonitas reunidas

en semejante triste lugar. En torno de nosotros, unas personas con prendas muy sobrias se hallaban agrupadas con unos rostros muy tristes; sin embargo, me seguí sintiendo sola, aunque me aferré a Papá con un brazo y, al otro lado, Arden me mantenía estrechada la mano.

—Queridos amigos —comenzó el ministro de la iglesia a la que asistíamos cada domingo—, nos hemos reunido aquí en este día lluvioso para tributar nuestros respetos a una querida y amada miembro de nuestra sociedad. Una dama bella y de talento que iluminaba un día como éste con la luz del sol de su presencia. Puso gracia en nuestras vidas y las hizo mejores. Porque vivió, nos vemos ahora más ricos. Porque fue generosa, hay niños en el pueblo de Whitefern que poseen juguetes y nuevas ropas bajo sus árboles de Navidad, cuando no hubiera habido ninguno. Hay alimentos en las mesas de los pobres porque esta dama se preocupó...

Una y otra vez, escuché todas aquellas cosas buenas que había realizado mi madre. Nunca dio la menor indicación de que hubiese contribuido a ninguna de las numerosas obras de caridad patrocinadas por la iglesia.

Y las veces que mi tía había llamado a mi madre egoísta y echada a perder, cuando siempre le había estado dando sus ropas viejas que hacía pasar por nuevas. El viento empezó a soplar y juraría que cayó un poco de nieve. Fría, me sentía tan fría... Juntada lo más posible a Papá, apreté con fuerza su enguantada mano que, a su vez, sujetaba la mía. Escuché unas palabras que sabía que el ministro diría más pronto o más tarde, aunque, en realidad, éste fuese mi primer funeral.

—Sí, aunque ande a través del valle de las sombras de la muerte, no temeré al mal, puesto que Tú estás conmigo...

Me pareció que permanecía allí para siempre mientras la lluvia caía con fuerza, salpicando los charcos que había formado. Detrás de los ojos, me representé a mi madre cantando con su clara voz de soprano:

—Salí sola al jardín..., mientras el rocío estaba aún sobre las rosas...

Y ya no la escucharía más cantar o tocar nada más...

Y ahora aquel instrumento hidráulico alzaría su ataúd y lo bajaría a la fosa. Y no la volvería a ver más...

—¡Papá! —gemí, soltándome de Arden y dándome

la vuelta para oprimir mi rostro contra la parte delantera de la chaqueta de Papá—. No permitas que dejen a Mamá en ese agujero húmedo. Que la pongan en una de esas casitas hechas de mármol...

Qué aspecto tan triste tenía Papá.

—No puedo permitirme un mausoleo de mármol —me susurró como respuesta, mientras me decía también que no diese un espectáculo—. Pero, cuando seamos ricos, tendremos uno muy bellamente diseñado, una capilla para tu madre... ¿Me estás escuchando, Audrina?

No, no le estaba escuchando. Mi mente se hallaba atareada con pensamientos, mientras fijaba los ojos en la lápida sepulcral de la Primera y Mejor Audrina. ¿Por qué no colocaban a mi madre al lado de ella? Le pregunté a mi padre la razón de ello. Su cuadrado mentón se proyectó hacia delante:

—Quiero yacer, cuando haya muerto, entre mi esposa y mi hija...

—Entonces, ¿dónde yaceré yo, Papá?

Se lo pregunté con un dolor en el corazón que debió brillar también en mis ojos. Incluso en la muerte, no pertenecía a ninguna parte.

—Ya sabrás tu lugar más pronto o más tarde —me respondió con voz átona—. No digas nada más, Audrina. La gente del pueblo no te quita la vista de encima.

Lo que me dijo me hizo mirar a mi alrededor, a la gente de Whitefern, que nunca nos llamaban, que nunca nos hablaban o hacían señas cuando cruzábamos en coche por sus calles. Nos odiaban por numerosas razones, según mi padre, aunque nada de lo que se hubiese hecho en el pasado fuese culpa nuestra. Sin embargo, habían acudido a ver enterrar a mi madre. ¿Eran los pobres a los que daba de comer y vestía, y a los que hacía también donativos? Me tragué las lágrimas, enderecé mi columna vertebral, alcé la cabeza, imitando a Papá, y supe que Mamá lo aprobaría, deseando que fuese valiente y fuerte.

—La gente educada nunca muestra sus sentimientos; los guardan para cuando están solos.

Finalmente, el funeral acabó. La gente se fue marchando para dejar a nuestra familia, sola, dispuestos para irnos a casa en el coche de Papá.

—He decidido que seré pianista de conciertos lo mismo que quería ser Mamá. No hay nada, absolutamente nada, que tú puedas hacer para impedírmelo.

Arden se encontraba detrás de mí, preparado también para subir a nuestro coche, y sentarse con Vera y mi tía en el asiento trasero.

—No sabes cómo se toca el piano —replicó Papá con dureza—. Cuando tu madre tenía tu edad ya llevaba muchos años tocando. Ni una sola vez has puesto las manos encima de un teclado. Eso indica, seguramente, que no has sido llamada para la música...

—Ni tampoco lo estaba ella, Papá. Me contó que sus padres la forzaron a tomar lecciones de música, hasta que, llegado el momento, quedó prendida en el asunto. Y entonces comenzó a gustarle mucho. A mí también me gustará la música, una vez sepa cómo tocar.

—Dé a Audrina su oportunidad —le pidió Arden, que había cogido mi otra mano durante el funeral.

Yo estaba molesta a causa de que Billie no se había presentado para asistir al entierro de mi madre.

—Permanece al margen de esto, jovencito —gruñó Papá, al mismo tiempo que dirigía a Arden una mirada de odio y muy significativa—. Eres sólo una chiquilla, Audrina, y no sabes lo que es conveniente para ti. Tienes otras cualidades, en vez de dedicarte a aporrear teclas...

No creía ni por un momento que, realmente, lamentase el haber hecho de Mamá sólo una esposa y una madre. Ni tampoco creía que me permitiese escapar de él..., pero trataría de conseguirlo. Llevaría a cabo todo cuanto mi madre había deseado para sí misma, cuando era joven y estaba henchida de sueños. Conseguiría que éstos se convirtiesen en realidad, en vez de permanecer sentada en la mecedora para hacer ciertos los sueños de Papá.

—Es una tonta ambición —comenzó Papá, aún mirando a Arden, como si confiase en que éste pudiese caerse muerto de esta manera y ya no me molestase más.

—Aguarde un momento, Mr. Adare. Deje de echar por los suelos a Audrina. No constituye ninguna tonta ambición eso de llevar a cabo los sueños de su madre. Audrina es sólo una persona muy sensible y tierna, que quiere conseguir ser una gran música. Y sé con exactitud quién podría ser su maestro. Se llama...

—¡No quiero saber su nombre! —explotó Papá—.

¿Vas también a pagarle las lecciones, chico? Maldita sea si pienso hacerlo yo... El padre de mi esposa se gastó una fortuna, pensando que su hija se convertiría en famosa a nivel mundial, y fracasó en llegar a esto...

Estaba olvidando todo cuando había dicho el día en que Mamá murió... ¡No se lamentaba lo más mínimo!

—¡Porque se casó contigo, Papá!

Había mostrado mi cólera en la suficiente voz alta como para que la gente que aún quedaba en el cementerio volviese las cabezas, hacia donde aquella esbelta piedra blanca mortuoria se alzaba oscura contra el cielo tormentoso. Qué perturbador resultaba ver tu propio nombre escrito en una lápida sepulcral...

—Éste no es lugar para discutir de carreras —replicó Papá.

Una vez más mi padre se dirigió a Arden:

—Y tú, jovencito, mantente apartado de la vida de mi hija desde este mismo instante. No te necesita ni a ti ni a tus consejos.

—Hasta luego —me gritó Arden, al mismo tiempo que me hacía un ademán y se alejaba, mostrando así su abierto desafío.

—Ese chico no nos dará más que problemas —gruñó Papá.

De una manera u otra, Vera había subido al asiento trasero del coche y se sentó entre Papá y yo, poniéndole aún más furioso al empezar a saludar frenéticamente a Arden, cuando pasamos a su lado.

Ahora que Mamá se había ido, la casa parecía vacía, sin un auténtico corazón, y Papá dio la sensación de que se olvidaba de la mecedora. Una noche insomne, me imaginé que si Papá creía que yo podría entrar en contacto con la Primera y Mejor Audrina al mecerme y cantar, tal vez también podría comunicarme con Mamá si hacía lo mismo. No gritaba si llegaba a ver a mi madre de nuevo. Este pensamiento impidió que me durmiese. ¿Me atrevería a introducirme subrepticiamente en la habitación y mecerme sola, sin que Papá estuviese en el pasillo? Sí, tenía que hacerme mayor. Alguien debía enseñarme a cómo hacerlo, y Mamá, seguramente, conocería sus errores y me diría la forma de evitarlos.

En silencio, anduve de puntillas por el pasillo, pasé

delante de la habitación de Vera, donde oí que sonaba su radio. En el cuarto de juegos, encendí una lámpara antes de cerrar la puerta y mirar a mi alrededor. No estaba todo tan limpio como se había encontrado antes de que Mamá muriese. Tía Ellsbeth decía que tenía muchas tareas, si debía también cocinar, hacer la limpieza y la colada. Las pocas arañas que había y que se escondían con rapidez de Mamá, ahora se habían reproducido y colgaban del techo. Algunas tejían sus telas entre los lirios de la mecedora. Sintiéndome repelida, me dirigí a uno de los armarios y metí la mano para buscar un vestido de bebé. Lo descolgué de una percha y quité con él el polvo de la mecedora; luego empleé el vestidito para protegerme los zapatos antes de aplastar cada araña. Se trataba de una cosa chapucera y horripilante que era nueva para mí. Ya me había hecho mayor y más fuerte.

Temblorosa y débil, me senté con cautela en la mecedora, preparada a levantarme de un salto si sucedía algo. La casa estaba tan silenciosa que podía escuchar mi propia respiración. Relajarme, tenía que relajarme. Debía convertirme en un cántaro vacío que se llenase de paz y contento, y luego Mamá aparecería ante mí. Mientras pensase en Mamá y no en aquella otra Audrina, no se presentarían los chicos del bosque.

Elegí para cantar una de las canciones de Mamá:

> *...y él anda conmigo,*
> *y me habla,*
> *y me dice que soy su propia...*

Por primera vez desde que Papá me había forzado a sentarme en aquella mecedora, aquello no me aterraba, puesto que Mamá se hallaba esperando y sabía que debía hacerlo. Detrás de mis cerrados párpados vi a mi madre, de unos diecinueve años, corriendo por los campos llenos de flores primaverales, y yo era un bebé en sus brazos. Sabía que se trataba de mí y no de la Primera Audrina, puesto que alrededor del cuello de la niñita aparecía mi anillo de piedra preciosa de nacimiento, colgado de una cadena de oro. Luego vi a Mamá ayudándome a atarme mi cinta, enseñándome a hacer reverencias. A continuación, y ante mi sorpresa, me tenía a su lado en la banqueta del piano, y me enseñaba a tocar las escalas. Esta vez yo era ya mayor, y el anillo que en un tiempo colgase de una cadena, se encontraba ahora metido en mi dedo índice.

Volví al cuarto de juegos muy excitada. No había sucedido nada terrible. Y lo que es más: había averiguado un secreto. Un recuerdo perdido había llenado un hueco en mi cerebro. Sin saberlo Papá, Mamá me había dado unas cuantas lecciones de piano.

Aquel nuevo conocimiento con el que volví a mi cama, siguió agarrado con fuerza a mi corazón, puesto que ahora lo daba por seguro. Había constituido un deseo de mi madre al verme ocupar su sitio, y descubrir el amor a la carrera que a ella le habían robado.

SEGUNDA PARTE

LA MÚSICA COMIENZA DE NUEVO

La vida se hizo muy diferente en nuestra casa después de la muerte de Mamá. Ya no acudí a la cúpula en busca de paz y de soledad. Me sentaba en aquella antaño temida mecedora, donde podía sentir que Mamá se hallaba cerca. Dado que la vida se estaba abriendo ante mí más y más, prestaba muy poca atención a Vera, que tenía dificultades para subir las escaleras. Cuando llovía, cojeaba más que cuando el tiempo era seco. De todos modos, no pude hacer otra cosa excepto percatarme de que Vera empezaba a mostrarse muy preocupada por su apariencia. Se lavaba el pelo cada día, se lo rizaba, se pintaba las uñas tan a menudo que parecía que la casa olía constantemente a acetona. Se planchaba su ropa interior, sus vestidos y algunas veces incluso sus suéteres. Hasta su voz cambió. Trataba de hablar con suavidad y sin las estridencias que antes hacía. Me percaté también de que, de muchas maneras, Vera intentaba, ansiosamente, imitar los numerosos encantos de mi madre..., cuando, en realidad, había pensado que todos ellos me pertenecían sólo a mí.

Los días otoñales que habían visto las últimas jornadas de mi madre muy pronto dieron paso al invierno. El Día de Acción de Gracias y las Navidades eran celebraciones poco prometedoras, que hacían que mi corazón me doliera por Papá y por mí. Incluso Vera parecía triste cuando se quedaba mirando la vacía silla de Mamá al pie de la mesa. Cuando Papá se hallaba trabajando, me encontraba sola en una casa de enemigos, una sombra de lo que yo solía haber sido cuando mi madre vivía. Me aferraba con tanta desesperación a su recuerdo, que trataba de mantener su imagen con nítidos perfiles en la vaguedad de la nebulosa de mi memoria. Nunca hice nada con todo lo referente a mi madre para que se hundiera en aquellos agujeros sin fondo de mi cerebro, donde aquellos pavorosos recuerdos olvidados forcejeaban para revelarse.

Papá me mantuvo casi como una prisionera en nuestro hogar, pegándose a mí con una especie de desesperación que me hacía apiadarme de él, amarle, odiarle... y también necesitarle. Se suponía que no veía a Arden en absoluto, pero, con bastante frecuencia, conseguía deslizarme hasta su casita en los bosques.

Siempre que tenía la posibilidad, me sentaba ante el piano de cola y procuraba imaginarme cómo debía colocar las manos, cómo hacer salir mágicamente una tonada del teclado. Durante horas y horas lo aporreaba, hasta que comencé a sentir que el piano se resentía de aquellos desabridos y feos ruidos que emitía. No podía tocar. Aunque Mamá hubiese tratado de enseñarme hacía ya mucho tiempo, no había heredado nada de su talento, del mismo modo que no había heredado el talento de la Primera y Mejor Audrina. Dotada o no dotada, continué atormentándome a mí misma.

—Audrina —me consolaba Arden un día, después de que me hubiera quejado a él, explicándole que era poco dotada—, nadie, de una forma mágica y automática, sabe cómo se ha de tocar...

—Escucha —respondí—, le diré a Papá que quiero que me den lecciones de piano. Me las pagará si se lo suplico con la debida insistencia.

—No existe la menor duda —respondió, apartando incómodo la mirada.

Luego, cogidos de la mano, anduvimos hacia su casita. Para gran decepción mía, Billie se quedó en la ventana, pero siguió sin invitarme a entrar en la casita. Arden y yo nos sentamos en el porche trasero y le hablamos a través de la abierta ventana. Las moscas entraban con facilidad en su casa y esto habría vuelto loca a mi tía. Arden no parecía preocuparse por las moscas, pero la mujer pareció desgraciada al verme de nuevo.

Aquella misma noche abordé a Papá con el asunto de las lecciones de música.

—Ya te he oído aporrear el piano. Si hay alguien que necesite lecciones, ésa eres tú... Naturalmente, tu madre se hubiera quedado aterrada. Y yo también lo estoy.

No podía creerme que hubiese cambiado de idea de una forma tan total. Parecía solitario, preocupado, haciendo que me acercase más a él para que le echase los brazos al cuello. Tal vez, a fin de cuentas, Papá iba a intentar que fuese feliz.

—Siento todas esas cosas desagradables que te dije después de que muriese Mamá, Papá. No te aborrezco, no te echo la culpa por su muerte. Por favor, trae pronto a Sylvia a casa.

—Cariño —respondió como ausente—. Lo haré. Tan pronto como los médicos lo permitan tendrás aquí a tu hermanita.

Aquella noche, me dijo que tal vez Dios sabía lo que estaba haciendo cuando se llevó a mi madre y dio unos padres a una nueva hija. Quizás Él tenía buenas razones para hacer lo que había hecho. Aunque esto me hubiese robado a una madre a la que necesitaba con tanta desesperación, Sylvia no la echaría de menos porque me tenía a mí y no habría conocido a otra mejor.

Hasta mediados del verano no regresó el profesor de música que Arden conocía, tras una prolongada estancia en la ciudad de Nueva York. Finalmente, un día maravilloso, Arden me puso en la barra de su bicicleta y me llevó al pueblo de Whitefern para que conociese a Lamar Rensdale. Era un hombre alto y muy delgado, con unas cejas elevadas y anchas y un cabello rizado y de color chocolate. El color de sus ojos hacía juego exactamente con el de su cabello. Me miró, con aprobación, de arriba abajo, sonrió; luego me acompañó hasta su piano y me pidió que le demostrase lo que ya sabía.

—Tontea un poco con el teclado, como me has dicho que has estado haciendo —me dijo, poniéndose de pie detrás de mis hombros mientras Arden se sentaba y me sonreía alentadoramente.

—No es tan malo como me has contado —explicó Mr. Rensdale—. Tus manos son pequeñas, pero puedes hacer la escala en octava. ¿Tocaba tu madre excepcionalmente bien?

Así fue como empezó. Naturalmente, Papá sabía que era Arden el que me llevaba y me traía desde el pueblo, pero no puso la menor objeción.

—Pero no juegues con él en los bosques. Estáte siempre en un sitio donde su madre pueda verte. No te quedes jamás a solas con él. Nunca. ¿Me has oído?

—Pues ahora tienes que escucharme tú, Papá —comencé, enfrentándome abiertamente con él y luchando conmigo misma para no mostrarme débil—. Arden no es esa clase de chico de baja estofa y una auténtica porquería como crees. No nos encontramos en el bosque sino en el lindero. Su madre se sienta a la ventana y nos habla. Raramente desaparecemos de su vista. Y su madre es muy hermosa, Papá, realmente lo es. Tiene un pelo tan oscuro como el tuyo, y sus ojos son como los de Elizabeth Taylor. Pero, de todos modos, los ojos de Billie son aún más bonitos. Y tú siempre me estás diciendo que no hay unos ojos más bonitos que los de Elizabeth Taylor.

—¿Y no es eso agradable? —me preguntó cínicamente, como si no creyese que ninguna vecina pudiese ser tan guapa como la estrella de cine—. Nadie es tan bella como Elizabeth Taylor, excepto la misma Elizabeth Taylor. La gente son individuos, Audrina. Somos únicos cada uno de nosotros. Cada cual constituimos un milagro, y nunca nos veremos duplicados aunque este mundo nuestro siga girando otros cinco mil o diez mil millones de años. No habrá jamás otra Elizabeth Taylor, ni otra Lucietta Lana Whitefern Adare, ni otra persona igual que tú o que yo. Ésa es la razón de que *tú* seas tan especial para mí. Si alguna vez soy lo suficientemente afortunado como para conocer a una mujer tan bella como tu madre, y tan cálida y amorosa, entonces caeré de rodillas y daré gracias a Dios. Pero nunca encontraré otra como ella, y me siento tan solo, Audrina, tan solo...

Estaba solo. Aquello se mostraba en sus oscurecidos ojos, en su pérdida de apetito.

—Papá, Billie es realmente hermosa. No he exagerado lo más mínimo.

—No me importan el aspecto que tenga —me respondió abatido—. Ya he acabado con las esposas y con la vida de casado. Dedicaré todas mis energías a cuidarte a ti.

Oh, yo no deseaba que dedicase todas sus energías a cuidarse de mí... Eso significaba que nunca me permitiría la menor libertad. Y significaba también que emplearía todo su tiempo en convertirme en la Primera y la Mejor Audrina. Y si realmente creía que sólo existía un ejemplar de cada persona, ¿por qué quería siempre que me convirtiese en *ella*?

Me quedé allí, delante de él, con sus manos aún en mi cintura y no pude hablar ni añadir nada más. Sólo asentí y me turbé, mientras en mi cerebro soplaba un auténtico torbellino.

Dado que Arden me llevaba cada día al pueblo, se me permitió dar lecciones cinco días a la semana, lo cual me hizo pensar que muy pronto recuperaría el tiempo perdido. Permanecía toda una hora con Lamar Rensdale y, realmente, traté de asimilar todo lo que me enseñaba. Según Mr. Rensdale, era una estudiante excepcional con una gran habilidad natural. Deseé creer que me decía la verdad, y que no me halagaba sólo para que continuase abonándole sus honorarios. Arden regresaba a toda prisa después de entregar los periódicos de la tarde y me recogía cuando terminaban mis lecciones.

A últimas horas de la noche, ocho meses después de la muerte de Mamá, me deslicé por las escaleras y de nuevo hice prácticas en el piano de cola de Mamá. Su tono era tan maravilloso, tan verdadero, mucho mejor que el barato piano que empleaba mi maestro. Antes de dar las lecciones de música, no me había percatado de que tuviese tono. Mientras estaba allí sentada, en la quietud de la noche, tocando mi más sencilla pequeña pieza, cerré los ojos y me imaginé que era Mamá, y mis dedos resultaban tan hábiles como los de ella, y pude verter todos los matices que mi madre poseía. Pero no sonaba de una forma maravillosa. Mi música no me producía escalofríos por la columna vertebral como pasaba con la de ella. Desalentada, abrí los ojos y decidí que sería mejor que me atuviese más a la música y que no tratara de improvisar.

Fue entonces cuando escuché un pequeño ruido detrás de mí. Me di la vuelta y me enfrenté con Vera, que estaba en pie en el umbral. Me sonrió con zumba y burla.

—Te has arropado en música de una forma repentina —me dijo—. ¿Cómo es tu Mr. Rensdale?

—Muy agradable...

—No me refiero a eso, estúpida. He oído que las chicas de mi escuela dicen que es muy joven, guapo y *sexy*... Y, además, soltero...

Incómoda, me puse nerviosa.

—Supongo que es todo eso, pero es demasiado viejo para ti, Vera. No le gustaría una cría como eres tú en realidad.

—Nadie es demasiado mayor para mí, pero todo el mundo sí es demasiado viejo para ti, dulce Audrina, Para cuando puedas escaparte de Papá, tendrás ya arrugas y llevarás gafas que hagan juego con tus grises cabellos.

Lo peor de todo es que sabía que cada palabra que decía resultaba cierta. Papá se me pegaba más y más a cada día que pasaba: En todas las maneras, menos acostarse conmigo, me estaba convirtiendo en su esposa. En realidad, le escuchaba sus conversaciones acerca de la Bolsa con mucha mayor tolerancia y comprensión de como lo había hecho nunca Mamá, y mi tía no tenía la menor paciencia hacia aquel tipo de «latosa conversación».

—Conseguiré que Papá me pague también lecciones de música —declaró Vera, mirándome con dureza, y yo supe que me haría la vida imposible si no conseguía lo que deseaba.

A la mañana siguiente, Vera se había puesto sus más atractivas ropas. Su extraño pelo de un brillante color naranja le favorecía su cara tan pálida, y sus ojos oscuros resultaban, verdaderamente, espléndidos.

—Lo haces todo por Audrina, y nada en absoluto por mí —le dijo a Papá—. Y es mi madre la que tiene que cuidarse de la comida, además de lavar y planchar, y no le pagas nada. Y yo también quiero dar clases de música. Y soy tan sensible y poseo tanto talento como Audrina.

Mi padre se quedó mirando su pálida cara hasta que Vera enrojeció y se volvió medio de lado, como siempre hacía cuando tenía algo que ocultar.

—Yo también deseo algo bello en mi vida —prosiguió quejumbrosamente, bajando sus oscuros ojos y acariciándose un mechón de su cabello de color albaricoque.

—Para ti sólo una vez a la semana —respondió mi padre severamente—. Tienes que ir a la escuela y lecciones que aprender. Audrina debe dar una clase diaria para mantener su ociosa mente ocupada.

Pensé que, seguramente, Vera objetaría respecto de aquel acuerdo tan poco equilibrado, pero, cosa rara, pareció satisfecha.

Me llevé a Vera el viernes para presentársela a Mr. Rensdale.

—Vaya, la belleza debe de ser algo corriente en la familia Whitefern, como dicen todos los del pueblo —nos explicó, mientras nos tendía la mano y sonreía—. No creo haber conocido nunca a dos hermanas tan preciosas.

Me pareció que los dedos de Vera seguían aferrados a la mano del profesor, aunque éste quería dar por terminado el apretón, y que Vera no quería soltársela.

—Oh, ni de lejos soy tan bonita como Audrina —comentó Vera con una tímida vocecilla, al tiempo que agitaba sus pestañas con rímel—. Sólo espero poseer la mitad de su talento.

Tuve que limitarme a mirar, sólo mirar. Aquella chica que hablaba a Mr. Rensdale no era la Vera que conocía. A él le gustó, podía afirmarlo así, y quedó agradecido al tener otro estudiante, especialmente una que le agitaba de aquella forma las pestañas y no dejaba de mirarle. Siempre que podía, Vera no hacía más que sacarse hilas del vestido o echarse hacia atrás aquel mechón de cabello que no hacía más que caer una y otra vez sobre la frente.

En el camino de vuelta a casa, Vera me contó todo cuanto sabía del profesor de música, a través de sus amigas de la escuela.

—Es muy pobre, un artista que se esfuerza todo lo que puede, según afirman. He oído que compone música en sus ratos libres y que confía en vender sus canciones a algún productor de Broadway.

—Espero que lo consiga.

—No confías en ello con tanta ansia como lo espero yo —me respondió con fervor.

Pasaron los meses uno tras otro sin que Sylvia hubiese venido a casa, y cada vez crecían más y más mis aprensiones respecto de mi aún invisible hermana menor. Sabía que mi padre se había llevado a mi tía varias veces para visitarla, por lo que, verdaderamente, mi hermanita existía, pero Papá no me permitió ni una sola vez acompañarle. Me llevaba al cine, al zoo y, naturalmente, a la tumba de la Primera Audrina, pero Sylvia seguía fuera de mi alcance.

Papá se negó a traer a Sylvia a casa sin importar lo mucho que se lo supliqué. Hacía ya más de un año que mi madre había muerto y nacido Sylvia.

—Ahora debe de pesar ya más de dos kilos y medio, ¿verdad?

—Sí, pesa un poco más cada vez que la veo.

Dijo esto con desgana, como si desease que no hubiera sido de esta manera.

—Papá, no está ciega, o sin brazos o piernas, lo tiene todo en su sitio, ¿no es así?

—Sí —replicó con voz recia—, tiene todas sus partes donde deberían estar, sus cuatro miembros, el mismo equipamiento femenino que tú. Pero no se encuentra aún lo suficientemente fuerte.

Papá explicó todo esto por millonésima vez.

—Es completamente normal, Audrina. Pero no me preguntes más detalles hasta que esté dispuesto para dártelos.

Mis pensamientos acerca de Sylvia me impedían sentirme bien. Anhelaba a mi hermanita mientras quitaba el polvo y empleaba la aspiradora. Vera no usaba la aspiradora porque le producía dolores en su pierna más corta. No podía quitar el polvo porque tenía escaso dominio sobre sus manos, y se le caía de ellos todo cuanto cogía. Esto también la excusaba de poner o quitar la mesa. Era yo la que tenía que hacer todos y cada uno de sus deberes. Incluso hacía las camas que era la única obligación que mi tía insistía en que hiciese Vera. Tal vez porque se hallaba agradecida, a Vera parecía serle ahora más de su agrado.

Confiadamente intenté tratarla como a una amiga.

—¿Cómo van tus asuntos musicales? Nunca he oído que hagas prácticas en casa como yo.

—Esto es porque practico en casa de Lamar —respondió con una pequeña sonrisa de insinuación—. Le he dicho que no me dejas usar el piano de tu madre, y me ha creído.

Se rió por lo bajo y, mientras yo fruncía el ceño, comenzó a hablar:

—Es tan guapo que me provoca escalofríos.

—Supongo que es así, si su tipo te va.

—¿Y no es tu tipo también? Creo que es excepcionalmente guapo. Y me ha contado todo lo referente a sí mismo. Apuesto a que no te ha explicado nada. Tiene veinticinco años y se ha graduado en la «Julliar School of Music». Ahora mismo está componiendo una partitura. Se halla convencido de que se la venderá a un productor que conoció cuando vivía en Nueva York.

Se adelantó más para susurrar:

—Confío y rezo para que venda su música y me lleve con él.

—Oh, Vera, Papá nunca te permitirá irte con él. Eres demasiado joven...

—Maldita sea, eso no es competencia de Papá, ¿no crees? No es mi padre y no me posee como te posee a ti. Y no te atrevas a decirle que tengo planes respecto de Lamar Rensdale. Somos buenas hermanas, ¿verdad?

Yo necesitaba de su amistad y, por ello, de buen grado, le prometí que no le diría nada a Papá.

LOS DESEOS SE CONVIERTEN
EN REALIDAD

Ya estábamos de nuevo en primavera. Mamá llevaba muerta más de un año y medio. Se había ido, pero no por eso se la olvidaba. Estuve mirando sus libros de jardinería para aprender por mí misma a cuidar sus rosas. Cada uno de sus pétalos me recordaba a Mamá, con su piel cremosa, su glorioso cabello, sus sonrosadas mejillas. En el patio trasero, mi tía Ellsbeth atendía las cebollas, las coles, los rábanos, los pepinos y todo lo demás que cultivaba para comer. Las cosas que crecían y no podían comerse, carecían de valor para mi tía.

Vera me resultaba en ocasiones odiosa, y otras veces muy agradable. Nunca confié en ella ni siquiera cuando lo deseaba. Ahora que Vera alegaba sus derechos a la mecedora, yo la evitaba como ya lo había hecho antes, aunque Papá suponía que aún me mecía en ella, y creía también que, más pronto o más tarde, aquellos dones míos serían míos.

—¿Cuántos años me has dicho que tienes? —me preguntó Mr. Rensdale un día, después de que me hubo explicado de nuevo cómo tenía que «sentir» la música, al mismo tiempo que aprendía a pulsar correctamente las teclas.

Por alguna extraña razón, las lágrimas comenzaron a rodar por mi rostro, aunque hacía ya mucho tiempo que había aprendido a aceptar mi único apuro.

—No lo sé —gimoteé—. Nadie me dice la verdad. Tengo una memoria difusa, llena de imágenes semivistas que me susurran que he debido de ir a la escuela, aunque mi padre y mi tía me dicen que nunca ha sido así. A veces, creo que estoy loca y que ésa es la razón de que ahora ya no me manden a la escuela.

Tenía una forma graciosa de levantarse, como una cinta sin plegar. Lentamente, se puso a mi lado. Sus manos, mucho más pequeñas que las de Papá, me acariciaron el cabello y luego la espalda.

—Vamos, no te detengas... Me gustaría oír más cosas de lo que sucede en tu casa. Me confundes de muchas formas, Audrina. Eres tan joven y tan vieja a un mismo tiempo... Te miro algunas veces y te veo como algo encantado. Me gustaría quitarte esa expresión. Déjame ayudarte.

Aquella forma tan tierna en que me hablaba, me hizo confiar en él y me salió todo, como un río que se desborda por un dique. Todo lo que me confundía a *mí* se vertió en un abrir y cerrar de ojos, incluyendo la insistencia de Papá de que me sentara en aquella mecedora y «captara» los dones que, en un tiempo, habían pertenecido a mi hermana muerta.

—¡Aborrezco el llevar su nombre! ¿Por qué no me dieron un nombre para mí sola?

La compasión se reflejó en sus palabras.

—Audrina es un nombre muy bonito, y muy apropiado para ti. No eches la culpa a tus padres por tratar de querer guardar lo que debió de ser una muchacha excepcional. Acepta el hecho de que tú también lo eres, que eres fuera de lo corriente, e incluso aún más...

Pero pensé que oía algo en su voz que me decía que sabía más acerca de mí de lo que conocía yo misma, y tenía piedad de mí, y deseaba, ante todo, protegerme de aquello que se suponía que yo no sabía. Y era la única cosa que no sabía y que debía saber.

Luego, antes de que supiera qué esperar, tenía ya sus dedos debajo de mi mentón y me estaba mirando profundamente a los ojos. Era extraño encontrarme tan cerca de un hombre adulto que no fuese mi padre.

Me aparté de él, con una mezcla de emociones que me llevaban al pánico. Me gustaba y, sin embargo, no deseaba que me mirase de la forma en que lo hacía. Me acordé de la advertencia de Papá respecto de encontrarme a solas con chicos y hombres, mientras unas destellantes visiones de un día lluvioso en los bosques deslumbraban mis ojos, haciendo que mi profesor pareciese una borrosa visión del pasado.

—¿Qué pasa de malo, Audrina? —me preguntó—. No he querido asustarte. Sólo deseaba tranquilizarte. No estás loca, sino que eres del todo maravillosa con tu forma especial de ser. Existe pasión en tu música y en tus ojos también, cuando bajas la guardia. La Naturaleza se despertará en ti algún día, Audrina; entonces, la dormida belleza que hay dentro de ti saldrá por sí misma. No la sofoques, Audrina. Déjala salir. Dale una oportunidad de que te libere y tu hermana muerta ya no te atormentará más.

Llena de esperanzas, me lo quedé mirando implorante, incapaz de expresar con palabras mis necesidades. De todos modos, lo comprendió.

—Audrina, si quieres ir a la escuela, encontraré una forma de que puedas hacerlo. Está contra la ley del Estado el mantener a un niño menor de edad en casa, a menos de que ese chiquillo sea mental o físicamente incapaz para asistir. Hablaré con tu padre o con tu tía... Irás a la escuela... Te lo prometo...

Le creí. Fueron sus ojos de color chocolate los que me aseguraron que era verdad lo que decía. Sabía que mis ojos se iluminaban de gratitud hacia Lamar Rensdale, que me juró que, al día siguiente, visitaría a mi tía. Le previne de que mi padre no querría escucharle.

Arden, Vera y yo nadamos en el río aquel verano, pescamos y aprendimos a navegar en el pequeño bote de vela que Papá había comprado. Cada vez veía a Papá un poco más rico. Ahora estaba ya haciendo planes para arreglar la casa y restaurarla hasta conseguir su anterior grandeza. Hablaba mucho acerca de aquello, sin realizar nada de lo que temía que pudiese hacer. De todos modos, ahora ya no importaba, puesto que Mamá estaba muerta.

Mi tía ya no era tan refunfuñona como había sido; en realidad, a menudo la veía más bien feliz. Papá ya no hacía observaciones sarcásticas y crueles acerca de su largo rostro y su delgada figura. Incluso le hacía cumplidos a cuenta de su nuevo estilo de peinado y del maquillaje que comenzaba a usar.

Papá continuaba sin decirme por qué no podía traer a Sylvia a casa. Ahorré dinero de la asignación que me entregaba mi padre y compré a Sylvia sonajeros y chupetes, pero nunca la trajo a casa. Ahora tenía edad suficiente para todas esas cosas. Me dijo que, en el hospital, no la permitían tener juguetes propios. Aún no acababa de comprender qué andaba mal con Sylvia.

Día a día, Arden se iba haciendo más alto. Ahora ya tenía quince años, pero parecía mucho mayor. Estaba comenzando a planear su futuro.

—No creas a ese tonto —comenzó de una forma probatoria—, pero, desde que era un chiquillo, ya deseaba ser arquitecto. Por la noche, sueño con las ciudades que construiré, y que también serán bellas y funcionales. Deseo planear el paisaje, que haya árboles en medio de la ciudad. Conseguiré que las autopistas tengan diversos niveles para que no ocupen demasiado terreno en el suelo.

Me sonrió.

—Audrina, sólo tienes que esperar y verás la clase de ciudades que construiré.

Deseaba para Arden lo que él quería para sí mismo, y muchas veces me pregunté por qué se preocupaba conmigo cuando había tantas chicas mayores que atraerían sus ojos. ¿Por qué me daba a veces la sensación de que estaba ligado a mí por el deber y no por otras cosas?

Arden tenía días altos y días bajos. Le gustaba permanecer en el exterior más de lo que le agradaba estar en los interiores, y me dije a mí misma, una y otra vez, cuál sería la causa de que nunca entrásemos en su casa. Y Billie debía de ser todo lo contrario, puesto que nunca salía. En todo el tiempo que llevaba conociendo a Billie y a Arden, ni una sola vez me había invitado su madre a penetrar en su hogar. Naturalmente, yo tampoco podía invitar a Arden al mío, a causa de Papá, y tal vez sólo hacían el pagarme con la ley del talión. A menudo, Vera bromeaba y decía que Billie no creía que yo fuese lo suficientemente buena para su hijo, ni tampoco lo suficientemente excelente para su casa.

En la linde de los bosques, Arden y yo nos detuvimos para decirnos adiós. Mientras el sol se iba hundiendo cada vez más en el horizonte, «Whitefern» parecía alzarse oscuro y solitario contra un cielo que era púrpura y tornasolado, mezclado de tonos anaranjados y carmesíes.

—¿Qué clase de cielo es ése? —pregunté en un breve susurro, mientras sujetaba con fuerza su mano.

—Un cielo de marino —replicó en voz baja—. Indica que mañana hará un día aún mejor.

Cómo le gustaba a Arden decirme eso, aunque luego no resultase cierto. Yo contemplaba desde la casa hasta la entrada de coches, y luego mi mirada se apartaba en dirección del cementerio familiar. Tuve que aclararme la garganta antes de decir:

—Arden..., ¿cuánto tiempo hace que me conoces?

¿Por qué soltó mi mano, enrojeció y se dio la vuelta? ¿Era una pregunta tan espantosa? ¿Le convencía, con una pregunta así, de que estaba loca?

—Audrina —me dijo al fin, con la más forzada de todas las voces posibles—, te conocí cuando decías tener siete años...

Aquélla no era la respuesta que deseaba.

—Eh, deja de fruncir el ceño... Corre hacia tu casa para que pueda verte a salvo antes de marcharme.

Desde el umbral, miré hacia atrás para verle aún plantado allí. Le hice un saludo con la mano y luego esperé a que se alejara. Con desgana, entré en las lobregueces de «Whitefern».

El paso del tiempo se enlenteció de nuevo, y agosto, realmente, pareció arrastrarse. Aquellos días bochornosos y pegajosos me hicieron desear unas vacaciones en que hiciese frío, pero nunca íbamos a ninguna parte. Dentro de la casa, los altos techos conseguían que hiciese más fresco que en el exterior, pero la penumbra de los cuartos convertían en demasiado brillantes los colores de los cristales emplomados.

—Papá —le dije en setiembre, cuando Vera debía regresar a la escuela—. ¿Vera tiene tres años más que yo?

—Es tres, casi cuatro años mayor —me respondió sin pensar.

Luego me asestó una extraña mirada:

—¿Qué edad te ha dicho que tiene?

—No importa lo que ella me diga, puesto que miente siempre, pero le cuenta a Arden que es mayor...

—Vera tiene catorce años —respondió Papá con indiferencia—. Su cumpleaños es el doce de noviembre.

Señalé aquello como posiblemente cierto, sabiendo que, en nuestra casa, los cumpleaños no se presentaban de una forma normal. Sabía también que la imposible fiesta de la Primera Audrina había estropeado los cumpleaños de todos para siempre.

Recordé mi undécimo cumpleaños, puesto que Arden me regaló aquel trozo de cuarzo rosado con el que había hecho una rosa. Colgaba de mi cuello en una delgada cadena de oro, y me hacía sentir muy especial. Nadie en mi casa me daba nada por mis cumpleaños..., ni tan siquiera me felicitaban en ese día.

Aún estaba empleando mi truco de la cuerda atada al anillo, y suministrando a Papá mis listas. A veces encontraba aquellas listas en la papelera de su despacho y, en otras ocasiones, le veía quedarse mirándolas durante unos largos, muy largos momentos, como si memorizase cada una de las acciones que había enlistado, antes de tirarlo todo.

En noviembre, le descubrí haciéndolo.

—Deseabas que hiciera algo para ayudarte, y cuando realizo algo en tu ayuda, pretendes que deje de hacerlo. Papá, si te tomas tantas molestias para convencerme de que soy especial, ¿por qué tiras mis listas como si no creyeses que lo soy?

—Porque soy un loco, Audrina. Quiero ganarme mis propias habilidades, y no las tuyas. Y te he visto llevar a cabo tu tonto truquito de hacer oscilar el anillo encima de las acciones. Quiero unos sueños honestos, no unos inventados. Sé cuándo eres honesta y cuándo no lo eres. Quiero hacer de ti lo que deberías ser, aunque ello me lleve el resto de mi vida... y de la tuya.

Aterrada, me quedé rígida, asustada por su tono que reflejaba tanta determinación.

—¿Y qué es lo que deseas que sea?

—Igual que mi Primera Audrina —respondió con resolución.

Aún helada, retrocedí. Tal vez fuese él el loco y no yo. Sus melancólicos y oscuros ojos siguieron cada uno de mis movimientos, como ordenándome correr hacia él y amarle como ella le había amado... Pero no podía hacer lo que deseaba... No quería ser ella. Sólo ansiaba ser yo misma.

Anduve hasta el salón delantero y encontré a Vera tendida una vez más en el sofá de color púrpura de Mamá. Últimamente, había tomado la costumbre de tumbarse todo el tiempo en el sofá favorito de Mamá, leyendo aquellos novelones de bolsillo que Mamá tanto adoraba. Decía que le enseñaban cosas acerca de la vida y del amor. Y al parecer así era, puesto que, ciertamente, algo más, además de los libros médicos, estaba insuflando sofisticación en los oscuros ojos de Vera, haciéndolos mucho más duros y quebradizos. Una y otra vez, me había contado que iba a hacer de sí misma una mujer tan bella y encantadora, que ningún hombre se percataría de que su pierna izquierda era mucho más corta que la derecha.

—Vera —le pregunté—, ¿por qué no te haces colocar tu pierna más corta bajo tracción, tal y como te ha aconsejado tu médico? Te ha dicho que se alargaría y se pondría al mismo nivel que la otra.

—Pero me dolería. Ya sabes que no puedo soportar el dolor y que aborrezco los hospitales.

Iba a ser una buena enfermera.

—¿Y no valdría ese dolor por la recompensa que llevaría aparejada?

Pareció mirar hacia dentro y calibrar la cura contra sus resultados.

—Solía pensarlo así...

Luego, tras considerarlo mejor, prosiguió:

—Pero ahora he cambiado de opinión. Si anduviese de una forma normal, entonces mi madre haría de mí una esclava, como ha hecho de ti. Ahora puedo vivir una vida de lujo, al igual que hizo tu madre mientras la mía era la esclava hasta caer agotada en la cama.

De una forma significativa, sonrió:

—No soy tan estúpida, tan idiota... O tengo la cabeza tan hueca... Estoy pensando durante todo el tiempo. Y el juego de mi pierna me procurará un estado mejor que a ti con tus piernas normales.

No había forma de razonar con Vera. Tenía que ser de su opinión o no había nada que hacer. Vera no deseaba realizar nada. Cuando algo no se acomodaba a sus propósitos, y a menudo sucedía así, me atormentaba diciéndome que mi madre había fingido su incesante fatiga sólo para ganarse las simpatías de Papá, y conseguir unos servicios gratis de criada por parte de su hermana.

Mientras corría a la tarde siguiente para visitar a Arden, el viento arrancaba las hojas y las tiraba por todas partes. Por encima de mi cabeza, los gansos volaban hacia el Sur. Muy pronto, empezaría a caer la nieve. En seguida iríamos arropadas hasta las orejas con nuestros pesados abrigos. Nuestra respiración se convertiría en bocanadas de vapor, ¿Qué haríamos con un tiempo tan helado como éste? ¿Por qué no nos visitábamos en nuestras respectivas casas, como hacía la mayor parte de la gente? Suspiré mientras le contemplaba y luego bajé la mirada:

—Arden, ya sabes por qué no puedo invitarte a que entres en «Whitefern». Pero no comprendo por qué Billie no me invita a que entre en su casa. ¿Cree que no soy lo suficientemente buena para unas relaciones de puertas adentro?

—Sé qué estás pensando y lo comprendo.

Hundió la cabeza, pareciendo cada vez más incómodo.

—Verás, lo está arreglando todo. Los dos estamos pintando y empapelando las paredes. Ahora cose fundas, hace colchas, cortinas... Lleva trabajando en nuestra casa desde el día en que nos mudamos a ella, pero, como ha de dejarlo a veces y coser para otras personas, lo nuestro queda siempre para lo último. Nuestra casa no está muy bien por dentro..., aún no... Muy pronto, un día, a no tardar, habremos acabado, y entonces entrarás, te sentarás y será una agradable visita.

El Día de Acción de Gracias, las Navidades y el Año Nuevo llegaron y se fueron, y aún Arden y Billie no pensaban que su casa fuese lo suficientemente bonita como para invitarme a entrar. Unos obreros con mono se presentaron en nuestra casa para pintar, empapelar, quitar los antiguos acabados, poner nuevas pinturas, pulir y rehacer toda la casa. Poseíamos muchas, muchísimas habitaciones. La casita de Arden sólo tenía cinco.

—Arden —le pregunté al fin un día—, ¿por qué os lleva a los dos tanto tiempo el arreglar vuestra casa? A mí no me importa que sea bonita o no.

Arden tenía el hábito de sostener mi mano y compararla con la suya propia, sólo como un medio de evitar que nuestras miradas se cruzasen. Sus dedos eran el doble de largos que los míos. Como si fuese una dulce sensación, deseaba que le mirase a los ojos y hablar de una forma honesta. Sin embargo, se mostraba evasivo.

—Tengo un padre en alguna parte. Nos dejó cuando..., cuando...

Tropezó, tartamudeó, enrojeció, se pasó el peso de un pie a otro y pareció dominado por el pánico.

—Es Mamá...

—Realmente, no le gusto...

—Claro que le gustas...

Me atrajo hacia delante, como si fuese a arrastrarme a su casa, lo aprobase o no su madre.

—No es fácil hablar de esto, Audrina. Especialmente cuando me ha pedido que no te diga nada. Ya he dicho desde el principio que deberíamos ser honestos, y eso nos hubiera ahorrado un montón de incomodidades, pero mi madre no quiso escucharme. Te he visto mirarla, y mirarme a mí, y preguntarme cómo diablos acabaría todo. Sé que tu padre no me quiere en tu vida, por lo que no me he preguntado nunca por qué no me invitaban a entrar en «Whitefern». Pero debemos aclararlo todo. Ya es tiempo de que lo sepas.

Me pareció que toda mi vida la había pasado dentro de nuestra casa. Nunca me había encontrado en otra, en alguna que no tuviese fantasmas del pasado. Las pequeñas habitaciones de la casita de campo no podían ser tan lóbregas y atemorizadoras como nuestras gigantescas estancias, ni estarían llenas de apagado esplendor y de antigüedades decadentes. Iba a ver, por primera vez en mi vida, una casita, una casa confortable, una casa normal.

Llegamos a la casita donde el humo colgaba como bufandas de gasa que se movían hacia el cielo. Las gaviotas volaban por allí y hacían que el día pareciese muy desapacible. Me detuve de repente, cuando Arden estaba a punto de empujarme a través de la puerta.

—Antes de que entremos, respóndeme a una pregunta. ¿Cuánto tiempo hace que nos conocemos el uno al otro? Te lo he preguntado antes y no me has dado una respuesta directa. Esta vez necesito una respuesta clara.

Una pregunta tan simple le hizo apartar la vista.

—Cuando pienso hacia atrás, no puedo recordar cuándo no te he conocido. Tal vez incluso he soñado contigo antes de conocerte. Cuando te vi en los bosques, escondida detrás de unos arbustos y un árbol, era como si un sueño se hiciese verdadero... Ése fue el día en que te conocí realmente. Pero nací conociéndote ya.

Sus palabras parecieron extender un cómodo chal encima de mis hombros, mientras los ojos se trababan y las manos se aferraban, tras lo cual abrió la puerta de la casita y se hizo hacia atrás para dejarme entrar la primera.

Esta vez no había visto a Billie en la ventana. Ni tampoco la vi en la habitación al penetrar en la casa.

Arden susurró:

—Creo que Mamá ha planeado posponer este día para siempre; confía en mí como yo confío en ti. Todo saldrá bien...

Aquello fue cuanto dijo para prepararme.

Después, me pregunté muchas veces por qué no me había dicho más, mucho más...

BILLIE

Arden cerró la puerta con fuerza detrás de nosotros. Con ruido. Con mucho ruido. Una advertencia para señalarla. Unas cuantas hojas muertas habían entrado con nosotros. Rápidamente, me incliné a recogerlas. Cuando las tuve en la mano, me enderecé para lanzar una rápida mirada a mi alrededor con una gran dosis de curiosidad. El salón era muy bonito, con brillantes tejidos de zaraza que cubrían el sofá y dos sillones de aspecto muy confortable. Comparada con nuestras amplias habitaciones, parecía muy pequeña. Los techos estaban apenas a dos metros y medio por encima del suelo, dándome una sensación de claustrofobia. De todos modos, la estancia tenía un cálido encanto que nuestras habitaciones no habían poseído nunca, sin importar el mucho dinero que hubiésemos gastado para rejuvenecer su perdido esplendor, o cuántos sofás o sillones estuviesen cubiertos con zaraza.

Aquí no había sombras, sólo una clara luz solar invernal que se vertía brillante sobre nosotros. No existían ventanas con cristales emplomados que deslumbrasen mis ojos y me encantasen con no deseados hechizos.

—Mamá —llamó Arden—, he traído a Audrina conmigo. Ven aquí... No puedes mantener tu secreto para siempre.

Di la vuelta para mirarle, con las hojas muertas olvidadas en mi mano. Secretos, secretos, todo el mundo parecía tener secretos. Vi su ansiedad, las manos nerviosas que se había metido en los bolsillos, mientras me devolvía la mirada con aprensión. Por la expresión de sus ojos, supe que, muy pronto, tendría que pasar una prueba. «Dios —recé—, permíteme hacer esto bien, sea lo que sea.»

—Ahora mismo salgo —respondió Billie desde otra habitación.

Parecía tan ansiosa como su propio hijo. La usualmente voz cálida de Billie había perdido su tono de bienvenida. Ahora me sentía incómoda, dispuesta a darme la vuelta y marcharme. De todos modos, vacilé, al ver que Arden acuclaba los ojos mientras me observaba con atención. No, esta vez no iba a echarme a correr. Me quedaría para averiguar, al fin, un secreto.

Nervioso, Arden miró hacia lo que di por supuesto que se trataba del dormitorio de Billie. Arden no me pidió que me sentase. Tal vez se había olvidado de que llevaba un pesado abrigo de invierno con capucha, puesto que tampoco me rogó que me lo quitase. Estaba demasiado distraído por aquella puerta cerrada, que no perdía de vista. Me quité la capucha, pero conservé el abrigo mientras aguardaba y aguardaba, y seguía aguardando. Arden tampoco se había desprendido de su abrigo, como si esperase que no nos quedaríamos demasiado tiempo.

Luego, mientras Arden inclinaba la cabeza y se quedaba mirando los zapatos, me percaté por primera vez de un estante de madera en la pared que contenía docenas de medallas de oro, con fechas y nombres. Atraída de forma irresistible, me acerqué más allí. ¡Oh, caramba, vaya éxito! Encantada, me di la vuelta para destellar una sonrisa feliz hacia Arden.

—¡Arden! ¿Así que Billie era una campeona de patinaje sobre hielo? ¡Qué maravilloso! ¡Mira todas esas recompensas olímpicas! ¿Cómo has podido tener algo tan fantástico en secreto durante tanto tiempo? Aguarda a que Papá se entere de esto...

¿Qué había dicho ahora mal? Pareció aún más incómodo. Vaya, pues esto era casi tan estupendo como que Billie fuese Elizabeth Taylor. Me imaginé a Billie patinando grácilmente por encima del hielo, llevando un vestido muy pegado a la piel y con lentejuelas. Daba vueltas y más vueltas y hacía aquellas cosas que se llamaban dobles vueltas sin marearse en absoluto. Y durante todo el tiempo en que la había conocido a ella y a Arden, nunca se habían jactado de ello ni hecho la menor indicación: me había hablado como si no fuese nadie especial, y en realidad sí lo era.

Un pequeño ruido me distrajo. Giré por completo para ver a Billie, que debía haber aguardado a que me diese la vuelta, y luego se apresuró a sentarse en una silla. Me la quedé mirando. ¿Cómo llevaba semejante falda larga a media tarde? Aquel vestido parecía muy costoso, como si tuviese que acudir a algún asunto formal y de gala.

Su maravilloso cabello negro estaba peinado hacia arriba en su cabeza, en una masa de tirabuzones, en vez de colgarle suelto encima de los hombros, y eso sólo ya la hacía parecer diferente. Llevaba el rostro muy pintado, incluso llamativamente. Sus pestañas eran más largas y más gruesas de lo que me había percatado antes. Y se debía de haber puesto hasta la última joya que poseyese. Sonreí débilmente, no sabiendo cómo hacer frente a una situación como ésta. Sin todo aquel maquillaje propio de un escenario era asombrosamente bella. El fantasioso vestido de tafetán y tantas joyas le proporcionaban un aspecto de algo barato, de un fraude, de alguien a la que no conocía. Y lo que era peor, de alguien que no creía incluso que quisiera conocer.

—Mamá —exclamó Arden, con una difícil sonrisa que trataba de sobrevivir en sus labios—, no tenías necesidad de tomarte tantas molestias.

No, Billie, no debiste hacerlo. Me gustabas mucho más con el aspecto que tenías antes...

—Sí, lo he hecho... Y, Arden, debías haberme avisado antes, ya lo sabes.

Miré del hijo a la madre, conjeturando que algo estaba espantosamente mal. Las vibraciones entre ambos resultaban tan fuertes, que también me estremecí, sintiendo sus ansiedades a causa de que *yo* me encontraba dentro de la casa..., donde ella no quería que estuviese. Sin embargo, Arden me estaba contemplando en muda súplica: sus ojos me imploraban que no me percatase de nada malo. Por lo tanto, sonreí y di un paso adelante para estrechar la mano de su madre. Me senté luego y di comienzo a una tonta conversación. Cuando se encontraba asomada a la ventana, y yo me hallaba afuera en el suelo, había resultado muy fácil hablar con ella. Ahora éramos como unas extrañas que se viesen por primera vez. Pronto, di una fútil excusa acerca de que tenía que regresar a casa para ayudar a tía Ellsbeth.

—¿Y por qué no te quedas a cenar? —preguntó Arden.

Lancé hacia él una aviesa mirada de reproche. Por lo menos, Papá era más directo en su hostilidad y no la disfrazaba so capa de amistad, como Billie estaba haciendo. «¡Caramba —pensé infantilmente, sintiendo unas cálidas lágrimas que me picaban dentro de los ojos—, nuestra amistad era sólo para el exterior, no para puertas adentro! Era exactamente, como Vera me había dicho: yo no era suficientemente respetable para Billie. ¿Estaría tan loca que la gente no querría que entrase en su casa?»

Una vez más, mis ojos se encontraron con los de Arden, los míos acusadores y los suyos implorando comprensión. «Por favor, por favor», imploraban sus ojos. Decidí quedarme un poco más, lo suficiente para averiguar qué estaba haciendo que todos nos mostrásemos tan conscientes de nosotros mismos.

Algo se calentaba en el fogón. Tal vez la había interrumpido en sus labores de cocina, y no le gustase. No había lo suficiente para tres personas y, realmente, no deseaba que me quedase a cenar. Era una casa tan pequeña que la cocina parecía formar parte de la sala de estar.

—Billie, creo que huelo algo que se quema en el fogón. ¿Puedo apartarlo?

Billie se puso pálida, meneó la cabeza, hizo llegar a Arden una furtiva señal antes de que me sonriese débilmente.

—No, gracias, Audrina. Arden se hará cargo de todo eso. Pero, por fvor, quédate y come lo que haya con nosotros.

Pero la expresión de ansiedad que no podía dominar, me hizo pensar que estaba mintiendo.

Realmente nerviosa y perturbada ya, bajé la cabeza.

—Gracias por pedírmelo. Pero, como ya sabes, a mi padre no le gusta que atraviese los bosques y venga aquí.

Arden miró hacia mí, luego hacia su madre y, a continuación, dijo sombríamente:

—Mamá, esto se está prolongando demasiado. ¿Puedo contárselo a Audrina?

Billie enrojeció y luego se puso pálida. Yo ya no quería saberlo. Todo cuanto anhelaba era escaparme de allí. Me levanté para marcharme.

De repente, Billie borbotó:

—¡Oh! ¿por qué no?

Haciendo oscilar sus delgados y fuertemente musculosos brazos, continuó:

—Audrina, mi querida niña, ahora estás mirando a la que fue un día campeona olímpica mundial de patinaje hasta que me convertí en una profesional. Eso duró unos dieciocho años. Tuve una época gloriosa y gocé de todos aquellos excitantes momentos. Arden te puede contar muchísimas cosas de cómo vivíamos. Viajábamos por todo el mundo entreteniendo a la gente, y luego llegó aquel fatídico día en que me caí sobre el hielo porque alguien había perdido una pinza. Pude haberme roto una pierna, pero sólo me hice un corte con el patín. Aquel pequeño corte se hubiera curado en una semana o cosa así. Pero no se curó en seis meses, porque los médicos descubrieron que padecía de diabetes. Puedes creerte que mi pierna se fue pudriendo ante nuestros ojos, y al parecer no hubo nada que los doctores pudiesen llevar a cabo. No había visitado a un médico durante toda mi carrera. Supongo que si hubiese sabido la clase de perversa enfermedad que padecía, hubiese dejado de lado el patinaje mucho antes. Pero fue así, tuve mi día, ¿no es cierto, hijo?

—Sí, Mamá. Tuviste tu momento de gloria al sol, y me alegro mucho de que fuese así.

Sus ojos se iluminaron de orgullo mientras sonreía a su madre.

—Puedo cerrar ahora los ojos y verte patinando, la estrella del espectáculo. Y me siento orgulloso, tan orgulloso...

Hizo una pausa y me miró de nuevo.

—Audrina, lo que mi madre está tratando de decirte, y resultándole tan difícil, es que...

—No tengo piernas... ¡De eso se trata! —graznó Billie.

Me la quedé mirando con incredulidad.

—Sí —gritó—, confiaba en que nunca lo averiguarías. Deseaba que fuésemos amigas. Quería que me tratases igual que a un ser humano normal y no como a un monstruo.

Quedé tan asombrada con su información, que me sentí mal. La miré con fijeza al rostro, tratando de no observar adonde sus piernas deberían estar debajo de aquellas crujientes faldas. ¿Sin piernas? ¿Y cómo se desplazaba Billie? Quise salir, echar a correr, gritar. Aquí había otra mujer bella, amable y maravillosa a la que Dios había castigado... y algo más que Papá no aprobaría.

Un pavoroso silencio llenó la pequeña habitación y se extendió por toda la casita, casi como si el tiempo se hubiese detenido. Todos colgábamos en el borde de alguna sima que se tragaría a Billie y nos separaría para siempre a Arden y a mí. Hiciese o dijese lo que fuera, cualquier expresión que tuviese en mi rostro en este mismo instante, les diría mucho más que sólo mis palabras.

No sabía qué hacer o qué decir, o ni siquiera qué pensar. Me debatí impotente, tratando de aferrarme a algo que me proporcionara las palabras adecuadas... y entonces pensé en mi madre. Y si suponíamos, sólo suponíamos, que Mamá había salido del hospital sin piernas y estuviese así en casa. ¿Sentiría asco, repulsión? ¿Me sentiría avergonzada e incómoda al tener que verla? Había deseado su vuelta, hubiera hecho lo que fuese por el regreso de Mamá, con piernas o sin ellas. Fue así como recuperé mi voz.

—Eres la mujer más hermosa con cabello oscuro que haya visto en toda mi vida —exclamé con la mayor sinceridad—. Incluso diría que eres la mujer más bonita que jamás haya visto, aunque mi madre también era muy bella. Si pudiera tener de nuevo a mi madre, no me importaría que tuviese o no piernas...

Hice una pausa, enrojecí y me sentí culpable. A Mamá sí le hubiese importado. No hubiera soportado la pérdida de sus piernas. Lloraría, se ocultaría y, probablemente, moriría por falta de ganas de vivir.

191

Sentí admiración hacia Billie, que vivía por Arden, y también por el propio bien de ella, sin tener en cuenta las circunstancias.

—Creo asimismo que eres la mujer más amable y más generosa que nunca haya conocido. —Luego seguí—: He estado amontonando mis problemas encima de tus hombros y ni una vez me has dado la menor indicación de que tenías problemas propios.

Humilde y avergonzada, de nuevo incliné la cabeza. Me había sentido triste por mí misma a causa de que mi memoria estaba perforada de agujeros, a través de los cuales habían caído los secretos de mi existencia.

Ahora que ya me había contado un poco, Billie estaba a punto de decírmelo todo.

—Mi marido me abandonó poco después de que regresase a casa, tras la segunda amputación, hace ya dos años.

No se reflejó la menor amargura en su voz.

—Mi hijo me aguardaba; por lo menos me ayuda a hacer todo aquello que no puedo realizar por mí misma. Aunque hago muchísimas cosas, ¿verdad, Arden?

—Sí, Mamá, eres un hacha... Existe muy poco que no seas capaz de hacer por ti sola.

Me sonrió, la mar de orgulloso respecto de su madre.

—Naturalmente, mi ex marido me envía cada mes un cheque insignificante —añadió Billie.

—Papá regresará algún día, Mamá. Sé que lo hará...

—Claro que sí... Volverá el año en que todos los días sean domingo...

Me puse en pie de un salto y corrí para besarla en aquellas mejillas tan cargadas de colorete; luego, de forma impulsiva, la abracé con fuerza. Sus vigorosos brazos se cerraron a mi alrededor casi automáticamente, como si no pudiera resistir que alguien la amase y admirase, aunque las lágrimas surcasen sus mejillas y le estropeasen el maquillaje.

—Siento haber irrumpido de esta forma sin haber avisado primero. —Las lágrimas me ahogaban—. Siento que hayas perdido las piernas. Pero, Billie, si aún patinases, y esto puede sonar a egoísta, nunca te habría conocido a ti o a Arden. Ha sido el destino el que os ha traído a los dos a mí.

Sonreí y me enjugué las lágrimas.

—Papá dice que el destino es el capitán de todos

nuestros navíos, sólo que no lo sabemos.

—Eso es una bonita manera de hacer recaer la responsabilidad donde no corresponde. Ahora vete a casa, Audrina, antes de que tu papá venga aquí en tu busca. Ya te veré otro día. Si es que quieres regresar...

—Oh, regresaré muy pronto —repliqué llena de confianza.

Aquel día, Arden me hizo atravesar de nuevo el bosque para regresar a casa.

Yo me hallaba llena de admiración hacia Billie..., aunque también me hacía muchas preguntas. Quería saber cómo se las arreglaba para limpiar la casa y para hacer la colada, dado que carecía de piernas. Si pudiese decirle a Vera todo lo que Billie podía hacer sin piernas, cuando mi prima apenas llevaba nada a cabo teniendo las dos... Me pregunté cómo me las apañaría el día en que, finalmente, viese a Billie sin aquellas rígidas y ocultadoras faldas. Resultaba seguro que no podría llevar demasiada ropa en verano.

En la linde del bosque, nos dimos un adiós, apresurado. Arden aún tenía que repartir los periódicos y luego las bolsas de la tienda de comestibles. Al parecer, nunca tendría demasiado tiempo para dormir hasta que se graduase en el Instituto. Le observé dar la vuelta y regresar a la carrera a su casa. Era tan consciente y tan dedicado a su madre, para ayudarla financieramente, que cada vez le quedaba menos tiempo para él. Había que pagar un precio por todo, pensé tristemente mientras abría la puerta lateral y entraba en nuestra casa de sombras.

Tumbada en el sofá púrpura, Vera se atareaba leyendo otra de las novelas que atiborraban los estantes del armario de Mamá. Se hallaba tan absorta en la lectura que no me prestó demasiada atención. Quería explicarle las cosas de Billie, pero, por alguna razón, me eché atrás, temerosa de que pudiese decirme algo desagradable. Y tampoco serviría de nada el que le explicase lo duramente que trabajaba Billie. Vera opinaba que el trabajo era sólo para la gente estúpida que no sabía hacer nada mejor.

—Mi cerebro me librará de todo —me solía decir a menudo.

Mientras la observaba, y ella no se daba cuenta de mi presencia, vi que la punta de su lengua se movía ha-

193

cia atrás y hacia delante sobre su labio inferior. Sus ojos tenían un aspecto apagado: sus pechos le pesaban hacia delante y, muy pronto, se metió la mano dentro de la blusa y comenzó a acariciarse. Luego dejó el libro a un lado, echó hacia atrás la cabeza y empleó su otra mano metiéndola debajo de la falda. Me quedé mirando lo que hacía.

—¡Vera! ¡No hagas eso! Es algo tan obsceno...

—¡Lárgate! —murmuró sin abrir los ojos—. ¿Qué sabes acerca de nada? No eres más que una nena de los bosques, ¿no es así?

Ahora que ya me estaba desarrollando, Papá me llevaba a menudo a su despacho de agentes de Bolsa, y me dejaba ver y escuchar para que aprendiese todo lo que hacía. Yo era su objeto de valor, lo que remplazaba a mi madre, que a menudo se había sentado en la misma silla que me cedía a mí al lado de su escritorio. Hombres ya mayores y mujeres se acercaban para hablarme y bromeaban con Papá, antes de que dirigiesen sus conversaciones a los temas financieros que Papá me había enseñado a comprender.

—Mi hija se convertirá, llegado el día, en un socio en mis negocios.

Orgullosamente, Papá les informaba de esto a todos los que se presentaban, que ya se lo habían oído decir antes un centenar de veces.

—Con esta clase de hija, un hombre no precisa de un hijo...

Los días así me hacía sentir muy bien, pues luego acabábamos comiendo en un buen restaurante y, a continuación, acudíamos al cine. En las calles de la ciudad veía a mendigos sin piernas en unos carritos que ellos mismos empujaban, algunas veces con manos provistas de guantes. Empleaban unas cosas que parecían unos hierros con el extremo de caucho, con las que se apoyaban en el suelo e impedían que les salieran ampollas en las manos. Antes no me había percatado de su existencia, o si lo había hecho, había apartado la vista y pretendido que no existían.

Al día siguiente, tuve algo que decir a Billie que había callado desde el momento en que supe que carecía de piernas.

—Billie, he estado mirando a la gente de la ciudad que carece de piernas. Por lo tanto, no me extraña que lleves siempre esas faldas tan largas.

Me frunció el ceño y luego volvió la cabeza. Tenía un perfil encantador, clásico y perfecto.

—Ya sabré cuándo estás preparada para verme sin mis largas faldas. Lo veré en tus ojos. Y aún no lo estás. No es nada agradable, Audrina. Esos hombres que has visto en las calles llevan pantalones que doblan para que no se les vean los muñones. En un tiempo, tuve unas piernas muy bonitas: ahora sólo unos muñones de veinte centímetros, que ni siquiera yo puedo mirarlos sin sentir asco.

Suspiró. Se encogió de hombros y me lanzó una encantadora sonrisa.

—A veces, aún me duelen mis perdidas piernas. Los médicos le llaman «dolor fantasmal». Me despierto por la noche y siento las piernas debajo de mí, doliéndome tanto que, a veces, no puedo hacer otro caso que llamar a Arden, que acude corriendo a mi lado para darme alguna de las medicinas que me receta el médico. No se aparta de mi cama, pues teme que ingiera equivocadamente más de las dosis prescritas. El dolor me marea tanto, que en ocasiones no recuerdo si he tomado una o dos píldoras. Mientras espero a que la pastilla me haga efecto, se sienta junto a mí y me cuenta cosas tontas que me hagan reír. Alguna vez este hijo mío se ha quedado toda la noche, simplemente para entretenerme en los casos en que no me desaparece el dolor. Dios fue muy bueno conmigo el día en que me dijo que no destruyese al bebé que podía estropear mi carrera. Me lo pensé dos veces y no practiqué un aborto. Si hubiera sabido, hace mucho tiempo, que todos los niños que evité que naciesen serían como Arden, tal vez ahora tendría doce hijos...

¿Significaba aquello que había abortado muchas veces? No me gustaba pensar que hubiese hecho algo así: Me convencí a mí misma de que quería dar a entender que había realizado algo para no seguir teniendo bebés, y para no abandonar su carrera. También sabía que, aunque hubiese tenido cien hijos, sólo uno habría sido como Arden, tan dedicado, tan responsable, un hombre antes incluso de dejar de ser un chiquillo. Nunca estaba deprimido o enfadado, siempre bien dispuesto cuando se le necesitaba. Lo mismo que Billie.

Abrumada con mis propios pensamientos, me levanté para abrazar a Billie. Nunca fui capaz de mostrar afecto de una forma tan impulsiva con mi tía las muchas veces que lo necesité. Precisaba Billie como sustituta de mi madre, especialmente cuando me mantenía a distancia.

—Muy bien, Billie, tal vez no esté preparada aún para verte sin tus largas faldas, pero llegará un día en que me presentaré aquí y no llevarás puestas esas ropas formales. No me desagradará. Me mirarás a los ojos y no verás otra cosa que admiración y gratitud, por ser lo que eres y por haber dado también a Arden al mundo.

Se echó a reír y me rodeó con sus fuertes brazos antes de mirarme profundamente a los ojos. Hubo tristeza en su voz cuando habló a continuación.

—No te enamores tan pronto, Audrina. Arden es mi hijo y creo que es perfecto, pero todas las madres creen que sus hijos son perfectos. Necesitas algo especial. Me gustaría pensar que Arden es especial, pero no deseo que llegue a decepcionarte... Y si lo hace en algo, recuerda que ninguno de nosotros es perfecto: Todos tenemos nuestro talón de Aquiles, por así decirlo.

Luego, una vez más, con una gran dosis de percepción buscó mis ojos y tal vez hasta mi alma.

—¿Qué problemas tienes, Audrina? ¿Por qué todas esas sombras en esos bellos ojos de color violeta?

—No lo sé. —Me apreté a ella—. Supongo que aborrezco llevar el mismo nombre de una hermana mayor, que murió de forma misteriosa a la edad de nueve años. Me gustaría con locura haber sido la Primera Audrina, que fue también la Mejor Audrina. Mi Papá no cesa de contarme lo maravillosa que era, y cada palabra que dice en su elogio es como si me hiciese ver que no llego a los niveles conseguidos por ella. Me siento maldita, y doblemente maldita ahora que Mamá ha muerto el día de mi noveno cumpleaños, cuando nació también Sylvia. Es algo raro, y no hay derecho a que todo suceda cuando está a punto de llegar el noveno día del noveno mes.

Me abrazó cariñosamente, escuchando con paciencia hasta que terminé.

—Tonterías, eso es todo... Auténticas bobadas... Ni estás encantada ni maldita, aunque tu padre debería conocer mejor todo eso y no hablar tan a menudo de una niña que ya está en su tumba. Por lo que he oído de lo que cuenta mi hijo, si fueses más perfecta tendrías que llevar un halo y unas alas abiertas, y colocarte encima de un pedestal de oro macizo. Qué cosa más estúpida... La forma en que los hombres desean que las mujeres parezcan unos ángeles y se comporten como... Bueno, no te preocupes. Eres demasiado joven para oír más...

Maldita sea, siempre tenían que pararse cuando estaban a punto de decir algo que tuviese sentido... Igual que Mamá, tía Ellsbeth y Mercy Marie... Se ponían cada vez más incómodas y me dejaban con la miel en los labios, siempre aguardando una información que nunca llegaba.

Una tarde me encontraba en la mecedora, dejándome llevar ociosamente más allá de los chicos que esperaban en el bosque para la violación.

Ahora sabía que era la presencia de Papá, aunque se quedase en el pasillo, lo que me impedía extraer nada de la mecedora, excepto aquello del terror en los bosques. Por mí misma, sola, podía llenar el cántaro vacío de paz y contento, pero, estando Papá cerca, debía permanecer detrás de la mecedora y apretarla con fuerza con las manos para que crujiesen las tablas del suelo. Papá sólo se iría cuando pensara que la cosa estaba en marcha.

Esta vez sobrepasé la escuela y me encaminaba hacia algún sitio maravilloso, cuando escuché una discusión que tenía lugar en el dormitorio de mi tía. Con desgana, abandoné la visión de la Primera Audrina y regresé a ser sólo yo.

Mi tía gritaba:

—Esa chica necesita ir a la escuela, Damian... Si no la mandas... a la escuela alguien te denunciará a las autoridades escolares. Les has estado explicando que has contratado unos profesores particulares para que la eduquen, y no es así. Y no sólo va a quedar a trasmano desde el punto de vista de la educación, sino que también se ha hecho un escarmiento con ella de muy diferentes maneras. No tienes derecho a forzarla a sentarse en esa mecedora...

—¡No tengo derecho a hacer nada de lo que quiero con mi propia hija! —ladró en respuesta—. Pero soy yo quien rige esta casa, y no tú. Además, no teme a la mecedora como le ocurría antaño. Ahora lo hace de una forma voluntaria. Ya te dije que, más pronto o más tarde, la mecedora obraría el milagro.

—No te creo. Aunque se siente allí de buen grado, lo cual dudo, deseo que esa chica vaya a la escuela. Todos los días observo cómo mira a Vera, de pie ante la ventana, deseando lo que Vera se resiste tanto a hacer, que todos los días he de gritarle. ¿No ha soportado ya demasiadas cosas, Damian? Déjala que trate de nuevo de encontrar su sitio en la vida. Dale otra oportunidad. Por favor...

Mi corazón latía con fuerza. ¿Se cuidaba mi tía de mí a fin de cuentas? ¿O Lamar Rensdale había encontrado una forma de convencerla de que yo necesitaba ir a la escuela, si debía criarme como una persona feliz y normal?

Papá dio el brazo a torcer. Se me permitiría acudir a la escuela.

Una cosa tan normal fue suficiente para llenarme de una abrumadora dicha. Cuando tuve oportunidad, le susurré a mi tía, mientras Vera había comenzado otra de aquellas novelas:

—¿Por qué, tía Ellsbeth? No creí que te preocupase el que fuese o no formalmente educada.

Me llevó a la cocina, cerró la puerta y me dijo, como si no quisiese tampoco ella que Vera lo escuchase:

—Voy a mostrarme del todo honesta, Audrina. Y la verdad es algo poco probable que escuches en esta casa por otra persona que no sea yo. Ese hombre que te enseña a tocar el piano, vino aquí un día y me presionó para que hiciese algo en tu ayuda. Me amenazó con ocudir ante el Consejo escolar y contarles tu situación; podían haber impuesto a tu padre una multa, o incluso encarcelarlo por impedir a una menor acudir a la escuela.

¡No podía creerlo! Lamar Rensdale había cumplido su promesa, aunque se había tomado su tiempo. Me eché a reír, di vueltas sobre mí misma y casi abracé a mi tía, pero ella retrocedió. Me dejó que echase a correr hasta el piso de arriba.

Allí, instalándome en la mecedora, comencé a cantar y confié de esta manera encontrar a Mamá y explicarle todas mis buenas noticias...

CASI UNA VIDA NORMAL

Papá me llevó de tiendas, por lo que estuve preparada para ir a la escuela en febrero, a principios del trimestre. Todos mis regalos de Navidad: abrigos, zapatos, incluso un impermeable como el de Vera, que yo había estado deseando durante años y años. Resultaba excitante el seleccionar faldas y blusas, suéteres y chaquetitas. Papá no me permitió comprar los vaqueros que otras chicas llevaban.

—¡Nada de pantalones para mi hija! —estalló, dejando sorda a la vendedora—. Evidencian demasiado... Y ahora, acuérdate de sentarte con las piernas juntas y no mires lo más mínimo a los chicos... ¿Me oyes...?

Sus palabras fueron dichas en voz lo suficientemente alta, como para informar de aquello a todo el departamento de los grandes almacenes. Me puse colorada y le pedí que bajase la voz. Algo espantoso le ocurría a Papá cada vez que hablaba de los chicos...

Cuando febrero, al fin, se presentó, me encontraba como una niñita que espera que el circo le haga siempre feliz. No había el menor temor a los bosques, puesto que Papá me llevaría en coche por las mañanas y tomaría el autobús escolar por las tardes.

—¡Llegarás a aborrecerlo! —proclamó Vera—. Ahora piensas que es divertido ir a la escuela, que las maestras se preocuparán de que aprendas, pero no lo harán así. Te sentarás en la clase con otros treinta o treinta y cinco niños más, y demasiado pronto averiguarás que sólo existe el aburrimiento. Una monotonía triste y total. Si no fuese por los chicos, me escaparía de casa y no regresaría jamás...

Ni una sola vez había dicho todo esto delante de mí. Cuando yo no podía ir a la escuela, no hacía más que suministrarme brillantes informes acerca de todas sus divertidas actividades. Contaba por centenares a sus amigas, y ahora me estaba diciendo que no tenía ninguna.

—A nadie le gusta «Whitefern», aunque lo escondan bajo el apellido Adare.

Papá le dijo a Vera que tuviese cerrada su bocaza. Me apresuré a dar las buenas noches y subí a la carrera las escaleras; entré en el cuarto de juegos, donde podría mecerme y contarle a Mamá cosas de mi vida. Estaba segura de que allí, en alguna parte, me escuchaba y era feliz por mis cosas. Mientras me mecía, de nuevo las paredes parecieron disolverse y hacerse porosas, y la Primera Audrina apareció corriendo por un campo de flores, riéndose mientras la perseguía un chico de unos diez años. Dio la vuelta en redondo para enfrentarse con él; el muchacho le tiró de su cinta y se quedó con ella en las manos. ¿Quién era? ¿Por qué miraba de aquella manera a la Primera Audrina? La escena se disolvió y la otra Audrina se encontraba de nuevo en la escuela, con un chico grandote y muy feo, lleno de espinillas y sentado detrás de ella; y una vez más, mechón a mechón, el muchacho hundía el largo pelo de Audrina en una botellita de tinta china. Aquello tenía lugar durante la clase de Arte y Audrina no llegaba siquiera a percatarse de ello.

—Au...dri...na —cantaba una atemorizadora y monótona voz que me hizo volver en mí de repente.

Vera se encontraba en el umbral, mirándome.

—¡Sal de esa mecedora! ¡Ya tienes suficiente! No necesitas sus dones también... Levántate y no vuelvas a sentarte nunca más... ¡Es mía! Soy yo la que más preciso de sus cualidades...

Debía dejarle la mecedora, pues creía que tenía razón. Ya no necesitaba aquellos dones desconocidos. No habían servido para mantenerla con vida hasta los once años, como yo. Yo había sobrevivido y ella no, y de momento eso ya era un don lo suficientemente importante.

Nerviosa, me vestí a la mañana siguiente para mi primer día en la escuela. Mi falda era de un profundo azul vincapervinca, confeccionada con una lana suave que necesitaba lavarse cada día. Mis manos me temblaron cuando me até la cinta negra en el cuello de mi blusa blanca.

—Estás preciosa —me dijo Papá en la puerta, sonriendo su aprobación.

Detrás de él se encontraba Vera, con la envidia en el rostro. Sus oscuros ojos me escudriñaron de la cabeza a los pies.

—Oh, Papá —dijo con desprecio—, ya nadie se viste así. Todo el mundo se reirá de Audrina, por ir tan bien vestida...

Se miró su propio atuendo: unos desteñidos tejanos y un suéter.

—Yo soy la única que va a la moda.

Lo que dijo hizo poco en favor de la confianza que necesitaba para acudir a la escuela y no constituir una auténtica rareza. Pero Papá se negó a dejarme salir de casa sin otra cosa que no fuesen faldas, blusas, suéteres o vestidos.

Vera subió al autobús amarillo que la llevaría a su escuela superior, mientras Papá me conducía en su coche a mi escuela de enseñanza general básica, dirigiéndose conmigo hasta la oficina principal. Mi entrada en la escuela ya se había convenido de antemano, por lo que sólo faltaba que me indicasen dónde debía ir y cómo portarme. La directora, al parecer, creía que había estado enferma durante mucho tiempo.

Me sonrió con simpatía.

—Te encontrarás muy bien en cuanto te habitúes a estar por aquí...

El pánico se apoderó de mí con una fuerte garra cuando Papá se dio la vuelta para marcharse. Me sentí una niñita de seis años. Luego aún sentí más pánico, puesto que no recordaba haber tenido seis años. Papá me lanzó una mirada por encima del hombro:

—Esto es lo que querías, Audrina. Es lo que más

has suplicado tener; por lo tanto, debes disfrutar ahora de ello...

—Eres una muchacha encantadora —me dijo la directora, echando a andar por un largo corredor y haciéndome señas para que la siguiera—. La mayoría de los niños que están aquí se hallan muy bien disciplinados, aunque unos cuantos no... Tu padre dice que tu tía era maestra y que te ha estado dando clases. Supongo que podrás empezar sin dificultades en el quinto o sexto grado. Comenzaremos en quinto curso para que no te sientas muy sobrecargada, y si te hallas a gusto en este nivel, te pasaremos a otro superior.

Me lanzó otra cálida sonrisa.

—Tu padre es un hombre muy apuesto, y cree que su hija es del todo brillante. Y estoy segura también de que es una persona que sabe lo que se dice...

Miré a mi alrededor, a los niños, que me devolvieron la mirada. Sus ropas eran muy descuidadas, tal y como me había prevenido Vera. Y, sin embargo, Vera me había dicho el día anterior a que comprásemos aquellas prendas, que aquello me iría bien para la escuela graduada. Debería haber sabido que Vera mentiría. Todas las chicas llevaban vaqueros. Ninguna lucía cintas en el pelo. Furtivamente, me quité la cinta y la dejé caer al suelo.

—¡Eh! —me llamó un chico detrás de mí—. Se te ha caído la cinta...

Varios estudiantes la habían ensuciado ya con sus zapatos de lona. Ahora ya no sabía qué hacer con mi cinta, excepto esconderla en el bolsillo.

—Chicas, chicos —dijo la directora que avanzó hacia el fondo de la clase—. Quiero que todos conozcáis a Audrina Adare. Haced cuanto podáis para que se encuentre a gusto...

Me sonrió, hizo un ademán hacia un pupitre vacío y salió del aula. Hasta entonces no se había mostrado la maestra de esta clase. Me senté con mi agenda de notas y mis nuevos lápices, sin saber qué hacer. En alguna parte muy lejana de mi cerebro surgió una indicación de que necesitaría libros: Los demás estudiantes los tenían... Delante de mí se sentaba una niña preciosa, de oscuro cabello y ojos azules.

Se dio la vuelta y me sonrió.

—No pongas esa cara de susto —me susurró—. Te

gustará nuestra maestra. Se llama Miss Trible.

—No tengo ninguna clase de libros —respondí también en un susurro.

—Oh, ya te los darán. Más libros de los que desearás tener que transportar cada día de la escuela a casa.

Titubeó y me miró de nuevo.

—¡Eh...! ¿No habías ido nunca a la escuela?

Por alguna razón, no quise decir que no había asistido nunca. Mentí al responder:

—Sí, claro que sí, pero hace ya mucho tiempo... Cuando..., cuando me rompí la pierna...

Por lo menos, Vera me serviría para algo útil. Podía emplear sus lesiones y dar noticias de ellas con toda facilidad. Muy pronto, todas las otras chicas se habían dado la vuelta para escuchar mi relato acerca de mis huesos rotos, que me habían tenido apartada de la escuela hasta cumplir los once años.

Cuando Miss Trible entró en su clase, me dirigió la más prolongada y extraña mirada. Su sonrisa fue rígida.

—Levantémonos todos para saludar a la bandera —exclamó—. Luego pasaremos lista y cada cual responderás «¡Presente!».

Algún chico detrás de mí se rió por lo bajo.

—Muchacho, ¿qué pasa con ella? Se porta como si no supiésemos qué debemos hacer...

Yo estaba excitada, pero también intrigada, preocupada, tensa y muy lejos de hallarme contenta. No me parecía que yo fuese del agrado de Miss Trible. A la hora del almuerzo, creí que los niños que estaban por los corredores susurraban cosas acerca de mí. No me pareció tan maravilloso como había creído el hablar con las chicas de mi edad. Me creía mucho más mayor que todas ellas. Y luego, todo lo contrario, me sentía como una de primer grado, aterrada por no saber qué hacer si debía ir a los lavabos. ¿Dónde estaban los lavabos?

Cuanto más pensaba acerca de este problema, peor se hacía. Muy pronto, me encontré fatal y necesitando, desesperadamente, el tener que ir al lavabo. Comencé a cruzar y descruzar las piernas.

—Audrina, ¿te pasa algo? —me preguntó la maestra.

—No, señorita —mentí, avergonzada por tener que decir lo que me ocurría delante de los chicos.

—Si precisas ir al excusado, el de las chicas se encuentra al extremo de este pabellón. Tuerce a la izquierda al salir del aula.

Ruborizada y sintiéndome miserable, me puse en pie de un salto y eché a correr. Tras de mí dejé riéndose a toda la clase. Cuando regresé, me encontraba demasiado incómoda para entrar.

—Adelante, Audrina —me dijo Miss Trible—. El primer día en una escuela nueva es siempre algo traumático, pero en seguida averiguarás dónde está cada cosa. Pregunta siempre lo que no sepas...

Luego empezó a golpear con su puntero en la pizarra, reclamando atención.

De alguna forma, conseguí enfrentarme a los primeros y aterradores días en la escuela. Hice lo que hacían las demás chicas, ocultándome a su sombra. Sonreía cuando ellas sonreían, reía cuando ellas lo hacían y, muy pronto, me sentí del todo falsa. Me conmocionó alguna de las cosas que aquellas chicas susurraban en los aseos. No sabía que las chicas hablasen de aquella manera. Poco a poco, averigüé qué había hecho a Vera de la forma que era. Ella se adecuaba. Yo no pude. No sabía cómo reírme ante unos chistes que parecían chabacanos y nada divertidos. No sabía jugar al juego de provocar a los muchachos y luego echar a correr, puesto que tenía demasiadas visiones del día lluvioso de la Primera Audrina en los bosques. Sólo hice una amiga, la chica que se sentaba delante de mí.

—Todo saldrá bien —me dijo una vez terminó mi primera y larguísima semana en la escuela—. Pero no trates de vestirte como las chicas ricas de la ciudad..., a menos que tú también seas rica...

Me miró un tanto molesta.

—¿Eres rica, verdad? Hay en ti algo diferente. No se trata sólo de las ropas que llevas, y de tu pelo, que creo es el cabello más bonito que haya visto nunca... Es que pareces venir de otro siglo...

¿Cómo podía explicarle que, en realidad, me sentía como si llegase de otro mundo? El mundo del siglo XIX, viejo y anticuado como la casa en que vivíamos.

Mi clase no era tan grande como dijera Vera, sino pequeña. Mi escuela era un colegio privado. A Vera esto hacía que yo fuese aún menos de su agrado, puesto que ella había asistido a una escuela pública.

Fielmente, seguí asistiendo cada día a las clases de música después de terminar en la escuela. Un día sería una inmejorable pianista si seguía de aquella manera... Lamar Rensdale me trataba con una especial amabilidad.

—¿Estás agradecida por ir a la escuela? ¿No preferirías ahora que me hubiese ocupado sólo de mis asuntos?

—No, Mr. Rensdale. Siempre le estaré agradecida por lo que ha hecho, puesto que estoy empezando a encontrarme real, de una forma que no me había ocurrido antes. Y se lo debo a usted...

—Adiós, buena suerte y que tu música viva por siempre —me gritó, cuando corrí hacia la puerta, subiendo en el coche de segunda mano que Billie le había comprado a Arden.

Mis maestras parecían muy cuidadosas conmigo, y se lo aprecié. Me sonreían de forma alentadora y me daban los libros que debía llevarme a casa cada día. Al cabo de dos meses de asistir a la escuela, descubrí que había cierta fuente oculta de conocimientos en mí, que me proporcionaba la sensación de que ya había asistido antes a la escuela. Tal vez había absorbido realmente todos los recuerdos de Audrina o bien mi madre y mi tía me habían enseñado muy bien cuando me sentaba a la mesa de la cocina. Y todos aquellos profesores particulares que Papá decía haber contratado (y que no podía recordar) también habrían contribuido.

Por primera vez, se permitió a Arden que me visitase y se sentara a nuestra mesa el Domingo de Pascua. Había rogado, suplicado, gritado y amenazado y deseado que Billie acudiese también, pero la madre de Arden se negó.

—Venid a verme después de la comida. Os haré de postre aquella crema batida de chocolate que decías que tu tía no sabía hacer muy bien.

La comida del Domingo de Pascua constituyó un ágape miserable, puesto que Papá no hizo más que preguntarle a Arden cosas acerca de quién había sido su padre, a qué se dedicaba, por qué había abandonado a su mujer y a su hijo. Durante toda la comida, Vera coqueteó con Arden, haciendo vibrar sus pestañas, retorciéndose y girándose para enseñar sus pechos, dejando bien claro que no usaba sujetador. Arden se quedó asombrado de lo enorme que era mi casa. Miró incómodo a su alrededor, como si pensase que nunca podría permitirse algo que fuese ni la mitad de grande.

Cuando llegó el verano, Arden y yo pasamos juntos cada minuto de ocio. Me enseñó a nadar en el río Lyle, a nadar lo mismo que él. El fondo del río estaba lleno de fango y alfombrado de ostras y cangrejos; los mújoles nadaban, saltaban y jugueteaban sobre todo en las horas del crepúsculo. Sus pequeñas salpicaduras me llegaban en sueños, despertándome a veces, por lo que tenía que acercarme a la ventana y mirar hacia abajo al agua que brillaba a la luz de la luna. Algo maravilloso estaba sucediendo dentro de mí este verano, poniéndome ansias para despertarme y escaparme de casa; pero aunque trataba de dejarme atrás a Vera, ésta siempre daba conmigo.

Vera le pidió a Arden que la enseñara a conducir en su coche viejo. Confié en que se negara, pero Arden la enseñó a conducir en las carreteras comarcales sin mucho tráfico. Un día, después de una lección así, corrimos hasta el río y nos quitamos la ropa. Todos llevábamos puesto el traje de baño debajo de nuestros pantalones cortos. La temperatura era de unos treinta y ocho grados. Me di la vuelta y vi a Arden que miraba a Vera que lucía un reducido biquini. Sus tres pequeños triángulos eran de un verde brillante y entonaban con el color de su pelo. Su pálida piel se había puesto morena hasta formar un tono cobrizo claro, e incluso yo tuve que admitir que su aspecto era de lo más lindo. Había desarrollado ya un cuerpo de mujer, con unos pechos altos y llenos, que desbordaban de aquel diminuto sujetador verde. Mi pecho era aún liso como el fondo de una sartén.

Vera se acercó a Arden, con su toalla de color también verde pálido tirada negligentemente por encima de los hombros. Sus caderas ondulaban. Aparentemente, la fascinación de verlas moverse así hizo que Arden se olvidase por completo de mí.

—Estoy terriblemente cansada después de conducir tanto, y tras la larga excursión hasta aquí. Arden, ¿te importaría sujetarme para bajar esta cuesta?

El chico se apresuró a ayudarla en aquella suave ladera, que yo sabía Vera podía bajar muy bien sola. Por alguna razón, Arden no dejó de soltarle la cintura o el brazo. Los dedos del chico apoyados en la parte superior del brazo de Vera rozaban los hinchados contornos de sus nuevos pechos. Enrojecí de ira cuando Vera le sonrió a Arden.

—Cada año que pasa estás más guapo, Arden.

El muchacho se puso muy nervioso, se ruborizó, luego apartó las manos y me miró sintiéndose culpable.

—Gracias —le respondió con dificultad—. Y tú también eres más bonita a cada día que pasa.

Mis ojos se abrieron al máximo al observar que Vera se había tumbado sobre su estómago bajo la brillante luz solar. Arden siguió de pie ante ella, incapaz, al parecer, de apartarse.

—Arden, ¿te importaría ponerme un poco de loción solar? Con la piel tan sensible que tengo, he de ser muy cuidadosa para no quemarme de forma terrible.

Vera tenía la piel más pálida que jamás hubiera visto. Mientras miraba el color cobrizo que ahora lucía, no dejaba de preguntarme cómo lo habría adquirido. Luego, ante mi asombro, Vera le pidió que le soltase por la espalda el sujetador.

—No quiero tener unas señales más pálidas de los lazos. Deja de mirarme, Audrina. No enseñaré nada si no me muevo con brusquedad. Además, Arden ya habrá visto antes tetas desnudas al natural...

Se sonrió cuando Arden pegó un brinco y pareció sorprendido... y culpable. De todos modos, se arrodilló para desabrocharle el sujetador y, aunque pareció incómodo y molesto, se arregló para esparcir un poco de aquel aceite por la espalda de mi prima, invirtiendo también mucho tiempo al hacerlo...

Estaba tardando demasiado. Pensé que las manos de Arden permanecían innecesariamente fijas durante un tiempo considerable en ciertos lugares. Parecía tan excitado que las manos le temblaban. Furiosa con él y con Vera, me puse en pie de un salto y corrí durante todo el trayecto hasta casa, odiándolos a ambos.

Horas después, Vera entró cojeando en mi cuarto, enrojecida y con aspecto feliz.

—Qué mojigata más tonta eres —me dijo, al mismo tiempo que se dejaba caer en mi mejor sillón—. No estoy interesada en tu amiguito. He puesto los ojos en alguien más.

No la creí.

—Deja en paz a Arden. Para tanerle, deberás matarme primero.

Hubiera sido mejor que nunca dijera eso. Sus oscuros ojos se iluminaron.

—Oh, si realmente lo desease, sería demasiado fácil de conquistar... —ronroneó como una gataza—. Pero es sólo un chico, demasiado inmaduro para mí. Aunque tal vez haya madurado más de lo que pensaba y deba darle otra oportunidad. La próxima vez, le dejaré que me ponga el aceite... por todas partes...

—Papá te mataría...

Extendió una pierna sobre el brazo de terciopelo de mi sillón, enseñando tanto que tuve que apartar la vista.

—Pero tú no se lo dirías, Audrina, su dulce Audrina, puesto que tienes un gran secreto que ocultar. Estás tomando lecciones del Don Juan del pueblo de Whitefern. Lamar Rensdale ha seducido a cualquier virgen en un radio de treinta kilómetro a la redonda...

—¡Estás loca! —le grité—. Nunca ha hecho nada...

Se inclinó sobre el brazo opuesto del sillón para que su cabello colgase hasta el suelo. El pequeño biquini se le subió tanto, que vi que también tenía morenos los pechos.

—Papá no cree eso —respondió con suficiencia, sacudiéndose el pelo para librarlo de arena—. Pero se tragará cualquier cosa que le cuenten los del pueblo. Por tanto, será mejor que te portes bien conmigo, Audrina.

Me dieron ganas de vomitar cuando se levantó, se acercó al espejo y se sacó el traje de baño, mostrándome todo lo que ella tenía y yo no. Luego, aún desnuda, salió de mi cuarto, dejándome su húmedo traje de baño encima de mi alfombra.

Ahora estaba nerviosa a causa de mis lecciones de música, temerosa de aquel hombre en el que antes confiara. Me encogía cuando se inclinaba por encima de mí, y me contraía cuando, accidentalmente, su mano tocaba la mía. Su guapo rostro mostró perplejidad y sus ojos trataron de encontrarse con los míos, sin conseguirlo.

—¿Qué pasa, Audrina?

—Nada.

—Aborrezco cuando alguien dice eso y, obviamente,

resulta que algo funciona mal. ¿Por qué has dejado de confiar en mí?

—Supongo que por haberme enterado de unas cuantas cosas —susurré cabizbaja—. Me temo que no volveré más por aquí...

—Así que —comenzó con un tono amargo— vas a ser igual que todas las demás, y creer lo peor de mí...

Se levantó de la banqueta y comenzó a pasear por su pequeña sala de estar.

—Resulta que tú eres la única estudiante que me mantiene atado a esta cateta ciudad. Me he estado diciendo que, aunque no sea lo suficientemente bueno para Broadway, he estado contribuyendo al nacimiento de un buen músico para el mundo.

Lo sentí por él y también por mí, puesto que aquí no había ningún otro profesor cualificado, excepto en la ciudad situada a cincuenta kilómetros de distancia, y no tenía la menor posibilidad de poder acudir allí.

—Mr. Rensdale... —comencé.

—Lamar... ¿Por qué no me llamas por mi nombre de pila? —respondió encolerizado, cerrando los dedos y flexionándolos hacia delante y hacia atrás.

—No puedo tutearle. Papá me ha prevenido contra eso, puesto que es el primer paso...

Al llegar aquí titubeé, y comencé a notar calor y sentirme incómoda.

—Vera habla mucho, recuerde eso. Si llega a contarle a Papá la reputación de usted, le perseguirá adonde sea. Papá es muy grande y no es de esa clase de personas que atiende primero a razones. Se cree todo cuanto Vera le dice..., y Vera me odia. Papá sabe que mi prima me aborrece, y sin embargo continúa creyendo en todo lo que dice, puesto que no confía en ningún hombre que se relacione con chicas jóvenes. Si no me creyese tan casta y pura de mente, no me hubiera dejado jamás acudir aquí...

—Hablaré con Vera cuando se presente para su próxima clase.

Dejó de andar y se quedó de pie delante de mí.

—Vera desperdicia el tiempo conmigo, y también el dinero de tu padre. No tiene en absoluto habilidad musical, aunque insiste en intentarlo. No hace más que competir contigo, Audrina. Desea todo lo que tú quieres. Incluso apetece a tu hombrecito, ansía el amor que tu padre te profesa a ti y no a ella. Está celosa de ti y es también muy peligrosa. Ten cuidado de Vera.

Lentamente, mis ojos se alzaron para encontrarme con los de Lamar. Acarició levemente mi pelo y luego mi mejilla, donde se había deslizado una lágrima.

—¿Lloras por mí o por ti misma? —me preguntó cariñosamente—. ¿Quién te enseñará piano cuando yo me haya ido? ¿Qué harás entonces con tu talento? ¿Te enterrarás debajo de los platos que debas lavar y de los bebés que atender, lo mismo que hizo tu madre?

—Volveré —musité, temiendo de modo terrible el repetir las frustraciones de mi madre—. Me arriesgaré a que Vera se lo diga a Papá, pero también deberá usted ser cuidadoso con ella...

Sonrió y sus labios se curvaron, mientras me enjugaba las lágrimas. Era una sonrisa muy parecida a las de Vera.

Cada día tocaba mejor y mejor. En su piano, me sentía como Mamá, hechizada por la música que yo creaba y algo decepcionada por la vida que llevaba. Pasaba algo por alto y no sabía qué era. Aquel invierno me quedaba muchos ratos viendo caer mansamente la nieve, preguntándome qué necesitaba, y me permitía a mí misma creer que lo que precisaba para sentirme realizada era a Sylvia. Una vez tuviese a Sylvia en casa conmigo, le daría todo el amor y cariño que la niña desesperadamente necesitaría, y eso me haría sentirme feliz. Me preguntaba, como ya lo había hecho millares de veces, qué pasaba con Sylvia. ¿Se trataba de algo tan espantoso que Papá estaba seguro de que la verdad propinaría semejante golpe a mi «sensibilidad», que ya no podría recuperarme nunca? ¿Y realmente era tan sensible? Mi tía ridiculizaba tan a menudo aquella noción, que sentía que tanto mi tía como Papá compartían la prueba de mi oculta debilidad.

La nieve bailoteaba al viento, dando vueltas como pequeñas bailarinas, saltando, derivando, flotando hacia un lado, formando dibujos, diciéndome cosas, siempre contándome que nunca, nunca sería libre, del mismo modo que Mamá tampoco lo había sido jamás.

Vera entró saltando en mi cuarto, con el aire frío aún agarrado a su pesado abrigo, mientras se lo quitaba y manchaba con él otra de aquellas delicadas sillas.

—¡Adivina qué he estado haciendo! —explotó, ape-

211

nas capaz de contenerse.

Sus ojos le brillaban como tizones. El frío había hecho enrojecer sus mejillas como unas manzanas. Tenía unas señales rojas en el cuello.

Unas marcas que me señaló.

—Me las han dejado los besos —explicó burlonamente—. Tengo estas señales por todo mi cuerpo. Y ya no soy virgen, hermanita...

—¡Tú no eres mi hermana! —estallé.

—Y eso qué importa, puesto que podría bien serlo... Y ahora, siéntate y escucha cómo va mi vida, y compárala con la rígida monotonía de la tuya. He visto a un hombre desnudo, Audrina, uno auténtico, no sólo una foto o una ilustración. Es tan peludo... Nunca sospecharías lo peludo que es al verle correctamente vestido. Su pelo le empieza en el pecho, atraviesa su ombligo y luego sigue hasta llegar a un punto en que se hace más y más denso hasta que...

—¡Cállate! No quiero escucharte más.

—Pero yo sí quiero que escuches. Deseo que sepas lo que te estás perdiendo. Es maravilloso tener esos veintipico centímetros hurgando dentro de mí. ¿Me oyes, Audrina? Los he medido..., casi veintidós centímetros, una cosa tan hinchada y tan dura...

Corrí hacia la puerta, pero ella fue más rápida y llegó antes que yo para bloquearla. Con sorprendente vigor, me arrojó al suelo y luego se puso a horcajadas en mi cuerpo. Pensé en darle de patadas y sacármela de encima, pero temí que se cayese y se rompiese otro hueso.

Colocó sus pies con zapatos encima de mi pecho, que estaba comenzando a desarrollarse.

—Tiene un cuerpo maravilloso, hermanita, un cuerpo de veras fantástico. Lo que hicimos te hubiera conmovido hasta tener que gritar e incluso desmayarte... Disfruté cada segundo de todo lo que hicimos... Nunca puede ser suficiente, siempre se apetece más y más...

—Sólo tienes catorce años —le susurré, auténticamente conmocionada por su aspecto de chalada y por la forma precoz en que hablaba.

—Muy pronto serán quince... —me respondió, acompañándose por una risotada—. ¿Y por qué no me preguntas quién es mi amante? Te lo diré, te lo diré con mucho gusto...

—No quiero saberlo. Mientes continuamente. Incluso ahora. Lamar Rendsale no desearía a una cría como tú.

—¿Y cómo sabes eso? ¿Porque no te quiere a ti? ¿Quién podría desearte más que un chiquillo como Arden? Se siente obligado hacia ti, tu protector... Y te podría decir tanto al respecto que, probablemente, perderías del todo la mente que ya se encuentra en el umbral de la locura... Cualquier persona cuerda sabe exactamente lo que ha pasado en su vida... Todo el mundo, menos tú...

—¡Déjame sola, Vera! —le grité—. Eres una mentirosa y siempre lo serás. Lamar Rensdale nunca te desearía después de lo que le conté acerca de Papá.

—¿Y qué le contaste de Papá? —me preguntó con ojos duros y semicerrados.

—Le dije que Papá era muy grandote, que tenía muy mal genio y, aunque Papá no sea tu padre, podrías arruinar nuestro apellido.

Se echó a reír tan histéricamente que se cayó al suelo y rodó sobre sí misma como una auténtica posesa.

—¡Vaya cachondeo, Audrina! ¿Arruinar nuestro apellido? ¿Cómo puede arruinarse una cosa que ya está estropeada? Y si no me crees, ve y pregúntaselo a Lamar. No puso la menor objeción respecto de mi edad. Le gustan las jovencitas. Como a la mayoría de los hombres. Si hubieses podido verle montándome, sin la menor prenda encima, y con aquel enorme cañón hinchado y apuntado...

Destrozada por lo que me había dicho, salí corriendo del cuarto y bajé a la cocina en la que se encontraba tía Ellsbeth. Me olvidé de Vera y sentí piedad por mi tía, que siempre trabajaba tanto, haciendo la mitad de mis obligaciones domésticas y también la mayor parte de las de Vera, ahora que ya no permanecía yo todo el día en casa...

Tía Ellsbeth alzó la vista desde los platos que estaba lavando. Lo que vi en sus oscuros ojos me desconcertó. Brillaban al máximo, como si contemplase toda su vida y, al fin, hubiese descubierto algo que le causase alegría. Ya no llamaba a Papá cruel y perverso, como antaño hacía. Papá tampoco la denominaba larguirucha andante, una persona alta, delgada y con la lengua de una arpía.

—Audrina —comenzó, y en su voz capté un indicio

de calidez—, debes ser cuidadosa para no permitir que tu padre domine tu vida. Nunca lo hará con Vera, puesto que a mi hija no le importa lo que tu padre piense de ella. Y como a ti sí te importa, ello te hace tan vulnerable. Es tan egoísta que llega a ser lo suficientemente cruel como para robarte todo aquello que necesitas. Miente, engaña y decepciona. Es diabólicamente inteligente y fiable pero, y siento decirlo, carece en absoluto de honor o integridad. Si puede conseguirlo, te tendrá aquí hasta el día en que mueras, y nunca te permitirá poseer una vida propia. Puedo ver cómo le amas. En cierto modo, te alabo por tu lealtad y devoción. Pero los lazos de la sangre no se supone que han de ser unas cadenas. Y no debes entregarte a él o a Sylvia toda tu vida.

¿Qué querría decir con eso?

—Esta primavera traerá a Sylvia a casa —añadió, con aquel tono monótono de voz que me producía escalofríos en la columna vertebral—. Y una vez la niña se encuentre aquí, ya no tendrás tiempo para tus lecciones de música, ni tampoco para cualquier otra cosa, excepto para cuidar de ella...

Me electrizó el saber que, al fin, llegaría Sylvia. Pero la alegría de todo ello quedó ensombrecida por las palabras y expresión de mi tía.

—Sylvia ha cumplido ya dos años el pasado setiembre, tía Ellsbeth. ¿No significa eso que ha pasado ya la época en que es más latoso un bebé?

Mi tía me contestó con un bufido.

—Tu padre no quiere que discuta acerca de Sylvia. Desea que te desarrolles muy apegada a tu hermanita. Te lo prevengo: No dejes que eso suceda...

Me la quedé mirando, completamente desconcertada. ¿No se suponía que amaba a mi hermanita? ¿No necesitaba Sylvia que la quisiese?

—No me mires de ese modo. Estoy pensando en ti y no en ella. Nada puede ayudar a Sylvia, y eso es muy malo, pero tú sí puedes salvarte, y eso es lo que estoy tratando de hacer. No te comprometas. Haz por ella lo que puedas, pero no la ames demasiado. A la larga, me darás las gracias porque ahora te diga todo esto y no antes de que sea demasiado tarde.

—¡Está deformada! —grité, horriblemente perturbada—. ¿Por qué Papá no me lo dijo, tía Ellsbeth? Tengo derecho a saberlo. ¿Qué le pasa a Sylvia, tía Ellsbeth? Dímelo, por favor. Necesito estar preparada.

—No está deformada —me respondió de una forma amable, mirándome hasta con piedad—. Incluso es una niña muy guapa y, de muchas maneras, se parece a como eras tú a su edad. Su cabello no se halla aún tan notablemente coloreado como el tuyo, pero, en realidad, no es mucho más que un bebé, y puede cambiar y llegar a ser exactamente como el tuyo..., y el de tu madre. Sólo confío en que, algún día, tenga el mismo aspecto que tú. Por Dios que está en lo alto, si eso sucede, tal vez tu padre te libere de jugar a esas cosas tan tontas en las que cree más de lo debido. Un hombre adulto, con un alto grado de inteligencia... Y, sin embargo, a veces puede ser tan supersticioso como un auténtico retrasado mental. Le he visto hacer oscilar ese anillo sobre la lista de acciones de la misma forma en que lo haces tú, por lo que te concedo crédito al ser tan inteligente. Lo suficiente inteligente como para salvarte cuando llegue el momento.

Pero, ¿qué quería dar a entender?

—Audrina, sigue mi consejo y deja de hacer lo que estás realizando. No trates de ayudarle. Por el contrario, intenta verle tal y como es, como alguien determinado a mantenerte atada a él de tantas formas como quepa imaginarse. Está íntimamente convencido de que eres la única mujer en el mundo que merece su amor y su devoción, y que le darás todo lo que posees, sin percatarte en ningún momento de que te está robando lo mejor que el mundo puede ofrecer.

—¡No comprendo nada!

—Pues entonces piensa en ello. Piensa en que Papá teme envejecer y que le lleven a algún asilo para personas de edad. En él es como una fobia, una enfermedad, Audrina. Todos debemos envejecer. Es algo contra lo que no podemos hacer nada.

—Pero, pero... —tartamudeé—. ¿Por qué estás tratando de ayudarme cuando ni siquiera te agrado?

—Permíteme explicártelo —prosiguió, al mismo tiempo que se colocaba, primorosamente, en su regazo aquellas manos enrojecidas por el trabajo—. Cuando regresé aquí para vivir con mi hija, me convirtieron en una criada. Temí el llegar a sentir algo por ti. Tenía a Vera, y Vera no era nada sin mí. El problema era que Vera adoraba a Lucietta, y muy pronto empezó a despreciarme por haberme convertido en una esclava, ya que debería ser así o marcharme. Tenía mis razones para desear quedarme. Y tuve razón al quedarme..., puesto que las cosas saldrían del modo previsto, siempre y cuando acumulase la paciencia necesaria.

Me quedé sin respiración.

—Cuéntame más —susurré.

—En la carrera de belleza, tu madre siempre ganaba, por lo que la envidiaba de todas las formas posible. Estaba celosa de su tipo, de su rostro, de su talento y, sobre todo, de su habilidad para hacer que todos los hombres la amasen tanto...

Su voz se hizo tensa.

—Hubo un hombre al que amé, sólo uno... Pero entonces la vio a ella. Y una vez ocurrió eso, todo terminó para mí. Duele perder, Audrina, duele tan terriblemente que, a veces, te preguntas si puedes seguir viviendo así. Pero seguí viviendo de ese modo, pues tal vez algún día podría ganar en esa carrera al encontrar algún defecto.

Entonces me dolió terriblemente que mi tía hubiese estado siempre tan celosa de Mamá, y el porqué Mamá había rechazado a mi hermana, cuando siempre había conseguido lo que quería, en tanto que tía Ellsbeth nunca había logrado nada. ¡Y tía Ellsbeth se había enamorado de mi padre! A pesar del hecho de que discutía con él y lo desaprobaba, pese a todo ello aún seguía amándole. Parecía como si, en la parte más remota de mi mente, ya lo hubiera conjeturado hacía mucho, mucho tiempo, tratándolo de hacerlo avanzar hasta uno de los agujeros de mi memoria.

—Tía Ellsbeth, ¿le amas incluso cuando sabes que te engaña y decepciona, y que carece de todo honor e integridad?

Alarmada, sus ojos se apartaron de los míos.

—Por hoy ya he hablado demasiado —me respondió de forma tajante, entrando en el comedor con un mantel limpio—. Pero has de tomar nota de todo lo que te he dicho, y ser consciente de que las cosas no siempre son de la forma que parecen. No deposites tu confianza en ningún hombre y, sobre todo, deja de lado los sueños que puedan llegar a perturbarte...

SYLVIA

El tiempo se había enlentecido para mí. Ahora podía conservar los recuerdos y almacenarlos en los lugares más a salvo de mi cerebro. Con la ayuda de mi Diario, leía todos los días mis recuerdos para implantarlos lo más profundamente posible. La mecedora me estaba ayudando de muy diferentes maneras. Ahora constituía un lugar de paz. Había hecho de ella un refugio, un santuario donde podía encontrar la imagen de Mamá flotando entre nubes.

Tenía once años y ocho meses aquel mes de mayo en que Sylvia llegó a casa. Mi tía me había confirmado esto, y creí lo que me contaba, que esta vez era cierto. También me confirmó que la edad de Vera era tres años y diez meses más que la mía. «Nada —me dije a mí misma— me hará nunca más olvidar mi edad. No permitiré que la gris neblina del olvido vuelva y oscurezca los acontecimientos más importantes.» Me miraba con toda clase de espejos y contemplaba cómo unos pequeños y duros pechos comenzaban a hinchar mis suéteres. Llevaba unos jerséis sueltos, confiando en que Arden no se daría cuenta de ello, pero ya le había visto mirar hacia allí, tratando de que no reparase en que le observaba en aquellos momentos. Otros chicos de la escuela se fijaban, extraordinariamente, en cómo mi figura iba mejorando. Los ignoré y me concentré en Arden, que se hallaba en la misma escuela a la que acudía Vera. Lo que tenía debajo del suéter era muy pequeño en comparación con lo que Vera exhibía, puesto que llevaba los suéteres más ajustados en los que podía meterse.

Papá no ponía objeciones a las ajustadas prendas de Vera. Le permitían también el tener citas e ir al cine y a las fiestas de la escuela. Pertenecía a más de media docena de clubes, o por lo menos ésas eran las informaciones que daba al regresar a casa, muchas veces muy tarde. Yo nunca tenía tiempo para la vida social. Debía apresurarme para ir a ver a Mr. Rensdale todos los días al salir de la escuela, pero ahora me sentía algo incómoda con él. No podía dejar de pensar en todo lo que Vera me había dicho acerca de lo que había hecho con él. La mitad de las veces, pensaba que mentía; la otra mitad, creía que tal vez no lo hubiera hecho. Un día, en que mi profesor llevaba una camisa deportiva abierta en el cuello, vi que su pecho era muy peludo, como Vera había contado. Había descrito su cuerpo desnudo con tantos detalles, que para mí resultaba como si llevase ropas transparentes. No podía mirarle de otra manera.

Las chicas a las que conocía en la escuela, no dejaban de pedirme que asistiese a sus fiestas, pero Papá siempre se negó a dejarme ir. Deseaba que me quedase en casa con él, que le escuchase, que le observase afeitarse, que fuese testigo de sus relatos acerca de sus problemas en el trabajo. Mientras se afeitaba, y todavía me apoyaba en el borde de su bañera, aprendí cómo se cobraban los dividendos de las acciones, qué significaba comprar a plazos. Me enteré de toda clase de venta ficticia de acciones, de bonos municipales, de desgravaciones fiscales y de porcentajes, y también lo tocante a compensaciones y a cómo eludir los impuestos. La Bolsa era un juego loco a la medida de los ricos. Sólo las personas con muchos millones estaban seguras de sacar provecho de todo aquello, a menos que se tratase de unos «intuitivos».

—Y tú lo eres —me explicó Papá con una amplia sonrisa, al tiempo que se quitaba el exceso de espuma de afeitar—. Audrina, la mecedora te ayuda mucho, ¿no es verdad?

—Sí, Papá. ¿Puedo irme ya? Deseo llamar a Arden y planear verme con él mañana. Dan una película que me gustaría ver.

—Ya te llevaré yo al cine.

—Vera va al cine con chicos. ¿Por qué yo no puedo hacerlo?

—Porque me importa un rábano lo que pueda hacer Vera...

Ya había discutido antes con él todo esto, y perdido, por lo que estaba segura de que volvería a perder.

Luego Papá me sonrió.

—Bueno, amorcito, mi gran impaciente, tendrás *de nuevo* lo que más deseas. Mañana por la mañana, a primera hora, iré en coche adonde Sylvia ha vivido desde que salió del hospital. Ya he telefoneado y dispuesto los arreglos necesarios. Mañana volveré trayendo a Sylvia a casa...

—¡Oh, Papá! —grité feliz—. ¡Gracias, muchas gracias!

Qué extraña fue su triste sonrisa, realmente extraña de verdad...

A primeras horas de la mañana siguiente, mucho antes de que Papá se levantase de la cama y estuviese dispuesto para ir a buscar a Sylvia, corrí por los bosques hasta la casita que había al otro lado. El bosque se veía lujuriante y verde, henchido de la belleza de la primavera. Confiaba en encontrar a Arden antes de que se fuese en bicicleta a repartir los periódicos de la mañana. Su viejo coche se había «escacharrado» y ahora no era más que un montón de hierros en su patio trasero, hasta que tratase de repararlo una vez más.

Los petirrojos y los martines pescadores se hallaban sobre la hierba, sin que me prestasen mucha atención, mientras corría hacia la puerta de la casita y la abría sin llamar primero. Me dirigí en línea recta a la cocina, pero me detuve en seco y jadeé.

Billie estaba allí, llevando puestos unos pantaloncitos cortos y un suéter rojo. Por primera vez, la veía sin aquellas largas faldas de vuelo que la hacían parecer que tuviese dos piernas en algún lugar de debajo de aquellas faldas. Presentaba el pelo suelto y ondeante, y su suéter revelaba un pecho notable y voluminoso, pero mi mirada no se apartó de aquellos muñones de veinte centímetros de longitud, que salían de las perneras de sus pantaloncitos. Tenían el aspecto de gordas salchichas, que se adelgazaban tanto que podían atarse con facilidad en los extremos. Unas leves y radiantes líneas formaban unos arrugados pliegues, en los lugares en que el exceso de piel había sido cortado y ligado de alguna forma. Me quedé sin habla.

Resulta tan penoso ver aquellos muñones en los lugares en que habían estado sus estupendas piernas... Lancé una ojeada hacia la sala de estar, donde Billie guardaba todas aquellas fotografías suyas con sus atuendos. Ahogué un grito, puesto que no había deseado mostrar la menor piedad. Tenía que verlos, y no proferir ninguna clase de observaciones, como si no me percatase de su presencia.

Ante mi sorpresa, Billie se echó a reír. Adelantó una mano para tocarme las mejillas y luego me despeinó mi ya desgreñado cabello.

—Bueno, adelante, mira todo lo que quieras. No te puedo echar la culpa. No es nada agradable mirarlos, ¿verdad? Pero recuerda que una vez tuve las más bellas, más hábiles y más creativas piernas que cualquier mujer podría desear. Me servían muy bien cuando las poseía, y la mayoría de la gente nunca pudo hacer las cosas que yo llevé a cabo.

Una vez más me quedé sin palabras.

—La gente aprende a acomodarse, Audrina —prosiguió con tono dulce, evitando el tocarme de nuevo, como temerosa de que yo no quisiera que lo hiciese—. Si te pones en mi lugar, tal vez creas que no podrías vivir con esta disminución física que padezco, pero, de alguna forma, si fuese realmente cosa tuya, no constituiría algo tan horrible como le parecería a cualquier otra persona. Y una vez más, dado que los seres humanos podemos ser tan contradictorios, miraríamos a nuestro alrededor y nos preguntaríamos: ¿Por qué yo y ella o él no? Podría arrojarme, si lo desease, en un abismo de piedad hacia mí misma. Pero la mayor parte del tiempo ni siquiera creo que haya llegado a perder mis piernas.

Me quedé allí de pie, desgarbada y larguirucha, sintiéndome humilde. Casi podía ver sus piernas, que, en realidad, no se hallaban allí.

—Arden me dijo que te ve con piernas. Nunca ve esos muñones.

—Sí —replicó, con ojos brillantes—, es un hijo maravilloso. Sin él, probablemente me hubiera dejado vencer. Me salvó. Al tener a Arden, me vi forzada a hacerle frente a todo y a hacer por mí misma las cosas. Y Arden realizaría lo que fuese por mí. De algún modo, al tenernos el uno al otro, lo hemos conseguido. Nada ha sido sencillo, pero a causa de las dificultades aún nos sentimos más orgullosos de ello. Y ahora, querida, basta ya de hablar acerca de mí. ¿Qué haces aquí a unas horas tan tempranas de la mañana?

Siguió trasteando con unas latas al ver que yo titubeaba. Su taburete alto sobre ruedas estaba situado en un lugar desde donde pudiera correr con rapidez de un lugar a otro sin esforzarse, simplemente empujando o tirando con las manos. Luego sucedió todo en un auténtico abrir y cerrar de ojos. Se deslizó del taburete y se cayó al suelo con un ruido sordo. Yació durante un breve segundo a mis pies, como si fuese una enorme muñeca caída.

Me dispuse a auxiliarla.

—¡No me ayudes! —me ordenó y, en muy poco tiempo, empleando aquellos fuertes brazos para sujetarse, volvió a colocarse encima del taburete—. Audrina, en la despensa encontrarás un carrito rojo, que es el que empleo cuando realmente quiero moverme por aquí de prisa. Arden me lo construyó. Desea pintarlo de un color diferente cada año, pero yo no se lo permito. Me gusta más el color rojo. Prefiero las cosas llamativas, cariño.

Sonreí débilmente, deseando poder ser tan valiente como ella. Luego le pregunté si Arden ya se había levantado.

—Sí, ya se ha ido. Si este tacaño de marido mío me enviase más dinero, mi hijo no tendría que trabajar hasta morirse de cansancio.

Se dio la vuelta y sonrió abiertamente. Me preguntó de nuevo:

—Cariño…, ¿me dirás qué haces aquí a una hora tan temprana de la mañana?

—Billie, Sylvia llegará hoy a casa. Mi tía me ha contado que mi hermana no es normal, pero eso no me preocupa. Siento tanto que esa pobre niñita nunca haya tenido una madre, ni otra familia que no fuese Papá para quererla... Pero eso no es bastante, especialmente dado que Papá sólo la ha visitado una o dos veces al mes... Si ha llegado a hacerlo. No se puede saber cuándo mi padre dice la verdad, Billie.

Lo dije con cierta vergüenza.

—Miente, y sabes que está mintiendo, y él sabe que tú sabes que miente... Y, sin embargo, no le preocupa...

—Al parecer tu padre es un auténtico diletante...

—Ayer le dije a Arden que Sylvia *debería* llegar hoy a casa. Sabiendo cómo es Papá no estoy segura del todo, pero he podido entreoírle hablar anoche por teléfono. La trae a casa. También llamó a su despacho y les explicó que no le esperasen hoy. ¿No te he contado que ya le han ascendido a director?

—Sí, cariño, ya me lo has dicho por lo menos una docena de veces. Y ahora te diré algo que tal vez no sepas. Estás muy orgullosa de tu papá. Incluso cuando afirmas que no te gusta, te duele que no te agrade. Cariño, no te importe el amar y odiar a tu papaíto. Ninguno de nosotros es del todo bueno o malo. La gente es de una tonalidad gris. Ni auténticos demonios, ni tampoco ángeles y santos.

Me sonrió.

—Encanto, seguirás queriendo a tu padre haga lo que haga. Arden siente lo mismo respecto de su padre.

Dos horas después, con el corazón alojado en algún lugar de la garganta, me encontraba en los escalones delanteros de «Whitefern» con mi tía a mi lado, aguardando para ver por primera vez al bebé. Miré a mi alrededor, sabiendo que tendría que recordar más tarde este día especial, para poder contarle a mi hermanita cómo había ocurrido todo el primer día en que llegó a casa. El sol brillaba con fuerza. En el cielo no había ni una nube. Encima de los bosques colgaba cierta neblina y apagaba los gritos de las aves. «La humedad debida al rocío —me dije a mí misma—, sólo eso.» La cálida brisa que soplaba desde el río Lyle movió mi cabello.

El espacioso césped había sido cortado por un hombre del pueblo; también había arreglado los arbustos, quitado las malas hierbas del jardín, barrido el paseo delantero. La casa había sido repintada de blanco y su tejado era ahora también nuevo, de un color rojo tan oscuro como sangre coagulada, lo mismo que las persianas de las ventanas. Nos habíamos puesto nuestras mejores ropas para dar la bienvenida a Sylvia al hogar. Vera también se encontraba allí, sentada perezosamente en el columpio, con una sonrisa secreta que le cubría los labios y hacía brillar sus ojos oscuros. Sospeché que sabía más acerca de Sylvia que yo, como sabía más acerca de todo que yo misma...

—Au...dri...na... —canturreó—, muy pronto vas a ver..., te vas a ver a ti misma... Chica, vas a ver aquello que tanto has anhelado. ¿No querías tener a tu hermanita bebé? Yo he renegado de ella... Para mí, Sylvia Adare no existe...

De ningún modo permitiría que Vera matase mi excitación o mi felicidad. Sospechaba que Vera estaba celosa de que el bebé fuese de mi madre y no de mi tía.

—Audrina —me dijo mi tía—, ¿eres realmente tan feliz como pareces?

Raramente dejaba de fruncir el ceño cuando se mencionaba el nombre de Sylvia. Era seguro que éste no resultaba un día feliz para ella...

—¡Mira, mira! ¡Ya llegan! —grité exaltada, señalando hacia el «Mercedes» de Papá que avanzaba entre las recias hileras de árboles que se hallaban en la curva de nuestro camino de entrada. Me acerqué un poco más a mi tía, que enderezó la columna vertebral y pareció haberse vuelto más alta. Durante un breve segundo, su mano se alargó en busca de la mía, pero no me tomó de la mano, como nunca lo había hecho antes.

Detrás de nosotros, Vera se rió sofocadamente, mientras se balanceaba adelante y atrás, cantando la melodía del *Estarás triste*...

El brillante coche negro avanzó más y se detuvo, finalmente, delante de nuestra entrada. Papá descendió y anduvo hasta el lado del pasajero, abrió la puerta... Y, Dios mío, no pude ver a nadie allí... Luego Papá metió la mano adentro y alzó del asiento a una chiquilla pequeña. Me llamó:

—Aquí está Sylvia...

Me sonrió ampliamente y, a continuación, dejó a Sylvia en el suelo.

Entonces fue cuando cesó el crujido del columpio. Vera se dejó caer con desgana sobre los pies y se acercó. Lancé una ojeada para ver sus ojos fijos en mí, como si sólo estuviese interesada por mis reacciones y no se precupase en absoluto de Sylvia. No miró ni una sola vez en dirección a mi hermana. Qué cosa más rara...

A pesar de Vera, y de la lúgubre expresión de mi tía, me sentía tan feliz mientras contemplaba a aquella bonita niña que era mi hermana... Pero, al cabo de otro segundo, observé que no era sólo bonita sino auténticamente hermosa. Tenía un cabello brillante, con rizos de color castaño y de un rubio rojizo en los lugares en que le daba más la luz del sol... Y qué maravillosamente brillante era... Vi sus dulces manecitas con hoyuelos, que se alargaban implorantes hacia Papá, deseando que la cogiese. Tuvo que inclinarse para tomarla de la mano, tras lo que empezó a guiarla hacia los escalones.

—Un escalón de cada vez, Sylvia —la alentó—. Así es como hay que hacerlo, un escalón de cada vez...

Qué encantadora estaba con los zapatitos que llevaba. Qué divertida iba a ser, una muñeca viviente para mí sola, a la que vestir y con la que jugar. Demasiado excitaba para hablar, di un paso hacia delante, sólo un escalón... Y luego me detuve... Algo..., algo que había en sus ojos, en el modo que andaba, en la forma que tenía su boca. Oh, Dios mío...

¿Qué iba mal en ella?

—Vamos, Sylvia —la urgió Papá, tirando de su mano en miniatura, que parecía perderse en la de mi padre—. Ven tú también, Audrina. Ponte a nuestro nivel y da la bienvenida a tu hermanita, ya que te morías de ganas por tenerla. Acércate más para admirar los ojos aguamarina de Sylvia, inclinados tan encantadoramente hacia arriba. Mira lo grandes que son... Mira también las largas y curvadas pestañas de Sylvia. Observa toda la belleza que Sylvia posee... Y olvídate de todo lo demás...

Hizo una pausa, me miró y aguardó. Vera siguió riendo sofocadamente y se colocó en un lugar desde el que pudiese observar mejor todas mis reacciones.

Inmóvil, en aquel momento pensé que todos aguardaban mi decisión y mi juicio acerca de Sylvia. Ahora era mi turno, pero no podía moverme, ni siquiera hablar.

Cada vez más impaciente, Papá me dijo:

—Está bien, si no te acercas a nosotros, entonces seremos nosotros los que vayamos a tu lado.

Impertérrito como siempre, me lanzó una encantadora sonrisa que hizo relucir su dientes a la luz del sol.

—Hace dos años que me estás dando la lata con el asunto de que trajese a casa a la niñita bebé. Pues bien, aquí está. ¿No te encuentras encantada?

Un torturante paso detrás de otro, Papá tuvo que ayudar a Sylvia a andar. No podía alzar ninguno de los pies con el mismo grado de habilidad.

Arrastraba los pies deslizándolos por encima de los obstáculos. Mientras lo hacía, su cabeza se inclinaba a la derecha y luego hacia la izquierda: le caía hacia delante, y luego hacia atrás, como si estuviese mirando el cielo. Luego hacia delante, y el suelo parecía atraer su atención..., si es que mirar algo podía realmente, atraer su atención...

Los huesos de Sylvia parecían hechos de goma. Antes de que hubiese dado cinco pequeños pasos, resbaló sobre sus nuevos zapatos blancos y se cayó de rodillas tres veces, por lo que tuvo que ser arrastrada por Papá Con evidente facilidad, Papá la hizo subir los escalones, alzándola por uno de sus frágiles brazos. Mientras avanzaba, yo retrocedía por los escalones, sin percatarme siquiera de que me batía en retirada. De todos modos, Sylvia cada vez se encontraba más cerca, por lo que pude ver mejor los detalles. Sus labios nunca se juntaban, sino que parecían dejar siempre un hueco por el que babeaba, ni tampoco sus ojos llegaban a enfocar las cosas.

Temblé, sintiéndome mal. ¡Papá, todo era por culpa suya! ¡Era el responsable del estado de Sylvia! Todas aquellas discusiones, las veces en que había empleado su cinturón como látigo. Sollocé entonces por Mamá, que también había puesto su granito de arena, cuando se bebía aquel té caliente mezclado con bourbon, aunque Papá le dijera que no debía hacerlo.

Aquello que se acercaba más y más a cada segundo que pasaba era el resultado de todos estos abusos, aquella encantadora niñita con su aspecto de completa retrasada mental.

Seguí retrocediendo hasta que noté a mis espaldas el duro muro de la casa. Papá prosiguió implacable, arrastrando a mi hermana. Luego se inclinó para tomarla en brazos, en los que la acunó para levantarla hasta la altura de mis ojos.

—Mira, Audrina, mira a Sylvia. No vuelvas la cabeza. No cierres los ojos. Mira cómo Sylvia babea y no puede enfocar los ojos, y ni siquiera consigue mover los pies correctamente. Adelantará las manos una docena o más de veces para coger lo que necesita, antes de que pueda imaginar cómo ha de agarrarlo. Tratará de llevarse la comida a la boca y no acertará, aunque como es obvio, ha encontrado algún medio para poder comer. Es igual que un animal, una cosa salvaje, pero ¿no es también algo bello, encantador y terrible a un tiempo? Ahora que la ves, tal vez entenderás por qué la he mantenido apartada durante tanto tiempo. Te he estado concediendo la libertad, y ni siquiera una vez me has dado las gracias. Ni una sola vez...

—Sylvia está loca..., es una loca... loca... —canturreó Vera en voz baja como telón de fondo—. Ahora Audrina ha conseguido una chalada... una chalada... una mochales...

Papá rugió:

—¡Vera métete en casa y quédate allí!

Por alguna razón, Vera palideció. Anduvo hasta aproximarse donde Papá se encontra con Sylvia.

—Aún querrás más a esta niñita idiota que a mí, ¿verdad? —gritó Vera, mirando a mi padre y también a Sylvia.

Cierta tortura retorció su boca y la hizo parecer aún más vieja y espantosa.

—Llegará un tiempo en que me desees más de lo que nunca hayas deseado nada..., pero te escupiré en la cara antes de ayudarte cuando lo necesites...

—No me estás diciendo ninguna cosa que no supiera ya —respondió con frialdad mi padre—. Eres lo mismo que tu madre... Liberal con tu odio y tu rencor, tacaña con tu amor... No necesito tu ayuda, Vera. Ni ahora, ni en lo futuro... Tengo a Audrina...

—¡No tienes nada, si lo que tienes es a Audrina! —le gritó Vera con toda su furia y zahiriéndole—. Audrina te odia también, sólo que aún no lo sabe...

Con toda facilidad, Papá continuó sosteniendo a Sylvia con una mano, y con la mano libre le dio a Vera tal bofetada, que ésta cayó al suelo del porche. Hecha un ovillo allí, comenzó a gritar de una forma salvaje, casi como una loca. Sylvia también dio comienzo a un sordo lloriqueo.

—¡Maldito seas por golpearla! —gritó ahora mi tía—. Damian, todo lo que esta muchacha quiere es una pequeña muestra de afecto por tu parte. Y no le has brindado más que indiferencia. Y ya sabes quién es... ¡*Sabes quién es...!*

—No sé nada —replicó Papá, con una voz tan mortíferamente fría que me estremecí de miedo.

Dirigió sus oscuros y amenazadores ojos hacia mi tía, ordenándole con la mirada que mantuviese la boca cerrada, o también la derribaría de un golpe.

El pánico se estaba apoderando de mí. Vera se arrastró hasta donde pudiera usar la cortina de la puerta para incorporarse. Luego, aún gritando, desapareció dentro de la casa. Yo no aparté los ojos de Sylvia, que no podía enfocar bien la vista sobre nada ni sobre nadie.

¿Qué clase de ojos tenía? Unos ojos vacíos. Como si no los tuviera. Aunque su color resultaba llamativo y sus largas pestañas fuesen oscuras y curvadas, ¿qué importaba todo aquello? No significaba nada puesto que no existía ninguna inteligencia detrás de aquella mirada vacía.

Tragué saliva por encima de aquel nudo que de nuevo tenía en la garganta, que demudó mi voz y llenó mis ojos de lágrimas. Cerré las manos y me enjugué las lágrimas para que Papá no las viera.

Papá no dejaba de mirarme.

—¿No haces ningún comentario, Audrina? Vamos, vamos, algo sí estás pensando...

Mis ojos se alzaron para encontrarse con los suyos. De nuevo, apareció en mi padre aquella sonrisa leve y cínica.

—¿Por qué no puede Sylvia cerrar la boca y fijar bien la mirada? —le pregunté con voz débil—. ¿Y por qué no anda tan bien como los otros niños, puesto que tiene ya casi tres años?

—Déjanos —le dijo Papá a mi tía, que parecía haber echado raíces en su sitio.

Aún seguí oyendo los gritos de Vera que rebotaban por las escaleras. Aunque nuestra casa estuviese abarrotada de aquellos muebles oscuros y macizos, si alguien gritaba de la forma en que lo hacía Vera, parecía auténticamente una casa vacía, llena de fantasmas y de ecos.

—¿Y por qué he de irme, Damian? Dime eso...

—No debe haber la menor influencia entre Audrina y su hermana, Ellsbeth, haz el favor de borrar esa mueca de desaprobación de su rostro. No resulta convincente.

Sin ninguna ulterior protesta, mi tía entró en la casa y cerró la puerta de un golpe. Papá dejó a Sylvia en el porche y le soltó la mano. Inmediatamente, la niña comenzó a ir de un sitio a otro, sin el menor objetivo. Luego, dándose torpemente la vuelta tropezó con una mecedora de mimbre, que golpeó un tiesto con unos helechos colocados en un estante de mimbre blanco, por lo que la maceta se cayó también.

¡Oh!

—Está ciega, ¿verdad, Papá? —grité, percatándome de repente de por qué sus ojos parecían vacíos e incapaces de enfocar nada—. ¿Por qué no me lo dijiste antes?

—Sería mejor si fuera ciega —replicó con tristeza Papá—. Sylvia puede parecer ciega, pero ve casi tan bien como tú o como yo... Lo que ocurre es que no puede regular los músculos de sus ojos y mantenerlos fijos en algo. Los médicos creen que, poco después del nacimiento, resultó afectada por una de esas enfermedades nerviosas, y le han hecho pruebas al respecto. Ha pasado por casi todas las pruebas conocidas por la Medicina moderna para averiguar qué anda mal en ella. Puede ver y oír, pero sigue sin reaccionar ante las cosas como debiera hacerlo. Ahora, adelante, pregúntame qué saben los médicos y yo entraré en estos aburridos detalles para informarte de todas las pruebas que han efectuado con ella, en cuanto sospecharon que algo no iba bien...

—Cuéntamelo —susurré.

—Si observas con cuidado, podrás ver que la niña choca contra las sillas y derriba las cosas, pero no se cayó por las escaleras.

Tenía los ojos fijos en mí, y no en Sylvia, que era la que, obviamente, necesitaba que la vigilasen.

—Si la llamas, repetidamente, por su nombre, te responderá llegado el momento. Puede andar en línea recta hacia ti, pero no llegará. Deseaba que se quedase un año más con los terapeutas. Confiaba que, en ese tiempo, lograrían enseñarle a controlar sus funciones orgánicas.

Vio la expresión de mi rostro y añadió con suavidad:

—Audrina, Sylvia lleva pañales, como otros muchos

niños de su edad, pero, a diferencia de los otros niños, Sylvia no cabe la menor duda de que seguirá llevando pañales durante el resto de su vida...

¡Oh, qué cosa más espantosa! Me quedé mirando a Sylvia con incredulidad.

Papá prosiguió:

—Sí lo que dicen sus especialistas es verdad, Sylvia está retrasada de forma permanente y grave. No me gusta creer eso, pero debo aceptar el hecho en sí. De todos modos, alguna pequeña parte de mí cree que tal vez, algún día, Sylvia llegará a ser normal si le prestamos los cuidados necesarios... Es decir, si alguien de nosotros conoce en qué radica la normalidad.

Me había preparado para cualquier cosa, menos para esto. Ciega, sorda, coja... Me creí preparada para hacer frente a ello. Pero no a aquel retraso mental. No necesitaba una hermana retrasada mental que me complicase el resto de mi vida.

Fue entonces cuando me volví, y vi que Sylvia se encontraba peligrosamente cerca de los escalones. Precipitándome hacia delante, la agarré justo a tiempo.

—¡Papá, dijiste que veía!

—Puede ver. E incluso es muy intuitiva. No hubiera llegado a caerse. Es muy parecida a una criatura salvaje que viva gracias a sus instintos. Quiérela un poco, Audrina, aunque no puedas amarla muchísimo... Necesita de alguien que la ame, y si aprecias a cualquier perro o gato callejero, e incluso curas a cualquier pajarillo herido que encuentras, también podrás amar a tu hermana retrasada mental y cuidarla durante todo el tiempo que te necesite...

Me quedé mirando su lleno y agradable rostro, que empezaba a mostrar algunas arrugas. Un poco de plata suavizaba su oscuro cabello en las sienes. Aún no tenía doce años y ya me estaba haciendo cargo de una niña que sería siempre un perpetuo bebé.

Muchas veces, Papá me había dicho que era muy lista, que podía hacer cualquier cosa que me propusiese. Muy pronto me explicó que en seguida conseguiría que Sylvia pudiese utilizar el orinal. El amor me haría la mayor experta profesional. Continué mirándole con ojos muy abiertos, mientras seguía diciéndome que también le enseñaría a enfocar los ojos, a dominar los labios, a andar apropiadamente, a hablar bien. No pude dejar de observar a Sylvia que, desgarbadamente, retrocedía por aquellos cinco escalones sobre manos y rodillas. Luego se incorporó y anduvo por el patio. Diversas veces, intentó arrancar una camelia de un arbusto. El color la atraía, al parecer, y cuando finalmente la tuvo en su manita, trató de llevársela a la nariz y olerla. No sabía, exactamente, dónde tenía la nariz, o si lo sabía, no conocía el medio de atinarla con precisión. Qué conmovida, horrorizada y llena de piedad me sentí. En el breve espacio de tiempo que había estado aquí, ya había conseguido ensuciarse el vestido y rozarse los zapatos sin posible reparación, y su bonito cabello le colgaba por el rostro.

Estaba hecha un lío. Sentía piedad por Sylvia. La deseaba y no la deseaba. La amaba, y tal vez estaba ya comenzando a odiarla también un poco. Semanas después, sospeché que si hubiese realizado una elección en aquel momento, antes de que mi hermanita tuviese oportunidad de apoderarse de mi corazón, la hubiera enviado de regreso adonde procedía.

Pero Sylvia se encontraba aquí, y bajo mi responsabilidad. Tal vez no la desease o necesitase, pero por mi amada madre muerta me haría cargo de Sylvia, aunque ello significase negarme a mí misma la libertad que hubiera tenido si ella nunca hubiese nacido.

Mientras permanecía allí, casi con doce años, observándola, algo tierno y amoroso se presentó en mí, me hizo apresurarme a lo largo de la senda que conduce a la madurez. Bajé corriendo las escaleras para tomarla en mis brazos. En sus redondas y gordezuelas mejillas estampé una docena o más de besos. Rodeé su pequeña cabeza con mi mano y sentí su suave y sedoso cabello de bebé.

—¡Te amaré, Sylvia! Seré tu madre. A partir de ahora nadie te tratará mal. Te enseñaré un día u otro a dominar tu vejiga y a saber ir al lavabo. Te salvaré, Sylvia. No voy a creer que seas una retrasada, sino que te falta el conveniente entrenamiento físico. Cada mañana, cuando me despierte, me diré a mí misma que he de encontrar nuevas formas de enseñarte lo que necesitas saber. Hay un medio de hacer de ti una persona normal, sé que lo hay...

HERMANAS

Aquella misma noche, mi padre me sentó por última vez en su regazo.

—Estás creciendo, Audrina. Cada día que pasa te vuelves más y más mujer. Puedo ver los cambios que tienen lugar en tu cuerpo y, ciertamente, confío en que tu tía cumpla con su deber de informarte de cómo debes hacer frente a ciertas situaciones. A partir de ahora, ya no podré acunarte de esta manera. La gente imagina a menudo cosas feas... Pero, aunque no te tenga en mis brazos, eso no significará que no te quiera.

Sus manos se posaron en mi cabello y apretaron mi rostro contra la parte delantera de su camisa. En aquel momento, sentí que era su verdadero cariño.

—Estoy orgulloso y muy contento de que hayas prometido hacerte cargo de Sylvia —continuó con voz emocionada, como si, por fin, estuviese demostrando ser igual que su Primera y Más Amada Audrina—. Es deber tuyo hacerte cargo de tu desgraciada hermana. Debes mostrarte de acuerdo en no tener que llevarla nunca a una institución mental, donde abusarían de ella los demás pacientes, o los enfermeros, que no siempre son tan

231

honorables cuando tienen que tratar con chicas bonitas. Y será muy hermosa, aunque ahora no podamos verlo. No tendrá la menor capacidad mental, pero los hombres no se preocuparían de eso. La usarían, abusarían de ella. Para cuando llegase a la pubertad, algún chico le robaría su virginidad, y tal vez la hiciese madre. Y que Dios tuviese compasión de ese hijo, que también sería entonces de tu responsabilidad. No me mires de esa forma y pienses que estoy colocando mi carga encima de tus jóvenes hombros. Sylvia me sobrevivirá, lo mismo que tú. Estoy preocupado para cuando llegue el momento en que deba irme y también le ocurre lo mismo a tía Ellsbeth.

Sollocé sobre su hombro, pensando en la pesada cruz que era Sylvia.

Papá me llevó por las escaleras, por última vez, y me metió en la cama, y tal vez también por última vez me besó y me deseó buenas noches. Vagas imágenes se me presentaban cada vez que me metía en la cama y me besaba para desearme las buenas noches, y escuchaba mis oraciones, y luego me llevaba a la habitación de la Primera Audrina para que me meciera y soñase. Me decía, mientras permanecía en el umbral, mirándome con tristeza, que, a partir de ahora, esperaba que me convirtiese en una adulta.

—Está bien, Papá —le respondí con voz fuerte—. Ahora no tendré miedo de andar en camisón por los pasillos. Si Sylvia grita en sueños, correré a su lado y no tendrás que molestarte. Pero debes amarla también y hacer por ella cuanto haces por mí. Ya nunca más tendré miedo de sentarme en aquella mecedora. Cuando no permaneces detrás de la puerta, me *convierto* en el cántaro vacío que se llena a rebosar con todas las cosas bellas. Los chicos de los bosques ahora ya no me preocupan, puesto que he aprendido a no temerlos, como solía hacer. Gracias, Papá, por haberme ayudado a sobreponerme a mi miedo a los muchachos...

Se quedó allí de pie en silencio durante un largo, muy largo momento.

—Me alegra mucho escuchar que tu cántaro vacío se ha llenado.

—Ahora, cuando me mezo en aquel balancín puedo encontrar a Mamá y hablar con ella... ¿Verdad que es una locura, Papá?

232

Una sombra oscureció aún más sus ojos.

—Permanece apartada de la mecedora, Audrina. Ya ha hecho por ti todo cuanto cabía esperar.

¿Qué? Resultaba sorprendente. Ahora sabía que no iba a dejarlo. Papá me estaba protegiendo de algo que no deseaba que supiese, pero que era una cosa que *debía* conocer.

Se fue entonces, cerró la puerta y quedé sola. Permanecí tumbada tan inmóvil en aquella oscuridad, que pude escuchar la respiración de la casa, los susurros de las tablas del suelo, que tramaban la forma de mantenerse aquí para siempre.

En la penumbra de mi ensombrecida habitación, y mientras los fantasmas de todos los anteriores Whitefern no hacían más que murmurar, escuché el ruido de mi puerta al abrirse y cerrarse con suavidad. Pareció entrar por allí una auténtica arpía. El cabello le caía por detrás. El largo vestido blanco que llevaba arrastraba por el suelo. Aquello casi me hizo gritar.

—Audrina... Soy yo... Vera...

Mi corazón me latía tan de prisa a causa del susto que me había dado, que la voz me tembló al preguntarle qué quería.

Débiles y tartamudeantes, surgieron sus palabras que me dejaron pasmada:

—Quiero ser tu amiga..., si tú lo deseas. Estoy cansada de vivir en una casa donde todo el mundo me odia, incluso mi propia madre. Audrina, no tengo a nadie... Enséñame cómo lograr que guste a la gente lo mismo que te quieren a ti...

—Tu madre no me quiere —respondí con voz sofocada.

—Sí, claro que te quiere. Por lo menos, te ama más de lo que me aprecia a mí. Te confía la mejor porcelana y cristalería, y ésa es la auténtica razón de que lleves a cabo la mayor parte de las tareas domésticas. No soy lo suficientemente buena como para ser una esclava en la cocina. Audrina, ¿te has percatado de las muchas veces que le echa esto en cara a Papá? Es su arma para combatirle, al igual que sabe que le hiere cuando se lo dice. Puesto que eso fue lo que le hizo a tu madre: su esclava en la cocina y en el dormitorio.

Ne me gustaba aquella clase de conversación, ya que parecía desleal.

233

—Mi madre le amaba —respondí a la defensiva—. Cuando amas, entregas cuanto deseas para ti misma...

—Entonces, haz algo por mí, Audrina. Quiéreme como tanto deseas amar a Sylvia, que es una retrasada mental y una estúpida, aunque sea pequeñita y dé pena que sea tan mona. Yo seré tu mejor hermana. Lo seré. A partir de ahora, te juro que nunca más seré desagradable contigo. Por favor, sé mi amiga, Audrina. Por favor confía en mí.

Vera no había acudido nunca a mi lado sin intentar dañarme de alguna forma a mí o a mis posesiones. Temblaba mientras se encontraba cerca de la cama, pareciendo patéticamente vulnerable, con su largo camisón, y su extraño pelo que la hacía parecer tan espantosa. Sin embargo, no podía llegar a comprender nada. Resultaba terrible no ser amada por tu propia madre... Si quería mi amor, se lo daría...

Sin demasiada ansia, le permití que se metiera en mi cama, nos abrazamos estrechamente y pronto nos quedamos dormidas.

Nunca me pregunté por qué, el mismo día en que Sylvia se había presentado en casa, Vera decidió que me necesitaba. Sólo le estaba agradecida.

Muy pronto, Vera y yo fuimos de lo más íntimas y juntas nos divertimos mucho, aunque parecía imposible que hiciese tan poco que Vera era mi peor enemiga. Aunque ella estudiaba con Mr. Rensdale una vez a la semana, comenzó a acudir diariamente conmigo a mis clases de música. De una forma muy apropiada y sumisa, se sentó en el sofá y me escuchó tocar. Arden susurró que estaba muy contento de que Vera y yo fuésemos, al fin, amigas.

—Ésta es la forma en que deben portarse las hermanas..., o las primas hermanas. Las familias han de permanecer unidas.

—Es mejor decir que es mi hermana. En realidad, todo el mundo cree que lo es.

Ahora que veía a Vera y a mi profesor de música juntos, pensé que podía juzgar por su conducta qué verdades o mentiras me había contado Vera. ¿Eran, realmente, amantes? Una cálida tarde de verano, Vera no llevaba otra cosa excepto un reducido sujetador blanco de piqué, además de sus pantalones cortos de color verde brillante. Yo llevaba una blusa blanca y una falda, que Papá había aprobado para las lecciones de música. La forma en que Vera iba vestida (o desvestida), Papá creía que resultaba indecente... para mí.

Mientras con toda mi ansia trataba de tocar como una artista prometedora, Vera se tumbó en uno de los sillones de Mr. Rensdale, con una pierna por encima de uno de sus brazos. Indolentemente, sus dedos trazaron císculos por encima de sus pechos para definir sus pezones, que se hallaban ya sobresaliendo. Mr. Rensdale no podía evitar que sus ojos no se apartasen de ella. Sin importar lo bien que tocase, o los errores que pudiera cometer, no se percató ni de una cosa ni de otra. ¿De qué servía haber dedicado dieciocho horas a ensayar una partitura, cuando Vera se encontraba allí y le distraía? Irreflexivamente, Vera empezó a abrazarse a sí misma, a acariciarse sus muslos, sus brazos, a hacer oscilar sus pechos como si quisiera sacar algunas migas de su sujetador. Resultaba asombrosa la forma en que se mantenía ocupada haciendo cosas con su cuerpo.

—Vera, por el amor de Dios, ¿qué te pasa? —estalló al fin Lamar Rensdale.

—Una abeja me picó en un sitio más bien embarazoso y no deja de dolerme —se quejó, mirándole implorante—. Necesito quitarme el aguijón, pero no lo veo. Se encuentra en la parte baja de mi...

—Ya sé dónde está —replicó él tajantemente—. Hace media hora que tratas de sacarlo. Audrina, ve a mi cuarto de baño y ayuda a tu hermana a quitarse el aguijón.

Mr. Rensdale tenía la espalda vuelta hacia ella, y me miraba a mí, suplicante. Detrás de él, Vera movió violentamente la cabeza, diciéndome que no deseaba mi ayuda. De todas formas me levanté y me dirigí al cuarto de baño para ayudar a Vera. Pasaron los minutos.

—Apresúrate, Vera. Arden regresará muy pronto para llevarnos de vuelta a casa.

—Todo va bien —canturreó Vera, jovial—. Estoy tratando de quitarme el aguijón por mí misma.

Cuando regresé a la sala de estar, Vera me sonrió y se tiró hacia arriba su breve sujetador.

—Todo lo que necesitaba era una buena lupa de aumento. Gracias por dejarme emplear sus pinzas, Mr. Rensdale.

¿Por qué el profesor tenía el rostro tan enrojecido? Luego vi la expresión de suficiencia de Vera y conjeturé que se había bajado el sujetador y, delante de él, se había quitado el aguijón..., si es que, en primer lugar, había habido un aguijón...

A partir de aquel día, comencé a percatarme de algunos pequeños intercambios entre ellos. En mi propio bien, al parecer, Mr. Rensdale deseó mostrar decoro, pero, también, por mi causa, Vera quiso revelar hasta qué punto habían llegado sus relaciones. Cuando le tocaba el turno se esforzaba por extraer del piano alguna tonada infantil que debería tener como efecto que el profesor frunciese el ceño... y, sin embargo, la parte superior del vestido de Vera se desataba, o bien su trajecito de tenis mostraba las bragas. Coqueteaba con sus ojos, con sus gestos, con el modo en que se sentaba de forma descuidada, invitadora, diciéndole todas las maneras en que podría mostrarse, cuándo y dónde él quisiera. Comenzó de nuevo a desagradarme. Contaba unos chistes que me hacían poner colorada, y el profesor se sentaba con los ojos bajos, al parecer muy cansado. Siempre parecía muy cansado...

—Es el calor —explicaba cuando le preguntaba—. El bochorno me quita las energías.

—Oh, ahorre unas pocas —le engatusaba Vera—. Ahorre las suficientes por el bien del placer...

Él no respondía nada, pero se levantaba y me entregaba mis deberes.

—Confío en que tu casa no sea tan húmeda como ésta.

No imponía deberes a Vera, pero se intercambiaban alguna clase de mensaje secreto con los ojos.

—Las habitaciones de la planta baja son maravillosamente frescas —explicaba Vera—, pero arriba hace tanto calor y bochorno como aquí. Iría desnuda todo el rato si Papá y mi tía me dejasen.

Me quedé mirando a Vera. Hacía algún tiempo, durante una ola de calor, nuestro piso de arriba se volvió muy congestionado, pero raramente era necesario ir por allí desnudo.

Los días veraniegos se fueron prolongando bochornosos, y la playa constituyó algún momento ocasional de alivio, con Arden a mi lado y Papá sin quitarnos ojo. Vera se negaba a ir a cualquier sitio con Papá, y mi tía tenía muchas cosas que hacer para encontrar un momento que dedicar a divertirse. Sylvia jugaba con la arena, con una apariencia penosamente diferente a los otros niños de su tamaño y edad. No podía llenar de arena su cubo, aunque lo intentaba con la mayor diligencia; no poseía los suficientes reflejos para escapar de las olas y se veía atrapada por la marejada y llevada mar adentro. Arden y yo tuvimos que salvarla una y otra vez. Papá se tumbó debajo de un enorme parasol de colores, mientras miraba a todas las chicas bonitas que aparecían por allí.

Muy pronto me percaté de que a Sylvia sólo le gustaba comer hierba. Se arrastraba hasta afuera de la casa; por dentro de la casa, se ponía en pie para andar torpemente y tropezaba con todas las cosas. Milagrosamente, después del primer día ya no rompió nada más. Si la dejaban sola en el jardín durante unos cuantos segundos, echaba a andar y se perdía. En una ocasión, al cabo de una hora de frenética búsqueda y llamarla, la encontré sentada debajo de un árbol y comiendo fresas salvajes, con una apariencia tan inocente como un querubín sin sentidos. Gritaba por las noches, lo que demostraba que poseía unas activas cuerdas vocales y que, un día, llegaría a hablar si se veían activadas por su dormido cerebro. Se alimentaba torpemente, agarraba la comida después de muchos e infructíferos intentos, empujando a continuación hacia la boca cualquier cosa que hubiese podido llegar a sus manos. Desgraciadamente, nunca lo conseguía al primer intento y fallaba por lo menos dos veces, antes de centrar las manos sobre su boca.

Cada comida acababa con Sylvia mostrando un terrible aspecto, con los alimentos aplastados por toda la cara, en el cabello, en las narices. Un babero tampoco servía de nada. Lo dejaba caer, lo rompía, especialmente después de haber comido hierba. Y lo peor de todo —lo más terrible de todo—, era que no tenía el menor dominio sobre las funciones de eliminación de su cuerpo.

—Aún no tiene tres años —alentaba las cosas Papá cuando yo quería emplear un viejo orinal para que se sentase en él—. Incluso tú llevabas pañales a su edad.

—Sí, lo hacía —se mostró en desacuerdo mi tía—. Audrina fue siempre personalmente consciente de ser una guarra. Se entrenaba mientras Lucietta le leía libros de poesía infantil y le mostraba las bonitas fotos de Audrina, y la recompensaba con caramelos cuando conseguía hacer las cosas bien.

Papá mostró su desaprobación poniéndose ceñudo y procediendo luego a ignorarla.

—Y debes mantenerla limpia, Audrina, pues, de lo contrario, acabará con un trasero rojo y llagado que costará muchísimo de curar... Ésa es la razón de que grite por la noche. Los pañales le rozan.

—¡Damian! ¡Basta! No puedes esperar que una chica tan joven como Audrina tome toda la responsabilidad sobre una niña retrasada mental. Haz que Sylvia regrese a aquel lugar o contrata a una enfermera.

—No puedo permitirme una enfermera —añadió Papá medio dormido, bostezando y estirando sus largas piernas, dispuesto a echar una siestecita en el sillón del porche—. Tengo que alimentarte a ti, Ellie, y a esa hija tuya. Y eso se lleva la mayor parte de mi dinero.

Me quedé mirando a Papá, odiando la forma en que presentaba las verdades y luego las retorcía.

Media hora después lo intenté de nuevo con el orinalito, tratando de que Sylvia se sentase y no se moviese de allí. Durante una hora le leí cuentos, pero no sirvió de nada. En cuanto tuve a Sylvia vestida de nuevo y con pañales limpios, con unas bragas de plástico por encima, ya se había ensuciado otra vez. Vera llegó a tiempo de ver cómo la cambiaba de nuevo. Se echó a reír de forma desdeñosa.

—Vaya, me alegro mucho de que no esté a mi cargo, pues se quedaría siempre llena de mierda...

—Menuda enfermera harás —le respondí encolerizada.

Luego miré a mi alrededor y me fijé más en Vera.

—¿Dónde has estado?

En ocasiones, cuando pensaba que Vera se encontraba en su cuarto leyendo, no estaba allí en absoluto. Permanecía en algún lugar donde no podía encontrarla. Por lo general, se dejaba ver poco antes de las seis, cuando Papá regresaba a casa del trabajo.

Bostezando soñolienta, se dejó caer en uno de los sillones de mi dormitorio.

—Aborrezco la escuela en verano. Aborrezco la escuela en invierno. Como la escuela acaba a las doce, tengo unos cuantos amigos en el pueblo, aunque tú no...

Sonriendo y con una apariencia misteriosa, me arrojó una barra de «Hershey».

—Un regalo. Sé que te gusta mucho el chocolate...

Algo estaba ocurriendo en la vida de Vera, pero no sentí por ello la menor envidia. Aunque ya no me atormentaba abiertamente, seguía sin ayudarme en las tareas domésticas, o con los platos, o con Sylvia.

—Estoy molida, Audrina, auténticamente molida.

Bostezó y se acurrucó en la silla como una gata perezosa y sensual. Casi la oía ronronear.

Cuando mi tía preparaba la comida, limpiaba la casa y cambiaba al mismo tiempo la ropa de las camas, se desarrollaba entre nosotras cierta intimidad mientras trabajábamos juntas y realizábamos todas las numerosas cosas que Vera se negaba a llevar a cabo. Ahora, ocasionalmente, incluso me permitía que la llamase tía Ellie. Oh, cómo se esforzaba para cocinar tan bien como lo había hecho Mamá. Constituía su deseo (aunque nunca me lo dijo, lo sentía así), el cocinar mejor que mi madre. Deseaba que Papá no careciese de sus platos favoritos. A veces eran más de las dos de la madrugada cuando podía meterse en la cama.

Tal vez hacía ya seis meses que Sylvia se encontraba en casa, cuando, finalmente, un día Papá sonrió después de haberse enjugado la boca y depositado encima de la mesa su servilleta. Manifestó:

—Ellie, esta vez, realmente, te has superado a ti misma. Nadie hubiera podido hacerlo mejor. Ha sido una comida soberbia, realmente soberbia...

¿Quién hubiera podido imaginar que sería tan feliz al oírle decir que mi tía había ganado a mi madre en algo? Aprecié su cumplido, hasta el punto que los ojos se me llenaron de lágrimas... Tal vez porque lo mismo le sucedió también a mi tía.

Para mí, se fue desarrollando una clase diferente de vida. Una vida frenética que me robó el verano, que me quitaba tres tardes a la semana para Billie y para Arden. En el otoño, me vi forzada a correr hasta casa desde el lugar donde me dejaba el autobús escolar y llegar jadeante en busca de Sylvia, que tenía la fea costumbre de esconderse en aquel momento en cualquier parte.

Era una tarea desagradecida la que me forcé a realizar, una tarea verdaderamente imposible, en lo que se refería a intentar tratar a Sylvia de la misma forma que a una chiquilla de inteligencia normal. Sus períodos

239

de atención resultaban en extremo breves. No podía estarse quieta. No podía forzar sus ojos o su mente sobre algo que no estuviese en movimiento. Lo peor de todo era que, en cuanto Papá dejaba a Sylvia en mi regazo, se olvidaba de su existencia. Desesperada, me dirigí a mi tía y le imploraba su ayuda.

—Muy bien —convenía con desgana—, te prometo hacer lo que pueda mientras te encuentres en la escuela, pero, en cuanto llegues a casa, y durante los fines de semana y las vacaciones escolares, Sylvia es cosa tuya..., sólo tuya...

En numerosas ocasiones tuve que rescatar a Sylvia de algún horrible castigo, que mi tía consideraba del todo justificado.

—¡No! —gritaba, corriendo a la cocina y tirando por el suelo mis libros de la escuela—. ¡No toques ese interruptor, Sylvia! No sabe que está mal el arrancar los crisantemos... Sólo piensa que son bonitos y le gustan las cosas bellas y coloreadas.

—¿Y no nos pasa a todos igual? —preguntó mi tía de una forma ácida—. Me gusta colocarlos en la mesa de tu madre. Y lo que es más, Sylvia ha pisoteado también mis surcos con verduras. Ha arruinado lo que estaba ya dispuesto para la cosecha. A veces, creo que trata, deliberadamente, de volverme tan loca como lo está ella.

Lágrimas de piedad por sí misma le hicieron brillar los ojos.

El cuarto de Sylvia parecía una celda almohadillada. En aquel penoso y pequeño cuarto se encontraba una camita baja, desde la que podía caerse al suelo sin hacerse daño, al golpear contra la gruesa alfombra. Realmente, a veces parecía como si mi tía tuviese razón: Sylvia no debería haber nacido. Pero había venido al mundo, y no había mucho que yo pudiese hacer al respecto.

Sylvia tenía ya tres años y —a diferencia de los otros niños, a los que les gusta jugar con bloques de construcción, pelotas y pequeños coches—, no le interesaba nada de todo esto. No sabía qué hacer, excepto corretear incansablemente. Le gustaba trepar, comer y beber, rondar en busca de algo, esconderse, y eso era todo. No sabía cómo dar comienzo a su educación, puesto que los bonitos libros de estampas no podían captar su atención y los juguetes eran unos objetos que carecían de significado para ella. Aunque la atase en una silla, continuaba haciendo rodar la cabeza y evitando mirar una cosa determinada que quisiese mostrarle.

Luego, un día maravilloso, mientras me mecía en el balancín del cuarto de juegos de la Primera y Mejor Audrina, tuve una visión. Vi a una niñita que se parecía en cierto sentido a mí, y a la otra Audrina, y que jugaba con unos prismas de cristales, sentada al sol y captando el reflejo de la luz, para refractarlo en las paredes, en los cristales, que devolvían de nuevo los colores, con lo que toda la habitación se convertía en un caleidoscopio. En los estantes de los juguetes del cuarto de juegos, encontré media docena de preciosos prismas de diversas formas, dos de ellos parecidos a largas lágrimas, otro con forma de estrella, uno más como un copo de nieve y el último parecido a un gran diamante. Los reuní todos y luego abrí los cortinajes, corrí las cortinas de gasa y me senté en el suelo a jugar yo misma con los prismas. Cuando yo estaba en casa, Sylvia había adoptado la costumbre de seguirme por todas partes. Lo hacía cual una auténtica sombra y, a menudo, cuando me volvía de repente, tropezaba con Sylvia y la derribaba al suelo.

A través de los prismas, la luz del sol proyectó arcoiris por toda la habitación. Con el rabillo del ojo, observé que Sylvia se mostraba interesada por los colores. No hacía más que mirar los arcoiris que bailoteaban por el cuarto. Jugué con ellos sobre la cara de la niña, logrando que una de sus mejillas se pusiese roja y la otra verde; luego, brevemente, hice destellar la luz sobre sus ojos. La mareé y la cegué, y, por alguna razón, empezó a gritar. Tambaleándose hacia delante, gimió mientras cogía los prismas, deseándolos sólo para ella.

Estoy segura de que, para Sylvia, las cosas que tenía en las manos eran unas flores duras e iridiscentes. Las agarró y fue a acuclillarse en un rincón, como si se escondiese de mí. Allí trató de hacer bailar los colores. Pero no lo logró. La observé, diciéndole mentalmente que se moviera adonde diese la luz del sol. Sólo ante los rayos solares cobrarían vida los colores.

Una y otra vez dio vueltas a los prismas gruñendo de frustración, con un ruido de gimoteo que procedía de lo más hondo de ella: luego, comenzó a arrastrarse con un prisma agarrado en cada mano hasta que se encontró en la zona donde daba el sol. Inmediatamente, los cristales volvieron a la vida y llenaron la habitación con rayos de color. Por primera vez, vi cómo sus ojos se abrían al máximo con sorpresa. Sylvia estaba logrando que sucediera algo. Y lo sabía. Pude ver su alegría mientras hacía que los colores se desplazasen por la habitación.

Me incorporé para abrazarla con fuerza.

—Qué colores más bonitos, Sylvia. Y todos son tuyos. Te he dado lo que le pertenecía a *ella*.

Una débil y apagada sonrisa afloró en sus entreabiertos labios. Parecía como si ahora aquellos prismas no se apartasen nunca de sus manos, ya que había descubierto una cosa que podía realizar con facilidad.

—Oh, Dios mío, esas cosas tan bonitas que eran de ella... —se quejó mi tía a la mañana siguiente, cuando Sylvia estaba sentada en su silla alta y dejó caer un prisma, mientras con el otro enfocaba unos rayos de luz para deslumbrar a cuantos se encontraban en la cocina—. ¿Se los has dado tú?

—Déjela, Ellie —intervino Papá—. Por lo menos, ha descubierto algo que hacer. Le fascinan los colores y, quién sabe, tal vez le enseñarán algo...

—¿Qué? —preguntó mi tía con cinismo—. ¿A cegarnos?

—Pues, por ejemplo —respondió Papá, pensativamente, mientras untaba de mantequilla su tercera tostada—, a no dejar las huellas digitales en las paredes y en los muebles... Eso por lo menos... Agarra muy bien esas cosas, como si se le fuesen a escapar... Dejadla sola...

Mientras me cuidaba de Sylvia, y Vera continuaba siendo más dulce que el azúcar conmigo, intenté como una loca encontrar tiempo para practicar, por lo menos, una vez al día en el piano de mi madre. A Sylvia no le gustaba que tocase el piano. Se sentaba al sol, y arrojaba rayos de colores encima de mis partituras musicales y, si las protegía de alguna forma, entonces me proyectaba la luz encima de los ojos para que no pudiese leer la música.

Continué mis lecciones con Lamar Rensdale, aunque no tenía demasiado tiempo para practicar. Sabía que el profesor se marchaba a Nueva York. Esta vez planeaba quedarse allí y enseñar música en «Juilliard».

—Eso es mejor que ganarme a duras penas la vida en un lugar donde tratan a los artistas con desprecio —me explicó.

Me telefoneó para contarme sus buenas nuevas la noche antes, pareciendo terriblemente excitado.

—Será mejor que no cuentes a nadie lo de mi nombramiento, Audrina. Y debes seguir con tus estudios musicales. Algún día, sé que me encontraré entre el auditorio, y me diré que fui yo el que encarriló al principio a Audrina Adare por el camino de la fama.

No se lo dije a nadie, excepto a Arden, tras lo cual decidí dejarme caer por casa de Mr. Rensdale para decirle adiós. En el bolsillo llevaba un pequeño regalo de despedida, un par de gemelos de oro, que habían pertenecido a mi abuelo materno.

En un tiempo, Lamar Rensdale había parecido el hombre mejor cuidado del mundo. Había un lugar para cada cosa y todo se encontraba en su sitio. Pero su antaño impecable jardín aparecía ahora descuidado y lleno de desperdicios. El césped necesitaba ser cortado, había malas hierbas por todas partes y el viento hacía rodar las latas de cerveza. Ni siquiera había recogido las hojas o quitado los viejos nidos de pájaro de encima de la entrada. Empecé a llamar en la puerta de atrás, pero, al leve toque de mis nudillos, se abrió por completo, ayudada en esto por las fuertes ráfagas de viento que soplaban detrás de mí.

En cuanto entraba en su casa solía oírle al piano, y si no estaba allí acostumbraba encontrarse en la cocina. Dado que la casa se hallaba muy silenciosa, di por supuesto que se habría ido a la ciudad. Decidí dejarle mi regalo con una nota y luego sentarme en el porche, a esperar que pasase por allí Arden y me recogiese. Empecé a redactarle unas líneas en su agenda de notas de la cocina.

—«Querido Mr. Rensdale...» —escribí.

Me interrumpió un ruido procedente de la sala de estar. Separé los labios para llamarle, cuando escuché una risa infantil, sofocada y también muy conocida. Rígida, me estremecí al pensar que todos aquellos fantásticos relatos que Vera me había contado acerca de Mr. Rensdale debían ser ciertos. Me acerqué de puntillas a la puerta de la cocina y la entreabrí. Mr. Rensdale y Vera se hallaban en la sala de estar.

En la chimenea crepitaba alegremente un leño encendido, lanzando chispas hacia la parte superior de la chimenea. Noviembre se había vuelto lo suficientemente frío como para encender la chimenea. Esta tarde era muy triste, pero con el fuego todo parecía alegre y jovial en aquella pequeña estancia, cuando Lamar Rensdale avanzó para poner una placa en el tocadiscos. Dulcemente, la casa se llenó con la música de la *Serenata* de Schubert, y ahora supe que me encontraba, en secreto, siendo testigo de una escena de seducción.

Me quedé allí en pie, incapaz de decidir qué debía hacer. Aún faltaba una hora o más para que Arden pasase a recogerme. La caminata hasta casa resultaba muy larga y resultaba peligroso andar por la carretera. Tampoco podía arriesgarme a hacer autoestop. No, me sentaría en el porche posterior, a pesar del frío. En vez de echar a andar, debatí conmigo misma, una y otra vez, si existiría alguna buena razón para observar lo que estaba ocurriendo en la salita.

—Mira —decía Lamar Rensdale—, puedes bailar muy bien. Ya te he dicho que tu cojera apenas es perceptible. Exageras demasiado, Vera. Cuando una chica es tan bonita como lo eres tú, y tiene un tipo como el tuyo, ningún hombre puede percatarse de una pequeña imperfección...

—¿Así que mi cojera es una imperfección? Lamar, confiaba en que me verías como perfecta...

Su voz tenía un tono dulce y de queja, de reproche, y al mismo tiempo conmovedor.

¿Lo amaba Vera realmente? ¿Y cómo podía hacerlo? La semana anterior acababa de cumplir los dieciséis años.

—Vera, eres muy bonita, muy seductora, un encanto. Pero demasiado joven para un hombre de mi edad. Durante dos años, hemos pasado momentos deliciosos juntos, y confío en que no olvides ni uno solo de esos instantes. Pero ahora he de irme. Deberías buscar un muchacho de tu edad, un chico que se case contigo y que te saque de aquella casa a la que pareces odiar tanto...

—Dijiste que me amabas, y ahora me hablas como si no fuese así —se quejó Vera, mientras las lágrimas comenzaban a rodarle por las mejillas—. Nunca me has amado, ¿verdad? Sólo lo dijiste para que me acostase contigo..., y ahora que estás cansado de mí deseas algo nuevo... Y yo que te amo tanto...

—Claro que te amo, Vera. Pero aún no estoy preparado para el matrimonio. Sabes que necesito ese puesto de profesor. Les dije que no estaba casado, y les gusta más así. Piensan que de ese modo me dedicaré mejor a la enseñanza. Vera, por favor, recuerda que no soy el único hombre en el mundo...

—¡Para mí sí lo eres! —gimoteó en tono más alto—. Te amo. Me moriría por ti. Te lo he entregado todo. Me sedujiste y me juraste que siempre me amarías... ¡Y ahora que estoy embarazada ya no me quieres!

Profundamente conmocionada, no pude evitar el encogerme.

Mr. Rensdale emitió una forzada sonrisa.

—Mi querida muchacha, no puedes estar embarazada de ninguna de las maneras. No emplees conmigo ese viejo truco...

—Pues lo estoy —se quejó otra vez Vera.

Cuando esto no pareció surtir efecto, se le acercó, hizo pucheros, le tomó entre sus brazos. Se apretó tanto contra él, que los dos parecieron soldados.

—Lamar, tú me amas, sé que me amas. Hazme el amor de nuevo, ahora mismo. Déjame probar de nuevo lo que llego a electrizarte...

Jadeé al ver cómo Vera le pasaba las manos por la espalda y luego hasta el trasero, al mismo tiempo que abría los labios y le besaba con tal pasión salvaje, que me sentí mareada tan sólo con mirarles. Vera hizo algo entonces que no pude ver, mientras la música seguía sonando y el fuego crepitaba con fuerza.

—No... —le rogó Lamar, en cuanto Vera se hizo más agresiva y empezó a hurgar en la cremallera de sus pantalones—. Audrina mencionó anoche algo acerca de dejarse caer por aquí para despedirse...

—¿Le estás enseñando a ella lo que me has enseñado a mí? —preguntó Vera con voz monótona—. Apuesto lo que sea a que soy diez veces mejor, mucho mejor que...

Lamar la agarró entonces y la sacudió por los hombros, al tiempo que le gritaba:

—¡Deja de hablar de esa manera! Audrina es una niña encantadora e inocente... Sólo Dios sabe cómo vosotras dos habéis podido salir tan diferentes...

Mientras continuaba regañándola, Vera se había alzado su suéter verde para mostrar sus desnudos pechos. Oscilaron mientras Lamar seguía sacudiéndola, Vera no dejaba de reírse. Aunque Lamar continuaba zarandeándola, Vera se desabrochó la falda y la dejó caer al suelo. Al cabo de otro segundo, sus pulgares estaban ya engarfiados dentro de las bragas y se las quitaba. Lamar Rensdale no pudo resistir el contemplarla desnuda. Parecía algo tonto que Vera mantuviese aún subido aquel suéter a la altura de los sobacos mientras seguía burlándose.

—Me deseas, me deseas, me deseas... Entonces, ¿por qué no me tomas? ¿O tendré que hacer lo que realicé la última vez... *Mr. Rensdale*?

¡Oh! Estaba imitando mi forma de hablar. De repente, Lamar la tomó en los brazos y la besó con rudeza, inclinándola tanto hacia atrás que pensé que iba a partirla. Ambos cayeron al suelo, y se abrazaron y se besaron, jadeando de pasión, aunque seguían diciéndose cosas feas. Rodaron una y otra vez...

Petrificada, como si tuviese sólo siete años y me viese atrapada de nuevo en aquella mecedora, lo observé todo hasta que hubo acabado su violento acto sexual, y Vera yaciese encima de aquel cuerpo de Lamar tan largo y peludo. Con ternura, le acarició las mejillas, el pelo, le besó los párpados y le pasó los labios por las orejas, mientras murmuraba con un tono alevoso:

—Si no me llevas a Nueva York contigo, le diré a todo el mundo que me has violado... Y también a Audrina. La Policía te meterá en la cárcel, puesto que sólo tengo dieciséis años y Audrina únicamente doce. Y me creerán a mí, y no a ti, y nunca más volverás a encontrar un empleo decente. Por favor, no me hagas esto, Lamar, por todo lo que te amo. Te amo tanto, que hasta me duele decirte unas cosas así...

Tras pronunciar estas palabras, se incorporó y comenzó a juguetear con las partes más íntimas del cuerpo de Lamar. Los quejidos de dicha del hombre me siguieron hasta la puerta trasera que cerré con suavidad detrás de mí.

Una vez afuera, respiré hondo el frío aire de noviembre, tratando de limpiarme los pulmones de aquel viscoso olor a sexo que había impregnado aquellas pequeñas habitaciones. No regresaría nunca. Sucediese lo que sucediese, nunca regresaría.

Durante todo el camino de regreso a casa, me mantuve en silencio al lado de Arden.

—¿Pasa algo? —me preguntó—. ¿Por qué no me hablas siquiera?

—Todo marcha bien, Arden.

—Claro que no... Siempre me estás hablando de Lamar Rensdale, de lo maravilloso que es. Pero hoy no dices nada de todo eso... ¿Por qué?

¿Cómo podía contarle lo que estaba pensando? Vera se había jactado precisamente el otro día de que había practicado también el sexo con Arden...

Aquella misma noche Vera irrumpió en mi cuarto.

—¡Estuviste allí, Audrina! Nos espiaste. Si se lo cuentas a Papá lo pagarás... Me cuidaré de que lo pagués... Le diré que haces lo mismo con Arden, y hasta con Lamar...

Me tiró los gemelos de oro que había dejado para Mr. Rensdale.

—Entré en la cocina y los encontré donde los dejaste, encima de la mesa.

Amenazadora, aún se me acercó más.

—Te aviso de una vez por todas... Si te atreves a contárselo a Papá, te haré algo tan espantoso que nunca más te atreverás a mirarte en un espejo.

La odié y la desprecié tanto entonces, que deseé herirla como amenazaba querer herirme a mí.

—Deseabas ser mi amiga. Pues vaya amiga más maravillosa que eres, Vera... Con una amiga como tú ya no preciso de enemigos, ¿no crees?

—No —replicó con una lenta sonrisa que iluminó sus oscuros ojos con un brillo siniestro—. Conmigo como amiga, tienes el mejor de todos los enemigos posibles. Deseaba que me quisieses, Audrina, por lo que te sentirás más herida cuando te percates de lo mucho que te odio... ¡Cuánto te he odiado siempre!

La vehemencia de sus palabras, proferidas con un tono taladrante, me hizo estremecer.

—¿Por qué me odias tanto? ¿Qué te he hecho?

Extendió sus manos abiertas, para indicar que se

trataba de la casa y de todo lo demás. Me contó que le había robado cuanto en derecho le pertenecía.

—¡Idiota! ¡Cómo puedes ser tan ciega! ¿No puedes mirarme, mirarme a los ojos y ver quién es mi padre? ¡*Yo* soy la Primera Audrina y no *tú*! ¡Tu Papá es también mi padre! ¡Yo soy la mayor, la que he llegado primero, y no tú! Papá salía con mi madre incluso antes de que conociese a la tuya, y dejó embarazada a la mía... Luego vio a tu madre, que era más joven y más bonita. Pero no le dijo ni una palabra a mi madre, hasta que ésta le contó que estaba embarazada de mí. Se negó a creer que él fuese el padre y forzó a mi madre a salir de la ciudad. Y esa estúpida de madre mía hizo lo que él quería. Y durante todo el tiempo siguió pensando que, cuando regresase, y viese lo bonita que yo era, querría entonces casarse con ella. Yo sólo tenía un año, y me vistió con todas las galas posibles para que tu padre quedase impresionado... Pero no se impresionó lo más mínimo porque, entretanto, se había casado con tu madre. Oh, Audrina, no sabes lo mucho que le odio y le desprecio por lo que nos hizo a las dos. Yo sólo era un bebé y me vi rechazada por mi propio padre. No me ha concedido nunca las cosas que eran por derecho mías. Planea dejarte esta casa, y también todo su dinero. Se lo he dicho a mi madre... ¡Y todo me pertenece a mí! ¡Todo lo que hay aquí debería ser mío!

Sollozó y me golpeó. Me agaché con rapidez y me alejé. Dándose la vuelta, en su rabia insana, Vera golpeó a Sylvia. La niña se cayó de bruces y empezó a llorar con toda la fuerza de sus pulmones:

—¡No pegues nunca más a Sylvia, Vera!

Me encontré montada encima de Vera, sujetándola con fuerza mientras se debatía, daba patadas y trataba de sacarme los ojos. Luchó contra mí con salvajismo, arañándome la cara con sus largas y afiladas uñas. Sylvia seguía aún llorando. Me puse en pie y me apresuré a recoger a la niña. Empleando una silla para levantarse, Vera pudo al fin ponerse en pie. Se tambaleó hacia la puerta del dormitorio y al pasillo de afuera. No se percató de un pequeño prisma con el que Sylvia había estado jugando. Lo pisó, perdió el equilibrio y se cayó de nuevo al suelo.

Sylvia aulló desesperada, pero fue Vera la que aún gritó más fuerte. Cuando miré, quedé asombrada al ver unos grandes charcos de sangre en el suelo.

Con Sylvia en brazos, corrí en busca de mi tía:

—¡Tía Ellsbeth, ven en seguida! Vera ha arrojado sangre por todo el suelo del dormitorio.

Mi tía me miró con indiferencia, mientras le colgaba un poco de harina del mentón.

—Sangra de verdad, y la sangre le corre por las piernas...

Sólo entonces mi tía se acercó al fregadero para desprenderse de la harina que tenía en las manos. Se las secó luego en su inmaculado delantal.

—Bueno, vamos... Puedo necesitar tu ayuda. Esa chica tiene una parte salvaje y destructiva, y no hay duda de que ha conseguido meterse en problemas.

Llegamos a tiempo de ver cómo Vera se arrastraba por el suelo, empapada en su propia sangre, y sangrando todavía mientras manoseaba los coágulos del suelo, a la par que gritaba:

—El bebé... He perdido a mi bebé...

Con una mirada salvaje y demudada, alzó la cabeza al entrar nosotras en la habitación. Abracé con más fuerza a Sylvia.

—¿Estabas embarazada? —le preguntó mi tía con gran frialdad, sin hacer nada por ayudar a su hija.

—¡Sí! —gritó Vera, aún manoseando la sangre a su alrededor—. ¡Iba a tener ese bebé! ¡Iba a tenerlo! ¡Necesitaba ese bebé! Era mi billete para salir de este infierno, y ahora lo he perdido. ¡Ayúdame, Mamá, ayúdame a salvar a mi bebé!

Mi tía bajó los ojos hacia toda aquella sangre.

—Si lo has perdido, tanto mejor...

Con expresión de demente, los ojos de Vera casi se le saltaban de las órbitas y sus dedos se curvaron en torno de un cuajarón de sangre que arrojó a su madre. Se estrelló contra el delantal de mi tía, y resbaló luego al suelo con un siniestro chasquido.

—Ahora ya no me llevará con él —gritó Vera.

—Limpia todo eso, Vera —le ordenó mi tía, tomándome de la mano y tratando de arrastrarme de allí—. Cuando regrese quiero que este cuarto esté tan impecable como esta mañana. Emplea agua fría con esa alfombra.

—Madre —gritó Vera, con aspecto ahora débil y a punto de desmayarse—. Acabo de abortar... ¿Y sólo te preocupas por la alfombra?

—Las alfombras orientales son muy valiosas. —Cerrando la puerta detrás de nosotros, mi tía me empujó por delante mientras Sylvia continuaba gimoteando—. Debería haber sabido que esto sucedería así. No es buena, igual que su padre...

Hizo una pausa, pareciendo reflexionar antes de añadir:

—Y, sin embargo, hizo otros hijos sin sus imperfecciones...

Sintiéndome enferma, conseguí al fin encontrar la forma de hablar:

—¿Es de verdad Vera hija de Papá?

Sin responderme, mi tía regresó a toda prisa a la cocina, donde, inmediatamente, se lavó de nuevo las manos, frotándoselas con un cepillo. Tiró su manchado delantal al lavadero de la colada, que llenó con agua fría, v luego tomó un delantal nuevo de uno de los cajones del armario. El delantal era muy blanco y presentaba unas profundas arrugas de la plancha. Una vez se hubo atado las cintas del delantal, siguió amasando la pasta del pastel que había empezado antes.

—Tienes un aspecto más pálido que de costumbre —le dijo Papá a Vera a la hora de la cena—. ¿Te has puesto mala de constipado o de algo parecido? Si es así, deberías comer en la cocina. Ya sabes que no hay que ir por ahí esparciendo virus.

La mirada que Vera le asestó estaba tan cargada de odio, que hubiera podido cortarse con un cuchillo. Se puso en pie y dejó la cena sin acabar. Lo sentí por ella, mientras la veía salir del comedor tambaleándose. Siempre se le notaba más la cojera cuando estaba cansada.

—Vera... ¿te puedo ayudar en algo? —la llamé.

—¡Manténte siempre apartada de mí!

Vera no hizo el menor esfuerzo por limpiar mi alfombra de las manchas de sangre. Lo dejó para que lo hiciese yo. Durante horas y horas, aquella noche, antes de irme a la cama, me arrodillé y froté las manchas que se negaban a irse de aquella lana tan gruesa. Mi tía se presentó por allí, vio lo que hacía y se fue para volver muy poco después con un segundo balde y un cepillo de cerdas más duras. Una al lado de la otra, nos pusimos a trabajar en la alfombra.

—Tu padre se ha ido a la cama —me dijo en voz baja—. No debe enterarse de nada de todo esto. Arrancaría a Vera la piel a tiras. Audrina, dime cómo es ese músico que os da clases... Me ha contado que el padre es él.

¿Cómo podía responderle a una cosa así, cuando no conocía nada absolutamente acerca de los hombres? Para mí, me había parecido un caballero agradable, amable, noble, que nunca seduciría a una señorita... Ya que había sucedido así, ¿qué sabía yo?

Pero la mecedora sí lo sabía. Sabía todo lo que Papá conocía acerca de cuán diabólicos eran los hombres, y las cosas terribles que podían hacerles a las chicas...

—¿Dónde está Vera? —preguntó Papá, cuando a la mañana siguiente, llevé a una limpia y bienoliente Sylvia a la cocina.

La até de forma segura en su silla alta, le puse un gran babero debajo del mentón y le di los prismas para que jugase con ellos hasta que estuviese preparado su desayuno.

Finalmente, mi padre alzó la mirada del periódico de la mañana y me vio.

—¿Qué te pasa en la cara? ¿Te has peleado? Audrina..., ¿quién te ha golpeado en el ojo y te ha arañado la mejilla?

—Papá, ya sabes que a veces soy sonámbula. Anoche me levanté dormida y me caí.

—Creo que estás mintiendo. Ya me percaté anoche de que tenías la cara colorada, pero Vera me hizo enfadarme tanto que no te presté demasiada atención. Y ahora, dime la verdad.

Rehusando añadir más, comencé a preparar el tocino entreverado que había pedido Papá. Una vez más, cogió el periódico y siguió leyendo. Hasta hacía poco, los periódicos nunca habían sido repartidos en casa, sino que los mandaban por correo. Fruncí el ceño cuando do esto me hizo pensar en algo.

—Papá —comencé, al mismo tiempo que ponía las rebanadas de pan en la tostadora—, ¿por qué necesitas ahora el periódico de la mañana cuando no lo veías hasta la noche antes de que muriese Mamá?

—Para tener algo que hacer, además de discutir con tu tía.

Sus palabras parecieron coincidir con la entrada de mi tía en la cocina. En cuanto vio lo que hacía, me empujó a un lado y *siguió* dándole vueltas al beicon.

El desayuno terminó antes de que mi tía hubiese proferido una sola palabra. Luego, de una forma tranquila, transmitió su información:

—Se ha ido, Damian...

—¿Quién se ha ido? —preguntó mi padre con suavidad, dando vuelta al periódico, antes de doblarlo con cuidado para seguir leyendo en la página siguiente.

—Vera se ha ido.

—Pues buen viaje...

Mi tía palideció. Inclinó la cabeza durante un momento y luego sacó una nota doblada del bolsillo de su delantal.

—Aquí está —comentó, entregándosela—. Dejó esto para ti debajo de la almohada. Ya lo he leído. Me gustaría que lo leyeses en voz alta para que lo oiga Audrina.

—No voy a molestarme en leerlo, Ellsbeth. Es tu hija, y estoy seguro que no puede decir nada que consiga que este día sea más feliz para mí.

Entonces, Ellsbeth me tendió la nota. Las lágrimas asomaron a mis ojos mientras leía lo que Vera había escrito.

—Un momento, Papá —le dije, cuando se disponía a ponerse la chaqueta—. Necesitas enterarte de esto para el bien de tu alma...

Por alguna razón, Papá se detuvo, pareció incómodo mientras cambiaba su peso de un pie al otro. Mantuvo su rostro de perfil cuando procedió a leer la nota:

Querido Papá:

Nunca me has permitido llamarte Papá, o Padre, pero esta vez voy a desobedecerte y llamarte Papá lo mismo que hace Audrina. Tú eres mi padre, y lo sabes. Audrina lo sabe y yo también.

Cuando era muy pequeña deseaba que me quisieras, aunque sólo fuese un poco. Solía permanecer despierta por las noches imaginando todas las buenas cosas que podría hacer para que te perca-

tases de ellas y dijeses: «Gracias, Vera.» Pero nunca fui capaz de ganarme tu afecto, sin importar lo mucho que llegase a intentarlo, por lo que pronto lo dejé correr.

Acostumbraba mirar a tu esposa, para aprender a ser como ella: de dulce habla, siempre bien vestida y oliendo a perfume, y tú me zurrabas por usar perfume, y también me azotabas por ponerme buenas ropas mientras jugaba. Me dabas azotainas por cualquier razón. Por lo tanto, cesé de tratar de complacerte, especialmente después de que tuvieras a «tu dulce Audrina», que no podía hacer nada mal. Era la que te complacía de todas las formas posibles.

Sin duda, en el momento en que lees esto estás contento por haberte desembarazado de mí, puesto que, en primer lugar, nunca me deseaste. Estoy segura de que te alegraría verme muerta. Pero no te vas a librar de mí tan fácilmente. Pues regresaré, Damian Adare, y todos cuantos me han hecho llorar, lo harán diez veces más que yo.

No voy a revelar ninguna clase de secretos en esta carta, pero llegará un día en que tus secretos saldrán a la luz y todos los contemplarán. Cuenta con ello, querido Papá. Sueña en esto por la noche. Piensa en mis ojos oscuros, que son igual que los tuyos, y pregúntate qué tendré reservado para ti y para los tuyos. Y recuerda, sobre todo, que has conseguido mostrarte sin corazón y cruel con todas las personas de tu misma carne y sangre.

Sin amor ya, soy la hija que te servirá mejor... y por más tiempo...

VERA

Lenta, muy lentamente, Papá se dio la vuelta y se me quedó mirando.

—¿Y por qué has querido que escuchase esto? Audrina, ¿es que tú tampoco me quieres?

—No lo sé —respondí con voz baja e insegura—, pero he pensado que le debes a Vera una serie de cosas que nunca ha tenido. Vera se ha ido, Papá... Y te ha dicho la verdad... No la escuchaste cuando te lo decía. Trataste de no verla. Nunca le hablaste, excepto para ordenarle hacer una cosa u otra. Papá, si ella es tu hija, ¿por qué no le diste algo? ¿Hubiera sido mucho pedir el entregarle un poco de amabilidad y un poco de amor?

Papá enderezó sus macizos hombros.

—Has escuchado la versión de Vera, Audrina, pero no la mía. No voy a pretender justificar mis actos. Pero te diré una cosa. Ten cuidado el día en que Vera regrese a nuestras vidas. Arrodíllate por la noche y reza por que se mantenga alejada. Si no fuera por tu tía, debí haberla matriculado en algún distante pensionado hace ya mucho, mucho tiempo. Existen personas que no debieran haber nacido nunca...

Miró con fijeza a los ojos de mi tía. Pareció oírse cómo sus ojos entrechocaban con un ruido de espadas. Fue ella la que primero bajó la vista. Luego su cabeza descendió tanto que mostró su larga y recta parte superior.

Su voz sonó débil cuando habló:

—Ya has dicho bastante, Damian. Tú tenías razón y yo estaba equivocada. Pero Vera es mía, y confío en que cambie y sea diferente.

—Así, pues, todos tenemos esperanzas, ¿no te parece?

Tras pronunciar aquellas palabras salió de la cocina.

RESOLVIENDO DILEMAS

A solas con tía Ellsbeth, no sabía qué decir. Se sentaba de vez en cuando a la mesa de la cocina y se quedaba mirando el espacio. En silencio, limpié la mesa y llené el lavaplatos. Luego alcé a Sylvia de su silla alta, le lavé de nuevo la cara y me la llevé al piso de arriba conmigo, mientras me vestía para ir a la escuela.

Me quité la bata, percatándome de que llegaría tarde para tomar el autobús escolar, y me puse a buscar en los cajones unos suéteres que lavaba cada sábado. En los cajones sólo se encontraban mis viejos suéteres, que me quedaban ya muy pequeños. Habían desaparecido los mejores, de cachemira. Y también las blusas más bonitas —las que Papá traía a casa para mí de vez en cuando—, habían desaparecido. Vera debía de haberse llevado mis mejores prendas, las que le fuesen bien. Recorrí toda la hilera de cajones para ver qué faltaba. No quería mi ropa interior, pues toda estaba allí, pero cuando abrí la cajita de las joyas, que en un tiempo habían sido de Mamá, todo cuanto era de auténtico valor y que mi madre me había dejado, había asimismo desaparecido. Incluso los gemelos y el pasador de corbata, previstos para mi futuro marido, tampoco estaban. Proferí un grito al percatarme de que también había robado el anillo de compromiso y la alianza matrimonial de mi madre. Qué feo y odioso era el haberme robado las cosas que tanto había atesorado. Toda la joyería fina que Mamá había heredado de sus antepasados no cabía la menor duda que habrían ido a parar a una casa de empeños. La única cosa que quedaba de cierto valor era el pequeño anillo con la piedra del zodíaco que siempre llevaba colgado del cuello con una cadena, y la rosa de cuarzo que Arden me había regalado. Resultaba hasta extraño que no hubiese intentado robarme aquellas cosas mientras dormía.

Cuando regresé a la cocina con Sylvia en brazos, me encontré a mi tía aún sentada a la mesa.

—Vera se ha llevado todos mis suéteres y blusas, y también las joyas que Mamá me dejó.

—También se ha llevado las joyas que yo tenía —respondió mi tía con voz átona—, e incluso mi mejor abrigo. El invierno anterior fue el único abrigo que me compré. El primer abrigo nuevo que tenía en cinco años, y Dios sabe cuándo volveré a tener otro.

—Papá te lo comprará...

Pero no estaba segura de que fuese así.

A lo largo de todo el día, mientras trataba de concentrarme sobre lo que los maestros explican, seguí pensando en Vera y en cómo se había escurrido por la noche como un ladrón, sin preocuparse de a quién lastimaba. Tan pronto como sonó la campana de la escuela tras la última clase, ya me encontraba en la puerta y corría para suplicar un viaje en coche a una chica muy amistosa a la que conocía.

La casita donde había estudiado música durante tres años parecía desierta. Permanecí en el porche delantero y llamé a la puerta mientras, detrás de mí, soplaba el viento y me despeinaba.

—¡Eh, chica! —me llamó la señora de la puerta de al lado—. No es bueno que sigas golpeando la puerta de esa forma... Se ha ido. Me he enterado de que se fue en coche en mitad de la noche. Y se llevó con él a una mujer.

—Gracias —respondí, dándome la vuelta y sabiendo qué debía hacer ahora.

Arden ya estaría en casa a aquella hora, después de

256

la escuela, y se prepararía para el reparto de los periódicos, mas no tenía una moneda para telefonearle y explicarle dónde me encontraba. No había pedido a mi tía dinero suelto al salir de casa, puesto que Vera también me había vaciado el bolso.

Mientras me gruñía el estómago, comencé el largo viaje de veinticinco kilómetros hasta casa. Empezó a llover mucho antes de que pudiese llegar. Sl viento azotó los árboles a los lados de la carretera y me revolvió mi mojado pelo, y pronto tuve tanto frío, a pesar de mi grueso abrigo, que no hacía más que estornudar. Los hombres que pasaban en coche enlentecían la marcha y se ofrecían a llevarme. Sentí un pánico horrible mientras fingía no oírles. Anduve más de prisa. Luego, un coche se detuvo del todo y un hombre salió de él, como si fuese a atraparme y meterme en el vehículo. Del todo aterrorizada, me puse a gritar y a correr a toda velocidad. Era algo parecido a las pesadillas de la mecedora.

Una mano me sujetó un brazo y me hizo dar por completo la vuelta. Mientras aún seguía gritando, comencé a golpearle. Luego me sujetó por el otro brazo y me vi capturada, aunque continué forcejeando y dando patadas.

—¿Qué demonios te pasa, Audrina?

El que me sujetaba era Arden. Sus ojos ambarinos se me acercaron aún más mientras me arrastraba a sus brazos. Tenía el pelo aplastado contra la frente.

—No pasa nada. Soy yo... ¿Por qué tiemblas? No deberías encontrarte aquí, en la carretera, ya lo sabes. ¿Por qué no me telefoneaste?

Me castañeteaban tanto los dientes que no pude hablar. ¿Qué andaba mal en mí? Era sólo Arden... ¿Por qué me sentía con ganas de abofetearle? Meneando intrigado la cabeza, me condujo hasta su coche. Me acurruqué en el asiento delantero, corriéndome hasta el lado más alejado, no deseando encontrarme cerca de él. Arden puso la calefacción tan alta que muy pronto le pareció estarse asando..., pero yo aún sentía escalofríos.

—Te vas a poner enferma —me dijo, al tiempo que lanzaba una mirada hacia mí—. Tienes ya un aspecto febril. Audrina, ¿por qué has ido al pueblo? Se cuenta por allí que Mr. Rensdale se fue anoche a Nueva York.

—Así... es...

Estornudé y luego le conté lo de Vera.

—Creo que es la mujer con la que se fue. A Papá le va a dar un ataque. Sabe que Vera se ha escapado, pero no supone que se haya ido con mi profesor de música.

Me estremecí y sentí que tenía carne de gallina en los brazos por debajo del abrigo.

—Ten cuidado —prosiguió Arden, al ayudarme a salir.

Con delicadeza se inclinó para besarme levemente en las mejillas. Aquel beso me hizo desear gritar de nuevo.

—No te preocupes por Vera. Sabe valerse por sí sola.

Estuve enferma en cama con un terrible constipado, lo cual me concedió cuatro días para no pensar en otra cosa que en Vera y en Lamar Rensdale.

—¿Crees que él se casará con Vera? —le susurré a mi tía una noche poco después de la cena.

—No —respondió con autoridad—, los hombres no se casan con las chicas como Vera...

Comenzó el nuevo año y, aunque Vera estaba ahora apartada de nuestras vidas, no se la había olvidado en absoluto.

—Damian —comenzó mi tía una mañana—, ¿por qué no preguntas por Vera? ¿No la echas de menos? ¿No te preocupa dónde pueda estar y qué le suceda? Sólo tiene dieciséis años. ¿No experimentas ninguna preocupación por ella?

—Está bien —respondió Papá, doblando con cuidado el periódico de la mañana y dejándolo al lado de su bandeja—, no quiero preguntar por Vera porque no deseo que me digas algo que tal vez no me apetezca escuchar. No la echo de menos. Esta casa es un lugar más agradable al que regresar en la actualidad, ahora que se ha ido. Ni tampoco me preocupo por ella, o siento ansia por Vera. Me ha dado todos los motivos para despreciarla. Si ha hecho lo que supongo, y tengo importantes razones para creerlo así, la agarraría por el cuello y con gusto se lo retorcería. Pero has tratado de protegerla siempre, e intentado convencerme de que podía no haber sido tan cruel. Fui un loco al permitir que la protegieses. Y ahora, pásame la mantequilla. Me parece que me tomaré otro bollo inglés y otra taza de café.

Deseé preguntar qué debía de haber hecho Vera para hacerle desear el retorcerle el cuello. Pero ya había aprendido que ni él ni mi tía responderían a preguntas, excepto para interrogarme, a su vez, acerca de lo que yo recordase. Y no podía recordar a Vera de cuando mis recuerdos habían comenzado de nuevo.

—No hay duda de que se ha escapado con ese pelanas de pianista —añadió Papá con la boca llena—. Por el pueblo corren toda clase de rumores, haciendo especulaciones acerca de la mujer con la que se fue en medio de la noche.

Me lanzó una rápida mirada vigilante, y luego sonrió con aprobación.

—Audrina, sé que tú sabes lo que te puede suceder cuando tonteas con los chicos. Y aunque no te creas nada más de lo que te digo, créeme esto: será mejor que no intentes el mismo truco. Te seguiría hasta el fin del mundo para traerte de vuelta adonde perteneces.

En ciertos sentidos, la vida era mucho mejor sin Vera en la casa. De todos modos, me seguía preguntando cómo le iría a Vera con un hombre que no la deseaba.

Cada día le preguntaba a mi tía:

—¿Has tenido noticias de Vera?

Y cada día me respondía lo mismo:

—No. Yo no espero saber nada. Cometí el peor error de mi vida el día en que regresé aquí. Ésta es la actitud de los vencedores en la vida, Audrina, recuérdalo. Una vez decides lo que deseas, tienes que seguir en ello hasta conseguirlo.

—¿Y qué deseas tú?

No respondió, sino que trasteó por la cocina con sus pantuflas que hacían restallantes ruidos, y que se quitaba antes de que Papá regresase a casa. Una hora antes de que Papá debiera volver, se apresuraba a ir al piso de arriba, se bañaba, se vestía, se arreglaba el pelo, que lo llevaba tan corto que a veces le colgaba lacio. Parecía muchos años más joven, sobre todo porque se esforzaba por sonreír.

Sin Vera, nuestras vidas adoptaron cierta monotonía; una rutina poco excitante que resultaba consoladora. Cumplí trece y luego catorce años. Sylvia creció pero no hizo progresos. Ocupó todo mi tiempo libre, pero aún seguí viendo a Arden cada día. Papá se había resigna a aquel chico, confiando en que de verlo tanto me aburriría de él y de la consiguiente monotonía. Quedé muy triste cuando Arden me dijo que el otoño siguiente se iría a un *college*. No quería pensar en cómo sería la vida sin Arden.

—Oh, Audrina —gritó Arden de repente, cogiéndome por la cintura y haciéndome dar vueltas con lo que mi falda blanca ondeó.

Sus ojos ambarinos estaban ahora al nivel de los míos.

—A veces, cuando te miro y veo cuán encantadora te has vuelto, me duele el corazón. Tengo miedo de que, mientras esté fuera, encuentres a alguien más. Audrina, por favor, no te enamores de otro. Consérvate para mí.

En un momento u otro mis brazos le habían rodeado el cuello y colgaba de él.

—Me despierto por la noche —prosiguió— pensando en cómo parecerás cuando te hayas desarrollado del todo, y me parece, como dice tu padre, que sentirás por mí lo mismo que hacia un hermano. Y eso no es lo que deseo. He oído que mamá dice que ha cambiado de opinión respecto de salir tres veces a la semana con chicos cuando tenía tu edad...

De repente, fui del todo consciente de hallarme entre sus brazos y me bajé hasta que los dedos de mis pies tocaron el suelo aunque Arden seguía sosteniéndome.

—Yo no soy tu madre.

Qué seria me sentí, cuán adulta y prudente, aunque no fuese ni adulta ni prudente.

Algo suave y maravilloso apareció en sus ojos, haciendo que sus pupilas se ensanchasen y se pusiesen más oscuras. La luz que fue creciendo en ellas me dijo, incluso antes de que su cabeza se inclinase, que, a la tierna edad de catorce años, iba a ser besada por el único muchacho al que permitiría entrar en mi vida. Qué tiernos fueron sus labios sobre los míos, tan tentadores y ligeros que sentí estremecimientos a un tiempo de frío y de calor subir y bajar por mi espina dorsal.

La dicha y el miedo se combinaron mientras trataba de decidir si me gustaba o no aquel beso. ¿Y por qué debía tener miedo? Luego me besó de nuevo, un poco más apasionadamente, y quedé llena de aprensiones respecto de que volviese a atormentarme aquel día lluvioso en los bosques. Aquel día tan espantoso pertenecía a la Primera Audrina... Entonces, ¿por qué me estaba atormentando a mí y castigando a Arden?

—¿De qué tiemblas? —me preguntó Arden, pareciendo herido.

—Lo siento. No he podido dejar de sentirme alarmada. Nunca hasta ahora había sido besada así.

—Lo lamento si te he conmocionado, pero no he podido reprimirme. Un millón de veces me había contenido ya..., pero esta vez no he podido...

Entonces fui yo quien lo lamentó.

—Oh, Arden, es algo tonto por mi parte el haberme asustado, cuando me he estado preguntando por qué tardabas tanto en decidirte.

¿Por qué había mencionado eso? Era algo que podía muy bien haber dicho Vera, y acto seguido quedé mortalmente asustada.

—¿Te vas a convertir en una chica fácil? Mi madre era así. Confiaba en que fueses diferente, y eso me hubiera probado que lo nuestro duraría para siempre. Tal vez Mamá no te lo haya contado, pero ha estado casada más de una vez. Sólo tenía diecisiete años la primera vez, y la cosa acabó al cabo de pocos meses. Mi padre fue su tercer marido y, según alega, el mejor... A veces, creo que sólo lo dice para que piense bien acerca de mi propio padre.

¿Tres veces?

—No soy una chica fácil —me apresuré a responder—. Lo único que pasa es que te amo. Amor de niña, me dice tía Ellsbeth. Nunca le cuento nada. Simplemente, se me queda mirando y conjetura que deben suceder muchas cosas puesto que se da cuenta de que mis ojos brillan y mi piel reluce. Incluso Papá manifiesta a veces que nunca he tenido una apariencia más feliz o más saludable. Pero creo que se trata de ti, y opino también que es porque he aprendido a amar tanto a Sylvia. Y ella me quiere también, Arden. Cuando no estoy cerca de ella, se pone de cuclillas en cualquier rincón en penumbra, como si no desease que nadie se percatase de su presencia. Me parece que está aterrada a causa de tía Ellsbeth. Luego, cuando entro en el cuarto, se me acerca, me toma de la mano o por el reborde de la falda y su carita se inclina hacia atrás... Me convierte en el centro de su vida...

Pareció incómodo, negándose a dar la vuelta para mirar a Sylvia, que estaba siempre conmigo; aunque no se hallase a la vista, no se encontraba demasiado lejos... Le ponía incómodo aunque nunca lo manifestara. Creo que le molestaban sus olores, sus hábitos desaliñados, su incapacidad para hablar o enfocar los ojos.

No muy lejos, Sylvia gateó por el suelo, siguiendo una larga hilera de hormigas hasta su agujero.

—Deja de mirar a Sylvia que contempla a las hormigas —bromeó— y mírame a mí.

Juguetonamente, me abofeteó cuando rehusé mirarle. Le di un empujón y él me lo devolvió, y luego ambos nos caímos al suelo, y peleamos antes de que sus brazos me rodeasen y nos encontrásemos mirándonos profunda y mutuamente a los ojos.

—Yo también te amo —susurró con voz ronca—. Sé que eres demasiado joven para sentir así, pero toda mi vida he estado confiando que sucedería de esta forma, cuando era joven, con la clase de chica que eres tú... Especial, limpia, decente...

Mi corazón comenzó a latirme tumultuosamente mientras sus ambarinos ojos me recorrían con lentitud hacia abajo, desde mi cara a mi cuello, a mi pecho, a mi cintura. Luego contempló un lugar hacia más abajo, lo cual me hizo enrojecer. Mientras me miraba a los ojos, e incluso a mis pechos, esto me hacía sentirme amada y hermosa pero el que mirase allí me enviaba oleadas estremecedoras de recuerdos que atravesaban mi memoria, alzando las pesadillas de la mecedora y de todo cuanto habían hecho a la Primera Audrina, que murió porque aquellos tres chicos habían mirado allí, a pesar de sus frenéticos esfuerzos para desprenderse de ellos. Me sentí colmada de vergüenza. Rápidamente, moví la pierna hasta una posición más ocultadora. Lo cual hizo ahora poner colorado a Arden.

—No te avergüences de ser una chica, Audrina —me susurró con la cabeza un poco vuelta.

De repente, comencé a llorar. *Ella* me había hecho avergonzarme. Toda mi vida había estado torturada por culpa de ella. *¡La odiaba!* Deseé que nunca hubiese nacido, y eso tal vez me hizo sentirme mejor y más natural, en vez de equívoca e innatural.

262

Seguí temblando, incluso aún con mayor violencia. ¿Qué pies andaban encima de mi tumba? ¿Los de ella?

—Me voy ya a casa —hablé de un modo forzado, alzándome para quitarme el polvo de los pantalones.

—Te has enfadado conmigo.

—No, no es así.

—Falta media hora para que anochezca. Y mucho tiempo más para que sea del todo de noche.

—Lo dejaremos para mañana.

Corrí en busca de Sylvia y me apoderé de su manita, haciéndola ponerse de pie, antes de darme la vuelta y sonreír débilmente a Arden.

—Quédate donde estás y no nos acompañes al lindero del bosque. Si sucediese algo, ya te llamaría. Necesito hacerlo así, Arden.

El sol le daba en los ojos y me impidió contemplar su expresión.

—Vocea al llegar a tu césped. De esa forma me harás saber que te encuentras bien.

—Arden, aunque a veces me porte de una forma extraña, y me aparte y me ponga a temblar, no te separes de mí. Sin ti no sabría cómo atravesar los bosques o los días.

Incómoda, di la vuelta y traté de correr. Pero Sylvia no sabía cómo hacerlo. Tropezaba con las raíces de los árboles, daba traspiés en los rodrigones, se caía y volvía a ponerse en pie, por lo que pronto tuve que llevarla en brazos. Ahora ya tenía seis años y cada vez pesaba más. Los prismas de cristal que se metía en los bolsillos, y llevaba a cualquier sitio, aún la hacían más pesada. Muy pronto tuve que dejarla otra vez en el suelo y enlentecer mis pasos. «Debo llegar a casa antes de oscurecer —me estuve diciendo una y otra vez—. En casa antes de que empiece a llover...»

—¡Ya estoy aquí, Arden! —le grité—. A salvo en mi propio patio...

—Entra..., y buenas noches. Y si sueñas, sueña conmigo.

Su voz desde los bosques parecía muy cercana, lo cual me hizo sonreír con tristeza. Nos había seguido, como si supiese lo que le había sucedido a la Primera Audrina y desease salvarme de su mismo destino.

Arden llevaba ya en el *college* un año cuando cumplí los dieciséis. Sacó muy buenas notas, pero fue un año muy tristón para mí, solitaria en la casa, e incluso más sola cuando recorría los bosques, llevando conmigo a Sylvia para visitar a Billie. La casita parecía medio vacía sin Arden, sin su corazón. Me maravillaba que Billie pudiese permanecer allí sola, y consiguiese aún sonreír. Una y otra vez, me leía las cartas de Arden, al mismo tiempo que yo le leía trozos y fragmentos de las cartas que me había escrito a mí. Sonreía cuando me saltaba alguna palabra cariñosa, puesto que, en sus cartas, Arden era mucho más atrevido que en persona.

La escuela superior me complacía mucho más que la de enseñanza general, pero los chicos de aquí eran en extremo más persistentes. A veces tenía dificultades para concentrarme únicamente en Arden, al que veía raramente. Estaba segura de que Arden salía con otras chicas acerca de las que nunca escribía nada, pero yo le era fiel, y mis únicas citas eran con Arden cuando regresaba a casa durante las vacaciones escolares. Todas las chicas tenían envidia de que yo tuviese un novio de edad suficiente para asistir a la Universidad.

El cuidarme de Sylvia llenaba mi vida, me robaba cualquier momento libre para poder hacer amistad con chicas de mi misma edad. No tenía tiempo para las actividades sociales de las que disfrutaban tanto... Cada día debía apresurarme para llegar a casa tan de prisa como me fuera posible, por si tenía que rescatar a Sylvia del enchufe que a mi tía le gustaba manejar; por pura indiferencia, mi tía hacía sufrir a Sylvia de forma innecesaria, y esperaba a que yo regresase para atender a sus necesidades físicas.

Durante los años en que Arden estuvo fuera pasaba mis tardes con Billie que me enseñó a cocinar, a coser, a hacer conservas. De vez en cuando, con prudencia, trataba de enseñarme un poco más acerca de los hombres, y lo que esperaban de sus esposas.

—Una relación física no lo es todo, pero es muy importante en lo que a los hombres se refiere. Una buena vida sexual constituye la mejor piedra angular para un largo y feliz matrimonio.

Las Navidades en que había cumplido los diecisiete

años, llegó una tarjeta postal de Nueva York, en la que se mostraba la isla tal como se veía desde el río Hudson, de colores pastel y azulino, con la nieve esparcida y reluciente por todas partes. Mi tía gruñó ante el mensaje que contenía. Únicamente decía: «Me veréis de nuevo, no temáis.» Y estaba firmada por Vera. Era la primera noticia que teníamos de ella en tres años.

—Por lo menos está viva, y sólo por eso ya debo estar agradecida. Pero, ¿por qué dirige la tarjeta a Damian en vez de a mí?

Una semana después, me desperté de repente a altas horas de la noche.

Desde que Sylvia había entrado en mi vida, había desarrollado un sexto sentido de alerta, que me hacía consciente, incluso cuando dormía, del paso del tiempo, de los acontecimientos en que mi presencia era necesaria. Mi primer pensamiento fue hacia Sylvia cuando oí de nuevo unas voces altas. En un abrir y cerrar de ojos salté de la cama y corrí hacia la habitación de Sylvia, sólo para encontrarla dormida profundamente.

Una leve raya de luz sobresalía por debajo de la habitación del dormitorio de mi padre y, para mi profundo asombro, la voz de mi tía provenía de allí.

—Damian, quiero ir a Nueva York. Ayer llamó Vera. Me necesita. Tengo que ir a verla. He hecho todo cuanto he podido por ti, y por tus hijas. Siempre podrás contratar una criada para que te cocine y haga la colada, y además tienes a Audrina, ¿no te parece? Has conseguido atarla de pies y manos a Sylvia. No es justo lo que haces. Sé que la amas, por lo que deberías permitirle ir al *college*. Libérala, Damian, antes de que sea demasiado tarde.

—Ellie —replicó mi padre con voz aplacadora—, ¿qué le sucedería a Audrina si se fuese de aquí? Es demasiado sensible para el mundo que hay fuera. Estoy seguro de que nunca se casará con ese chico, y él lo descubrirá en cuanto se lo proponga. Ningún hombre quiere a una mujer que no pueda responder, y dudo que Audrina aprenda cómo ha de hacerlo.

—¡Claro que no! —gritó mi tía—: Esto es lo que le has hecho. Cuando te contó que la mecedora le producía aquellas visiones, aún seguiste obligándola a usarla.

—Para darle paz —replicó débilmente, mientras yo me quedaba helada de espanto.

¿Por qué se peleaban por mí? ¿Qué estaba haciendo mi tía en el dormitorio de mi padre a las tres de la madrugada?

—Y ahora escúchame, Damian —prosiguió mi tía—, y atiende, para cambiar, un poco con sentido común. Has preferido pretender que Vera no existe, pero claro que existe... Y mientras esté viva, ni tú, ni Audrina, ni Sylvia estáis seguros. Si me permites ir a verla, instilaré un poco de sentido común en su cabeza. Ha planteado toda su vida en torno de ti y de su venganza. Si regresa, destruirá a Audrina... Déjame ir, por favor... Dame suficiente dinero para el viaje y mándame dinero hasta que encuentre un empleo. Necesito estar con Vera, y tú me debes algo, ¿no te parece? Esa chica que está en Nueva York es tan carne y sangre tuya como Audrina y Sylvia, y tú lo sabes. Decías que me amabas.

—Eso se acabó para siempre, Ellie —respondió débilmente mi padre—. Hay que vivir sin estar siempre lamentando lo pasado. Vivamos el hoy, el aquí y el ahora.

—¡Entonces por qué decías que me amabas cuando no era así! —gritó mi tía.

—Entonces tenías tu encanto, Ellie. Eres tan dulce...

—En aquel tiempo tenía esperanzas, Damian —respondió mi tía con amargura.

—Ellie, has de decirme qué amenaza Vera con hacer en caso de que regrese. Mataré a esa muchacha si hace algo que lastime a Audrina.

—¡Dios mío! Tú la has hecho así. Detrás de cada cosa diabólica que ha realizado Vera, se encuentra la frustración y el dolor por sentirse rechazada por su propio padre. Ya sabes cuáles son las amenazas de Vera. Cuando tú y Lucietta me explicasteis por primera vez lo que planeabais hacer con Audrina, pensé que los dos estabais locos, pero me lo guardé para mí y no dije nada, esperando que funcionase. Hace ya mucho tiempo que dejé el tratar de complacerte, pues no sé cómo subyugarme a mí misma a tus caprichos. Es a Audrina a la que quiero salvar. Hubo un tiempo en que pensé que esa chica era una persona débil, pero ha demostrado que no lo es. Creía que no tenía espíritu para luchar, pero aplaudo cada vez que te lleva la contraria. Así que siéntate ahí y mírame con esos condenados ojos negros... No me importa lo más mínimo, pero cuéntale a Audrina la verdad... Antes de que Vera lo haga...

—En esta casa existe una fortuna, y parte de ella podría ser tuya —le respondió mi padre con voz engatusadora—. Pero no tendrás nunca nada, si tú o tu hija le decís una sola palabra a Audrina.

La persuasión desapareció de su voz y ésta se volvió gélida.

—¿Dónde podrás ir sin dinero, Ellie? ¿Quién te querría excepto yo?

—¡Tú no me deseas! —le contestó a voces mi tía, con tal rabia que caí de rodillas y coloqué un ojo delante del agujero de la cerradura, como Vera solía hacer años atrás, cuando Mamá se peleaba con mi padre—. Me usas, Damian, como usas a todas las mujeres.

Ohhhh... Allí estaba mi gazmoña y melindrosa tía andando por el dormitorio de mi padre, vestida sólo con un salto de cama que, en un tiempo, había pertenecido a mi madre. Iba desnuda por debajo. Ante mi asombro, tenía mejor aspecto sin ropas que con ellas. Sus pechos no eran tan grandes y llenos como los de Mamá habían sido, sino más pequeños, más firmes y colocados muy altos. Los pezones tenían un color vinoso y eran muy grandes. A propósito, ¿qué edad tenía? No podía recordar en absoluto que mi madre me hubiese dicho su edad, y había sido lo suficientemente vanidosa como para no desear que grabasen su fecha de nacimiento en su losa sepulcral. En numerosas ocasiones, la había oído decirle a Papá que no permitiese que los periódicos publicasen su edad.

No era la primera vez que me percataba de que ningún aniversario de nacimiento era tan importante como el mío.

El largo y oscuro cabello de mi tía aparecía suelto y flotante, aleteando mientras giraba en su rededor. Me quedé mirando a mi tía, preguntándome por qué no había encontrado a otro hombre después de que Papá la dejara por mi madre. Y aquí estaba ahora, con aspecto muy excitante y desafiador, sobre todo si lo juzgaba por la forma en que los ojos de Papá se iluminaban, incluso cuando le gritaba y trataba de quitarle de la cabeza aquello de irse a Nueva York.

De repente, Papá avanzó, la tomó por la cintura y la colocó sobre su regazo, pese a los forcejeos y patadas de ella. Una y otra vez mi tía le golpeó, y mi padre se reía, se agachó y consiguió aplastar sus labios contra los de ella. Todas sus ansias de lucha la abandonaron cuando abrazó con ansia a mi padre, oprimiendo su cabeza contra la de ella, gimiendo en cuanto sus labios comenzaron a explorar todas las oquedades y prominencias del cuerpo de Ellie. Lo observé todo, conmocionada, mientras le besaba los pechos y su mano hurgaba por debajo de su salto de cama.

—Estás equivocada, Ellie —le musitó, con el rostro enrojecido de pasión, poniéndose en pie y llevándosela a la cama—. Te amo a mi manera. Como amaba a Lucky, de una forma muy especial. No es culpa mía si ya no puedo seguir amando después de que ha muerto el objeto de mi amor. Tengo que seguir adelante, ¿no te parece? Y si crees que me amo a mí mismo más de lo que quiero a cualquier otro, en ese caso ni siquiera he tratado de engañarte, ¿no te parece? Por lo menos, respeta el que sea honesto, si es que no puedes respetarme por nada más.

Ahora ya sabía de forma segura, sin tener ya remordimientos por especular, quién era exactamente el hombre que mi madre le había robado a su medio hermana. También sabía de una forma definitiva que Papá era también el padre de Vera. Cuanto más pensaba al respecto, más incómoda empezaba a sentirme acerca de mi madre. ¿Había robado de una forma deliberada al hombre que amaba su hermana mayor?

Poniéndome en pie, les dejé en la cama. Ahora mi tía y mi padre eran de nuevo amantes. Exactamente, después de pensarlo durante muchas horas, no quedé tan conmovida como me hubiera sentido en otro tiempo, o destrozada... Tal vez el destino había hecho su trabajo de una forma misteriosa, para mostrar que todas las cosas funcionaban de forma parecida. También se me ocurrió pensar que quizás ambos habían sido incluso amantes cuando mi madre aún estaba viva, exactamente en esta casa, bajo su mismo techo. En realidad, había numerosas habitaciones que no se usaban, que les hubieran podido otorgar el lugar y la oportunidad. Mis recuerdos volvieron a «la hora del té», cuando la fotografía de tía Mercy Marie se encontraba encima del piano, y volví a oír resonar en mi cabeza los ecos de todas aquellas palabras duras que se intercambiaban mi madre y su hermana. Ni una sola vez mi tía había mostrado la menor indicación de que estuviese nada más que celosa de mi madre. No, decidí, tía Ellsbeth tenía demasiado respeto hacia sí misma, y desprecio hacia Papá, para haber mantenido un lío clandestino con el hombre que la había rechazado cuando Lucietta Lana Whitefern aún estaba viva.

Tras haber etiquetado sus relaciones como una necesidad de Papá y una recompensa de mi tía, dejé a un lado su secreto y determiné no hacerles nunca saber lo que conocía. Pasó mucho tiempo antes de que mi tía mencionase de nuevo a Vera.

Las Navidades en que había cumplido los diecisiete años, Arden puso un anillo de compromiso en mi dedo y luego me tomó entre sus brazos.

—Ahora ya no temerás ningún año con un nueve. Cuando tengas diecinueve años serás mi esposa y yo me cuidaré de que nada te suceda nunca.

Aquel mes de junio me gradué en la escuela superior. Aún llevaba el anillo de compromiso que Arden me había dado, en torno del cuello, en la cadena que usaba para colgar mi pequeña piedra del anillo de nacimiento. Comencé a percatarme de un firme cambio en mi tía, que no parecía tan contenta como antes. Nunca había pensado en ella como una persona feliz hasta que me enfrenté con su infelicidad. Raramente iba a ninguna parte. Otras mujeres de su edad pertenecían a los clubes de bridge y asistían a pequeñas fiestas para tomar café, pero mi tía no tenía ni una sola amiga. Las ropas que llevaba en casa eran viejas, y las nuevas que se ponía para salir las había elegido Papá, como a menudo seleccionaba mis mejores prendas. No tenía tampoco ninguna afición, excepto hacer punto mientras observaba aquellos interminables seriales de Televisión. Me tenía a mí, tenía a Sylvia y aquellas eternas tareas de cocinar y de limpiar, y la recompensa de reservarse unas pocas horas para sentarse ante su nuevo juguete, el nuevo televisor en color. Y nunca me percaté de que necesitase o mereciese algo más.

Pero no se quejaba. No existían síntomas físicos obvios que me hiciesen creer que se encontrase enferma, pero algo había cambiado. A menudo hacía una pausa en su trabajo para quedarse mirando al vacío. Comenzó a leer la Biblia, como si buscase en ella solaz. Hacía largas caminatas sola, evitando los bosques y acercándose a las riberas del río. A veces, caminaba al lado de mi tía, sin hablarnos demasiado. Se detenía para quedarse mirando al suelo con indebido interés. Luego alzaba la mirada hacia los árboles y hacia el cielo, con la misma clase de intensa curiosidad, como si antes nunca se hubiese percatado de la Naturaleza y todo fuese nuevo para ella. Contemplaba a las ardillas que infestaban nuestros impresionantes árboles añosos. Le dije que estaba segura de que ya estaban aquí cuando Colón se había hecho a la vela desde España, y mi tía frunció el ceño y comentó que yo era rematadamente romántica, lo mismo que mi madre. Prácticamente, constituía la única virtud de mi tía. Y, sin embargo, si no había podido retener a mi padre, ¿por qué no había puesto la vista en otro hombre? No habría sido mi «poco real y romántica» madre quien se hubiese quedado soltera durante toda la vida.

Pero, ¿cómo podía decir cualquier cosa acerca de todo esto, cuando comenzaba a comprender a mi tía? Y con la comprensión llegó el amor, algo que había estado faltando hasta entonces en nuestras relaciones. Deseaba hablar con ella, pero resultaba difícil comunicarse con una mujer que nunca había aprendido el arte de la conversación.

Un día me sorprendió:

—¿Te gusta ese joven?

—¿Arden? Oh, sí, naturalmente que sí. Me hace sentir tan segura y también tan bella... Siempre me está diciendo lo maravillosa que soy y lo mucho que me ama.

Mis propias palabras me hicieron callar. Era algo parecido a que estuviese permitiendo a Arden que me convenciese, y tuviera que amarle puesto que me amaba.

Con el ceño fruncido, mi tía lanzó una ojeada hacia mí.

—Confío en que siempre sientas de ese modo hacia él. La gente cambia, Audrina. Y cambiará. Y tú también cambiarás. Os veréis mutuamente de forma diferente a causa de las nuevas perspectivas. Puedes no amarle a los veinte años tanto como lo hayas hecho a los dieciocho. Eres una hermosa mujer joven y puedes coger lo mejor que el mundo pueda ofrecerte. Pero tienes algo más, algo mucho mejor que la belleza, puesto que ésta no dura para siempre. Crees en ella, ruegas por ella, pero, más pronto o más tarde, se va. Y cuanto más bella seas, más duele cuando desaparece. Tu padre tiene razón en una cosa: eres especial.

—No, no lo soy.

Mi cabeza se abatió insegura.

—No tengo dones especiales. Mis sueños son sólo de tipo corriente.

—Oh, eso... —respondió como si ya lo supiera desde hacía mucho tiempo—. ¿Y qué diferencia implica que consigas tus objetivos? Por lo menos tu padre te deja ahora sola por las noches, y ya no gritas. Siempre le he considerado un monstruo por obligarte a entrar en aquella habitación cuando no querías ir allí... Pero eso no tiene nada que ver con lo que hablamos. Sin ti, Damian no hubiera llegado tan lejos, por lo que déjale tomar el crédito de su buena fortuna. Le motivas, le das una razón para acumular riqueza. El viajar solo por el camino de la vida no es una cosa sencilla, nadie lo sabe mejor que yo. Sin ti, Damian nunca hubiera sobrevivido a la muerte de tu madre. Los hombres son unas extrañas criaturas, Audrina, recuerda esto. Así que exige tus derechos y pide una educación universitaria. No le dejes hablarte de la manera que desea. Tratará de impedir que te cases, que llegues nunca a abandonarle... No le permitas que triunfe en alejar a Arden.

—No puede hacer eso, pues Arden ya habría desaparecido hace mucho tiempo. Sé que Papá lo ha intentado. Arden me dijo que Papá trató de conseguir que se alejase de mí.

—Pues muy bien, entonces. Pero cuando veas la oportunidad de escapar, apodérate de ella y huye. No necesitas vivir cerca de estos bosques, y en esta casa llena de todos esos recuerdos tan desgraciados. Incluso sería mejor que te trasladases a aquella casita, y vivieses con su pobre madre lisiada...

Jadeé.

—¿Conoces lo de Billie? No creí que lo supiese nadie...

—Oh, por el amor de Dios, Audrina. Todo el mundo está enterado de lo de Billie Lowe. Hubo una época en que su rostro salía en todas las cubiertas de las revistas, y cuando perdió una pierna, y luego la otra, eso formó unos grandes titulares. Eras demasiado joven en aquel tiempo para enterarte de ello. Además, tu padre sólo te permitía leer las páginas financieras.

Hizo una pausa como si estuviese preparada para decir algo más, pero pareció pensárselo mejor.

—¿No te percatas de que tu padre te ha estado entrenando con eso del mercado de valores desde el mismo día en que naciste? Audrina, usa tus conocimientos para beneficiarte a ti misma y no a él...

¿Qué quería decir con aquello? Se lo pregunté, pero rehusó explicarse. De todos modos, la quise por tratar de ayudarme, sin sospechar nunca que tal vez me estaba esperando a mí para que fuese yo quien la ayudase a ella.

A últimas horas de aquella noche, decidí que se encontraba deprimida a causa de que Papá no se casaba con ella, deprimida porque no había tenido más que una tarjeta de Navidad y una llamada telefónica de Vera en cinco años. Qué aborrecible era Vera por tratar a su madre como si nunca hubiese existido. Muy pronto debía tener una conversación con Papá, muy pronto.

Pero Papá raramente estaba en casa, y cuando así era, mi tía se encontraba allí y no quería que supiese que iba a apremiar a mi padre para que se casase con ella.

Qué complicado era todo... Aquéllas fueron casi las primeras palabras que le dije a Arden cuando regresó a casa para pasar el fin de semana.

—Mi tía conoce todo lo referente al estado físico de tu madre...

Sonrió, me besó cuatro o cinco veces, me abrazó con fuerza, y durante tanto tiempo que llegué a sentir hasta el último músculo de su fuerte y joven cuerpo. Y también noté algo más, algo que me hizo apartarme y mirar al suelo. Aquella abultante dureza levantó en mi cabeza clamores de los carillones de viento, y me llenó de un pánico tan tremendo que me sentí débil y a punto de salir corriendo. Arden se percató de ello y pareció dolido, luego, tan incómodo que utilizó su sobresalto para cubrir aquello que traicionaba su excitación.

Con ligereza, me dijo:

—Verás, he hecho lo que he podido y ella ha hecho lo que ha podido, y estoy seguro de que tú también has hecho lo que has podido, pero los secretos salen a la luz, y tal vez eso sea lo mejor...

Siguió hablando de nuestro matrimonio en cuanto acabase los estudios universitarios, para lo cual sólo faltaban unas semanas. Una vez más me invadió el pánico y me dijo que necesitaba más tiempo. Estábamos de nuevo en los bosques, de camino hacia mi casa, cuando me abrazó, con mucho mayor apasionamiento que antes. Hasta que me cogió, había escuchado cantar a los pajarillos, pero, en el mismo momento en que me tocó, los pájaros enmudecieron. Me quedé inmóvil y luego rígida ante una caricia aún más íntima. Me solté de sus brazos, me di la vuelta, me llevé las manos a los oídos para apagar el clamor de los carillones de viento, que no debería oír desde aquí.

Tiernamente, Arden deslizó los brazos por mi cintura y me atrajo hacia él.

—No pasa nada, cariño. Lo comprendo. Aún eres muy joven y debo recordarlo en todo momento. Quiero hacerte feliz el resto de tu vida para rembolsarte por..., por...

Empezó a tartamudear; me aparté y me di la vuelta para enfrentarme con él.

—¿Rembolsarme de qué?

—Por todas las cosas que ensombrecen tus ojos. Quiero que mi amor borre tus miedos acerca de todo. Quiero que nuestro hijo responda a tus cuidados como Sylvia nunca lo ha hecho.

Hijo, hijo, hijo... No necesitaba otro hijo. Arden raramente pronunciaba el nombre de Sylvia, como si también él pretendiera que no existía. No hacía nada para lastimarla, pero tampoco nada por ayudarla.

—Arden, si no puedes amar a Sylvia, entonces tampoco puedes amarme a mí. Sylvia forma parte del resto de mi vida. Por favor, date cuenta de eso ahora, y dime si puedes aceptarla o, en caso contrario, digámonos adiós antes de que esto vaya más allá.

Miró hacia donde Sylvia daba vueltas y más vueltas alrededor del árbol más alto del bosque. Su esbelto brazo estaba extendido al máximo para que sus dedos rozasen levemente la corteza del árbol, mientras daba vueltas sin parar. Me dije a mí misma que estaba tratando de comunicarse con el árbol, para sentir su «piel», y que había cierto sentido en lo que hacía. Aquélla era su forma de ser, siempre activa, sin estar nunca quieta cuando se encontraba despierta, siempre haciendo algo que, esencialmente, no era nada.

Arden nos escoltó en línea recta hasta la linde del bosque. En aquel momento me sentía ya lo suficientemente bien como para intercambiar felices planes con él para aquella noche y para el día siguiente.

Mi padre y mi tía se encontraban en la cocina discutiendo. En cuanto me oyeron entrar en la casa, sus voces enmudecieron y pude oír aquella quietud innatural que se produce para anunciar que has interrumpido algo privado.

Me apresuré a subir las escaleras con Sylvia.

Arden regresó a la Universidad para su último semestre, y yo comencé a ayudar a Papá a convertir la casa en una mejor que nueva. Ahora que Papá tenía ya fama de convertir en oro todo lo que tocaba, a tía Ellsbeth le agradaba decirle, con acidez, que pronto su cabeza sería tan enorme que no podría atravesar las dobles puertas delanteras.

Metiendo, literalmente, la nariz en todas partes, Papá ordenó a los obreros que echasen abajo paredes, que hiciesen algunas habitaciones más grandes y otras más pequeñas. Añadió cuartos de baño a sus habitaciones y a la mía, y otros dos. Decidió que necesitaba dos grandes armarios empotrados para acomodar en ellos sus numerosos trajes y docenas de pares de costosos zapatos. Mi propia habitación fue ampliada y se le añadió un vestidor y mi baño privado. Encontraba espléndidamente decadente todo esto, con sus muebles con cristales y dorados, así como luces eléctricas que enmarcaban el espejo de la coqueta. Al final parecía que teníamos una casa, no sólo igual a la que había sido sino que la sobrepasaba. Papá buscó hasta encontrar todas las genuinas antigüedades de los Whitefern, las que habían vendido muchos años atrás, para probar que era cierto aquello que mi tía había echado en cara a mi madre, respecto de todos los objetos «falsos» de la casa. Incluso aquel gran lecho que Mamá creía que era auténtico, demostró no ser más que una reproducción.

Escuché con incredulidad lo que planeaba hacer. Cuando llegó a esta casa había tenido unas ideas míseras acerca de todo, pero se habían vuelto extravagantes a su contacto con este hogar y cuanto lo rodeaba.

274

Para todo el mundo financiero se había convertido en el «mesías» del mercado de valores. Esto le dio tanta confianza, que comenzó a escribir en sus ratos libres una hoja informativa con consejos acerca de la Bolsa. Ponía allí una lista de las acciones que se debían comprar —al contado o al descubierto— y vender, y luego vendía lo que le había dicho a los demás que comprasen durante el día en que se enviaba aquella hoja informativa. Cubría sus ventanas al descubierto cuando los demás se excedían en las suyas. Adquiría lo que les decía a sus clientes que vendiesen. En unas cuantas horas de sesiones de Bolsa conseguía beneficios de muchos miles de dólares. Aquello no parecía justo, y se lo dije así. Pero me replicó que, en realidad, toda la vida era algo injusto.

—Una batalla de inteligencias para sobrevivir, Audrina. Las victorias en la vida pertenecen a aquellos que son más rápidos y más listos... Y esto no es ningún engaño. A fin de cuentas, el público debería tener más sentido común, ¿no te parece?

Papá envió la primera carta de consejos de Bolsa a un amigo que vivía en San Francisco, y éste tenía un negocio editorial, y semejantes «amigos» parecieron ansiosos de colaborar en el fraude.

Luego llegó aquel día maravilloso en que Arden volvió a casa de la Universidad, tras haber recibido su título. Papá se había mostrado tan despiadado que no me permitió asistir a las ceremonias de graduación.

Sin saberlo Papá, que me había hecho siempre dependiente de él, Arden hacía años que ya me había enseñado a conducir. Por lo tanto, fue fácil «tomar prestado» uno de los viejos coches de Papá mientras se hallaba en su trabajo, y con Sylvia vestida con sus mejores ropas, me encaminé a la terminal del aeropuerto para aguardar a que aterrizase el avión de Arden. El momento estaba ya al alcance de la mano. Era lo bastante tonta para pensar que ya estaba dispuesta para todo...

UN LARGO VIAJE DE UN DÍA

En el aeropuerto, Arden corrió hasta donde yo le esperaba. Muy pronto me vi abrazada tan fuerte y tan ferventemente besada, que me aparté, abrumada por sus emociones. Frenéticamente busqué a Sylvia, la cual había desaparecido en el momento en que Arden me tomaba entre sus brazos. Al cabo de una hora de búsqueda, encontramos a mi hermanita mirando unas revistas en color. Para entonces se hallaba ya despeinada por completo, y eso que yo había deseado que Arden viese lo bonita que estaba de recién lavada y limpia. Para hacer aún peor las cosas, alguien que pretendió ser amable con ella le había dado un cucurucho de helado de chocolate. La mitad del helado se hallaba ahora sobre su rostro, otra parte en su pelo y en sus narices, y lo poco que quedaba buscaba la forma de derretirse en su boca. Le cogí y sujeté con firmeza el helado para que siguiese chupándolo. Casi había conseguido imbuir a Sylvia el hábito de pedir ir al lavabo, pero aún ocurrían tantos accidentes que le seguía poniendo pañales.

Fue poco lo que Arden y yo pudimos hablar en el camino hacia casa, puesto que cada movimiento que hacía Sylvia era suficiente para ponernos a los dos nerviosos.

—Te veré por la noche —me dijo al apearse en la esquina de su casa.

Trató de no arrugar la nariz cuando Sylvia se arrastró hacia él en busca de una caricia.

Tan pronto como Sylvia y yo nos encontramos dentro de la casa, escuché la fuerte voz de mi padre. En la cocina tenía lugar una fuerte discusión.

Me detuve en el umbral y rodeé a Sylvia protectoramente con el brazo. Tía Ellsbeth se atareaba por allí, frenéticamente, preparando otra de aquellas abrumadoras comidas de sibarita que tanto le gustaban a Papá. Llevaba un vestido nuevo, un traje muy bonito y femenino, que debía haber sacado del armario de mi madre donde aún colgaban todas sus prendas, envejeciendo y comenzando a oler a rancio. Tía Ellsbeth empuñaba con tanta ferocidad una cuchilla de carnicero, que me pregunté cómo Papá no temía por su vida cuando mi tía le miraba fijamente con aquel utensilio en la mano. No pareció sentir pavor, puesto que gritó de nuevo:

—Ellie, ¿qué demonios pasa contigo?

—¿Y necesitas preguntarlo? —le aulló en respuesta, dejando caer con fuerza el cuchillo y dándole la vuelta para enfrentarse con él—. No has llegado a casa hasta las cinco y media de la mañana. Te estás acostando con alguien. ¿Con quién?

—Eso, realmente, no es asunto tuyo —le respondió mi padre con frialdad.

Me estremecí ante su átona voz. ¿No comprendía que Ellsbeth le amaba y que hacía todo lo que podía para complacerle?

—Así que no es asunto mío, ¿eh? —se enfureció.

La larga y bonita cara de mi tía se enrojeció.

—¡Pues ya lo veremos, Damian Adare!

Con sus oscuros ojos echando chispas, Ellie cogió el gran cuenco en el que cortaba verduras y, rápidamente, las arrojó al cubo de la basura. Luego comenzó a vaciar en el fregadero todas las ollas y sartenes que humeaban en el fuego.

—¡Deja eso! —rugió Papá, saliéndose de sus casillas—. ¡Toda esa comida me cuesta mucho dinero! ¡Compórtate, Ellsbeth!

—¡Vete al infierno! —le respondió ella a gritos.

Se arrancó el delantal y se lo tiró al rostro, y luego le siguió gritando:

—Necesito una vida propia, Damian... Una vida lejos de aquí. Estoy harta de ser tu ama de casa, tu cocinera, tu jardinera, tu experta en colada y, sobre todo, estoy harta de ser, de vez en cuando, tu compañera de lecho... Y también estoy hasta la coronilla de cuidarme de la idiota de tu hija..., y de tu Audrina...

—¿Sí? —pronunció lenta y pesadamente mi padre, mientras su voz adquiría aquel tono mortífero y sedoso a un tiempo que me ponía de punta los pelos del cogote—. ¿Y qué quieres decir con eso de mi Audrina?

Me estremecí mientras abrazaba aún más a Sylvia tratando de taparle los oídos y los ojos, y protegerla lo máximo posible de todo aquello. Tenía que escuchar lo que dirían a continuación. No parecían vernos en absoluto. Observé cómo aún se le retiraba más el color del usualmente pálido rostro de mi tía.

Nerviosa, Ellie agitó las manos hacia mi padre, de una forma impotente y suplicante.

—No he querido decírselo, Damian, realmente no podía decírselo. No podría contarle a Audrina nada que la hiciese desgraciada. Simplemente, déjame marchar. Dame lo que es mío y permite que me vaya.

—¿Y qué es lo que es tuyo, Ellie? —le preguntó Papá con la misma voz suave, sentándose a la mesa de la cocina, con los codos apoyados allí y con las manos debajo de la barbilla.

No podía creer que fuese él cuando le veía de aquella manera.

—Ya sabes lo que es mío —prosiguió con voz dura y determinada—. Después de que perdieses la herencia de Lucietta, fuiste tras lo poco que me quedaba. Me prometiste devolvérmelo doblado en el plazo de tres meses. Qué tonta fui al creerte... Pero, ¿no ha sido siempre mi debilidad eso de creer en ti? Ahora, Damian, devuélveme mis dos mil dólares... doblados...

—¿Y adónde irás si te marchas de aquí, Ellie? ¿Qué podrás hacer?

Mi padre cogió el pequeño cuchillo de mondar que mi tía usaba para pelar patatas y comenzó a limpiarse las uñas, que siempre estaban muy limpias.

—Me iré con mi hija, que es también la tuya, aunque no hayas querido admitir que lo sea. Se encuentra completamente sola en una gran ciudad, abandonada por el hombre con el que se escapó...

La mantuvo a raya con su mano alzada, como si se tratase de un rey que tuviese que apartar su cabeza de un asunto desagradable.

—No quiero escucharte más. Eres una loca si deseas irte con ella. No te quiere, Ellie, sólo desea quedarse con lo que le das. Me he enterado en el pueblo de que ese Lamar Rensdale se suicidó. Y no cabe duda de que tu hija ha tenido mucho que ver con ese suicidio.

—¡Damian, por favor! —gimió mi tía una vez perdido todo su ánimo—. Dame, simplemente, lo que es mío, eso es todo lo que te pido. Me iré y no volveré nunca más a molestarte. Te juro que no oirás nada más acerca de mí o de Vera... Dame sólo lo necesario para no morirme de hambre...

—No te entregaré ni un céntimo —replicó con frialdad Papá—. Mientras te quedes en mi casa tendrás comida para alimentarte y ropas para ponerte, un sitio donde dormir y dinero que gastar en las menudencias que precisas. Pero que me quede muerto si voy a darte dinero para que te marches a vivir con ese aborto del infierno al que diste a luz. Y recuerda esto, Ellie: una vez te alejes de aquí, no vuelvas. Otra vez, no. La vida es muy dura afuera, Ellie, muy dura. Y ya no eres una mujer joven. Y aunque esto no sea el cielo, tampoco es un enfermo: piénsatelo dos veces antes de abandonarme.

—¿Que no es un infierno?

Su voz se quebró hasta constituir un chillido.

—Es un infierno con una *I* mayúscula, Damian, un infierno puro y sin adulterar... ¿Qué soy aquí sino un ama de casa sin pagar? Después de que murió Lucietta, y empezaste a mirarme con ojos amables, pensé que me amabas de nuevo. Entraste en mi dormitorio cuando necesitaste alivio, y yo te lo di. Debería habértelo negado, pero te deseaba, como siempre te he deseado. Cuando vivías en esta casa con mi hermana, me quedaba despierta por la noche imaginándoos en vuestro dormitorio... Y comencé a odiarte también a ti, incluso más de lo que la odiaba a ella. Ahora deseo que Dios nunca me hubiera permitido regresar con Vera. Había un doctor joven en el hospital donde tuve a Vera que deseaba que me casase con él, pero tenía tu imagen grabada en el cerebro. Era a ti a quien deseaba. Sólo Dios sabe que ya

279

entonces sabía quién eras, y quién sigues siendo. Dame mi dinero, Damian —le rogó, dirigiéndose al despacho de mi padre mientras yo retrocedía, arrastrando conmigo a Sylvia.

No nos vio cuando nos agazapamos en un oscuro rincón del amplio vestíbulo atiborrado de muebles.

En unos cuantos segundos, mientras mi padre se sentaba aún a la mesa, mi tía estuvo de regreso con el talonario de cheques de la empresa de mi padre.

—Escribe —le ordenó—. Y redáctalo de veinticinco mil dólares. A fin de cuentas, éste era mi hogar también, y debería conseguir algo por renunciar a mi privilegio de vivir durante toda mi vida bajo este techo. ¿No fue considerado, por parte de mi hermana, eso de incluirme en su testamento? Fue casi como si desease que su marido constituyese una parte de su legado... Pero no te necesito tanto como preciso el dinero...

Mi padre dirigió una mirada divertida al talonario de color azul, luego lo tomó y, con precisión, se puso a escribir en uno de aquellos talones azules, el cual tendió luego a mi tía con una rígida e irónica sonrisa. Ellsbeth miró la cantidad y volvió en seguida a contemplarla de nuevo.

—Damian, yo no te había pedido cincuenta mil dólares...

—No me dejes, Ellie. Dime que lamentas todas esas cosas feas que me has dicho. Rompe el cheque, o guárdalo pero no te vayas.

Poniéndose de nuevo en pie, mi padre trató de tomarla entre sus brazos. Mi tía seguía mirando el cheque. Mientras la observaba, vi cómo una oleada de excitación le subía a la cara.

Luego Papá la cogió por detrás y la hizo dar la vuelta y aplastó sus llenos labios contra aquellos tan delgados de mi tía. Mientras ella trataba de forcejear, el cheque se le escapó de la mano y revoloteó hasta el suelo. Ante mi gran sorpresa, después de cuanto le había gritado, rodeó con ansia el cuello de Papá y respondió a sus besos con tanto ardor como el que mostraba Papá. Impotente, como si fuese incapaz de resistirse, le permitió alzarla. Mi padre se encaminó hacia las escaleras de atrás con mi tía en brazos.

Sintiéndome entumecida y asombrada, con bascas en el estómago, arrastré a mi temblorosa hermana hasta la cocina. Recogí el cheque y me quedé mirando aquella cantidad de cincuenta mil dólares juntos, extendidos a Ellsbeth Whitefern. Prendí el talón en el tablero de corcho, donde estaba segura de que mi tía vería el cheque por la mañana, y podía marcharse con él si aún deseaba hacerlo.

Todo lo que había visto y oído en la cocina me martilló aquella noche en la cabeza como un carrusel de ponies esqueléticos, que daban vueltas y vueltas sin fin. Lamar Rensdale se había suicidado... ¿Por qué? ¿Y cómo lo sabían los del pueblo? ¿Había aparecido su muerte en los periódicos locales? Y, en caso de haber sido así, ¿Por qué no lo había visto? Debió haber sido Vera la que telefoneó y se lo explicó a mi tía. Vera estaba ahora tan conmocionada que necesitaba a alguien, y la única persona que tenía era su madre. ¿Había amado sinceramente Vera a mi guapo profesor de música? Y en ese caso, ¿por qué se había quitado la vida? Suspiré y escuché la respuesta del viento... Aquél era el tipo de respuesta que más me gustaba tener...

En las profundidades de los recovecos de mi mente, evité la pregunta más importante de todas: ¿qué era aquello que mi tía había prometido que no me diría? ¿Cuál era el secreto que me haría tan desgraciada si me enteraba de él?

Unos malos sueños me despertaron a primeras horas de la mañana siguiente. En lo alto de las escaleras principales, con el temprano sol vertiéndose a través del cristal emplomado, me detuve en el acto y me quedé inmóvil.

Sobre el suelo del vestíbulo, con el sol que atravesaba aquellos ricos y coloridos cristales trazando en el suelo dibujos geométricos, vi a mi tía tendida de bruces e inmóvil. Bajé los escalones lenta, muy lentamente, como alguien que anda en sueños y teme a cada segundo enfrentarse con innúmeros horrores. «No está muerta —me dije una y otra vez—, no está muerta, no lo está, sólo lastimada.» Tenía que llamar a una ambulancia antes de que fuese demasiado tarde. Mi tía raramente usaba estas escaleras de delante, puesto que acostumbraba usar las de atrás, que la dejaban más cerca de la cocina, que era el lugar en donde permanecía la mayor parte del día. Creí oír un débil ruido procedente de la cocina, como si se tratase de una puerta que cerrasen con sumo cuidado.

Me aproximé a ella con precaución.

—Tía Ellie —susurré temerosa.

Me arrodillé para dar la vuelta al cuerpo de mi tía. Entonces le miraría en el rostro.

—Que no esté muerta —seguí rogando una y otra vez.

Resultaba difícil de mover, como si estuviese hecha de plomo. Su cabeza colgó de una forma poco natural y tuve que empujarla y tirar de ella y, finalmente, la pude poner de espaldas. Sus oscuros y fieros ojos miraban vidriosos hacia aquel techo tan intrincadamente tallado. Su piel presentaba un color enfermizo grisáceo.

Muerta, estaba muerta. Vestida de viaje y con un traje que no le había visto antes, estaba ya muerta y viajando para comprobar el cielo de Dios para compararlo con el infierno de aquí.

Se me ahogó un grito en la garganta. Unos sollozos que no emitieron el menor sonido. No quería que estuviese muerta. Deseaba que tuviese aquel cheque y la oportunidad de disfrutar de las cosas por sí misma y, al mismo tiempo, deseé que se quedase aquí con nosotros. Llorando libremente ahora, comencé a arreglarle el cuello de su blusa blanca. Metí la mano por debajo de la falda para componerla y que no enseñase las bragas, y dispuse sus piernas rotas debajo de ella, para que no lo pareciesen. Con su gran moño en el cogote, su cabeza seguía caída en un ángulo extraño. Gritando con mayor fuerza, deshice el moño y extendí su cabello para que tuviese un aspecto más bonito. Luego, su cabeza quedó en buena posición.

Una vez lo hube hecho todo, oí los gritos. Una y otra vez, alguien estaba gritando. Era yo. Desde la cocina se acercaron con rapidez unas fuertes pisadas, y una voz gritó mi nombre. Me volví y contemplé a Sylvia que, con dificultades, bajaba las escaleras, murmurando cosas para sí misma mientras intentaba a la vez sujetarse a la barandilla y aferrar los prismas. Se acercaba hacia mí lo más de prisa posible, con una ancha sonrisa en su bonito rostro. ¡Y sus ojos aparecían enfocados! Pensé que empezaría a hablar cuando, de repente, detrás de mí una voz...

—¿Quién grita? —preguntó Papá, mientras corría hacia el vestíbulo.

Se detuvo en seco y se quedó mirando a tía Ellie.

—Ellie... ¿Ésa es Ellie? —preguntó, palideciendo y con apariencia turbada.

Las sombras parecieron oscurecer de inmediato su rostro. Se apresuró a arrodillarse donde yo lo había hecho hacía sólo un momento.

—Oh, Ellie, ¿cómo has hecho esto? —preguntó con un sollozo, alzándola como si la acunase en sus brazos; aquel elástico cuello pareció alargarse aún más—. Te había entregado un cheque, Ellie, y por mucho más de lo que habías pedido. Podías haberte marchado. No debías haberte caído por las escaleras sólo para herirme...

Pareciendo entonces recordar mi presencia, hizo una pausa y preguntó:

—¿Cómo ha sucedido esto?

Sus ojos se acuclaron cuando acerqué a Sylvia hacia mí. Deseaba defenderla de aquella dura mirada con la que Papá observaba aquellos prismas que la niña aferraba en su mano. Mientras apretaba a Sylvia contra mis pechos, me enfrenté a él.

—Bajaba la escalera cuando la vi... Se encontraba de bruces en el suelo, como si se hubiese caído.

Una vez más miró el rostro muerto de mi tía.

—Raramente empleaba las escaleras de delante. ¿Le has dado la vuelta?

Cómo entornó los ojos, qué átona fue su voz. ¿Estaba demudado lo mismo que yo?

—Sí, le di la vuelta.

—Nos oíste anoche, ¿verdad? —me preguntó con un matiz de acusación.

Antes de que pudiese responder, Papá ya había cogido el bolso en el que yo había reparado y hurgaba dentro de él.

—El cheque no está —exclamó como sorprendido—. Nos peleamos anoche, Audrina, pero más tarde hicimos las paces. Le pedí que se casase conmigo. Parecía muy feliz cuando regresó a su habitación...

Dejó reposar la espalda de mi tía en el suelo y se incorporó.

—No me hubiera dejado... Sé que no lo hubiera hecho, no después de habérselo pedido, y lo deseaba, sé que lo deseaba...

Luego comenzó a subir los escalones de tres en tres.

Sujeté con fuerza a Sylvia y la hice correr conmigo

hacia las escaleras de atrás, confiando en llegar a la habitación de mi tía primero, y encontrarme allí para ver qué hacía con el cheque cuando lo hallase.

Aunque su itinerario fuese el más largo, se encontraba ya en la habitación de Ellie cuando llegué yo con Sylvia. Las maletas de Ellsbeth estaban abiertas encima de la cama. Frenéticamente, comenzó a buscar en todas sus cosas, abriendo y cerrando hasta el último bolso que mi tía poseía.

—¡No puedo encontrarlo! ¡Audrina, tengo que encontrar ese cheque! ¿Lo has visto?

Le dije que lo había clavado en el tablero de corcho de la cocina, para que fuese la primera cosa que mi tía viese por la mañana.

Gimió y se pasó la mano por encima de los labios.

—Audrina, corre a mirar si aún está allí.

Con Sylvia a mi lado, tambaleándose mientras yo intentaba correr, llegué a la cocina y encontré el tablero vacío. Informé de ello a Papá. Suspiró pesadamente, echó un nuevo vistazo a la rígida forma de mi tía y a su severo traje oscuro. Luego telefoneó a la Policía.

—Ahora —me dio instrucciones antes de que fuese al piso de arriba a vestirme— sólo diles exactamente cómo la encontraste... Pero no has de contarles que se marchaba. Volveré a guardar las ropas. De todos modos, no puedo hacerme a la idea de que se fuese. Llevaba tantas cosas idiotas en sus maletas, incluso ropas que ahora ya no le sentaban bien. Audrina, creo que sería una buena idea si le quitases a tu tía el vestido de viaje y le pusieses uno de sus vestidos de estar por casa.

No deseaba hacerlo, aunque comprendiese su razonamiento, pero con su ayuda conseguimos quitarle la chaqueta, la blusa y la falda. Muy pronto tenía puesto un vestido de algodón a cuadros. Temblaba mucho antes de que acabásemos. A toda prisa le arreglé el pelo mientras Papá la ponía en la posición conveniente. Mis dedos seguían tan temblorosos que su lazo nunca había tenido un aspecto tan chapucero. En cuanto terminé de vestirme, la Policía ya llamaba a la puerta.

Encogida junto a Sylvia en el sofá de terciopelo púrpura, observé y escuché a mi padre que les daba a los policías una explicación de cómo mi tía se había caído por las escaleras. Tenía un aspecto calmado, sólo algo turbado, con la preocupación y la tristeza haciéndole parecer auténticamente presa del dolor. Los policías parecieron considerarle encantador, muy de fiar, y empecé a pensar, implacablemente, en lo buen actor que era. Nunca se hubiera casado con ella. Qué mentira había sido decirme aquello, como si me considerase tan simplona que fuera a creérmelo todo.

—Miss Adare —me dijo el mayor de los policías, con un rostro amable y paternal—, ¿fue usted la que la encontró? ¿Estaba en el suelo de espaldas?

—No, señor, se encontraba con la cara contra el suelo. No quise pensar que estuviese muerta, por lo que le di la vuelta para comprobarlo.

Humillé la cabeza y comencé a llorar de nuevo.

La voz del policía fue de lo más simpática cuando continuó preguntando:

—¿Tenía su tía ataques de vértigo?

Una y otra vez se sucedieron las preguntas hasta que Papá se dejó caer en un sillón y hundió la cabeza entre las manos. De algún modo, olvidé mencionar el haber oído cómo la puerta trasera se cerraba con suavidad. Pero tal vez sólo había imaginado que lo oía.

—¿Dónde estaba usted cuando se cayó su cuñada? —preguntó el policía de más edad, mirando fijamente a Papá.

—Estaba durmiendo —respondió Papá, y levantó la cabeza y sostuvo con fijeza la mirada del policía.

Incluso cuando el cadáver de mi tía fue levantado y colocado en una camilla, cubierto con una manta y llellado al depósito de cadáveres de la Policía, las preguntas continuaron de una forma implacable. Estaba entumecida y me sentía mareada, y me había olvidado de Sylvia, que no había desayunado. Aquélla fue la primera cosa que hice después de que la Policía se fuera. Papá se sentó también a comer lo que yo había preparado, sin decirme ni una sola palabra, dedicándose sólo a masticar y a tragarse automáticamente la comida.

Sin embargo, más tarde, cuando me encontré sola en mi cuarto y Sylvia hacía la siesta en el suyo, no dejé de pensar en mi tía y en la discusión que había mantenido con Papá. Deseaba irse con Vera y ahora estaba muerta. Cuanto más pensaba acerca de ello, más alarmada me sentía respecto de mi propia situación. ¿Cuántas veces me había dicho mi tía que me escapase en cuanto tuviese la oportunidad? Centenares de veces. Ahora, mientras Papá se encontraba en alguna parte disponiendo el asunto del funeral, era mi oportunidad.

Pero, ¿dónde ir cuando los Hados no hacen más y más que destrozarte el corazón? Una vocecilla dentro de mí me estuvo susurrando que Papá pensaba que los bebés niñas nacían cada día sólo para servir a sus necesidades cuando crecían. Y cuando Papá fuese viejo y feo, creía que el dinero las compraría; y cuando ni siquiera el dinero pudiese hacerlo, aún seguiría logrando que estuviese a su lado y que le mantuviese alejado de aquellas instituciones a las que parecía odiar tanto. Incluso al pensar en esto, detrás de ello existía otra susurrante amenaza... Aquellas cosas espantosas que mi tía le había dicho, respecto a lo capaz que era mi padre de hacer que todo y todos siguiesen sus directrices. Empecé a apresurarme como una loca de acá para allá, metiendo mis cosas en las maletas. Corrí hasta el cuarto de Sylvia y reuní también lo que ella necesitaba. Íbamos a marcharnos. Irnos antes de que algo horroroso nos sucediese también. Ahora mismo, mientras Papá estuviese fuera y no pudiese impedírnoslo.

Mientras arrastraba a Sylvia detrás de mí, tuvimos que pasar por el salón delantero, y, en la puerta, me detuve como si me despidiese del piano de cola de mi madre. Me pareció que podía verla allí sentada, tocando sus melodías favoritas de Rachmaninov, a una de las cuales le habían puesto una letra para una balada popular: *Luna llena y brazos vacíos...*

Brazos de acero, ésa era la clase de brazos que poseía mi padre. Brazos asesinos de amor...

Mientras permanecía allí de pie, pensé que había olvidado todas aquellas cosas odiosas que mi tía nos había dicho o hecho, a mí y a Sylvia. Empujé hacia los rincones más oscuros de mi cerebro todo cuanto me dijera, respecto de que era demasiado sensible e incapaz de hacer frente a la realidad, y recordé sólo las cosas buenas, sus excelentes obras. Se lo perdoné todo.

Empujando a Sylvia, alcé las dos pesadas maletas y comenzó nuestro viaje a través de los bosques, para alcanzar la casita del otro lado. Billie pareció muy seria cuando le conté mis planes. Arden quedó encantado.

—Naturalmente... Qué idea más maravillosa. Pero, ¿por qué no puede tu tía cuidarse de Sylvia? No va a ser nada parecido a una luna de miel, si hemos de llevarla con nosotros...

Con la cabeza inclinada y voz también baja les conté lo que había sucedido, y que debía escaparme ahora o nunca. Se lo dije todo de una forma que Papá aparecía sin ninguna clase de culpa. ¿Por qué tenía que dejarle a un lado?

Billie me acunó entre sus fuertes brazos.

—Debemos pensar que algunas cosas sólo son para bien, cuando, de todos modos, tampoco hay nada que podamos hacer al respecto. Me has contado que tu tía se comportó durante todo el invierno como si no fuese feliz, o se encontrase enferma. Tal vez le dio un mareo. Ahora ya no existe razón para que no dejes a Sylvia aquí conmigo, si verdaderamente crees que debes escaparte de esta forma. Lo único de lo que quiero estar segura es de que amas lo suficiente a mi hijo, Audrina. No te cases hoy con Arden para lamentarlo mañana.

—¡Amaré por siempre a Arden! —grité fervorosa, creyendo con toda mi alma que era la pura verdad.

Arden me sonrió encantadoramente.

—Me hago eco de eso... —me dijo con voz suave—. Dedicaré toda mi vida a hacerte feliz.

Nerviosa, miré a Sylvia, que comenzó a gritar cuando Billie trató de tocarla, luego a Billie, y finalmente a Arden. No podía dejar a mi hermana con Billie, la cual parecía no agradarle y a la que temía. Había prometido a Papá, hacía ya mucho tiempo, que me haría cargo de Sylvia, que mi hermana era de mi responsabilidad, y no podía abandonarla.

Mi corazón pareció detenerse mientras aguardaba la respuesta de Arden, una vez le hube dicho que Sylvia debería irse con nosotros. Quedó pálido y luego asintió en silencio.

Tal vez Billie tuviese razón de tener un aspecto preocupado cuando se despidió de nosotros.

YO TE TOMO, ARDEN...

En una pequeña ciudad de Carolina del Norte, donde la ley permitía a las parejas casarse el mismo día en que sacasen la licencia matrimonial, Arden y yo fuimos casados por un gordo y calvo juez de paz, mientras su sencilla y flaca mujer tocaba de una forma atroz música nupcial en un viejo y atrotinado órgano. Cuando la breve ceremonia hubo acabado, cantó (sin que se lo pidiésemos) el *Te amo de verdad*.

Sylvia se mantuvo sentada e inquieta sobre lo que parecía una mecedora, moviendo los pies mientras jugaba con los prismas de cristal y parloteando incesantemente para sí, como si, de repente, hubiese encontrado la voz y fuese a emplearla, aunque no pudiese proferir unas palabras que tuviesen un significado. ¿O es que trataba de cantar algo? Resultó difícil concentrarnos mientras emitíamos nuestros votos.

—Dentro de algunos años volveremos a hacerlo de una forma apropiada —me prometió Arden en cuanto nos encaminamos hacia el Sur en busca de una famosa playa y un magnífico hotel—. Estás tan guapa con ese vestido violeta... Hace juego con tus ojos. Tienes unos ojos tan maravillosos, tan profundos... Me pregunto si, aunque sea en un millón de años, tendré tiempo para averiguar todos tus secretos.

Incómoda, respondí nerviosa:

—No tengo secretos.

Al caer la noche nos registramos en el hotel. Muy pronto nos encontramos en el comedor, donde todos los huéspedes se quedaron mirando cómo Sylvia se llevaba la comida a su abierta boca, sin utilizar para nada los cubiertos.

—También he estado trabajando en esto —le dije en son de disculpa a Arden—. Más pronto o más tarde, acabará por hacerlo bien.

Me sonrió y me dijo que ambos enseñaríamos a Sylvia a ser una dama perfecta.

Me alegré que la cena durase bastante tiempo. Dentro de muy poco llegaría el momento que más temía.

Aquel oscuro y fugitivo recuerdo del húmedo día en el bosque había estado destellando delante de mis ojos. El sexo había matado a la Primera Audrina, y aquélla era mi noche de bodas. Arden no me lastimaría, me dije de nuevo, para tranquilizarme a mí misma. No sería una cosa espantosa con él. El dolor y el pánico, y la fealdad de todo ello, pertenecía a aquella loca mecedora que hacía soñar en la Primera Audrina, no era algo que perteneciese a mi vida, pues llevaba mi certificado de matrimonio en el bolso.

Arden fue maravillosamente considerado y tolerante con Silvia, mientras, de forma simultánea, intentaba ser romántico conmigo. Una tarea casi imposible... Lo sentí por él, por esforzarse tanto...

Alquiló dos habitaciones dobles, con una puerta de conexión para que Sylvia pudiese tener su propio cuarto de baño, y en éste, lenta y penosamente, hice lo que debía hacer. Cuando la metí en su ancha cama, le di órdenes estrictas de que se quedase en el lecho y nada más. La última cosa que llevé a cabo fue ponerle un vaso de agua encima de la mesilla de noche.

—Bebe tan poco como te sea posible, para que no tengas un accidente durante la noche.

La besé y, con desgana, me retiré en cuanto se deslizó hacia el sueño, aún aferrando los prismas de cristal.

En el dormitorio que teníamos que compartir, Arden empezó a pasear impaciente por allí mientras yo

me daba un baño de más de media hora y me ponía
champú en el pelo. Tras enjuagarme me cogí los rulos,
empleé el secador de pelo, me di crema en la cara y,
mientras el cabello acababa de secárseme, me quité la
laca de las uñas y me las pinté, una y otra vez, así como
las de los dedos de los pies. Ahora que el pelo ya estaba
seco, tuve que aguardar a que también se me secasen
las uñas. Cuando ya parecieron tener la suficiente dureza, me quité con cuidado los rulos y me cepillé los rizos
en forma suelta y ondulados. Los rocié de colonia y me
di un poco de talco. Finalmente, me metí por encima de
la cabeza un camisón de fantasía. «Estúpida, estúpida»,
no hacía más que decirme, por tener miedo de mi propio marido.

Me toqué el revelador camisón que Billie me había
regalado en mi último cumpleaños, deseando que no
fuese tan transparente, aunque supuse que ella me lo
había obsequiado exactamente por esa razón... Tenía un
salto de cama violeta a juego, con encajes de color cre-
moso, pero no estaba previsto para ocultar nada. Cuando acabé hasta el último detalle en el que pude pensar,
me senté en el borde de la bañera y me quedé mirando
la puerta cerrada, temiendo abrirla y cruzarla.

Seguí viendo a Mamá mientras permanecía allí sentada, lo mucho que me parecía a ella, aunque ella fuese
mayor. Pensé en Papá y en el cinturón que usaba como
látigo. Vi de nuevo todo lo que le había sucedido a la
Primera Audrina en aquel espantoso día lluvioso, cuando fue encontrada muerta debajo de un árbol dorado.
Una chiquilla violada, aquello era algo que no resultaba
justo, que no estaba bien. Comencé a temblar y gotas de
sudor empezaron a aparecer en mis axilas, a pesar del
desodorante que llevaba puesto. Vi a Vera rodando por
el suelo con Lamar Rensdale, y la forma violenta en que
él la había tomado, como si se tratase de un despiadado
animal. No podía apartar de mí todo aquello. Y tampoco deseaba pasar por ello.

Tras ponerme de pie, comencé a desatarme el salto
de cama. No podía permitir que me viese con aquellos
trozos de nada...

—Audrina —me llamó Arden desde el otro lado de la
cerrada puerta del cuarto de baño, con una vez que empezaba a sonar cada vez más encolerizada—, ¿por qué
tardas tanto? Llevas horas y horas ahí dentro...

—Dame cinco minutos más —respondí nerviosa.

Ya se lo había prometido antes dos veces. Me toqueteé el pelo, el salto de cama, me lo quité, pensé en ponerme las bragas o vestirme de nuevo de arriba abajo. Comencé a morderme las uñas, una costumbre que había abandonado hacía ya mucho tiempo. Me dije de nuevo que Arden debía conocerme desde que yo tenía unos siete años, me había visto con toda clase de ropas, en traje de baño, en todo tipo de momentos..., pero nunca me había contemplado con aquel camisoncito y poco antes de mantener relaciones íntimas... Sin embargo, ahora era mi marido. ¿Por qué debía preocuparme tanto? No iba a caer muerta debajo de un árbol dorado, o en el suelo, ni tampoco emplearía su cinturón... ¿O sí lo haría?

—Un minuto más —me recordó Arden—. Te concederé tu tiempo límite... y sin más excusas...

Su tono fue tan lúgubre que me asustó. Nunca había mostrado aquella voz tan dura. Oh, era la misma que había oído emplear a tía Mercy Marie, a tía Ellsbeth y a Mamá. Nunca conocías a un hombre hasta que te casabas con él...

—Estoy mirando el segundero —me informó—. Sólo te quedan treinta segundos. Si no sales cuando has prometido, entraré yo. Aunque tenga que derribar la puerta, ¡entraré...!

Retrocedí contra la pared, mientras el corazón me latía con fuerza al compás del miedo. Luego di un paso hacia la puerta, recé rápidamente una oración por el alma de mi tía y le pedí perdón por no haber asistido a sus funerales.

—¡Se acabó el tiempo! —gritó—. Ponte atrás, que echaré la puerta abajo...

Se lastimaría si debía retroceder y luego correr hacia delante para golpear la puerta con el hombro. Pateó la puerta dos veces, pero no se movió. Le oí soltar palabrotas y supuse que, a continuación, se arrojaría contra la puerta. A toda prisa descorrí el cerrojo y la abrí.

Tuvo la mala suerte de lanzarse hacia delante en el mismo instante en que abrí la puerta. Chocó con violencia contra la pared opuesta de baldosas más allá de la puerta. Se estrelló contra el muro, se deslizó hacia el suelo y quedó tendido con aspecto conmocionado y terriblemente dolorido.

Me precipité y me arrodillé a su lado.

—Oh, Arden, lo siento, lo siento tanto... No supuse que, de verdad, quisieses derribar la puerta.

Ante mi sorpresa, se echó a reír y me agarró entre sus brazos. Comenzó a ablandarme con besos. Sus palabras fueron apareciendo en medio de las caricias.

—He oído que las novias suelen tener miedo... Pero, Audrina, pensé que me amabas.

Más besos en la cara, en el cuello, en mis hinchados pechos.

—No es como si hubiésemos acabado de conocernos...

Apartándome, me puse en pie. Él se incorporó penosamente también, antes de que se inclinase y se tocase los huesos por si se le había roto alguno.

—Supongo que no hay nada permanentemente estropeado —comentó forzándose en sonreír.

Con ternura, me cogió entre sus brazos y me miró profundamente a los ojos.

—No debes parecer tan asustada. Todas estas cosas son, en cierta forma, divertidas, como si se tratase de una farsa, pero no deseo que nuestra noche de bodas sea una farsa. Te amo, Audrina. Nos lo tomaremos con calma, poco a poco, y quedarás sorprendida de lo naturales que resultan las cosas.

Me besó ligeramente, con sus separados labios.

—Tu cabello ya tenía un magnífico aspecto antes. No debías habértelo lavado de nuevo. Nunca te había visto tan bonita..., y, aunque parezcas tan aterrada, me dejas sin aliento...

—Terminaré en un abrir y cerrar los ojos —dijo con reluctancia y se quedó en el cuarto de baño.

No debía haberme dicho aquello. Ya había sabido durante todo el rato que acabaría «en un abrir y cerrar de ojos».

Debía soportar esta noche, y todas las noches que la seguirían, si tenía que escapar de Papá y encontrar la relación física que se suponía que todas las mujeres habían de disfrutar con el hombre al que de veras amaban.

Quitándome aquel salto de cama del que Arden no se había dado ni cuenta, me deslicé entre las sábanas de aquella gran cama. A duras penas me había puesto cómoda, cuando Arden ya estaba abriendo la puerta del baño, tras ducharse y hacer todo lo demás que un hombre necesitase para poder meterse en la cama.

Con rapidez se acercó al lecho y se siluteó brevemente ante la luz dorada detrás de él. Para mi horror, no llevaba nada encima excepto una húmeda toalla de baño enrollada en las caderas. La poca luz que había en esta habitación del hotel pareció contrastarse en su brillante y húmeda piel, forzándome a tomar conciencia de su masculinidad aun cuando no quería pensar en eso. Sólo deseaba que esta noche hubiese acabado y se hiciesen las cosas lo más rápidamente posible. Después casi me eché a gritar por la forma indiferente en que se quitó aquella toalla y la arrojó a un lado. Falló el brazo del sillón adonde apuntaba y se deslizó hasta el suelo.

Oh, ya empezaba, todas aquellas cosas desaliñadas que los hombres cuidadosos hacían después de que tuviesen una esposa que se cuidara de ellas.

—Te has olvidado de apagar la luz del cuarto de baño.

—Porque has apagado la luz de aquí —se apresuró a decir— y me gusta un poco de luz. Aunque también puedo correr las cortinas y dejar que entre la luz de la luna.

El aroma de pasta de dientes se notó en su aliento. Se demoró ante la cama, como si deseare que le mirase a la rosada luz de la mesilla de noche que había encendido.

—Querida, mírame. No vuelvas la cabeza... He aguardado esta noche durante años y años. He pasado por todo tipo de dificultades para hacer que mi cuerpo fuese musculoso y atractivo, y ni siquiera una vez has dicho que te habías dado cuenta. ¿Te has percatado de algo en mí que no sea sólo la cara?

Tragué saliva.

—Sí, claro que lo he notado.

Sonriente, apoyó una rodilla en la cama. Alarmada ante lo que vi brevemente ante mis ojos alzar el vuelo de nuevo, sentí un apretado nudo dentro de mí y poco a poco me fui separando en la cama.

—Audrina, tiemblas. No hace frío aquí... No estés asustada. Nos amamos... Te he besado, abrazado y, unas cuantas veces, incluso me he atrevido a hacer un poco más, y he sido en seguida objeto de reprimenda. En hacer el amor hay mucho más que en todo esto combinado.

Sí, lo sabía. Tal vez demasiado. Me quedé mirando hacia las ventanas, enfermizamente aterrada. El leve y distante sonido de los truenos se filtraba en nuestro cuarto. Con la aproximación de aquella tormenta eléctrica llegó un nueva inundación de terror, aportándome visiones de los oscuros bosques sobre los que pesaban unos plomizos cielos. Como si hubiese estado en la habitación de la Primera Audrina, sentí la ominosa amenaza de lo que yacía ante mí.

«Lluvia, Dios mío, por favor, no permitas que llueva esta noche...»

Arden se me acercó centímetro a centímetro. Pude sentirle en cada uno de mis poros. Respiré su especial aroma masculino, sentí su desnudez, noté mi propia vulnerabilidad debajo de mi insignificante camisón. Mi piel pareció despertar y convertirse en unas antenas, con hasta mi último invisible pelito estremeciéndose, previniéndome para que hiciese algo, y lo hiciese de prisa. Hacia atrás, hacia atrás, retrocedía hacia la mecedora cuando me había asustado antes, antes de que aprendiese a cómo escapar del horror de los bosques. Me sentí meciéndome, escuché una voz infantil que cantaba, vi a las arañas tejiendo, divisé los ojos de los animales de peluche que relucían, escuché los crujidos de las tablas del suelo. Soplaba el viento y muy pronto destellarían los relámpagos y retumbarían los truenos.

Arden dijo algo dulce. ¿Por qué no podía escucharlo con claridad?

—Te amo —le oí exclamar de nuevo, con su voz llegándome como a través de un sueño.

Mi corazón me latía con tanta fuerza y tan alto, que apenas pude oír a Arden por encima del ruido de todo aquello que sucedía dentro de mí.

Muy cerca ya, Arden se volvió de lado y, con cuidado, pasó su mano en un leve toque por mi antebrazo. Las puntas de sus dedos rozaron el lado izquierdo de mi pecho. «No, no», deseé gritar. Seguí tendida allí sin habla a causa del miedo, con unos ojos tan abiertos que comenzaron a dolerme. Mi boca se me puso muy seca.

Arden se aclaró la garganta y se movió para que su carne entrase en contacto con la mía, una carne ardiente, cerdosa a causa de su vello. Sus labios, aún más cálidos y húmedos, rozaron contra los míos. Me hundí en la almohada, tratando de ahogar un grito.

—¿Qué pasa? —preguntó—. ¿Ya has dejado de amarme, Audrina?

Una excusa llegó hasta mí a través de un agujero en mi memoria. Mamá le decía a Papá que estaba muy cansada.

—Estoy tan cansada, Arden... Ha sido un día muy largo. Mi tía ha muerto esta mañana. ¿Por qué no te limitas a apretarme entre sus brazos esta noche y me dices que me amas una y otra vez? Luego, tal vez, ya no me sienta tan avergonzada.

—No hay nada de qué avergonzarse —me dijo con jovialidad, aunque sentí que su voz estaba tensa—. Sientes lo mismo que experimentan montones de novias o, por lo menos, eso me han contado. Dado que tú eres mi primera, y espero que última novia, no puedo hablar por experiencia propia.

Deseé preguntarle si era la primera chica que se había llevado a la cama, pero tuve miedo de que me dijese que no. Deseaba que fuese tan inexperto como yo misma; luego, por el contrario, quería que conociese, exactamente, qué había que hacerme sentir de una forma que estaba segura que odiaría. Si realmente me enteraba que había aguardado para practicar el sexo conmigo por primera vez, eso demostraría que me amaba lo suficiente.

Sus dedos trazaron levemente un rastro arriba y abajo de mi brazo, mientras se inclinaba por encima de mí, forzándome a cerrar los ojos. ¿No había escuchado decir a mi propia madre que los chicos estaban siempre más dispuestos que las chicas para el sexo? Hacía chistes en aquel tiempo, también con tía Mercy Marie, mientras ésta se sentaba sonriendo vacuamente por encima del piano.

Ahora sus manos eran más atrevidas, aventurándose a acariciarme los pechos antes de que sus dedos se lanzaran de una forma más específica. Comenzó a dar vueltas y más vueltas en torno de mis pezones, que estaban cubiertos con ligero tejido. Me estremecí, apartándome y preguntándole en un susurro:

—¿Ya has hecho antes el sexo?

—¿Tienes que preguntarlo en un momento así?

—¿Es algo malo de preguntar?

Sus suspiros sonaron desesperados.

—Existen diferencias entre hombres y mujeres, según dicen... Tal vez sea cierto o quizá no lo sea. Una mujer puede vivir toda su vida feliz sin sexo, según he oído decir. Pero un hombre tiene una fabricación de esperma que debe ser liberado de una forma u otra. El modo más placentero es hacerlo con la mujer a la que ama. Amar es compartir, Audrina. Compartir el placer mutuo, no el dolor, ni tampoco la vergüenza.

—¿Te ha pedido Billie que me digas todas esas cosas? —le preguntó con voz ronca.

Sus ansiosos labios quemaban al hundirse en mi garganta y antes de murmurar:

—Sí. Antes de salir de la casita, me llevó a un lado y me dijo lo tierno y lento que debía ser contigo esta noche. Pero no tenía que habérmelo dicho. Lo hubiera hecho así de todas formas. Quiero hacerlo todo bien. Dame una oportunidad, Audrina. Tal vez no será tan terrible como has pensado que sería...

—¿Por qué dices eso? ¿Por qué crees que pienso que será terrible?

Su media risa fue breve y forzada.

—Resulta obvio. Eres un violín con las cuerdas entonadas tan rígidamente, que casi puedo notar tus terminaciones nerviosas y sentirlas puntear. Pero has sido tú la que has corrido hoy a buscarme, ¿no es así? Te arrojaste en mis brazos y dijiste: «Casémonos.» ¿No es verdad? Deseabas fugarte conmigo hoy, no mañana o la semana próxima. Así, ¿no es natural que piense que, por lo menos, estabas dispuesta a aceptarme como tu amante?

No había pensado en ello.

Me limité a actuar. Escapar de Papá había sido lo único que importaba.

—Arden, aún no has respondido a mi pregunta.

—¿A qué pregunta?

—¿Soy la primera?

—Está bien, si tienes que saberlo... Ha habido otras chicas, pero ninguna a la que amase como te amo a ti. Dado que había decidido que ibas a ser la única con la que me casase, no he tocado a ninguna otra chica...

—¿Quién fue la primera?

—No te preocupes —me respondió, con el rostro

296

apretado entre mis pechos y su mano explorando por debajo de mi camisón.

No le impedí que hiciese lo que deseaba llevar a cabo. Me aferré a mi dolor. No me amaba lo suficiente. Había tenido otras, tal vez un centenar. Y siempre se había comportado como si yo fuese su sola y única chica. Qué engañoso... Igual que Papá...

—Eres tan hermosa, tan suave y tan dulce... Tu piel es tan lisa... —murmuró, mientras su respiración se hacía más pesada cada vez, como si todo cuanto me estaba haciendo fuese lo que necesitase, y nada de lo que yo hiciese o dejase de hacer tuviese importancia en absoluto. Su mano se encontraba ahora debajo de mi escote, cubría mi pecho, sobándolo, moldeándolo en la forma de su mano mientras sus labios caían con fuerza sobre los míos. Ya había sido besada por él muchas veces antes, pero ninguna de esta forma.

El pánico me hizo volver a la mecedora, sentirme de nuevo una chiquilla y me aterró que aquel cuarto de juegos, con todas sus espantosas cosas, viniesen a mi interior y me llenasen de vergüenza. Destelló un relámpago, que me hizo brincar los nervios, por lo que me proyecté hacia delante. Arden tomó aquello por el comienzo de la pasión, puesto que su lujuria aumentó aún más, por lo que las tirillas de mi camisón se rompieron al bajarlas y descubrir mis pechos para que sus labios y su lengua pudiesen jugar con ellos. Arqueé el cuello y forcé la cabeza hacia atrás en la almohada, mientras me mordía el labio inferior para impedirme gritar. Apreté con fuerza los ojos y traté de soportar la humillación de todo lo que me hacía. Por dentro, no hacía más que sollozar, como cuando habían desgarrado el bonito vestido nuevo de la Primera Audrina y le habían arrancado su ropa interior de seda.

Llorando, estaba llorando y él no parecía oírlo o ver mis lágrimas. Mis ojos se abrieron por completo cuando resonó el siguiente trueno. El relámpago iluminó el cuarto lo suficiente para que pudiese ver su guapo rostro encima del mío, con aspecto de violador, fuera de sí, entre la euforia que experimentaba.

Todo aquel toqueteo, aquellas caricias, los besos, le estaban dando placer, en tanto que a mí sólo me aportaban terror. Me sentí engañada, furiosa, dispuesta a lastimarle con mis gritos, cuando acabó de quitarme el camisón y lo echó a un lado cual si se tratase de un pingajo. ¡Lo mismo que habían hecho!

Sus manos estaban encima de mí, buscando todo lo que andaba persiguiendo. Odié dónde había puesto la mano y lo contento que estaba cuando juró para sí y sus dedos comenzaron a actuar con fuerza. Luego suspiró y giró sobre mí, al tiempo que sentí su erección.

¡Oh! La mecedora, estaba allí de nuevo, balanceándome hacia delante y hacia atrás. Vi los bosques, escuché las obscenas palabras que gritaban, oí las risotadas.

Pero era ya demasiado tarde. Le sentí hurgar dentro de mí, algo grueso, cálido y que se deslizaba viscoso. Luché por liberarme, corcoveé, di patadas, arañé. Hundí las uñas profundamente en la piel de su espalda, hurgué en sus desnudas posaderas, pero no se paró. Siguió alanceando, causándome la misma clase de vergüenza, la misma especie de dolor que le habían originado a ella. Su rostro..., ¿era el juvenil rostro de Arden con el pelo aplastado sobre la frente, con los ojos saliéndosele de las órbitas mientras se quedaba mirando, antes de darse la vuelta y echar a correr? No, no, Arden no había nacido entonces. Era sólo otro igual que ellos, eso era todo. Todos los hombres son iguales... todos iguales, iguales..., iguales...

De una forma borrosa, empecé a derivar y perder la sensación de la realidad. Tía Ellsbeth había tenido razón cuando me dijo que era demasiado sensible. No debí nunca permitir que Arden siguiese adelante, permitirle creer que sería la esposa perfecta.

En realidad, no podía ser una esposa en absoluto.

Sus cálidas eyaculaciones llegaron entonces. Grité, grité, pero los poderosos truenos apagaron mis gritos. Nadie me oyó, ni siquiera él. Saboreé mi propia sangre en los labios, pues me los había mordido con los dientes en un intento de cortar mis gritos. Sólo Arden me amaba. Ésta era la forma que debía tener el amor físico... Y, tras un último impulso, que casi me tronchó... Luego todo comenzó a dar vueltas, mientras el terror y la vergüenza se difuminaban. Una misericorde negrura se apoderó de mí, y ya no sentía nada, nada en absoluto.

La luz de la mañana me despertó. Sylvia se había instalado en un rincón de nuestro dormitorio y jugaba con sus prismas, con el camisón alzado hasta las caderas. Con sus vacuos ojos que no miraban a nada, sus labios separados y babeando, se acuclillaba tan lacia como unos harapos.

Mi marido se dio la vuelta, se despertó y alargó la mano hacia mis pechos como si le perteneciesen. Los besó en primer lugar y luego mis labios.

—Querida, te amo tanto...

Más besos llovieron sobre mi rostro, sobre mi cuello, por todo mi desnudo cuerpo, y Sylvia estaba allí, aunque estoy segura de que Arden no la veía.

—Al principio pareciste tan rígida, tan asustada... Luego, de repente, te apretaste contra mí y pareciste ansiosamente rendida. Oh, Audrina, confiaba en que fueses así...

¿Qué decía? ¿Cómo podía creer sus palabras cuando sus ojos imploraban de aquella forma? Sin embargo, le permití que fingiese satisfacción, percatándome de que debía albergar alguna, aunque yo no tenía otra cosa que no fuera dolor, vergüenza y humillación. Y lejos, en las profundidades de mi perforada memoria, surgió el olor de la sangre, de la tierra empapada y de las hojas húmedas... Y Audrina se dirigía, tambaleándose, hacia casa, tratando de mantener unidos los trozos de su costoso y destrozado vestido para que cubriese su desnudez.

TERCERA PARTE

EN CASA DE NUEVO

Mientras pasábamos con el coche por la curva de nuestra entrada de vehículos, vi a Papá en el porche delantero, como si ya supiese por adelantado que éste era nuestro día de regreso a casa.

Se alzaba allí como un formidable gigante; llevaba un estupendo y nuevo traje blanco, con zapatos también blancos y una camisa de un azul brillante, acompañado de una corbata blanca con franjas plateadas y azules en diagonal.

Me estremecí y miré a Arden, cuyos ojos se encontraron con los míos con grandes muestras de aprensión. ¿Qué haría Papá?

Con una mano me aferré al brazo de Arden, y en la otra llevaba a Sylvia, mientras los tres, lentamente, subíamos los escalones del porche principal. Durante todo el tiempo, la feroz mirada de Papá se trabó con la mía, acusándome en silencio de haberle traicionado, de haberle fallado. Luego, una vez hubo acabado conmigo, dirigió sus oscuros y taladrantes ojos hacia Arden, como para sopesar sus fuerzas como adversario. Papá sonrió cálidamente y alargó su manaza hacia mi marido para que la estrechara.

—Hola —dijo gentilmente—, qué agradable veros a todos de nuevo...

Siguió sacudiendo la mano de Arden arriba y abajo. Al parecer de una forma inacabable.

Estaba orgullosa de ver que Arden no hacía la menor mueca. El apretar con demasiada firmeza en un estrechamiento de manos amistoso, constituía la forma que tenía Papá para determinar la fuerza física de un hombre y su carácter. Sabía que su poderoso asimiento hacía daño, y un hombre que mostraba una mueca era, inmediatamente, tachado de su lista y etiquetado como «débil».

Luego le dio unos golpecitos cariñosos e indiferentes a Sylvia en la cabeza, como si se tratase de alguna clase de cachorrillo latoso. Besó tres veces mis mejillas, primero una y luego la otra, pero, al mismo tiempo, consiguió alargar la mano para pellizcarme el trasero con tanta fuerza, que tuve ganas de echarme a gritar. Esta clase de pellizco estaba previsto para medir la resistencia de una mujer, y sus reacciones eran también anotadas, etiquetadas y archivadas.

Que me etiquetara como le placiese.

—Nunca me habías pellizcado así —le dije con tono furioso—. Hace daño y no me gusta. Nunca me ha gustado... Y tampoco a mi madre o a mi tía...

—Vaya, qué descarada te has vuelto en cuatro días —respondió con una ancha y burlona sonrisa.

Luego alargó otra vez la mano para darme unos golpecitos juguetones en la mejilla, que me parecieron más bien un bofetón.

—No necesitabas fugarte con tu novio, corazoncito —prosiguió, en un suave y amoroso susurro—. Hubiera tenido sumo placer, muñequita mía, en andar contigo por el pasillo central de la iglesia y verte llevar el bonito vestido de bodas de tu madre.

En los momentos en que no pensaba en nada, era cuando siempre me sorprendía y me cogía con la guardia bajada.

—Arden, he estado hablando con tu madre acerca de

ti, y me ha dicho que tienes algunas dificultades para encontrar la clase de posición que deseas en una buena empresa de arquitectos. Te admiro por no aceptar un empleo de tercera, en una empresa de segunda fila. Pero hasta que encuentres el tipo de posición que realmente deseas, ¿por qué no aceptas un empleo de ejecutivo contable, de entrada, en mi empresa de agentes de Cambio y Bolsa? Audrina te podría poner al corriente para que pasases el examen y, naturalmente, yo también te echaría una mano. Aunque tu mujer conoce de esto casi tanto como yo mismo...

Aquello no era lo que yo deseaba. Sin embargo, al mirar hacia Arden, vi que quedaba muy aliviado. Este ofrecimiento le resolvía un montón de problemas. Ahora tendríamos unos ingresos y podríamos alquilar un pequeño apartamento en la ciudad, muy lejos de «Whitefern». Arden pareció muy agradecido, y también miró hacia mí como si hubiese exagerado en demasía el deseo de Papá de guardarme sólo para él.

Qué bien hacía Papá lo de enfrentarse a una situación que le disgustaba y darle la vuelta por completo sin ventaja suya. Los ejecutivos contables jóvenes y con buena apariencia eran muy buscados y Arden era muy listo y estupendo con las matemáticas.

—Sí, Arden —comentó, al mismo tiempo que pasaba un brazo amistoso y paternal por encima de los hombros de mi marido—, mi hija puede enseñarte los fundamentos y también las consideraciones técnicas.

Su voz fue suave, natural, relajada.

—Sabe tantas cosas como yo mismo, y tal vez incluso de una forma mejor, puesto que el mercado de valores no es una ciencia sino más bien un arte. Audrina tiene un dominio completo de la sensibilidad y de la intuición... ¿No es verdad, Audrina?

Me lanzó otra sonrisa provista de gran encanto. Luego, mientras Arden no miraba, rápidamente alargó la mano para pellizcarme en las posaderas de nuevo, esta vez aún con mayor fuerza. Sonrió y, cuando Arden miró hacia mí, Papá me estaba sólo abrazando cariñosamente.

—Y ahora —continuó— tengo otra maravillosa sorpresa para vosotros...

Nos sonrió a los dos.

—Me he tomado la libertad de mudar a tu madre de aquella miserable casita. Ahora se encuentra instalada en el piso de arriba, en la mejor de las habitaciones que tenemos.

Su pulida sonrisa brilló de nuevo.

—Es decir, la mejor y más próxima a la mía propia.

Me dolió ver lo agradecido que Arden se mostraba, cuando debería haber conocido mejor las cosas. Tal vez todos los hombres *fuesen* más o menos iguales, y se comprendiesen muy bien los unos a los otros. Se apoderó de mí una rabia interior, al ver que Papá seguía dominando mi vida, incluso aunque me hubiese casado.

Confortablemente instalada en lo que debían haber sido las habitaciones de mi tía, agrandadas en un inútil esfuerzo por complacerla, se encontraba Billie, vestida como una estrella de cine con un vestido de encaje de fantasía, que sólo hubiera podido llevar en una fiesta al aire libre.

Sus brillantes ojos relucieron cuando explicó a borbotones:

—Se presentó en mi casa una hora después de que os hubieseis ido en coche y me abroncó por haberos alentado a escapar. No le dije una sola palabra hasta que se hubo calmado. Luego, pensé que me estaba mirando auténticamente por primera vez. Me comentó que era muy bonita. Yo incluso llevaba mis pantalones cortos, con estos malditos muñones sobresaliendo, pero no pareció preocuparse por ello. Querida, no sabes lo mucho que eso significó para mi ego.

Papá era inteligente, muy inteligente... Debí haber esperado que encontraría una forma para derrotarme. Y ahora tenía a mi suegra de su parte...

—Luego dijo que deberíamos hacer lo mejor posible ante una situación que ya no cabía modificar, y ese hombre maravilloso me invitó a venir a vivir aquí, y a compartir vuestras vidas con él. ¿No ha sido algo muy gentil por su parte?

Naturalmente que sí. Eché un vistazo en torno de la habitación, y pensé que tendría que haberse convertido en un santuario a la memoria de mi tía. Y aquello me dolió por dentro... Pero, sin embargo, ¿por qué había que lamentarse cuando Billie estaba tan agradecida? Y tía Ellsbeth nunca había apreciado nada de lo que se hiciera para que sus habitaciones pareciesen más agradables. Ciertamente, si alguien se merecía unas estancias así, ésa era Billie.

—Audrina, nunca me contaste que tu padre fuese tan amable, tan comprensivo y tan encantador. En cierta forma, siempre habías hecho ver que parecía insensible, artero e injurioso.

—¿Cómo podía decir a Billie que la buena apariencia de Papá y sus artificiales encantos constituían su auténtico repertorio? Los empleaba sobre todas las mujeres, jóvenes, de mediana edad e incluso ancianas. El noventa por ciento de sus clientes eran mujeres mayores que dependían, por completo, de sus consejos, y el otro diez por ciento eran hombres ricos demasiado viejos para tener un buen juicio por sí mismos.

—Audrina, cariño —prosiguió Billie, mientras me apretaba contra sus grávidos y firmes pechos—, tu padre es un auténtico encanto. Tan dulce y preocupado por el bienestar de todos... Un hombre como Damian Adare nunca podría ser cruel. Estoy segura de que le has interpretado mal, si crees que no se ha portado bien contigo...

Papá nos había seguido al piso superior y, hasta que dijo ella esto, no le había visto apoyado con gracia contra el marco de la puerta, escuchándolo todo. Le habló a Arden en el repentino silencio que se hizo sobre nosotros.

—Mi hija ha estado loca por ti desde que sólo tenía siete años. Dios sabe que nunca creí que los amores de niños durasen... Yo he querido a una docena o más de niñas en la época en que tenía diez años, y doscientas más antes de que me casase con la madre de Audrina.

Arden sonrió, con aspecto embarazoso, y muy pronto estuvo dándole las gracias a Papá por haberle ofrecido un empleo, cuando no tenía ninguna, además de un salario decente para alguien que no tenía los más mínimos conocimientos en el campo de los valores.

Papá había vencido de nuevo. Tía Ellsbeth estaba muerta. No me había salvado a mí más de lo que había podido salvarse a sí misma. Sólo Papá quedaba libre para, de vez en cuando, lastimar a aquellos que alegaba amar más.

Al cabo de poco, Papá estaba hablando seriamente conmigo y con Arden respecto de darle un nieto.

—Siempre he deseado un hijo —explicó, mientras me miraba fijamente a los ojos.

Dolía, realmente dolía el escucharle decir esto, cuando siempre había proclamado que yo era bastante para complacerle. Debió de haber visto mi dolor, puesto que sonrió, como si me hubiese estado probando y comprobase que aún me encontraba fiel.

—Deseaba un hijo después de una hija, eso es... Un nieto irá muy bien, puesto que ya tengo dos hijas...

Yo no deseaba aún tener un bebé, no cuando eso de ser la esposa de Arden resultaba ya lo suficientemente traumático. Poco a poco, penosamente, estaba aprendiendo a hacer frente a aquellos actos nocturnos de amor que me parecían a mí tan atroces y tan maravillosos a él. Incluso había aprendido a fingir placer, para impedir que dejase de parecer tan ansioso, y para permitirle creerse que yo disfrutaba con el sexo lo mismo que le ocurría a él.

Incluso antes de que Arden y yo regresásemos de nuestra luna de miel a orillas del mar, Billie se había hecho ya cargo de la cocina que tía Ellsbeth acababa tan recientemente de abandonar. Billie tenía ya allí su taburete alto, que había traído mi propio padre con el resto de sus otras pertenencias, aunque detestase tanto hacer trabajos físicos... Observé a Papá mirar a Billie con admiración, mientras la mujer, con toda habilidad, se dedicaba a preparar la comida sin refunfuñar lo más mínimo, y sin armar tampoco demasiado alboroto. Sonreía y reía en respuesta a las muchas bromas de mi padre. Se cuidaba muy expertamente de sus ropas y gobernaba aquella casa con tan pequeño esfuerzo, que Papá no podía dejar de admirarla por su notable eficacia.

—¿Cómo lo consigues, Billie? ¿Por qué incluso deseas hacerlo? ¿Por qué no me has pedido que contrate alguna criada para que te ayude?

—Oh, no, Damian. Es lo menos que puedo hacer para recompensarte por todo lo que estás haciendo por nosotros.

Su voz fue suave y sus ojos eran cálidos mientras le miraba.

—Estoy tan agradecida de que me hayas deseado, y hayas recibido a mi hijo como el tuyo propio, que nunca podré llegar a hacer lo suficiente. De todos modos, el tener criados en la casa nos robaría nuestra intimidad.

Me quedé mirando a Billie, preguntándome cómo

una mujer con su experiencia podría ser engañada con tanta facilidad. Papá usaba a la gente. ¿No se percataba Billie de que le estaba ahorrando montones de dinero al ser su ama de casa y cocinera? Y aquel generoso ofrecimiento de contratar unas criadas no era más que un fraude, algo calculado para hacer sentir a Billie que no se aprovechaban en absoluto de ella.

—Audrina —me dijo Billie un día, cuando ya llevábamos dos meses de casados y Arden seguía aún estudiando para pasar su examen de agente de Bolsa—, he observado a Sylvia. No sé por qué, pero le desagrado y desearía que me marchase. Llegaré a creer que puede pensar y todo... Tal vez esté celosa al ver que tú me quieres, y que nunca querrá compartir tu amor con otros. Cuando vivía en la casita era diferente, pero ahora me encuentro en su hogar y robo tu atención y tu tiempo hacia ella. Arden también le hace la competencia, pero, por alguna razón, tal vez porque la deja en paz, no está celosa con él. De la que tiene celos es de mí. Y lo que es más, no creo que sea tan retrasada mental como tú crees. Te imita, Audrina. En cuanto le das la espalda, te sigue. Puede andar con tanta normalidad como tú misma..., cuando sabe que no la ves...

Dándome la vuelta, observé que Sylvia estaba exactamente detrás de mí. Pareció desconcertada y, rápidamente, sus cerrados labios se abrieron y sus enfocados ojos se hicieron vacuos, con apariencia de ciega.

—Billie, no deberías decir unas cosas así. Puede oír... Y si lo que dices es cierto, aunque no creo que lo sea, lo comprendería y se sentiría lastimada.

—Claro que lo comprende —prosiguió Billie—. No es brillante, pero no se encuentra al margen de la sociedad.

—Pues no sé por qué hace ver que...

—¿Quién te ha dicho que padece un retraso sin remedio?

Sylvia se había alejado hasta el vestíbulo arrastrando el carrito rojo de Billie. Mientras la observaba, se sentó en él y comenzó a impulsarse de la misma forma en que lo hacía Billie.

—Papá no la trajo a casa hasta que tuvo más de dos

años y medio. Me contó lo que los médicos le habían explicado.

—Admiro a Damian muchísimo, aunque no le admiro por la forma con que ha sobrecargado tu vida con el cuidado de tu hermana menor, especialmente cuando puede permitirse el pagar una enfermera para que se ocupe de ella, o mejor aún, un terapeuta para que la adiestre. Haz lo que puedas para enseñarle cosas y continúa con tu adiestramiento de lenguaje. No abandones ante Sylvia. Aunque aquellos médicos emitieron lo que les pareció una honesta evaluación, a menudo se cometen errores. Siempre existe la esperanza y la oportunidad de conseguir un mejoramiento...

En los meses que siguieron, Billie me convenció de que, a fin de cuentas, tal vez había juzgado mal a mi padre. Resultaba obvio que lo adoraba, incluso lo veneraba. Mi padre no tenía en cuenta el que Billie careciese de piernas y la trababa con tal galantería que me sorprendió, y complació a Arden. Papá incluso compró una silla de ruedas de encargo para Billie. Odiaba aquel carrito rojo con ruedas escondidas aunque el que le había regalado no le sirviese para moverse con la suficiente velocidad de un lado para otro. Billie nunca lo empleaba a menos de que mi padre estuviese cerca.

Arden trabajó como un esclavo egipcio durante el día, estudiaba la mitad de la noche para recordar cuanto necesitaba saber para sus exámenes de agente de Cambio y Bolsa. Decía que era lo que precisaba, pero yo sabía que no lo decía de todo corazón.

—Arden, si no quieres ser agente, déjalo y haz cualquier otra cosa.

—Quiero seguir. Continúa enseñándome...

—Verás —comencé una vez se hubo sentado al otro lado de la mesa de nuestro dormitorio—, te harán varias pruebas para juzgar tu habilidad de lectura y comprensión de la palabra escrita. Luego vendrá lo de tu habilidad verbal y tendrás que comprender lo que se diga, algo que funciona sin palabras.

Le sonreí y separé de mi pierna con un empujón su errante pie.

—Responde, por favor... ¿Qué te gustaría más, pintar un cuadro, mirar un cuadro o vender un cuadro?

—Pintar un cuadro —se apresuró a responder Arden.

Funciendo el ceño, moví la cabeza.

—Segunda pregunta. ¿Qué te gustaría más, leer un libro, escribir un libro o vender un libro?

—Escribir un libro, pero supongo que está mal... La respuesta correcta debería ser vender un libro, vender un cuadro... ¿No es así?

Después de tres fracasos pasó los exámenes y mi marido se convirtió en un vaquero de Wall Street...

Un día, cuando mi trabajo había acabado, fui hasta el cuarto donde se encontraba el piano de mi madre. Sonreí irónicamente para mí misma mientras cogía la fotografía de la tía Mercy Marie y la colocaba encima del piano de cola. ¿Quién hubiera pensado nunca que iba a hacer yo en persona unas cosas tan locas? Tal vez era porque estaba pensando en mi tía y en cómo había dejado de asistir a sus funerales. Para reparar esto, muchas veces me había acercado al cementerio a poner flores en su tumba, y también en la de mi madre. Nunca, nunca, llevaba flores para la Primera Audrina...

En recuerdo de ellas, comencé mi propia «hora del té»... En cuanto empezaba la rutina que en un tiempo habían llevado a cabo las otras dos hermanas, Sylvia entraba subrepticiamente en la estancia, se sentaba en el suelo cerca de mis pies, y me miraba a la cara con expresión de asombro. Una rara sensación de que se repetía el tiempo ahondaba en mí.

—Lucietta —decía la mujer de rostro grueso, por la que yo estaba hablando—, qué chica más encantadora es tu tercera hija. Sylvia... Qué nombre tan bonito... ¿Quién es Sylvia? Había una antigua canción sobre una muchacha llamada Sylvia. Lucietta, ponte al piano y cántala de nuevo para mí, por favor.

—Claro que sí, Mercy Marie —respondía yo con una buena imitación de como recordaba que hablaba mi madre—. ¿No es preciosa mi dulce Sylvia? Creo que es la más hermosa de mis tres niñas...

Aporreaba alguna tonada en el piano que resultaba piadosamente de aficionado. Pero, al igual que una marioneta gobernada por el destino, no podía dejarlo una vez que comenzaba mi número. Sonriendo, le tendí a Sylvia un pastelillo.

—Y ahora serás *tú* la que hable por la dama de la fotografía.

Poniéndose en pie de un salto con sorprendente agilidad, Sylvia corrió hacia el piano, se apoderó de la fotografía de tía Mercy Marie y la arrojó a la chimenea. El marco de plata se rompió, el cristal se hizo añicos y muy pronto la foto quedó hecha trizas en manos de Sylvia. Una vez hubo finalizado, y con una expresión un poco asustada, Sylvia retrocedió hasta mí.

—¿Cómo te has atrevido a hacer eso? —le grité—. Era la única fotografía que teníamos de la mejor amiga de nuestra madre... Hasta ahora nunca habías hecho una cosa así...

Cayó de rodillas, se arrastró hacia mí y gimoteó como un auténtico cachorrillo, aunque tenía ya diez años. Agazapada a mis pies, Sylvia se aferró a mi falda, permitiendo que sus labios se separasen, y muy pronto apareció una húmeda saliva en su mentón, que fue cayendo sobre su suelto traje tipo mono. Una chiquilla no hubiera podido mirar a mis ojos con mayor inocencia. Billie debía de haberse equivocado. Sylvia no podía enfocar los ojos por más de un segundo o dos.

Aquella noche, en mis sueños, mientras Arden dormía apaciblemente a mi lado, me pareció escuchar un redoble de tambores y cánticos de nativos. Los animales aullaban. Despertándome con una sacudida, iba a hacerlo también con Arden, cuando decidí que aquellos animales que parecían aullar era sólo Sylvia que gritaba de nuevo. Me apresuré hasta su habitación para tomarla en mis brazos.

—¿Qué te sucede, cariño?

Juraría que trataba de decir «Mal..., mal..., mal», pero no estaba del todo segura.

—¿Estás diciendo mal...?

Sus ojos acuosos aparecían llenos de miedo, pero asintió. Prorrumpí en risas y la abracé con fuerza.

—No, no es tan malo que no puedas hablar. Oh, Sylvia, lo he probado tanto, tan esforzadamente el enseñarte y, por fin, lo estás intentando. Has tenido unos malos sueños, eso es todo. Vuelve a dormirte y piensa en lo maravillosa que va a ser tu vida, ahora que ya puedes comunicarte...

«Sí —me dije a mí misma, acurrucándome junto a Arden, gustándome que sus brazos estuviesen en torno de mí cuando no se mostraba apasionado—, era sólo eso, un mal sueño lo que Sylvia había tenido...»

Faltaba sólo una semana para el Día de Acción de Gracias. Me encontraba más o menos feliz cuando me senté con Billie en la cocina y planeamos el menú. Sin embargo, aún cruzaba los largos pasillos como una chiquilla, intentando no pisar ninguno de los coloridos y geométricos dibujos que las ventanas de cristales emplomados arrojaban sobre el suelo. Todavía me detenía y miraba durante largo rato el arcoiris de las paredes, como había hecho cuando era sólo una niña. Mis recuerdos de la infancia eran aún tan nebulosos...

En cuanto salí de la cocina y me dirigí a las escaleras, con idea de visitar aquel cuarto de juegos y evocar el pasado, desafiándole para que me revelara la verdad, me di la vuelta y vi que Sylvia me seguía como una sombra. Naturalmente, me había ido ya acostumbrando a que fuese mi constante compañía, pero me sorprendía siempre la forma en que se las arreglaba para captar un rayo de sol al azar, con aquel prisma de cristal que aferraba en la mano, y lanzarme directamente a los ojos los colores.

Casi cegada, me tambaleé hacia delante, aterrada por alguna razón. En las sombras de cerca de la pared, dejé caer la mano que empleaba para sombrearme los ojos y me quedé mirando el gran candelabro que captaba todos los colores sobre el suelo de mármol. Los cristales de las paredes los refractaron hacia Sylvia, que los dirigió de nuevo hacia mí, como para impedir que acudiese al cuarto de juegos. Unas sensaciones vertiginosas e irreales destellaron en mi cabeza. Vi a mi tía tendida de bruces sobre el duro suelo del vestíbulo. ¿No habría sucedido que Sylvia se encontrase en el piso de abajo, junto al vestíbulo, y hubiese usado aquel prisma para cegar los ojos de mi tía con aquellos colores de los rayos del sol? ¿No se habría mareado mi tía lo suficiente como para caerse? ¿Estaría Sylvia tratando de hacerme caer también?

—Guarda eso, Sylvia... —le grité—. Apártalo... Nunca destelles más esas luces en mis ojos... ¿Me has oído?

Al igual que la cosa salvaje con la que Papá la comparaba, Sylvia echó a correr. Conmocionada durante un momento, sólo pude mirar cómo se alejaba. Sintiéndome asustada por mi propia y violenta reacción, me senté en el último escalón y traté de serenarme... Y en ese momento fue cuando se abrió la puerta delantera.

Una mujer se perfiló allí, alta y esbelta, llevando un

bonito sombrero con juegos de plumas verdes. Una capa de visón colgaba negligentemente sobre uno de sus hombros y sus zapatos verdosos hacían juego con su vestido verde de muy lujosa apariencia.

—Hola —me dijo con voz sensual—. He regresado de nuevo. ¿No me reconoces, dulce Audrina?

UNA SEGUNDA VIDA

—¿Qué estás haciendo? —me gritó Vera, con los modales de una niña muy pequeña, mientras yo empezaba a retroceder por las escaleras sin incorporarme—. ¿No eres ya bastante mayorcita para una conducta tan infantil? Realmente, Audrina, no has cambiado lo más mínimo, ¿verdad?

Adentrándose en el vestíbulo, Vera casi no parecía cojear. Pero cuando miré mejor vi que la suela izquierda de sus zapatos con tacones era unos centímetros más alta que la suela derecha. Con graciosos movimientos se acercó a las escaleras.

—Me detuve en el pueblo y me contaron que te has casado con Arden Lowe. Nunca creí que fueses lo suficientemente adulta para casarte con nadie. Le felicito a él, a ese loco, y mis mejores deseos para ti, la novia que debía haber sabido mejor las cosas...

Lo que decía era cierto, de lo más auténtico...

—¿No estás contenta de volver a verme?

—Tu madre ha muerto...

Qué cruelmente dije aquello, como si desease igualar las cosas e inferir dolor por dolor.

—Audrina, ya lo sabía...

Sus ojos oscuros presentaron un aspecto muy gélido mientras me miraba de arriba abajo, diciéndome, con sus propios silencios y a un tiempo elocuentes modales, que yo no podía hacerle en absoluto la competencia.

—A diferencia de ti, dulce Audrina, tengo amigos en el pueblo que me mantienen informada por correo de las cosas que suceden por aquí. Desearía decir que lo siento, pero no puedo. Ellsbeth Whitefern no fue nunca una madre auténtica para mí, ¿no es así? Tu madre era mucho más amable.

Se dio la vuelta con lentitud y exhaló un suspiro largamente contenido.

—¡Caramba! ¡Qué magnífico aspecto tiene todo esto! Es igual que un palacio. Quién hubiera llegado a pensar que Papá sería lo suficiente idiota como para arreglar una casa como ésta. Hubiéramos podido comprar dos nuevas con todo lo que haya costado restaurar esta monstruosidad.

De pie en mitad de las escaleras, traté de recuperar parte de mi perdida compostura.

—¿Has vuelto por alguna razón determinada?

—¿No te hace feliz el verme?

Sonriente, inclinó la cabeza hacia un lado y me escudriñó de nuevo. A continuación, se echó a reír.

—No, no puedo decir que sea así. ¿Aún tienes miedo de mí, Audrina? ¿Temes que tu marido pueda encontrar una mujer auténtica, dos veces más encantadora que una modesta y tímida novia que no puede, realmente, proporcionarle ningún placer? Limítate a mirarte con ese vestido blanco y podrás decirme que no has cambiado. Estamos en noviembre, muchachita. Es tiempo invernal. La estación para colores brillantes, celebraciones, alegrías y festividades, y tú llevando un vestido blanco...

Burlona, se echó a reír de nuevo.

—No me digas que tu marido no es un auténtico amante y que sigues siendo el cariñito de tu Papá...

—Es un vestido de lana, Vera. Llaman a este color «blanco invernal». Es un traje muy costoso que Arden en persona seleccionó para mí. Le gusta que me ponga vestidos blancos...

—Claro que sí... —respondió en un tono aún más

burlón—. Muestra indulgencia ante tu necesidad de seguir siendo una dulce niñita. Pobre Audrina, la dulce y casta Audrina, la pura y virginal... La querida Audrina, la obediente cosita cariñosa que no puede hacer nada malo...

—¿Qué es lo que deseas, Vera? —le pregunté, sintiéndome muy fría.

Percibía el peligro, la amenaza que constituía Vera. Deseaba ordenarle que saliese de la casa. *Vete, déjame sola. Dame tiempo para crecer, para encontrar la mujer que está escondida en alguna parte dentro de mí.*

—He venido para el Día de Acción de Gracias —replicó con suavidad Vera, con aquella misma voz sensual, que habría copiado de alguien a la que admirase, como si hubiera tratado siempre de hablar igual que una estrella de la tele—. Y si eres agradable conmigo, *auténticamente* agradable, como lo sería un miembro de la familia, entonces me quedaré hasta Navidad también. Realmente, no es muy hospitalario de tu parte que me tengas aquí de pie en el vestíbulo cuando mis maletas están en el porche. ¿Dónde está Arden? Podría llevarme el equipaje...

—Mi marido está trabajando, Vera, y tú misma puedes llevar tus maletas. Papá no quedará muy contento al verte. Supongo que ya debes saber eso...

—Sí, Audrina —respondió con aquella suave y odiosa voz—. Ya lo sé... Pero quiero ver a Papá. Debe llegar conmigo a un acuerdo... Pretendo conseguir todo lo que pertenecía a mi madre y lo que me pertenece a mí.

Un leve rumor de palabras me hizo mirar hacia la parte de atrás del vestíbulo, y vi a Billie que se arrastraba en su carrito. Como si hubiese visto un ratón, Vera saltó hacia atrás y casi perdió el equilibrio a causa de aquella gruesa suela. Su mano enguantada se alzó para suavizar un grito. Su otra mano se adelantó como si quisiese rechazar una contaminación. Observé cómo forcejeaba para conservar la compostura mientras aquella mujer a medias, con dos veces más edad que Vera y tres veces más bonita, la miraba apreciativamente y con un gran dominio de sí misma. Admiré a Billie por dominarse de aquella manera.

Luego, ante mi asombro, Vera sonrió brillantemente hacia mi suegra.

—Oh, claro... Me había olvidado de Billie Lowe...

¿Cómo está usted, Mrs. Lowe?

Jovialmente, Billie saludó a Vera.

—Vaya, hola... Tú eres Vera, ¿verdad? Qué bella eres... Qué agradable que hayas venido a casa para las fiestas... Te has presentado a tiempo para el almuerzo. Tu antigua habitación está limpia y hemos puesto sábanas nuevas para que te sientas como en tu propia casa.

Miró hacia arriba para brindarme una sonrisa especialmente calurosa.

—Audrina, esa comezón que tenías en la nariz, a fin de cuentas no ha sido otra cosa que el heraldo de una visita...

—¿Vive también aquí? —preguntó Vera, más bien sorprendida.

Alguien en el pueblo no sabía todo lo que sucedía en «Whitefern».

—Oh, sí —dijo feliz y a toda prisa Billie—. Ésta es la casa más maravillosa que jamás he tenido la suerte de llamar mi hogar. Damian ha sido del todo maravilloso conmigo. Me ha concedido las habitaciones que habían pertenecido a...

Al llegar aquí titubeó, con aspecto un tanto incómodo.

—A tu madre...

Su mirada de súplica a Vera me conmovió el corazón.

—Al principio, pensé que estaba mal quedarme con una serie tan grande de habitaciones cuando Audrina podría desearlas, pero Audrina no ha dicho lo más mínimo para hacerme sentir que usurpaba el sitio a nadie. Y lo que es más, Damian me trajo él mismo de la casita todas las cosas que deseaba tener aquí. Lo hizo el mismo día en que Arden y Audrina se fugaron.

Billie me dedicó otra sonrisa afectuosa.

—Vamos, cariño, ya es hora de la comida. Sylvia está a la mesa. Hay suficiente para todos...

—Ayúdame a traer el equipaje, Audrina —me dijo Vera, volviendo de repente la cabeza hacia el porche, como si estuviese cansada de responder a toda la calidez y alegría que Billie había mostrado hacia ella—. Me iré dentro de unas cuantas semanas, por lo que no tienes que parecer tan preocupada. No deseo a tu marido.

—¿Tal vez porque tienes uno propio? —pregunté esperanzadamente.

Echándose a reír, se volvió a medias para hacerme un guiño con la misma picardía que Papá.

—Te gustaría, ¿verdad? Pero no, no tengo un marido propio. Lamar Rensdale fue un fracasado miserable que adoptó el camino más fácil en cuanto las cosas se pusieron difíciles. Qué cobarde demostró ser... Sin talento en absoluto, en cuanto se le sacó de provincias... ¿Aún tocas el piano?

No, ya no practicaba el piano. Había muchísimas cosas que hacer. Pero mientras ayudaba a Vera a traer las tres maletas, transportando yo dos mientras ella sólo llevaba una, me prometí que, cuando tuviese tiempo, encontraría otro profesor de música y seguiría las clases en el sitio en donde las había abandonado.

—Vera, me gustaría enterarme de más cosas acerca de Lamar Rensdale. Fue muy amable conmigo y lamento que haya muerto.

—Más tarde —respondió Vera, siguiéndome por las escaleras—. Después de que comamos, tendremos una larga y agradable conversación mientras aguardamos a que Papá regrese a casa y se alegre de verme de nuevo.

De camino hacia su cuarto, encontramos a Sylvia conduciendo el carrito de Billie, empujándolo con bastante pericia.

—Sylvia, deja otra vez en la cocina el carrito de Billie. No tienes derecho a usarlo, incluso cuando ella no lo haga. En cualquier momento puede necesitarlo y el carrito no encontrarse en su sitio.

Alargué la mano para quitárselo. Si había algo que hacía ponerse a Sylvia tozuda y odiosa, era cuando se la apartaba de aquel carrito rojo que deseaba para sí.

—Buen Dios —exclamó Vera, quedándose mirando a Sylvia como si se tratase de alguna criatura de un zoo—, ¿por qué pierdes tus fuerzas con semejante idiota? ¿Por qué no la sacas a empujones y zanjas el asunto?

—Sylvia no está tan retrasada como Papá nos ha hecho creer —expliqué con cierta inocencia—. Poco a poco, está aprendiendo a hablar.

Por alguna razón, Vera se dio la vuelta y se quedó mirando a Sylvia con ojos suspicaces y entrecerrados y un claro disgusto reflejado en su rostro.

—Dios todopoderoso, esta casa aparece llena de monstruos... Una mujer sin piernas y una completa retrasada mental...

—Mientras te encuentres aquí, no llamarás a Sylvia retrasada mental, idiota o monstruo. Y será mejor que trates a Billie con el respeto que se le debe, o también estoy segura de que Papá te dará un bofetón. Y si no lo hace él, entonces lo haré yo...

Aparentemente sorprendida, Vera sonrió un poco, se dio la vuelta y se dirigió hacia su antiguo cuarto para deshacer las maletas.

Estuve silenciosa durante el almuerzo, mientras Billie ponía lo mejor de su parte para dar la bienvenida a Vera. Ésta tenía un aspecto sofisticado con su maravilloso vestido de punto de color beige, que se había cambiado para la comida. Aquel suave color favorecía su tez, que no parecía tan cetrina como en otro tiempo. Su maquillaje estaba expertamente aplicado, su cabello muy bien peinado, mientras yo tenía el mío alborotado por el viento y con aspecto de dejadez. Mis uñas eran cortas y sin arreglar, dado que tenía que ayudar a Billie en las tareas domésticas. Cada una de mis imperfecciones parecieron alzarse como montañas mientras me quedaba mirando a Vera.

—Siento lo de tu madre, Vera —dijo Billie—. Confío que no te importe que Audrina me haya hablado de ello. Es como mi propia hija, la que siempre había deseado tener...

Sonreí agradecida, feliz de que no fuese a abandonarme por Vera, que parecía haberse convertido en el epítome de todos los encantos. Sabía que Billie admiraba todo lo que ahora representaba Vera. Bonitas ropas, largas y acicaladas uñas y la clase de joyas que Vera llevaba; fue entonces cuando me percaté de que esas joyas eran las de mi madre y las de mi tía. Las joyas robadas...

Las joyas que se quitó y guardó en alguna parte antes de que llegasen juntos Papá y mi marido.

Estábamos sentados en la estancia de tipo romano. El sol acababa de ponerse por el horizonte, dejando tras él un rastro de nubes ensangrentadas, cuando Papá abrió la puerta y entró con Arden a los talones.

Papá estaba hablando.

—Maldita sea, Arden, ¿cómo diablos pudiste olvidarte puesto que tomaste notas? ¿No te das cuenta de que tus equivocaciones nos van a hacer perder varios buenos clientes? Tienes que hacer una lista de las acciones que posee cada cliente y llamarles cuando sucedan cambios dramáticos, o, mejor aún, antes de que éstos ocurran. ¡Hay que anticiparse, muchacho, hay que anticiparse!

Fue entonces cuando Papá vio a Vera. Se detuvo en medio de otra observación cáustica y se la quedó mirando con aborrecimiento.

—¿Qué demonios haces aquí?

Billie mostró una mueca. Papá la había defraudado. Arden lanzó hacia Vera una incómoda mirada y luego se acercó a besarme las mejillas antes de instalarse en el sofá, a mi lado, poniéndome los brazos encima de los hombros.

—¿Estás bien? —susurró—. Tienes un aspecto tan pálido...

No respondí, aunque me acerqué más a él, sintiéndome más segura con sus brazos en torno de mí. Vera se puso en pie. Con aquellos zapatos de tacón alto seguía siendo casi quince centímetros más baja que Papá, pero sobre aquellos zancos conseguía, incluso así, parecer formidable.

En un rincón de aquella amplia habitación, Sylvia estaba sentada sobre sus talones y giraba la cabeza de un lado a otro idiotamente, como si, de una forma deliberada, quisiese dejar de lado todos los progresos que nos habíamos esforzado en conseguir.

—He tenido que volver a casa, Papá, para ver la tumba de mi madre —explicó Vera con una vocecilla exculpatoria—. Me llamó una amistad y me contó lo de la muerte de mi madre. Estuve llorando durante toda la noche y, realmente, deseaba asistir a sus exequias. Pero estaba de servicio y no he podido librarme hasta ahora. En la actualidad soy enfermera colegiada. Además, tampoco tenía dinero suficiente para presentarme por aquí, y sabía que no me mandarías dinero para que viniese. Constituye toda una conmoción el que alguien saludable muera de accidente. Esa misma amistad me envió el obituario del periódico. Me llegó el mismo día de los funerales.

Sonrió entonces, ladeando la cabeza de una forma encantadora, separando los pies mientras seguía erguida inquebrantablemente, con los brazos en jarras. De repente, ya no pareció tan dulce, sino desafiante, masculina, ocupando casi tanto espacio como cuando Papá extendía las piernas al máximo y se preparaba para el ataque.

Papá gruñó y se la quedó mirando. Pareció reconocer su desafío.

—¿Cuándo te vas?

—Muy pronto —replicó Vera, bajando los ojos, adoptando un aspecto de paloma, recatado, dando la impresión de sentirse herida.

Pero sus pies siguieron separados, y aquello traicionaba la expresión que había adoptado de docilidad.

—Me pareció que le debía a mi madre venir por aquí lo antes que pudiera...

Arden se inclinó hacia delante para observar mejor su expresión, arrastrándome con él, dado que había olvidado que tenía el brazo encima de mí.

—¡No quiero que estés en mi casa! —ladró Papá—. Sé todo lo que pasó aquí antes de que te marchases.

Oh, Dios mío... Vera lanzó a Arden una mirada nerviosa y de advertencia.

Inmediatamente, me liberé del indiferente abrazo de Arden y me moví hacia el lado más alejado del sofá. «No —traté de decirme a mí misma—, Vera está, deliberadamente, intentando implicar a Arden y arruinar mi matrimonio.» Pero la expresión de Arden fue de culpabilidad. Sentí que se me partía el corazón. Durante todo el tiempo había alegado que yo era la única a la que amaba, pero Vera debía de haber dicho la verdad, hacía ya mucho tiempo, cuando contaba que se acostaba con Arden...

—Papá —suplicó Vera con su voz más gutural y seductora—, he cometido errores... Perdóname por no haber sido lo que debería. Quería ganarme tu aprobación y ser lo que tú deseabas, pero nadie me explicó nada. No sabía lo que Mr. Rensdale deseaba cuando me besaba y comenzó a meterme mano. ¡Me sedujo, Papá!

Sollozó un poco como embargada por la vergüenza, e inclinó su suave cofia de cabellos brillantes y anaranjados.

—He regresado para presentar mis respetos a la tumba de mi madre, para pasar el Día de Acción de Gracias con la única familia que tengo, para renovar los lazos familiares. Y también para recoger las cosas valiosas que mi madre dejó aquí...

Una vez más, mi padre gruñó:

—Tu madre no tenía nada de valor que dejarte, después de que te fueses de aquí y le robases las joyas que poseía, y las que mi esposa le dejó a Audrina. Falta aún una semana para el Día de Acción de Gracias. Honra hoy la tumba de tu madre y vete mañana por la mañana.

—¡Damian! —exclamó Billie con tono de reproche—. ¿Es ésa la forma de hablarle a tu única sobrina?

—¡Es exactamente la forma en que debo hablarle a ésta! —bufó Papá, girando sobre sí y dirigiéndose hacia las escaleras principales—. Y no me llames nunca más Papá, Vera...

Lanzó una ojeada hacia Billie.

—Es nuestra noche en la ciudad, ¿lo habías olvidado? Iremos al cine tras haber cenado en un buen restaurante. ¿Por qué no estás ya vestida y preparada para salir?

—No podemos irnos de casa el día en que ha llegado tu sobrina —respondió Billie con tono calmoso—. Piensa en ti como si fueses su padre, Damian, sin tener en cuenta la forma en que tú consideres vuestras relaciones. Podemos salir a cenar fuera e ir al cine en cualquier otro momento. Damian, por favor, no me dejes de nuevo en una situación poco airosa. Has sido tan amable, tan generoso... Quedaría decepcionada si tú...

Al llegar aquí se interrumpió y se lo quedó mirando con los ojos llenos de lágrimas.

Sus lágrimas de perturbación parecieron afectar en gran manera a Papá.

—Está bien —respondió, volviéndose hacia Vera—. Deseo verte tan poco como sea posible, y al día siguiente del de Acción de Gracias te irás de aquí. ¿Queda claro?

Vera asintió remilgadamente. Inclinando la cabeza, se sentó con las piernas muy juntas y formó un regazo en el que, modestamente, dobló las manos, como una bien educada y modesta jovencita. Pero la modestia era algo que Vera jamás había poseído.

—Lo que tú quieras, Pa..., tío Damian...

Volví la cabeza justo a tiempo de ver cómo Arden la contemplaba lleno de piedad. Miré desde Vera a mi marido, sintiendo que algo había ya comenzado. La seducción de mi esposo...

En el menor tiempo posible, Vera y Billie se hicieron grandes amigas.

—Querida y maravillosa mujer, atiendes a todas las tareas domésticas en persona, cuando mi padre podría con tanta facilidad contratar a una criada y a un ama de llaves. Me maravillas, Billie Lowe.

—Audrina me ayuda mucho —respondió Billie—. También hay que tenérselo en cuenta.

Yo me encontraba en los aseos situados en el vestíbulo, cerca de la cocina, tratando tediosamente de desenredar las greñas rizosas y de color castaño de Sylvia. Hice una pausa y aguardé para oír lo que Vera tuviese que decirle a Billie. Pero la que habló de nuevo fue Billie.

—Y ahora, si colaboras un poco y pasas la aspiradora por los dos salones mejores, te estaré realmente agradecida. Quita el polvo de las pantallas de las lámparas, de los muebles y de los cortinajes. Te ayudará Audrina. Está siempre ocupada enseñando a Sylvia a hablar y a moverse correctamente, y, además, empieza a tener éxito.

—Bromeas...

Vera pareció sorprendida, como si hubiese esperado que Sylvia no llegase a hablar nunca.

—Esa chiquilla no puede hablar, ¿verdad que no?

—Sí, puede decir algunas palabras sencillas. No pronuncia nada con claridad, pero se la comprende si escuchas con atención.

Llevando cogida de la mano a Sylvia, seguimos a Vera para observar cómo entraba en el salón de tipo romano, donde comenzó a empujar la aspiradora sin entusiasmo. Me gustaba mucho Billie por ponerla a trabajar sin habérselo pedido, como si diese por supuesto que Vera lo haría de buen grado. El no mostrarse cooperativa estropearía el juego de Vera. Porque, según pensé, aquello se trataba de un juego. Vera empujó y arrastró la aspiradora, pero durante todo el tiempo sus ojos estuvieron contemplando los numerosos tesoros allí albergados. Mientras la máquina estaba parada, sacó un bloc de notas y comenzó a escribir. Sin hacer ruido, dejando a Sylvia en el vestíbulo, me deslicé detrás de ella y leí todo aquello por encima de sus hombros:

1. Aspiradora, polvo, emplear cera en los mue-bles. (Espejos, grandes, con hojas de oro, que va-len una fortuna.)

2. Recoger periódicos y disponer bien las re-vistas, limpiar. (Lámparas, «Tiffany», venecianas, de puro bronce, inapreciables.)

3. Hacer las camas antes de bajar a la planta baja. (Genuinas antigüedades ahora, pinturas al óleo, originales.)

4. Ayudar con la colada. No emplear lejía con las toallas. (Alfombras orientales y chinas, muchos cachivaches de porcelana y vidrio soplado, espe-cialmente pájaros.)

5. Recoger el correo a primera hora. ¡No te olvides nunca! (Cheques guardados en la caja de caudales de su despacho. Nunca había visto llegar tantos cheques por correo.)

—Qué forma más interesante de hacer una lista de tus tareas domésticas... —le dije cuando Vera notó mi presencia y se dio la vuelta en redondo, con aspecto de desconcierto—. Además de las cosas valiosas quieres también hacerte cargo del correo. ¿Planeas robarnos, Vera?

—Asquerosa serpiente —me ladró—. ¿Cómo te atre-ves a acercarte a mí y leer por encima de mi hombro?

—Siempre se mira a un gato cuando se queda muy quieto. ¿Es realmente necesario hacer una lista de las tareas domésticas ordinarias de cada día? ¿No es algo que a uno se le ocurre de forma natural? Y, además, esas cosas ya estaban aquí antes. Ha sido restaurado y tapizado de nuevo, eso es todo... Papá pudo recuperar alguna de las anteriores propiedades de «Whitefern», que habían sido vendidas. Puesto que antes no te impre-sionaba todo esto, ¿cómo es que lo hace ahora?

Durante un momento, pareció que iba a abofetear-me. Luego, cojeando, se dejó caer en un sillón.

—Oh, Audrina, no te pelees conmigo. Si conocieses el horror de estar con un hombre que no te desea... Lamar me odiaba por haberle forzado a que me llevara con él a Nueva York. Seguí insistiendo en que estaba embara-zada, y él no hacía más que decir que no era así. Cuan-do llegamos a Nueva York, nos trasladamos a una pensión y él comenzó a dar clases en «Julliard». Siempre me lo estaba recriminando, diciéndome que deseaba que yo fuese más parecida a ti y que, en ese caso, tal vez me hubiera amado. ¡Qué loco! ¿Cómo puede un hombre disfrutar con una mujer como tú?

Luego me asestó una extraña mirada y permitió que las lágrimas asomasen a sus ojos.

—Lo siento. Eres maravillosa a tu manera...

Se sonó y luego continuó:

—Mientras Lamar daba clases, yo empecé a realizar un cursillo de enfermería. La paga no era suficiente ni para alimentar a un periquito. En el poco tiempo que me quedaba libre, hice de modelo para una escuela de Arte. Le dije a Lamar que él podía hacer lo mismo en sus ratos libres, pero era demasiado modesto como para quitarse la ropa... Los modelos no han de llevar encima nada puesto... Siempre he estado muy orgullosa de mi cuerpo. Ese estúpido de Lamar era demasiado mojigato para hacer lo mismo, y demasiado orgulloso. Me odió aún más por mostrarme a todos aquellos hombres en las clases. Cada vez que, tras hacer de modelo, llegaba a casa me lo encontraba mortalmente borracho. Muy pronto comenzó a beber demasiado para poder mantener un empleo de cualquier clase. Perdió su toque con el piano, lo cual nos forzó a trasladarnos a una zona de los barrios bajos, donde enseñaba música a niños pobres que nunca tenían dinero para pagarle. Fue entonces cuando me fui... Estaba harta. El día que me concedieron el título de enfermera diplomada, cogí un periódico y leí allí que Lamar se había ahogado tras arrojarse al río Hudson.

Suspiró y se quedó mirando al vacío.

—Otro funeral más que tenía que perderme... Estaba de servicio el día en que lo enterraron. Me alegró el que sus padres se presentasen para reclamar su cuerpo, pues, de lo contrario, hubiera acabado como uno de los cadáveres que empleaban en el hospital donde trabajaba.

Hizo una mueca antes de bajar la mirada. Un pesado silencio llenó la habitación.

Yo también incliné la cabeza, llena de tristeza hacia aquel hombre que quiso ayudarme y que había caído, inocentemente, en la trampa que Vera le tendiera. Ya sabía quién había seducido a quién...

—Supongo que estás pensando en que yo tuve la culpa de que se matara, ¿verdad?

—No sé qué pensar...

—No, claro que no... —gritó desdeñosa, poniéndose en pie de un salto y comenzó a pasear por la estancia—. Tú todo lo has tenido fácil, quedándote aquí, mientras te lo daban todo hecho. Nunca has tenido que enfrentarte con el mundo auténtico y con toda la fealdad que existe ahí fuera, y con las cosas que deben hacerse para seguir viva. Yo he hecho todo eso, Audrina, he apurado el vino hasta las heces. Y ahora he regresado en busca de ayuda... Y no quieres prestármela...

Sollozando, las lágrimas comenzaron a deslizarse por sus mejillas. Luego se dejó caer en el sofá.

Incrédula, observé cómo lloraba. Billie, que debía de haber estado escuchando, entró en un abrir y cerrar de ojos en la estancia. En un santiamén se encontró en el sofá al lado de Vera, intentando consolarla.

Al instante, Vera se apartó de ella. Un breve grito histérico escapó de sus labios. Luego palideció.

—Oh..., lo siento... Lo que me pasa es que no me gusta que me toquen...

—Lo comprendo...

Billie volvió a bajarse a la carretilla de ruedas y desapareció.

—Has lastimado sus sentimientos. Vera. Y habías prometido que, mientras estuvieses en esta casa, no harías o dirías nada que pudiese herir a Billie o hacer que se sintiese no querida.

Vera replicó que lo comprendía. Que lo sentía y que nunca, nunca más volvería a apartarse de aquella manera. Lo que ocurría era que no estaba acostumbrada a ser tocada por una mujer sin piernas, por una tullida. Me quedé mirando a sus zapatos con aquel alza de tres centímetros y, perversamente, disfruté al ver la forma en que Vera palidecía.

—Ahora ya no puedes darte cuenta de mi cojera, ¿verdad? —me preguntó—. Todos tenemos pequeñas idiosincrasias, como la tuya de olvidarte de las cosas.

Muy pronto, Arden me estuvo diciendo, en cuanto nos encontrábamos a solas, que, por lo general, no era hasta que nos metíamos en la cama, la maravillosa ayuda que representaba Vera que quitaba tanto trabajo de los hombros de su madre..., y de los míos...

—Deberíamos estar contentos de que haya regresado para ayudar...

Me volví hacia mi lado y cerré los ojos. El ponerme de espaldas era mi forma de decirle que me dejase tranquila. Rápidamente, me volvió hacia él, de modo que quedé encajada en la cálida curva de su cuerpo. Nuestra respiración se coordinó, aunque las indomables manos de mi marido comenzaban a buscar aquellas curvas que deseaba trazar una y otra vez.

—No estés celosa de Vera, cariño —me susurró, avanzando hasta poder rozar su mejilla contra la mía—. Es a ti a quien quiero, sólo a ti.

Y una vez más, tuve que permitirle que me lo probase.

Llegó y pasó el Día de Acción de Gracias, pero Vera se quedó. Por alguna razón, Papá dejó de ordenarle que se marchase. Razoné que se había percatado de lo mucho que ayudaba a Billie, mientras yo le enseñaba a Sylvia a hablar, a andar, a vestirse sola, a peinarse el pelo, a limpiarse la cara y las manos. Poco a poco, Sylvia estaba saliendo de su capullo. Con cada nueva habilidad que dominaba, sus ojos se enfocaban más y más. Comenzó a realizar un auténtico esfuerzo por mantener los labios unidos y por no babear. En cierta forma, me estaba encontrando a mí misma, mientras le enseñaba todo aquello que necesitaba conocer.

En el cuarto de juegos de la Primera y Mejor Audrina, parecía aprender mejor. Poniéndola en mi regazo, mientras nos mecíamos juntas, le leía libros de cuentos sencillos, previstos para niños de dos o tres años. Con las muñecas y animales de peluche de los estantes cual compañeros de escuela, a veces nos sentábamos a la pequeña mesa del té y nos tomábamos nuestro almuerzo, y fue allí donde Sylvia cogió una cucharilla y empezó a dar vueltas al escaso té que había en su tacita.

—Y un día, muy pronto, Sylvia podrá manejar su propio cuchillo y tenedor, y podrá cortarse su propia carne...

—Cortar carne... —repetía, tratando de coger el tenedor y el cuchillo y sujetarlo como yo le había enseñado.

—¿Quién es Sylvia?

—Quién..., quién... es...

—Dime tu nombre. Eso es lo que deseo oír.

—Dime... su... nombre...

—No... ¿Cuál es *tú* nombre?

—No..., cuál... es... *su*... nombre...

—Sylvia, lo estás haciendo maravillosamente hoy. Pero trata de pensar en el razonamiento que está detrás de cuanto te digo... Todos y todo deben tener un nombre, o, en caso contrario, no podrían llamarse los unos a los otros, o saber cómo hay que nombrar a una silla o a una lámpara. Yo, por ejemplo. Mi nombre es Audrina.

—Mi... nombre... es... Au...dri...na...

—Sí, *mi* nombre *es* Audrina. Pero tu nombre *es* Sylvia.

—Sí... mi nombre...

Cogí el espejo de mano que la Primera Audrina tenía en su pequeña coqueta, lo mantuve delante de Sylvia y señalé:

—Mira, en el espejo, ésta es Sylvia...

Luego sostuve el espejo ante mi cara para que ésta se reflejase en el espejo y le permití mirar para que viese lo que trataba de hacerle comprender.

—*Ésta* es Audrina, la que está en el espejo.

Luego, me señalé a mí misma.

—Audrina...

Me señalé a mí misma, luego coloqué el espejo para que contemplase su propio rostro.

—Ésta es Sylvia. *Tú* eres Sylvia.

Se encendieron unas chispitas en sus encantadores ojos aguamarina. Se abrieron al máximo y miraron de frente al espejo. Lo agarró luego y se quedó mirando su reflejo, sosteniéndolo tan cerca que su nariz quedó aplastada contra el objeto.

—Syl...vi...a... Ah..., Syl...vi...a...

Una y otra vez dijo esto, riendo, poniéndose en pie de un salto y bailoteando torpemente por el cuarto de juegos. Abrazando el espejo con toda su fuerza contra su pequeño pecho, brillaba de felicidad. Finalmente, tras numerosas repeticiones, lo dijo de corrido.

—Mi nombre es Sylvia.

Corrí a abrazarla, a recompensarla con los pastelitos que había escondido en un cajón.

Volví con los pastelitos y comprobé que toda la felicidad había huido de los ojos de Sylvia. Se había quedado inmóvil. Sus ojos ya no enfocaban, sus labios aparecían abiertos y la baba corría de nuevo entre ellos. Una vez más se había quedado muda.

Vera estaba de pie en el umbral.

Presentaba la expresión de un ángel, tan piadosa mientras nos contemplaba... «Corderos listos para el matadero», pensé de forma irrelevante.

—Vete, Vera —le ordené con frialdad, apresurándome a proteger a Sylvia—. Ya te había dicho que no vinieses aquí mientras estuviese enseñando a Sylvia.

—¡Loca! —me ladró, entrando en el cuarto de juegos y sentándose en la mecedora—. No puedes enseñarle nada a una idiota. Sólo está repitiendo lo que te oye decir, como un loro. Ve a ayudar a Billie en la cocina. Estoy ya harta de preparar comidas y limpiar la casa. Dios mío, parece que en esta casa la gente no haga más que comer, dormir y trabajar. ¿Cuándo te diviertes un poco?

—Cuando se ha acabado el trabajo —respondí, enfadada.

Agarré a Sylvia por la mano y empecé a andar hacia la puerta.

—Mécete en el balancín, Vera. Estoy segura de que nada de lo que he visto ahí te hará gritar... En realidad, como tú dices, ya has apurado el vino hasta las heces...

Gritando como un verdadero demonio, en los mismos pozos del infierno, mi hermanita corrió a arrojarse sobre Vera. Se agarró a ella arañando, dándole patadas y, mientras Vera trataba de desembarazarse de la niña, Sylvia clavó los dientes en el brazo de Vera.

Con violencia, Vera estampó a Sylvia contra el suelo.

—¡Chalada pequeña idiota! ¡Fuera de aquí! ¡Tengo tanto derecho a estar en esta habitación como vosotras!

Me apresuré a salvar a Sylvia para que no pudiese recibir más daño, mientras Vera levantaba el pie, apuntando hacia el bello rostro de la niña. Pero antes de que pudiera llegar hasta allí, Sylvia rodó sobre sí misma para alejarse de todo peligro. Al hacer esto, su zapato se trabó detrás del pie de Vera, haciéndole perder el equilibrio. Vera se estrelló contra el suelo como un árbol caído. Luego empezaron sus aullidos de dolor.

Incluso antes de que me arrodillase para ver lo que había ocurrido, supe por la grotesca posición de su pierna izquierda, que Vera se la había roto de nuevo... ¡Maldita sea! La última cosa que necesitábamos era una inválida a la que atender.

Preocupada y nerviosa, comencé a pasear por la estancia de tipo romano mientras Arden y Papá regresaban a casa trayendo a Vera con otra escayola en su rota pierna. Sus ojos negros se encontraron con los míos, desafiándome mientras uno de los brazos de Vera rodeaban el cuello de Arden. El otro brazo estaba en torno de Papá. La sujetaban en la cuna que habían hecho con los brazos.

—Audrina —dijo Arden—, corre a buscar unos cojines para ponérselos a Vera en la espalda. Necesitará otros para alzar su pierna por encima del nivel del corazón. Tendrá que llevar esto durante ocho semanas.

Con lentitud, reuní varios cojines de los otros sofás y los coloqué detrás de la espalda de Vera. Tiernamente. Arden le levantó su escayolada pierna y colocó debajo cuatro cojines más. Las uñas de los dedos de Vera se movieron como pequeñas banderas de señales mientras Arden la tendía.

—¿Y cómo se cayó, en realidad, Vera? —preguntó Billie aquella noche mientras la ayudaba a preparar la cena.

—Fue un accidente. He oído que Vera te decía que Sylvia, de forma deliberada, le hizo la zancadilla, pero yo estaba allí y no fue otra cosa que un accidente.

—¡No fue un accidente! —gritó Vera desde la otra habitación—. ¡Esa mocosa lo hizo adrede!

—Audrina, confío que eso no sea verdad...

Billie lanzó sobre Sylvia una embarazosa mirada. Una vez más, Sylvia estaba montada en el carrito rojo, haciéndolo correr por el suelo encerado del vestíbulo posterior.

—Mira, Billie, tanto tú como Arden encontráis muy difícil creer nada de lo que digo acerca de Vera. No quiero ser demasiado crítica, pero se trataba, en realidad, del verdadero progreso auténtico de Sylvia. Vi cómo sus ojos se iluminaban de comprensión... y entonces Vera apareció en la puerta.

Escuché a Sylvia que cantaba mientras corría de un lado a otro por el vestíbulo trasero subida en el carrito rojo.

—Sólo un cuarto de juegos... a salvo en mi hogar..., sólo un cuarto de juegos...

Casi dejé caer el cucharón en la humeante salsa.

¿Quién diantres le había enseñado a cantar aquella canción?

—¿Estás bien, cariño? —me preguntó Billie.

—Estoy bien —le respondí por la fuerza de la costumbre—. Pero no puedo recordar el haberle enseñado a Sylvia ninguna clase de canción. ¿No la oyes cantar, Billie?

—No, cariño. No la he oído cantar. Creí que era la voz de Vera. Canta mucho esa canción... Es una especie de canción infantil para tranquilizarse..., algo más bien triste. Me duele pensar que Damian no muestre más amabilidad hacia Vera. La chica intenta que tu padre la aprecie.

En silencio, vertí la salsa en un cuenco y luego lo llevé al comedor. En el camino de regreso, quité a Sylvia del carrito y la reñí.

—¿Cuántas veces tengo que decirte que dejes en paz ese carrito? No es tuyo. Monta el triciclo que te regaló Papá. Es de color rojo y muy bonito.

Haciendo pucheros, Sylvia se apartó de mí. Con el pie, empujó el carrito hasta la cocina.

Aquella noche, Papá y Arden transportaron el sofá púrpura en donde Vera estaba tendida cual si fuera una Cleopatra de anaranjado cabello, y Vera cenó con nosotros en el comedor.

Aborrecí verla en el sofá púrpura de Mamá, pero Vera siguió tumbada allí día tras día, leyendo las mismas novelas de bolsillo que había leído hacía ya tantos años.

Sylvia se metió en sí misma, negándose a entrar en el cuarto de juegos y que volviese a enseñarle cosas. Dado que Papá debía de seguir teniendo sus manjares exquisitos, y Billie no encontraba alivio acompañándole a comer en los restaurantes, Billie no hacía otra cosa que cocinar. Yo me dedicaba a las tareas de la casa, hacía toda la colada, aunque Arden me ayudaba cuando podía una vez llegaba a casa del trabajo. Papá estaba siempre demasiado atareado, o demasiado cansado, para hacer otra cosa que no fuese hablar y ver la televisión.

Un mes después de haber celebrado el Año Nuevo, llevé a Sylvia otra vez al cuarto de juegos para continuar con nuestras lecciones.

—Siento haberte descuidado, Sylvia. Si Vera no se hubiese roto la pierna, apuesto lo que sea a que ahora ya leerías. Por lo tanto, empecemos por donde lo dejamos. ¿Cómo te llamas?

Habíamos llegado ya a la puerta del cuarto de juegos y, ante mi sorpresa, y también la de Sylvia, Billie se encontraba en la mecedora. Enrojeció cuando la sorprendimos.

—Es tonto, ya lo sé, pero si existe alguna magia en esta mecedora, también quiero un poco para mí misma.

Tenía un aspecto muy juvenil y estaba muy bonita. Se rió sofocadamente.

—No te rías... Pero he tenido un sueño, un sueño maravilloso que ocupa la mayor parte de mis pensamientos. Y confío en que esta mecedora haga que mis sueños se conviertan en realidad.

Me sonrió trémulamente.

—Se lo he preguntado a tu padre, y me ha dicho que todo es posible, si crees en ello... Y aquí estoy..., y creo en todo...

Me sonrió de nuevo y alzó los brazos.

—Vamos, Sylvia, déjame tenerte un poco en mi regazo. Sé hoy mi niñita y dime cuál es tu nombre.

—¡Noooooo...! —gimoteó Sylvia, lo suficientemente alto como para que Vera comenzase a andar por el vestíbulo con las muletas que el médico le permitía ya usar.

—¡Maaaala! —aulló Sylvia, señalando hacia Vera—. ¡Maaaala...!

Sylvia no quiso sentarse en el regazo de Billie, pero otro día Papá nos encontró a las dos meciéndonos y cantando al unísono.

—Vamos, cariño —me dijo, mirándome a mí y nunca a Sylvia—. Mécete sola, conviértete en la jarra vacía que se llena de toda clase de cosas maravillosas...

Le ignoré, creyendo que era un loco respecto de aquel tema. Me volví hacia Sylvia, para que hiciese una exhibición delante de Papá.

—Cariño, dile a Papá tu nombre.

Hacía un momento lo había dicho, antes de que comenzásemos a cantar.

—Y dile también mi nombre.

En mi regazo, mi hermanita consiguió que sus hermosos, pero a veces terriblemente vacíos ojos, se dirigiesen rectos hacia él y sus labios balbucieran algo sin sentido. Deseé llorar. Había trabajado tanto, negándome a mí misma muchos viajes a la ciudad con Arden, para quedarme en casa y poder enseñarle cosas a Sylvia... Y ahora se negaba a concederme la recompensa que sentía necesitar.

—Oh... —exclamó Papá, disgustado—, estás perdiendo el tiempo... Déjalo ya...

Mi marido raramente regresaba a casa antes de las nueve o las diez de la noche. A menudo se saltaba la cena, explicando que tenía tanto papeleo que revisar y tantos datos técnicos que leer, que debía estudiar mucho para mantenerse al corriente.

—Y existen tantas distracciones en casa —afirmaba de una forma evasiva—. Y no te metas con Damian. No es culpa de él, sino mía. No acabo de captar las cosas con tanta rapidez como debiera...

A la noche siguiente, Arden llegó a casa con muchos más papeles para leer. Informes financieros, servicios de asesoría financiera, gráficos técnicos de acciones, distribuciones de impuestos que evaluar..., mucho más trabajo que el que Papá le había asignado jamás. A las dos de la madrugada, me desperté y vi que Arden aún seguía sentado al pequeño escritorio de nuestro dormitorio, leyendo, tomando notas, con ojos cansados y enrojecidos.

—Ven a la cama, Arden.

—No puedo, encanto.

Bostezó y sonrió hacia mí. Aunque estaba tan exhausto, nunca perdía la paciencia conmigo o con Papá.

—Hoy, nuestro padre ha tenido que ir a alguna parte y me dejó al mando de la empresa. No puedo cuidarme de mis propios asuntos cuando los de él son los más importantes... Y ahora tengo que ponerme al día.

Se levantó y se desperezó. Luego se encaminó hacia la ducha.

—El agua fría me despertará.

En otro momento, se encontraba ya en la puerta del cuarto de baño y empezó a quitarse las ropas mientras decía con tono preocupado:

—Pues bien, aquí estoy yo en el despacho de Damian, al cargo de todo, y sé condenadamente bien que está esperando que cometa cualquier posible error para empezar a gritarme y humillarme de nuevo delante de todos. Fue un día tranquilo, y me senté detrás de su macizo escritorio, esperando que sonase el teléfono. Comencé a buscar algo y descubrí que los cajones eran muy cortos. No podía comprender cómo una mesa de despacho tan grande tenía unos cajones tan pequeños. Por lo tanto, los tanteé y encontré varios pequeños compartimientos secretos en la parte posterior de los cajones.

Desembarazado ahora de todas sus ropas, se quedó allí desnudo y de pie, como si desease que le mirara, algo que nunca puedo realizar sin estremecerme y enrojecer. Aunque no me dijo nada de tipo sexual, ni tampoco indicó que quisiera de mí otra cosa que no fuese escuchar, sentí cierta clase de expectación.

—Audrina, no soy un contable experto, pero, cuando encontré un libro mayor en un compartimiento secreto, no pude resistir el hojearlo y hacer unos pequeños cálculos. Tu padre «toma prestado» dinero de sus cuentas con menos giro, lo usa para invertir en su propio nombre, y cuando ha realizado unos bonitos beneficios, devuelve el dinero unos meses después. Sus clientes nunca se enteran de esto. Y lo ha venido haciendo durante años y años.

Me quedé mirándole mortalmente pálida.

—Pero esto no es todo lo que hace —prosiguió Arden—. Precisamente el otro día le escuché decirle a una de sus clientas más ricas, que los certificados de las acciones que encontró en su desván carecen de todo valor, excepto para ponerlas en un marco. La clienta le mandó los certificados para que los enmarcase y los colgase en su despacho... Una especie de pequeño regalo, le explicó. Audrina, eran acciones de la «Union Pacific», que se han convertido de vez en cuando. Cuando le hizo ese pequeño regalo, en realidad le entregó centenares de miles de dólares... Y la mujer tiene ochenta y dos años... Es rica, pero vieja. Probablemente, piensa que ya tiene suficiente y que no necesita tanto dinero como él, y se imagina que es demasiado vieja para averiguar que la engaña.

Bostezó de nuevo y se frotó los ojos. Y una vez más pareció muy juvenil y muy vulnerable. Por alguna razón, quedé conmovida.

—Has de saber que, durante mucho tiempo, me pregunté por qué coleccionaba antiguos certificados. Ahora ya sé para qué los quiere. Los vende en la Costa Oeste. No hay que maravillarse de que sea ahora tan rico, no cabe la menor duda...

Debería haber sabido que hacía algo deshonesto para tener tanto dinero en efectivo que invertir, cuando, hace unos cuantos años, ni siquiera podíamos permitirnos llevar comida a nuestra mesa. Oh, qué tonta he sido por no haberlo imaginado hace ya tanto tiempo...

Me lo quedé mirando presa del ansia.

Algo dulce, juvenil, triste y anhelante apareció en sus ojos, algo que me rogaba que fuese con él. Y esta vez sentí la excitación de la sexualidad en mi propio cuerpo, respondiendo a su llamada. Alarmada ante mi propia excitación, me di la vuelta para irme. No podía permitir que Árden me distrajese. Debía enfrentar a Papá con sus procedimientos propios de un ladrón.

—Arden, no dirás nada a Papá acerca de sus fondos malversados, ¿verdad?

Le escuché suspirar.

—No, además, cuando comprobé más tarde los compartimientos secretos de su escritorio estaban ya vacíos.

Miró hacia las ventanas, con los labios apretados, como si renunciara a tratar de seducirme para que hiciese algo más agresivo, pero no dijo nada que me retuviera.

—Supongo que Damian piensa en todo, y tiene alguna forma de detectar cuando han hurgado en esos papeles y libros de contabilidad.

—Vete a la cama. Iré a ver a Papá.

—Desearía que no lo hicieses. Se preguntará cómo lo sabes...

—No diré nada que le haga pensar en quién me lo ha contado.

Aguardé a que protestase de nuevo, pero se dio la vuelta y se encaminó hacia la cama. Me incliné encima de él, le besé y le deseé las buenas noches.

—¿Audrina...? —murmuró—. ¿Realmente me amas? A veces, me despierto por las noches y me pregunto por qué te casaste conmigo. Confío en que no fuese, simplemente, para escapar de tu padre.

—Sí, te amo —le respondí sin titubear—. Tal vez no sea la clase de amor que tú deseas..., pero quizás un día, muy pronto, quedarás sorprendido...

—Esperémoslo así —musitó antes de caer dormido a

causa del profundo cansancio.

Si me hubiese quedado en la cama aquella noche y hubiese dado a Arden lo que necesitaba... Si no hubiese pensado, como siempre, que podía arreglar todas las cosas...

Esperaba que Papá estuviese durmiendo, puesto que eran casi las tres de la madrugada. Ciertamente, no confiaba ver la pequeña raya de luz amarillenta debajo de la cerrada puerta de su dormitorio, y mucho menos escuchar sus risas y los suaves murmullos y risas sofocadas de una mujer. Me detuve en el acto, sin saber qué pensar o qué hacer. ¿Sería tan insensible como para traerse a casa a sus «fulanitas», como Mamá las llamaba sarcásticamente?

—Ahora deja de hacer eso, Damian —dijo una voz de mujer, que no pude dejar de reconocer—. Tengo que irme ya. No podemos arriesgarnos a que nuestros hijos averigüen esto...

Ni por un segundo me detuve a considerar lo que debía hacer, puesto que sabía quién se encontraba con él, ni tampoco pensé en las consecuencias de mis impulsivas acciones. Abrí la puerta y entré en la levemente iluminada estancia, que Papá había vuelto a decorar desde que Mamá murió. Las paredes empapeladas con esgrafiados y de color rojo, espejos con marcos dorados por todas partes, conferían a su cuarto la apariencia de un burdel opulento del siglo xviii.

Estaban juntos en la cama, la madre sin piernas de Arden y mi padre jugando íntimamente el uno con el otro. Cuando me vieron, Billie jadeó y apartó la mano. Papá se incorporó rápidamente para cubrirse los dos. Pero ya había visto lo suficiente.

Se produjo tal rabia imparable en mi cerebro, que deseé gritar cada palabra que debía pensar después, pero no ahora. Todo lo que pude hacer fue gritarle a Billie:

—¡Eres una puta!

Y luego le aullé a él:

—¡Asqueroso hijo de perra! ¡Vete de mi casa, Billie! ¡No quiero volver a verte! Arden y yo nos vamos, Papá, y nos llevamos con nosotros a Sylvia.

Billie comenzó a llorar. Papá se deslizó discretamente de los cobertores y se puso una larga bata de brocado rojo.

—Niñita tonta —me dijo con sencillez, sin dar señales de encontrarse molesto—. Mientras Billie desee quedarse, se quedará...

Insultada, sintiendo que Billie me había traicionado, y también Arden, di la vuelta en redondo y corrí de regreso a mi habitación, para encontrarme con que Arden se había levantado de la cama para continuar con su trabajo. No obstante, aquello le había hecho poco bien. Estaba derrumbado sobre el escritorio, profundamente dormido sobre sus papeles. La simpatía consiguió borrar mi ira y, cariñosamente, le desperté y le ayudé a quitarse la bata. Luego, con mi brazo en su cintura, le ayudé a meterse en la cama, y yací en sus brazos hasta que se quedó dormido.

Durante toda la noche, me estuve preocupando hasta que llegué a una conclusión. No era culpa de Billie, sino de Papá... La había seducido con sus regalos, con sus cálidas y encantadoras miradas, porque debía de habérsele ocurrido la apetencia de practicar el sexo con una mujer sin piernas. No podía echar a Billie. Era Papá quien tenía que irse para que todos pudiésemos vivir unas vidas decentes.

Y ahora tenía el arma perfecta para forzarle a marcharse. Le amenazaría con revelar el fraude y las estafas en que estaba inmerso. Aunque hubiese ocultado los libros de caja incriminadores, tenía toda la información que necesitaba acerca de su empresa ilegal de asesoramiento accionarial en San Francisco... Y sólo aquello ya sería suficiente amenaza.

No obstante, no iba a suceder de aquella manera.

Billie vino a buscarme a primeras horas del día siguiente, en cuanto Arden y Papá se hubieron marchado al trabajo. Sus ojos estaban enrojecidos y tumefactos y tenía la cara muy pálida. Le di la espalda y continué cepillándome el cabello.

—Audrina..., por favor... Anoche deseé que me tragase la tierra cuando irrumpiste en la habitación de tu padre. Sé lo que piensas pero, realmente, no fue de esa forma...

Perversamente, seguí pasándome el cepillo por el cabello.

—¡Escúchame, por favor! —gimoteó implorante—. Amo a Damian, Audrina. Es la clase de hombre que siempre he querido tener y nunca he tenido...

Dándome la vuelta, mis ojos lanzaron rayos mientras trataba de vocear mi ira, pero, por alguna razón, sus lágrimas me contuvieron. Los colores de sus ojos me hicieron sentirme extraña, como muchos otros colores siempre hacían. Billie tenía la costumbre de llevar prendas brillantes: carmesíes, escarlatas, magenta, azul eléctrico, verde esmeralda, púrpura y brillantes amarillos. Los colores destellaron..., los colores y los carillones de viento cuando se presentaban problemas. Me llevé la mano a los oídos y cerré los ojos, me volví de espaldas y me negué a resistir aquella mirada que sólo rogaba mi comprensión.

—Vuélvete de espaldas, y cierra tu mente lo mismo que los oídos, pero creo que él también me ama, cariño —prosiguió—. Tal vez imagines que, como soy una inválida, no puede amarme. Sin embargo, creo que sí me ama, e incluso aunque no sea así, estaré igual de agradecida por haberme dado un poco de lo que siempre he deseado: un hombre auténtico. Comparados con él, mis tres maridos no eran más que muchachitos que jugaban a ser hombres. Damian nunca me hubiera dejado, sé que no lo hubiese hecho...

Tenía que mirarla entonces, para comprobar si, realmente, creía en sus palabras. Sus bellos ojos imploraban, mientras sus manos se alargaban en mi búsqueda. Me aparté un poco.

Se acercó a mí.

—Escucha lo que te digo. Ponte en mi lugar, y tal vez comprenderás por qué le amo. El padre de Arden nos abandonó el día en que perdí la segunda pierna. Era un hombre débil, que esperaba que le mantuviese con lo que yo ganase con el patinaje. Cuando ya no pude hacerlo, buscó a otra mujer que sí pudiese mantenerle. Nunca escribe. Mucho antes de que Arden alcanzase la mayoría de edad, dejó de mandar la pensión alimenticia. He tenido que ganar todo lo que he podido, y ya sabes por ti misma que Arden ha trabajado como un hombre desde que sólo tenía doce años, e incluso mucho antes...

¡No...! Deseé gritarle... Lo que has hecho con él es algo feo, imperdonable, y deberías haberlo sabido mejor. Estábamos predestinados a averiguarlo...

—Tu padre es la clase de hombre que necesita una mujer en su vida, lo mismo que mi hijo. Damian aborrece el estar solo, odia hacerlo todo solo. Le agrada llegar a casa y oler una comida bien cocinada. Le gusta que alguien gobierne su casa, que la tenga limpia, que se cuide de sus ropas, y estoy contenta de hacerle todo esto, aunque no llegue nunca a casarse conmigo... Audrina, ¿no es el amor el que no lo hace desagradable? Es el amor el que marca toda la diferencia, ¿verdad?

No creía que Papá la amase. De pie, dándole la espalda, me puse rígida y deseé gritar.

—Muy bien, cariño —me susurró con voz ronca—. Ódiame si debes hacerlo, pero no me obligues a marcharme del único hogar auténtico que he tenido jamás, y al único hombre auténtico que nunca me haya amado.

Giré en redondo para enfrentarme con ella y le respondí sarcásticamente:

—Tal vez te interese saber que mi tía Ellsbeth le amaba tanto como dices que le amas tú, y él también alegaba corresponderle en su amor. No obstante, pronto se cansó de ella, y noche tras noche, mientras mi tía hacía de esclava durante todo el día para prepararle sus comidas y cuidar de que su casa estuviese limpia, y atendiese a sus hijos, mi padre no dejaba de frecuentar a otras mujeres. Acabó siendo sólo su esclava. Así es como mi tía acostumbraba llamarse a sí misma: su esclava en la cocina y en el dormitorio. ¿Eso es lo que deseas para ti?

Hice una pausa, jadeé en busca de aliento, mientras oía la tele en el cuarto de Vera que daba las noticias de la mañana. La perezosa Vera, raramente se levantaba hasta mediodía.

—Llegará un día en que él también deje de amarte, Billie. Un día en que te mirará y te dirá tales cosas desagradables que ya no te quedará ningún ego. Tendrá otra mujer a la que dirá que ama como jamás amase antes a ninguna otra, y serás sólo otra muesca en su cinturón, que tiene muchas más de sus anteriores conquistas.

Hizo una mueca como si la hubiese abofeteado. Nuevas lágrimas brillaron en aquellos ojos suyos tan azules. Pero tal vez lloraría muchas veces antes de dejarlas derramar, a causa de todas las cosas que debía decirle.

—Si ser una esclava en la cocina es todo lo que significaré para Damian, o ser sólo una conquista más..., incluso en ese caso, Audrina, le estaré agradecida, incluso así...

Su voz se hizo más baja.

—Cuando perdí mis piernas, pensé que nunca más un hombre desearía abrazarme y amarme. Damian me ha hecho sentir de nuevo como una mujer completa. Puedes decirme que sonrío y me comporto de una forma jovial, Audrina, pero eso es sólo una fachada que presento, como si se tratase de un bonito vestido. El vestido más feo que llevo es el hecho de que odio la forma en que me veo ahora. No pasa un solo día sin que piense en la manera en que yo era, graciosa y fuerte, con agilidad para hacer cualquier cosa, y cuando andaba por la calle suscitaba la admiración de todos los ojos hacia mí. Damian me ha devuelto el orgullo que solía tener. No sabes lo que es sentirse como una mujer a medias. El estar restaurada y completa de nuevo, aunque sólo sea temporalmente, es mucho mejor que las negruras con las que antes he tenido que enfrentarme.

Abrió al máximo los brazos y me imploró con los ojos.

—Eres como mi propia hija. El haber perdido tu respeto me duele mucho. Audrina, perdóname por haberte decepcionado y por haberte provocado dolor. Te quiero, Audrina, como te he querido desde que eras una niña y llegabas corriendo hasta mí a través de los bosques, como si hubieses encontrado una segunda madre... Por favor, no me odies ahora, no en este momento cuando he encontrado tal felicidad...

Incapaz de resistirme, caí en sus brazos, perdonándoselo todo, llorando mientras ella también lloraba. Y recé para que, cuando llegase el momento, Papá fuese más amable con ella de lo que había sido con tía Ellsbeth... y con Mamá...

—¡Se casará contigo, Billie! —grité mientras la abrazaba—. ¡Le obligaré a hacerlo!

—No, cariño..., no de esa forma, por favor... Quiero ser su esposa, sólo si él realmente lo desea. No a la fuerza, ni por la extorsión. Simplemente, que decida que es la mejor cosa que puede hacer... Ningún hombre es feliz tras un matrimonio no deseado.

Un leve ruido desde el umbral y que reflejaba repugnancia, me hizo mirar hacia allí. Era Vera, con el bastón que tenía que usar hasta que su pierna se le fortaleciera. ¿Cuánto tiempo llevaba Vera allí escuchándolo todo?

—Qué noticia más maravillosa —exclamó Vera secamente, mientras sus oscuros ojos se hacían duros y fríos—. Otro monstruo que añadir a la colección «Whitefern».

—Nunca había visto a mi madre más feliz —comentó Arden unas cuantas semanas después, mientras nos desayunábamos en el restaurado solario.

Nos rodeaban centenares de hermosas plantas. Era el mes de abril y todos los árboles estaban ya echando hojas. Los cornejos estaban en flor, y las azaleas formaban un auténtico tumulto de colorido. Se trataba de una de las raras ocasiones en que teníamos la oportunidad de encontrarnos solos. Vera se hallaba en una tumbona en un porche lateral, con un breve biquini puesto, pretendiendo que tomaba el sol. Arden hizo grandes esfuerzos para no percatarse de que Vera se hallaba allí.

Sylvia estaba en el suelo con un gato de peluche que había sacado del cuarto de juegos del piso de arriba.

—Gatito —decía una y otra vez—. Bonito gatito...

Y luego, dejando caer el gato, puesto que nada llamaba su atención durante demasiado tiempo, cogió uno de los prismas de cristal y comenzó a sostenerlo de tal forma que enviase rayos de arcoiris a todas partes. Había ganado considerable habilidad en dirigir los rayos, y parecía que quería darle a Vera en los ojos. No obstante, Vera llevaba puestas gafas de sol...

Sintiéndome incómoda, aparté la mirada. Sylvia siguió refractando todos los colores que yo había evitado... ¿Qué decía Arden?

—Mamá me contó anoche que ésta es la forma en que siempre ha querido vivir, en una casa maravillosa, con gente a la que amase. Audrina, ¿se te ha ocurrido pensar en que mi madre debe de estar enamorada de tu padre? No podemos dar a la publicidad su fraude. Lo arruinaría a él y destruiría a mi madre. Le hablaré en privado y le explicaré que debe dejar de hacerlo...

Arden recogió sus papeles y los dejó encima de la mesa, los ordenó y amontonó y luego los introdujo en su maletín, antes de inclinarse para besarme y decirme adiós.

—Te veré a eso de las seis. Que lo pases bien con Sylvia junto al río. Ten cuidado, y recuerda cuánto te amo...

Antes de irse, miró hacia Vera que se había quitado la parte de arriba del biquini. Yo lo miraba a él, pero no se volvió en mi dirección. Los pechos de Vera eran de mediano tamaño y muy firmes, unos pechos muy bonitos que hubiera deseado que mantuviese cubiertos.

—Vamos, Sylvia —le dije, poniéndome en pie—. Ayúdame a meter los platos en el lavavajillas.

Papá entró en la cocina cuando acabábamos de dejarlo todo en su sitio.

—Audrina, quiero hablar contigo acerca de Billie. Me has evitado desde aquella noche en que nos pillaste... Billie afirma que ha hablado contigo y que has comprendido las cosas. ¿Es eso cierto?

Me enfrenté firmemente con su mirada.

—La comprendo a ella, sí, pero no a ti... Nunca te casarás con Billie.

Pareció alcanzado por un rayo.

—¿Desea que me case con ella? Pues vaya... No es una idea mala en absoluto...

Sonrió y me acarició la barbilla como si yo sólo fuese una niña de dos años.

—Si tuviese una nueva mujer que me adorase, ya no necesitaría hijas, ¿no te parece?

Sonrió de nuevo y yo lo miré, tratando de comprobar si hablaba en serio o tan sólo bromeaba. Me dijo adiós y se apresuró a emprender, junto con Arden, el viaje en coche hasta su trabajo.

—Vamos, Sylvia —repetí, mientras la tomaba de la mano y la guiaba hasta la puerta lateral—. Hoy tendremos una lección sobre la Naturaleza. Las flores han salido ya y ha llegado el momento de que aprendas también sus nombres.

—¿Dónde vais? —nos interpeló Vera cuando pasamos junto a ella.

Ahora que Arden ya no estaba, se había puesto de nuevo el sujetador.

—¿Por qué no me pides que vaya contigo? Ahora ya puedo andar..., si no vas demasiado aprisa...

Me negué a responder. Cuanto antes se fuese Vera, mejor sería para todos.

Trotando a mis talones, Sylvia intentó mantenerse a mi paso.

—Iremos a ver saltar a los peces —le dije—, contemplaremos los patos, los gansos, las ardillas, los conejos, los pájaros, las ramas y las flores. Es primavera, Sylvia... Los poetas han escrito sobre la primavera más que acerca de cualquier otra estación del año, porque es el tiempo del renacer, de celebrar el final del invierno... Y confiemos también que sea el momento de la partida de Vera... A continuación se presenta el verano. Te enseñaremos a nadar. Sylvia será pronto una mujer joven y ya no una chiquilla. Y para ese instante, deseamos que Sylvia sea capaz de hacer todo lo que realicen otras mujeres de su misma edad...

Tras llegar a la ribera del río, me di la vuelta para mirar a mi hermana de diez años. Pero no estaba detrás de mí. Miré hacia la casa y divisé que Vera se había traído una manta y la había extendido en el césped, para echarse encima y tomar allí el sol mientras leía un libro.

Un leve ruido desde la linde los bosques me hizo sospechar que, al fin, Sylvia iba a empezar a jugar al escondite, algo que había tratado de enseñarle desde hacía varios meses.

En los bosques no había más que silencio. Me quedé de pie mirando a mi alrededor. Sylvia no estaba a la vista en ninguna parte. Eché a correr. Las sendas eran aquí débiles, y trazadas al azar. Unas sendas no familiares que muy pronto me dejaron perpleja y con ansiedad. De repente, un árbol dorado se alzó delante de mí, y debajo de él había un montículo bajo y con hierba. Me quedé inmóvil mientras miraba hacia allí. Habían encontrado a la Primera y Mejor Audrina que yacía muerta sobre un montículo bajo un árbol dorado, asesinada por aquellos muchachos terribles. Comencé a retroceder. Los bosques estaban vivos, por lo general, con los sonidos de las aves que reclamaban su territorio, con los insectos que realizaban sus perpetuos canturreos y zumbidos. ¿Por qué permanecían ahora tan silenciosos? Mortalmente silencioso. Ni siquiera se movían las hojas de los árboles. Una inmovilidad que no era de este mundo cayó sobre mí, mientras mis ojos permanecían fijos en aquel montículo que debía de ser el auténtico...

Un tambor comenzó a batir detrás de mis oídos.

Muerte.

Podía oler la muerte. Dando media vuelta, grité de nuevo el nombre de Sylvia.

—¿Dónde estás? No te escondas más, Sylvia... ¿No

me oyes? No puedo encontrarte. Voy a regresar a casa, Sylvia. ¡A ver si puedes atraparme!

Cerca de la mansión, encontré un tallo de rosa que había caído al suelo. Aquello me dio una pista. Aquel tipo de rosas sólo crecían en un lugar: cerca de la casita donde Arden y Billie habían vivido. ¿Habría ido hasta allí y vuelto en tan breve espacio de tiempo? Sylvia había tenido la costumbre, desde el mismo día en que llegó, de arrancar las flores más bonitas y olerlas. Una vez más, miré a mi alrededor, preguntándome qué debía hacer a continuación. La rosa que ahora tenía en la mano estaba cálida, con sus floraciones aplastadas, como si la hubiese sujetado con fuerza una manita. Alcé la mirada hacia el cielo. Estaba nuboso y amenazaba lluvia. Pude ver «Whitefern», aunque se encontraba ahora a una buena distancia..., pero, ¿dónde diablos se encontraba Sylvia? En casa, naturalmente... Ésa debía de ser la respuesta. Durante todo el tiempo en que me había deslizado por la pista hacia el río, creyendo que Sylvia se hallaba detrás de mí, debía de haberse encaminado hacia la casita, creyendo que ése era nuestro lugar de destino. Arrancó las rosas, cambió de idea y se dirigió a nuestra casa. Debía de tener un instinto animal respecto de las tormentas.

Sin embargo, no quería dejarla si aún se encontraba en los bosques. Durante todos aquellos años había esperado que Sylvia hiciese algo independiente de mí, excepto quitarle a Billie su carrito rojo... Y había elegido este día para errar sola. Tal vez Sylvia se había aproximado al río en mi busca y, al llegar allí, yo me encontraba en el bosque mirando aquel árbol dorado.

Un viento frío comenzó a azotar las ramas de los árboles, que se agitaron y rozaron contra mi cara. El sol se convirtió en un astuto fugitivo, corriendo para escaparse del viento, agachándose detrás de las oscuras nubes que habían comenzado a aparecer por encima de las copas de los árboles como si se tratasen de negros barcos piratas. Miré hacia Vera, en el césped, confiando que pudiera decirme si había visto a Sylvia. Pero Vera no se encontraba ya allí. De nuevo corrí hacia la casa. Sylvia debía de haber llegado.

En el mismo instante en que cerraba la puerta, escuché el primer estallido de un trueno directamente por encima de mi cabeza. El rayo había culebreado y caído en algún lugar cercano al río. La lluvia que golpeaba contra las ventanas parecía como si fuese a romperlas. Nuestra casa siempre se hallaba en la penumbra, excepto los pocos instantes en que el sol brillaba a través de las ventanas provistas de cristales emplomados. Sin el sol, casi se encontraba a oscuras. Pensé en buscar unos fósforos, para encender una lámpara de petróleo. Luego escuché un grito. ¡Un alarido! ¡Taladrante! ¡Aterrador!

Algo resonó en las escaleras. Grité yo también y me precipité para averiguar qué era aquello. Tropecé con una silla que no estaba en su sitio, puesto que tanto Billie como yo éramos muy cuidadosas en que cada silla estuviese siempre colocada en las marcas que había en las suaves alfombras.

—Sylvia..., ¿eres tú? —la llamé, muy turbada—. ¿Te has caído?

¿O sería Vera de nuevo y tendríamos que aguardar a que se curase otro hueso antes de marcharse?

Cerca de la pilastra de la barandilla, choqué contra algo suave. Caí de rodillas y comencé a arrastrarme en la oscuridad, tanteando con las manos para ver qué me había hecho caer. Mi mano derecha se deslizó encima de algo húmedo, cálido y viscoso. Al principio, creí que se trataba del agua de alguno de los tiestos de helechos, pero el olor..., su consistencia..., no podría ser otra cosa que sangre... Más cautelosamente. alargué la mano izquierda. Cabello. Largo, recio, rizado. Un cabello fuerte que tuve la sensación de que era oscuro, de un negro azulado...

—Billie..., oh, Billie... Por favor, Billie...

Muy lejos, en la elevada cúpula, los carillones de viento comenzaron a tintinear. Unas notas puras y cristalinas que suscitaron escalofríos en mi columna vertebral.

Abarcando el reducido cuerpo de Billie entre mis brazos, comencé a gritar y a mecerla de atrás adelante, consolándola como lo haría con Sylvia. Mientras lo efectuaba, unos tontos pensamientos ocuparon una y otra vez mi cerebro. ¿Cómo había entrado el viento en la casa? ¿Quién había abierto una de las altas ventanas de la cúpula que nadie, excepto yo, jamás visitaba?

Una y otra vez, las mismas notas resonantes. Dejando el peso muerto de Billie sobre el suelo, me arrastré hacia donde debería encontrarse la antigua lámpara de petróleo y busqué cerillas en el cajón de una mesa. Muy pronto, la goteante pantalla lanzó un suave resplandor que iluminó nuestro vestíbulo.

No deseaba volverme y verla muerta. Debía llamar a un médico a una ambulancia, hacer algo por si aún estaba viva. No podía creer que ya hubiese muerto.

—Tía Ellsbeth, Billie, tía Ellsbeth, Billie...

De una forma confusa no hacía más que repetirme aquello para mí misma.

Con grandes dificultades, conseguí ponerme en pie. Con pasos lentos me aproximé a la rígida figura de Billie, con los ojos vueltos hacia arriba, hacia el tallado techo, lo mismo que habían contemplado los ojos de mi tía.

Me incliné por encima de Billie. Era ya demasiado tarde para que un médico pudiese salvarla; eso me lo dijeron sus vidriosos ojos. El pánico se apoderó entonces de mí, y me sentí débil y a punto de desmayarme, aunque deseaba gritar. Una y otra vez, ante la parpadeante y mortecina luz de la lámpara de petróleo, me quedé mirando hacia abajo, a aquella preciosa muñeca sin piernas, que yacía al pie de las escaleras. A dos metros de distancia se encontraba el carrito rojo, que debía haber estado arrastrando, antes de que juzgase mal su posición. ¿O tal vez se había precipitado por los escalones con el carrito a remolque... para encender las lámparas?

El tiempo me estaba atrapando en lo *déjà vue*... Tía Ellsbeth..., Billie... Aquellas dos mujeres intercambiaban sus sitios sin cesar. Mis manos se alzaron para tocar mi rostro, que notaba entumecido. Las lágrimas se deslizaron entre mis dedos. No era la muñeca de una princesa lo que yacía en el suelo, con un vestido de un azul brillante, y sin piernas, ni pies, ni zapatos... Se trataba de un ser humano, con una máscara negra extendida por sus mejillas y con unas lágrimas recientemente vertidas. ¿Quién había hecho gritar a Billie cuando Papá se había ido? ¿Quién había manchado con el lápiz de labios escarlata de Billie cuando Papá estaba fuera?

Helada de espanto, volví en mí ante un sonido familiar, el rodar metálico de unas ruedecitas de cojinetes sobre el duro suelo de mármol. Dispuesta a gritar, me di la vuelta y vi a Sylvia que empujaba el carrito de Billie, que se hallaba astillado pero que todavía funcionaba.

—Sylvia..., ¿qué has hecho? ¿Empujaste a Billie por las escaleras? ¿Has lastimado a Billie para conseguir su cochecito? Sylvia, ¿qué has hecho?

De la misma vieja manera, como si no hubiese consumido una gran porción de mi tiempo en enseñarle a mantener erguida la cabeza, la testa de Sylvia rodaba de un lado a otro sobre un cuello de goma, mientras sus ojos no enfocaban hacia ningún sitio y sus labios aparecían entreabiertos. Gruñó, se estremeció, trató de hablar pero, al final, no exhaló ningún sonido que pudiese ser entendido. Parecía tan estúpida como cuando había llegado a casa por primera vez.

Sintiéndome inmediatamente avergonzada, me precipité a tomarla entre mis brazos. Se apartó. Sus vacuos ojos parecieron ensancharse en su pálida y asustada cara.

—Sylvia, perdóname, lo siento, lo siento... Aunque no te gustase Billie, no le harías daño, ¿verdad? No la empujaste por las escaleras... Sé qué no has podido hacer eso...

—¿Qué ocurre aquí? —llamó Vera desde lo alto de las escaleras.

Llevaba una toalla de color lila enrollada en su desnudo cuerpo, y otra colocada en su húmedo cabello. Mantenía las manos separadas, como si hubiese acabado de hacerse la manicura y no desease estropearse la laca aún húmeda.

—He creído que oía gritar a alguien. ¿Quién ha gritado?

Con los ojos llenos de lágrimas, alcé la mirada hacia ella y señalé el suelo.

—Billie se ha caído —exclamé con voz débil.

—¿Que se ha caído? —repitió Vera, al mismo tiempo que descendía poco a poco por las escaleras, agarrándose a la barandilla.

Al llegar al último escalón, se inclinó para escudriñar el rostro de Billie. Deseé proteger a Billie de aquella especie de cruel curiosidad.

—Oh... —suspiró Vera—. Está muerta. Conozco esa expresión, la he visto ya un centenar de veces. La primera ocasión en que la vi, me hubiera puesto a gritar. Ahora, a veces pienso que están mejor muertas... Cuando me encontraba en la bañera, juraría que oí gritar también a Sylvia.

Me quedé sin respiración. Miré a Sylvia, que de nuevo manejaba el carrito rojo de Billie. Con una expresión arrobada de intenso deleite, como si supiese que, a partir de ahora, el carrito ya sería suyo para siempre, rodó feliz con él de un sitio a otro, mientras cantaba para sí la canción del cuarto de juegos. Casi me desmayé.

—¿A quién más oíste gritar, Vera?

—Billie le gritaba algo a Sylvia. Pensé que le decía a Sylvia que dejase el carrito... Como ya sabes, Sylvia no quería soltarlo nunca. Lo deseaba... y ahora lo ha conseguido.

Cuando volví a mirarla, Sylvia había desaparecido. Corrí para registrar la casa y dar con la niña, mientras Vera llamaba al despacho de Papá.

¿Qué había hecho Sylvia?

ABRIÉNDOSE CAMINO

No se podía encontrar a Sylvia en ninguna parte. Histérica, corrí en medio de la lluvia, buscándola por fuera de la casa.

—¡Has salido! ¡No trates de esconderte! Sylvia, ¿por qué lo hiciste? ¿Empujaste también a la tía Ellsbeth? Oh, Sylvia..., no quiero que se te lleven, no quiero...

Seguí buscando, me caí al suelo y yací allí, llorando, sin preocuparme de nada más. Sin importar lo que hubiese hecho, o lo esforzadamente que lo hubiese intentado, todo salía mal. ¿Qué andaba mal conmigo, con «Whitefern», con Papá, con todos nosotros? Era inútil tratar de buscar la felicidad. Todo cuanto había aferrado, se me había deslizado de las manos y hecho añicos luego.

No era justo lo que le había ocurrido a mi madre, a mi tía, y ahora a Billie. Golpeé en el suelo y le grité a Dios, por ser tan inmisericorde.

—¡Deja de hacerme esto! —le chillé—. Mataste a la Primera Audrina... ¿Y ahora tratas de matarme a mí también, al matar a aquellos a los que amo?

Un leve golpecito en mi brazo me hizo volver en mí. Me sequé y a través de mis lágrimas, vi a Sylvia por encima de mí, con unos ojos implorantes y que de nuevo aparecían enfocados.

—Au...dri...na...— me dijo con su lenta forma de hablar.

Me incorporé y, aliviada, la tomé entre mis brazos. Sobre la húmeda hierba, se desplomó contra mí.

—Todo va bien —tarereé—. Ya sé que no querías lastimar a Billie.

Cariñosamente, la mecí de adelante atrás, pensando, a pesar de mí misma, en lo mucho que le desagradaba Billie y cómo había codiciado aquel carrito rojo. Varias veces había hecho brillar los colores proyectados por los prismas sobre mis propios ojos. ¿Un accidente? ¿De forma deliberada? Naturalmente, hubiera hecho Sylvia lo que hubiera hecho, lo habría realizado sin intención de matar. Había empujado el carrito de Billie y, una vez llevado esto a cabo, tanto Billie como el carrito se habrían precipitado escaleras abajo.

Pero no sería una cosa deliberadamente planeada..., puesto que Sylvia no podía pensar en las cosas por anticipado.

Sylvia comenzó a hablar, pero las palabras no le salían con facilidad. Mientras se esforzaba en decir las palabras adecuadas, con la lluvia empapándonos hasta los huesos, Arden llegó hasta mí.

—Audrina, nos ha telefoneado Vera. ¿Qué ha pasado? ¿Qué hacéis las dos aquí, bajo la lluvia?

¿Cómo podía contárselo? Gracias a Dios, Vera no se había tomado la molestia de hacerlo. La muerte no le parecía a ella nada. Era un suceso que ocurría todos los días y que sólo suscitaba su curiosidad, pero no la entristecía.

—Vayamos adentro, cariño —le dije mientras me ayudaba a incorporarme.

Sujetando con fuerza la mano de Sylvia, le guié hasta la puerta lateral, y luego al vestíbulo que daba al comedor. Me quedé allí en pie y le permití que me secase el cabello con una toalla que había cogido de los aseos que se hallaban detrás de él. Vi mi palidez reflejada en el espejo.

—Es tu madre, Arden —le dije titubeante.

—¿Qué le pasa a mi madre?

En seguida quedó alarmado. Nerviosamente, se pasó una mano por el pelo.

—Audrina, ¿qué anda mal?

—Sylvia y yo bajamos hasta el río... O, por lo menos, creí que Sylvia se encontra detrás de mí.

No supe qué decir, y luego empecé a soltarlo todo.

—Cuando regresé, había comenzado ya la tormenta. El vestíbulo se encontraba a oscuras. Algo se precipitó por las escaleras. Me acerqué titubeante hacia lo que pudiera ser aquello. Luego, Arden... Era... Era... Billie. Se cayó por las escaleras. El carrito iba con ella. Arden..., es algo parecido a lo que le sucedió a tía Ellsbeth...

—Pero, pero... —replicó, dejando caer la toalla y buscando mis ojos—. Tu tía murió... Audrina... Mamá..., no estará muerta, ¿verdad?

Mis brazos le rodearon mientras oprimía mi mejilla contra la suya.

—Lo siento, Arden, lamento tener que decírtelo. Se ha ido, Arden. Se cayó hasta el pie de las escaleras. Creo que se rompió el cuello, lo mismo que mi tía...

Su rostro se contrajo. Sus ojos se llenaron de dolor, que no deseaba que le viera. Luego apretó sus rostro contra mi cabello y empezó a llorar.

En ese momento un rugido nos hizo brincar. La voz de Papá que le chillaba a Vera.

—¿Qué estás diciendo? ¡Billie no puede estar muerta!

Sus fuertes pisadas se acercaron a la carrera por el vestíbulo.

—¡Billie no puede haberse caído por las escaleras! Las cosas así no suceden dos veces...

—¡Ocurren cuando Sylvia está de por medio! —le gritó Vera, cojeando hasta donde nos encontrábamos—. Deseaba el carrito rojo de Billie... Y la empujó para que se cayese por las escaleras. Yo estaba en la bañera. Oí los gritos.

—¿Y cómo sabes que se trataba de Sylvia? —le grité—. ¿Puedes ver a través de las paredes, Vera?

En el vestíbulo, Papá se arrodilló al lado de la forma aún rígida de Billie, y con ternura la tomó entre sus brazos. La oscura cabeza de Billie cayó hacia delante, de la misma forma en que lo hacía la de Sylvia.

—Estaba encargando unas piernas artificiales —explicó con voz átona—. Me dijo que no podría emplearlas

350

para andar, pero pensé que tendría unas bonitas piernas para mostrarlas cuando la llevase a la ciudad. Las hubiesen ajustado a los muñones y tenido buena apariencia. De ese modo no hubiera llevado ya esos vestidos tan largos y tan cálidos... Oh, oh, oh...

Sollozó. Con cuidado, volvió a dejar a Billie en el suelo. Luego se puso de un brinco en pie e hizo un movimiento para coger a Sylvia.

—¡Maldita seas! —vociferó mientras se acercaba a mí para apoderarse de Sylvia.

Empujé a Sylvia detrás de mí y escuché cómo gimoteaba de miedo.

—Un momento, Papá. Sylvia estuvo todo el tiempo conmigo. Fuimos al río y, cuando regresamos, Billie estaba muerta en el suelo.

—Pero Vera acaba de decir... —gritó, luego se calló y miró a Vera.

—Ya sabes cómo es Vera, Papá, Miente...

—¡No he mentido! —aulló Vera, con su pálido rostro muy blanco y su pelo de color albaricoque llameante como fuego griego—. Oí cómo Billie le gritaba a Sylvia, y luego escuché el grito de Billie, ¡Audrina es la embustera!

Los ojos de Papá se estrecharon, mientras, trataba de conjeturar quién decía la verdad.

—Muy bien, ambas contáis versiones diferentes...

Se sonó y se enjugó las lágrimas, se encogió de hombros y se dio la vuelta para no ver a Billie.

—Sé como un hecho real que Vera es una mentirosa, y también sé que Audrina haría lo que fuese con tal de proteger a Sylvia. Sin tener en cuenta cómo Billie..., ya no puedo soportar el mirar a Sylvia. Haré que se la lleven para que no pueda lastimar a nadie más.

—¡No! —grité, aferrando a Sylvia entre mis brazos y sujetándola de una forma protectora—. ¡Si te llevas a Sylvia, tendrás que mandarme con ella! Sucediese lo que sucediese, se ha tratado sólo de un accidente...

Sus ojos se acuclaron al máximo.

—¿Así que Sylvia no estuvo contigo durante todo el tiempo?

Entonces se me ocurrió algo que me levantó un peso del corazón.

—Papá, Sylvia nunca se acercaba a Billie. Se negaba a permitir que Billie la tocase, y nunca, de buen grado, tocó a Billie ni siquiera para apoderarse de su carrito. Su forma de obrar consistía en coger de forma sobrepticia el carrito cuando Billie no se encontraba a la vista.

—No te creo —me respondió Papá, mirando con odio a Sylvia—. Espero por tu bien que ésa sea la opinión de la Policía. Dos muertes por caída en las mismas escaleras, va a resultar algo difícil de explicar.

Fue Papá el que llamó a la Policía y, para cuando llegaron, todos habíamos recuperado en parte el dominio de nuestras emociones. Tras fotografiar primero a Billie una docena de veces, la ambulancia de la Policía se la llevó de allí.

Mientras paseaba por delante de la ornada chimenea cubierta por cuero estampado, Papá formaba un formidable e impresionante adversario del detective que se había presentado con los dos mismos policías que investigaron la muerte de mi tía. Contó directamente su versión.

Luego le tocó el turno a Vera. Me maravilló lo protectora que se mostró respecto de Sylvia, sin mencionar los chillidos o los gritos que había oído.

—Me estaba dando un baño, poniéndome champú en el pelo y pintándome las uñas, cuando escuché a mi prima que lloraba en el vestíbulo. Cuando bajé, vi a Mrs. Lowe en el arranque de las escaleras.

—Un momento, señorita. ¿No es usted la hermana de Mis Lowe?

—Fuimos criadas como hermanas en esta casa, pero, en realidad, sólo somos primas hermanas.

Papá frunció el ceño pero, al mismo tiempo, pareció emitir un suspiro de alivio.

Entonces me llegó el turno de repetir lo que sabía. Medí cada palabra y la dije cuidadosamente, haciendo todo cuanto pude por proteger a Sylvia, que estaba agazapada en un distante rincón, con la cabeza colgándole tanto que su largo cabello le ocultaba por completo el rostro. Parecía un cachorrillo que se hubiese refugiado en un rincón tras haber hecho una trastada.

—Mi suegra tenía una forma especial de bajar por las escaleras, un escalón de cada vez. Cuando tenía que bajar, se llevaba consigo el carrito, colocándolo primero en el escalón de más abajo. Y subía las escaleras de la misma forma. Sus brazos eran muy fuertes. Tenía una astilla en un dedo. Debió haber puesto demasiado peso sobre esa mano, perdió el equilibrio y se cayó. No puedo estar segura, puesto que no estaba allí. Había llevado al río a mi hermana Sylvia.

—¿Y permanecieron las dos juntas durante todo el tiempo?

—Sí, señor, durante todo el tiempo.

—¿Y cuando ustedes dos regresaron encontró a su suegra muerta en el suelo?

—No, señor. Poco después de que entrásemos por la puerta, antes de que tuviese la oportunidad de encender las lámparas, escuché cómo se caía mi suegra, y también el carrito.

Vera observaba al policía más joven, de unos treinta años, que no podía apartar la mirada de ella. ¡Oh, Dios santo! Coqueteaba con él, cruzando y descruzando las piernas, jugando con el escote de su entreabierta bata. El policía de más edad no parecía tan interesado, sino que más bien reflejaba disgusto.

—Eso significa, Miss Whitefern —prosiguió en voz baja— que era usted la única en la casa cuando Mrs. Lowe se cayó...

—Me estaba dando un baño —repitió Vera, al mismo tiempo que me asestaba una dura mirada—. Esta mañana tomé el sol y ello me hizo sentirme calenturienta y pegajosa. Me metí en la casa para lavarme el cabello y, como siempre hago, me dediqué a remojarme y a pintarme luego las uñas. Y también las uñas de los pies —añadió.

Exhibió sus muy bien manicuradas manos. Sus relucientes uñas de los pies asomaban a través de las sandalias.

—Si hubiese forcejeado con Mrs. Lowe, me hubiera estropeado la laca de las uñas.

—¿Y cuánto tiempo tardan en secarse las uñas?

Me lo preguntó a mí, no a Vera.

—Eso depende...

Traté de recordar.

—Una capa se seca en un abrir y cerrar de ojos, pero cuantas más capas se pongan, más tardan las uñas en secarse. Yo siempre intento tener cuidado con las uñas, durante unos treinta minutos, una vez me he aplicado la última capa.

—¡Exactamente! —exclamó Vera, mirándome agradecida—. Y si saben un poco de uñas, podrán comprobar que llevo puestas cinco capas, contando la capa de base y la última capa cubriente.

Los policías parecieron perderse en las complejidades del tocado femenino...

Al final, se decidió que nuestras escaleras principales eran en extremo peligrosas para todo el mundo, especialmente después de haber sido examinadas y que se encontrase un trozo suelto en la alfombra.

—Aquí pudo resbalar con facilidad —comentó el agente más joven.

Me quedé mirando la roja alfombra, tratando de recordar cómo podía haber sucedido aquello, dado que nuestra casa había sido restaurada de arriba abajo, y se había colocado una alfombra nueva en las escaleras. De todos modos, ¿cómo podía resbalar una mujer sin piernas? A menos que hubiese comenzado a mover la mano y se hubiese deslizado por aquel lugar suelto, o bien sus vestidos se hubiesen prendido en algo..., o le hubiese destellado en los ojos la luz de un prisma y quedase cegada. Pero el vestíbulo estaba oscuro tras la puesta del sol.

Tal vez todos parecíamos demasiado pesarosos como para ser unos asesinos, o Papá sabía qué resortes debía tocar, puesto que, de nuevo la muerte en «Whitefern» fue considerada como puramente accidental.

Ahora me notaba incómoda en presencia de Sylvia. No había sentido afecto hacia tía Ellsbeth tampoco. Comencé a observarla con mayor detenimiento, percatándome de nuevo, pero ahora con mayor impacto, que Sylvia se resentía contra cualquiera que pudiese ser una amenaza para su lugar en mi corazón. Se le notaba en los ojos, en cada una de sus reacciones, que yo era la única que contaba en su vida y en la única en que confiaba. Y todo había sido obra mía, aunque con algún leve apremio también por parte de Papá.

El día del funeral de Billie me encontraba mortalmente enferma, con el peor resfriado de toda mi vida. Febril y deprimida, yacía sobre la cama mientras Vera me atendía, pareciendo feliz al poder mostrar sus habilidades profesionales. Moviéndose inquieta y ardiendo de fiebre, apenas la oí hablar de lo encantador que se había vuelto Arden.

—Naturalmente, siempre ha tenido una magnífica apariencia, pero, cuando sólo era un chico, pensé que era más bien débil. Al parecer, ha adoptado de alguna forma la fuerza y personalidad de Papá..., ¿te habías dado cuenta?

Lo que decía era cierto. Arden era tan ambivalente respecto de mi padre como yo misma: le odiaba y al mismo tiempo le admiraba. Y, poco a poco, iba adoptando numerosos manierismos de Papá, como su modo de andar, su firme y resuelta forma de hablar.

Como en un sueño, vi a Billie sentada en la ventana de la casita, pasándonos golosinas a Arden y a mí cuando éramos niños. La veía con el aspecto que tenía la última semana de su vida, radiante de felicidad, puesto que estaba enamorada. Pero, ¿por qué Billie había tratado de usar las escaleras delanteras cuando las traseras se encontraban mucho más cerca de la cocina? Exactamente igual que tía Ellsbeth, que se había pasado la mayor parte de sus días en la cocina. ¿Podría ser que, dado que las escaleras delanteras conducían directamente al piso de mármol, sin los bruscos recodos y los descansillos enmoquetados de las escaleras de atrás, que cupiese considerarlas como unas escaleras «mortíferas»? Eso significaba que alguien, de forma deliberada, había empujado tanto a mi tía como a Billie.

Reviví una y otra vez el día de la muerte de Billie, escuché su grito, y luego el golpeteo y el retumbar, tanto de Billie como del carrito, al estrellarse en la parte final de las escaleras.

—¡Deja de llorar! —me ordenó Vera, mientras me metía el termómetro en la boca—. Recuerda cuando mi madre te dijo que las lágrimas nunca causan ningún bien. Nunca, nunca lo hacen. Has de tomar de la vida lo que deseas, y sin pedir permiso en absoluto, pues, de lo contrario, no consigues nada.

Con lo enferma que estaba, tuve que asirme a la dureza de su voz, puesto que no había por allí ningún hombre para que la oyese hablar. Lanzó a Sylvia, que se encontraba agazapada en un rincón, una maliciosa mirada.

—Desprecio a ese monstruo. ¿Por qué no le dijiste la verdad a la Policía y te desembarazaste de ella? Es la que mató a mi madre, lo mismo que mató a Billie.

Anduvo un poco para situarse delante de Sylvia,

obligándome a incorporarme sobre un codo para impedir lo que sucediese a continuación.

—Entiende bien esto, Sylvia —le gritó Vera, al mismo tiempo que empujaba con el pie a la niña—. No vas a deslizarte detrás de mí y a empujarme por las escaleras, puesto que estaré prevenida... Y es una cosa que no sucederá. ¿Lo entiendes?

—Déjame sola, Vera...

Mi voz era débil y veía borroso, pero, al parecer, Sylvia estaba más aterrada de Vera de lo que Vera lo estaba de ella..., tan aterrada que se arrastró debajo de mi cama y se escondió allí hasta que Papá y Arden regresaron a casa.

La vida prosiguió después de la muerte de Billie. Tal vez porque todos nosotros (menos Vera y Sylvia) la echábamos mucho de menos, quizá porque yo estaba sufriendo una doble pérdida, puesto que ahora dudaba y desconfiaba de Sylvia. Dejé correr las cosas con mi hermanita y ya no me preocupé de tratar de enseñarle nada. A menudo, cuando me daba de repente la vuelta, captaba a Sylvia contemplándome melancólicamente, con cierto anhelo en su expresión. No se trataba de nada especial en sus ojos, sino en su actitud mientras trataba de cogerme la mano e intentaba complacerme con flores silvestres que traía de los bosques.

Mi resfriado se arrastró, y me mantuvo tosiendo a través de la mayor parte del verano. Aún tenía diecinueve años, y ya preveía aquel cumpleaños en que llegaría a los veinte. Me sentiría más a salvo entonces, sin ningún nueve que pudiese atraerme desgracias. La vida me parecía muy cruel, tras haberme arrebatado tanto a mi tía como a Billie en un solo año. Y Vera seguía con nosotros, atendiendo a los deberes domésticos con una prontitud que sorprendió y, a un tiempo, complació a Papá.

Había perdido peso y comencé a descuidar mi apariencia. Mi vigésimo cumpleaños llegó y se alejó, y el alivio de haber escapado a un año que tenía un nueve no me trajo la felicidad. Seguía aferrándome más a las sombras próximas a la pared y avistaba con miedo todos los colores. Ahora deseaba que mi memoria conservase aún agujeros en los que pudiese arrojar mi angustia y mis sospechas respecto de Sylvia. Pero aquella memoria de queso suizo pertenecía a mi infancia, y ahora sabía demasiado bien cómo recordar las cosas que me causaban pena.

Pasó otro otoño y otro invierno. Había noches en que Arden ni siquiera se presentaba por casa, y aquello no me preocupaba.

—Toma —me dijo Vera un día de primavera, cerca del aniversario de la muerte de Billie—, bébete este té caliente y pon un poco de color en tus mejillas. Estás tan pálida como un cadáver.

—Me gusta más el té helado —respondí, apartando la taza y el platillo.

Disgustada, Vera lo empujó todo de nuevo hacia mí.

—Bébete el té, Audrina. Y deja de comportarte como una chiquilla. ¿No me habías dicho hace unos minutos que tenías escalofríos?

Obediente, cogí la taza y empezaba a llevármela a los labios cuando se presentó Sylvia a la carrera. Se lanzó con todo su peso sobre Vera, que se precipitó hacia delante y se agarró a mí. Al hacerlo así, me quitó la taza de la mano. Se cayó al suelo y se rompió, y tanto yo como Vera resbalamos de la silla.

Chillando su rabia, y mientras el dolor retorcía su rostro, Vera trató de castigar a Sylvia, pero se torció el tobillo.

—¡Maldita retrasada mental! ¡Hablaré con Papá para que te saque de aquí!

Parpadeando y tratando yo misma de enfocar los ojos, me incorporé y, por la fuerza de la costumbre, atraje a Sylvia hacia mis brazos.

—No, Vera, mientras yo viva no se llevarán a Sylvia de aquí. ¿Por qué no te vas tú? Yo realizaré todas las tareas domésticas y la cocina. Ya no te necesitamos.

Comenzó a llorar.

—Después de todo lo que he hecho por ayudarte, y ahora no me quieres...

Sollozó como si se le rompiese el corazón.

—Estás echada a perder, Audrina, estropeada del todo. Si tuvieses carácter ya te habrías ido de aquí hace mucho tiempo.

—Gracias por preocuparte de mí, Vera, pero a partir de hoy lo haré por mí misma.

Un día de verano, Arden llegó a casa de la oficina

muy temprano y hecho un basilisco. Se metió en nuestro dormitorio y me echó de la cama.

—¡Ya es suficiente! —me gritó—. ¡Debería haberlo hecho hace meses! No puedes estropear tu vida y la mía porque no seas lo suficiente madura para enfrentarte con los hechos. La muerte nos rodea, desde el momento en que nacemos vamos camino de nuestras tumbas. Pero piensa en ello de esta manera, Audrina —me dijo con la voz ya más suavizada y tomándome en sus brazos—. Nadie, realmente, se muere. Somos como las hojas de los árboles, hacemos brotar las yemas en la primavera de nuestro nacimiento y se caen en el otoño de nuestras vidas, pero regresamos. Como las hojas en primavera, renacemos de nuevo.

Por primera vez desde aquel espantoso día en que Billie se cayó, vi realmente la fatiga de mi marido, las pequeñas arrugas que rodeaban sus cansados ojos ribeteados de rojo. Ojos que se habían hundido en su cara, al igual que los míos. No se había afeitado y tenía un aspecto chabacano y raro, como si se tratase de un extraño al que no conociese ni amase. Vi defectos en su rostro de los que no me había percatado nunca.

Retirándome, caí en la cama y me quedé allí. Se acercó a mí, se arrodilló y hundió su cabeza entre mis pechos, rogándome que volviese a él.

—Te amo y, día a día, me estás ahora matando. He perdido a mi madre y a mi mujer el mismo día, y aún como, acudo al trabajo, todavía sigo adelante. Pero no puedo continuar viviendo esta clase de vida, si es que a esto se le puede llamar vida...

Algo se rompió entonces en mí. Mis brazos se deslizaron en torno de él y mis dedos se curvaron en su recio cabello.

—Te amo, Arden. No pierdas la paciencia. Continúa sosteniéndome así y muy pronto haré lo mismo que tú... Sé que lo haré, puesto que lo deseo.

Casi llorando, me besó con una loca pasión; finalmente se retiró de mí y sonrió.

—Muy bien. Esperaré..., pero no para siempre. Recuerda eso...

Muy pronto se metió en el cuarto de baño y comenzó a ducharse, y Sylvia se alzó de su lugar en un rincón para colocarse a los pies de mi cama. Penosamente, trató de enfocar los ojos. Sus manitas se alargaron impetrantes hacia mí, suplicándome que también regresase a ella. Había cambiado. Apenas la conocía.

A los doce años, Sylvia se había desarrollado casi de la noche a la mañana (o mientras yo no la miraba) en un cuerpo de mujer. Alguien le había cepillado el pelo y sujetado hacia atrás en cola de caballo, con una cinta de raso de color aguamarina, que hacía juego con su maravilloso atuendo que no le había visto hasta ahora. Totalmente sorprendido, me quedé mirando aquel hermoso joven rostro, con su bien formado y juvenil cuerpo revelado por su vestido de algodón muy pegado a la piel. Qué loca había sido al no sospechar que Sylvia podía lastimar a cualquiera. Me necesitaba. ¿Cómo me había olvidado de Sylvia en mi apatía?

Contemplé a mi hermanita, que se había acercado al rincón más en penumbra y agazapado allí, con las rodillas apuntadas de tal modo que mostraba la entrepierna de sus bragas. «Bájate el vestido», pensé y observé cómo obedecía sin ninguna sensación de poder o de sorpresa. Hacía ya mucho tiempo que Sylvia y yo habíamos desarrollado una relación así entre nosotras.

Las madres y las tías pueden morirse, y también las hijas y los hijos, pero la vida continúa y el sol brilla, la lluvia sigue cayendo y los meses vienen y se van. Papá comenzó a mostrar más signos definidos de envejecimiento, al mismo tiempo que también leves indicios de suavización.

Sabía que Arden tenía mucho que ver con Vera fuera de «Whitefern». Incluso bajo mi propio techo, a menudo les entreveía en algún cuarto que raramente se usaba. Cerré mi mente y mis ojos y pretendí no percatarme del rostro enrojecido de Arden y de que Vera tenía que arreglarse un vestido tan ajustado que parecía pintado. Me sonreí con suficiencia, burlonamente, diciéndome así que había vencido. ¿Por qué ello ya no me preocupaba?

Muy avanzada una noche, cuando ya no esperaba ver a Arden entrar en mi cuarto, mi marido abrió la puerta y fue a sentarse en el borde de mi cama. Ante mi profundo asombro, comenzó a quitarse los zapatos y luego los calcetines. Empecé a decir algo sarcástico acerca de Vera, que se había portado todo el día como una perra en celo, pero no comentó nada.

—En caso de que te interese —me dijo de una forma suave—, no voy a tocarte. Me gustaría dormir de nuevo en este cuarto y sentirte cerca de mí antes de que acabe de hacerme a la idea de lo que he de realizar con mi vida. No soy feliz, Audrina. Ni tampoco puedo creer que tú lo seas. Quiero que sepas que he hablado con Damian, y que tu padre ya no utiliza el dinero de las cuentas durmientes. Ahora es honesto en lo que se refiere a los certificados antiguos de acciones que poseen gran valor. Quedó sorprendido de que le hubiese atrapado y no negó nada. Todo cuanto dijo fue: «Lo hice por una buena causa.»

Me facilitó esta información de un modo indiferente, como si las palabras fueran pronunciadas sólo para tender un puente entre las brechas que nos separaban. Ahora Arden era vicepresidente ayudante de la empresa de mi padre, y había dejado de hablar respecto de que, algún día, volvería a su primer amor, es decir, la arquitectura. Había dado de lado sus utensilios de delineante, la mesa de dibujo que Billie había comprado para él cuando tenía dieciséis años, lo mismo que había abandonado sus sueños de juventud. Supuse que todos hacíamos lo mismo. El Hado dictaba las sendas por las que caminábamos. Y, sin embargo, dolía ver cómo todas aquellas cosas acababan en el desván, de donde raramente regresaba nada.

Observé cómo dejaba de lado su habilidad creativa cual algo inútil, y me sentí decepcionada de ver cómo había desarrollado la misma apetencia que Papá hacia el dinero, hacia el poder y luego hacia más dinero...

Aunque, de vez en cuando, trataba de encontrar pruebas concretas de que era el amante de Vera, supuse que, en realidad, no quería saberlo, pues en caso contrario les hubiera atrapado con facilidad con las mano en la masa.

Para empezar a ocuparme seriamente en algo comencé a cultivar las rosas de jardín que Mamá había principiado hacía ya tanto tiempo. Compré libros para saber cómo cuidar las rosas, y asistí a reuniones del club de jardinería, llevándome conmigo a Sylvia y presentándola, por primera vez, a los extraños. Aunque habló muy poco, nadie pensó de ella otra cosa excepto que era muy tímida. (O, por lo menos, pretendieron hacer ver que creían eso.) Vestí a Sylvia con unas ropas muy bonitas y la peiné de forma apropiada. Siempre estaba asustada y parecía aliviada cuando regresábamos a casa y podía ponerse sus viejas prendas.

Un cálido sábado, a finales de mayo, me encontraba arrodillada en la rosaleda de Mamá, escarbando la tierra con un rastrillo antes de añadir fertilizante. Los bulbos de las tuberosas se encontraban cerca y muy pronto seguí con ellas. Sylvia estaba dentro de la casa haciendo la siesta, y Vera se había ido en coche con Papá a la ciudad para comprarse ropa nueva.

De repente, unas sombras alargadas proyectaron frío por encima de mí. Me eché hacia atrás el sombrero de paja y alcé la vista hacia Ardem, del cual creía que estaba jugando a golf con sus compañeros. Una pequeña parte de mí pensaba que él y Vera debían haber concertado un encuentro en la ciudad.

—¿Por qué desperdicias tu tiempo aquí y te olvidas de la música? —me preguntó con rudeza, dando una patada al saco de fertilizante que se hallaba al lado de mis útiles de jardinería—. Cualquiera puede cuidar flores, Audrina. Pero no todo el mundo tiene el potencial suficiente para convertirse en un gran músico.

—¿Y qué ha pasado con tus sueños de conseguir que todas las ciudades norteamericanas fuesen bellas? —le pregunté sarcásticamente, creyendo que tan pronto como ganase premios con mis nuevas estirpes de rosas y de tulipanes, empezaría a cultivar orquídeas en un invernadero que había encargado. Y una vez me aburriese de las orquídeas, encontraría otra afición para seguir con ella, hasta que un día yo también acabase en el cementerio de «Whitefern».

—Pareces amargada, como tu tía —respondió Arden, sentándose a mi lado en la hierba—. ¿No tenemos todos sueños cuando somos jóvenes?

Su voz y su rostro adquirieron cierta melancolía.

—Solía creer que nunca encontrarías nada tan fascinante y absorbente como yo. Qué equivocado estaba. En cuanto nos casamos, empezaste a cerrar puertas para mantenerme afuera. No me necesitabas como creí que lo harías. Aquí estás de rodillas con unos guantes de cáñamo en las manos, y te pones ese maldito sombrero en la cabeza para darte sombra a la cara, cuando así ni puedo verte. No alzas los ojos para encontrarte con los míos, e incluso has cesado de reír cuando vuelvo a casa. Me tratas como si me hubiese convertido en una pomposa pieza del mobiliario para que forme parte de la limpieza de tus días sin mí. Ya no me amas, Audrina.

Seguí cuidando las rosas, marcando los lechos de los tulipanes, pensando en las orquídeas, preguntándome lo que tardaría Sylvia en despertarse. Arden alargó los brazos para tomarme entre ellos.

—Te amo —dijo de una manera tan solemne que quedé alertada lo suficiente como para detener lo que hacía.

Los brazos que me rodeaban me quitaron mi sombrero de ala muy ancha.

—Si no puedes amarme, Audrina, entonces deja que me vaya. Libérame para encontrar a alguien que me ame como deseo y necesito ser amado.

Me forcé a mí misma para decir con indiferencia:

—¿Vera...?

—Sí —mordió el anzuelo—. Vera... Por lo menos, no es tan fría e indiferente. Me trata como un hombre. No soy ni un santo ni un demonio, Audrina, sino sólo un hombre cuyos deseos no satisfaces. Lo he intentado desde hace casi tres años... Oh, cómo lo he intentado... Pero no quieres entregarte, y ya estoy cansado de probarlo. Quiero irme. Conseguiré el divorcio y me casaré con Vera... a menos que tú puedas amarme físicamente tanto como me amas de otras maneras.

Giré sobre mis rodillas para verle el rostro. Realmente me amaba, aquello se veía en sus ojos. Vi brillar amor por mí en su mirada, y también estaba presente una terrible tristeza. Divorciarse de mí y casarse con Vera no le haría verdaderamente feliz..., no tan feliz como mi respuesta física lo conseguiría.

Pensamientos confusos corrieron a través de mi mente. Amor de mocosa, llamaban mi tía y mi padre a lo que sentía hacia Arden..., y habían tenido razón. Amor de adolescente que no quiere otra cosa que abrazos, pequeños besos y cogerse de las manos...

Ahora me dejaba por Vera..., y, al final de todo, sólo habría sido otro Lamar Rensdale. Vera no le amaba. Nunca amaría a ningún hombre más de lo que se amaba a sí misma o, tal vez, puesto que no podía amarse a sí misma, tampoco podía amar a nadie.

Meneé la cabeza y me pregunté si, al fin, había llegado a crecer. ¿Era mi lado maduro el que se estaba desarrollando en este preciso momento? Sentí que se me suscitaba una excitación, sin ninguno de los miedos que había experimentado en nuestra noche de bodas. Podía haberse ido y no haberme dicho ninguna palabra de advertencia. Podía haberse llevado a Vera y yo no me habría opuesto a nuestro divorcio, y él lo sabía. De todos modos... me iba a conceder otra oportunidad..., puesto que me amaba... No se trataba de piedad sino que, realmente, me amaba.

Sus ojos exploraron en los míos mientras sus manos se aferraban a mis hombros; su voz se fue llenando cada vez de más urgencia, como si sintiese lo que sucedía dentro de mí.

—Podemos empezar de nuevo —me dijo con excitación—. Esta vez lo iniciaremos todo bien. Sólo tú y yo, sin Sylvia en el cuarto de al lado y de la que tengas que preocuparte. Tengo sensaciones físicas hacia Vera, pero te amo con todas esas dulces y románticas formas que parecen tan tontas a una persona que no sea en absoluto romántica, como le sucede a Vera. Me conmueves el corazón cuando llego a casa y te veo sentada cerca de una ventana mirando por ella. Me quedo allí de pie y veo la forma en que la luz cae sobre tu pelo, te hace una especie de halo y tu piel parece traslúcida, y me llena de maravilla que seas mi mujer. Vera nunca me hace sentir nada en especial, sólo algo que cualquier hombre puede entender. Solía pensar, cuando era más joven, que el día que te consiguiese lograría una princesa que me amaría por siempre, y envejeceríamos juntos y, cogidos de la mano, nos enfrentaríamos sin miedo a la muerte. Pero no ha funcionado de esa manera. No puedo seguir así, amándote a ti pero tomando a Vera en tu lugar. Me has secado, Audrina. Cogiste mi corazón y lo retorciste, forzándome a correr hacia Vera para encontrar solaz. Y cuando todo acaba, sólo encuentro satisfacción física pero no un sostén espiritual. Sólo tú puedes concederme eso. ¿Cómo esperas que siga deseándote cuando no me deseas tú de la misma forma? El amor es como un fuego que necesita ser reavivado a menudo, no sólo con sonrisas tiernas y leves toquecitos, sino también con pasión. Empecemos de nuevo nuestra luna de miel, sin puertas entre nosotros tras las que escondernos. Sin vergüenza, hazme el amor de nuevo. Ahora mismo. Al aire libre, aquí donde estamos. Damian se halla en la ciudad. Vera se ha ido. Sylvia se encuentra en esa maldita mecedora; canturreando para sí antes de acudir yo aquí, y lo más probable es que se quede allí hasta adormecerse.

Empezaba a conmover mi corazón, acariciándome con los ojos y haciendo desbocar mi sangre como no lo había hecho nunca antes. Sus ojos ambarinos ardían, incluso su mano pareció quemar cuando me rozó el rostro. Rápidamente, retiró la mano como si mi carne estuviese tan caliente como la suya.

—Cariño, el matrimonio necesita crecer, hacerse aventurero..., realizar algo que no se haya hecho nunca. No me importa qué... Hazme el amor esta vez. No aguardes a que empiece yo.

«No —pensé—, no puedo hacer eso. Es deber de un hombre tomar la iniciativa de los primeros movimientos. Sería algo zafio y poco propio de una dama el tocarle antes.» Pero sus ojos imploraban, iluminados de deseo. No le merecía, debería dejarme sola, puesto que, al fin, le había fallado. No obstante, le deseaba. Algo me estaba diciendo que hiciese lo que me decía, sin tener en cuenta lo que Papá comentara acerca de los hombres y de sus diabólicas apetencias, que avergonzaban a la mujer a la que deseaban. «Papá me ha lavado el cerebro hace ya mucho tiempo —me dije a mí misma—, pero esta vez pasaré por encima de todas las señales que destellan cosas diabólicas, sucias, vergonzosas...»

No era fácil desembarazarse de todo aquello que gritaba mi vergüenza. Ni siquiera entonces pensé que pudiese llevarlo a cabo a menos que siguiera mirándome como lo hacía. Se hizo vulnerable, se colocó las manos a la espalda y resistió a sus apremios de tocarme primero. Luché contra las pequeñas voces que me habían sido instiladas por Papá y por sus enseñanzas... No, era mi marido, y le quería, y él me amaba realmente a mí.

—Estoy asustada, Arden..., tan asustada de perderte por culpa de Vera...

Sus ojos eran cálidos, suaves, me alentaban. Ojos profundos y pasionales que seguían urgiéndome a seguir adelante ahora, y no sería su lujuria, sino sólo mi deseo, y, por alguna razón, aquello pareció representar una gran diferencia. Lo que hice fue lo que deseaba hacer, y si era algo diabólico, pues que lo fuese.

Arden me necesitaba. Me amaba a mí y no a Vera. Tímidamente puse mis manos a ambos lados de su rostro. No se movió. Sus manos permanecieron a la espalda. Le besé levemente en las mejillas, en la frente, en el mentón y, finalmente, en los labios. Eran suaves, pero no demasiado y sólo se separaron un poco. Le besé de nuevo, con más pasión, y siguió sin responder. Era alguien al que le podía hacer lo que quisiese y nunca me lastimaría. Me atreví a otro beso, que fue más profundo y más largo, e incluso mis manos se curvaron en torno de él y comencé a acariciarle la espalda hacia abajo, hacia las posaderas. Algo empezaba a tomar vida en mí, mientras Arden me permitía hacer todo lo que desease, sin tocarme o solicitarme nada o ni siquiera insinuárseme.

Una pasión como nunca había sentido antes comenzó a desarrollarse en mí de forma profunda y cálida, pidiéndome cada vez más cosas. Mis pechos se hincharon y apuntaron, como pidiendo algo, hasta dolerme de ansias de tener sus manos en mi carne, necesitando su cuerpo, deseándole dentro de mí. Mi respiración comenzó a hacerse más rápida y la suya también, pero siguió sin alargar las manos para arrastrarme hacia él o quitarme las ropas. Fui yo quien le quité la camisa. Le desabroché el cinturón y luego los pantalones, dejándolos a un lado. Sin vergüenza le bajé los calzoncillos, e incluso ni siquiera en ese momento me tocó, aunque se incorporó para permitirme quitarle todo lo que llevaba y se puso de espaldas para que le arrancase los zapatos y los calcetines. Estaba ansioso e impaciente, pero me pareció ridículo que continuase con los zapatos y los calcetines puestos.

No dijo ni siquiera una palabra cuando caí sobre él para besarle en todas partes, acariciándole también al mismo tiempo, hasta que, finalmente, ya no pudo aguantar más.

Bajo un claro cielo azul, con un cálido sol que batía sobre nosotros, guié su penetración. Esta vez, esta maravillosa primera vez, realmente me permití disfrutar de la sensación de tenerle dentro de mí, alzándome con él de aquella forma paradisíaca que había leído en alguna parte pero jamás había experimentado.

Y cuando, al fin, sus brazos se aferraron a mí, gemí de puro éxtasis al hacer de los dos una sola y única persona.

—Estás llorando —me dijo cuando todo hubo acabado—. Ha sido tan maravilloso... Finalmente he llegado hasta ti, Audrina. Tras haberlo intentado durante tanto tiempo, he conseguido atravesar la barrera que pusiste entre nosotros hace ya tanto tiempo.

Sí, tenía razón. Una barrera que Papá había construido para mantenerme siempre atada a él.

—A veces pensé que era a causa de que no me amabas como hombre, sino sólo como compañero.

—¿Y aún sigues amándome a pesar de todo eso? —le pregunté maravillada.

—Nunca he dejado de amarte, sin importarme nada.

Su voz era ronca, grávida de emoción.

—Estabas en mi sangre, eras parte de mi alma. Aunque no me dejases tocarte de nuevo, aún desearía despertarme y verte durmiendo a mi lado. He contado lo que he hecho sólo para conmoverte y hacerte temer que pudieses perderme a causa de Vera. Audrina, ha habido veces en que parecías tan remota y distante, casi como si estuvieses en trance, o dominada por un encanto.

En seguida me incliné para besarle, para acariciarle donde nunca me había atrevido antes a tocarle. Gimió de placer y me aferró con más fuerza.

—Si alguna vez soy tan infortunado como para perderte, recorreré todo el mundo hasta encontrar a otra Audrina... Lo cual significa que iré a mi tumba y no habré terminado mi búsqueda... Pero nunca habrá otra como tú.

—¿Otra Audrina? ¿Conoces a otra Audrina? —le pregunté con un estremecimiento que corrió arriba y abajo por mi espina dorsal.

¿Por qué había dicho eso?

Sus manos eran muy cálidas encima de mi piel, y sus ojos aún más ardientes.

—Era sólo una forma de decir que he de tenerte a ti y a nadie más.

Resultaba muy dulce oírle decir todo aquello y resultó sencillo desembarazarme del repentino escalofrío de aprensión, y forzar a mi alma a liberarse de cualquier peso, así como de toda carga sobre mi corazón y sobre mi conciencia. Joven y dichosa como nunca lo había sido, me eché a reír y volví de nuevo hacia él. Le embromé con besos y pequeños toques y, jugueteando, exploré su cuerpo tantas veces como él había explorado el mío. Pues le amaba tanto que hubiera muerto entonces por él. Y pensar que, en un tiempo, había creído que todo esto era tan pecaminoso y diabólico... Maldito fuese Papá por haberme hecho pensar así, por estropearme lo que podía haber sido como ahora durante todo el tiempo.

El cielo empezó a mostrarse entre dos luces, con su su rosado adiós al día, llameando entre las carmesíes partes bajas de las nubes, lanzando franjas violetas teñidas de azafrán. Oprimida en sus brazos, observé cómo el sol se hundía en la bahía, más allá del río. Vi cómo Arden se quedaba en seguida dormido. Por primera vez después de haber hecho el amor, me sentí limpia y contenta de estar con vida.

A diferencia de Papá, que amaba más a la Primera Audrina, Arden me amaba a mí por lo que yo era, no por lo que deseaba que fuese. Le tomé entre mis brazos mientras observaba los colores que se reflejaban en el agua, diferentes a los colores de la casa. Yací allí y comencé a pensar que odiaba todas aquellas ventanas con cristales emplomados, todas aquellas lámparas de «Tiffany» y sus pantallas, todo aquel arte decorativo y todos aquellos colores falsos y artificiales que me habían hecho experimentar temores. ¿Qué tenía que temer a partir de ahora?

Desperté en mitad de la noche. Pensé que oía a Sylvia llamarme por mi nombre.

—Au...dri...na...

Suave y repetidamente, mi nombre era deletreado de esta manera.

«Ya voy, Sylvia», pensé dirigiéndome a ella, como a menudo hacía, y de alguna forma mis mensajes parecían alcanzarla. Primero tenía que desprenderme el brazo de Arden de la cintura; luego, con cuidado, me deslicé del peso de su pierna colocada encima de la mía. Cuando quedé libre, me incliné por encima de él, le acaricié la mejilla y le besé en los labios.

—No te vayas... ¿Adónde vas? —preguntó dormido.

—Volveré dentro de un momento —susurré.

—Será mejor así —murmuró soñoliento, exhausto tras varias horas de hacer el amor—. Te necesito de nuevo..., pronto...

Y luego se quedó dormido del todo.

Slyvia dormía profundamente, curvada sobre un costado, con un aspecto angelical en sus sueños como siempre le ocurría. La besé también, sintiéndome llena de amor hacia todo el mundo. Dormida, siempre había parecido hermosa y del todo normal.

De camino hacia donde me aguardaba Arden, pensé que escuchaba pronunciar de nuevo mi nombre. Me pareció que aquello procedía del cuarto de juegos..., del dormitorio de *ella*... ¿Estaría celosa a causa de que había encontrado a un hombre que me amaba más de cuanto nadie la había amado a ella?

Tenía que ir al cuarto de juegos. Debía acudir allí para enfrentarme con los terrores de ella, que siempre me habían impedido el disfrutar con Arden como debería haberlo hecho. Fue en aquella mecedora donde viera a los tres muchachos que habían asaltado a la Primera Audrina, y aquello había constituido el primer paso para forzarme a apartarme de la normalidad. El segundo paso, para llevarme más allá de no poder disfrutar del sexo, había partido de Papá y de todas las cosas que le había hecho a Mamá, y que me había dicho a mí. Y el tercer paso, transportándome a miles y miles de kilómetros de distancia, lo había constituido la indiferencia de Papá cuando lastimaba a mi tía. Pero aquél no era un horror mío, me dije a mí misma. Era de Papá, era de ella también, de aquella primera hija que había muerto antes de que yo naciese.

DE NUEVO UN DÍA LLUVIOSO

¿Qué compulsión me llevó al cuarto de la Primera Audrina y me forzó a sentarme en aquella mecedora, donde comencé alocadamente a cantar? Mientras me mecía, un inculcado terror propio de ese balancín y que había atormentado mi infancia, cayó sobre mí y me convirtió de nuevo en una chiquilla. Algo me musitó y me dijo que saliese de allí y que me marchase antes de que fuese demasiado tarde. *Regresa con Arden* —me dijo una parte prudente de mí misma—. *Olvida el pasado, que no puede cambiarse, vuelve con Arden.*

«No —me dije a mí misma—, he de ser fuerte. Quiero sobreponerme a todos mis miedos, y la única manera de hacerlo es evocar, de una forma deliberada, aquella escena del día lluvioso y lograr que suceda de nuevo..., y esta vez he de quedarme a asistir a que ella muera... Así apartaré su recuerdo para siempre de mi vida.»

Y como ya lo había hecho antes cuando era una chiquilla, lo realicé de nuevo ahora como mujer. Me mecí y canté, y muy pronto las paredes se suavizaron y se volvieron porosas, antes de que las moléculas se dividieran y me encontrase de nuevo dentro de la memoria de la Primera Audrina.

Vi a mi madre como debía haber sido cuando la Primera Audrina vivía, con un aspecto tan joven y tan bello al hacerle unas advertencias:

—Audrina, prométeme que nunca cogerás el atajo a través de los bosques. Es muy peligroso para las chicas jóvenes atravesar por ese lugar.

Mamá llevaba uno de sus encantadores vestidos estampados, que revoloteaba ante la brisa que refrescaba desde el río. Todos sus colores favoritos y los míos aparecían en aquel vestido. Sombreados de verde, azul, violeta, aguamarina y rosa. Su precioso cabello estaba suelto y ondulante. Incluso mientras pensaba en todo ello, ya planeaba desobedecerla y tomar el camino más corto para regresar a casa.

Mamá se inclinó para besarme en la mejilla.

—Y obedéceme, aunque llegues tarde a tu fiesta de cumpleaños. De todos modos, no podrá empezar hasta que llegues. Olvídate, simplemente, del atajo y regresa a casa en el autobús escolar.

Pero Spencer Longtree cogía también el autobús escolar con su pandilla de compañeros matones. Me decían tales cosas sucias y desagradables, que no podía contar a mi madre las asquerosidades que hablaban.

—F...E...A... —chirrió Spencer Longtree, que no había tomado el autobús para regresar a casa.

El arriesgarme a atravesar los bosques no me ahorraría su espantosa presencia.

—Audrina Adare tiene el pelo muy feo...

—Ya sé cómo se deletrea feo, Spencer Longtree —le contesté por encima del hombro—, y aquí tienes una descripción que se presta mejor a lo que tú eres: G...U...A...P...O...

—Me las pagarás, y cuando hayas recibido tu merecido, tal vez entonces no te sientas tan altanera y pudorosa, sólo porque eres una de las Whitefern, ésas que viven en una bonita y gran casa.

Tiempo para correr, para saltar, para divertirme en los bosques, donde se escondían todos aquellos animalillos. Miré las nubes de lluvia por encima de mi cabeza. Ocultaban el sol y lo dejaban todo a oscuras. ¿Me alcanzaría la tormenta antes de llegar a casa? ¿Se estropearía mi vestido? ¿Desharía mis rizos? Mamá tendría un ataque si no parecía más bonita que ninguna otra niña de la fiesta... Y esta clase de vestido quedaría arrugado y con las manchas dejadas por el agua.

Comenzó a caer la lluvia.

Tomé la débil y tortuosa senda y a toda velocidad, sintiendo el sedeño susurro de mi estropeado vestido que se me pegaba a las piernas. Unos metros por delante creí ver moverse los arbustos del sendero. Me detuve, preparada para darme la vuelta y salir corriendo.

Las tupidas hojas por encima de mi cabeza formaban una especie de dosel, el cual dejaba caer la lluvia en goterones. Se aplastaban en el polvo delante de mí, formando sus puntitos una especie de polca, hasta que todos se mezclaron y el suelo quedó sucio y embarrado.

Algunas personas silban cuando tienen miedo. Yo no sabía silbar. Pero sí podía cantar. «Que tengas un feliz cumpleaños, feliz cumpleaños para ti... feliz cumpleaños, querida Audrina, feliz cum...»

Dejé súbitamente de cantar y me quedé inmóvil. En los arbustos de delante se había visto un claro movimiento. Unas risitas ahogadas. Me di la vuelta para echar a correr en la otra dirección, luego miré hacia atrás y vi a los tres chicos que saltaban de detrás de aquellos arbustos espinosos, que se alineaban a lo largo de la borrosa senda. Los arañazos habían ensangrentado sus rostros y les conferían un aspecto atemorizador. Sin embargo, también parecían tontos. Unos niños tontos y estúpidos. ¿Creían que podrían atraparme? Podía correr más de prisa que tía Ellsbeth, que se jactaba de adelantar a cualquiera como si fuese aún una chiquilla.

En el momento en que creí que les había sobrepasado, un chico saltó por delante de mí y me cogió por mi largo cabello. Casi me lo arrancó del cuero cabelludo y aquello me dolió muchísimo.

—¡Suéltame, bestia! —grité—. ¡Déjame marcharme! Es mi cumpleaños... ¡Permite que me vaya...!

—Ya sabemos que duele —ladró la rasposa voz de Spencer Longtree—. Es el regalo de cumpleaños que te hacemos. Audrina. Feliz noveno cumpleaños, niña Whitefern...

—¡No me tires más del pelo! ¡Saca tus asquerosas manos de encima! Me estropeas el vestido. Dejadme sola. Si os atrevéis a hacerme lo más mínimo, mi Papá os ajustará las cuentas, os meterá en la cárcel y hará que os quemen...

Spencer Longtraee sonrió. Aquellos dientes que le sobresalían semejaban los de un caballo.

Acercó su larga cara llena de granos a la mía. Le olía muy mal el aliento.

—¿Sabes qué vamos a hacer contigo, cara bonita?

—Lo que haréis será dejarme marchar —respondí en tono de desafío.

Sin embargo, algo en mí se estremeció. De repente, el miedo se apoderó de mis rodillas, mi corazón comenzó a latir más de prisa y el ánimo me bajó a los talones.

—Noo... —gruñó, no vamos a dejar que te vayas..., no hasta que acabemos. Te arrancaremos todas esas ropas tan bonitas, te quitaremos la ropa interior y te quedarás desnuda, y entonces te lo miraremos todo...

—No puedes hacer eso... —comencé a hablar con firmeza, tratando de mostrarme valiente—. Todas las mujeres Adare nacidas con el color de mi pelo pueden lanzar la maldición de la muerte sobre los que las lastimen. Así que ten cuidado de tu vida si te atreves a hacerme algo, Spencer Longtree *Patas de araña*. Con mis ojos violeta te abrasaré con los fuegos eternos del infierno mientras vivas...

Con aire de mofa, me acercó tanto la cara que su nariz rozó contra la mía. Otro chico se apoderó de mis brazos y me los inmovilizó a la espalda.

—¡Adelante, *bruja* —me dijo—, haz todo lo que sepas!

La lluvia le aplastó el cabello contra la frente como una franja de púas.

—¡Maldíceme ahora y sálvate tú! Vamos, hazlo o, dentro de unos segundos, me quitaré los pantalones y mis compañeros te sujetarán contra el suelo, y cada uno de nosotros te tendrá por turno...

Grité con todas mis fuerzas:

—¡Os maldigo, Spencer Longtree, Curtis Shay y Hank Barnes! ¡Que el diablo de los infiernos os reclame a los tres como de su propiedad!

Durante un momento titubearon, haciéndome creer que la cosa funcionaría. Mirándose unos a otros me dieron la oportunidad de echar a correr..., pero en aquel preciso instante se levantó un cuarto muchacho de detrás de los mismos arbustos en que solían esconderse.

Me quedé inmóvil, contemplándole. Su oscuro pelo estaba húmedo y pegado también al rostro. Tragué saliva y me sentí débil. ¡Oh, no! Él no, también él no, no debía haber sido él. No podía hacer esto. Había venido a salvarme, ésa era la razón de que estuviese aquí. Le llamé por su nombre, le rogué que me salvase. Parecía encontrarse en trance, mirando ciegamente hacia delante. ¿Qué le pasaba? ¿Por qué no cogía un palo, una piedra y les golpeaba? Que les pegara con los puños desnudos, que hiciera algo en mi ayuda...

Pero ésta no era la forma en que sucederían las cosas. Era mi amigo. Se quedó más petrificado que yo misma. Grité su nombre... ¡Y se dio la vuelta y echó a correr!

Mi boca se abrió para llamarlo, pero tenía un nudo en la garganta.

—Estaba equivocado, Audrina. Realmente eres una cosa muy bonita...

Me arrancaron las ropas. Mi nuevo vestido quedó rasgado desde el cuello hasta el dobladillo y fue arrojado al suelo debajo de un árbol dorado. A continuación le llegó el turno a mis bonitas enaguas, con su encaje irlandés y el trébol bordado a mano fue arrancado y quedó entre el barro. Luché como una loca cuando unas ásperas manos trataron de bajarme las bragas, dando patadas, gritando, retorciéndome, revolviéndome, intentando arrancarles de las cuencas sus violadores ojos.

Luego destelló el relámpago y estalló el trueno. Quedé aterrada por encontrarme al aire libre bajo una tormenta eléctrica. Chillé de nuevo.

Sucedió muy de prisa, pero no misericordiosamente demasiado aprisa. Mi bonita ropa interior fue arrancada y desgarrada. Abrieron mucho mis piernas mientras un muchacho me sujetaba por debajo del mentón... y luego cada uno de ellos participaron en mi profanación. Incluso mientras me despojaban de este modo seguí pensando en él. ¡Aquel cobarde que se había dado la vuelta y echado a correr! Podía haberse quedado a luchar, aunque hubiese perdido, pues esto sí podría perdonárselo. Tal vez le hubiesen matado, como, realmente, me mataron a mí..., todo mejor que esto...

Regresé a la mecedora del cuarto de juegos. Mis ojos estaban abiertos de par en par, hasta el punto de que me dolían. Lo vi de nuevo, con la lluvia aplastándole el cabello contra la carne: *¡Arden!* Ése fue el nombre que ella gritó..., y él echó a correr. ¡Oh, las mentiras que me habían contado para impedirme saber quién era exactamente Arden! No cabía maravillarse de que Papá me hubiese prevenido contra todos los chicos, y contra Arden por encima de todo. Sabía qué era: un cobarde, tan malo como los demás, tal vez peor, puesto que ella le había conocido, había confiado en él, pensado que era su amigo, ¿y luego se había vuelto hacia mí... años después?

¡Y ahora estaba aquí! ¡A través de mí se redimía a sí mismo!

Oh, oh, oh..., ahora sabía por qué mi memoria estaba llena de agujeros. Le habría visto antes en visiones, muchas veces, y él mismo se había hecho olvidar que se hallaba allí, cuando aquellos chicos la habían violado y luego matado, sólo porque era una Whitefern y los del pueblo odiaban a los Whitefern.

Papá me había mentido cuando me dijo que la Primera Audrina tenía nueve años... ¡Vera había dicho la verdad!

Y Papá me había hecho sentar en la mecedora para que captase contento y paz... Había tomado mi vacío cántaro y lo había llenado con tal horror que nunca más volvería a confiar en un hombre...

Sollocé, sabiendo que la había traicionado también, y me había casado con el amigo que confiaba que la protegiese y luchase por ella..., y había escapado corriendo... Me levanté de un salto de la mecedora y salí a escape de la habitación. Oh, si lo hubiese sabido antes jamás habría acudido a la casita... Aquel día jamás hubiera sucedido. Papá, ¿por qué no me conteste los detalles acerca de tu primera hija? ¿Por qué me ocultaste tantas cosas? ¿No sabes que conocer la verdad sirve siempre más a todos los propósitos que una mentira?

Mentiras, una legión de mentiras... Y pensar que Vera me había dicho la verdad durante todo el tiempo, cuando afirmaba conocer a la Primera Audrina, que era mucho mejor que yo: más bonita, más lista, más divertida...

Mientras corría hacia mi habitación, determinada a despertar a Arden y enfrentarle con la verdad, apareció un quinqué de petróleo. A continuación, un rayo deste-

374

lló directamente contra mis ojos. Cegada por la luz tras la oscuridad del vestíbulo, apenas me di cuenta de que una mano hacía oscilar un prisma de cristal delante del rayo de una potente luz eléctrica de batería. Los colores se refractaron sobre mis ojos. Me tambaleé hacia delante, alzando la mano para protegerme los ojos de la luz. Luego me volví para echar a correr. Alguien me siguió. Escuché el retumbar de unas pisadas. Grité, me di la vuelta y chillé otra vez.

—Arden, ¿has venido a terminar lo que comenzaste? ¿Qué tratas de hacerme?

Se encendieron más luces. Esparcidos por el pasillo del piso de arriba había centenares de prismas de cristal, que captaban los colores, relucían, me apuñalaban, me cegaban, me amenazaban. Giré sobre mí misma, confusa y desorientada, incapaz de encontrar el camino de mi dormitorio. Luego las manos..., unas manos que me golpeaban en los hombros desde detrás. Unas manos fuertes y duras que me proyectaron hacia el espacio... y hacia abajo, hacia abajo, hacia abajo..., lastimándome durante todo el trayecto hasta que mi cabeza golpeó, y luego se hizo sobre mí la negrura...

Susurrando, susurrando, en las superficiales olas de la marejada de la noche, derivaban unas voces. Me llamaban. Me forzaban a volver desde un lugar que no podía denominar. ¿Era yo aquel pequeño puntito de pimienta en el espacio? ¿Cómo podía ver por encima, por debajo, por detrás y por delante de mí? ¿Era sólo un ojo en el espacio que lo veía todo, que no comprendía nada?

¿De quién era el nombre que escuchaba pronunciar con tanta suavidad? ¿Mío? ¿De quién era esta habitación? ¿Mía? Yacía en un estrecho lecho, mirando hacia el techo. Borrosamente divisé la cómoda que estaba al otro lado, con su enorme espejo que reflejaba lo que se hallaba en la parte de atrás de mi cama. Mi visión se aclaró más y pude ver el sofá blanco que Arden había deseado que yo tuviese. «Whitefern», aún me encontraba en «Whitefern».

En la habitación adjunta, la voz de Vera derivó hacia mí mientras hablaba en voz baja con Arden. Me encogí, o por lo menos lo intenté. Algo andaba mal en mí, pero no tenía tiempo para demorarme en esto. Debía concentrarme en lo que Vera decía.

—Arden —continuó con una voz extraña—, ¿por qué sigues poniendo objeciones? Es por tu propio bien, y también por el de ella. Ya sabes que lo deseaba de esa manera.

¿De qué manera?

—Vera —respondió la inconfundible voz de mi marido—, debes darme tiempo para llegar a una decisión como ésa: una decisión irreversible.

—He hecho todo lo que he podido, tanto respecto de ti como de ella —respondió Vera—. Ahora has de decidir lo que deseas: a mí o a ella. ¿Crees que permaneceré aquí indefinidamente, aguardando a que elijas?

—Pero..., pero... —tartamudeó mi marido—, en cualquier momento, cualquier día, tal vez hoy o mañana, podría salir del coma.

¿Coma? ¿Estaba en coma? No podía creerlo. Traté borrosamente de ver, penosamente de oír. Aquello debía significar algo, naturalmente.

—Arden —siguió Vera con su profunda y seductora voz—, soy enfermera y sé mucho acerca de cosas de las que nunca has oído hablar. Nadie puede permanecer en coma durante tres semanas y luego salir de él sin algún tipo de lesión cerebral irreversible. Piensa esto durante un rato, todo el tiempo que haga falta. Estás casado con un vegetal viviente, que constituirá una carga para ti el resto de tu vida. Cuando Damian haya muerto, tendrás a Sylvia también..., no te olvides de ella. Con dos personas de quien cuidar, rogarás a Dios haber hecho lo que te he sugerido, pero entonces será ya demasiado tarde. Me habré ido. Y tú, cariño, nunca tendrás el valor para hacerlo solo.

¿Valor para hacer qué?

Ambos se acercaron más. Deseé girar la cabeza y observarles entrar en mi cuarto. Quise ver la expresión de Arden y los ojos de Vera, y comprobar si realmente le amaba. Deseé apoyar los pies en el suelo y levantarme. Pero no podía moverme, no podía hacer nada. Sólo yacer allí, una cosa rígida, inmóvil, sintiendo únicamente angustia mental y una insoportable sensación de pérdida. Una y otra vez me vi inundada por el pánico. Ahogada en pánico. ¿Cómo podía haber sucedido esto? ¿No era la misma que a primeras horas de hoy, de ano-

376

che, de ayer? ¿Qué me había puesto de este modo?

—Vera, cariño —repuso Arden, ahora sonando más cerca—, no comprendes lo que siento. Que Dios me ayude, pero, aunque se encuentre así, no puedo dejar de seguir amando a mi mujer. Quiero que Audrina se recupere. Cada mañana, antes de levantarme para acudir al trabajo, vengo aquí y me arrodillo delante de su cama y rezo por su recuperación. Cada noche, antes de irme a la cama, realizo lo mismo... Me arrodillo y aguardo a que sus ojos se abran, a que sus labios se separen, a que hable. Sueño en que la veo buena y saludable de nuevo. Estoy en un infierno y nunca me veré libre hasta que Audrina sea de nuevo ella misma. Un solo signo de vida y nunca..., nunca consentiré...

Hizo una pausa, sollozó, se ahogó.

—A pesar de que se halle así, no deseo que muera...

Pero Vera sí. Sabía que, de alguna forma, Vera era responsable de esta situación, como era también responsable de los acontecimientos más desastrosos de mi vida.

—¡Muy bien —chirrió Vera—, si aún amas a Audrina, entonces, posiblemente, no estarás enamorado de mí! Me has usado, Arden, me has utilizado... ¡También me has robado! Por lo que sé estoy embarazada de nuevo de ti como ya estuve antes encinta por tu causa y no llegaste a saberlo...

—Ha pasado cierto tiempo entre nosotros, Vera. No sabes quién fue el responsable. Las probabilidades contra mí son muy grandes. Viniste también a mí, y me hiciste saber que me deseabas, y los dos nos mostramos de acuerdo en hacerlo todo, y yo era muy joven y Audrina era aún una chiquilla...

—¡Y siempre será una niña! —exclamó Vera.

Luego, su voz cayó una octava al continuar tratando de persuadirle:

—También me deseabas. Me tomaste y disfrutaste con ello, y soy yo la que he tenido que pagar el precio.

«Oh, Dios mío, oh, Dios mío... Una y otra vez todos teníamos que pagar por algo», pensé mientras mi mente seguía girando en círculos a la par que trataba de aferrarme a algo estable.

—Pero si la amas a ella, Arden, en ese caso quédate con ella. Y confía en que sus brazos te den consuelo cuando lo necesites, y sus besos caldeen tus labios y su pasión satisfaga tus deseos. Dios sabe que nunca he conocido a un hombre que necesite a una mujer más que tú... Y no puedes quedarte aquí y pensar que puedes contratar otra enfermera para que ocupe mi lugar. Tú no lo sabes, pero Audrina me necesita. Y Sylvia también me necesita. De algún modo, a pesar de todo lo que he dicho respecto de que Sylvia no responde a nadie que no sea tu querida esposa, he conseguido que Sylvia confíe en mí, e incluso que yo le guste...

—Sylvia no confía o le gusta nadie que no sea Audrina —repuso Arden.

Me quedé mirando a Vera. Su brillante cabello de albaricoque sobresalía por debajo de un almidonado gorro blanco. Todo se encontraba perfectamente en su lugar. Su pálida tez parecía tan suave como masilla, pero incluso así estaba muy bonita vestida de blanco, con aquellos sus relucientes ojos negros. «Ojos duros, crueles, de araña», pensé.

Como yo solía hacer, Vera colocó sus manos a cada lado de la apuesta cara de Arden, apoyando sus largas y carmesíes uñas en sus mejillas.

—Corazoncito, existen muchos medios de saber cuándo Sylvia confía en algo. Estoy comenzando a conocería...

¡Oh, Dios! ¡Sylvia no debería confiar y creer en Vera! ¡En todo el mundo, menos en Vera!

Como si me hubiese escuchado, Sylvia apareció a la vista. Sentí que debía haberse alzado de su perpetua posición en cuclillas, y que también se había percatado de su situación desesperada, ahora que ya no podía protegerla. Con sus sinuosos pasos avanzó hacia mi cama, como para protegerme. Pobre Sylvia, todo cuanto yo deseaba era mantenerla a salvo, y ahora era ella quien quería salvarme *a mí*.

Sus ojos aguamarina se me quedaron mirando en blanco, como si viese a través de mí, más allá de mí, hacia una lejana, muy lejana distancia.

Sylvia, Sylvia, qué carga más pesada había sido siempre. Una cruz que debía llevar durante el resto de mi vida. Y ahora yo era una cruz para que la acarrease otra persona. Traté de tragarme la piedad que sentía hacia mí misma y me percaté de que apenas conseguía que se moviesen los músculos de mi cuello. Seguí pensando en aquel día, hacía ya muchos años, cuando yo tenía once, y Papá trajo a Sylvia a casa por primera vez. Mi hermanita bebé, que era nueve años más joven que yo y que había nacido el mismo día de mi cumpleaños. Malditas chicas Whitefern, que todas nacían con nueve años de intervalo.

Era aquella cosa que mi tía Ellsbeth siempre había dicho: «¡Qué raro, qué raro!», y solía mirarme como si con aquello me facilitase una pista. Y, naturalmente, era raro. Mi vida se había edificado sobre mentiras. Aquella Audrina mayor no había tenido nueve años más que yo.

¿Por qué pensaba en todo aquello? En la parte posterior de mi cerebro, algo había sucedido en el cuarto de juegos... algo que me hizo odiar a Arden...

—Adiós, Arden —le dijo Vera, interrumpiendo mi ensoñación al avanzar hacia la puerta, dejando a mi marido mirando detrás de ella con expresión dolida.

De repente, me volvió todo aquello que me revelara la mecedora, y recordé lo que había hecho a la primera y ya muerta Audrina. Sin embargo, me dolía su terrible dilema: conservarme, ahora que era menos que nada, y cuidar también de Sylvia, una criatura errante y sin mente, o marcharse y llevarse aquella felicidad que podía encontrar..., o robar...

—¡No te vayas! —gritó Arden.

Su voz fue profunda y ronca, como si las palabras hubiesen sido extraídas de su garganta contra su voluntad.

—Te necesito, Vera. Te amo. Tal vez no de la misma manera en que amaba a mi mujer, pero este amor ya no importa. Haré lo que quieras, todo lo que quieras. Únicamente concédeme un poco más de tiempo. Dale a Audrina un poco más de tiempo... Y prométeme que no harás ningún daño a Sylvia.

Vera retrocedió de nuevo, todo sonrisas, con sus ojos de araña reluciendo. Su voluptuosa figura osciló de un lado a otro mientras se encajaba en los ansiosos brazos abiertos de mi marido. Se fundieron ambos, comenzaron a moverse al ritmo de una música silenciosa, como si su lujuria grosera comenzase a desarrollarse delante mismo de mis ojos.

A veces la Naturaleza se mostraba amable. Mi visión se llenó de niebla. Comencé a apartarme de allí, pero, introducido profundamente en mi cerebro, se encontraba el pensamiento de que tenía que salvar a Sylvia y desembarazar a Arden de una mujer que arruinaría, al cabo, su masculinidad. De todos modos, ¿por qué debía preocuparme? Había fracasado también a la Primera Audrina, cuando más le necesitaba..., y, por lo que sabía, Arden me estaba castigando a mí y no a Vera.

Debía seguir viva por Sylvia, para salvarla de un asilo que Papá tenía en alguna parte... Y también debía salvarle a él de Vera... ¿Pero cómo, cuando no podía moverme ni tampoco hablar?

Mientras pasaban aquellos días monótonos, comencé realmente a conocer a Vera más que nunca por las palabras crueles que me dirigió. Pensando que no podía oírla, siempre me decía la verdad.

—Quisiera que pudieses oírme y verme, Audrina. Me acuesto con tu amado Arden. Él lo llama hacer el amor, pero ya sé de qué se trata. Va a pagar por todo aquello que he tenido que pasar para conseguirle. Me dará el mundo entero, esta casa, la fortuna de Papá, y todo lo que esta monstruosidad contiene será vendido en pública subasta. Tan pronto como lo tenga todo a mi nombre, me desembarazaré de Sylvia... y también de Papá...

Se echó a reír de una forma cruel.

—Arden es tan lastimoso en cierto sentido, tan dependiente de las mujeres para su felicidad... Un hombre es un loco cuando permite que esto suceda. Admiro a un hombre que siempre tiene a su mujer en el lugar adecuado..., pero yo seré el hombre de nuestra familia. Más pronto o más tarde, Arden será mío... Jamás lo he dudado.

Sus largas uñas me arañaron brutalmente, cuando me hizo rodar hacia un lado para cambiarme las sábanas. Me situó tan precariamente cerca del filo de la cama que casi me caí al suelo. Me agarró por una pierna desnuda y por el cabello para ponerme en lugar seguro. Me propinó un duro azote en mi desnudo trasero, como si hubiese rodado a propósito en la cama. Luego me colocó de espaldas, se fue al otro extremo del lecho y acabó de disponer la sábana limpia, antes de quedarse mirando mi desnudo cuerpo con expresión apreciativa.

Resultaba tan horroroso estar desnuda y vulnerable, e incapaz de cuidarme de mí misma, y sus ojos no eran más amables que los violadores ojos de los muchachos de los bosques.

—Sí, comprendo por qué te amó en un tiempo. Bonitos pechos —prosiguió, pellizcándome los pezones y causándome un vivo dolor.

Dolor..., aquello significaba que estaba camino de recuperarme, si Vera me concedía tiempo.

—Y también una esbelta cintura, estómago liso, bonito, todo muy bonito. Pero tu belleza te está abandonando, querida Audrina, te está dejando a toda prisa. Todas esas ricas y jóvenes redondeces que él ama tanto, muy pronto no serán otra cosa que una carne fofa colgante, y entonces ya no te deseará.

Seguí mirando hacia el alto techo. ¿Dónde estaba Papá? ¿Por qué no me visitaba?

En la esquina, Sylvia se inclinó hacia delante, con sus ojos aguamarina enfocados mientras estudiaba atentamente a Vera. Con cautela, se iba también acercando cada vez más. Apenas podía ver el movimiento de su largo cabello en la penumbra de la gran estancia. Sin embargo, seguí deseando que hiciese algo para ayudar. *Si no quieres que te lleven a uno de esos espantosos lugares, ayúdame, Sylvia... ¡Ayúdame! ¡Haz algo para salvar mi vida y también la tuya!*

Sylvia se había acercado, poco a poco, lo suficiente como para llegar a un lugar donde la luz solar caía sobre su cabello y lo transformaba en un color cobrizo. Daba constantemente vueltas en la mano a un prisma de cristal, como un bebé, observando los coloreados rayos de luz que hacían brillar miríadas de arcoiris por el cuarto. Lanzó directamente sobre los ojos de araña de Vera un rayo color escarlata y anaranjado.

—¡Déjalo! —gritó Vera—. Eso es lo que le hiciste a mi madre, ¿verdad? Y también se lo hiciste a Billie, ¿no es así?

Como un cangrejo, Sylvia se deslizó de lado hasta alcanzar su sitio entre las sombras, no perdiéndonos de vista ni a mí ni a Vera.

Una y otra vez, Vera siguió divagando como si yo fuese su confesor y, en cuanto me puso en antecedentes, me hice cargo de sus secretos respecto de mí, y nunca más quedaría obsesionada por las cosas espantosas que había hecho.

—¿Sabes una cosa, querida hermana? En ocasiones, me imagino que Arden opina que fui yo quien empujó a su madre por las escaleras. Cuando supone que estoy dormida, se apoya sobre un codo y se me queda mirando a la cara, y eso me hace preguntarme si hablaré en sueños y diré cosas que él oye. Porque Arden *sí* habla en sueños. Pronuncia tu nombre, y ruega que vuelvas a ser la de siempre. Y si le despierto, me da la espalda, a menos que yo desee hacer el amor. Tengo la sensación de que eso es todo lo que quiere de mí. Por ciertas cosas, no creo que confíe en mí; realmente no me ama, sólo me necesita de vez en cuando... Pero conseguiré que me ame más de lo que te ama a ti. Diez veces más de lo que te quiere. Nunca has sido una auténtica mujer para él, Audrina. ¿Y cómo podrías serlo después de lo que ha sucedido?

Su risa resonó tan leve como el retiñir de un cristal, lo mismo que los carillones de viento de la cúpula.

—¿No era un bonito regalo de cumpleaños el que aquellos chicos tenían para Audrina?

Arden entró en la habitación precisamente en aquel instante. Cogió a Vera por los hombros.

—¿Qué le estás diciendo? ¡Tal vez sea capaz de oír! Los doctores me han explicado que, en ocasiones, un paciente en coma ve, oye y piensa, y nadie se percata de ello. Por favor, Vera, aunque muera quiero que muera creyendo en mí y amándome aún.

De nuevo Vera se echó a reír.

—Pero si es verdad... Estuviste allí y no hiciste nada para salvarla. Vaya papel de novio que hiciste... Te echaste a correr, Arden, te escapaste... Pero lo comprendo, naturalmente que sí. Eran mucho mayores y más fuertes, y debías pensar en ti mismo.

Confusa, traté de asimilar todo aquello: por fin conocía el secreto de la primera Audrina, que no tenía nueve años más que yo. Pero, ¿por qué Papá me había contado una mentira tan tonta? ¿Qué diferencia habría significado decirme la verdad? Aquello era tanto, como afirmar que Vera había jugado con la Primera y Mejor Audrina, que realmente la conocía, y había sido tan de su agrado que yo jamás ocuparía su lugar. ¡Pero, en ese caso, yo también debí conocerla! Mi cabeza comenzó a dolerme. Mentiras, toda mi vida se había construido sobre mentiras que, en realidad, no daban sentido a las cosas.

Día tras día, Vera me siguió atendiendo con odio, me contempló con asco, me cepilló rudamente el pelo, con lo que se me caían muchos cabellos. Me insertaba con métodos poco higiénicos un catéter, incluso cuando Arden se encontraba en la habitación. Gracias a Dios, tenía suficiente respeto hacia mí y decencia como para darse la vuelta.

Pero, a menudo, cuando Vera se encontraba en cualquier otro lugar de la casa, mi marido se me acercaba, me hablaba en voz suave, me hacía mover con cariño los brazos y las piernas.

—Querida, despierta. Debes recuperarte. Haré lo que sea para impedir que tus piernas y brazos se atrofien. Vera me dice que no te procurará ningún bien, pero los médicos afirman que sí. A Vera tampoco le gusta que hable con ellos, a menos que esté presente. Por alguna razón, parecen terriblemente poco dispuestos a decir algo; tal vez Vera ha estado tratando de impedir que sepa demasiado. Cada día me importuna por continuar con el sistema de mantenimiento de las constantes vitales. Ella tampoco está muy segura de sí misma. Oh, Audrina, si te salvases, y me impidieses hacer algo que arruinaría el resto de mi vida... Dice que soy débil..., y tal vez lo sea, pero, cuando te veo así un día tras otro, pienso que quizá sería mejor que murieras. Luego creo que no, que te recuperarás... Pero, Audrina, cada día estás más delgada, te estás marchitando hasta hacerte muy poca cosa, aunque Vera y yo no hagamos nada...

Era débil. Le había fallado y me había fallado a mí. A pesar de todas sus declaraciones de amor, todavía seguía viendo a Vera cada noche.

Luego llegó un día en que estuve a punto de perder todas las esperanzas. Papá entró en mi cuarto con lágrimas en los ojos, que caían por su cara como cálida lluvia veraniega. Traté de que mis ojos parpadeasen, para hacerle saber que estaba consciente, pero no poseía el menor dominio sobre mis párpados. Se abrían o cerraban ajenos a mi voluntad.

—Audrina —lloró, cayendo de rodillas y aferrando mi delgada y lacia mano—. ¡No puedo dejarte morir! Ya he perdido a demasiadas mujeres en mi vida. Vuelve, no me dejes solo, únicamente con Vera y Sylvia. No es lo que necesito ni lo que deseo. Siempre has sido tú con la que he contado hasta el final. Perdóname si he constituido una carga para ti por amarte demasiado.

Si Papá volvió a visitarme, no estaría consciente. La siguiente vez que me desperté parecieron haber transcurrido semanas. Pero ahora era como una chiquilla. No tenía la menor noción del tiempo... ¿Cómo podía saber si transcurría o no? Una vez más me encontraba en la cama. La habitación se hallaba vacía, excepto yo. La casa estaba tan silenciosa, que lo sentí todo grande y vacío a mi alrededor. Yacía allí paralizada y trataba de pensar en lo que podrían hacer para escapar mientras Vera se hallaba ocupada en cualquier otro sitio.

Se abrió la puerta y entraron juntos Arden y Vera. Ésta le hablaba a mi marido con tono irritado.

—Arden, a veces eres más un muchacho que un hombre. Debe de haber un procedimiento legal para que podamos forzar a Damian a dejarte todo su dinero cuando muera. Debería darse cuenta de que Audrina no le sobrevivirá y que no se beneficiará de sus millones.

—Pero Sylvia siempre necesitará de cuidados, Vera. No puedo echarle a Damian la culpa por velar por ella. Si, o cuando, Audrina muere, ha redactado en su testamento que si Sylvia es llevada a una institución, o muere, desaparecerá la parte que me toque a mí por el testamento de Audrina. Lo depositará en un fondo de inversiones para que abonen un subsidio mensual. No me preocupa que no me deje nada. Siempre ganaré lo suficiente para que podamos comer, vestirnos y tener un techo.

—¿Cómer, vestirnos y tener un techo? ¿Es eso todo lo que quieres extraerle a la vida? Existe un mundo de encanto y de placeres más allá de los muros de este museo. Vayamos en su busca. Si no lo haces tú, lo haré yo. Tengo veinticinco años, un año menos que tú. La vida se desliza sin sentir. Muy pronto tendremos ya treinta años. Es ahora o nunca. ¿De qué te servirán montones de dinero, cuando seas ya demasiado viejo para poder disfrutarlo? ¿De qué te sirven las buenas prendas y las costosas joyas cuando ya no tienes buen tipo y tu cuello presenta arrugas? ¡Lo quiero ahora, Arden, ya mismo! Mientras soy aún lo bastante bonita para sentirme bien conmigo misma. Decídete, Arden. Decídete sobre lo que deseas. Haz algo positivo por una vez en tu vida. Has permitido que la culpabilidad rija tu existencia porque fracasaste aquel día en los bosques... y, en cierto modo, has vuelto a fracasar de nuevo cuando fuiste lo suficientemente estúpido como para casarte con Audrina. Dilo ahora, que me quieres a mí y no a ella... Quiero salir de esta miserable situación... ¡Hoy mismo!

Pareciendo desgarrado por la indecisión, Arden me miró a mí, luego a Vera y, finalmente, contempló a Sylvia que había entrado en el cuarto arrastrando los pies. Se dirigió haciendo eses hasta mi cama y trató con torpes manos de cepillarme el pelo, e incluso intentó pronunciar mi nombre. Pero Vera se encontraba allí, y no podía impedir que sus manos cesasen en sus temblores. Con aspecto profundamente turbado y frustrado, se dio lentamente la vuelta y extendió los brazos al máximo, como para protegerme.

—Siempre que puede, Sylvia se arrastra y se lanza contra mí. Me clava los dientes en cualquier parte de mi cuerpo donde alcanza. La golpeo, la doy de patadas, la derribo y la arrastro tirándola del pelo para que se detenga, pero se cuelga a mí como un perro de presa... Está loca...

Una y otra vez, Arden la miró sin hablar. Luego giró sus ojos hacia mí, tendida allí como un trozo de madera, con los ojos entreabiertos, así como los labios. En mis venas se perfundía una solución y mi cabello se extendía lacio, como unas tristes guedejas sobre la almohada. Sabía que ahora no podía ya gustarle.

—Sí —dijo pesadamente mientras la neblina comenzaba a formarse en torno de él y de Vera—. Supongo que tienes razón. Audrina hubiera querido morirse en vez de vivir como ha de hacerlo ahora. Es tan joven para haber sufrido tanto... Ha sido una lástima no haber sido nunca capaz de ayudarla, cuando todo lo que he deseado siempre es evitarle sufrimientos. Oh, Dios mío, si pudiera haber hecho las cosas de modo diferente, entonces tal vez nada de todo esto habría sucedido.

Inclinó la cabeza. Lo último que vi de él esta vez fue que se había arrodillado al lado de mi cama, con la mano cogiendo la mía, y sobre nuestras fundidas manos descansó su mejilla húmeda de lágrimas.

Y precisamente entonces, antes de flotar hacia la nada que llaman sueño, sentí la calidez de su rostro, la humedad de sus lágrimas. Traté de hablar, de decirle que no iba a morirme, pero mi lengua permaneció inmóvil, y todo cuanto pude hacer fue deslizarme, derivar...

ÚLTIMOS RITOS

En lo que averiguaría después que era un claro día de verano, me imaginé como en un sueño que mi muerte estaba al doblar de la esquina.

La forma poco natural con que Vera entró en mi cuarto aquella mañana, me dijo muchísimo. Se acercó a mi cama y se quedó mirándome al rostro. Mantenía los ojos casi cerrados, sabiendo que las pestañas me darían el aspecto de dormida. Su fría mano me tocó la frente para notar si estaba caliente.

—Fría —afirmó—, pero no lo suficiente. ¿Te estás recuperando, Audrina? Tu piel tiene hoy mejor aspecto... Vaya, pareces casi viva. Incluso creo que has ganado un poco de peso. Aunque supongo que Arden no se percata de eso.

Se rió sofocadamente.

—Raramente mira otra cosa que no sea tu cara, incluso cuando entra aquí furtivamente y te hace mover los brazos y las piernas. Papá efectúa lo mismo, y sus ojos siempre están llenos de lágrimas por lo que tampoco ve nada. Ambos se hallan tan abrumados por su culpabilidad que resulta una maravilla que aún puedan levantarse por la mañana y acudir a su trabajo.

Lanzó un vistazo a Sylvia, que se hacía la dormida en el suelo, cerca de mi cama.

—¡Vete de aquí, idiota!

Realizó un movimiento que tomé como de querer asestarle un puntapié. Sylvia gimió de dolor. Luego se incorporó de un brinco y se arrastró a su rincón favorito en la penumbra. Allí se agazapó y mantuvo sus ojos dirigidos hacia Vera.

—La última vez que te baño —prosiguió Vera—. No quisiera que el juez de instrucción crea que te descuido. Que ese hombre te vea el pelo bonito —canturreó con alegría—, con la cara pintada y una bella apariencia..., pero no lo suficiente para que no llore durante demasiado tiempo...

Preparaba mi muerte lo mismo que una farsa musical. Se acercó a mí con una jofaina llena de agua caliente y varias toallas. Con rapidez, desconectó la sonda intravenosa y me dio la vuelta, de forma que mi cabeza osciló a un lado de la cama sobre la jofaina con agua. Empleó varias jarritas de agua caliente para enjuagarme la espuma. A continuación, me colocó otra vez de espaldas en la cama, me lavó, y me puso por la cabeza el más bonito de mis camisones. Pareció notar cierta diferencia en la flexibilidad de mi cuerpo. Aquello le preocupó, titubeó, pero luego sacudió la cabeza y continuó cepillándome y arreglándome el cabello.

Empleó varias veces sus dedos pulgar e índice para abrirme los párpados y escudriñar mis ojos.

—¿No me ha parecido que te movías? Audrina, juraría que te he visto moverte. Incluso has hecho una mueca cuando te he agarrado por el pelo. ¿Sólo pretendes el seguir en estado de coma? Pues bien, me importa un comino. Continúa tu juego y fíngelo durante el tiempo que quieras, que acabarás encontrándote en la tumba. De todos modos, lo has fingido durante demasiado tiempo, Audrina. Estás ahora ya tan débil que no puedes hacer nada por valerte por ti misma. Estás demasiado débil para andar, demasiado débil para hablar, y Papá y Arden estarán fuera todo el día en Richmond en una conferencia. No volverán a casa hasta muy tarde. Dentro de poco me iré en el coche de Arden a la peluquería, y nuestra nueva criada, que se llama Nola, recibirá instrucciones para echarte un vistazo de vez en cuando.

Cada uno de mis sentidos se aceleró, se agudizó.

Mis instintos de supervivencia entraron en acción, mientras me estremecía de miedo, preguntándome cómo habría planeado matarme y qué podía hacer para salvarme a mí misma.

Segundos después, Vera empleó mi vestidor para arreglarse el maquillaje de la cara. Capté el aroma de mi propio perfume francés; empleó asimismo mi polvera. Luego oí cómo hurgaba en mi armario. Tras encontrar lo que deseaba, apareció de nuevo a la vista llevando puesto mi mejor vestido veraniego.

—Estamos en agosto, Audrina. Agosto en París, qué estupenda luna de miel tendremos. Antes de que este mes concluya, Arden Lowe me pertenecerá a mí...; ha logrado las suficientes pruebas como para conseguir que metan en la cárcel a Papá... Aunque no las usará, puesto que el querido Papá se ha reformado y ya no engaña ni estafa. Tu noble Arden le hizo abandonar esas actividades. Yo tampoco deseo que Papá acabe en la cárcel. Quiero que esté donde pueda ponerle las manos encima y hacerle pagar, que pague hasta el final. Y cuando tenga todo su dinero, nuestros queridos compañeros de la casa, Papá y también la pequeña Sylvia, recibirán su recompensa. Creo que resulta muy romántico para ti eso de morir en verano. Colocaremos en tu tumba las rosas que tanto te gustan. ¿Te acuerdas de la primera caja de dulces de San Valentín que Arden te envió? ¿Y que me los comí todos...? Te odiaba por atraerle incluso entonces, cuando yo me amoldaba más a su edad. Llevas inconsciente tres meses..., ¿lo sabías? Ruego porque puedas oír. Según tu marido, tú y él al fin «os encontrasteis el uno al otro» poco antes de que te precipitases por las escaleras. Realmente, Audrina, sabes todos los procedimientos para complicarte la vida. En esta casa se ha caído ya demasiada gente por la escalera. Se debería encerrar a Sylvia antes de que se caiga alguien más. Has protegido a una asesina, Audrina. Pero no tendrás que preocuparte por nada a partir de hoy. Iré en coche al pueblo y me exhibiré por todas partes. Estaré fuera..., pero el trabajo ya estará hecho. Al volver a casa te encontraré muerta.

Se echó a reír y luego se dio la vuelta para contemplar con dureza a Sylvia.

Mientras salía por la puerta sonó ominoso el repiqueteo de sus tacones altos en el suelo.

Estaba sola, excepto Sylvia.

Traté de hablar, de llamar, y aunque hice cierto gorgoteo, unos ruidos guturales, no salió nada coherente por mi boca. *Sylvia*, rogué, *ven... Haz algo por salvarme... No me dejes aquí cuando Vera regrese, Sylvia, por favor...*

En un rincón, Sylvia jugueteaba con varios prismas, empleándolos para mandar rayos separados que luego se cruzaban. Alzando la mirada de vez en cuando, sus vacuos ojos se dirigieron hacia mí. Debía recuperar mi voz. La necesidad me dio las fuerzas precisas para hablar.

—Sylvia..., ayúdame...

Aquello no fue mucho más que un gemido, pero Sylvia lo oyó y lo comprendió.

Se puso en pie con indolencia. De una forma terriblemente lenta, no se dirigió hacia mi cama sino hacia la coqueta, que no la reflejó en su espejo de encima del mueble. Pero la escuché trastear por allí en todos aquellos bonitos frascos. Levantó el atomizador de perfume y llegó hasta mí el aroma de jazmín.

—*Sylvia* —gemí de nuevo—, *ayúdame. Sácame de aquí. Escóndeme. Por favor, por favor... Sylvia..., ayuda a Audrina...*

Algo captó su atención. Ahora podía ver su reflejo en el espejo de la coqueta. Miraba hacia mí. Desconcertada, con casi aspecto de asustada, centímetro a centímetro, avanzó hacia mi cama. En la mano, empuñaba mi espejo manual de plata, y, de vez en cuando, miraba su propio reflejo, como fascinada por la bella muchachita del espejo, lo cual no era de extrañar. Cuando mantenía erguida la cabeza y se apartaba aquel enmarañado mechón de pelo, quitaba la respiración por lo bella que era.

Encontré de nuevo mi voz, débil y temblorosa.

—El cochecito de Billie, Sylvia..., el carrito rojo... Encuentra ese carrito... y méteme en él...

Lenta, muy lentamente, se acercó a mirarme el rostro con sus desenfocados ojos. Luego se contempló en el espejo de mano. Podía decir lo que estaba viendo. Se parecía más a mí ahora que lo que yo debía parecerme a mí misma.

—Por favor..., Sylvia..., ayúdame —susurré.

Se abrió la puerta. Mi corazón dejó de latir. Vera había regresado demasiado de prisa. ¿Qué había salido mal? Luego vi la razón de que hubiese vuelto. Llevaba una bolsita de plástico llena de pastelitos dulces. Aquella misma clase de pastelitos por los que Sylvia se había apasionado tanto.

—Mira, Sylvia —la encantó Vera con su voz más dulce—. A la bonita Sylvia no la habían tratado así durante años y años, ¿verdad? En realidad, Audrina no te dejaba comer pastelitos, pero la buena de Vera sí te lo permite. Vamos, bonita, cómete los pastelitos como una buena chica y te traeré más mañana. Mira dónde guarda tu medio hermana los pastelitos... Debajo de la cama...

¿Qué estaba maquinando?

Al cabo de un momento, Vera estaba ya de pie, cogía su bolso, que en realidad era el mío, y, suavemente, riéndose para sí, se encaminó de nuevo hacia la puerta.

—Adiós, Audrina, adiós... Cuando llegues al cielo saluda por mí a tu madre. Y si mi madre está allí, ignórala. El morir no duele mucho. Se detendrá tu suministro alimenticio, eso es todo. También se desconectará la máquina que filtra tus riñones... No dolerá... Tal vez cuando el aparato de respiración artificial se pare, dejarás, simplemente, de respirar... Resulta duro decirlo, pero ya no puedes durar mucho. Tanta preocupación por Billie arruinó tu salud mucho antes de que te cayeses. ¿Y no sabías que puse un poco de droga en tu té? Sólo la suficiente para mantenerte en un constante estado de apatía...

¡Bang! Cerró con fuerza la puerta.

Tan pronto como lo hubo hecho, Sylvia se puso de rodillas y se metió debajo de la cama. A continuación la vi masticando un puñado de pastelillos... y en su mano libre estaba el simple enchufe que conectaba todas mis máquinas a la corriente. ¡Dios mío! Vera debía de haber sujetado los pastelitos al enchufe con el cable que ahora veía colgar en la mano de Sylvia. Mi hermana tiró del cable que estaba con los pastelitos, lo dejó caer y se llenó de nuevo la boca. Me sentí extraña, realmente extraña. Sylvia se estaba haciendo borrosa, cada vez más borrosa...

¡Me moría!

¿Quieres que me muera, Sylvia? Desesperada ya, con-

centré hasta mi último fragmento de fuerza de voluntad para dominarla. Determinada a vivir, luché contra la somnolencia que parecía tirar de mí hacia abajo, hacia abajo...

Como si consolidase su fuerza, tratando de enfocar los ojos y mantenerlos así, mi hermana menor me tocó la lágrima que se me deslizaba desde el ojo derecho.

—Au...dri...na...

Me amaba. El pan que se había lanzado encima de las aguas de Sylvia, estaba ahora dando el ciento por uno.

—Oh, Sylvia, rápido...

Vera podría regresar a casa más pronto de lo que yo creía. Y Sylvia era tan lenta...

Terriblemente lenta. Parecieron pasar horas antes de que Sylvia regresase con el carrito rojo de Billie, que se había astillado mucho cuando se precipitó por las escaleras delanteras.

—Ve...ra... ma...la... —musitó Sylvia tirándome del brazo e intentando sacarme de la cama—. Ve...ra... ma...la...

Jadeando, ahogándome, conseguí emitir un pequeño ruido que sonó como un «Sí».

Luego deseé que Sylvia probase de levantarme. En realidad, en aquel momento no debía de pesar mucho. Pero su fuerza era tan mínima que no podía conseguir otra cosa que empujar y tirar de un brazo y de una pierna. Logró sacarme de la cama y aterricé en el suave grosor de la alfombra. Aquella sacudida suscitó oleadas de conmoción a través de mi cuerpo. Unas ondas que alcanzaron todas mis terminaciones nerviosas.

—Au...dri...na...

—Sí, Audrina quiere... que la saques de aquí... Hasta el vestíbulo y a un lugar seguro...

Resultó difícil para ella hacer frente a todo esto. Cuando consiguió depositar mi trasero en el carrito, mi cabeza y tórax sobresalían y mis piernas arrastraban. Sylvia me estudió con una mirada perpleja. Luego se inclinó para alzarme las rodillas, y puesto que esto pareció funcionar, lanzó un orgulloso gruñido y, esforzándose mucho, me empujó hasta que adopté una posición erguida. Pero al soltarme, me caí hacia un lado. Una vez más, me empujó hacia atrás en el carrito; luego miró a su alrededor.

Me desplomé sobre mis alzadas rodillas y traté de poner juntos dos dedos para mantener las piernas en posición. Mi cabeza osciló pesadamente cuando traté de levantarme. Hasta el más pequeño movimiento resultaba tan difícil y tan penoso, que deseaba gritar ante la agonía de hacer todo aquello que antes resultaba tan sencillo. La desesperación me puso frenética, lo cual me prestó un inesperado esfuerzo supremo de energía. Conseguí encajar los brazos juntos, con los dedos de tal forma que impidiese que mis piernas sobresaliesen. Quedé como un paquete muy mal atado. Cubierta de humedad por el sudor, aguardé a que Sylvia comenzase a empujarme y me hiciese salir del cuarto.

—Sil...vi...a..., Au...dri...na... —murmuró feliz mientras se ponía sobre sus manos y rodillas y comenzaba a empujar.

Afortunadamente, había dejado la puerta abierta cuando regresara con el carrito. Hablando todo el rato con su forma de hacerlo entre dientes, como si yo ahora fuese su bebé, mencionó de nuevo aquello de que Vera era «ma...la...».

Los relojes del abuelo del vestíbulo de abajo comenzaron a dar las horas con sus miríadas de voces. Se les unieron los relojes de las repisas de las chimeneas, los de las mesas, las coquetas y los escritorios, dando las tres. Al fin, alguien había logrado sintonizar todos nuestros relojes.

La gruesa alfombra de los corredores y vestíbulos, prevista a prueba de ruidos y para concedernos intimidad, le hacía dificultoso a Sylvia el seguir empujando. Las ruedecitas se hundían profundamente en aquella masa y se encallaban. No era de extrañar que Billie le hubiese pedido a Papá que quitase la alfombra para poder emplear los pasillos. Pero ahora la habían vuelto a colocar y obstaculizaba mi huida. ¿Podría Sylvia seguir arrastrándome?

Sylvia empujaba de forma tediosa, jadeando, esforzándose y diciendo cosas sin sentido. Se detenía a menudo a descansar, a sacar sus prismas de los grandes bolsillos de su vestido suelto parecido a una camisa.

—Au...dri...na... Dulce Au...dri...na...

Débilmente giré la cabeza. Me movía espasmódicamente. Conseguí mirar por encima de mi hombro y contemplé la arrobada expresión de placer de Sylvia.

Me estaba ayudando y era feliz por serme de utilidad. Sus ojos relucían de dicha. El verla de aquella manera me inundó con la fuerza suficiente como para proferir unas cuantas palabras más perceptibles:

—Has... dicho... bien... mi... nombre...

—Au...dri...na...

Me sonrió y deseó detenerse y jugar, o hablar...

—Escóndeme... —conseguí susurrar antes de casi desvanecerme.

A partir de entonces, todo dentro de mí comenzó a moverse. Las paredes se acercaron y luego retrocedieron. Todas las figuritas que había en las mesas del vestíbulo se desplazaron y se hicieron espantosamente altas. Los dibujos sinuosos en la alfombra se deslizaron en torno mío, tratando de ahogarme, mientras luchaba por salir de aquella negrura que amenazaba con reclamarme de nuevo. Debía permanecer despierta y con dominio de mí misma o, en caso contrario, me caería del carrito. Horas y horas mientras Sylvia se arrastraba detrás de mí y empujaba. ¿Adónde me llevaba?

De repente, llegamos ante las escaleras principales. «¡Noooo!», deseé gritar, pero me había quedado muda de terror. ¡Sylvia iba a empujarme por las escaleras!

—Au...dri...na... —me dijo—. Dulce Au...dri...na..., ah...

Lenta y gentilmente, el carrito dio una curva y se alejó de las escaleras, encaminándose hacia el ala occidental, donde se encontraba el cuarto de la Primera Audrina.

Entré y salí de la inconsciencia, siendo presa de dolores de vez en cuando. Comencé a rezar en silencio. En el piso de abajo, escuché cómo se cerraba con fuerza la puerta delantera.

Apresurándose sólo una fracción, Sylvia dio la vuelta hacia el cuarto de juegos.

«No, no, no», fue todo lo que pude pensar, mientras Sylvia me empujaba al cuarto donde habían comenzado todas mis pesadillas. El alto lecho se alzaba delante mío. Sylvia empujó directamente debajo de la cama, y tuve que liberar mi sujeción en las levantadas rodillas y caer hacia atrás para evitar el darme un golpe, y en el momento más oportuno posible también... Los enrollados y anticuados muelles, recubiertos de años y años de capas de polvo, se enfrentaron con mi mirada. Sylvia escudriñó por debajo del fruncido volante lleno de polvo y luego lo dejó caer.

Los lentos pasos de Sylvia se extinguieron. Estaba sola debajo de la cama, llena de polvo y con una enorme araña que tejía una delicada red de un muelle a otro. Tenía los ojos tan negros como los de Vera. Pareciendo consciente de mi presencia, realizó una pausa en sus tareas, miró hacia mí y luego siguió completando su diseño a medio terminar.

Cerrando los ojos, me sometí al hado que me estuviese predestinado. Traté de relajarme y no preocuparme por Sylvia, que debía de haberse olvidado ya de dónde me había ocultado. ¿Quién pensaría en mirar debajo de la cama de esta habitación que ya no se usaba en absoluto?

Luego escuché a Vera gritar:

—¡Sylvia! ¿Dónde está Audrina? ¿Dónde está...?

Se produjo un estrépito, como si alguien se hubiese caído y luego otro grito, más cerca esta vez.

—¡Te encerraré bajo llave, Sylvia y entonces lamentarás haberme tirado ese jarrón! Idiota, ¿qué has hecho con ella? Cuando te coja te arrancaré el pelo del cuero cabelludo...

Escuché un abrir y cerrar de puertas, cuando comenzó la persecución de Sylvia. No sabía que Sylvia podía correr. ¿O era Vera la que corría todo lo posible para comprobar las habitaciones antes de que Arden y Papá regresasen a casa?

Buscaba con tal precipitación, que no parecía posible que realizase una buena tarea. Había tantos cuartos, tantos armarios y antecámaras...

Luego oí cómo entraba en el cuarto de juegos.

El polvoriento volante llegaba a un par de centímetros de la alfombra. Penosamente, volví la cabeza, incapaz de resistirme, y vi sus zapatos azul marino acercarse cada vez más. Uno de ellos tenía una suela muy gruesa. Se aproximaba a la cama.

La mecedora comenzó a hacer aquellos crujidos que resultaban tan familiares.

—¡Levántate de la mecedora! —gritó Vera, olvidándose de mirar debajo de la cama, mientras se apresuraba a echar de allí a Sylvia.

Vera gritó cuando Sylvia huyó del cuarto. Cojeando, comenzó a darle caza.

Apenas pude ver retroceder sus zapatos. Entonces

creí que me desmayaba. No sé el tiempo que transcurrió antes de escuchar pisadas, y una vez más Sylvia avizoró por debajo del polvoriento volante.

De nuevo, Sylvia me tiró de un brazo. Traté de ayudar, pero esta vez con una agonía mucho mayor. De todos modos, de alguna forma lo conseguí y regresé a una mugrienta luz del día, para encontrarme sentada en la mecedora. Sylvia me alzó cada uno de los brazos para que me aferrase a los de la mecedora. Grité. ¡No quería morir! ¡No aquí, en *su* mecedora!

Sylvia cerró la puerta detrás de ella.

Comencé a mecerme. Debía mecerme para escapar del dolor y del horror de lo que estaba sucediendo.

Con facilidad, mi lleno cántaro de aflicciones se vació para contener más. No tenía resistencia para protestar contra nada de cuanto sucediera. Vi de nuevo a Vera tal y como había sido en sus primeros años de adolescencia, y me gastaba bromas respecto de que yo no sabía qué hacían los hombres y las mujeres para tener bebés. «Pero lo averiguarás algún día, muy pronto», susurró.

Volvió una vez más aquel día lluvioso en los bosques. Los muchachos me perseguían y me atrapaban como siempre, en aquellas visiones en que yo era la Primera Audrina, y me hacía sufrir su vergüenza. Aquella vez fue Arden el que me desgarró la ropa, que era la de ella, y fue Arden el que cayó sobre ella, que era yo, y fue el primero en violarme. Grité, grité de nuevo, una y otra vez.

—Audrina —llegó la voz de mi padre desde lejos, muy lejos, precisamente cuando le había llamado.

Esta vez no era Dios sino Papá el que escuchaba mis gritos... y justo a tiempo...

—Oh, Dios de los cielos, mi dulce Audrina ha salido de su coma... ¡Está gritando! ¡Se ha recuperado!

Con la sensación de que pesaban toneladas, mis párpados se abrieron lo suficiente para ver a Papá corriendo hacia mí. Unos cuantos pasos detrás de él se encontraba Arden. Pero no quería ver a Arden.

—Cariño mío, mi cariñito —sollozó Papá, al tomarme entre sus fuertes brazos y sujetarme contra él—. Arden, llama a una ambulancia.

Jadeé mientras rechazaba las manos de Arden que trataban de sacarme del abrazo de Papá.

—El sueño, Papá, la Primera Audrina...

Mi voz era rasposa a causa del no uso, con un sonido más bien divertido.

Suspiró y me acercó más a él, pensando que iba a desmayarme. Vi a Arden alejarse a la carrera, presumiblemente para telefonear solicitando una ambulancia.

—Sí, cariño, pero eso fue hace ya mucho tiempo, y te vas a poner bien. Papá cuidará de ti. Y el resto de mi vida caminaré de rodillas para dar gracias a Dios, por haberte salvado, cuando ya pensaba que no quedaban esperanzas...

No recuerdo lo que sucedió después de esto. Pero, cuando desperté, me encontraba en un cuarto de hospital con paredes de color rosa, y unas rosas rojas y rosadas aparecían por todas partes.

Papá estaba sentado en una silla cerca de la ventana.

—Déjeme hablar con ella —le dijo a la enfermera, que asintió y le dijo que no se quedase mucho tiempo.

—Mr. Lowe necesita también ver a su esposa...

Sentado en la cama, Papá me tomó tiernamente entre sus brazos y me apretó contra él, hasta el punto de que pude oír los latidos de su corazón.

—Has pasado por una auténtica prueba, Audrina. Hubo ocasiones en que ni Arden ni yo creíamos que saldrías de ésta... Y eso fue mucho antes que hoy... Hoy constituyó un auténtico infierno para nosotros. No hacíamos más que pasear por afuera mientras el médico te examinaba... Y ahora es seguro que te pondrás bien del todo...

Pero había algo que necesitaba saber, que tenía que saber.

—Papá, me vas a decir la verdad esta vez...

Me dolió la garganta al hablar, pero proseguí:

—¿Estaba Arden allí cuando la Primera Audrina murió? He visto su rostro en mis sueños. Estaba allí, ¿verdad? La Primera Audrina trató de prevenirme contra él, y no le presté atención, no le presté atención...

Titubeó y miró hacia la puerta que Arden había abierto. Se quedó allí de pie contemplándome, con aspecto tan destrozado como nunca le había visto, excepto cuando era un muchacho en los bosques y no tuvo el suficiente coraje.

—Vamos, Damian —dijo Arden—, dile la verdad. Dísela, sí, yo estaba allí y me eché a correr... Lo mismo que me iré ahora, puesto que veo en tus ojos que me odias. Pero regresaré, Audrina.

En los tortuosos días que siguieron, me negué a permitir que Arden entrase en mi habitación. Se presentaba con flores, con bombones, con bonitos camisones y chaquetas para estar en la cama, pero mandaba devolvérselo todo.

—Dile que se lo regale a Vera —le expliqué a Papá, que tenía una apariencia solemne mientras veía cómo las lágrimas rodaban por mis mejillas.

—Estás siendo muy dura con él, aunque puedo comprender el porqué. Pero debes conservarle, muchacha —me ordenó Papá en el momento en que deseaba dormir—. Desde la noche en que te caíste, Arden y yo hemos pasado por todo un infierno. Admito que nunca deseé que te casases con Arden Lowe; sin embargo, lo hiciste y su madre me hizo comprender algo que no había entendido antes. Y tanto tú como yo le debemos a su madre mucho. Y si se lo debes a ella, se lo debes más a su hijo. Concede a Arden una oportunidad, Audrina. Te ama..., déjale entrar, por favor...

Me lo quedé mirando con incredulidad. Papá no sabía que Arden había planeado matarme y escaparse con Vera.

Una enfermera de cabello blanco abrió la puerta de mi cuarto y asomó la cabeza.

—Ya ha pasado el tiempo, Mr. Adare. Estoy segura de que Mrs. Lowe deseará tener unos minutos libres para pasarlos con su marido.

—No —exclamé con firmeza—. Dígale que se vaya...

No podía ver aún a Arden. Me había ido infiel con Vera. Y le fracasó a mi hermana muerta, cuando debería haberla salvado..., y existía algo más que tenía que averiguar. Algo elusivo que me invadía, que me susurraba que aún no sabía toda la verdad acerca de la Primera Audrina.

Los días llegaron y se fueron. Cada vez me sentí más fuerte, dado que me alimentaban con vitaminas y con alimentos de alto contenido proteínico. Papá acudía a visitarme dos veces al día. Me seguí negando a ver a Arden.

También me administraban tratamientos de terapia

física para fortalecerme las piernas y los brazos, y lecciones para saber dominar todos los músculos que habían permanecido durante tanto tiempo inactivos. Incluso me enseñaron a andar otra vez. En las tres semanas que permanecí en el hospital, ni una sola vez dejé que Arden entrase en mi habitación. Luego Papá vino a buscarme para llevarme a casa. Sylvia se sentó a mi lado.

—Arden deseaba venir con nosotros —explicó Papá, mientras tomaba la entrada de la autopista—. Realmente, Audrina, no puedes estar siempre rechazándole. Tienes que hablar con él de todo esto.

—¿Dónde está Vera, Papá?

Exhaló un bufido de disgusto.

—Vera se cayó y se ha roto el brazo —explicó con tono de indiferencia—. Nunca he oído hablar de unos huesos más parecidos a cáscaras de huevo que éstos. Dios santo, las facturas de hospital que he llegado a pagar para conservarla entera.

—Quiero que se vaya de nuestra casa.

Mi voz sonó muy dura. Lo que había sucedido entre Arden y yo dependía de lo que había pasado entre Vera y Arden.

—Se irá cuando le quiten la escayola.

Su voz fue tan dura y determinada como la mía.

—Creo que Sylvia le hizo la zancadilla. Tu hermana odia realmente a Vera.

Me lanzó una mirada penetrante.

—No puedes, en realidad, culpar a Arden de lo que hizo con Vera. Más de una mañana, durante el desayuno, incluso antes de que Vera regresase, ya me percataba de lo desgraciado que parecía. Sonríe cuando le miras, pero, en cuanto volvía la cabeza, podía jurar que sus noches contigo dejaban mucho que desear... Y eso me place. Lo confieso.

También me placía a mí, lo de haberle hecho desgraciado. Confié en que Arden nunca viviese lo suficiente como para tener otra hora de felicidad. Se apoderaron de mí unos malos pensamientos en cuanto nos aproximamos a aquella elevada, espléndida y restaurada casa «Whitefern». Qué risa el sentirme tan orgullosa de que mis antepasados se retrotrajesen a aquellos que habían desembarcado para establecerse en «La Colonia perdida».

Con Papá sosteniéndome por un lado y Sylvia por el otro, ascendimos lentamente los escalones del porche. Arden abrió la puerta principal y llegó corriendo a nuestro encuentro. Trató de besarme. Me aparté.

Entonces intentó cogerme la mano. Yo me desasí y escupí:

—¡No me toques! Vete con Vera y busca solaz con ella..., como lo has hecho mientras me encontraba en coma.

Pálido y con miserable aspecto, Arden retrocedió y permitió que Papá me guiase hacia dentro. Una vez en el interior de la casa, me dejé caer en el sofá de color púrpura, que ahora tenía borlas doradas y brillantes nervaduras y había sido tapizado de nuevo.

Se presentó el momento que tanto temía, el de quedarme a solas con Arden. Débilmente, cerré los ojos y traté de figurar que Arden no estaba allí.

—¿Vas a estar aquí tumbada, con los ojos cerrados y sin decir nada? ¿Ni siquiera vas a mirarme?

Luego su voz se hizo más sonora.

—¿Qué diablos crees que he hecho? Estabas en coma y Vera se encontraba aquí, deseando hacer todo lo posible para ayudarme a sobrevivir. Yacías en aquella cama, fría y rígida, ¿y cómo iba a saber que cada día te encontrabas mejor, cuando nada indicaba en ningún modo que así fuera?

Se levantó y empezó a pasear por la estancia, sin recorrerla por completo, sino sólo de un extremo a otro del sofá en donde estaba tumbada. Con cierta dificultad, conseguí ponerme en pie.

—Me voy arriba. Por favor, no me sigas. Ya no te necesito, Arden. Sé que tú y Vera planeabais matarme. Tenía fe en ti, tanta confianza que encontraría al único hombre en este aborrecible mundo, que siempre estuviese preparado cuando le necesitase... Pero me has fallado. ¡Deseabas que muriera para así poder tenerla a ella!

Su cara se puso blanca y quedó tan conmocionado que su voz le desapareció y le dejó callado, cuando solía ser tan parlanchín como Papá... Aproveché aquella oportunidad para encaminarme hacia las escaleras. Al cabo de un momento se precipitó hacia mí para detenerme, lo cual hizo con suma facilidad dado que yo andaba muy despacio.

—¿Y qué nos espera ahora que me odias? —me preguntó con voz ronca.

Sin responderle, pasé ante la habitación que compartíamos, aunque miré hacia allí y vi que habían vuelto a traer la cama de matrimonio y se habían llevado la individual. Todo había sido reamueblado, por lo que no quedaba nada que me recordase aquellos temibles días en que había yacido inmóvil, esperando morirme...

—¿Dónde vas? —me preguntó.

¿Qué derecho tenía a preguntarme nada? Ya no pertenecía a mi vida. Que se lo quedase Vera. Se merecían el uno al otro.

Penosamente, pero recuperando fuerzas con cada paso que daba, me encaminé hacia las otras escaleras que pronto me condujeron al desván. Arden comenzó a seguirme. Di la vuelta en redondo y le hablé en medio de una explosión de rabia:

—¡No! Déjame hacer algo que he estado tratando de realizar durante la mayor parte de mi vida... Cuando yacía en aquella cama, y os oía a ti y a Vera conspirar para terminar con mi vida, ¿sabes qué me preocupaba más? Pues te lo diré... Existe un secreto respecto de mí que he de averiguar. Es más importante que tú, que cualquier otra cosa. Por lo tanto, déjame sola y que acabe algo que debí haber concluido hace ya mucho tiempo. Y tal vez cuando te vea de nuevo, soporte mirarte a la cara... En realidad, ahora mismo no quiero volver a verte nunca más...

Retrocedió y se me quedó mirando desolado, lo cual hizo que me doliese el corazón al verle como un muchacho, puesto que le había amado tanto... Me acordé de Billie, que en una ocasión me contó que todos cometemos errores, y que ni siquiera su hijo era perfecto. Sin embargo, seguí hacia el desván, por la escalera metálica de caracol que acababa en la cúpula, donde ahora oía tintinear los carillones de viento, mientras trataba como siempre de llenar agujeros en mi banco de memoria.

EL SECRETO DE LOS CARILLONES DE VIENTO

Laboriosamente, conseguí subir por las escaleras metálicas, que tantas veces me habían apartado de la presencia de Vera. El sol brillaba luminoso a través de la ventana con cristales emplomados, que lanzaban sobre la adornada alfombra turca miríadas de confusos trazos, que convertían la estancia, como siempre hacía la luz solar, en un caleidoscopio viviente. Y yo era el centro de todos los colores, la que hacía que todo sucediese, mientras los colores caían sobre mi pelo de camaleónico color, proyectando también un arcoiris. Mis brazos estaban tatuados de luz, y en mis ojos sentía los colores que dibujaban asimismo mi cara. Miré a mi alrededor, aquel escenario que mis ojos infantiles siempre habían amado tanto, y vi en lo alto los largos y esbeltos rectángulos de cristales pintados, suspendidos por sus apagadas cuerdecillas de seda escarlata.

Miraba en torno mío, temblando como siempre, esperando que se alzasen mis recuerdos de infancia al igual que espectros, y que me asustasen; pero sólo se presentaron recuerdos suaves, sólo de mí, cuando deseaba —siempre lo deseaba— acudir a la escuela, tener compañeros, que me permitiesen la libertad que tenían otros niños de mi edad.

¿Había hecho semejantes esfuerzos para no conseguir ningún conocimiento nuevo?

—¿Qué es? —grité a los carillones de viento que colgaban allí en lo alto—. Siempre os he oído sonar y tratar de decirme algo... Decídmelo ahora que estoy aquí deseosa de escuchar... Antes no lo quería, lo sé... ¡Decídmelo ahora!

—Audrina —me llegó la voz de Papá desde detrás—, pareces histérica. Eso no es bueno para ti con tu estado tan débil.

—¿Te ha mandado Arden? —chillé—. ¿Nunca llegaré a saber nada? ¿Me iré a la tumba con la mente de agujeros? Papá..., dime el secreto de esta habitación...

No quería contármelo. Sus oscuros y fugitivos ojos se apartaron de mí, y comenzó a hablar acerca de lo débil que me encontraba, de cuánto necesitaba tumbarme y descansar. Corrí hacia él para golpearle en el pecho. Me cogió ambos puños con toda facilidad y los sujetó con una sola mano, mientras, melancólicamente, me miraba a los ojos.

—Muy bien... Tal vez haya llegado el momento. Pregúntame lo que quieras.

—Dime, Papá, todo cuanto necesito saber. Creo perder la mente al no saber nada.

—Está bien —replicó, y miró a su alrededor en busca de algún lugar donde sentarse, pero no había otra cosa que el suelo.

Se acomodó en él y se apoyó contra el marco de una ventana, mientras yo también conseguía sentarme junto a él. Me tomó en sus brazos y comenzó a hablarme con voz fuerte.

—Esto no va a ser fácil de decir, ni tampoco agradable de escuchar, pero tienes razón... Necesitas saber. Tu tía me dijo, desde el principio, que debías conocer la verdad respecto de tu hermana mayor.

Aguardé conteniendo la respiración.

—La visión que tuviste la primera vez que te sentaste en aquella mecedora, en la que los chicos saltaban de los arbustos... Estoy seguro de que ahora te percatas de que aquellos muchachos violaron a mi Audrina. Pero Audrina no murió como te conté.

—¿No está muerta? Papá, ¿dónde está?

—Limítate a escuchar y no hagas más preguntas hasta que haya terminado. Te conté aquellas mentiras sólo para protegerte de conocer la fealdad que hubiese arruinado tu vida. Aquel día, cuando Audrina tenía nueve años, después de la violación, llegó tambaleándose a casa, apretando contra sí los restos de su ropa, tratando de ocultar su desnudez. La habían humillado y no le quedaba ya ningún orgullo. Llena de barro, empapada, arañada y magullada, sangrando, le abrumaba la vergüenza, y en la casa aguardaban veinte niños para que comenzara la fiesta de su cumpleaños. Entró por la puerta trasera y trató de subir subrepticiamente las escaleras, sin que nadie la viese; pero tu madre se encontraba en la cocina, vio el espantoso estado de Audrina y se precipitó a seguirla por las escaleras. Audrina sólo pudo decir una sola palabra, y ésta fue «chicos». Ello fue suficiente para que tu madre se percatase de lo que había ocurrido. Por lo tanto, la tomó entre sus brazos y le dijo que todo iría bien, que aquellas cosas espantosas sucedían a veces, pero que seguía siendo la muchacha maravillosa a la que amábamos. «Tu papá no debe enterarse», le dijo a Audrina... Y qué terrible error fue. Aquellas palabras le dijeron a Audrina con claridad que yo me avergonzaría de ella, y que la acción de aquellos chicos había logrado arruinar su valía respecto de mí. Comenzó a gritar que deseaba que la hubiesen matado y dejado muerta debajo del árbol dorado, puesto que merecía morirse ahora que Dios la había abandonado y fracasado, cuando ella le había rezado que la ayudase.

—Oh, Papá —susurré—, cómo debió sentirse...

—Sí, estoy seguro de que te lo imaginas. Luego, tu madre cometió su segundo error, que incluso fue peor que el primero. Llevó a Audrina al cuarto de baño, llenó la bañera con agua muy caliente y forzó a mi niña a meterse allí. Con un cepillo duro comenzó a eliminarle la contaminación de aquellos chicos. Audrina ya estaba herida, magullada, con cortes, su cuerpo había padecido suficiente conmoción, pero Lucietta siguió frotándola con toda su rabia, sin misericordia, como si estuviese arrancando toda la suciedad del mundo, a todos los chicos, sin percatarse de lo que le hacía a su propia hija. Tu madre trataba de eliminar la degradación, y aquel cepillo se llevó gran parte de la piel de Audrina, aunque no pareció ni siquiera darse cuenta.

»En el piso de abajo, los niños que habían acudido para la fiesta pedían a gritos su helado y su pastel, y Ellsbeth se los sirvió, y les dijo a los invitados que Audrina había vuelto con un terrible constipado y que no podía asistir a su propia fiesta. Naturalmente, esto no podía funcionar así y los invitados se fueron muy pronto. Algunos dejaron sus regalos y otros se los llevaron consigo, como si creyesen que Audrina les despreciaba.

»Ellsbeth me llamó al despacho y me contó brevemente lo que creía que había sucedido. Mi rabia fue tan grande que hubiese podido tener un ataque al corazón, mientras corría hacia mi coche y salía en dirección a casa tan de prisa, que fue un milagro que ningún policía me detuviese. Llegué a casa justo a tiempo de ver a tu madre meter un camisón blanco a Audrina por la cabeza. Entreví aquel cuerpecillo tan delicado, que estaba tan rojo que parecía sangrar por todas partes. Hubiera matado a aquellos chicos y golpeado a tu madre por ser tan cruel al haber usado aquel maldito cepillo sobre una piel tan tierna, que ya había soportado demasiadas cosas. Nunca le perdoné haber hecho esto. Tuve ocasiones más tarde para reprochárselo. Cuando frotó a Audrina con aquel cepillo, le implantó en la cabeza la idea de que aquella suciedad nunca se iría, de que había quedado mancillada para siempre a mis ojos, ante los ojos de todos. Luego, tu madre fue al armario de las medicinas y regresó con yodo..., no del tipo que empleamos en la actualidad, sino de la vieja clase y que picaba tanto como si se tratase de fuego.

»Le grité a Lucietta «¡Ya basta!», y tu madre dejó caer el yodo y Audrina se apartó de ella. Parecía aterrada al verme, al padre al que había amado tanto, y con los pies descalzos escapó hacia el desván. La perseguí, lo mismo que tu madre. Audrina chilló durante todo el camino, sin duda tanto del dolor como del *shock*. Subió aquellas escaleras de caracol hacia este cuarto en que nos encontramos ahora. Era joven y veloz, y cuando llegamos a la cúpula, ya se había subido a una silla y conseguido abrir una de esas altas ventanas.

Señaló una de ellas.

—Estaba allí, el viento aullaba y la lluvia, y retumbaba el trueno, destellaban los rayos y los colores de aquí dentro resultaban vertiginosos con las luminarias que originaban los relámpagos. Los carillones de viento golpeaban con frenesí. Un auténtico pandemonio. Y Audrina se encontraba encima de aquella silla, con una pierna asomada por la ventana y preparada para saltar, en el momento en que me apresuré a sujetarla y a hacerla bajar. Luchó conmigo, me arañó la cara, gritando como si representase para ella todo lo diabólico que puede haber en un hombre, y si me dañó a mí, también consiguió dañar a aquellos que le habían robado su orgullo al violarle su cuerpo.

Me di la vuelta para quedarme mirando los carillones de viento que colgaban de sus cuerdas de seda. Sin embargo, pensé que les oía tintinear débilmente.

—Hay más, cariño, mucho más. ¿Quieres aguardar otro día, a que te sientas más fuerte?

No, ya había aguardado demasiado. Tendría que ser ahora, o nunca.

—Adelante, Papá, cuéntamelo todo...

—Le dije a tu madre, una y otra vez, que no debería haberle dado a Audrina un baño. Que debería haberla consolado, y más tarde hubiéramos acudido a la Policía. Pero tu madre no deseaba que la avergonzasen y humillasen más hombres, que le harían toda clase de preguntas íntimas, a las que una niña no debería responder. Estaba tan enfurecido que hubiese matado a aquellos chicos con mis propias manos, retorciéndoles el pescuezo, o castrándolos, o les hubiera hecho algo tan terrible, que sin duda me hubiesen llevado a la cárcel para toda la vida..., pero mi Audrina no quiso dar sus nombres... o no podía nombrarlos por miedo a sus represalias. Tal vez la amenazaron, no lo sé...

Y Arden había estado allí también. Arden se había encontrado allí y Audrina le había implorado que la ayudase... Y Arden echó a correr.

—¿Dónde está Audrina, Papá?

Titubeó, me dio la vuelta para que pudiese mirarle a los ojos y luego hacia arriba, hacia aquellos carillones de viento que comenzaban a sonar, y supe, instintivamente, que seguirían haciéndolo hasta que conociese el secreto.

Permanecí en el círculo de los poderosos brazos de Papá, en medio de la alfombra turca, donde me había puesto para que no estuviese demasiado cerca de los cristales.

—¿Y por qué me apartas de las ventanas, Papá?

—El cielo... ¿No te has dado cuenta de esos negros nubarrones? Se está incubando una tormenta, y no me gustaría estar aquí arriba cuando se desencadene la tempestad. Vamos abajo, donde pueda contarte el resto.

—Dímelo ahora, Papá. Aquí es donde ella venía a jugar. Siempre he sabido que esos muñecos de papel eran de Audrina...

Se aclaró la garganta, como lo tuve que hacerlo con la mía. Me estaba oprimiendo, haciéndome respirar muy de prisa, provocándome tal pánico que pronto me obligaría a gritar. Era como encontrarme de nuevo en la mecedora, cuando tenía siete años y me encontraba asustada, tan asustada...

Papá suspiró pesadamente, y me liberó el tiempo suficiente para llevarse sus manazas a la cara, pero sólo brevemente, como si tuviese miedo de soltarme demasiado.

—Amaba a aquella niña, Dios cómo la amaba. Y daba mucho a aquellos a quienes ella amaba, confiaba mucho en mí... Era, realmente, la única mujer que siempre confió plenamente en mí, y me prometí a mí mismo que nunca la decepcionaría. Y no era sólo porque se tratase de una chiquilla excepcionalmente bella, sino que también poseía la habilidad de encantar a todo el mundo con su calidez, con su amistad, con su dulzura. Y asimismo tenía algo más, alguna indefinible cualidad que la hacía iluminarse por dentro de felicidad, con una exuberancia contagiosa por vivir, que tan pocos de nosotros poseemos. El estar con ella te hacía sentirte más vitalmente vivo que con cualquier otra persona. Un paseo a la playa, al zoo, al museo, al parque, e iluminaba tu vida y te hacía sentir de nuevo también como un chiquillo, viéndolo todo a través de sus ojos. Porque veía cosas maravillosas y tú también las veías. Era una extraña cualidad que ningún dinero podía comprar. El regalo más pequeño, y quedaba encantada. Amaba el tiempo, el bueno y le malo. Tenía unas cualidades raras, muy raras.

Entonces se le ahogó la voz, bajó los ojos un momento, se encontró con los míos, y luego, rápidamente, apartó la mirada.

—Incluso tu madre era feliz cuando Audrina se encontraba cerca, y Dios sabe que Lucky tenía razones suficientes para ser desgraciada; y lo mismo le sucedía a Ellsbeth. Yo las amaba a las dos. Y traté que ambas consiguiesen todo cuanto necesitaban. Pero no creo haber conseguido nunca hacerlas lo suficientemente felices.

Su voz se difuminó un poco, mientras en sus ojos aparecían unas no vertidas lágrimas.

—Pero debía de haber obedecido nuestras instrucciones. Una y otra vez le habíamos dicho a Audrina que no tomase el atajo..., debería haber sabido mejor las cosas...

—No te pares ahora —le dije nerviosa.

—Una vez que tu madre hubo limpiado todas las pruebas de la violación, pensamos que podríamos retener a Audrina en casa y que el secreto se quedaría también en la casa. Pero los secretos tienen una forma muy rápida de extenderse, sin importar lo que te esfuerces por esconderlos. Como ya te he dicho antes, no quiso decirnos quiénes habían sido, no deseó regresar a la escuela, donde los vería de nuevo. No quería acudir a ninguna escuela. Se negó a comer, a irse a la cama, ni siquiera quería mirarse en un espejo. Una noche se levantó y rompió todos los espejos de la casa. Chillaba cuando me veía, ya no era su padre sino sólo otro hombre que podría lastimarla. Odiaba todo lo masculino. Le tiraba piedras al pobre gato. Ya nunca más le permití poseer un gato, temiendo lo que pudiera hacerle por ser macho.

Entumecida, le contemplé con incredulidad.

—Oh, Papá, estoy tan confundida... ¿Tratas de decirme que Vera es la auténtica Primera Audrina, la que he envidiado durante toda mi vida? ¡Papá, a ti nunca te ha gustado Vera...!

La extraña luz que había en sus ojos me asustó.

—No podía dejarla morir —prosiguió, con sus ojos remachados a los míos, sujetos a ellos como las mariposas están cogidas a un tablero—. Si moría, una parte de mí también hubiera muerto, y se llevaría aquellas virtudes a la tumba y nunca más conocería yo un segundo de felicidad. La salvé. La salvé de la única forma que supe.

Como agua hundiéndose en hormigón, algo estaba

tratando de filtrarse en mi cerebro, algún conocimiento que se hallaba en el umbral de nacer.

—¿Y cómo la salvaste?

—Mi dulce Audrina..., ¿aún no lo has supuesto? ¿No te lo he explicado una y otra vez, y te he dado todas las pistas que necesitabas?? Vera no es mi Primera Audrina... Lo eres *tú*...

—¡No! —grité—. ¡No puedo serlo! Está muerta, enterrada en el cementerio familiar... Vamos allí todos los domingos...

—No está muerta, puesto que *tú* estás viva. No hubo una Primera Audrina, puesto que tú eres mi primera y única Audrina..., y que Dios me fulmine si te digo una mentira, puesto que te estoy contando la verdad.

Aquellas voces que oía en mi cabeza, aquellas voces que decían: *¿Papá, por qué lo hicieron? ¿Por qué?*

Es sólo un sueño, cariño, sólo un sueño. Papá nunca permitirá que nada malo le suceda a su Audrina, a su dulce Audrina. Pero tu muerta hermana mayor tiene el don, esa maravillosa virtud que deseo ahora para ti y que ella ya no necesita. Papá puede usar el don para ayudarte, para ayudar a Mamá y a tía Ellsbeth...

Dios deseaba a la Primera Audrina muerta, ¿verdad? La dejó morir porque desobedeció y empleó el atajo. Fue castigada porque le gustaba sentirse bonita con su costoso vestido nuevo, ¿no es así? Aquella Primera Audrina creía que era divertido para los chicos el correr detrás de ella, y que podría demostrar que corría más de prisa que los muchachos, más de prisa que tía Ellsbeth. Más de prisa que cualquier otra chica de la escuela. Pensaba que nunca, nunca, la atraparían, y se suponía Dios que velaría por ella, ¿verdad? Le rezó pero no la escuchó. Se sentó allá en los cielos e hizo ver que todo estaba bien en los bosques, cuando Él sabía, lo sabía... Él estaba contento de que otra orgullosa chica Whitefern fuese asaltada, porque Dios es también un hombre. ¡Dios no se preocupó, Papá...! Y ésta es la auténtica verdad, ¿no es cierto?

Dios no es así de cruel, Audrina. Dios es misericordioso cuando le concedes una oportunidad. Pero uno ha de hacer lo que es mejor para uno mismo cuando Él tiene a tantos de que cuidar.

Entonces, ¿cómo puede ser bueno, Papá, cómo pue-
de ser bueno Dios?

Grité y me zafé de su abrazo. Luego corrí de cabeza
hacia las escaleras, a una pavorosa velocidad, sin preocuparme de si corría hacia la muerte.

LA PRIMERA AUDRINA

Afuera, en aquella tarde tormentosa y amenazadora, corrí para huir de «Whitefern». Escapaba de Papá, de Arden, de Sylvia, de Vera y, sobre todo, corría para escaparme del fantasma de aquella Primera Audrina, que ahora trataba de decirme que, en realidad, yo no existía.

La violación le había sucedido a ella, no a mí... Corrí como una mujer loca, temerosa de que sus recuerdos me estuviesen persiguiendo, deseando saltar a mi cerebro y llenar los vacíos agujeros de queso suizo con su terror.

Corrí, intentando hacerlo lo más de prisa y lo más lejos posible para poder escapar a lo que era, huir de todo lo que me había atormentado durante la mayor parte de mi vida. Mentiras, mentiras, corriendo adonde no pudieran existir y, al mismo tiempo, sin saber dónde iría para encontrar un lugar así.

Detrás de mí escuché a Arden que me llamaba por mi nombre, pero que también era el de ella... Nada era mío propio...

—¡Audrina, espera! ¡Por favor, deja de correr!

No podía detenerme. Era como si fuese un muñeco de resorte, retorcido durante años y años, hasta que, al fin, tenía que soltarme o romperme.

—¡Vuelve! —gritó Arden—. ¡Mira el cielo!

Reflejaba desesperación.

—¡Audrina, regresa! ¡No estás bien! ¡Deja de portarte como una loca!

Loca, ¿me estaba llamando loca?

—Cariño —jadeó, mientras continuaba persiguiéndome, pareciendo tan presa del pánico como yo—, nada puede ser tan malo como tú crees...

¿Qué sabía acerca de mí? Yo, como una mosca prendida en la pegajosa telaraña de mentiras de Papá, girando una y otra vez sobre mí, envolviéndome en un capullo de tal forma que mi vida se había secado de cualquier placer. Separé al máximo los brazos y grité al cielo, a Dios, al viento que se había alzado y desgreñado mi pelo y que azotaba con fuerza mi falda. El viento respondió a mis gritos con más fuerza, con tal fiereza que casi me caí. Chillé de nuevo, desafiando a que me lastimase. Nadie, nada me diría nunca lo que debía hacer o lo que no podía hacer, ni nunca más creería en nadie sino en mí misma...

De repente, cogieron mi brazo. Arden me hizo dar la vuelta en redondo. Le golpeé con ambos puños, le pegué en el rostro, en el pecho, aunque, al igual que Papá, me redujo con fuerza y me sujetó las dos manos con sólo una de las suyas, y tal vez me hubiese arrastrado para hacerme regresar a la casa, pero el destino estaba esta vez de mi parte. Perdió pie y me soltó las manos. Quedé libre para correr de nuevo.

Las lápidas de mármol del cementerio de los Whitefern aparecieron a la vista, alzándose contra aquel lúgubre y amenazador cielo. Destellos de relámpagos, a la distancia, eran los heraldos de una fuerte tormenta. Profundos y ominosos truenos gemían más allá de las copas de los árboles, cerca del campanario de la iglesia del pueblo. Me aterraban las tormentas cuando estaba fuera de «Whitefern». Allí, al aire libre, Dios debía ayudarme, aunque Él no la había ayudado a ella y, probablemente, tampoco me ayudaría a mí.

Aterrada, aunque necesitando encontrar la verdad, di la vuelta en redondo y comencé a buscar algo para cavar. ¿Por qué no había pensado en traerme una pala?

¿Dónde había dejado sus herramientas la persona que se cuidaba de las tumbas? En alguna parte debía encontrar algo con que cavar.

Nuestro cementerio familiar tenía como un cuarto de hectárea, y estaba cercado por un muro de ladrillos medio desmoronados, con cuatro entradas. Una hiedra roja trepaba por las paredes, tratando de ahogar la vida que existía en aquella obra de albañilería. Incluso en los inviernos, cuando Papá nos había forzado a acudir aquí, por lo menos, una vez a la semana, preferiblemente los domingos, lloviese o brillase el sol, enfermos o no, había constituido un sitio terrible y espantoso, con los árboles clavándose en el cielo con sus negros y huesudos dedos. Ahora, en setiembre, cuando los árboles estaban lozanos en todas partes, en el cementerio las hojas se perseguían, pardas y mustias, en el suelo, haciendo un ruido de fantasmas que tratasen, poco a poco, de regresar a sus tumbas.

Deteniéndome para echar una ojeada a mi alrededor, comencé a temblar. Vi la tumba de mi madre, la de tía Ellsbeth y la de Billie. Había un espacio cerca de la fosa de mi madre, donde un día yacería mi padre y, a su lado, se encontraba la tumba de la Primera y Mejor Audrina. De forma irresistible me vi atraída hacia allí. Dentro de su ataúd, me estaba llamando, se reía de mí, me decía, de todas las maneras posibles, que nunca igualaría su belleza, su encanto, su inteligencia, y que sus «dones» eran sólo de ella, y que nunca me otorgaría ni uno sólo para salvarme de ser una persona ordinaria.

Era su lápida sepulcral la que brillaba más. Alzándose, alta, esbelta y grácil, como la misma muchachita, aquella tumba única parecía relucir más que las otras, captando toda la luz fantasmal presente en el cementerio.

Me dije a mí misma que siempre vemos lo que deseamos ver, y que eso era todo. No había que temer nada, nada. Robusteciéndome en mi resolución, me dirigí en línea recta al sepulcro.

¿Cuántas veces había permanecido de pie aquí, donde ahora me encontraba y la había odiado?

—Y aquí está la tumba de mi bienamada —me imaginé entonar a Papá como si titubease—. Aquí mi primera hija descansa en tierra sagrada. Yo yaceré a su lado, cuando le plazca al Señor llevárseme.

¡Oh! ¡No más, no más! Caí de rodillas y comencé a arañar la moribunda hierba con mis manos desnudas. Mis uñas se rompieron y muy pronto mis dedos estaban ya llagados y sangrantes. Pero seguí cavando sin cesar; de una vez por todas, debía conocer la verdad.

—¡Deja de hacer eso! —rugió Arden, entrando a la carrera en el cementerio.

Se apresuró a ponerme en pie. Luego tuvo que sujetarme para impedir que cayese de nuevo al suelo y que hiciese lo que sentía que debía realizar.

—¿Qué demonios pasa contigo? —me gritó—. ¿Por qué estás arañando en esa tumba?

—¡Tengo que verla! —chillé.

Me miró como si estuviese loca. Me sentía loca.

El viento se alzó como en una verdadera galerna. Embistió con mayor frenesí mi cabello y mis ropas. Frenéticamente, atacó las copas de los árboles de forma que casi parecieron rozarme la cara. Arden me sujetaba de la cintura, tratando de someterme, cuando del cielo comenzó a caer un diluvio mezclado con granizo, que nos aguijoneó con fuerza.

—¡Audrina, estás histérica! —me chilló, reflejando el mismo tono que Papá—. ¡Aquí debajo no hay ningún cadáver!

Le grité a mi vez, mientras el viento nos ensordecía, forzándonos a chillarnos mutuamente, aunque nuestros rostros estaban separados sólo unos centímetros.

—¿Y cómo lo sabes? ¡Papá miente, eso no podrás negarlo! ¡Dirá y hará cualquier cosa con tal de seguir teniéndome ligada a él!

Pareció considerar brevemente esto, pero luego sacudió la cabeza antes de zarandearme de nuevo.

—¡Estás diciendo tonterías! —me vociferó—. ¡Deja de portarte de esta forma! ¡No hay nadie en esa fosa! No existe ninguna hermana mayor, debes enfrentarte ahora con esto...

Me lo quedé mirando con ojos salvajes. Debía existir aquella primera y muerta Audrina pues, de otro modo, toda mi vida sería una mentira. Grité de nuevo y luché con él, determinada a derrotarle. Determinada también a seguir cavando en aquella tumba y extraer sus «talentosos» restos. «Sí —me dije a mí misma mientras forcejeaba con Arden—, Papá era un embustero, un engañador y un ladrón. ¿Cómo podía nadie creer cualquier cosa que dijese? Había construido toda mi vida sobre mentiras.»

En aquel momento, mis pies se deslizaron en el lodo. Arden trató de impedir mi caída. Pero, en vez de ello, ambos nos precipitamos al suelo. Seguí luchando, dando patadas, arañando, resistiendo porfiadamente, tratando de hacer aquello que la otra Audrina no había logrado hacer cuando tenía nueve años. ¡Lastimarle!

Arden cayó encima de mí, abriendo los brazos para aferrar los míos contra la tierra. Sus piernas se retorcieron sobre mis tobillos y ya no pude dar patadas. Su cara se elevó sobre la mía, llevándome a aquel día de *ella*, cuando *Patas de araña* había tratado de besarla en los bosques contra su voluntad. Alcé mi cabeza con tal fuerza contra su mandíbula, que lanzó un juramento puesto que sus dientes se clavaron en el labio inferior.

Ahora había sangre en su cara, como la hubo en la de ellos.

La lluvia caía sobre mi rostro. Se desprendían unos goterones de su cara y caían encima de mí. Me vinieron destellos de aquel día en los bosques, viéndole a él como Spencer Longtree... contemplándole como aquellos tres chicos, avizorándole como cualquier muchacho u hombre que hubiesen violado a una muchacha o a una mujer... Y esta vez, por la Primera Audrina, por cualquier mujer desde el comienzo de los tiempos, iba a conseguirlo todo y a vencer.

Escuché cómo se rasgaba mi blusa al forcejear. Sentí mi falda violeta alzarse hasta las caderas, pero sólo me preocupé de mi venganza... La sangre de mis arañazos surcaba la cara de Arden también, y el viento zarandeaba su pelo y el mío. Todo a nuestro alrededor nos golpeaba con la furia de una Naturaleza enloquecida, conduciéndonos a más y más violencia.

Me abofeteó dos veces. Al igual que Papá había abofeteado a Mamá por la cosa más nimia. Nunca hasta ahora había hecho algo así. Eso me puso aún más furiosa, pero no llegué a sentir el dolor. Me agarró de nuevo por las manos, pareciendo percatarse de que no podía correr el riesgo de permitirse soltarme de nuevo las muñecas.

—¡Basta! ¡Basta! —gritó Arden por encima del azotante viento—. No permitiré que me hagas esto a mí o a ti misma. Audrina,. si debes ver lo que hay en esa tumba, iré a casa a por una pala. Mira tus manos, tus pobres, pobres manos.

Ya me las había sujetado, pero de nuevo conseguí liberármelas, aguardando a poder arrancarle los ojos del cráneo. Luego se apoderó una vez más de ellas y empezó a oprimir mis sucias manos contra sus labios, mientras sus ojos se dulcificaban y miraban hacia la furia de los míos.

—Estás ahí tumbada mirándome con odio, y yo todo lo que puedo pensar es en lo mucho que te quiero. ¿No te has vengado ya lo suficiente? ¿Qué más deseas hacerme?

—Avergonzarte, herirte, como me has avergonzado y herido a mí...

—Muy bien, pues adelante...

Me liberó las manos y quedó a horcajadas encima de mí, llevándose las manos a la espalda.

—¡Adelante! —aulló al verme titubear—. Hazme lo que quieras. Emplea esas destrozadas y sucias uñas en mi rostro, húndeme los pulgares en los ojos, y tal vez cuando me dejes ciego quedarás satisfecha...

Le abofeteé repetidamente con la palma abierta, primero con una mano y luego con la otra. Hizo una mueca de dolor al bambolearse su cabeza de un lado a otro, a causa de la fuerza de mis duros golpes. Mis fuerzas eran las de un hombre por toda la rabia que sentía. La adrenalina bombeó a través de mi cuerpo mientras chillaba y le atizaba.

—¡Bestia! ¡Bruto cobarde, suéltame! Vuelve con Vera..., puesto que sois tal para cual.

Tan enfurecida como me encontraba, sus ojos ambarinos parecieron chisporrotear al contemplarme. Por encima de nosotros, el firmamento se abrió por completo. Los relámpagos zigzaguearon y el rayo alcanzó un roble gigante, que debía haber hecho llegar sus raíces hasta cada uno de los Whitefern enterrados en este cementerio. El árbol se hendió y se desplomó con un inmenso estrépito a escasos metros de nosotros y empezó en seguida a arder.

Ni siquiera volvimos la mirada para contemplar la muerte del gigante. Continué golpeando su rostro y su pecho con los puños, que ahora estaban ya llagados, sangraban y comenzaban a debilitarse y a doler. Pareciendo ahora enfurecido, completamente fuera de sí mismo, Arden dejó caer encima de mí con rudeza todo su peso, casi hundiéndome en la suave y embarrada tierra. Mi espalda se arqueó, traté de liberarme de él, pero comenzaba ya a cansarme. Maldijo como nunca lo que había hecho antes y luego trató de incrustar sus labios encima de los míos. Giré la cabeza hacia la derecha y luego a la izquierda, y de nuevo a la derecha, pero aunque hice todo lo posible no pude escapar de aquel brutal beso que abrasó mis labios, e hizo que mis dientes mordiesen aquella tierna carne que tenía dentro de la boca.

Luego su violadora mano se metió dentro de mi desgarrada blusa y desprendió mi sujetador que se abrochaba por delante. El ver su lujuria animal me hizo desear matarle. Me retorcí, me agité, di vueltas y chillé, mientras sus manos desgarraban mi blusa y mi sujetador, y los arrojaba a un lado. Al final, todo conflicto entre un hombre y una mujer acaba siempre así... ¡Le odié! Le odié con tal pasión que deseé matarle.

Pero mientras luchaba con él, algo tan voraz como lo que él albergaba me traicionó y se incendió. Seguí luchando, pero, entre mis golpes, comencé a responder a sus besos, separando los labios, mis puños dejaron de agitarse y, de repente, mis brazos le aferraron y atraje su cabeza hacia la mía. Mordí sus labios, para que los apartase, pero siguió con aquel beso hasta que yo también estuve besándole, acariciándole, amándole y odiándole, desgarrándole sus húmedas ropas también, hasta que ambos estuvimos desnudos sobre la tumba de mi hermana muerta.

En sus brazos, sobre aquella fosa, mientras la tormenta rugía en crescendo, me rendí a la mayor pasión de mi vida. No una pasión dulce, de un amor tierno, como había sido en otro tiempo, sino una pasión brutal que devoraba y exigía. Jadeando y ahogándome, volví a la realidad de vez en cuando, para encontrarme sacudiéndome con un orgasmo detrás del otro. Luego Arden rodó y se acercó a mí de una forma diferente, convirtiéndome en el animal que él parecía ser. Sus manos buscaron debajo de mí y se apoderaron de mis lastimados pechos. Gimió.

Luego todo hubo acabado, y nos encontramos imbricados y entrelazados. Incluso así, seguimos besándonos, y yo le devolví beso por beso, como si no hubiésemos tenido ya suficientes y quisiéramos hacerlo una y otra vez, y no detenernos nunca hasta morirnos.

Mientras aquellas oleadas de ardiente deseo iban y venían sin pausa, aquí, entre la tormenta, cuando el mundo parecía que acabaría de un momento al siguiente, y ya no me importaba ningún pecado, regresé poco a poco a mí misma. Me sentí furiosa al comprobar que había perdido de nuevo, que no había hecho otra cosa que claudicar.

—No abandonaré este lugar hasta que haya visto su cadáver —le dije, mientras me ponía en pie y comenzaba a recoger mis empapadas, sucias y desgarradas prendas..., como ella, exactamente igual que ella.

—Si eso es lo que deseas y lo que necesitas para convencerte —me respondió con enfado—, correré hasta la casa y conseguiré una pala... ¡Pero aguarda a que regrese!

—Muy bien. Pero apresúrate.

Cerrándose la cremallera de los pantalones, echó a correr, por lo que pronto Arden desapareció en aquel día que se había convertido en noche. Tal vez eran las seis de la tarde; la hora entre dos luces debería haber llenado el firmamento de brillantes colores, sino que la noche era negra como la brea, y la tormenta se enfurecía con todas sus fuerzas. Sin embargo, no busqué el menor abrigo, sino que me dejé caer de bruces en el suelo y comencé a llorar.

En lo que parecieron sólo unos minutos, Arden estuvo de vuelta. Me gritó que me apartase de allí; luego puso el pie encima de la pala y, salvajemente, comenzó a hundirla en aquella empapada tierra. Empezó a palpitar y a jadear, mientras sacaba paladas de barro. Luego boqueó.

—Este suelo está sólo a dos metros por encima del nivel del mar. La ley insiste en que debe hacerse una fosa con bóveda de cemento..., por lo que la alcanzaré pronto.

La lluvia casi me había cegado. Me arrastré más cerca para poder mirar y ver la bóveda *de ella*. Arden siguió cavando incansablemente, hasta que apareció agua en el profundo agujero. De rodillas en el mismo borde, el lodo comenzó a deslizarse. Me agité y extendí las manos en busca de algo a lo que aferrarme, resbalando incapaz de detener mi inercia.

418

Arden gritó:

—¡Atrás!

En aquel momento, me precipité encima de él y ambos nos escurrimos hasta la vacía tumba.

Desolada, miré a lo hondo de sus ojos.

—Arden..., ¿significa esto, realmente, que soy la Primera y Mejor Audrina?

La tristeza se reflejó en su profunda voz.

—Sí, cariño.

Tiró la pala y me abrazó.

—Tu padre no mintió. Te dijo la verdad.

Se desvaneció toda la fuerza que antes había sentido. Quedé lacia en sus brazos, sumergiéndome en la comprobación de que había sido yo la violada en grupo a la edad de nueve años, y que toda mi familia —Mamá, Papá, tía Ellsbeth e incluso Vera— se habían puesto de acuerdo para engañarme. ¿Qué les hizo pensar que era tan débil como para no enfrentarme con todo esto? ¿Hacerme sentar en aquella maldita mecedora para ganar la paz y el contento, para averiguar qué era aquello especial, que llamaban «sus dones», cuando siempre habían sido los míos? Yo era la Primera, la Mejor Audrina, y me habían traído a esta tumba, forzándome a depositar flores en aquella urna que era, en verdad, la mía. Oh, Dios mío, eran ellos los locos...

De alguna forma, Arden consiguió hacerme salir la primera de la fosa y luego logró encaramarse y abandonar aquel agujero. Deseó que volviese a la casa, pero eso hubiera sido tanto como ver de nuevo a Papá y a Vera, y todavía no tenía las fuerzas suficientes. Devastada y destrozada, conseguí, no obstante, andar al lado de Arden, entre la lluvia que aplastaba nuestras ropas contra el cuerpo, el cabello contra nuestras cabezas. Al igual que víctimas de guerra, nos tambaleamos ciegamente hacia delante, realizando aquel largo viaje hacia la casa del engaño. Pero cuando llegamos allí, la lluvia nos había liberado ya del barro.

Una vez en el interior de la mansión, Arden se apresuró a llevarme a los aseos del piso bajo y me secó el cabello. Me quitó las prendas húmedas mientras yo permanecía allí temblando, castañeteándome los dientes y en los brazos piel de gallina. Me frotó con una toalla limpia antes de oprimir su rostro entre mis muslos. Di un salto ante la conmoción eléctrica causada al besarme allí. ¿Por qué no me había besado así antes?

—Nunca me permitiste hacer una cosa así —me explicó mientras cogía un albornoz blanco de tela de felpa del armario de la ropa blanca, tendiéndolo ante mis brazos para que me lo pusiera.

Sus labios me rozaron en el hombro antes de que me arropase en el albornoz.

—No me dejes de nuevo. Grita, chilla, golpéame, pero no te deshagas de mí. No sé cómo hacerte frente cuando permaneces silenciosa y fría. Esta noche, cuando peleabas y chillabas, me pareció que estabas llena de vida y, por primera vez, tuviste un dominio de tu vida, y aunque creyeses ser la derrotada, en realidad fuiste la vencedora. Me has hecho ver qué maravillosas pudieron haber sido nuestras vidas, y qué magníficas serán a partir de ahora.

No podía decidir nada en este momento. Tenía que encontrar a Papá y enfrentarle con las numerosas preguntas que debía hacerle. Le forzaría a responderme de un modo u otro. Me aparté del abrazo de Arden.

—Necesito ver a Papá, y luego ya hablaremos acerca de todas estas cosas.

Impaciente, aguardé a que Arden se secase el cabello y se cambiase sus ropas húmedas por un albornoz parecido al mío.

Luego, con él a mi lado, me dirigí en busca de Papá.

EL RELATO DE PAPÁ

En los pasillos, las lámparas arrojaban sus sombras contra las paredes, mientras Arden y yo subíamos las escaleras que nos llevarían al desván y luego a la cúpula... Pero antes de que estuviésemos a mitad de camino de la escalera de caracol, oí la voz de Sylvia que trataba de hablar con Papá.

—¿Au...dri...na...?

—No sé dónde está —le respondió Papá, como contra su voluntad—. Vine aquí por ella... Desde este punto privilegiado se puede mirar a varios kilómetros a la redonda, pero no veo absolutamente nada.

—Estoy aquí, Papá —exclamé, mientras aparecía por la abertura en el suelo y me plantaba delante de la alfombra turca.

Rápidamente, Papá cerró la ventana para mantener afuera la lluvia y el viento, que hacía oscilar frenéticamente los carillones.

Mi enorme Papá parecía agotado, demasiado débil para enfrentarse con las preguntas que debía hacerle.

—¿Qué me hiciste? ¿Por qué me mentiste? Papá, cavamos en la tumba de ella... ¡Está vacía!

Se dejó hundir hasta el suelo, con su gran cabeza inclinada.

—Hice lo que pensé que era lo mejor.

¿Cómo podía saber qué era lo mejor para mí? Era un hombre. ¿Cómo podía cualquier hombre conocer lo que se sentía cuando una mujer, o una muchacha, era mancillada, deshonrada?

Su cabeza se alzó y sus oscuros ojos imploraron comprensión, diciéndome que estaba cansado, desesperadamente cansado de tratar de devolverme el orgullo que los muchachos me habían robado.

—Te habían dejado tan poco orgullo, tan poco, y a los nueve años era tan escasa edad hasta llegar a la muerte... —explicó con una voz áspera y herida, mientras yo me le quedaba mirando y los brazos de Arden me rodeaban para darme fuerza adicional—. Y si tu madre mintió, y yo mentí, ambos hicimos lo que pudimos para hacerte creer que había existido una Primera Audrina, y que había sido ella la violada y no tú.

—¡Pero, Papá! —grité—. ¿Cómo me hiciste olvidar lo que había sucedido? ¿Quién te dio derecho a apoderarte de mi mente y llenarla de agujeros, con los que me he pasado toda mi vida creyendo que estaba medio loca?

—El amor hacia ti me dio ese derecho —respondió débilmente—. No es tan fácil engañar a una chiquilla. Cariño, escúchame y no cierres tu mente. Tu tía explicó centenares de veces que deberíamos ser honestos y ayudarte a hacer frente a todo, y, en ocasiones, tu madre estuvo de acuerdo con ella. Pero fui yo el que no quiso que vivieses con lo que te había sucedido. Fui yo quien tomó la decisión de hacer cuanto pudiese para borrar de tu mente aquel día lluvioso en los bosques.

Me liberé de los brazos de Arden y comencé a pasear por la alfombra turca, mirando hacia Sylvia, que había retrocedido hasta una ventana y alzado la mirada hacia los carillones de viento, como si los estuviese oyendo sonar, cuando ahora colgaban inmóviles.

Papá prosiguió, siguiéndome con sus turbados ojos.

—Eres la única Audrina. Jamás hubo otra. Después de que fueses..., después de lo que te sucedió, hice cavar una tumba y poner una lápida para convencerte de que habías tenido una hermana mayor que había muerto. Fue mi forma de salvarte de ti misma...

Su voz se había vuelto monótona.

¿Lo habría sabido durante todo el tiempo y me había escondido de la verdad? La pregunta me acosó. ¿Había sabido que era la primera pero no ya la mejor? Sollocé, sintiendo que me destrozaba por completo a mí misma.

En mi mente, se abrió el recuerdo de haber llegado tambaleante aquel día a casa, sabiendo que la mansión estaba llena de los invitados para el cumpleaños, que sus coches se hallaban aparcados en la entrada de vehículos..., y dentro de la puerta trasera mi madre me había cogido, y me hizo sentarme en aquella agua caliente, mientras chillaba, y manejaba aquel rígido y duro cepillo para frotarme donde ya sangraba y estaba llagada. Mi propia madre me lastimaba más que aquellos chicos. Consiguió llagarme toda la piel, que empezaba a sangrarme, tratando de limpiarme de aquellas porquerías y, al mismo tiempo, haciéndome saber que nunca quedaría limpia, puesto que no podría alcanzar al interior de mi cerebro y cepillar allí..., que Papá ya no me querría..., que nunca me querría...

Dándome la vuelta, me enfrenté de nuevo con mi padre.

—¿Qué hiciste para que olvidase? ¿Cómo lo hiciste?

—Estáte quieta y permíteme decírtelo —replicó, con el rostro cada vez más enrojecido—. Voy a confesarte algo que he tratado de ocultarme a mí mismo... No creía que pudieses hacer frente a aquella violación en cuadrilla..., porque era yo el que no podía hacerme a la idea... Para salvarme a mí mismo, y a mi amor por ti... debía convertirme en aquella misma casta niñita que nunca conocería nada malo. Cuando no quisiste regresar a la escuela, ni comer, y te negaste a mirarte en ningún espejo, porque no querías ver el rostro de una chica que había sido tan brutalmente mancillada, te llevé a un psiquiatra. Trató de ayudarte, pero, al final, decidió que lo mejor que se podía hacer era administrarte un tratamiento de electrochoque. Yo estaba allí el día que te sentó y ató. Gritaste tanto, que tuvieron que ponerte un esparadrapo en la boca. Yo también gritaba por dentro. Luego conectaron aquella electricidad en tu cerebro..., y te retorcistes y trataste de gritar. Fue como un horrible gorgoteo que he escuchado hasta el día de hoy..., y yo también grité, no pude resistir que lo hiciesen de nuevo. Te llevé a casa y decidí que, a mi modo, haría lo mismo pero sin torturas.

Dejé de pasear y me le quedé mirando con fijeza.

—Pero, Papá, recuerdo algunas cosas. Mi gato llamado *Tweedle Dee*, y me acuerdo de haber visitado la tumba de la Primera Audrina... y tenía siete años entonces, Papá, sólo siete años...

Sonrió con cinismo.

—Eras una chica muy lista y tuve que ser más astuto que tú. Pero, a pesar de tu inteligencia, sólo eras una chiquilla. No fue difícil para un adulto el decirle a una niña cualquier cosa y hacérsela creer. Y deseaba que retuvieses unos cuantos recuerdos, por lo que los implanté en tu cabeza forjados aún a medias. Tenías siete años el primer día que conociste a Arden; te permití quedarte con ese recuerdo. Te puse en mi regazo mientras me sentaba en aquella mecedora, hablándote acerca de tu hermana mayor, te remodelé, rehíce lo que habías sido antes; limpia y pura, dulce y encantadora. Sí, fui yo quien implantó un gran número de nociones en tu cabeza. Te consideré un ángel demasiado bueno para este mundo, en el que la inocencia es aborrecida. Eras para mí cuanto existía de dulce y femenino, y el que te hubiesen violado constituía una abominación con la que no podía vivir. Lo hice también por mí mismo, para convencerme de que no había sido mi hija la violada, mi bella, dotada e inocente chiquilla. Y lo hice muy bien, ¿verdad? Te salvé de pensar que estabas mancillada, ¿no es cierto? Si no lo hubiese hecho así, ¿en qué te hubieses convertido, Audrina? ¿En qué? Todo tu orgullo en ti misma se había desvanecido. Te oprimías contra las sombras. Tratabas de vivir en ellas. Deseabas morirte, y así hubiese ocurrido de no haberme dedicado a reconstruirte. Te conté todas las buenas cosas acerca de tu vida, y te forcé a olvidarte de todo lo malo..., excepto unas pocas cosas. Necesitamos algunas experiencias para poder apreciar las cosas buenas. No eras estúpida; tal vez, a tu manera, eras muy inteligente.

Asentí, casi ausente, reviviéndolo todo de nuevo, cómo había hecho lo máximo posible por apartarme del horror de lo que aquellos chicos me habían inferido aquel espantoso día lluvioso.

—¿No te lo lavé de la memoria? —imploró, con ojos

brillantes de lágrimas—. ¿No quedó todo limpio? ¿No construí para ti un castillo de cuento de hadas en el que vivir, y no puse a tu alrededor sólo lo mejor? No por tu madre, Audrina, sino por *ti*, robé y engañé, para concederte todo aquello que te había sido robado. ¿No hice lo suficiente? Dime qué no he hecho...

Se enjugó con el puño aquellas lágrimas de piedad por sí mismo, como si sufriese más que yo.

—Día tras día, te sostuve en mi regazo y te conté, una y otra vez, que aquello no te había sucedido a ti sino a tu hermana mayor, y que habían matado a la Primera Audrina y la habían dejado en un montículo debajo de un árbol dorado. Incluso traté de hermosear su muerte. *No tú* —te dije machaconamente—, *es la otra Audrina la que está muerta en aquella tumba.* Al cabo de algún tiempo pareciste olvidar, y en tu mente hiciste algo que incluso me sorprendió. Te olvidaste de la violación, e imaginaste que algo misterioso había matado a la Primera Audrina en los bosques. Por ti misma, despejaste de tu memoria el recuerdo de aquella violación.

Me estremecí y luego aparté la mirada de Papá que seguía hablando.

—Te mecí, te acuné en mis brazos y te conté que todo aquello era una pesadilla, y me contemplaste con aquellos ojos grandes y torturados, tan esperanzados, tan deseosos de creer que no te habían ocurrido a ti todas aquellas cosas... A mi propio modo hice por ti todo cuanto pude...

Lo mejor que pudo, lo mejor que pudo...

—¿Me escuchas, cariño? Te convertí de nuevo en virgen. Tal vez te confundí un poco, pero fue lo mejor que pudiste realizar.

La lluvia caía en *staccato* sobre la punta revestida de cobre de la cúpula, tamborileando para mi aceptación, diciéndome, una y otra vez, que, en lo profundo de mi ser, había sabido aquello durante todo el tiempo.

—¿Fue fácil hacer deslizarse el tiempo, Papá, y que me olvidase de mi verdadera edad?

—¿Fácil? —me preguntó roncamente, frotándose sus cansados ojos—. No, no fue fácil. Hice todo lo posible por borrar el tiempo, por hacerlo carecer de importancia. Dado que vivíamos tan alejados de los demás, pude engañarte. Dejé de recibir periódicos. En vez de ellos, puse otros viejos en el buzón del correo. Te convertí en dos años más joven. Quité todos los calendarios y le dije a tu tía que tampoco te dejase ver la televisión en su aparato. Conseguí que todos los relojes de esta casa diesen la hora en diferentes momentos. Te administramos tranquilizantes para tus dolores de cabeza, y llegaste a creer que se trataba sólo de aspirinas, por lo que, con frecuencia, te quedabas dormida. A veces te despertabas de una siestecita y creías que ya era otro día, cuando sólo había pasado una hora. Estabas confundida y dispuesta a creerte cualquier cosa. Me parece que esto te concedió paz. Le hice a Vera jurarme que jamás te diría la verdad, o sería castigada tan severamente que nunca más querría mirarse en un espejo..., y que tampoco heredaría ni un céntimo si traicionaba lo que estaba haciendo. Tu madre y tu tía te llevaban dos veces a la semana para «la hora del té» de los martes, a fin de que creyeses que el tiempo se movía con rapidez. Siempre me estabas preguntando a qué día estábamos, en qué semana, en qué mes... Incluso en qué año... Deseabas conocer tu edad, por qué no celebrabas fiestas de cumpleaños, y por qué Vera tampoco los tenía. Te mentimos y no te dijimos nada que te hiciera consciente del paso del tiempo. Al cabo de una semana, te convencíamos de que habían transcurrido varios meses. Y, en diecisiete meses, te hicimos creer que habías tenido una hermana mayor que murió en los bosques..., ése fue todo el tiempo que nos costó... Y tu tía y tu madre te hicieron de maestras y te mantuvieron al día en tus tareas escolares, aunque yo te dije que nunca habías acudido a la escuela. Parecía más seguro de aquella manera. Cuando regresaste, te mandamos a una nueva escuela donde nadie conociese tu historia...

Había lágrimas en mis ojos. No en los de la Primera y Mejor Audrina sino en los míos.

—Adelante, Papá —susurré, sintiéndome muy débil, muy extraña, con los ojos remachados en los de él, como para captar hasta el último fragmento de verdad que había allí.

El contarlo así era como vivirlo de nuevo, y tampoco resultaba nada placentero para él.

—Audrina, te mentí y engañé sólo para ahorrarte sufrimientos. Hubiera dicho cualquier mentira, hecho lo que fuese para que volvieses a ser aquella niña maravillosa, tan confiada en sí misma, tan amistosa y que no temía nada. Y si te preguntas ahora acerca de algunos incidentes que no puedes recordar, acuérdate de que tenías tendencias suicidas, que tratabas de destruirte a ti misma. En cierto modo, creo que salvé no sólo tu vida sino también tu cordura.

Mi corazón latía con fuerza. Algo pasaba en mi cuerpo, pero las revelaciones llegaban hasta mí como golpes, haciéndome preguntas cuando debía conjeturar que se equivocaba. Había estado de pie ante la tumba de la Primera y Mejor Audrina, y envidiado porque la había amado primero, y mejor de lo que jamás me amaría a mí. Había deseado ser ella, sólo para haber conocido aquella clase de amor. Me parecía horrible y una locura que yo *hubiera sido* ella durante todo el tiempo, la primera, la mejor..., no la segunda y peor...

Las lágrimas resbalaron por mis mejillas mientras me arrodillaba cerca de mi padre, para que pudiese abarcarme con sus brazos. Como si fuese aquella mancillada niñita de nueve años, me meció hacia delante y hacia atrás.

—No llores, cariño, no llores. Todo ha pasado ya y aún sigues siendo la misma dulce muchachita que siempre fuiste. No has cambiado. La porquería no puede llegar a tocar a ciertas personas. Y tú eres de esa clase.

Y una vez más, allá en la cúpula, me sentí con nueve años, violada, degradada y ya no del todo humana.

Sólo entonces miré hacia la abertura en el suelo y vi allí a Vera. Sus oscuros y brillantes ojos mostraban tanto odio, tanta malicia, que sus labios le temblaban. Su extraño y anaranjado pelo parecía poseído por la electricidad mientras me contemplaba. Trozos y fragmentos del pasado comenzaron a destellar detrás de mis ojos.

Aquella mirada de envidia en el rostro de Vera..., la manera en que sentía cuando pensaba en la Primera Audrina. Gustosamente, Vera me quería ver muerta, como había estado yo contenta de que la Primera Audrina hubiese muerto. Ahora recordaba mi noveno cumpleaños. Recordaba aquella mañana, cuando me preparaba para acudir a la escuela. No había acabado aún de vestirme. Vera y yo usábamos el mismo cuarto de baño para lavarnos y vestirnos para ir al colegio. Vera me contempló al salir de la bañera.

—Ponte hoy tus mejores enaguas, Audrina. Las que

tienen aquellos encajes hechos a mano y los trebolillos, que te gustan tanto. Y lleva también unas bragas a juego.

—No. Me pondré todas esas cosas cuando regrese a casa. Aborrezco los aseos de la escuela. Odio que Mamá me fuerce a ponerme mi mejor vestido para acudir al colegio, puesto que todas las chicas están celosas y me aborrecen por obrar así.

—Oh, tonta, no ha sido idea de Mamá, sino mía. Ya es hora de que las chicas del pueblo sepan qué clase de bonitas prendas tienes. Cree que es una maravillosa idea mostrarles que las niñas Whitefern aún llevan vestidos de seda..., y todo lo demás.

Me detuve en el porche y observé cómo Vera se dirigía a que la recogiese su autobús escolar. Se dio la vuelta y me saludó a su vez.

—Disfruta de tu pedestal por última vez, Audrina. Puesto que, cuando vuelvas a casa, serás como el resto de nosotros... Ya no serás pura...

Pegué un bote ante tal recuerdo y me quedé mirando a Vera con una nueva conciencia. «No —intenté convencerme a mí misma—, Vera no pudo haber mandado a aquellos chicos contra mí...» ¿O sí? Existían muchas y vagas sendas en los bosques, que se extendían por varios centenares de hectáreas.

Fueron aquellos ojos negros los que la traicionaron, la forma astuta en que me miraba de arriba abajo, burlándose, riéndose en silencio de mí, como si hubiese conseguido lo mejor de mí, sin importar lo que yo hiciese.

—¿Fuiste tú la que lo planeó todo, verdad, Vera? —le pregunté, tratando de mantener mi voz calmada y mis pensamientos dentro de la racionalidad—. Me odiabas y me envidiabas tanto que deseabas que Papá también me odiase. Lloré con la cabeza en el regazo de Mamá, pensando que algo de lo que había hecho obligó a aquellos chicos a imaginarse que era una malvada. Me eché la culpa por haberme burlado de ellos. Pensé que había realizado algo inocente que les imbuyó unas ideas diabólicas, cuando no podía recordar haber dicho o hecho nada para hacerles pensar que yo no era la estupenda clase de niña que Papá deseaba que siguiese siendo. Fuiste *tú* la que les explicó las sendas que tomaría...

A pesar de mí misma, mi voz se fue elevando, tomando un tono acusatorio. Permanecí allí de pie y luego me acerqué unos cuantos pasos hacia Vera.

—¡Oh, basta ya! —gritó—. Todo ya ha ocurrido y pasado, ¿no es verdad? ¿Cómo podía saber que desobedecerías y tomarías el atajo? No fue culpa mía... ¡Sólo fue culpa tuya!

—¡Aguarda un momento! —gritó Papá, poniéndose en pie de un salto y corriendo hacia mi lado, mientras Arden se aproximaba también—. Muchas veces entreoí habladurías en las tiendas del pueblo, respecto de alguien de esta casa que traicionaba a mi hija. Pensé que se trataba del chico que podaba nuestros arbustos y cortaba el césped. Pero, naturalmente, debías ser tú... No era de esta casa, sino que incubábamos entre nosotros a una víbora... ¿Quién más de aquí desearía herir a Audrina sino la niña no deseada que no conocía quién era su padre...?

Con aspecto aterrado, Vera retrocedió un poco más.

—¡Que tu alma se pudra para siempre en los infiernos! —rugió Papá, al mismo tiempo que avanzaba amenazadoramente como si deseara acabar con Vera, que ésta dejase de alentar—. En aquella época, ya creía que era mucho más que una coincidencia. El día de su cumpleaños..., pero tu madre siempre siguió diciendo que eras inocente. Ahora lo sé. ¡Dispusiste que aquellos muchachos violasen a Audrina!

Vera se llevó las manos a la garganta y trató de protegerse con su brazo roto. Había tanto terror en aquellos grandes ojos como en los de Papá.

Le gritó:

—¡Soy tu hija y tú lo sabes! ¡Niega todo lo que quieras, Damian Adare, pero yo soy como tú! Hago todo lo que sea para conseguir cuanto deseo..., lo mismo que tú. Te odio, Damian, realmente te odio... ¡Y odiaba a aquella mujer que me dio a luz! ¡He odiado cada día que he debido vivir en este agujero del infierno al que llamas «Whitefern». Le diste a mi madre un cheque cuando deseaba irse a Nueva York para vivir conmigo..., y no era bueno... Un maldito cheque sin fondos para pagar todos aquellos años en que no fue nada más que una esclava en esta casa...

Papá dio otro paso amenazador hacia Vera.

—No digas una palabra más, muchacha, o lamentarás

el día en que naciste... No has sido nada más que una lapa a mi lado desde el día en que tu madre te trajo aquí. Y fuiste tú la que aportó la información de que Arden había estado en el escenario de la violación de mi hija, y que no había hecho nada para salvarla. Te echaste a reír cuando contaste que había escapado corriendo. Te refocilaste con ellos, Vera. Si no me lo hubieses recordado precisamente ahora, me hubiese olvidado.

Los ojos de Papá se entrecerraron peligrosamente.

Al igual que una tigresa, Vera se lanzó hacia delante para enfrentarse con Papá, pareciendo olvidarse de su brazo roto, incluso olvidando que era una mujer y él un enorme y poderoso hombre, que podía ser implacable si se enfrentaba con ella.

—¡Tú! —le escupió—. ¿Y qué demonios me importa lo que pienses? No me diste nada después de que naciera Audrina. Me trataste como si no existiese, una vez la dulce Audrina llegó aquí desde el hospital. Me expulsaste de la bonita habitación que habías preparado para mí, y que se convirtió en un cuarto de niños para ella. Todo fue dulce Audrina por aquí, dulce Audrina por allá, hasta hacerme vomitar. Nunca me dijiste la menor palabra amable. La única vez en que te percatabas de mi existencia fue cuando me ponía enferma o me lastimaba. Deseé que me amases y te negaste a amar a cualquier otra persona que no fuese Audrina...

Sollozó entonces y se apresuró a oprimir la cara contra el pecho de Arden.

—Sácame de aquí, Arden..., sácame de aquí... Quiero sentirme amada. No soy mala, realmente no soy mala...

Papá rugió entonces como un toro y cargó. Dando un grito, Vera se soltó de Arden, dio la vuelta y echó a correr hacia las escaleras. Pero se olvidó de que llevaba aquellos zapatos con la suela más gruesa. Nunca debió correr en aquellas condiciones. La suela más gruesa de su zapato izquierdo la hizo torcerse el tobillo. Perdió el equilibrio y comenzó a caer... y la abertura que daba a las escaleras de caracol se abrió como una enorme boca ante ella.

Al igual que una muñeca filmada a cámara lenta, se precipitó de cabeza por aquellas escaleras de caracol. Sus gritos taladraron el aire en unos breves y horribles estallidos. En primer lugar, su hombro chocó contra un lado de la barandilla de hierro y luego rebotó y chocó con el lado opuesto.

Girando una y otra vez, golpeándose continuamente con el duro metal, se apagó su último grito a mitad del aire al derrumbarse en el fondo, donde se quedó tendida.

En un abrir y cerrar de ojos, Arden bajó a toda prisa las escaleras, arrodillándose a su lado mientras Papá, Sylvia y yo nos apresuramos a descender también. Vera yacía allá abajo, inmóvil, con los ojos oscuros desenfocados y comenzando ya a ponerse vidriosos mientras contemplaba a Arden, que le apoyó la cabeza contra su regazo.

—Sácame de aquí, Arden —gimió en un débil susurro—. Llévame lejos de este lugar donde todo el mundo me ha odiado siempre. Sácame de aquí, Arden..., sácame de aquí...

Entonces cayó en la inconsciencia. Arden depositó con cuidado su cabeza contra el suelo y, sin mirar lo más mínimo hacia mí, se precipitó a llamar a una ambulancia para que llevasen a toda prisa a Vera al hospital..., una vez más...

Transcurrieron varias horas antes de que oyese cerrarse una puerta a lo lejos, lo cual me dijo que Arden había regresado de la sala de urgencias del hospital. Bajé la lámpara de gas de al lado de mi cama y cerré los ojos, confiando en que Arden se mantuviese alejado y no me importunase con cuentos de los huesos rotos de Vera que debían ser curados. Temía escuchar su simpatía hacia ella, temía que estuviese de acuerdo en llevársela para siempre de aquí...

Al igual que una chiquilla que tiene miedo de la oscuridad total, me sentía indefensa sin una lucecita. Sin embargo, la oscuridad total fue lo que deseé cuando se acercó a mí con sus noticias. La puerta de mi dormitorio se abrió y cerró con suavidad. El aroma de Arden me alcanzó.

—He pasado algún tiempo con Damian, contándole lo de Vera... ¿Puedo hablar ahora un poco contigo acerca de ella? —me preguntó, acercándose y sentándose en un lado de mi cama.

Sus cansados ojos movieron a mi corazón a compasión. Una no querida simpatía trató de robarme mi determinación de no permitirle disuadirme respecto de lo que estaba decidida a hacer. Lo que debía llevar a cabo.

—No es necesario que te apartes —me dijo con cansada impaciencia—. No tengo la menor intención de tocarte. Vera ha muerto hace unas dos horas. Tenía demasiadas lesiones internas para poder sobrevivir; hasta el último hueso de su cuerpo se le había destrozado...

Comencé a temblar. Alguna parte de mí siempre había anhelado llegar hasta Vera y convertirla en mi hermana.

—No sé qué sientes —prosiguió Arden con voz débil—. Alguna parte de nosotros parece disminuir cuando alguien muere. Vera nos donó algo antes de morir, Audrina. Tres muertes por caídas accidentales en esta casa han hecho sospechar un poco a la Policía, y empezaban ya a interrogarme cuando Vera susurró que había tropezado y caído... Que la culpa fue suya...

Me volví hacia un lado, dándole la espalda. Comencé silenciosamente a sollozar. En la oscuridad sentí que se desnudaba, con idea de pasar conmigo toda la noche. Rápidamente, le hablé:

—No, Arden. No te quiero en mi cama. Vete a otra habitación y duerme hasta que tenga tiempo suficiente para pensar en todo esto. Si Vera dijo que la caída fue culpa suya, es que fue así, ¿verdad? Nadie la empujó..., pero fue ella la que me empujó a mí, y cuanto más pienso, recuerdo aquella puerta que se cerró con suavidad después de que encontrase muerta a mi tía... Debió de ser Vera la que empujase a su madre, precipitándola por las escaleras y la que se apoderase de aquel cheque azul del tablero de la cocina, donde yo lo había clavado. Y luego empujó también a Billie... Ella y Papá se hubieran casado, y esto hubiese dado a Papá otro heredero a su fortuna, por lo que planeó también quitarme a mí de en medio.

No se produjo ninguna respuesta por su parte, excepto el cerrar la puerta.

Sólo entonces me levanté, me puse una bata y fui a ver cómo seguía Sylvia. Pero no se encontraba en su habitación. La hallé en el cuarto de juegos que en un tiempo había sido mío. Se mecía gentilmente de atrás adelante, cantando su extraña cantinela... Ahora que miraba a mi alrededor con nueva perspicacia, reconocí todas las muñecas que mi Papá había conseguido en muchas casetas de tiro al blanco. Todos aquellos animalitos de peluche eran otros tantos trofeos que había ganado para mí.

Miraba la bonita y juvenil cara de Sylvia, cantando inocentemente como una de las brujas de los cuentos de Papá respecto de sus antepasados. Los cuentos que, en un tiempo, me hicieron gritar a mí aquella maldición brujeril para detener a los muchachos, aunque no les dio miedo...

Una cuantas muñecas se encontraban en las manos de Sylvia, aparentemente sacadas de los bolsillos de sus sueltas prendas. Muñequitas que yo misma había comprado para complacerla. Muñecas neutras, asexuadas, pero que, en cierto modo, parecían más niños que niñas.

Arden se presentó detrás de mí y se quedó allí observando. Sylvia se hizo hacia atrás, nos miró y luego, lentamente, salió de la habitación sin hacer ruido.

—Siéntate —me gruñó Arden, obligándome a entrar del todo en el cuarto de juegos y empujándome para que me sentase en la mecedora.

Se puso de rodillas a mi lado y trató de cogerme una mano. Me quedé allí sentada pero me libré de sus manos. Arden suspiró y pensé en Billie y en todos los indicios que había tratado de darme, cuando me dijera que su hijo no era perfecto. Pero yo lo deseaba perfecto.

Tal vez esto estuviese en mis ojos al quedármelo mirando, pues le acusé ahora, ultrajada y destrozada respecto de cómo me había fallado cuando más le necesitaba. La tristeza y la culpabilidad brillaron en sus ojos, en los que pude leer sus pensamientos. Pero había hecho muchas cosas más para que sólo recordase aquel vergonzoso día. Incluso ahora le amaba, aunque despreciase su debilidad.

—Éste es el momento que he temido desde el día de tu noveno cumpleaños. Iba corriendo hacia mi casa, planeando acudir a toda prisa a la tuya y presentarme en tu fiesta. Nunca había estado dentro de «Whitefern», y era un gran día para mí. En el camino a través de los bosques hacia mi casita, me detuvieron aquellos muchachos y me explicaron que me quedase por allí para gozar de cierta diversión. No sabía qué querían decir... El tiempo de que disponía me lo pasaba trabajando, y el divertirme con unos niños mayores era algo que nunca había tratado de hacer. Me complació que, al fin, me invitasen, y me uní a ellos cuando me dijeron que me ocultase detrás de unos arbustos. Luego llegaste tú saltando a lo largo de aquella polvorienta senda, cantando para ti misma. Nadie pronunció ni una sola palabra. Al saltar y correr para atraparte y cuando les oí gritarte todo cuanto planeaban hacer contigo, aquello constituyó una pesadilla. Mis piernas y brazos se me quedaron entumecidos... No supe qué hacer para detenerles. Me sentí enfermo de miedo por ti y debilitado por el odio hacia ellos... Pero no pude moverme... Audrina, me forcé en incorporarme... y entonces me viste. Me imploraste con tus ojos, con tus gritos antes de que te metiesen algo en la boca... Y la vergüenza por verme así paralizado me hizo aún más débil. Sabía que me despreciarías por no hacer nada, como siempre me he despreciado a mí mismo por no haber hecho nada, excepto echarme a correr en busca de ayuda. Ésa fue la razón de que echase a correr, puesto que no tenía la menor posibilidad de vencerles en una riña. Uno a uno aún hubiese tenido una oportunidad, pero los tres a la vez... Audrina, lo siento. Ya sé que no es suficiente el decirlo. Ahora me hubiera gustado quedarme y haber intentado defenderte... En ese caso, no me estarías mirando ahora con tal desprecio en tu rostro y en tus ojos.

Hizo una pausa y alargó las manos para tomarme entre sus brazos, y con sus besos tal vez pensó que podría suscitar otro fuego como el que había surgido en el cementerio, y que yo sería de nuevo suya, y le perdonaría...

—Perdóname por haberte fracasado entonces, Audrina. Perdóname por fallarte cada vez que me has necesitado... Dame otra oportunidad, y nunca tendrás ya necesidad de perdonarme por no actuar cuando debería hacerlo...

¿Perdonarle? ¿Cómo podía perdonarle puesto que nunca olvidaría? En dos ocasiones no había hecho nada para salvarme de las personas que deseaban destruirme. No quería concederle una tercera oportunidad...

LA ÚLTIMA VUELTA DE LA TELARAÑA

En un bonito día soleado enterramos a Vera para que descansase al lado de tía Ellsbeth. Resultaba extraño que asistiese a este funeral, cuando había faltado a los de tía Ellsbeth y de Billie. Me hubiera gustado acudir a aquellos otros dos, pero, sin embargo, era el ataúd de Vera el que vi descender en la fosa. Mientras me despedía de Vera, la comprendí. Tal vez con esta comprensión, algún día la perdonaría y la recordaría sólo por los instantes de amor que había disfrutado hacia ella.

Llegamos a casa tras el funeral e, inmediatamente después de haber ayudado a Sylvia a despojarse de sus ropas de luto, Papá me sugirió un juego de pelota en el patio, que nos ayudaría a sobreponernos a la depresión que parecía haberse apoderado de todos nosotros, como si se tratase de una recia capa de niebla, opresiva, lúgubre. Apenas había hablado con Arden desde la noche en que murió Vera, y ahora, tres días después, hice mis planes mientras Papá se apoltronaba en un sillón al otro lado de mí, y trataba, como siempre, de descubrir mis más íntimos secretos.

Cuando Sylvia entró en el vestíbulo, seguida por Arden, sus andares parecían haber mejorado mucho. El aire libre y el sol la estaban dando un poco de color, y aquellos encantadores ojos aguamarina escudriñaron hasta buscarme y sonreírme.

Me fui antes de que Arden tuviese la oportunidad de suplicarme de nuevo, y corrí escalera arriba. En mi dormitorio, me senté en la cama, tratando de pensar por anticipado, para llevar a cabo lo más conveniente para mí y para Sylvia. Papá se acercó a la puerta y se quedó allí, implorándome que no le abandonase. ¿Cómo podía leerme la mente?

—Me lo prometiste, Audrina, me lo prometiste. Toda tu vida has jurado que te quedarías conmigo. ¿Y qué me dices de Sylvia? ¿Le volverás la espalda y la dejarás sin la única persona que puede cuidar de ella?

—Me voy, Papá —respondí cansada—. Te prometí no abandonarte cuando era una chiquilla y no comprendía lo que deseabas de mí, pero no puedo quedarme. Hay algo malo en esta casa. Algo que lo rige todo y que impide a cualquier persona que sea normal o feliz. Quiero irme...

—Piensa en Sylvia —gritó Papá—. Aunque se encuentra mejor, nunca llegará a hablar con confianza o fluidez. Nunca será lo suficiente normal para llevar a cabo cualquier tarea mental difícil... ¿Cómo me sobrevivirá si muero?

No planeaba dejar a Sylvia aquí, pero no quería decírselo. Aún no.

—¿Cómo sobrevivirá Sylvia cuando me haya ido?

Sus oscuros ojos de árabe brillaban de aquella forma que yo siempre tomaba por astucia.

—Y a fin de cuentas has perdido el don. Te han matado aquella cosa especial que había en ti, aquella habilidad para amar sin egoísmos, aquella sensibilidad que siempre te haría acudir cuando alguien te necesitase. Ya no eres aquella chica especial con raras y preciosas virtudes.

Le respondí con dura mofa:

—No existe ningún don, Papá. Ya no te creo, Papá. Es ese proceso de sentarse y mecerse, y esa especie de hipnotización lo que te hace creer en algo. Tengo piedad por esa niña que yo era y que creía en ti con todo su corazón.

—Muy bien —replicó.

Me asestó otra de sus prolongadas y penetrantes miradas, forzándome a bajar la vista. Luego se levantó para irse, y se quedó mirándome desde el umbral con tal tristeza, que tuve que darle la espalda porque no podía soportar su silenciosa presión.

No, estaba más que claro. Debía marcharme de este lugar.

Se fue y cerró con fuerza la puerta detrás de él. Me tendí en la cama y me quedé mirando el techo. «Dormir —pensé—, no soñar nunca más.» Aquélla era la forma en que debía ser. Ya no necesitaba a Arden. Tenía a Sylvia y aquello sería suficiente. Sin embargo, durante toda la noche Arden salió una y otra vez en mis pesadillas por lo que, por la mañana, desperté con un terrible dolor de cabeza y la lengua seca. En la mesa del desayuno, Papá no habló. Por lo general, entraba en la cocina charlando y se iba de la misma manera. *No tiene otro talento que el darle a la lengua durante todo el día*, escuché susurrar al fantasma de mi madre. La mayor parte del tiempo se encontraba de buen humor, siempre intangible a la tragedia, en todo instante un vencedor, pero ahora había conseguido bajarle los humos.

Finalmente, habló mientras Sylvia se empujaba la comida hacia la boca y Arden comía en silencio, sin apetito.

—Vera debió de estar aquí aquella noche en que Ellie y yo sostuvimos nuestra última discusión. Fue Vera la que le puso aquel traje de viaje, y Vera la que metió también todas aquellas prendas en la maleta, para hacernos creer que Ellie planeaba abandonarme.

Sepultó la cabeza entre sus manos y, por un momento, sus amplios hombros se hundieron, como si, a fin de cuentas, la tragedia también le hubiese alcanzado.

—Sabía que Ellie no me abandonaría. Aunque le hubiese dado un millón de dólares, habría seguido quedándose. El vivir durante muchos años en un lugar nos hace enraizarnos muy hondo en el suelo, aunque no desees que eso suceda. Un día, Ellie me diría que hubiera sido feliz en cualquier otro sitio, pero siempre que trataba de marcharse, comprobaba que no podía hacerlo. Solía decir que el mayor error de su vida había sido regresar aquí.

No miró hacia mí de nuevo, pero sabía lo que estaba tratando de hacerme: un lavado de cerebro, para que pensase que no podía existir fuera de esta casa, lejos de sus tiernos y amorosos desvelos... Decirme lo que necesitaba, que precisaba que me quedase, sin hacérmelo saber de una forma directa.

Los numerosos relojes de la casa dieron la hora, cada uno de ellos sincronizado ahora con todos los demás.

El grifo de la cocina goteaba, goteaba...

Sylvia acabó de comer y sacó sus prismas. Los colores destellaron y los carillones de la cúpula comenzaron a tintinear, a tintinear...

Sacudí la cabeza para desembarazarme de aquel hipnotizador encantamiento que me dirigían, no sólo los colores, sino también los sonidos familiares. Papá había arruinado mi vida al considerarme demasiado débil para enfrentarme con la verdad, cuando era él quien fue incapaz de hacerle frente.

Se había hecho a sí mismo un lavado de cerebro tanto a mí.

Y había arruinado la vida de Vera al no haber sido de su gusto desde el principio, porque cada vez le hacía sentirse lleno de culpabilidad, al mirar sus oscuros y astutos ojos, tan parecidos a los suyos propios. Pero yo iba a demostrarle de qué madera estaba hecha.

En esta casa, aún seguía pegándome a las sombras cerca de las paredes, y continuaba evitando los dibujos de colores en el suelo. Aún era una chiquilla, detenida a la edad de nueve años. Probaría a Papá y a Arden que podía desligarme de mis raíces, sin importarme lo que aquello pudiese dolerme, escaparía de esta casa. Me forcé a sacar las maletas de los estantes del armario, y con loca determinación comencé a ir de acá para allá, metiendo todas mis prendas en las maletas abiertas encima de mi cama. No plegaba nada con cuidado, sino que lancé allí los suéteres, las faldas, las blusas, y también hice el equipaje de Sylvia.

Descuidadamente, metí mi ropa interior, amontoné mis medias, zapatos, bolsos, cosméticos..., lo mismo que había efectuado tía Ellsbeth. El reloj de la mesilla de noche marcaba las diez y diez, y puse en hora con él mi propio reloj. A mediodía saldría con Sylvia.

—Audrina —dijo Arden, entrando en mi cuarto y quedándose de pie a mi lado, con sus brazos tratando de rodearme—, no te alejes de mí.

Me empujó hacia su pecho y trató de poner sus labios sobre los míos. Moví la cabeza para soslayar su beso.

—Te amo —me dijo con feror—. Siempre te he amado. A muchas personas les ocurren las cosas más terribles y peores y, sin embargo, siguen unidas. Encuentran de nuevo la felicidad. Ayúdate a ti misma, Audrina. Sé valiente. Ayúdame a mí. Ayuda a Sylvia.

Pero yo no quería ayudar a nadie, si eso significaba quedarme aquí.

Ya no precisaba a Arden. Me había fracasado dos veces, y constituía una cosa razonable el pensar que me fallaría una tercera vez, y que siempre me fracasaría cuando más le necesitase.

Sollozando, me aparté de sus brazos y le dije.

—Voy a dejarte, Arden. Creo que no eres mejor que Papá. Ambos deberíais haberlo pensado mejor, antes de basar toda mi vida en mentiras.

Aquella vez no profirió ninguna palabra. No dijo nada mientras me observaba acabar de hacer las maletas. Con otra ya llena, forcejeé por cerrarla y echarle la llave. Sobresalía la manga de una blusa, pero aquello no me importó. Arden no hizo nada por ayudarme, mientras empujaba con todas mis fuerzas para cerrarla. Finalmente, lo conseguí. Cerré todas mis maletas, que eran cinco. Arden suspiró pesadamente.

—Ahora planeas irte Dios sabe adónde. No me has preguntado lo que yo deseo. No te preocupas de lo que quiera yo. No atiendes a razones ni a explicaciones. ¿Y a esto le llamas justicia? ¿O más bien debes llamarlo despecho? ¿O venganza? Tu amor es algo caprichoso, Audrina. ¿No me debes el quedarte y ver si nuestro matrimonio puede aún salvarse?

No miré hacia él.

—No puedo permitir que Sylvia se quede aquí. Hay algo extraño en esta casa, que conserva todos los recuerdos y los hace constituir parte del futuro. Esta casa alberga tantas tristezas, que ninguno de nosotros tendrá jamás alegrías. Puedes estar contento de que te deje. Te dirás durante todos los días de tu existencia que te escapaste por los pelos de convertirte en algo exactamente igual a como es mi padre, un fraude, un estafador dispuesto a robarle lo que sea incluso a sus propias hijas.

Me asestó una prolongada y dura mirada, me dio la espalda y comenzó a andar hacia la puerta. Desde allí debía decirme aún una última cosa penosa.

—Debo dejar bien claro que Damian trató de ayudarte, pero supongo que ya es demasiado tarde para afirmar una cosa así.

Cogí un caro pisapapeles y se lo lancé a la cabeza. Falló el blanco y se precipitó al suelo. Arden cerró con todas sus fuerzas la puerta del dormitorio.

Minutos después la puerta se abrió con lentitud. En silencio, con lentas pisadas de gato, Sylvia se deslizó en la habitación y se quedó de pie, en silencio, observándome.

—Sí, Sylvia, me voy y te llevo conmngo. Ya he hecho las maletas con tus ropas, y te compraré unos nuevos y bonitos vestidos cuando lleguemos adonde vamos. Ésta no es una casa saludable para que pases aquí tu vida, y quiero concederte días de escuela, parques en los que jugar, amigos de tu edad. Mamá nos dejó a ambas una parte de esta casa, por lo que, si queremos irnos, Papá deberá pagarnos nuestra participación o poner en venta toda la casa. Por lo tanto, digamos felizmente adiós a «Whitefern» y saludaremos a nuestras mejores vidas en cualquier otro lugar.

Sus ojos aguamarina se abrieron al máximo, mientras se apartaba poco a poco de mí. Sacudió con violencia la cabeza:

—¡Noooo...! —jadeó, mientras alzaba las manos como para protegerse de un enemigo—. Qué...da...te... Aquí... Hogar...

Una vez más hablé con ella y le expliqué que se iría conmigo y, tan violentamente como antes, me dijo, de todas las maneras posibles y sin hablar, que nunca, nunca, dejaría a Papá o a «Whitefern»...

Fui yo esta vez la que retrocedí. No permitiría que su devoción hacia Papá socavase mi determinación de obrar por mi cuenta, por primera vez en mi vida. Que se quedase con Papá en «Whitefern»... Tal vez también fuesen tal para cual...

—Adiós, Papá —le dije una hora después—. Cuídate mucho. Sylvia va a necesitarte mucho más después de que yo me haya ido.

Las lágrimas surcaron sus llenas mejillas y le cayeron en su limpia camisa.

La voz de Papá me siguió cuando me acerqué a la puerta. Llevaba sólo una pequeña bolsa. Ya regresaría a por todo lo demás.

—Todo cuanto he querido más en mi vida ha sido que una mujer me viese como una persona delicada y noble. Pensé que serías tú... Audrina, no te vayas... Te daré todo cuanto poseo, todo...

—Ya tienes a Sylvia, Papá —le respondí con una rígida sonrisa—. Limítate a recordarlo cuando ya me haya ido de esta casa. Hiciste a Vera de la forma que era, y me has hecho a mí como soy, como también has moldeado el destino de Sylvia. Sé amable con ella. Papá, ten cuidado con lo que haces, incluso cuando empieces a contarle cuentos. No estoy verdaderamente convencida...

Me mordí la lengua, titubeando cuando vi a Sylvia que se había detenido en el vestíbulo, exactamente enfrente del salón tipo romano.

El terror iluminó los oscuros ojos de Papá durante un breve segundo. Como si supiese que Sylvia me había imitado, como a menudo también hacía, y que se había mecido en aquel balancín muchas veces más de las que él me había forzado a mí a hacerlo.

Ahora era *ella* la que tenía el don, cualquiera que éste fuese o pudiese ser.

—Me llevaré tu «Mercedes», Papá. Confío en que no te importe.

Entumecido, asintió.

—Los coches ya no significan ahora nada para mí —musitó—. Mi vida acabará cuando tú te vayas.

Miró por encima de mis hombros hacia Sylvia, que se había aproximado hasta el umbral. Algo en su formidable postura actual me recordó a tía Ellsbeth. También había un indicio de Mamá en su débil y sardónica sonrisa.

¡Oh, Dios mío! Mi cabeza comenzó a dolerme, como temía que siempre me dolería en esta casa de pinchos, bolillos y tiradores, con su resplandor de oro y latón, con sus miríadas de colores, confundiendo mis pensamientos y apartándome de cosas mucho más importantes.

Todas éramos en extremo extrañas, las chicas Whitefern. Atreviéndonos a ser diferentes de la forma más rara. Palabras que había oído a tía Ellsbeth decirle a Mamá y a aquel retrato de tía Mercy Marie, que había hecho de la hora del té de los martes un servicio de memorial que no podía ser disfrutado.

Mientras me preparaba para marcharme, y no ver más a Arden, y Papá me rogaba que no me fuera, con sus oscuros, tan oscuros ojos, incluso mientras trataba de negar a Sylvia el derecho a ocupar mi lugar. Que sufriese las consecuencias de hacerla Io que era..., y sólo Dios sabía si era Vera o Sylvia la que odiaba más a Papá. Sospeché que Sylvia destruiría a cualquier mujer que no fuese yo, y que entrase en la vida de Papá una vez me hubiese ido..., si es que aún deseaba a otra mujer.

—Buena suerte y adiós, Sylvia. Si alguna vez me necesitas, regresaré para llevarte de esta casa conmigo..., adonde se encuentre mi hogar.

Una vez más, hice un movimiento con la cabeza hacia Papá, que estaba sentado con una lúgubre sonrisa. Me negué a mirar a Arden, que bajaba por las escaleras, vestido y dispuesto para marcharse a su oficina. Di las gracias de nuevo a Sylvia por estar aquí cuando la necesitaba.

Alguna extraña clase de sabiduría aparecía en sus ojos al asentir hacia mí sin tratar de hablar. Luego se dio la vuelta y clavó a Papá en su silla mientras le lanzaba una penetrante mirada. Me estremecí con la sospecha de que Papá no iba a disfrutar con su hija menor, la cual, con su prisma que destellaba luces, dominaba los destinos de aquellos que trataban de dominarla mucho.

Con gran reluctancia, mostrando en su rostro su mirada, Arden llevó mis maletas hasta el coche y, cuidadosamente, las colocó en el maletero mientras yo me sentaba al volante y me preparaba para marcharme.

—Adiós, Arden. Nunca olvidaré lo que nos divertíamos cuando creía que me amabas. Aunque no respondiera, sexualmente, de la forma que tú deseabas durante todo el tiempo, te amé a mi manera...

Hizo una mueca de dolor ante mi forma indiferente de despedirme, antes de contestar con amargura:

—Volverás. Crees poder decirme adiós a mí, a «Whitefern», a Sylvia y a tu padre, pero regresarás...

Mis manos se aferraron al volante con mayor fuerza,

pensando que aquél era el último y más lujoso regalo de mi padre. Lancé una ojeada a mi alrededor, y vi que aquella tormenta que durara tres días había pasado ya, y que el cielo había quedado despejado y azul. Todo el mundo parecía oler a nuevo, a fresco, a algo invitador. Respiré hondo y, de repente, me sentí muy feliz. Libre, al fin era libre.

Libre de aquella casa que parecía un rancio pastel de bodas, con su cúpula vacía de la novia y el novio. Era la penumbra del interior de aquella casa lo que hacía tan dominantes a los colores. En algún lugar alejado de aquí, fijaría mi propio hogar y me convertiría en una clase real de persona, alguien que supiera quién era.

¿Qué me mandó, contra mi volnntad, girar la cabeza y querer mirar mejor las cosas antes de irme? ¡No quería quedarme!

Lenta, muy lentamente, mi cabeza se vio forzada a volverse, por lo que muy pronto me vi enfrentada con la casa. Mi ojos se alzaron hacia aquella ventana del segundo piso, aquella habitación que siempre había dado por·sentado que era la *de ella*, y a través del esmerilado cristal vi una carita pálida que miraba, un rostro que se parecía mucho al mío propio. Jadeé. Enmarcado en las greñas de un recio cabello de incierto color, que podía cambiar y mezclarse con lo que le rodeaba, su macilento rostro se acercó, se retiró, se aproximó, se alejó... Pude ver que sus labios se movían, me decían algo, tal vez cantaban la canción del cuarto de juegos. Mi cabeza se movió al apartar la mirada; traté de girar la llave de contacto. ¿Qué le ocurría a mi mano? ¡No podía hacerla obedecer!

«¡NO! —grité mentalmente mientras Arden se me quedaba mirando como si yo estuviese loca—. *¡No, Sylvia! ¡Déjame marcharme!* He hecho lo que he podido por ti, te he dedicado años y años de mi vida, años y más años! ¡Dame la oportunidad de vivir y encontrarme a mí misma, por favor!»

Cada vez sonaron con más fuerza los carillones de viento, alzando clamores, haciéndome doler tanto la cabeza que deseé gritar, gritar..., pero no tenía voz en absoluto.

Detrás de mis ojos destelló una premonición. Algo espantoso le iba a suceder a Papá. Y cuando ocurriese, se llevaría a Sylvia y ya nunca más volvería a ver la luz del sol.

Dejé quieta la llave de contacto, abrí la portezuela del coche, me bajé y corrí hacia Arden, cuyos ojos se iluminaron al abrir los brazos para tomarme entre ellos. Con el rostro sollozante, lo hundió en mi cabello al mismo tiempo que mis brazos le sujetaban con tanta fuerza como a mí los suyos. Luego nos miramos mutua y profundamente a los ojos; a continuación, entre los dos sacamos el equipaje del maletero del «Mercedes».

Mis maletas quedaron sobre el suelo del paseo de entrada.

Al igual que el amor de Papá hacia mí, acababa de hacer el acto más noble de mi vida. Yo era la Primera y Mejor Audrina, que siempre había colocado en primer lugar el amor y la lealtad. No había ningún lugar al que huir. Encogiéndome de hombros, sintiéndome triste y, sin embargo, más limpia de lo que me había encontrado desde aquel día lluvioso en los bosques, sentí cierta clase de invitadora paz mientras Arden me echaba un brazo por los hombros. Automáticamente, mi brazo rodeó su cintura, y juntos nos encaminamos de regreso al porche, adonde Papá y Sylvia habían salido a mirarnos. Observé felicidad y alivio en ambos pares de ojos.

Arden y yo comenzaríamos de nuevo en «Whitefern», y si esta vez fracasábamos, comenzaríamos una tercera vez, una cuarta...

FIN

ÍNDICE

PRIMERA PARTE

SEGUNDA PARTE

TERCERA PARTE